READER'S DIGEST
AUSWAHLBÜCHER

Die Kurzfassungen in diesem Buch erscheinen
mit Genehmigung der Autoren und Verleger

495 (201)
Printed in Germany
ISBN 3 87070 568 X

READER'S DIGEST AUSWAHLBÜCHER

Verlag Das Beste
Stuttgart · Zürich · Wien

KEN FOLLETT *Seite 7*

DIE PFEILER DER MACHT

Gegen Ende des vorigen Jahrhunderts erschüttern Intrigen, Schicksalsschläge und Machtkämpfe das Londoner Bankhaus Pilaster. Die ehrgeizige Augusta Pilaster scheut vor keinem Komplott zurück, um ihren unfähigen Sohn Edward zu fördern. Besonders ihr tüchtiger Neffe Hugh, der sich auf das Bankgeschäft versteht, ist ihr im Weg.

JOY FIELDING *Seite 219*

SCHAU DICH NICHT UM

Jess Koster, eine junge und erfolgreiche Staatsanwältin in Chicago, fühlt sich verfolgt. Wer ist der Mann, dessen Gesicht ihr aus jeder Menschenmenge entgegenstarrt? Besteht etwa eine Verbindung zu dem Angeklagten, dem sie gerade eine brutale Vergewaltigung nachzuweisen versucht? Allmählich wächst in ihr der Verdacht, Opfer eines teuflischen Racheplans zu sein.

WOLFSTAGE

Zunächst sind die beiden Wolfswelpen, die Ron D. Lawrence in der kanadischen Wildnis einem Indianer abkauft, noch hilflos und blind. Doch schon bald sorgen die Jungwölfe für turbulente Abenteuer auf der Farm der Lawrences. Und als es Zeit wird, das Jagen zu erlernen, gewähren sie ihrem zweibeinigen Ziehvater faszinierende Einblicke in die Wolfsnatur.

VIRUSJAGD

In einem entlegenen Ort in Schottland sterben drei Landarbeiter plötzlich an einer seltsamen Gehirnerkrankung. Der erfahrene Pathologe Dr. Bannerman wird von der britischen Regierung beauftragt, die Todesursache zu untersuchen. Doch dies ist nicht nur überaus schwierig, sondern geradezu lebensgefährlich. Zu viele Menschen sind an der Vertuschung der Todesursache interessiert – sogar Regierungsbeamte.

DIE PFEILER DER MACHT

EINE KURZFASSUNG DES BUCHES VON

KEN FOLLETT

NACH DER
ÜBERSETZUNG VON
TILL R. LOHMEYER
UND CHRISTEL ROST

Mai 1866: Ein Schüler der Privatschule in Windfield ertrinkt auf mysteriöse Weise in einem Badesee, obwohl mehrere seiner Kameraden in der Nähe sind. War es ein Unfall?

Fast drei Jahrzehnte lang überschattet die Tragödie das Leben der Zeugen. Zu ihnen gehört Hugh Pilaster, der als das schwarze Schaf der Familie gilt, aber auch sein Cousin Edward, der zukünftige Seniorpartner des Bankhauses Pilaster, und Micky Miranda, der Sohn eines südamerikanischen Großgrundbesitzers.

Und jeder von ihnen versucht, sein Geheimnis zu wahren.

Prolog

Mai 1866

An jenem Tag, an dem die Tragödie ihren Lauf nahm, durfte kein Schüler der Windfield School sein Zimmer verlassen.

Es war ein heißer Samstag im Mai. Normalerweise hätten sie am Nachmittag Cricket gespielt. Aber es war ein Verbrechen geschehen. Vom Schreibtisch Mr. Offertons, des Lateinlehrers, waren sechs Goldmünzen gestohlen worden, und alle Schüler standen unter Verdacht. Bis zur Entlarvung des Diebes hatten die Jungen Zimmerarrest.

Micky Miranda saß an einem Tisch, in den schon Generationen gelangweilter Schuljungen ihre Initialen geritzt hatten, und blätterte in einer Broschüre mit dem Titel *Ausrüstung der Infanterie.* Gewöhnlich faszinierten ihn Säbel und Gewehre, doch heute war es so heiß, daß er sich nicht konzentrieren konnte. Auf der anderen Seite des Tisches blickte sein Zimmergenosse Edward Pilaster von seinem Lateinheft auf. Er war gerade dabei, Mickys Tacitus-Übersetzung abzuschreiben. Mit einem tintenbekleckstem Finger deutete er auf die Vorlage. „Dieses Wort kann ich nicht lesen“, sagte er.

Micky warf einen Blick auf die Stelle. „*Decapitatus*, enthauptet“, meinte er. Latein fiel ihm leicht. Viele Wörter klangen im Spanischen ganz ähnlich, und da Micky aus Südamerika stammte, war Spanisch seine Muttersprache.

Edwards Feder kratzte wieder über das Papier. Von Unruhe getrieben, stand Micky auf und trat an das offene Fenster. Sehnsüchtig schaute er über den Hof zu den Bäumen hinüber. Am Nordrand des Bischofswäldchens lag ein verlassener Steinbruch mit einem schattigen Teich. Das Wasser dort war kalt und tief.

„Komm, geh'n wir schwimmen“, schlug er unvermittelt vor.

„Unmöglich“, gab Edward zurück.

„Wir könnten uns durch die Synagoge hinausschleichen.“ Die „Synagoge“ war das Zimmer nebenan, das sich drei jüdische Schüler teilten. In Windfield tolerierte man jeden Glauben; deshalb war das Internat für jüdische Eltern ebenso akzeptabel wie für Mickys katholischen Vater und Edwards Eltern, die sich zum Methodismus bekannten.

„Wir steigen aus dem Fenster und springen dann auf das Dach des Waschhauses."

Edwards Blick verriet, daß er Angst hatte. „Wenn wir erwischt werden, setzt es den Rohrstock!"

Der „Rohrstock" war ein harter Eschenknüppel, den Dr. Poleson, der Rektor, schwang. Zwölf schmerzhafte Hiebe waren die Strafe für Entweichen aus dem Arrest. Aber die Gefahr, erwischt zu werden, war gering, und Micky glaubte schon fast, das kühle Naß auf seiner verschwitzten Haut zu spüren.

Er betrachtete seinen Zimmergenossen. Edward war in der Schule nicht besonders beliebt. Er war zu faul, um einen guten Schüler abzugeben, zu rundlich, um sportlich zu sein, und viel zu eigensüchtig, um sich Freunde zu machen. Edwards einziger Freund war er, Micky, und Edward mochte es überhaupt nicht, wenn Micky mit anderen Jungen loszog. „Dann frag ich eben Pilkington, ob er mitmacht", entgegnete Micky und ging zur Tür.

„Nein, warte", widersprach Edward nervös. „Ich komme mit."

Micky öffnete die Tür und spähte hinaus. Auf dem Korridor war weit und breit niemand zu sehen. Micky schoß hinaus und verschwand im angrenzenden Zimmer. Edward folgte ihm.

„Tag, ihr Hebräer", grüßte Micky.

Die zwei Jungen, die am Tisch Karten spielten, streiften ihn nur mit einem kurzen Blick, ohne ein Wort zu verlieren. Der dritte, Fatty Greenbourne, aß gerade Kuchen. „Tag, ihr beiden", sagte er liebenswürdig. „Ein Stückchen Kuchen gefällig?"

„Du lieber Himmel, Greenbourne! Du mästest dich wie ein Schwein", tadelte Micky ihn.

Fatty zuckte nur mit den Schultern. Da er nicht nur Jude, sondern auch dick war, wurde er häufig gehänselt, aber das schien ihn nicht zu stören. Sein Vater, so hieß es, war der reichste Mann der Welt. Vielleicht prallen an Fatty deshalb alle Beschimpfungen ab, dachte Micky. Er ging zum Fenster und sah hinaus. Der Stallhof lag verlassen da.

„Was habt ihr denn vor?" fragte Fatty.

„Wir gehen schwimmen", antwortete Micky. Er schwang sich auf das Fensterbrett, stieg rückwärts hinaus und ließ sich dann auf das nur ein paar Zentimeter tiefer liegende Pultdach des Waschhauses fallen. Als er aufblickte, sah er, wie sich Edward mit ängstlicher Miene aus dem Fenster beugte. „Komm schon!" raunte Micky ihm zu, kletterte das Dach hinunter zu einem Abflußrohr und ließ sich daran zu Boden gleiten. Wenig später landete Edward neben ihm.

Micky lugte um die Ecke. Kein Mensch war zu sehen. Er fackelte nicht lange und rannte über den Hof in den Wald. Gleich darauf tauchte Edward neben ihm auf.

„Geschafft!“ jubelte Micky. „Kein Mensch hat uns gesehen.“

„Sie schnappen uns bestimmt, wenn wir zurückkommen“, maulte Edward.

Micky lächelte. Mit seinem glatten blonden Haar, den blauen Augen und der großen Hakennase war Edward ein Engländer wie aus dem Bilderbuch. Er war groß, hatte breite Schultern, besaß keinerlei Stilgefühl und achtete entsprechend wenig auf seine Kleidung. Beide Jungen waren gleichaltrig, nämlich sechzehn, doch damit erschöpften sich ihre Gemeinsamkeiten auch schon. Micky mit seinem dunklen Lockenschopf und den dunklen Augen war peinlichst genau auf seine Erscheinung bedacht.

„Kein Vertrauen, Pilaster?“ stichelte Micky. „Hab ich nicht immer gut auf dich aufgepaßt?“ Sie folgten einem Pfad durch den Wald. Unter den Buchen und Ulmen war es angenehm kühl, und Micky fühlte sich allmählich besser. „Was machst du in den Sommerferien?“ erkundigte er sich bei Edward.

„Im August sind wir immer in Schottland.“

„Habt ihr eine Jagdhütte dort?“ Micky hatte die Ausdrucksweise der englischen Oberschicht aufgeschnappt und wußte, daß „Jagdhütte“ selbst dann die korrekte Bezeichnung war, wenn es sich dabei um ein Schloß mit fünfzig Zimmern handelte.

„Wir mieten eine“, erwiderte Edward. „Aber wir gehen nicht jagen. Mein Vater hat für Sport nicht viel übrig, weißt du.“

Micky bemerkte den abweisenden Ton in Edwards Stimme und fragte sich, was er bedeuten mochte. Er wußte, daß sich die englische Aristokratie im August auf der Vogeljagd und den Winter über auf der Fuchsjagd vergnügte. Er wußte außerdem, daß kein Aristokrat seine Söhne nach Windfield schickte. Die Väter der Windfield-Schüler waren keine Grafen, sondern Geschäftsleute, die keine Zeit zu verschwenden hatten, weder aufs Jagen noch aufs Schießen. Die Pilasters waren Bankiers, und wenn Edward sagte, sein Vater habe nicht viel übrig für Sport, so gab er damit indirekt zu, daß seine Familie nicht gerade zu den oberen Zehntausend zählte.

Daß die Engländer Müßiggängern mehr Respekt entgegenbrachten als arbeitenden Menschen, amüsierte Micky. In seinem eigenen Land achtete man nur die Macht. Was konnte ein Mann mehr begehren, als Macht über andere zu besitzen – die Macht, zu ernähren oder verhungern zu lassen, die Macht, einzukerkern oder freizulassen, über Tod oder Leben zu entscheiden.

„Wie steht's mit dir? Wo verbringst du denn den Sommer?"

Auf diese Frage hatte Micky nur gewartet. „In der Schule", lautete seine Antwort. „Heimfahren kann ich nicht. Allein für den Hinweg nach Córdoba brauche ich sechs Wochen – ich müßte schon umkehren, bevor ich überhaupt zu Hause wäre."

„Das ist ja gräßlich!"

Das mochte schon sein – nur hegte Micky gar nicht den Wunsch, nach Hause zu fahren. Seit dem Tod seiner Mutter war ihm sein Vaterhaus verhaßt. Dort gab es inzwischen nur noch Männer: seinen Vater, seinen älteren Bruder Paulo, mehrere Onkel und dazu vierhundert Gauchos. Der große Held für all diese Männer war Papa, doch für Micky war er ein Fremder: kalt, unnahbar und unduldsam. Das eigentliche Problem für Micky aber war Paulo, der ebenso stark wie dumm war. Er nutzte jede Gelegenheit, um aller Welt vorzuführen, daß Micky unfähig war, einen Stier mit dem Lasso einzufangen oder ein Pferd zuzureiten. O nein, Micky zog es in den Ferien nicht nach Hause. Aber er wollte auch nicht in der Schule bleiben. Er spekulierte auf eine Einladung der Pilasters, den Sommer mit ihnen zu verbringen.

Die beiden kletterten über einen verfallenen Zaun und stiegen eine kleine Anhöhe hinauf. Von hier oben war bereits der Teich zu sehen. Zwar waren die behauenen Wände des Steinbruchs ziemlich steil, doch jeder halbwegs geschickte Junge fand ohne Schwierigkeiten hinunter. Das tiefe Wasserloch am Grund schimmerte in trübem Grün und beherbergte Kröten, Frösche und ein paar Wasserschlangen.

Micky stellte verblüfft fest, daß sich schon drei andere Jungen im Wasser tummelten. Er versuchte, die Gestalten zu erkennen. Es waren drei Windfield-Schüler aus der Untertertia.

Der karottenrote Schopf gehörte Antonio Silva, der trotz seiner Haarfarbe ein Landsmann Mickys war. Tonios Vater mochte nicht soviel Land besitzen wie Mickys, doch die Silvas lebten in der Hauptstadt und verfügten über einflußreiche Verbindungen.

Bei dem zweiten Jungen handelte es sich um Hugh Pilaster, einen Vetter Edwards, wenngleich sich die beiden nicht im geringsten ähnelten. Der schwarzhaarige Hugh hatte ein schmales, ebenmäßiges Gesicht, und sein lausbübisches Grinsen war unverwechselbar. Edward konnte ihn nicht leiden, denn Hugh war ein guter Schüler, neben dem er selbst wie ein Trottel wirkte.

Der dritte Schwimmer war Peter Middleton, ein schüchterner Knabe, der gewöhnlich die Nähe des selbstbewußteren Hugh suchte. Drei Dreizehnjährige also, allesamt mit weißen, unbehaarten Körpern, dünnen Armen und schlaksigen Beinen.

Dann bemerkte Micky noch einen vierten Jungen am anderen Ende des Teiches. Er wirkte älter als die anderen drei und schien nicht zu ihnen zu gehören. Micky konnte sein Gesicht nicht erkennen.

Edward setzte ein boshaftes Grinsen auf. Er sah eine Gelegenheit, den anderen einen Streich zu spielen. Verschwörerisch legte er den Finger auf die Lippen, bevor er an der Steilwand hinunterkletterte. Micky folgte ihm.

Als sie den Vorsprung erreichten, auf dem die Untertertianer ihre Kleider abgelegt hatten, waren Tonio und Hugh gerade untergetaucht, um etwas zu erforschen, während Peter in aller Ruhe seine Bahnen zog. Er war der erste, der die beiden Neuankömmlinge entdeckte. „O nein!" stöhnte er.

„Sieh an, sieh an", sagte Edward. „Ihr wißt doch, daß das, was ihr hier treibt, verboten ist, oder?"

Jetzt hatte auch Hugh Pilaster seinen Vetter entdeckt. „Für dich ist es genauso verboten!" rief er.

„Ihr haut besser ab, bevor man euch erwischt", erwiderte Edward und hob eine Hose vom Boden auf. „Aber seht zu, daß eure Kleider nicht naß werden, sonst weiß jeder sofort, wo ihr wart." Dann warf er die Hose mitten in den Teich und brach in schallendes Gelächter aus.

„Du gemeiner Kerl!" schrie Peter und schwamm zu der Hose.

Unverdrossen warf Edward ein Kleidungsstück nach dem anderen in den Teich, während Hugh Pilaster aus dem Wasser kletterte. Micky glaubte, Hugh werde sofort die Flucht ergreifen, doch er rannte direkt auf Edward zu und versetzte ihm einen kraftvollen Stoß, so daß der Größere die Balance verlor. Edward taumelte und stürzte kopfüber in den Teich. Es gab eine gewaltige Fontäne.

Das alles hatte nur Sekunden gedauert. Hugh schnappte sich einen Armvoll Kleider und turnte wie ein Affe die Wand des Steinbruchs hinauf. Peter und Tonio stimmten ein brüllendes Hohngelächter an.

Micky setzte Hugh nach, gab jedoch bald wieder auf, da er einsah, daß er den kleineren und flinkeren Knaben nicht würde einholen können. Als er zurückkehrte, sah er, daß Edward aufgetaucht war. Er hatte sich auf Peter Middleton gestürzt. Immer wieder tauchte er den Kopf des Jüngeren unter Wasser, um ihm sein Hohngelächter heimzuzahlen.

Tonio rettete sich derweil ans Ufer, ein Bündel triefnasser Kleider umklammernd. „Laß ihn in Ruhe, du blöder Affe!" schrie er Edward zu. Dann lief er ein Stück am Ufer entlang und kam mit einem Stein in der Hand zurück. Micky rief Edward eine Warnung zu, doch es war schon zu spät: Mit erstaunlicher Zielsicherheit traf der Stein Edward am Kopf. Sofort breitete sich auf seiner Stirn ein heller Blutfleck aus. Edward brüllte vor Schmerzen auf, ließ von Peter ab und schwamm aufs Ufer zu, um Tonio nachzusetzen.

KRAMPFHAFT hielt Hugh Pilaster seine Kleider fest, als er nackt durch den Wald hastete. Dort, wo sich der schmale Pfad mit einem zweiten kreuzte, wandte er sich nach links und rannte noch ein Stück weiter, bevor er sich in die Büsche schlug und im Unterholz verschwand. Sein Vetter Edward und dessen Busenfreund Micky Miranda waren die miesesten Kerle der ganzen Schule. Edward war ihm bestimmt auf den Fersen, denn schließlich haßte er ihn, Hugh, seit eh und je.

Schon ihre Väter hatten sich zerstritten. Tobias, Hughs Vater, hatte sein Kapital aus der Familienbank gezogen und ein eigenes Unternehmen gegründet, einen Farbenhandel für die Textilindustrie. Das schlimmste Verbrechen, das ein Pilaster begehen konnte, war, der familieneigenen Bank sein Kapital zu entziehen – das wußte Hugh bereits mit dreizehn Jahren. Und er wußte, daß Onkel Joseph, Edwards Vater, seinem Bruder Tobias nie verziehen hatte.

Hugh fragte sich, was aus seinen Freunden geworden war. Albert Cammel, ein älterer Schüler, der auf den Spitznamen Hump – Höcker – hörte, war am jenseitigen Ende des Teichs geschwommen. Hump hatte seine Kleider an einer anderen Stelle abgelegt und war wohl unbehelligt geblieben.

Auch er selbst war ihnen entkommen, doch das hieß noch lange nicht, daß er nun aus dem Schneider war. Er würde sich in seinen durchnäßten Kleidungsstücken in die Schule schleichen müssen – hoffentlich erwischte ihn keiner dabei! Bei diesem Gedanken stöhnte Hugh. Ihm war hundeelend zumute.

Immer wieder hatte er Ärger, seit er vor achtzehn Monaten nach Windfield gekommen war. Das Lernen machte ihm nichts aus – für seine Klassenarbeiten erhielt er stets die besten Noten. Es waren die kleinkarierten Internatsregeln, die ihm so fürchterlich zusetzten. Er lief, wenn er gehen sollte, las, wenn er schlafen sollte, und schwatzte während des Gebets. Und immer wieder endete es so wie an diesem Tag: Er fühlte sich schuldig und hatte Angst. Minutenlang herrschte Totenstille im Wald, während Hugh düster über seine Zukunft nachgrübelte. Edward schien nicht hinter ihm her zu sein. Hugh zog sich Hemd und Hose an, beides war noch naß. Plötzlich hörte er jemanden weinen. Vorsichtig spähte er aus seinem Versteck – und erkannte seinen Freund Tonio mit dem karottenfarbenen Haarschopf. Langsam kam dieser den Pfad entlang, die Kleider in den Händen, triefnaß, nackt und schluchzend.

„Was ist los?“ fragte Hugh. „Wo bleibt Peter?“

„Das sag ich nicht! Nie!“ rief Tonio wild. „Sie würden mich umbringen!“

„Na schön, dann laß es eben bleiben“, meinte Hugh. Tonio hatte eine Höllenangst vor Micky, und, was auch passiert sein mochte, Tonio würde kein Wort verraten. „Am besten ziehst du dich erst mal an“, schlug Hugh vor.

Tonio starrte mit leerem Blick auf das Bündel triefender Kleider in seinen Händen. Hugh half ihm beim Anziehen. Dann machten sie sich gemeinsam auf den Rückweg zur Schule.

Tonio weinte nicht mehr, wirkte aber immer noch zutiefst erschüttert. Hugh fragte sich, was seinen Freund so verstört haben mochte. Schikanen von seiten der Älteren waren schließlich nichts Neues in Windfield. Was mochte am Teich noch geschehen sein, nachdem er selbst geflohen war? Aber Tonio sagte den ganzen Rückweg über kein Wort mehr.

Das Internat bestand aus sechs Gebäuden, die einst den Mittelpunkt eines großen Gutshofs gebildet hatten. Ihr Schlafsaal befand sich in der ehemaligen Meierei unweit der Kapelle. Um dorthin zu gelangen, mußten die beiden Jungen eine Mauer übersteigen und den Spielhof überqueren. Als sie die Tür zum Schlafsaal erreicht hatten, schlug das Verhängnis zu.

„Pilaster, mein Junge, sind Sie das?“ Als Hugh die vertraute Stimme hörte, wußte er, daß das Spiel verloren war.

Er drehte sich um. Ausgerechnet in diesem Moment mußte Mr. Offerton aus der Kapelle kommen! Hugh unterdrückte ein Stöhnen: Mr. Offerton, genau der Lehrer, dem das Geld gestohlen worden war! Er war der letzte, der Gnade vor Recht ergehen ließ! Und das bedeutete unwiderruflich den Rohrstock.

„Kommen Sie her, Pilaster!“ rief Mr. Offerton.

Hugh schlurfte hinüber, Tonio im Schlepptau.

„In das Büro des Schulleiters, sofort!“ befahl Mr. Offerton.

„Jawohl, Sir“, sagte Hugh kleinlaut. Wenn der Direktor sieht, in welchem Aufzug ich umherlaufe, fliege ich womöglich von der Schule. Was soll ich nur Mutter sagen? Beide Jungen wandten sich um. „Sie nicht, Silva“, meldete sich Mr. Offerton wieder.

Hugh und Tonio sahen sich fragend an. Weshalb sollte Hugh bestraft werden, Tonio aber nicht? Hugh machte sich auf den Weg zum

Haus des Direktors am anderen Ende des Schulgeländes. Dr. Poleson erwartete ihn in der Diele. Eigentlich wirkte er nicht verärgert. Anstatt sofort Aufklärung darüber zu verlangen, weshalb Hugh nicht nur aus dem Arrest entwichen, sondern darüber hinaus auch noch tropfnaß war, öffnete der Direktor schlicht die Tür zu seinem Büro. „Hier herein, mein Junge", sagte er ruhig.

Hugh betrat das Büro.

Zu seiner heillosen Verblüffung sah er dort seine Mutter sitzen. Und was noch schlimmer war – sie weinte!

„Ich war doch bloß schwimmen!" platzte Hugh heraus. Dann begann es ihm zu dämmern: Das alles hatte nichts mit dem Arrest zu tun. Er hatte das entsetzliche Gefühl, daß es viel schlimmer war.

„Was ist los, Mutter?" fragte er. „Warum bist du gekommen?"

„Ach, Hugh", schluchzte sie, „dein Vater ist tot."

SAMSTAG war der schönste Tag der Woche, fand Maisie Robinson. Am Samstag bekam Papa seinen Lohn. Dann gab es Fleisch zum Abendessen und frisches Brot. Sie saß mit ihrem Bruder Danny auf der Schwelle der Eingangstür und wartete darauf, daß Papa von der Arbeit kam. Danny war dreizehn, zwei Jahre älter als Maisie.

Das Haus war Teil einer Reihe feuchter Wohnquartiere im Hafenviertel einer Kleinstadt an der Nordostküste Englands und gehörte der Witwe MacNeil. Sie bewohnte das vordere Zimmer im Parterre, die Robinsons lebten im Hinterzimmer, und im ersten Stock war eine weitere Familie untergebracht. Wenn Papa von der Arbeit kam, würde Mrs. MacNeil ihn auf der Türschwelle abpassen und sofort die Miete einfordern.

Ihr richtiger Name war nicht Robinson, sondern Rabinowicz. Mrs. MacNeil haßte sie, seit sie wußte, daß sie Juden waren. In dieser Stadt gab es keine Juden. Die Robinsons hatten auch nie hierher gewollt. Ihre Überfahrt hatten sie nach Manchester gebucht, wo es viele Juden gab, und der Kapitän hatte ihnen vorgeflunkert, dies hier sei Manchester. Als sie den Betrug bemerkten, hatte Papa gesagt, sie würden sparen, bis sie nach Manchester ziehen könnten – doch dann war Mama krank geworden. Mama war noch immer krank, und sie waren noch immer hier.

Papa arbeitete am Hafen in einem Lagerhaus, über dessen Tor in großen Lettern *Tobias Pilaster & Co.* stand. Papa arbeitete als Buchhalter bei Pilaster und erfaßte die Farbenfässer, die angeliefert oder verladen wurden. Er war ein sorgfältiger Arbeiter, ein gewissenhafter Protokollant und Listenschreiber. Mama war das genaue Gegenteil von ihm, unternehmungslustig und wagemutig. Mama mochte schöne Kleider und Gesellschaftsspiele und lernte gerne neue Menschen kennen. Darum liebt Papa sie auch so sehr, dachte Maisie.

Doch inzwischen war Mama nur noch ein Schatten ihrer selbst. Den ganzen Tag lag sie auf der alten Matratze und döste vor sich hin. Der Doktor hatte gesagt, man müsse sie täglich mit vielen frischen Eiern und Sahne und Rindfleisch wieder aufpäppeln – und dann hatte Papa ihn mit dem Geld bezahlt, das eigentlich für das Abendessen vorgesehen war. Inzwischen fühlte sich Maisie jedesmal, wenn sie etwas aß, schuldig, weil sie wußte, daß sie Nahrung zu sich nahm, die ihrer Mutter vielleicht das Leben retten konnte.

Maisie und Danny hatten gelernt zu stehlen. Auf dem Marktplatz stahlen sie Kartoffeln und Äpfel von den Ständen. Maisie wußte, daß Mama sich in Grund und Boden schämen würde, wenn sie es erfahren sollte, aber Maisie hatte Hunger.

Als sie aufblickte, sah sie eine Gruppe von Männern, die bei Pilaster arbeiteten, die Straße entlangkommen. Sie hielten zornige Reden, fuchtelten mit den Armen und stießen die Fäuste in die Luft. Als sie näher kamen, erkannte Maisie unter ihnen ihren Vater. Er war ein hagerer Mann mit schwarzem Bart und sanften braunen Augen, der den anderen mit gesenktem Kopf folgte. Er wirkte so hoffnungslos, daß Maisie hätte weinen können. „Was ist passiert, Papa?“ fragte sie. „Warum kommst du so früh?“

„Komm mit hinein“, sagte er so leise, daß Maisie ihn gerade eben noch verstand.

Beide Kinder folgten ihm ins Hinterzimmer. Dort kniete er sich neben die Matratze und küßte Mama auf die Lippen. Sie lächelte ihn an, doch er erwiderte ihr Lächeln nicht. „Die Firma ist kaputt“, sagte er auf jiddisch. „Tobias Pilaster hat Bankrott gemacht. Es hat einen finanziellen Zusammenbruch gegeben. Gestern ist eine große Bank in London zusammengebrochen. Jetzt habe ich keine Arbeit mehr und keinen Lohn.“

„Aber sie müssen dich bezahlen“, flüsterte Mama. „Du hast die ganze Woche über gearbeitet.“

„Sie haben kein Geld. Sie sind bankrott. Bankrott heißt, anderen Leuten Geld zu schulden und sie nicht bezahlen zu können.“

„Aber du hast doch immer gesagt, Mr. Pilaster ist ein anständiger Mann.“

„Tobias Pilaster ist tot. Er hat sich erhängt, gestern abend in seinem Londoner Büro. Sein Sohn ist so alt wie Danny.“

„Aber wie sollen wir nun unsere Kinder ernähren?“

„Ich weiß es nicht“, gestand Papa, und dann fing er an zu weinen. Er beugte sich vor und vergrub sein tränennasses Gesicht an Mamas Busen.

Maisie war entsetzt. Papa hatte noch nie geweint! Das schien das Ende aller Hoffnungen zu sein. Womöglich mußten sie nun alle sterben.

Danny stand auf, sah Maisie an und deutete mit dem Kopf zur Tür. Auf Zehenspitzen verließen die beiden Kinder das Zimmer. Maisie setzte sich auf die Schwelle der Eingangstür und begann zu weinen. „Was sollen wir bloß tun?“ schluchzte sie.

„Wir müssen weglaufen“, sagte Danny. „Wenn wir bleiben, verhungern wir.“

Maisie war das egal, doch plötzlich ging ihr ein anderer Gedanke durch den Sinn: Mama würde sich zu Tode hungern, um ihren Kindern Nahrung zu verschaffen. „Du hast recht“, stimmte Maisie zu. „Wenn wir weggehen, wird Papa vielleicht genug zu essen für Mama auftreiben können.“ Mit einemmal wurde ihr das ganze Ausmaß des Unglücks bewußt, das ihre Familie getroffen hatte. Es war sogar noch schlimmer als an dem Tag, als sie aus Viskis hatten fliehen und das brennende Dorf hinter sich zurücklassen müssen. Ein eiskalter Zug hatte sie fortgebracht, mit ihrer gesamten Habe, die nicht mehr als zwei Segeltuchtaschen füllte. Damals hatte Maisie geglaubt, daß Papa sich allezeit um sie kümmern würde, was immer auch geschehen mochte. Jetzt aber mußte sie sich um sich selbst kümmern.

„Wohin gehen wir?“ fragte sie flüsternd.

„Ich gehe nach Amerika. Im Hafen liegt ein Schiff, das mit der Morgenflut Richtung Boston ausläuft. Ich verstecke mich in einem der Rettungsboote.“

Als Maisie ihren Bruder betrachtete, sah sie zum erstenmal, daß über seinen Lippen ein Bartflaum zu sprießen begann. Er wurde allmählich ein Mann, und eines Tages würde er den gleichen schwarzen Vollbart tragen wie Papa. Als ihr bewußt wurde, daß er sie nicht in seine Pläne einschloß, fühlte sie sich elend. „Wir bleiben also nicht zusammen“, stellte sie traurig fest.

Sein Blick war schuldbewußt, aber Danny widersprach ihr nicht. „Geh nach Newcastle. Das ist eine große Stadt. Dort fällst du nicht auf. Schneid dir die Haare kurz, klau dir ein Paar Hosen, und tu so, als wärst du ein Junge. Such dir einen Mietstall, und hilf, die Pferde zu versorgen – mit Pferden konntest du schon immer gut umgehen.“

Maisie konnte sich nicht vorstellen, ganz auf sich allein gestellt zu sein.

„Ich würde lieber bei dir bleiben“, meinte sie zaghaft.

„Das geht nicht. Es wird schon schwierig genug für mich allein. Ich muß mich verstecken. Da kann ich mich nicht auch noch um dich kümmern.“

Maisie erkannte, daß sie ihren Bruder nicht würde umstimmen können. „Wann sollen wir gehen?“ fragte sie voller Furcht.

„Jetzt gleich. Sobald es dunkel ist, muß ich mich an Bord schleichen.“

Maisie stand auf. Sie besaß kein Kleid zum Wechseln, keine Erinnerungsstücke, nichts. Es gab auch keine Lebensmittel, die sie hätten mitnehmen können. „Ich möchte Mama einen Abschiedskuß geben“, sagte sie.

„Laß es sein“, ermahnte Danny sie mit rauher Stimme. „Sonst kommst du nicht von hier weg.“

Er hatte recht. Wenn ich jetzt zu Mama gehe, schaffe ich es nie, dachte Maisie und schluckte heftig. „Also gut“, gab sie nach, während sie mit den Tränen kämpfte. „Gehen wir!“

Am Ende der Straße hätte Maisie sich gerne noch einmal umgedreht und einen letzten Blick auf das Haus geworfen. Doch sie hatte Angst, sie könnte schwach werden. Also ging sie weiter und sah nicht zurück.

AUSSCHNITT aus der Londoner *Times*:

DER CHARAKTER DES ENGLISCHEN SCHULJUNGEN

Der stellvertretende Untersuchungsrichter von Ashton, Mr. H. S. Wasbrough, leitete gestern im Bahnhofshotel von Windfield die gerichtliche Untersuchungskommission zur Aufklärung der Todesursache im Fall des 13jährigen Schülers Peter James St. John Middleton. Der Knabe war in einem stillgelegten Steinbruch, unweit der Windfield School, in einem Teich schwimmen gewesen. Zwei ältere Schüler hatten, wie dem Gericht mitgeteilt wurde, bemerkt, daß er in Schwierigkeiten geriet. Einer der beiden, Miguel Miranda, sagte als Zeuge aus, sein Begleiter, der 16jährige Edward Pilaster, sei ins Wasser gesprungen, um den Jüngeren zu retten, jedoch ohne Erfolg. Die Jury kam zu dem Schluß, daß ein Unfalltod durch Ertrinken vorliege. Anschließend verwies der stellvertretende Untersuchungsrichter auf die Tapferkeit des Schülers Edward Pilaster und sagte, der Charakter des englischen Schuljungen, geformt von Institutionen wie Windfield, sei ein Faktum, auf das wir mit Fug und Recht stolz sein dürften.

MICKY MIRANDA war hingerissen von Edwards Mutter. Augusta Pilaster war eine große, stattliche Frau in den Dreißigern. Sie hatte schwarzes Haar, schwarze Augenbrauen und ein hochmütiges Gesicht mit hohen Wangenknochen, einer geraden, scharf geschnittenen Nase und einer starken Kinnpartie. Zu der gerichtlichen Untersuchung trug sie einen schwarzen Mantel und einen schwarzen Hut, was die Dramatik ihres Auftritts noch verstärkte. Micky konnte kaum den Blick von ihr wenden.

Neben ihr saß ihr Gatte Joseph, Edwards Vater, ein häßlicher, mürrisch aussehender Mann um die Vierzig. Er besaß die gleiche Hakennase wie Edward und hatte den gleichen hellen Teint, doch seine blonden Haare wichen allmählich einer Glatze, für die der buschige Backenbart wohl einen Ausgleich schaffen sollte. Micky fragte sich, was eine so eindrucksvolle Frau dazu bewegt haben mochte, diesen Mann zu heiraten. Nun ja, er hatte sehr viel Geld – das war wohl der Grund.

Mr. und Mrs. Pilaster, Edward, Micky und Dr. Poleson, der Schulleiter, saßen in einer Mietkutsche, die sie vom Bahnhofshotel zur Schule brachte. Alles war gutgegangen bei der gerichtlichen Untersuchung. Micky hatte eine Unschuldsmiene aufgesetzt, um die Geschichte zu erzählen, die Edward und er sich ausgedacht hatten.

Von den anderen Schülern war keiner vorgeladen worden. Hugh war noch am Tag des Unglücks von der Schule genommen worden, weil sein Vater gestorben war. Von Tonio verlangte man keine Aussage, weil niemand wußte, daß er gesehen hatte, wie Peter starb. Micky hatte ihn unter Drohungen zum Schweigen gezwungen. Zwar gab es noch einen unbekannten Zeugen, den Jungen, der am anderen Ende des Teichs gebadet hatte, doch der hatte sich nicht gemeldet.

Peters Eltern hatte der Schicksalsschlag so hart getroffen, daß sie nicht erschienen waren. Sie hatten ihren Anwalt geschickt, einen alten Mann mit schläfrigem Blick, dessen einziges Ziel es war, die Angelegenheit mit möglichst geringem Aufwand hinter sich zu bringen. Anwesend war lediglich Peters älterer Bruder David. Er hatte sich ziemlich aufgeregt, als der Anwalt darauf verzichtete, Micky und Edward zu befragen. Mit einer abwehrenden Handbewegung wies der alte Mann den Protest zurück. Ein Glück, dachte Micky.

Im staubigen Wohnzimmer des Direktors nahm Mrs. Pilaster Edward in die Arme und küßte ihn auf die Stirn, wo Tonios Stein eine Wunde hinterlassen hatte. Micky und Edward hatten überall erzählt, daß Edward sich den Kopf angeschlagen habe, als er nach Peter tauchte, um ihn zu retten.

Beim Tee lernte Micky eine ganz neue Seite an seinem Freund kennen. Edward saß auf dem Sofa neben seiner Mutter. Unablässig tätschelte sie ihn, doch anstatt peinlich davon berührt zu sein wie andere Jungen seines Alters, schien Edward das zu mögen. Sie ist richtig vernarrt in ihn, dachte Micky – und Edward gefällt das.

Nachdem man minutenlang nichts als belanglose Höflichkeiten ausgetauscht hatte, stand Mrs. Pilaster plötzlich auf. Die Männer erhoben sich ebenfalls. „Ich werde mich für ein paar Minuten stiller Einkehr in die Kapelle zurückziehen", verkündete sie. „Vielleicht kann Micky mir den Weg dorthin zeigen."

„Aber . . . gewiß doch, gewiß doch", stammelte der Direktor. „Los, los, Miranda!"

Micky war beeindruckt. Wie mühelos diese Frau die Männer beherrschte! Micky genoß es, die Dame begleiten und zur Kapelle führen zu dürfen. Die Kapelle war menschenleer. Mrs. Pilaster setzte sich in eine der hinteren Bänke und deutete auf den Platz neben sich. Dann sah sie Micky geradewegs an. „Jetzt erzähl mir, wie es wirklich war!" Sie sah Furcht in den Augen des Jungen aufblitzen.

Doch Micky fing sich sofort wieder. „Ich habe doch berichtet, wie es war", lautete seine Antwort.

Sie schüttelte den Kopf. „Nein, das hast du nicht."

Micky lächelte nur, und nun war es an Augusta, überrascht zu sein. Nur wenige Männer hatten ihrer Willensstärke etwas entgegenzusetzen, und wie es schien, gehörte dieser Knabe trotz seiner Jugend bereits zu ihnen. „Wie alt bist du?" fragte sie.

„Sechzehn."

Sie musterte ihn aufmerksam. Er sah geradezu aufregend gut aus, wenngleich die schweren Lider und die vollen Lippen einen Anflug von Dekadenz ahnen ließen. Er erinnerte sie an den Grafen Strang, aber sie verdrängte den Gedanken voller Schuldgefühle. „Peter Middleton war nicht in Gefahr, als ihr zu dem Teich kamt", sagte sie Micky auf den Kopf zu.

„Wie kommen Sie darauf?" gab Micky kühl zurück.

Sie spürte seine Angst – und doch blieb er vollkommen gefaßt. „Du vergißt, daß Hugh Pilaster dabei war. Er ist mein Neffe. Er hat seiner Mutter, also meiner Schwägerin, von dem Vorfall erzählt."

„Was hat er gesagt?"

Augusta runzelte die Stirn. „Er behauptete, Edward habe Peters Kleider ins Wasser geworfen."

„Und dann?“

Augusta mußte lächeln – der Junge drehte den Spieß einfach um. Er horchte sie aus. „Erzähl du mir einfach, was passiert ist.“

Micky nickte. „Wie Sie wünschen.“

Seine Worte erleichterten und beunruhigten Augusta gleichermaßen. Sie wollte die Wahrheit wissen, fürchtete sich aber auch ein wenig davor. Armer Teddy. Er wäre als Baby fast gestorben, weil mit ihrer Milch etwas nicht stimmte. Seitdem brauchte er den besonderen Schutz seiner Mutter.

„Edward hatte nichts Böses im Sinn“, begann Micky. „Daß er die Kleider der Jungen ins Wasser warf, war ein Scherz. Dann stieß Hugh Edward ins Wasser.“

„Der kleine Hugh war schon immer ein Unruhestifter“, bestätigte Augusta.

„Die anderen lachten, und da hat Edward Peters Kopf unter Wasser getaucht, um ihm eine Lektion zu erteilen. Hugh ist davongerannt, und Tonio warf mit einem Stein nach Edward. Edward setzte Tonio nach. Ich hab ihnen zugesehen. Auf Peter Middleton hat kein Mensch mehr geachtet. Tonio ist Edward schließlich entwischt, und erst da merkten wir, daß Peter keinen Mucks mehr von sich gab. Vielleicht verlor er die Kraft, als Edward ihn unter Wasser drückte. Jedenfalls trieb er mit dem Gesicht nach unten im Wasser. Wir holten ihn sofort heraus, aber er war schon tot.“

Dafür kann Edward eigentlich nichts, dachte Augusta. Dennoch empfand sie große Dankbarkeit, daß diese Geschichte bei der Untersuchung nicht zur Sprache gekommen war. „Was ist mit den anderen, die dabei waren? Sie müssen doch wissen, was geschehen ist.“

„Wir hatten Glück, daß Hugh noch am gleichen Tag die Schule verließ.“

„Und der andere Junge – Tony, nicht wahr?“

„Antonio Silva, kurz Tonio. Keine Sorge. Er ist ein Landsmann von mir und tut, was ich ihm sage. Wenn er mir hier Schwierigkeiten macht, wird seine Familie zu Hause dafür büßen müssen.“

Mickys Stimme klang auf einmal eiskalt. Augusta schauderte. „Und sonst hat niemand gesehen, was passiert ist?“

Micky runzelte die Stirn. „Als wir ankamen, schwamm noch ein vierter Junge im Teich. Ich weiß nicht, wer er war, und kann nicht genau sagen, wann er weggegangen ist. Aber er hat sich nicht als Zeuge gemeldet, also kann er uns wohl kaum gefährlich werden.“

Er kann uns wohl kaum gefährlich werden. Mit einem Schlag wurde Augusta klar, daß sie sich mit diesem Jungen auf etwas Unehrenhaftes, ja womöglich sogar Gesetzwidriges eingelassen hatte. Sie warf Micky einen strengen Blick zu. „Was willst du?"

Er wirkte verwirrt. „Wie meinen Sie das?" hakte er nach.

„Du hast meinen Sohn gedeckt." Ihre Direktheit brachte ihn aus dem Gleichgewicht. Augusta nahm befriedigt zur Kenntnis, daß sie jetzt wieder die Oberhand hatte. „Ich glaube, du erwartest eine Gegenleistung. Warum sagst du mir nicht einfach, was du möchtest?"

Sie sah, wie sein Blick sekundenlang auf ihrem Busen verweilte. Einen irrwitzigen Augenblick lang glaubte sie, er wolle ihr einen unanständigen Antrag machen.

„Ich möchte gern den Sommer mit Edward verbringen."

Augusta hatte schon damit gerechnet, er würde Geld fordern oder eine Anstellung beim Bankhaus Pilaster. Und dann dieser harmlose, beinahe kindische Wunsch!

„Es freut uns, wenn du deine Ferien bei uns verbringst!" nahm sie den Wunsch an. Der Vorschlag war ihr gar nicht unangenehm. Micky verfügte über perfekte Manieren und sah gut aus; ein angenehmer Gast. Und vielleicht übertrug sich ja ein wenig von seiner Willensstärke auf Edward.

Micky lächelte und erhob sich von der Bank, in der sie saßen. „Ich danke Ihnen sehr", sagte er und streckte ihr die Hand entgegen.

Augusta schüttelte sie. „Ich bedanke mich bei dir. Du hast Teddy beschützt."

Micky verneigte sich, als wollte er ihr die Hand küssen, doch zu Augustas großer Verblüffung küßte er sie auf den Mund. Gleich darauf war er gegangen.

Noch lange saß Augusta in dem kühlen Gotteshaus, starrte die kahlen Wände an und erkannte, daß sie sich auf eine kriminelle Verschwörung mit einem Schuljungen eingelassen hatte. Sie fragte sich beklommen, wie dieser hübsche, frühreife Knabe seine Macht nutzen würde.

Teil I

Kapitel eins: Mai 1873

MICKY MIRANDA war dreiundzwanzig, als sein Vater nach London kam, um Waffen zu kaufen. Señor Carlos Raul Xavier Miranda – für Micky seit jeher nur „Papa" – war ein kleiner, gedrungener Mann mit breiten Schultern. Sein gebräuntes, tiefzerfurchtes Gesicht hatte einen brutalen Ausdruck. Im Sattel, auf seinem kastanienbraunen Hengst, in ledernen Hosen und Sombrero, mochte er eine ehrfurchtgebietende Figur abgeben – hier jedoch, im Hydepark, angetan mit Gehrock und Zylinder, kam er sich vor wie ein Idiot. Entsprechend übel war seine Laune.

Vater und Sohn sahen einander nicht ähnlich. Micky war groß und schlank und besaß ebenmäßige Gesichtszüge. Wenn er etwas erreichen wollte, gelang es ihm gewöhnlich mit einem Lächeln, nicht mit einem Stirnrunzeln. Er liebte die Annehmlichkeiten des Lebens in London über alles: schöne Kleidung, gute Manieren, linnene Bettwäsche und sanitäre Anlagen. Seine größte Sorge war, Papa könne es sich in den Kopf gesetzt haben, ihn wieder mit nach Córdoba zu nehmen. Die Aussicht, erneut unter die Fuchtel seines älteren Bruders Paulo zu geraten, war Micky unerträglich. Sollte Micky eines Tages nach Córdoba zurückkehren, dann aus eigenem Entschluß und als bedeutender Mann. Er mußte also seinen Vater davon überzeugen, daß er ihm hier in London nützlich sein konnte.

Es war ein sonniger Samstagnachmittag, und sie flanierten über den South Carriage Drive. Der Hydepark war mit vielen gutgekleideten Londonern bevölkert, die das schöne Wetter genossen. Nur Papa war nicht in Genießerlaune. „Ich muß diese Gewehre bekommen!“ brummte er auf spanisch.

„Du könntest sie zu Hause kaufen“, bemerkte Micky.

„Zweitausend Stück?“ schnaubte Papa. „Ja, das könnte ich wohl, aber dann pfeifen es die Spatzen von den Dächern.“

Er wollte es also geheimhalten. Micky hatte keine Ahnung, was Papa im Schilde führte. Seit dem inzwischen legendären „Marsch der Gauchos“, als Papa seine Männer über die Anden geführt hatte, um die Provinz Santamaria von der spanischen Herrschaft zu befreien, hatte es in Córdoba keinen Krieg mehr gegeben.

Micky wollte ihn nicht fragen, für wen die Waffen bestimmt waren. Er fürchtete sich vor der Antwort. „Wie dem auch sei, Waffen von solcher Qualität bekommst du zu Hause ohnedies nicht.“

„Das stimmt“, sagte Papa. „Die Westley-Richards ist ein gutes Gewehr. Aber wie können die Geld verlangen, bevor sie liefern?“

Micky hatte Papa bei der Auswahl der Gewehre helfen können. Waffen aller Art hatten ihn schon immer fasziniert, und er hielt sich stets auf dem laufenden über die neuesten technischen Entwicklungen. Was Papa brauchte, waren kurzläufige Gewehre, die auch für einen Reiter nicht zu unhandlich waren. Doch Papa begriff nicht, wie der internationale Handel funktionierte. Er hatte sich eingebildet, der

Fabrikant würde die Waffen nach Córdoba liefern und dort die Bezahlung entgegennehmen. In Wirklichkeit lief es genau andersherum: Die Zahlung war fällig, bevor die Waffen die Fabrik in Birmingham verließen.

„Es wird sich schon eine Lösung finden", versuchte Micky seinen Vater zu beschwichtigen. „Dafür sind Handelsbanken schließlich da. Die Bank begleicht die Rechnung der Fabrik und kümmert sich darum, daß die Waffen nach Córdoba verschifft werden und auf der Fahrt ordnungsgemäß versichert sind. Wenn die Ladung angekommen ist, wird die Bank in ihrer Niederlassung in Córdoba deine Bezahlung entgegennehmen."

„Aber wovon leben diese Bankleute?"

„Sie schneiden sich überall ein Scheibchen Profit ab. Sie handeln mit dem Waffenfabrikanten einen herabgesetzten Preis aus, berechnen eine Vermittlungsgebühr für Fracht und Versicherung und lassen sich von dir den vollen Preis für die Gewehre bezahlen."

Papa nickte. Obwohl er versuchte, sich nichts anmerken zu lassen, war er beeindruckt.

Sie verließen den Park und schlugen den Weg zu dem Haus ein, das Joseph und Augusta Pilaster gehörte.

In den sieben Jahren, die seit Peter Middletons Tod vergangen waren, hatte Micky all seine Ferien bei den Pilasters verbracht. Nach seinem Schulabschluß hatte er sich mit Edward für ein Jahr auf eine Reise durch Europa begeben und war danach drei Jahre lang Edwards Zimmergenosse an der Universität von Oxford gewesen, wo sie sich hauptsächlich den Zechgelagen und dem Glücksspiel widmeten und keine Gelegenheit ausließen, Unruhe zu stiften.

Micky hatte Mrs. Pilaster nie wieder geküßt, obwohl er es gern getan hätte. Und er spürte, daß sie es ihm vielleicht sogar erlaubt hätte. Aus reiner Berechnung hatte Micky sich zurückgehalten. Daß es ihm gelungen war, von einer der reichsten Familien Englands beinahe wie ein Sohn aufgenommen zu werden, war von unschätzbarem Vorteil. Es wäre heller Wahnsinn gewesen, Joseph Pilasters Ehefrau zu verführen und damit diese Vorzugsstellung zu gefährden.

Edwards Eltern waren erst kürzlich in ihr neues Haus an der Kensington Gore gezogen. Im Norden lagen der Hydepark und die Gärten von Kensington Palace. Für eine reiche Bankiersfamilie war diese Umgebung geradezu ideal. Aufsehenerregend war das Haus, das Augusta „Whitehaven House" nannte, auf jeden Fall. Es war aus roten Ziegeln und weißem Naturstein erbaut. Große, bleiverglaste Fenster zierten das Erdgeschoß und den ersten Stock, über dem ein hoher, getreppter Dreiecksgiebel mit drei Reihen von Fenstern aufragte: sechs in der untersten Reihe, vier in der mittleren und zwei weiteren in der Giebelspitze. Auf jeder Stufe des Giebels ruhte ein in Stein gemeißeltes Tier: Löwen, Drachen und Affen. Die Spitze des Giebels trug ein gemeißeltes Schiff, das unter vollen Segeln stand.

„Ein zweites Haus wie dieses findest du in ganz London nicht", bemerkte Micky. Sie waren stehengeblieben und betrachteten das Gebäude.

„Das ist zweifellos der Eindruck, den die Dame erwecken will", antwortete Papa.

Micky nickte. Papa kannte Augusta noch nicht, schätzte sie aber offensichtlich richtig ein. Die Eingangstür stand offen, und sie traten ein.

Augusta hatte zum Nachmittagstee geladen, um ihr neues Haus vorzuführen. Gäste und Dienstpersonal drängten sich in der Eingangshalle. Micky und sein Vater gaben ihre Hüte einem Diener und bahnten sich dann einen Weg durch die Menge in das weitläufige Wohnzimmer im rückwärtigen Teil des Hauses. Die Flügeltüren standen offen, und die Gäste verteilten sich auf der Terrasse und in dem langgestreckten Garten.

Micky mußte seinem Vater Augusta nicht erst zeigen.

Sie stand in der Mitte des Salons und trug ein königsblaues Seidenkleid mit einem tiefen, eckigen Ausschnitt. Als Papa ihre Hand ergriff, bedachte sie ihn mit einem hypnotischen Blick aus ihren dunklen Augen. „Señor Miranda", sagte sie mit dunkler, samtiger Stimme, „was für eine Freude, Sie endlich kennenzulernen. Micky hat mir oft von Ihrer großartigen Hazienda erzählt."

Papa war sofort hingerissen von ihr und beugte sich tief über ihre Hand. „Sie müssen uns eines Tages besuchen."

Gott behüte, dachte Micky. Augusta in Córdoba – sie wäre dort ungefähr so fehl am Platz wie ein Flamingo in einem Kohlenbergwerk.

„Sie führen mich direkt in Versuchung", sagte sie. Doch im gleichen Moment entzog sie Papa ihre Hand und sah über seine Schulter. „Ah, Captain Tillotson, wie reizend, daß Sie kommen konnten!" rief sie, und schon wandte sie sich ab, um ihren gerade eingetroffenen Gast zu begrüßen.

Papa stand hilflos da und brauchte einen Moment, um sich wieder zu fassen. „Bring mich zum Direktor der Bank!" befahl er Micky brüsk.

„Sofort", sagte Micky und hielt nach dem alten Seth Ausschau. Der ganze Pilaster-Clan war anwesend, einschließlich sämtlicher Tanten, Schwägerinnen und Schwäger sowie der Cousins und Cousinen. Die meisten anderen Gäste waren sogenannte „Geschäftsverbindungen", schätzte Micky – oder Konkurrenten, dachte er, als er die hagere, aufrechte Gestalt Ben Greenbournes sah, des Leiters der gleichnamigen Bank. Er war der Vater von Solomon, dem Jungen, den Micky als „Fatty" gekannt hatte. Seit ihrer Schulzeit waren sie einander nicht mehr begegnet. Fatty hatte nicht studiert, sondern war sofort in die väterliche Bank eingetreten.

Während es in der Aristokratie als vulgär galt, über Geld zu sprechen, kannten diese Männer keine derartigen Vorbehalte. Immer wieder hörte Micky das Wort „Crash", Zusammenbruch. Die englischen Zeitungen sprachen mitunter auch vom „Krach", hatte das Ganze doch in Österreich begonnen. Nach Auskunft Edwards, der erst kürzlich in der Familienbank angefangen hatte, waren die Aktienkurse gesunken, und der Diskontsatz stand hoch. Manche Leute waren beunruhigt, doch die Pilasters glaubten zuversichtlich, daß Wien London nicht mit in den Abgrund reißen werde.

Micky führte Papa durch die Flügeltüren hinaus auf die Terrasse. Dort saß der alte Seth. Trotz des warmen Frühlingswetters lag eine Decke über seinen Knien. Er war noch geschwächt von einer nicht näher benannten Krankheit und wirkte zerbrechlich, doch dank der charakteristischen Hakennase der Pilasters war er allemal eine respekteinflößende Erscheinung.

„Mr. Pilaster, ich möchte Ihnen meinen Vater vorstellen, Señor Carlos Miranda, der aus Córdoba zu Besuch gekommen ist."

Seth Pilaster schüttelte Papa die Hand. „Aus Córdoba, wie? Meine Bank unterhält eine Niederlassung in Ihrer Hauptstadt Palma."

„Ich komme nur selten in die Hauptstadt", sagte Papa. „Ich besitze eine Hazienda."

„Demnach handeln Sie mit Rindfleisch. Investieren Sie in Kühlung!"

Micky bemerkte Papas Verblüffung. „Jemand hat eine Maschine erfunden, mit der sich Fleisch kühl halten läßt", erklärte er rasch. „Wenn sich diese Maschine in Schiffe einbauen läßt, können wir unser Fleisch ungepökelt in die ganze Welt verschicken."

Papa runzelte die Stirn. „Das könnte sich als schlecht für uns erweisen. Ich besitze eine große Pökelanlage."

„Reißen Sie sie ab", riet Seth Pilaster. „Investieren Sie in Kühlanlagen."

Papa mochte es ganz und gar nicht, wenn ihm jemand vorschreiben wollte, was er zu tun und zu lassen hatte. Micky wurde nervös. Er blickte sich um und entdeckte Edward. „Papa, ich möchte dir meinen besten Freund vorstellen.“ Es gelang ihm, seinen Vater von Seth Pilaster abzulenken und wegzuführen. „Erlaube mir, dir Edward Pilaster vorzustellen.“ Papa gab Edward die Hand. „Können wir einen Augenblick über etwas Geschäftliches sprechen?“ wandte sich Micky an Edward.

Die drei traten von der Terrasse auf den vor kurzem angelegten Rasen. Die Rabatten waren erst jüngst mit winzigen Sträuchern bepflanzt worden.

„Papa hat hier einige Großeinkäufe getätigt“, erklärte Micky. „Nun müssen wir den Transport und die Finanzierung arrangieren.“

Edward war ganz Ohr. „Es wird mir eine Freude sein, das für euch zu erledigen. Um was für eine Fracht handelt es sich denn?“

„Um Gewehre.“

Edward zog ein langes Gesicht. „Oh. In diesem Fall können wir euch nicht helfen.“

Das war Micky ein Rätsel. „Warum nicht?“

„Wegen des alten Seth. Du weißt, er ist Methodist. Na ja, das sind wir alle, die ganze Familie, aber er ist religiöser als die anderen. Waffenkäufe finanziert er nicht, unter keinen Umständen. Und da er der Senior unter den Teilhabern ist, ist das auch die offizielle Politik der Bank.“

Micky verspürte ein flaues Gefühl im Magen. „Der verdammte alte Heuchler steht doch schon mit einem Fuß im Grab. Was mischt er sich da noch ein?“

„Er wird sich bald von den Geschäften zurückziehen“, erklärte Edward. „Aber ich nehme an, daß Onkel Samuel sein Nachfolger wird, und der hat die gleiche Einstellung.“

Das war ja noch schöner! Samuel war Seths Sohn, ein Junggeselle von dreiundfünfzig Jahren, der sich allerbester Gesundheit erfreute.

„Dann werden wir uns wohl eine andere Handelsbank suchen müssen“, meinte Micky.

„Das sollte euch keine Schwierigkeiten machen“, erwiderte Edward, „vorausgesetzt, ihr könnt zwei einwandfreie Referenzen vorlegen.“

„Referenzen? Wozu?“ fragte Micky.

„Jede Bank braucht eine gewisse Rückversicherung, daß sie es mit einem soliden Geschäftsmann zu tun hat.“

In Südamerika war Papa ein Caudillo, ein Landbesitzer aus der Provinz, der über eine Heerschar von Gauchos gebot, die ihm gleichzeitig als Privatarmee diente. Seine Herrschaft übte er auf eine Art und Weise aus, wie sie die Briten seit dem Mittelalter nicht mehr erlebt hatten. Das wäre ja, als ob Wilhelm der Eroberer Referenzen vorlegen müßte!

Edward gegenüber gab Micky sich ungerührt. „Wir werden schon das Richtige vorlegen", sagte er. In Wirklichkeit war er vollkommen ratlos. Doch wenn er in London bleiben wollte, mußte das geplante Geschäft zustande kommen.

Sie schlenderten wieder auf die überfüllte Terrasse zu. Papa hatte die Unterhaltung nicht verstanden, und daher ahnte er bis jetzt noch nicht, daß das Geschäft gefährdet war. Doch Micky wußte, daß er ihm bald reinen Wein einschenken mußte – und dann bekam er bestimmt großen Ärger.

Augusta erschien auf der Terrasse und wandte sich an Edward. „Teddy, sei so lieb und such mir Hastead", bat sie ihn. Hastead war ihr ergebener Butler. „Es ist kein Fruchtsaft mehr da, und der elende Kerl ist wie vom Erdboden verschluckt."

Edward kam ihrer Bitte umgehend nach, und Augusta beehrte Papa mit einem herzlichen Lächeln. Dann betrachtete sie Micky. Ihr feines Gespür für die Stimmungen anderer ließ sie sofort erkennen, daß mit Micky etwas nicht stimmte. „Ich sehe, daß du dich nicht amüsierst", sagte sie. „Was ist los?"

Ohne das geringste Zögern vertraute er sich ihr an. „Ich hatte gehofft, Edward mit Papas Hilfe einen neuen Geschäftsabschluß für die Bank zu verschaffen. Aber es geht um Waffen, und Edward erklärte mir soeben, daß Seth dergleichen nicht finanziert."

„Seth wird nicht mehr lange Seniorpartner sein", meinte Augusta.

„So wie es aussieht, denkt Samuel genauso wie sein Vater."

„So?" Augustas Ton war schelmisch. „Wer behauptet denn, daß Samuel der neue Seniorpartner wird?"

HUGH PILASTER trug eine neue himmelblaue Krawatte im Ascot-Stil mit breitem Knoten, der von einer Nadel zusammengehalten wurde. Eigentlich hätte er längst ein neues Jackett gebraucht, aber er konnte es sich nicht leisten, so daß er sich damit begnügen mußte, seine alte Jacke mit einer neuen Krawatte aufzuwerten.

Es war ein wenig peinlich, so wenig Geld zu besitzen und bei Tante Augusta leben zu müssen. Aber im Bankhaus Pilaster hatte jeder von der Pike auf zu dienen. Hugh absolvierte eine Banklehre und wurde entsprechend schlecht dafür bezahlt.

Viele der Anwesenden waren natürlich mit ihm verwandt. Sein

Vater, Tobias, und Edwards Vater, Joseph, waren Brüder gewesen. Doch Hughs Vater hatte der Bank sein Kapital entzogen und sein eigenes Unternehmen gegründet, war erst bankrott gegangen und hatte dann Selbstmord verübt. Hugh hatte deshalb das teure Internat in Windfield verlassen müssen und war Tagesschüler an der Folkestone Akademie geworden. Er war auch nicht auf die Universität gegangen, sondern hatte mit neunzehn Jahren beginnen müssen zu arbeiten; deshalb lebte er heute bei seiner Tante. Er war ein Verwandter, gewiß, aber er war ein armer Verwandter: ein Stein des Anstoßes für die Familie.

Sein Vater war das Opfer einer Wirtschaftskrise geworden, doch das spielte keine Rolle. Sein Unternehmen hatte am 11. Mai 1866 Bankrott gemacht – an einem Tag, der in Bankierskreisen als „Schwarzer Freitag" bekannt war. An jenem Tag war eine Kreditbank namens Overend & Gurney Ltd. mit fünf Millionen Pfund Schulden zusammengebrochen und hatte viele Firmen mit sich in den Abgrund gerissen, darunter auch Tobias Pilaster & Co. Aber nach der Pilasterschen Philosophie konnte man im Geschäftsleben mit Entschuldigungen nichts ausbügeln.

Nun ja, dachte Hugh, auch ich bin ein Pilaster. Manchmal, wenn er über das Schicksal seines Vaters nachdachte, kochte die Wut in ihm hoch und verstärkte seine Entschlossenheit, es zum reichsten und angesehensten Mann der ganzen Familie zu bringen.

Dann sah er Tante Augusta auf sich zukommen. Sie hatte ein junges Mädchen im Schlepptau. „Mein lieber Hugh", sagte sie, „hier haben wir die liebe Miß Bodwin."

Hugh stöhnte innerlich. Rachel Bodwin war ein großes, intellektuell wirkendes Mädchen mit radikalen Ansichten. Hübsch war sie nicht mit ihrem stumpfbraunen Haar und den hellen, etwas zu eng beieinanderstehenden Augen, aber sie war lebhaft und interessant, und anfangs, als er noch neu in London war, hatte Hugh sie recht gern gehabt. Doch dann hatte Augusta sich in den Kopf gesetzt, ihn mit Rachel zu verheiraten, und das hatte die Freundschaft zerstört.

„Sie sehen reizend aus, Miß Bodwin", sagte er nun automatisch.

„Wie freundlich von Ihnen", erwiderte Rachel in gelangweiltem Ton.

Augusta wollte bereits gehen, als ihr Blick auf Hughs Krawatte fiel. „Gütiger Himmel! Was ist denn das? Du siehst aus wie ein Kneipenwirt!"

Hugh errötete. „Es ist eine neue Krawatte. Man nennt das Ascot-Stil."

„Die gibst du morgen dem Stiefelknecht“, befahl sie, ehe sie sich endgültig abwandte.

Eine tiefe Abneigung wallte in ihm auf. „Frauen sollten sich mit Kommentaren über die Kleidung eines Mannes zurückhalten“, sagte er mißgestimmt. „Das ist nicht damenhaft.“

„Ich bin der Meinung, Frauen sollten zu allem, was sie interessiert, ihren Kommentar abgeben“, erwiderte Rachel. „Deshalb sage ich Ihnen, daß mir Ihre Krawatte gefällt. Sie paßt zu Ihren Augen.“

Hugh lächelte. Ihr Kompliment versöhnte ihn. Ja, Rachel war wirklich ein nettes Mädchen. Tante Augustas Ehepläne hatten freilich andere Hintergründe. Rachel war die Tochter eines Anwalts, der sich auf Handelsrecht spezialisiert hatte. Ihre Familie rangierte auf der sozialen Leiter einige Stufen unter den Pilasters. Hätte Mr. Bodwin der Bank nicht nützliche Dienste erwiesen, wäre Rachel niemals zu dieser Gesellschaft eingeladen worden. Eine Verehelichung mit ihr hätte Hughs Status als Pilaster niederen Ranges endgültig besiegelt. Und nichts anderes hatte Tante Augusta im Sinn.

Rachel berührte sacht seinen Arm. „Hugh, hören Sie mir einen Moment lang zu. Ich mag Sie. Sie gehören zu den wenigen Leuten in der Londoner Gesellschaft, die nicht unerträglich langweilig sind. Aber ich liebe Sie nicht, und ich werde Sie niemals heiraten, ganz egal, wie oft Ihre Tante versucht, uns zusammenzubringen. Und ich weiß, daß Sie genauso empfinden, also brauchen Sie gar nicht erst so zu tun, als hätte ich Ihnen das Herz gebrochen.“

Nach einem Augenblick der Verblüffung mußte Hugh grinsen. Genau diese Direktheit war es, die er an Rachel so mochte. Und er nahm an, daß sie recht hatte: Jemanden zu mögen bedeutete nicht, ihn auch zu lieben. Hugh wußte nicht genau, was Liebe war, doch Rachel schien es zu wissen. „Heißt das, wir können unsere alten Streitgespräche über die Emanzipation der Frauen wiederaufnehmen?“ fragte er fröhlich.

„Ja, aber nicht heute“, sagte Rachel, und damit ließ sie ihn stehen.

DAS GESPRÄCH mit Micky Miranda hatte Augusta beunruhigt. Micky ging davon aus, daß Seths Sohn Samuel Seniorpartner werden würde, sobald der alte Seth sich auf das Altenteil zurückzog oder starb. Diese Idee hatte Micky bestimmt nicht aus der Luft gegriffen – ein Familienmitglied mußte ihn darauf gebracht haben. Doch Augusta wollte den Posten für Joseph, ihren Gatten, der Seths Neffe war.

Sie warf einen Blick durch das Wohnzimmerfenster und sah die vier Teilhaber auf der Terrasse beisammensitzen. Drei von ihnen waren

Pilasters: Seth, Samuel und Joseph – die Methodisten des frühen neunzehnten Jahrhunderts hatten ihren Kindern mit Vorliebe biblische Namen gegeben. Der vierte Teilhaber, Major George Hartshorn, hatte Josephs Schwester, Madeleine, geheiratet und war danach in die Bank eingetreten. Der ehemalige Armeeoffizier war ein angenehmer Mensch, doch die zur Leitung einer Bank erforderliche Klugheit fehlte ihm. Ohnehin hatte es noch nie einen Seniorpartner gegeben, der nicht den Namen Pilaster getragen hätte. Die einzigen Kandidaten, die für die Nachfolge ernsthaft in Betracht kamen, waren Samuel und Joseph. Die Nachfolgefrage wurde durch Abstimmung unter den Teilhabern geregelt, Augusta war jedoch fest entschlossen, ihren eigenen Willen durchzusetzen.

Der Seniorpartner des Bankhauses Pilaster war eine der wichtigsten Persönlichkeiten der Welt. In seinen Händen – und denen einiger weniger Kollegen wie J. P. Morgan, den Rothschilds und Ben Greenbourne – ruhte der Reichtum ganzer Nationen. Er wurde von Premierministern um Rat gebeten und von Diplomaten hofiert – und sie alle umschmeichelten seine Gattin. Joseph wollte den Posten gern haben, doch ihm fehlte jede Raffinesse. Es kam ihm gar nicht in den Sinn, selbst die Initiative zu ergreifen, um sich die angestrebte Position zu sichern. Es war zum Beispiel unvorstellbar, daß Joseph absichtlich seinen Rivalen in Mißkredit brachte.

Augusta würde Mittel und Wege finden müssen, ihm diese Dinge abzunehmen.

Samuels wunden Punkt herauszufinden bereitete ihr nicht die geringste Mühe. Der dreiundfünfzigjährige Junggeselle lebte mit einem jungen Mann zusammen, der entgegenkommenderweise als sein „Sekretär" bezeichnet wurde. Bisher hatte sich noch kein Familienangehöriger um Samuels Privatleben gekümmert. Augusta fragte sich jetzt, ob sich das nicht grundlegend ändern ließe.

Allerdings war Vorsicht geboten. Samuel war ein penibler Mensch, der zur Pedanterie neigte – doch ein Schwächling, der sich leicht einschüchtern ließ, war er nicht.

Als Augusta sich um ihre Gäste kümmerte, entdeckte sie ihre Schwägerin Madeleine Hartshorn. Arme Madeleine! Man sah ihr an, daß sie Josephs Schwester war, denn auch sie hatte die Pilaster-Nase. Eine Frau mit einem solchen Zinken war schlechtweg unattraktiv.

Augusta nahm Madeleine beiseite. „Komm, ich zeig dir mein Zimmer. Es wird dir bestimmt gefallen."

Augusta hatte ihr Schlafzimmer nach der neuesten Mode im japanischen Stil eingerichtet, mit geflochtenen Stühlen, einer Tapete mit

Pfauenaugenornamenten und Porzellantellern auf dem Kaminsims. Der Fenstersims wurde teilweise von Stores mit einem Libellenmuster verdeckt.

„Wie gewagt, Augusta!" rief Madeleine aus.

Madeleines Reaktion machte Augusta glücklich. „Komm, schau dir auch noch Josephs Zimmer an." Sie ging durch die Verbindungstür voran. Josephs Schlafzimmer war im gleichen Stil, wenn auch in gedämpfteren Tönen möbliert, mit lederfarbenen Tapeten und Brokatvorhängen. Augustas ganzer Stolz galt jedoch einer lackierten Vitrine, in der Josephs Sammlung juwelenbesetzter Schnupftabaksdosen auslag.

„Wie exzentrisch Joseph doch ist", meinte Madeleine mit einem Blick auf die Sammlung.

Augusta lächelte. „Er meint, sie seien eine gute Geldanlage."

Während Madeleine die Sammlung bewunderte, erinnerte sich Augusta wieder an ihre eigentlichen Absichten. „Madeleine, meine Liebe, so sag mir doch, was sollen wir nur wegen Samuel und seinem ‚Sekretär' unternehmen?"

Madeleine war verwirrt. „Müssen wir denn da etwas unternehmen?"

„Wenn Samuel Seniorpartner werden soll, bleibt uns gar nichts anderes übrig. Das Privatleben des Seniorpartners muß untadelig, wirklich vollkommen untadelig sein."

Madeleine verstand allmählich, worauf Augusta anspielte, und errötete. „Du willst doch wohl nicht andeuten, daß Samuel irgendwie . . . abartig veranlagt ist?"

„So genau möchte ich das niemals wissen", wich Augusta aus. „Doch es kommt natürlich darauf an, was die Leute denken."

Madeleine runzelte die Stirn, aber bevor sie eine Antwort geben konnte, führte Augusta ihre Schwägerin aus dem Zimmer. „Jetzt sollte ich mich wieder um meine Gäste kümmern." Im Augenblick galt es nur, Zweifel zu säen – alles Weitere wäre übereilt.

NACHDEM Micky und sein Vater die Teegesellschaft verlassen hatten, gingen sie zu Fuß nach Hause. Ihr Weg führte sie durch Grünanlagen, erst durch den Hydepark, dann durch den Green Park und schließlich durch den St. James's Park, bis sie die Themse erreichten. In der Mitte der Westminster Bridge legten sie eine kurze Rast ein und genossen die Aussicht. Vergnügungsschiffe boten im Licht der Abendsonne einen malerischen Anblick.

Insgeheim verfluchte Micky noch immer den alten Seth, der ihm einen Strich durch die Rechnung gemacht hatte. „Wir werden schon noch eine Lösung für die Gewehre finden", sagte er. „Mach dir deswegen keine Sorgen."

Papa zuckte die Achseln. „Wer legt uns Steine in den Weg?" wollte er wissen.

Es war eine einfache Frage, die im Sprachgebrauch des Miranda-Clans jedoch eine tiefere Bedeutung besaß. In Wirklichkeit hieß das nichts anderes als: Wen müssen wir beseitigen? In Córdoba hatte Papas rücksichtslose Brutalität dazu geführt, daß man ihn weithin fürchtete. Hier in England wäre er längst hinter Schloß und Riegel gelandet.

„Ich sehe keinen Anlaß für drastische Maßnahmen", beschwichtigte Micky ihn mit gespielter Sorglosigkeit, die seine innere Unruhe verbergen sollte.

„Bis jetzt besteht noch kein Grund zur Eile", erklärte Papa. „Zu Hause fängt gerade der Winter an. Vor dem nächsten Sommer wird es keine Kämpfe geben." Er sah Micky streng an. „Aber bis Ende Oktober *muß* ich die Waffen haben."

„Ich kümmere mich darum, Papa."

„Ich will, daß du in London bleibst", verkündete Papa aus heiterem Himmel.

„Das wäre vielleicht gar nicht so schlecht, Papa", erwiderte er erleichtert, bemüht, seine Begeisterung sorgfältig zu verbergen.

Dann ließ Papa die Bombe platzen. „Aber auf deine Monatswechsel mußt du verzichten. Die Familie kann nicht für deinen Unterhalt aufkommen. Das mußt du selber tun."

Micky war entsetzt. Papas Geiz war zwar ebenso legendär wie seine Brutalität – aber das kam nun doch unerwartet! Die Mirandas waren reich. Papa besaß Tausende von Rindern und das Monopol über den gesamten Pferdehandel, und außerdem gehörten ihm fast alle Läden in der Provinz Santamaria.

In England, das stimmte natürlich, war ihr Geld nicht allzuviel wert. Obwohl Micky sein Taschengeld bereits während der Schulzeit in Windfield mit Gewinnen beim Kartenspiel aufgebessert hatte, war er immer nur sehr knapp damit ausgekommen. Erst durch die Freundschaft mit Edward besserte sich seine finanzielle Lage. Selbst heute noch kam Edward für alle Kosten auf, die bei ihren gemeinsamen Unternehmungen anfielen – für Oper und Pferderennen, Jagdausflüge und Huren. Dennoch mußte Micky seine Miete und die Schneiderrechnungen begleichen und die Mitgliedsgebühren in den Clubs entrichten. Woher sollte das Geld denn kommen? Erwartete Papa etwa von ihm, daß er eine Stelle annahm? Allein der Gedanke daran war entsetzlich. Kein Miranda verdingte sich für Lohn.

Papa wechselte abrupt das Thema. „Ich will dir jetzt sagen, wofür die Gewehre bestimmt sind. Wir werden uns die Wüste aneignen."

Micky verstand nichts mehr. Die Ländereien der Mirandas grenzten an den kleineren Besitz der Familie Delabarca. Das Land im Norden der beiden Territorien war so unfruchtbar, daß bisher weder Papa noch sein Nachbar Anspruch darauf erhoben hatte. „Wozu brauchen wir denn die Wüste?" fragte Micky.

„Unter dem Sand liegt ein Mineral namens Salpeter. Es wird als Dünger benutzt. Es läßt sich per Schiff in die ganze Welt transportieren. Delabarca hat schon angefangen, es abzubauen. Der Salpeter hat seine Familie reich gemacht. Es wird nicht mehr lange dauern, bis die Delabarcas mächtiger sind als wir. Wir müssen sie vernichten."

Kapitel zwei: Juni 1873

DIE ARGYLL ROOMS, nur ein paar Schritte vom Piccadilly Circus entfernt, waren das beliebteste Etablissement Londons, aber Hugh war bisher noch nie dort gewesen. Obwohl es strenggenommen kein Bordell war, hatten die Argyll Rooms einen denkbar schlechten Ruf. Doch Edward hatte Hugh beiläufig gefragt, ob er nicht am Abend mit ihm und Micky ausgehen wolle. Jeder der drei trug einen Frack, und mit ihrer Kleidung taten sie kund, daß sie der Oberschicht angehörten und im Milieu Zerstreuung suchten.

Gaslampen tauchten den Ballsaal verschwenderisch in gleißendes Licht, das von riesigen vergoldeten Spiegeln zurückgeworfen wurde. Auf dem Tanzboden drängten sich die Paare, und, abgeschirmt durch ein goldfarbenes, ziseliertes Gitterwerk, spielte das halbverborgene Orchester eine zündende Polka.

Die Mädchen trugen Abendkleider mit Turnüren, zum Teil mit sehr gewagten Dekolletés, und die erstaunlichsten Hüte. Es waren keine Prostituierten, sondern ganz normale Mädchen aus der Stadt, Verkäuferinnen und Dienstmädchen.

Hugh war benommen. Überall Mädchen – und alle waren sie nur aus einem einzigen Grund gekommen: Sie wollten flirten. Eine merkwürdig prickelnde Mischung aus Schicklichkeit und Zügellosigkeit beherrschte die Atmosphäre.

Die Polka ging zu Ende, und einige Tänzerinnen und Tänzer begaben sich wieder an ihre Tische. Plötzlich fuchtelte Edward mit dem Zeigefinger in der Luft herum. „Das ist doch Fatty Greenbourne!" rief er.

Hugh blickte in die angegebene Richtung: Tatsächlich – da war er, ihr ehemaliger Schulkamerad, feister denn je. Die weiße Weste schien aus allen Nähten zu platzen. Und an seinem Arm hing ein Mädchen von berückender Schönheit. Fatty und seine Begleiterin ließen sich an einem Tisch nieder.

„Warum setzen wir uns nicht für ein Weilchen zu ihnen?" fragte Micky.

Hugh, der darauf brannte, das Mädchen aus der Nähe zu betrachten, stimmte bereitwillig zu, woraufhin die drei jungen Männer zielstrebig durch die Tischreihen hindurchsteuerten.

„Guten Abend, Fatty!" grüßte Edward fröhlich.

„Hallo, alte Bande", erwiderte der Angesprochene. „Man nennt mich neuerdings Solly", fügte er freundlich hinzu, bevor er sich an seine Begleiterin wandte. „Miß Robinson, darf ich Ihnen ein paar ehemalige Schulkameraden vorstellen? Edward Pilaster, Hugh Pilaster und Micky Miranda."

Miß Robinsons Reaktion war verblüffend. Sie erblaßte unter ihrem Rouge. „Pilaster? Etwa aus der Familie von Tobias Pilaster?"

„Tobias Pilaster war mein Vater", erwiderte Hugh. „Woher kennen Sie den Namen?"

Die junge Frau hatte sich schnell wieder gefaßt. „Mein Vater war bei Tobias Pilaster & Co. angestellt. Als Kind habe ich mich immer gefragt, wer Co. ist." Sie lachte, und die anfangs spürbare Spannung war verflogen. „Wollen Sie sich nicht setzen, meine Herren?"

Auf dem Tisch stand eine Flasche Champagner. Solly bedeutete dem Ober, ein paar zusätzliche Gläser zu bringen. „Das ist ja ein richtiges Treffen alter Windfield-Schüler", sagte er. „Stellt euch vor, wer noch hier ist – Tonio Silva. Er ist auf der Tanzfläche und tanzt mit Miß April Tilsley, Miß Robinsons Freundin."

„Sie können mich ruhig Maisie nennen", bot Miß Robinson an. „Ich bin nicht so förmlich." Und sie zwinkerte Solly frech zu.

Hugh betrachtete sie aufmerksam. Sie war recht klein, wirkte jedoch mit dem hoch aufgetürmten Haar und einem riesigen, mit künstlichen Blumen und Früchten verzierten Hut ein gutes Stück größer. Der Hut beschattete ein freches Gesichtchen mit grünen Augen, in denen der Schalk saß. Hugh konnte seinen Blick kaum von ihr lassen. Nach kurzer Zeit bemerkte Maisie es und erwiderte den Blick. Hugh lächelte verlegen und wandte sich ab.

Der Tanz war vorüber. Tonio Silva geleitete Miß April Tilsley an den Tisch. Hugh war Tonio seit der gemeinsamen Schulzeit nur wenige Male begegnet, hätte ihn aber an seinem karottenroten Haarschopf sofort wiedererkannt. Bis zu jenem unglückseligen Tag im Jahr 1866 waren sie die besten Freunde gewesen.

Seit damals hatte sich Hugh immer wieder gefragt, was am Badeteich wirklich geschehen war. Die Version der Zeitungen, der zufolge Edward versucht hatte, Peter Middleton zu retten, hatte er nie geglaubt. Dazu fehlte Edward ganz einfach der Mut. Aber Tonio war nach wie vor verschwiegen wie ein Grab, und der einzige andere Zeuge, Albert Cammel, lebte inzwischen in der Kapkolonie.

Tonio schüttelte Micky die Hand. „Wie geht's, Miranda?" Obwohl Tonios Stimme nichts anzumerken war, spürte Hugh, daß er die alte Angst immer noch nicht überwunden hatte.

Tonios Begleiterin, April, war nach Hughs Einschätzung ein wenig älter als Maisie und, da sie etwas verhärmt wirkte, nicht ganz so attraktiv. Maisie hingegen redete viel und war die hübscheste Frau im Saal.

Hugh suchte krampfhaft nach einem Gesprächsthema. „Leben Sie schon immer in London, Miß Robinson?" platzte er schließlich heraus.

„Nein, erst seit drei Tagen", antwortete sie.

„Erst seit so kurzer Zeit? Wo waren Sie denn vorher?"

„Auf Reisen", erwiderte Maisie, wandte sich ab und sagte etwas zu Solly.

„Maisie hat vier Jahre lang bei einem Zirkus gearbeitet", erklärte April.

„Du meine Güte! Was tat sie denn da?"

„Reiten ohne Sattel. Auf trabenden Pferden stehen. Von einem Pferderücken auf den anderen springen und solche Sachen", antwortete Maisie ihm selbst.

„Im Trikot natürlich", fügte April hinzu.

Maisie im Trikot – diese Vorstellung nährte das Feuer in Hugh. „Wie sind Sie zu dieser Arbeit gekommen?"

Maisie zögerte einen Augenblick. Dann drehte sie sich auf ihrem Stuhl um und sah Hugh in die Augen. In ihrem Blick lag ein gefährlicher Glanz. „Das will ich Ihnen sagen", begann sie. „Mein Vater arbeitete für Tobias Pilaster & Co. Ihr Vater betrog ihn um einen Wochenlohn. Meine Mutter war sehr krank. Ohne das Geld stand ich vor der Wahl: Entweder ich hungere – oder Mutter stirbt. Da lief ich von zu Hause fort. Ich war damals elf."

Hugh spürte, wie ihm das Blut in den Kopf schoß. „Ich glaube nicht, daß mein Vater jemals irgendeinen Menschen betrogen hat", rechtfertigte er sich. „Außerdem dürften Sie mit elf Jahren noch kaum imstande gewesen sein zu verstehen, was damals geschah. Ihr Vater hätte keine Kinder in die Welt setzen sollen, wenn er sie nicht ernähren konnte."

„Er konnte sie ernähren!" fauchte Maisie. „Er arbeitete wie ein Sklave – und dann kam Ihr Vater und stahl sein Geld!"

„Mein Vater hat Bankrott gemacht, aber er war kein Dieb!"

„Für den, der auf der Verliererseite steht, ist das dasselbe."

„Nein, es ist nicht dasselbe. Und Sie sind unverschämt, wenn Sie das behaupten!" Hugh wußte, daß es an der Zeit war, den Mund zu halten, aber er war zu wütend. „Seit meinem dreizehnten Lebensjahr muß ich mit anhören, wie die Familie Pilaster meinen Vater in den Dreck zieht. Ich lasse mir das nicht auch noch von einer Zirkusartistin bieten."

Maisie erhob sich. Ihre Augen funkelten wie geschliffene Smaragde. Im ersten Moment glaubte Hugh, sie wolle ihn schlagen. Doch sie kehrte ihm den Rücken zu. „Komm, Solly, tanz mit mir! Vielleicht ist dein ungehobelter Freund nachher verschwunden."

DER STREIT zwischen Hugh und Maisie brachte die Tischgesellschaft auseinander. Während Solly und Maisie sich entfernten, beschlossen die anderen, sich einen Rattenkampf anzusehen. Obwohl derartige Veranstaltungen gesetzlich verboten waren, kannte Micky Miranda ein halbes Dutzend Arenen.

Als sie die Argyll Rooms verließen und in jenem Londoner Stadtviertel untertauchten, das als „Babylon" bekannt war, war es bereits dunkel. Außer Sichtweite der königlichen Paläste von Mayfair, aber von den Herrenclubs von St. James aus bequem erreichbar, begann ein Gewirr kleiner Straßen und Gassen, das von Spielsalons, Opiumhöhlen und Bordellen beherrscht wurde. Micky und seine Freunde bogen in eine kleine Seitengasse ein. Nachdem Micky sich vergewissert hatte, daß die anderen ihm noch folgten, betrat er eine finstere Kaschemme, marschierte, vorbei an der Bar, geradewegs zur Hintertür hinaus, überquerte einen Hinterhof und öffnete die Tür zu einem windschiefen Holzschuppen.

Ein ungepflegter Mann in einem langen, schmierigen Mantel verlangte vier Pence als Eintrittsgeld. Edward zahlte, und sie traten ein.

Das Innere des Gebäudes war hell erleuchtet und voller Tabakrauch. Etwa fünfzig Männer und ein paar Frauen umstanden eine kreisförmige Arena. Ein paar Männer hatten Hunde mitgebracht; sie trugen sie entweder auf dem Arm oder hatten sie am Stuhlbein festgebunden.

Micky deutete auf einen bärtigen Mann, der einen Hund an einer schweren Kette hielt. Es war ein untersetztes, muskulöses Tier mit einem massigen Kopf und einem kräftigen Kiefer. „Das ist der nächste", sagte Micky.

Edward entfernte sich, um bei einer Frau mit einem Tablett ein paar Drinks zu erstehen. Micky wandte sich auf spanisch an Tonio, auch wenn es unhöflich war, dies vor Hugh und April zu tun. „Na, und was treibst du so?"

„Ich bin Attaché an der Botschaft Córdobas in London."

„Ach, tatsächlich!" Die Mitteilung machte Micky neugierig. Tonio verdankte den Posten zweifellos seiner Familie, die in Córdobas Hauptstadt Palma über hervorragende Verbindungen verfügte. Verglichen mit den Silvas war Papa ein einflußloser Provinzfürst.

„Worin besteht deine Arbeit?" fragte Micky.

„Ich beantworte Briefe britischer Firmen, die in Córdoba Geschäfte machen wollen." Tonio senkte die Stimme. „Sag's ja nicht weiter, aber ich habe am Tag nicht mehr als zwei oder drei Briefe zu schreiben."

„Wirst du bezahlt?" Viele Diplomaten waren finanziell unabhängig und arbeiteten ohne Entgelt.

„Nein. Aber ich habe ein Zimmer im Haus des Botschafters. Das Essen ist frei, und ich bekomme eine Kleidungszulage. Außerdem werden mir die Mitgliedsbeiträge für die Clubs erstattet."

Micky war fasziniert. Das wäre der ideale Job für mich, dachte er voller Neid. Ob es eine Chance gab, Tonio aus dieser Stellung zu verdrängen?

Edward kam mit fünf gefüllten Brandygläsern zurück und verteilte sie. Micky leerte das seine mit einem Zug. Das Getränk war ebenso billig wie stark.

Mit einemmal begann der Hund zu knurren, riß an der Kette und fing an, wie verrückt im Kreis herumzulaufen. Micky drehte sich um und sah zwei Männer hereinkommen, die einen großen Käfig mit riesigen Ratten mit sich führten. Die Ratten gebärdeten sich noch wilder als der Hund. Sie rannten sich gegenseitig um und kreischten vor Angst. Der Eingang wurde von innen verschlossen, und der Mann mit dem schmierigen Mantel nahm die ersten Wetten entgegen. Hugh hatte noch nie so große Ratten gesehen.

„Wie viele bei dieser Runde?" erkundigte sich Edward.

„Sechs Dutzend", erwiderte der Mann.

„Das heißt, sie schicken diesmal zweiundsiebzig Ratten in die Grube", erläuterte Edward.

„Und wie funktioniert das mit den Wetten?" fragte Tonio.

„Du kannst entweder auf den Hund oder auf die Ratten setzen. Wenn du glaubst, daß die Ratten gewinnen, kannst du auf die Anzahl der Ratten setzen, die beim Tod des Hundes noch am Leben sind.“

Der ungepflegte Mann rief die Gewinnquoten aus. Für das Geld, das er annahm, gab er Zettel aus, auf die er mit einem dicken Stift Zahlen gekritzelt hatte. Edward setzte ein Pfund auf den Hund, Micky einen Shilling auf sechs überlebende Ratten. Gewann er, so war ihm das Fünffache des Einsatzes sicher. Hugh lehnte es ab, sich an der Wette zu beteiligen. Alter Langweiler, dachte Micky.

Die Arena war 1,30 Meter tief und von einem annähernd ebenso hohen Holzzaun umgeben. Leuchter tauchten die Grube in grelles Licht. Die Rattenträger hoben den Käfig. Einen Augenblick herrschte gespannte Stille.

„Zehn Guineen auf den Hund“, erklang plötzlich Tonios Stimme.

Micky war überrascht. So, wie Tonio sich geäußert hatte, gewann man den Eindruck, daß er mit seinem Geld recht sparsam umgehen mußte. Riskierte er etwa Wetten, die er sich nicht leisten konnte?

Auch für den Buchmacher war die Wette riskant. Doch nach kurzem Zögern kritzelte er die Zahlen auf einen Zettel, reichte ihn Tonio und steckte dessen Geld ein.

Die Männer holten aus, als wollten sie die Ratten mitsamt dem Käfig in die Grube werfen. In letzter Sekunde öffnete sich eine mit einem Scharnier befestigte Klappe, und die Ratten flogen durch die Luft. April schrie erschrocken auf, und Micky lachte.

Mit tödlicher Konzentration machte sich der Hund an die Arbeit. Rhythmisch klappten seine Kiefer zusammen, als die Ratten auf ihn herabregneten. Er packte sich ein Tier, brach ihm mit einer ruckartigen Bewegung seines riesigen Kopfes den Hals, ließ den Kadaver fallen und schnappte sich das nächste. Der Blutgeruch war ekelerregend. Alle Hunde im Raum bellten wie wahnsinnig, und die Zuschauer tobten und kreischten. Micky lachte lauthals.

Ein paar Sekunden lang lief alles zugunsten des Hundes, und es gelang ihm, ein gutes Dutzend Ratten zu töten. Doch dann, wie auf ein geheimes Signal, stürzten sich die Ratten auf ihren Widersacher, verbissen sich in seinen Beinen und seinen kurzen Schwanz. Einige sprangen ihm auf den Rücken und bissen ihn in Hals und Ohren.

Der Hund wirbelte in schwindelerregender Hast durch die Grube und tötete eine Ratte nach der anderen, aber es waren immer ein paar Widersacher hinter ihm. Die Hälfte der Ratten war tot, als er zu erlahmen begann. Die Ratten spürten die Schwäche des Hundes und wurden kühner. Einige attackierten nun den hinteren Teil seines Körpers. Ermattet schnappte er nach ihnen, müde brach er ihnen das Rückgrat, erschöpft ließ er sie auf den blutverschmierten Boden fallen. Doch dann versagten ihm seine Beine den Dienst, und sein Kopf sank zu Boden.

Micky zählte: Sechs Ratten waren übriggeblieben. Er drehte sich nach seinen Begleitern um. Hugh sah mitgenommen aus. „Starker Tobak für deinen Magen, was?"

„Der Hund und die Ratten verhalten sich so, wie die Natur es vorgesehen hat. Was mich anwidert, sind die Menschen hier."

Mit blitzenden Augen sah April zu Tonio auf – einem Mann, der es sich, wie sie glaubte, leisten konnte, bei einer Wette zehn Guineen zu verlieren.

Micky beobachtete Tonio und erkannte in seiner Miene einen Anflug von Panik. Ich glaube, Tonio kann es sich nicht leisten, zehn Guineen zu verlieren, dachte er und ging dann zum Buchmacher, um seinen Gewinn zu kassieren: fünf Shilling. Der Abend hatte sich finanziell bereits gelohnt. Doch irgendwie hatte er das Gefühl, daß sich das, was er über Tonio in Erfahrung gebracht hatte, am Ende noch als wesentlich wertvoller erweisen könnte.

Kapitel drei: Juli 1873

ALS KLEINER Junge hatte Hugh stets geglaubt, das Bankhaus Pilaster gehöre den Aufsehern. In Wirklichkeit waren die Männer nur Dienstboten niederen Ranges. Ihre Körperfülle und die tadellosen Gehröcke mit silbernen Uhrketten über den Westen, vor allem aber die ehrfurchtgebietende Würde, mit der sie durch die Bank stolzierten, erweckten bei dem Kind den Eindruck, sie seien die wichtigsten Personen im ganzen Haus.

Der erste, der dem damals zehnjährigen Hugh die Bank gezeigt hatte, war sein Großvater gewesen, der Bruder des alten Seth. In der marmornen Schalterhalle im Erdgeschoß war er sich vorgekommen wie in einer Kirche – so groß, still und feierlich war das alles. Die Arbeit der Angestellten war Hugh geheimnisvoll erschienen. Doch von Geheimnissen konnte inzwischen nicht mehr die Rede sein. Hugh wußte, daß die schweren, in Leder gebundenen Hauptbücher keine mysteriösen Texte enthielten, sondern lediglich Listen über finanzielle Transaktionen, beflissen niedergeschrieben von den Banklehrlingen. Er selbst hatte viele Tage mit dem Schreiben zugebracht und seine verkrampften Finger mit Tinte bekleckert. Ein Wechsel war kein Zauberspruch, sondern das auf einem Formular festgehaltene und von der Bank garantierte Versprechen, zu einem bestimmten Termin einer Zahlungsverpflichtung nachzukommen. Und hinter dem Wort „Diskont", worunter er als Kind die Aufgabe verstanden hatte, rückwärts von hundert bis null zu zählen, steckte die Praxis, Wechsel zu einem etwas geringeren Preis als ihrem Nennwert zu kaufen, sie bis zum Fälligkeitstermin zu behalten und dann mit einem kleinen Gewinn einzulösen.

Hugh war Assistent des Bürovorstehers Jonas Mulberry. Dieser war etwa vierzig Jahre alt und glatzköpfig, ein herzensguter, aber etwas mürrischer Mann. Er nahm sich stets die Zeit, Hugh alles ausführlich zu erklären, war jedoch, wenn er nur den geringsten Anlaß sah, ihm Nachlässigkeit vorwerfen zu können, sehr rasch mit Tadel bei der Hand.

An diesem Morgen hatte er Hugh gebeten, die Zeichnungen für die Rußland-Anleihen zu zählen. Die Bank finanzierte eine Anleihe in Höhe von zwei Millionen Pfund Sterling für die russische Regierung. Das Bankhaus Pilaster hatte die Anleihen, deren Nennwert hundert Pfund betrug, jedoch zum Preis von dreiundneunzig Pfund angeboten, so daß der effektive Jahreszins bei fünf drei achtel Prozent lag. Der größte Teil der Anleihen war von anderen Banken aufgekauft, ein Teil aber auch privaten Interessenten angeboten worden.

Das Zählen kostete Hugh fast den ganzen Tag. Kurz vor vier Uhr prüfte er das letzte Bündel und addierte die letzte Zahlenreihe. Anleihen im Wert von etwas über hunderttausend Pfund waren unverkauft geblieben. Die Teilhaber würden enttäuscht sein.

Hugh übertrug seine Abrechnung säuberlich auf ein Blatt Papier und machte sich auf den Weg zu Mulberry. In der Schalterhalle war Ruhe eingekehrt. Nur wenige Kunden standen vor dem Schaltertisch. Dahinter waren die Angestellten eifrig damit beschäftigt, schwere Hauptbücher aus ihren Schrankfächern zu nehmen oder wieder hineinzustellen.

Das Bankhaus Pilaster war eine Handelsbank, die vorwiegend Kaufleuten Kredite gewährte, und führte deshalb nur wenige Privatkonten. Allerdings unterhielt jedes einzelne Familienmitglied ein Konto bei der Bank, und es gab einige wenige sehr reiche Kunden, denen man diese Möglichkeit ebenfalls einräumte. Einer dieser Kunden fiel Hugh in diesem Moment auf: Sir John Cammel, dessen Sohn Albert Hugh aus seiner Schulzeit in Windfield kannte. Sir John war hager und kahlköpfig. Aus Kohlengruben und Werften, die zu seinen Ländereien in Yorkshire gehörten, bezog er ein gewaltiges Einkommen.

Er ging auf den Marmorfliesen auf und ab, wirkte ungeduldig und schlecht gelaunt. Hugh trat auf ihn zu. „Ich hoffe, Sie werden schon bedient, Sir John?“

„Nein, eben nicht, mein Junge. Arbeitet denn hier überhaupt kein Mensch mehr?“

Hugh blickte sich rasch um. Keiner der Teilhaber war zu sehen, weshalb er beschloß, selbst die Initiative zu ergreifen. „Würden Sie bitte mit in das Direktionszimmer kommen, Sir? Ich bin überzeugt, die Herren werden sich freuen, Sie zu sehen.“

Hugh führte Sir John die Treppe hinauf. Die Teilhaber arbeiteten alle zusammen in einem Raum, der mit Ledersofas und Bücherschränken ausgestattet war. An den Wänden hingen gerahmte Porträts der Pilaster-Ahnen, die über ihre Hakennasen auf ihre Nachfahren herabblickten.

Das Direktionszimmer war leer. „Einer der Herren wird sicher gleich kommen“, meinte Hugh. „Darf ich Ihnen ein Glas Madeira anbieten?“ Er ging zum Büfett und füllte mehr Wein als üblich in ein Glas, während Sir John sich in einem Ledersessel niederließ. „Mein Name ist übrigens Hugh Pilaster.“

„Ach, tatsächlich?“ Der Umstand, daß er mit einem Pilaster und nicht nur mit einem gewöhnlichen Banklehrling sprach, schien Sir John einigermaßen zu besänftigen. „Waren Sie auch in Windfield?“

„Ja, Sir. Gleichzeitig mit Ihrem Sohn Albert. Ich habe ihn seit . . ., seit damals nicht wiedergesehen.“

„Er wanderte in die Kapkolonie aus und züchtet dort Pferde.“

Albert Cammel war an jenem schicksalsträchtigen Tag im Jahre 1866 am Badeteich gewesen. Bis heute wußte Hugh nicht, was Albert über Peter Middletons Tod aussagen konnte. „Ich würde ihm gern einmal schreiben.“

„Er wird sich bestimmt freuen, von einem alten Schulfreund zu hören. Ich gebe Ihnen seine Adresse.“ Sir John stand auf, ging zu einem Pult, tauchte die Feder in das eingelassene Tintenfaß und schrieb die Anschrift auf ein Blatt Papier. „Hier, bitte sehr.“

„Vielen Dank, Sir.“ Mit Befriedigung bemerkte Hugh, daß Sir John auf einmal recht umgänglich war. „Kann ich sonst noch etwas für Sie tun, während Sie warten?“

„Nun ja, vielleicht könnten Sie sich darum kümmern.“ Sir John zog einen Scheck aus der Tasche. Hugh betrachtete ihn und stellte fest, daß er sich auf hundertzehntausend Pfund belief. Noch nie hatte er einen so hohen Scheck in der Hand gehabt. „Ich habe eines meiner Kohlenbergwerke an meinen Nachbarn verkauft“, erklärte Sir John.

„Soll ich den Betrag Ihrem Konto gutschreiben lassen?“

„Wie hoch wären die Zinsen?“

„Zur Zeit vier Prozent.“

„Das genügt, denke ich.“

Hugh zögerte. Wenn Sir John sich überreden ließ, Rußland-Anleihen zu kaufen, so war es möglich, daß sich die Emission von einer leicht unterzeichneten in eine leicht überzeichnete verwandelte. Sollte er die Anleihen erwähnen? Dadurch, daß er Sir John ins Direktionszimmer geführt hatte, hatte er seine Befugnisse ohnehin schon überschritten. Weshalb sollte er also eine solche Gelegenheit nicht nutzen? „Für russische Anleihen bekommen Sie zur Zeit allerdings fünf drei achtel Prozent.“

Sir John kniff die Augen zusammen. „Sind die Papiere sicher?“

„So sicher wie die russische Regierung.“ Um nicht übereifrig zu erscheinen, wechselte Hugh das Thema. „Ich werde jetzt gleich den Scheck Ihrem Konto gutschreiben. Über die Anleihen können Sie mit einem meiner Onkel sprechen, sofern Sie es wünschen.“

„Einverstanden, Pilaster junior – und jetzt fort mit Ihnen!“

Im Flur stieß Hugh auf Samuel. „Sir John Cammel ist in eurem Büro, Onkel“, berichtete er. „Er stand in der Schalterhalle herum und war in schlechter Stimmung, darum bot ich ihm ein Glas Madeira an – ich hoffe, das war richtig.“

„Sehr richtig“, erwiderte Samuel. „Ich kümmere mich um ihn.“

„Er brachte diesen Scheck hier über hundertzehntausend Pfund. Ich habe die Rußland-Anleihen erwähnt.“

Samuel hob die Augenbrauen. „Ein bißchen voreilig, aber eigentlich kein schlechter Gedanke.“

Hugh kehrte in die Schalterhalle zurück, suchte das Buch heraus, in dem Sir Johns Konto geführt wurde, trug die Einzahlung ein und brachte den Scheck zur Verrechnung. Dann begab er sich wieder in Mulberrys Büro im dritten Stock. Dort lieferte er seine Abrechnung über die russischen Anleihen ab und setzte sich wieder an seinen Tisch.

Etwas später kam Samuel herein und händigte Mulberry verschiedene Papiere aus. „Sir John hat die Anleihen gekauft“, teilte er Hugh mit. „Ich muß dich loben.“

Als er gegangen war, musterte Mulberry Hugh. „Haben *Sie* Sir John

Cammel empfohlen, die restlichen Rußland-Anleihen zu kaufen?"

„Ich habe ihn nur auf die Möglichkeit hingewiesen", antwortete Hugh.

„Soso!" murmelte Mulberry. „Soso!"

ES WAR ein sonniger Sonntagnachmittag, und ganz London flanierte durch die Stadt. Maisie Robinson und April Tilsley schlenderten die Piccadilly Street hinunter, sahen sich die Paläste der Reichen an und hielten nach Männern Ausschau.

Sie lebten in Soho, wo sie sich ein Zimmer in einem heruntergekommenen Haus in der Carnaby Street teilten. Gewöhnlich standen sie gegen Mittag auf, kleideten sich sorgfältig an und bummelten dann durch die Straßen. Gegen Abend hatten sie dann meistens zwei Männer aufgetan, die sie zum Essen einluden. Wenn nicht, gingen sie hungrig zu Bett. War die Miete fällig, so bat April einen „Freund", ihr etwas Geld zu „leihen". Maisie trug stets dasselbe Kleid und wusch Abend für Abend ihre Unterwäsche. Früher oder später, so hoffte sie, würde einer der Männer, die ihr Abendessen bezahlten, sie heiraten wollen oder sie zu seiner Mätresse machen.

„Wo seid ihr denn noch gewesen, nachdem ich diesem Hugh die Meinung gesagt habe?"

„Bei einem Rattenkampf. Danach ging ich mit Tonio ins Hotel Batt."

„Zum Whistspielen?"

Sie kicherten.

„Es sind böse Erinnerungen in mir hochgekommen", meinte Maisie, „als ich ausgerechnet zwei Menschen namens Pilaster traf."

April nickte verständnisvoll. „Bosse! Die Mistkerle hab ich gefressen!"

„Mein Bruder und ich", erzählte Maisie, „sind an dem Tag, als Tobias Pilaster bankrott ging, von zu Hause weggelaufen." Sie lächelte traurig. „Daß ich heute hier bin, ist die Schuld der Pilasters. Jedenfalls könnte man das behaupten."

„Was hast du getan, nachdem du fortgelaufen warst? Bist du gleich zu diesem Zirkus gekommen?"

„Nein." Die Erinnerung an die Angst und die Einsamkeit ging Maisie zu Herzen. „Mein Bruder schlich sich auf ein Schiff nach Boston. Ich habe nie wieder etwas von ihm gehört. Ich selber schlief eine Woche lang auf einer Müllkippe. Danach bin ich nach Newcastle gelaufen. Ich hab mich als Junge verkleidet und in einem Stall ausgeholfen. Drei Jahre bin ich dortgeblieben."

„Und dann?“

„Dann sind mir die da gewachsen“, sagte Maisie und ließ ihre Brüste schwingen. „Als der Stallmeister entdeckte, daß ich ein Mädchen bin, versuchte er, mich zu vergewaltigen. Ich hab ihm eins mit der Reitpeitsche übers Gesicht gezogen, und damit war ich meine Arbeit los. Dann hab ich mich dem Zirkus angeschlossen. Zuerst als eine Art Pferdeknecht, bis ich schließlich reiten durfte.“ Maisie seufzte. „Wenn sie mich wenigstens ordentlich bezahlt hätten. Und jetzt bin ich hier gelandet . . . April, ich kann dich einfach nicht belügen – ich glaube, ich habe einfach keine Begabung für dieses Leben.“

„Aber du bist wie geschaffen dafür“, widersprach die Freundin. „Du hast dieses gewisse Zwinkern in den Augen, dem kein Mann widerstehen kann. Hör zu: Halt dich weiter an Solly Greenbourne. Du mußt ihm jedesmal ein bißchen mehr erlauben, und dann bittest du ihn, dir ein Häuschen in Chelsea zu kaufen.“

Maisie wußte, daß April recht hatte, doch alles in ihr lehnte sich dagegen auf. Sie wußte nicht einmal genau, warum. Zum einen lag es wohl daran, daß sie Solly nicht sehr anziehend fand. Zum anderen aber, und das war geradezu widersinnig, fand sie ihn einfach zu nett. Sie brachte es nicht fertig, ihn eiskalt auszunutzen. Am schlimmsten jedoch war das Gefühl, dann jede Hoffnung auf echte Liebe, auf eine richtige Ehe mit einem Mann, für den sie Feuer und Flamme war, aufgeben zu müssen.

„Und was ist mit den anderen?“ fragte April.

„Hugh hat mir gefallen, aber ich hab ihn beleidigt.“

„Der hat kein Geld. Also doch Solly. Wenn du diese Gelegenheit nicht beim Schopf packst, dann bleibst du am Ende an einem widerlichen, kleinkarierten Gemüsehändler hängen, der schon auf die Fünfzig zugeht, dir kaum Taschengeld gibt und dafür auch noch erwartet, daß du deine Bettwäsche selber wäschst.“

Maisie war ins Grübeln verfallen. Sie hatten das Ende der Piccadilly Street erreicht und wandten sich gen Mayfair. Sie kamen an einem großen Mietstall vorbei. Maisie blieb vor einem stattlichen dunklen Fuchshengst stehen und tätschelte ihm den Hals. Sofort senkte das Pferd den Kopf und rieb sich an ihrer Hand.

„Redboy hat was gegen Fremde“, erklang eine Männerstimme. „Läßt sich eigentlich nicht anfassen.“

Maisie drehte sich um und erblickte einen Mann mittleren Alters, der eine gelbe Weste trug. Sie lächelte. „Gegen mich hast du nichts, was, Redboy?“

„Reiten können Sie ihn aber nicht, oder?“

„Ihn reiten? Doch, das kann ich, auch ohne Sattel, und ich stell mich sogar auf seinen Rücken. Gehört er Ihnen?"

Der Mann machte eine knappe Verbeugung. „George Sammles, zu Ihren Diensten, ich bin der Besitzer", stellte er sich vor und deutete auf eine Tür, über der sein Name stand.

„Ich will ja nicht angeben, Mr. Sammles", sagte Maisie, „aber wahrscheinlich kann ich alles reiten, was in Ihren Ställen steht."

„Ist das wahr?" fragte er nachdenklich. Er zögerte. „Kommt vielleicht ein bißchen plötzlich, aber ich überlege gerade, ob Sie vielleicht an einem geschäftlichen Vorschlag interessiert wären."

Maisie wurde neugierig. „Lassen Sie hören!"

„Sehen Sie, Redboy steht zum Verkauf", begann Mr. Sammles. „Aber Pferde verkaufen sich nicht, wenn man sie im Stall stehen läßt. Wenn Sie allerdings für eine Stunde mit ihm durch den Park reiten würden, also – eine Lady wie Sie, die, wenn Sie's mir nicht übelnehmen, so appetitlich aussieht, das würde schon was hermachen. Früher oder später kommt bestimmt einer und fragt Sie, wieviel Sie für das Pferd haben wollen."

„Und dann sag ich zu dem Burschen: ‚Gehen Sie zu Mr. Sammles im Curzon-Stall, der Gaul gehört nämlich ihm.' Hab ich Sie richtig verstanden?"

„Glasklar. Bloß ein ‚Gaul' ist mein Redboy ja nun nicht gerade. Sagen Sie lieber ‚dieses prächtige Stück Pferdefleisch' oder so. Was, glauben Sie, ist Ihre Arbeit wert?"

Maisie nannte eine übertrieben hohe Summe: „Ein Pfund pro Tag."

„Zuviel", lautete prompt die Antwort. „Ich zahle die Hälfte."

Maisie konnte ihr Glück kaum fassen. Zehn Shilling pro Tag waren ein unglaublich hoher Lohn. Ein Hausmädchen in ihrem Alter konnte sich glücklich schätzen, wenn sie einen Shilling am Tag bekam! „Wann soll ich anfangen?"

„Morgen vormittag um halb elf."

VERKEHR IM PARK

An den Herausgeber der *Times:*

Sir, es wurde gemeldet, daß sich jeden Vormittag um etwa elf Uhr dreißig im Hydepark die Kutschen derart stauen, daß für eine Zeitspanne von bis zu einer Stunde kein Vorankommen mehr ist. Die Ursache ist bei einer Dame unbekannten Namens zu suchen, die von der Männerwelt als „die Löwin" bezeichnet wird, zweifellos auf Grund ihres lohfarbenen Haars. Es handelt sich um ein bezauberndes Wesen, das Pferde reitet, die so manchen Mann zu schrecken imstande wären. Der Ruf ihrer Schönheit und ihres Wagemuts hat sich wie ein Lauffeuer verbreitet, so daß ganz London zu jener Stunde, da mit ihrem Erscheinen zu rechnen ist, in den Park strömt, um dort allerdings die Erfahrung machen zu müssen, daß es weder vor noch zurück geht. Wäre es Ihnen, Sir, nicht möglich, dahingehend auf die Dame einzuwirken, daß sie von ihrem Tun abläßt, damit der Park wieder in den gewohnten Zustand gepflegter Ordnung zurückversetzt wird?

Ein Beobachter

DIESER Leserbrief ist bestimmt ein Witz, dachte Hugh und legte die Zeitung beiseite. Aber die sogenannte Löwin gab es tatsächlich. Er hatte gehört, wie sich die Bankangestellten über sie unterhielten, und war neugierig geworden. Er spähte durch die bleigefaßten Fenster von Whitehaven House zum Park hinüber. Die Sonne schien, und es war Feiertag. Ich könnte eigentlich auch in den Park gehen und nachsehen, was die ganze Aufregung bedeutet, dachte Hugh.

Auch Tante Augusta hatte vor, den Park aufzusuchen. Sie fuhr – wie alle Frauen und die männlichen Müßiggänger der Oberschicht – fast täglich um diese Zeit dorthin. Es war ein Ort, an dem man sich aufhielt, um zu beobachten und gesehen zu werden. Der eigentliche Grund für die regelmäßigen Verkehrsstaus lag darin, daß die Leute ihre Kutschen anhielten, um miteinander zu schwatzen.

Hugh vernahm die Stimme seiner Tante. Er erhob sich vom Frühstückstisch und ging in die Eingangshalle. Tante Augusta war, wie üblich, sehr elegant gekleidet. Sie trug ein violettes Kleid mit einem eng sitzenden Bolero und meterweise Rüschen am Rock. Sie sprach gerade mit Onkel Joseph, der die gequälte Miene aufgesetzt hatte, die er häufig zur Schau trug, wenn seine Frau mit ihm redete. Hugh fragte sich, ob die beiden sich noch mochten. Früher mußte es doch einmal so etwas wie Zuneigung zwischen ihnen gegeben haben.

Augusta nahm wie gewöhnlich keine Notiz von Hugh und redete weiter. „Die ganze Familie macht sich große Sorgen“, sagte sie nachdrücklich zu Joseph. „Es könnte zu einem Skandal kommen.“

„Aber die Situation – was immer man darunter verstehen mag – besteht doch schon seit Jahren, und kein Mensch hat sich jemals darüber aufgeregt.“

„Weil Samuel nicht Seniorpartner ist. Ein gewöhnlicher Mann kann viele Dinge tun, ohne daß es auffällt. Aber der Seniorpartner des Bankhauses Pilaster ist eine Persönlichkeit, die im Rampenlicht der Öffentlichkeit steht.“

„Gewiß, aber so dringend ist das alles ohnehin nicht. Onkel Seth lebt schließlich noch, und so, wie es aussieht, bleibt er uns auch auf unabsehbare Zeit erhalten."

„Das weiß ich", lenkte Tante Augusta ein, und ihr Tonfall verriet die kaum verhüllte Enttäuschung. „Aber früher oder später wird er die Zügel doch weiterreichen müssen. Wenn Samuel seine Ansprüche aufrechterhält, wirst du ihm zu verstehen geben müssen, daß wir Seth über die Fakten unterrichten werden."

Hugh konnte nicht umhin, Augustas skrupelloses Intrigenspiel zu bewundern. Ihre Botschaft an Samuel war unmißverständlich: Gib deinen Sekretär auf, oder wir informieren deinen Vater, daß sein Sohn – mehr oder minder – mit einem Mann verheiratet ist.

In Wirklichkeit waren ihr Samuel und sein Sekretär vollkommen gleichgültig. Es ging ihr einzig und allein darum, Samuels Ernennung zum Seniorpartner zu verhindern und damit ihrem Gatten den Weg zu ebnen.

„Es wäre mir lieber, wir könnten die Dinge ohne solch drastische Maßnahmen regeln", sagte Joseph betroffen.

Augusta senkte die Stimme. Wenn sie flüsterte, kam sie Hugh stets vor wie ein Drache, der schnurren wollte wie ein Kätzchen. „Ich bin überzeugt, daß du den richtigen Weg finden wirst. Möchtest du heute nicht mit mir ausfahren? Ich würde mich sehr über deine Gesellschaft freuen."

Joseph schüttelte den Kopf. „Ich muß in die Bank." Er wandte sich an Hugh. „Fahr mit deiner Tante in den Park, sie braucht eine Begleitung." Dann setzte Joseph seinen Hut auf und verließ das Haus.

Eigentlich hatte Hugh keine Lust, mit Augusta auszufahren, doch er war neugierig auf die Löwin. Also fügte er sich.

Augustas Tochter Clementine gesellte sich zu ihnen. Auch sie hatte sich für die Ausfahrt herausgeputzt. Sie war zwanzig Jahre alt und sah ihrer Mutter sehr ähnlich. Allerdings fehlte ihr das herrische Wesen Augustas; sie ersetzte es durch Hinterhältigkeit.

Sie traten vor das Haus, und der Diener half ihnen in den blaugestrichenen Landauer.

Augusta und Clementine setzten sich mit dem Blick in Fahrtrichtung, Hugh nahm ihnen gegenüber Platz. Die Damen spannten ihre Sonnenschirme auf. Der Kutscher ließ die Peitsche knallen, und das Gefährt setzte sich in Bewegung.

Kurze Zeit später erreichten sie den South Carriage Drive, der tatsächlich so überfüllt war, wie der Leserbriefschreiber in der *Times*

behauptet hatte: Hunderte von Pferden mit Reitern, die Zylinder trugen, und Frauen im Damensattel, Dutzende von Kutschen jeglicher Art, dazu Kinder auf Ponys, Kindermädchen mit Kinderwagen und Spaziergänger, die ihre Hunde ausführten.

Neben Augustas Zweispänner gesellte sich eine Kutsche. Hugh erkannte seine Tante Madeleine Hartshorn. Beide Gespanne hielten an, und die Damen begrüßten sich. „Fahr doch eine Runde mit uns, Madeleine", schlug Augusta vor. „Ich möchte mit dir sprechen." Madeleines Diener half seiner Herrin beim Umsteigen. Zu viert setzten sie die Fahrt fort.

„Jetzt drohen sie schon, den alten Seth über Samuels Sekretär aufzuklären", begann Augusta.

„O nein!" rief Madeleine aus. „Das dürfen sie nicht!"

„Ich habe schon mit Joseph gesprochen, aber sie lassen nicht mit

sich reden." Augustas von aufrichtiger Sorge beherrschter Tonfall raubte Hugh schier den Atem. Wie schafft sie es nur, so überzeugend zu lügen? dachte er.

Der Landauer kam nur noch im Schrittempo vorwärts. Ein unübersichtliches Gewühl aus Pferden und Kutschen versperrte den Weg. „Was ist denn hier los?" fragte Augusta gereizt.

Plötzlich löste sich eine elegante kleine Viktoria aus dem Pulk, die von einem Paar trabender Ponys gezogen und von einer Dame gelenkt wurde.

„Es ist die Löwin!" kreischte Clementine.

Hugh sah sich nach der Frau in dem Zweispänner um und staunte, als er sie erkannte. Es war Maisie Robinson.

Maisie ließ die Peitsche knallen, worauf die Ponys schneller liefen. Sie trug ein Kostüm aus brauner Merinowolle, dazu ein beigefarbenes

Halstuch, das zu einer Schleife gebunden war. Auf ihrem Kopf saß ein kecker kleiner Zylinder mit gerollter Krempe.

Hugh ärgerte sich sogleich wieder über Maisies Vorwürfe gegen seinen Vater. Trotzdem ließ sich nicht bestreiten, daß ein unwiderstehlicher Charme von ihr ausging, wie sie da auf dem Kutschbock saß. Maisie Robinson war also die Löwin! Aber wie kam sie so schnell zu Kutsche und Pferden? Was bezweckte sie mit diesen Ausritten?

Während Hugh noch darüber nachgrübelte, ereignete sich plötzlich ein Unfall.

Ein kläffender kleiner Terrier hatte einen nervösen Vollblüter erschreckt, der gerade an Augustas Landauer vorbeitrottete. Das Pferd bäumte sich auf und warf seinen Reiter unmittelbar vor Maisies Viktoria ab. Mit einer raschen Bewegung der Zügel brachte sie zwar die Ponys dazu, zur Straßenmitte hin auszuscheren, doch geriet ihr Gefährt bei dem Ausweichmanöver direkt in die Bahn von Augustas Pferden. Der Kutscher sah sich zu einer heftigen Bremsung veranlaßt und stieß einen Fluch aus.

Maisie hielt ihre Viktoria abrupt an. Aller Augen ruhten auf dem abgeworfenen Reiter. Er schien nicht verletzt zu sein, denn er stand wieder auf, klopfte den Staub von seinen Kleidern und lief fluchend seinem Pferd hinterher.

In diesem Moment erkannte Maisie Hugh. „Wenn das nicht Hugh Pilaster ist!“

Hugh errötete. „Guten Morgen“, grüßte er, und in derselben Sekunde begriff er, daß er einen schwerwiegenden Fehler begangen hatte. In Gesellschaft seiner Tanten hätte er Maisie niemals begrüßen dürfen, war es doch undenkbar, ihnen eine solche Person vorzustellen.

Maisie gab sich allerdings gar nicht erst die Mühe, mit den Damen ins Gespräch zu kommen. „Wie gefallen Ihnen diese Ponys?“ fragte sie Hugh. „Sie stehen zum Verkauf.“

Die schöne, ungewöhnliche Frau stürzte Hugh in tiefste Verwirrung. „Sie sind sehr hübsch“, sagte er, ohne die Tiere auch nur anzusehen.

„Hugh, sei so gut und sag dieser Person, sie soll uns passieren lassen“, befahl Tante Augusta in eisigem Ton.

Erst jetzt nahm Maisie von Augusta Notiz. „Halt's Maul, du alte Hexe“, sagte sie wie beiläufig.

Clementine schnappte nach Luft, und Tante Madeleine stieß einen schrillen Schreckensschrei aus. Hugh sah Maisie mit offenem Mund an. Maisies fabelhafte Garderobe und die teure Equipage hatten ihn vergessen lassen, daß sie eigentlich ein Gossenmädchen war. Ihre Bemerkung war so ungeheuerlich ordinär, daß es selbst Augusta vorübergehend die Sprache verschlug. Maisie gab ihr nicht die Zeit, sich von ihrem Schock zu erholen, sondern wandte sich wieder an Hugh: „Sagen Sie Ihrem Vetter Edward, er soll meine Ponys kaufen!" Dann schwang sie die Peitsche und fuhr davon.

Kapkolonie, Südafrika

Lieber Hugh,

prächtig, daß Du von Dir hast hören lassen! Hier unten ist man ja ziemlich isoliert. Du kannst Dir also vorstellen, mit welchem Jubel ein langer, inhaltsreicher Brief aus der Heimat begrüßt wird. Mrs. Cammel – die ehrenwerte Amelia Clapham, bevor sie mich geheiratet hat – war ganz besonders angetan von Deinem Bericht über die Löwin.

Ich bin froh, daß Du mich nach Peter Middleton gefragt hast, denn ich habe mich seit jenem Tag, an dem er ertrunken ist, immer schuldig gefühlt. Ich habe nicht genau gesehen, wie der arme Kerl gestorben ist, aber immerhin genug, um mir den Rest zusammenzureimen.

Dein Cousin Edward war tatsächlich, wie Du so bildhaft schreibst, ekelhafter als Aas. Dir gelang es zwar, Deine Kleider zu schnappen, aber Peter und Tonio waren nicht so schnell.

Ich war damals am anderen Ende des Teichs, und ich glaube nicht, daß Edward und Micky mich überhaupt gesehen haben. Oder sie haben mich vielleicht nicht erkannt. Jedenfalls haben sie mich niemals auf die Ereignisse angesprochen.

Auf alle Fälle fiel Edward, nachdem Du fort warst, von neuem über Peter her. Er drückte ihm den Kopf unter Wasser, während der arme Junge doch bloß seine Kleider aus dem Wasser fischen wollte.

Mir war klar, daß Gefahr im Verzug war, aber ich habe mich leider wie ein ausgemachter Feigling verhalten. Natürlich hätte ich Peter beistehen sollen, aber ich konnte es nicht mit Edward und Micky Miranda aufnehmen. Ich gebe gerne zu, daß ich mich fürchtete. Ich schnappte mir also meine Sachen und lief davon.

Am oberen Rand des Steinbruchs habe ich mich noch einmal umgedreht. Ich sah Tonio den Steilhang hinaufklettern. Er hielt ein triefnasses Kleiderbündel in der Hand. Edward schwamm quer über den Teich auf ihn zu. Peter war auch noch im Wasser. Er japste nach Luft.

Ich dachte, Peter würde jetzt zurechtkommen, aber das war offensichtlich eine Fehleinschätzung. Er muß am Ende seiner Kräfte gewesen sein. Während Edward Tonio nachsetzte und Micky die beiden beobachtete, muß er ertrunken sein, ohne daß einer der anderen es bemerkte.

Als schließlich die ganze gräßliche Geschichte herauskam, fehlte mir der Mut zuzugeben, daß ich Zeuge des Geschehens gewesen war. Ich habe wirklich keinen Anlaß, auf mein damaliges Verhalten stolz zu sein, Hugh! Aber es hat mich erleichtert, endlich die Wahrheit loszuwerden.

HUGH legte Albert Cammels Brief beiseite. Der Bericht erklärte einiges, warf andererseits aber mehr Fragen auf, als Albert ahnte. Er bot eine Erklärung dafür, wie es Micky Miranda gelingen konnte, sich so eng an die Familie Pilaster anzuschließen. Micky mußte Augusta erzählt haben, daß Edward für Peters Tod verantwortlich war. Aber vor dem Untersuchungsrichter hatte er ausgesagt, Edward hätte versucht, den Ertrinkenden zu retten. Mit dieser Lüge hatte Micky der Familie einen schimpflichen Skandal erspart. Augusta zeigte sich in ihrer Dankbarkeit überaus großzügig, mußte aber fortan mit der Sorge leben, daß Micky sich eines Tages gegen sie stellen und die Wahrheit ausplaudern könnte. Hugh spürte ein kaltes Gefühl der Angst in der Magengrube.

Ein anderes Rätsel blieb ungeklärt. Hugh wußte etwas über Peter Middleton, was sonst kaum jemandem bekannt war. Peter war ein schwächlicher Junge gewesen. Betroffen über seine geringen Kräfte, hatte er sich einem Trainingsprogramm verschrieben, dessen Hauptdisziplin Schwimmen war. Stunde um Stunde zog Peter seine Bahnen durch den Teich in der Hoffnung, dadurch muskulöser zu werden. Deshalb war Peter Middleton im Wasser bald so wendig wie ein Fisch. Er konnte bis zum Grund hinabtauchen und minutenlang die Luft anhalten. Es bedurfte eines anderen Kalibers als Edward Pilaster, um Peter zu ertränken.

Warum war er dennoch ertrunken?

Hugh war sicher, daß Albert Cammels Darstellung der Wahrheit entsprach – soweit Albert sie kannte. Aber es mußte noch etwas anderes geschehen sein an jenem heißen Nachmittag im Bischofswäldchen. Peter war mit ein paar derben Handgreiflichkeiten nicht umzubringen. War sein Tod aber kein Zufall, dann war er beabsichtigt. Und das war Mord.

Hugh schauderte.

Nur drei Personen waren am Tatort gewesen: Edward, Micky und Peter. Peter mußte von Edward oder Micky ermordet worden sein. Oder von beiden.

AUGUSTA war schon wieder unzufrieden mit der Wohnungseinrichtung. Überall im Salon standen orientalische Wandschirme, und in schwarzlackierten Vitrinen waren japanische Fächer und Vasen ausgestellt. Das alles war jedoch mittlerweile in vielen Geschäften erhältlich.

Im Salon hielt Augusta an jedem Wochentag zur Teezeit hof. Im allgemeinen trafen zuerst die Damen ein: ihre Schwägerinnen Madeleine und Beatrice, die mit Josephs Bruder William verheiratet war, sowie Augustas Tochter Clementine. Die Teilhaber kamen meistens kurz nach fünf Uhr von der Bank: Joseph, der alte Seth, Madeleines Ehemann George Hartshorn und Samuel. Lag nicht zuviel Arbeit an, erschienen auch Edward und Hugh. Der einzige regelmäßige Teestundengast, der nicht zur Familie gehörte, war Micky Miranda. Bei ihren Teestunden kundschaftete Augusta aus, was in der Bank vor sich ging.

Kurz vor vier an einem Nachmittag Ende Juli stand Augusta mißmutig im Salon und dachte über eine neue Einrichtung nach, als plötzlich Samuel das Zimmer betrat. Alle Pilasters waren häßlich, aber Samuel war am unansehnlichsten, fand Augusta. Zu der üblichen großen Nase gesellte sich bei ihm ein weibischer Mund. Er war außerordentlich penibel, stets untadelig gekleidet, heikel mit dem Essen, und er liebte Katzen.

Daß Augusta ihn nicht mochte, hatte freilich einen anderen Grund: Er ließ sich von ihr nicht um den Finger wickeln. Den alten Seth, der trotz seines fortgeschrittenen Alters durchaus noch eine Schwäche für attraktive Frauen hatte, bezwang sie mit ihrem Charme; Josephs Geduld zermürbte sie mit Geschick; George Hartshorn war seiner Frau Madeleine ergeben und somit indirekt beeinflußbar. Allein Samuel ließ sich von ihr nicht manipulieren, am allerwenigsten durch ihre weiblichen Reize. Seine Angewohnheit, immer dann über sie zu lachen, wenn sie sich für besonders feinfühlig und klug hielt, versetzte sie regelmäßig in Wut. Sein feiner Spott traf sie viel tiefer, als von jenem liederlichen Frauenzimmer im Park als „alte Hexe" bezeichnet zu werden.

Heute allerdings war von Samuels üblichem skeptisch-amüsierten Lächeln nichts zu sehen. Er wirkte aufgebracht, ja in der Tat so zornig, daß Augusta im ersten Moment erschrak. Daß er so früh erschien, war offenbar Absicht: Er wollte sie allein antreffen. Wie ein Blitz durchfuhr sie die Erkenntnis, daß sie nun schon seit zwei Monaten hinter seinem Rücken eine Verleumdungskampagne betrieb, mit dem Ziel, ihn zu ruinieren, und daß so mancher Mord schon aus weniger gravierenden Gründen begangen worden war.

Samuel, der einen perlgrauen Gehrock und eine weinrote Krawatte trug, gab Augusta nicht die Hand, sondern blieb dicht vor ihr stehen, so daß ihr ein schwacher Duft von Kölnischwasser in die Nase stieg. Wie zur Abwehr hob sie die Hände. Da lachte Samuel bitter auf und trat einen Schritt zurück. „Der Himmel weiß, wie sehr du es verdient hättest, Augusta", sagte er, „aber ich werde dich nicht schlagen."

Natürlich würde er das nicht tun. Sein sanftes Gemüt lehnte es ja sogar ab, Waffenexporte zu finanzieren. Im Nu kehrte Augustas Selbstvertrauen zurück. „Wie kannst du es wagen, mich zu kritisieren!"

„Kritisieren? Ich lasse mich nicht dazu herab, dich zu kritisieren. Ich verachte dich."

Doch ein zweites Mal ließ sich Augusta nicht einschüchtern. „Bist du etwa gekommen, um mir mitzuteilen, daß du deinen lasterhaften Lebenswandel aufgeben willst?"

„Meinen lasterhaften Lebenswandel!" wiederholte er. „Du bist dabei, aus blankem Ehrgeiz das Glück meines Vaters zu zerstören und mir das Leben zu verleiden, und du wagst es noch, von *meiner* Lasterhaftigkeit zu reden?"

„Mir geht es ausschließlich um die Bank", erwiderte sie kalt.

„Ist das also deine Ausrede, weshalb du mich erpreßt?"

„Ich tue nur meine Pflicht." Jetzt, da Augusta spürte, daß sie wieder Herrin der Lage war, begann sie sich zu fragen, was Samuel eigentlich hergeführt hatte. Wollte er seine Niederlage eingestehen – oder hatte er vor, sich gegen sie zur Wehr zu setzen? Wenn er sich fügt, bin ich die Gattin des nächsten Seniorpartners, dachte sie. Die Alternative war eine lange, schwierige Auseinandersetzung mit ungewissem Ausgang.

Samuel ging zum Fenster und sah hinaus. „Es geht mir ja gar nicht um mich selbst. Sicher, ich wäre gerne Seniorpartner, und ich wäre bestimmt ein guter Mann auf diesem Posten. Aber Joseph ist für die Position ungeeignet. Er ist launisch und impulsiv, und seine Entscheidungen sind oft nicht die besten. Er wird der Bank schaden."

Hatte Samuel recht? Augusta war unsicher. Aber was taten diese Teilhaber denn schon Besonderes? Sie verliehen Geld und erhoben dafür Zinsen. Joseph konnte das genauso gut wie die anderen auch. „Ihr Männer behauptet immer, daß das Bankwesen eine komplizierte, geheimnisumwitterte Wissenschaft ist", sagte sie. „Aber mir könnt ihr da nichts vorspielen."

„Hast du wirklich vor, deine Drohung wahrzumachen und mich bei meinem Vater anzuschwärzen?"

Augusta zögerte nur einen Augenblick lang. „Es gibt keine andere Möglichkeit."

Samuel starrte sie lange an. „Na gut. Ich werde den anderen mitteilen, daß ich nicht die Absicht habe, nach meines Vaters Ausscheiden Seniorpartner zu werden – ich kann auch ohne diesen Posten leben." Seine Stimme bebte vor Abscheu. „Aber denke daran, Augusta, daß wir alle unsere Geheimnisse haben. Der Tag wird kommen, an dem jemand deine Geheimnisse gegen dich verwendet. Dann wirst du dich daran erinnern, was du mir angetan hast."

Worauf spielte Samuel an? Augusta konnte sich keinen Reim auf seine Bemerkung machen. „Ich habe keine Geheimnisse, deren ich mich schämen müßte", entgegnete sie.

„Wirklich nicht?" Er sah sie mit einem merkwürdigen Ausdruck an. „Gestern abend sprach ein junger Rechtsanwalt namens David Middleton bei mir vor."

Ein kalter Schauer lief Augusta den Rücken hinunter. Middleton – so hatte der Junge geheißen, der damals ertrunken war.

„David Middleton glaubt, daß sein Bruder ermordet worden ist", führte Samuel aus. „Und zwar von Edward."

Augusta hatte das dringende Bedürfnis, sich zu setzen, aber sie gönnte Samuel nicht die Freude, sie völlig konsterniert zu erleben. „Wieso, um alles in der Welt, rührt er an diese alte Geschichte, nach sieben Jahren?"

„Er sagte mir, er hätte geschwiegen, um seinen Eltern weiteren Kummer zu ersparen. Seine Mutter starb aber schon bald nach Peters Tod und sein Vater in diesem Jahr."

„Und warum hat er sich dann an dich gewandt – und nicht an mich?"

„Wir sind im gleichen Club. Wie dem auch sei – er hat sich die Untersuchungsprotokolle noch einmal durchgelesen und meint nun, daß es mehrere Zeugen gibt, die nie vernommen worden sind. Er wird das nicht auf sich beruhen lassen." Samuel ging zur Tür. „Ich bleibe nicht zum Tee. Guten Tag, Augusta."

Augusta sank auf ein Sofa. Damit hatte sie nicht gerechnet. Die alte Geschichte hätte längst vergessen sein sollen! Augusta wurde von entsetzlicher Angst um Edward gepackt.

Mit zwei Dienstmädchen im Schlepptau, die Tabletts mit Gebäck und Teegeschirr hereintrugen, erschien Hastead, der Butler. „Wenn Sie gestatten, gnädige Frau." Augusta nickte, und die Bediensteten begannen, den Tisch zu decken. Hasteads unterwürfiges Benehmen übte mitunter eine besänftigende Wirkung auf Augusta aus. Nicht jedoch an diesem Tag. Sie stand auf und öffnete die Verandatüren, aber auch der Blick auf den sonnigen Garten beruhigte sie nicht. Wie konnte sie diesen David Middleton nur aufhalten?

Sie grübelte noch immer über diese Frage nach, als Micky Miranda eintraf.

In schwarzem Gehrock und gestreifter Hose sah er attraktiv aus wie immer. Er bemerkte gleich, daß Augusta Sorgen hatte, und war sofort mit der Grazie und Schnelligkeit einer Wildkatze bei ihr. Seine Stimme klang wie eine Liebkosung. „Mrs. Pilaster! Was hat Sie so echauffiert?"

Augusta war dankbar, daß er als erster Gast erschienen war, und ergriff seine Arme. „Etwas Furchtbares ist geschehen!"

Mickys Hände ruhten auf Augustas Taille, und ein wohliger Schauer durchfuhr sie. „Erzählen Sie mir, was Sie so bedrückt", sagte er sanft.

Sie fühlte sich schon ruhiger. Sie mochte Micky. Überhaupt erinnerte Micky sie stets an den jungen Grafen Strang: das elegante Auftreten, die exquisite Garderobe, vor allem aber auch die Art, wie er sich bewegte.

Plötzlich merkte sie, daß die Dienstmädchen sie anstarrten und daß es eine Spur ungehörig war, wie Micky ihr da gegenüberstand, mit seinen Händen auf ihren Hüften. Deshalb nahm sie seinen Arm und führte ihn durch die Terrassentür in den Garten. Sie setzten sich nebeneinander auf eine im Schatten stehende Holzbank. Augusta sprach leise, und Micky beugte sich zu ihr, um sie besser zu verstehen. „Samuel kam, um mir mitzuteilen, daß er sich nicht um den Posten des Seniorpartners bewerben wird."

„Das ist doch eine gute Nachricht!"

„Ja. Sie besagt, daß meinem Gatten die Position sicher ist."

„Und daß Papa seine Gewehre bekommt."

„Sobald Seth zurückgetreten ist."

„Das ist ja zum Verrücktwerden! Wie lange will der alte Seth denn noch arbeiten!" rief Micky aus. „Aber das war es doch nicht, was Sie so verstört hat."

„Nein. Es ging um diesen elenden Burschen, der damals ertrunken ist – Peter Middleton. Samuel erzählte mir, daß Peters Bruder, ein Rechtsanwalt, Fragen stellt."

Mickys hübsches Gesicht verdüsterte sich. „Nach all den Jahren?"

„Er hat anscheinend geschwiegen, um seine Eltern zu schonen. Aber die sind inzwischen gestorben." Augusta zögerte. Ihr lag eine Frage auf dem Herzen, die sie unbedingt loswerden mußte, aber sie fürchtete sich vor der Antwort. Sie nahm all ihren Mut zusammen. „Micky, sag mal, war Edward etwa an dem Tod des Jungen schuld?"

„Nun, also . . ." Micky hielt einen Moment inne. „Ja. Peter war ein schlechter Schwimmer. Edward hat ihn nicht ertränkt, aber er nahm ihm die Kraft. Als Edward aus dem Wasser stieg, um Tonio zu verfolgen, war Peter noch am Leben. Aber er war zu erschöpft, um noch ans Ufer zu schwimmen. Er ertrank, als gerade niemand hinsah."

Augusta schloß die Augen. „Teddy wollte ihn nicht töten."

„Selbstverständlich nicht."

„Es war also kein Mord."

„Doch, ich fürchte schon. Wenn bei einem Überfall ein Mensch zu Boden geworfen wird, einen Herzanfall erleidet und stirbt, so ist der Räuber des Mordes schuldig, auch wenn er ihn nicht töten wollte."

„Woher weißt du das?"

„Ich habe mich bei einem Rechtsanwalt erkundigt, schon vor Jahren." Micky ergriff ihre Hände. „Gott bewahre, daß Middleton die Wahrheit herausfindet."

Augusta schauderte angesichts der möglichen Konsequenzen. Ein Skandal sondergleichen drohte. Die Polizei würde sich einmischen. Ihr armer Teddy müßte mit einem Prozeß rechnen, und sollte man ihn schuldig sprechen . . .

Augusta erkannte, daß es an der Zeit war zu handeln. Zum Glück hatte Edward in Micky einen Freund, auf den er sich verlassen konnte. „Wir müssen sicherstellen, daß David Middletons Schnüffeleien im Sande verlaufen. Wie viele Leute kennen die Wahrheit?"

„Sechs", antwortete Micky wie aus der Pistole geschossen. „Edward, Sie und ich – das sind drei, aber von uns erfährt Middleton nichts. Dann wäre da Hugh."

„Er war doch gar nicht dabei, als der Junge starb."

„Nein, aber er hat genug gesehen, um aussagen zu können, daß unsere Darstellung vor dem Untersuchungsrichter nicht korrekt war. Wenn man uns der Lüge überführt, geraten wir in Verdacht."

„Hugh ist also ein Problem. Wer sind die anderen?"

„Tonio Silva hat alles gesehen."

„Er hat nie ein Wort darüber verloren."

„Er hatte zuviel Angst vor mir. Ob das heute noch der Fall ist, weiß ich nicht."

„Und der sechste?"

„Wir haben nie herausgefunden, wer das war."

Augusta durchfuhr erneut ein Angstschauer. Die Gefahr, daß sich der unbekannte Zeuge eines Tages doch noch meldete, blieb bestehen. Nur, was ihn betraf, waren ihnen die Hände gebunden. „Wir müssen uns also um zwei Leute kümmern: Hugh und Tonio."

Eine Weile herrschte nachdenkliches Schweigen. „Tonio hat eine Schwäche", brach Micky die Stille. „Er ist ein schlechter Spieler. Er verliert mehr, als er sich leisten kann."

„Vielleicht könntest du ihn zu einem Spiel verleiten?"

„Es kann teuer werden", gab Micky zu bedenken. „Könnten Sie mir eventuell unter die Arme greifen?"

„Wieviel brauchst du?"

„Hundert Pfund, fürchte ich."

Augusta zögerte keine Sekunde. „In Ordnung", stimmte sie zu.

Stimmen im Haus verrieten, daß andere Teestundengäste eingetroffen waren. Augusta stand auf. „Was wir gegen Hugh unternehmen können, weiß ich noch nicht", setzte sie besorgt hinzu. „Aber jetzt müssen wir ins Haus." Verschwörerisch drückte sie Mickys Hand.

Kapitel vier: August 1873

IN LONDON war es heiß und stickig, und die Bevölkerung sehnte sich nach frischer Luft und grüner Natur. Am ersten August strömte man zu den Pferderennen in Goodwood. Die Reisenden fuhren in Sonderzügen von der Victoria Station im Süden Londons ab und boten ein getreues Spiegelbild der englischen Gesellschaft: Die oberen Zehntausend nahmen in den gepolsterten Luxusabteilen der Erste-Klasse-Waggons Platz. Ladenbesitzer und Lehrer saßen gedrängt, aber recht bequem in der zweiten, und die Fabrikarbeiter und Hausangestellten hockten dicht an dicht auf den harten Holzbänken in der dritten Klasse.

Maisie Robinson und April Tilsley fuhren mit Solly Greenbourne und Tonio Silva. Ihre unterschiedliche Stellung innerhalb der gesellschaftlichen Hierarchie warf ein kleines Problem auf. Solly und Tonio waren eindeutig Passagiere der ersten Klasse, während Maisie und April eigentlich mit der dritten hätten vorliebnehmen müssen. Solly fand einen Kompromiß, indem er Fahrkarten zweiter Klasse löste. Sollys Liebe zu gutem Essen sorgte allerdings dafür, daß sie nicht mit dem kargen Angebot einer Würstchenbude auf dem Rennplatz vorliebnehmen mußten. Er hatte vier Diener mit einem üppigen Picknick aus Lachssandwiches und eisgekühltem Weißwein vorausgeschickt.

In Goodwood angekommen, breiteten die vier jungen Leute ein schneeweißes Tischtuch auf dem Boden aus und setzten sich ringsherum auf den weichen Rasen. Maisie fütterte Solly mit kleinen Häppchen. Sie hatte ihn richtig liebgewonnen: Solly war ein witziger Mann, der für jeden Menschen ein freundliches Wort übrig hatte. Sein einziger Fehler war seine Gefräßigkeit.

Warum möchte ich bloß keine Geschenke von Solly annehmen? fragte Maisie sich bedrückt. April bekam deswegen regelmäßig Tobsuchtsanfälle. Es war doch Wahnsinn, mit einem der reichsten Männer der Welt auszugehen und nach wie vor in einem winzigen Zimmerchen in Soho zu hausen!

Maisie hatte sich Solly bisher verweigert, doch je länger sie seinem Drängen widerstand, desto stärker schien seine Anhänglichkeit zu werden.

Die Rennen begannen nach dem Mittagessen. Ganz in der Nähe stand ein Buchmacher in einem karierten Anzug auf einer Kiste und rief die Gewinnquoten aus. Tonio und Solly wetteten bei jedem Rennen, was Maisie bald langweilte. Für den, der nicht wettete, glich ein Pferderennen dem anderen. Schließlich beschloß sie, sich etwas umzusehen.

Die Pferde waren nicht die einzige Attraktion. Auf dem Gelände rund um die Rennbahn wimmelte es nur so von Zelten, Buden und Fuhrwerken. Zigeunerinnen sagten die Zukunft voraus, es gab Spielbuden und Gruselkabinette. Wacholderschnaps, Apfelwein, Fleischpasteten und Bibeln wurden feilgeboten. Drehorgelspieler und Musikanten, Jongleure und Akrobaten buhlten um die Gunst des Publikums. Die Stimmung erinnerte Maisie an den Zirkus.

Sie kam an einem Puppentheater vorbei, als die Vorstellung gerade ihren Höhepunkt erreichte: Der jähzornige Mr. Punch wurde von seiner Gattin Judy verprügelt. Maisie beobachtete das Publikum und entdeckte ganz hinten in der Menge einen Jungen, der es auf einen Mann mit Zylinder abgesehen hatte. Alle Anwesenden außer Maisie folgten gebannt der Vorstellung. Daher fiel auch niemandem außer ihr auf, wie der Knabe seine kleine schmutzige Hand in die Westentasche des Mannes gleiten ließ.

Maisie hatte nicht die geringste Absicht einzuschreiten. Ihrer Überzeugung nach geschah es wohlhabenden, sorglosen jungen Männern nur recht, wenn sie ihre Taschenuhren einbüßten. Doch als sie das Opfer näher betrachtete, erkannte sie das schwarze Haar und die blauen Augen Hugh Pilasters. Hatte April nicht erzählt, daß Hugh kein Geld besaß? Er konnte es sich nicht leisten, seine Uhr zu verlieren. Spontan entschloß sich Maisie, ihn vor den Folgen seiner Unachtsamkeit zu bewahren.

Rasch lief sie um die Menge herum nach hinten. Der Taschendieb war ein verwahrlost aussehender, ungefähr elf Jahre alter Junge – ungefähr so alt wie Maisie, als sie von zu Hause weggelaufen war. Mit großem Fingerspitzengefühl zog der Junge die Uhrkette aus Hughs

Weste. Als die Zuschauer bei einer Szene vor Lachen schrien, machte sich der Taschendieb mit der Uhr in der Hand davon.

Maisie packte ihn am Handgelenk. „Gib mir die Uhr, dann verrate ich dich nicht", raunte sie ihm zu.

Der Junge zögerte einen Augenblick, dann ließ er die Uhr zu Boden fallen. Sie gab seine Hand frei, und ehe sie sich's versah, war er verschwunden.

Sie hob die Uhr auf. Es war eine goldene Jagduhr, auf deren Rückseite eine Widmung eingraviert war: *Für Tobias Pilaster von Deiner Dich liebenden Gemahlin Lydia, den 23. Mai 1851.* Hughs Mutter hatte die Uhr einst seinem Vater geschenkt. Maisie war jetzt froh, daß sie das Erbstück für ihn gerettet hatte. Sie tippte Hugh auf die Schulter.

Er drehte sich um, und seine blauen Augen weiteten sich. „Miß Robinson!"

„Wie spät ist es?" fragte Maisie.

Hugh griff automatisch nach seiner Uhr und stellte fest, daß seine Westentasche leer war. „Merkwürdig . . ." Er sah sich um, ob sie ihm vielleicht aus der Tasche gefallen war.

Maisie hielt die Uhr hoch. „Ich bekam zufällig mit, wie ein Taschendieb Sie beraubte – und nahm ihm die Uhr wieder ab."

„Wo ist der Kerl?"

„Ich habe ihn laufenlassen. Es war ein kleiner Junge. Ich hätte ihn auch mit der Uhr laufenlassen, wenn mir nicht bekannt wäre, daß Sie sich keine neue leisten können."

„Das ist doch nicht Ihr Ernst!"

„Und ob! Ich habe als Kind ja selbst jede Gelegenheit zum Stehlen genutzt."

„Wie schrecklich!"

Maisie spürte, daß sie drauf und dran war, sich erneut über ihn zu ärgern. Seine Einstellung, fand sie, verriet eine gewisse Scheinheiligkeit. „Ich erinnere mich an die Beerdigung Ihres Vaters", sagte sie. „Es war ein kalter Tag. Als Ihr Vater starb, schuldete er meinem Vater Geld – aber Sie trugen einen Mantel, und ich besaß keinen. War das gerecht?"

„Ich war dreizehn, als mein Vater bankrott ging", erwiderte Hugh heftig. „Muß ich deshalb mein Leben lang jede Niedertracht widerspruchslos hinnehmen?"

Da Maisie sich nicht schon wieder mit ihm streiten wollte, lenkte sie ein. „Es tut mir leid", sagte sie. „Ich wollte über Ihren Vater nicht abfällig urteilen. Ich wollte Ihnen nur erklären, warum Kinder zu Dieben werden können."

Hugh war sofort besänftigt. „Und ich habe mich noch nicht dafür bedankt, daß Sie mir meine Uhr zurückgebracht haben. Sie war das Hochzeitsgeschenk meiner Mutter an meinen Vater und ist für mich unersetzlich. Darf ich Sie zu einem Glas Bier einladen? Es ist entsetzlich heiß."

Das fand Maisie auch. „Ja, gern."

Wenige Meter weiter stand ein Karren, der mit riesigen Fässern beladen war. Hugh bestellte zwei Krüge warmen Malzbiers. Maisie nahm einen tiefen Schluck. Das Bier schmeckte ihr besser als Sollys französischer Wein.

„Sind Sie allein hier?" fragte Hugh.

„Nein, ich bin mit . . ., mit Bekannten hier." Es war ihr seltsamerweise unangenehm, ihn wissen zu lassen, daß sie in Sollys Begleitung gekommen war. „Und Sie? Sind Sie etwa mit Ihrer furchtbaren Tante hier?"

Er verzog das Gesicht zu einer Grimasse. „Nein. Methodisten lehnen Pferderennen strikt ab."

„Es ist bestimmt nicht leicht, mit ihr unter einem Dach zu leben."

„Eines Tages werde ich befördert, und dann beginnt meine Unabhängigkeit." Er grinste. „Und dann sage ich ihr, sie soll ihren Mund halten – so wie Sie das getan haben."

„Ich hoffe, Sie haben meinetwegen keine Schwierigkeiten bekommen."

„Doch, habe ich. Aber Tante Augustas Miene war das voll und ganz wert." Spontan kam ihm ein Gedanke. „Wollen Sie nicht heute abend mit mir ausgehen? Wir könnten in die Cremorne Gardens zum Tanzen gehen."

Das war ein verlockendes Angebot, doch Maisie mußte an Solly denken. „Nein, vielen Dank."

„Warum nicht?"

Sie stellte sich diese Frage selbst. Ich liebe Solly nicht, und ich nehme kein Geld von ihm an. Ich bin achtzehn Jahre alt und kann ausgehen, mit wem ich will. Wozu lebt man denn sonst? „Na gut. Wo sollen wir uns treffen?" Maisie wollte nicht, daß er das abbruchreife Haus in Soho sah, in dem sie mit April wohnte.

„Wie wäre es am Westminster Pier um acht Uhr?"

Maisie überschlug im Kopf den Zeitplan. Solly würde sicher bis zum letzten Rennen bleiben wollen. Dann kam die Zugfahrt zurück nach London. An der Victoria Station könnte sie sich von ihm verabschieden und zu Fuß nach Westminster gehen. Es müßte also klappen. „Warten Sie auf mich, wenn ich mich verspäte?"

„Die ganze Nacht, wenn's sein muß."

Maisie drehte sich um und ging. Nun brauchte sie eine glaubhafte Ausrede für Solly, denn er rechnete fest damit, daß er sie am Abend zum Essen ausführen durfte.

Sie fand ihre Freunde an derselben Stelle wieder, an der sie sie verlassen hatte, zwischen der Rennplatzabsperrung und dem Buchmacher im karierten Anzug. April und Tonio strahlten, und kaum hatte April Maisie erblickt, stürzte sie auf die Freundin zu. „Wir haben hundertzehn Pfund gewonnen – ist das nicht wunderbar?"

Maisie freute sich für April, doch als sie den beiden gratulierte, entdeckte sie Micky Miranda. Die Daumen in den Taschen seiner taubengrauen Weste vergraben, schlenderte er auf sie zu. In Mickys Schlepptau befand sich, wie üblich, Edward Pilaster. Ein merkwürdiges Paar, dachte Maisie. Sie paßten eigentlich gar nicht zueinander: Micky war schlank, selbstbewußt und immer sehr gepflegt. Edward dagegen war groß, unbeholfen und immer ein wenig schmuddelig. Was mochte der Grund sein, daß die beiden so unzertrennlich waren?

Die Unterhaltung drehte sich ausnahmslos um die Wettergebnisse. Edward und Tonio hatten mit einem Pferd namens Prince Charlie viel Geld gewonnen. Solly hatte anfangs ebenfalls gewonnen und danach wieder verloren, wobei ihm das eine anscheinend ebensoviel Spaß gemacht hatte wie das andere. Allein Micky schwieg sich über seine Erfolge oder Mißerfolge aus. Maisie nahm an, daß er nicht hoch gesetzt hatte. Für einen leidenschaftlichen Spieler erschien er ihr zu berechnend.

Doch schon mit seinem nächsten Satz verblüffte er sie. „Wir spielen heute abend Karten im Cowes Club, Greenbourne", wandte er sich an Solly. „Es geht um eine Menge Geld. Mindesteinsatz ein Pfund. Bist du dabei?"

Solly war zu allem bereit. „Ich bin dabei", sagte er.

Micky drehte sich zu Tonio um. „Kommst du auch mit?" Maisie war überrascht. In den Argyll Rooms hatte sie den Eindruck gewonnen, daß Micky Tonio nicht leiden konnte. Warum wollte er ihn unbedingt zum Kartenspielen verleiten?

„Ihr könnt auf mich zählen", willigte Tonio begeistert ein.

„Wollen wir gemeinsam im Club zu Abend essen?"

Solly sah Maisie an, der in diesem Augenblick klar wurde, daß ihr damit gerade eine perfekte Ausrede wie auf einem Silbertablett präsentiert wurde. „Geh ruhig mit deinen Freunden essen, Solly. Es macht mir nichts aus. Es war ein herrlicher Tag für mich."

„Dann sind wir uns also einig", schloß Micky, woraufhin er und Edward sich empfahlen.

Tonio und April entfernten sich ebenfalls, weil sie für das nächste Rennen noch eine Wette abschließen wollten. Solly bot Maisie den Arm. „Wie wär's mit einem kleinen Spaziergang?" schlug er ihr vor.

Sie schlenderten die weißgestrichene Absperrung entlang. Nach einer Weile ergriff Solly das Wort. „Magst du mich eigentlich, Maisie?"

Maisie blieb stehen, stellte sich auf die Zehenspitzen und küßte ihn auf die Wange. „Ich mag dich sehr, Solly."

Er sah ihr in die Augen, und Maisie erkannte bestürzt die Tränen hinter seinen Brillengläsern. „Solly, mein Lieber, was ist denn los?"

„Ich mag dich auch", erwiderte er. „Ich habe noch nie in meinem Leben einen Menschen so gern gehabt wie dich."

„Danke, Solly." Sein Geständnis rührte sie zutiefst. Solly pflegte nur selten ein stärkeres Gefühl zu zeigen als maßvolle Begeisterung.

„Willst du mich heiraten?" fragte er leise.

Sie war wie vor den Kopf gestoßen. Männer aus Sollys Kreisen machten Mädchen wie ihr gewöhnlich keine Heiratsanträge. So verblüfft war Maisie, daß sie kein Wort über die Lippen brachte.

„Ich erfülle dir jeden Wunsch", fuhr Solly fort. „Bitte sag ja."

Solly heiraten! Maisie wußte, daß sie in diesem Fall unglaublich reich sein würde – bis an ihr Lebensende. Ein weiches Bett in der Nacht, ein prasselndes Kaminfeuer in jedem Zimmer des Hauses. Sie würde nie wieder frieren, nie wieder Hunger leiden, nie wieder erschöpft sein.

„Ich liebe dich so sehr", bekannte er. „Ich bin ganz verrückt nach dir."

Er liebt mich tatsächlich, dachte Maisie. Ich spüre es. Und genau das ist das Problem; denn ich liebe ihn nicht. Er verdient etwas Besseres. Er verdient eine Frau, die ihn wirklich liebt. „Du bist der netteste, zuvorkommendste Mann, der mir je begegnet ist . . .", begann sie.

„Sag nicht nein, bitte!" unterbrach er sie. „Wenn du nicht ja sagen kannst, dann sag gar nichts. Denk darüber nach, mindestens einen Tag lang. Oder auch länger."

Maisie seufzte. „Ich denke darüber nach", versprach sie.

HUGH und Maisie fuhren mit dem Ausflugsdampfer vom Westminster Pier nach Chelsea, und zwar zum billigsten Tarif. Dort gingen sie an Land und schritten den Pier hinauf, bis sie den großartigen vergoldeten Torbogen der Cremorne Gardens erreichten. Die Gärten umfaßten ein Gebiet von annähernd fünf Hektar zwischen dem Fluß und der King's Road und gliederten sich in Haine und Grotten, große Blumenrabatten und Rasenflächen. Als Hugh und Maisie eintrafen, dämmerte es bereits. Die Gärten waren sehr gut besucht. Viele junge Leute, die tagsüber bei dem Rennen gewesen waren, hatten sich entschlossen, den Tag hier ausklingen zu lassen, und schlenderten nun durch die Anlagen. Es wurde viel gelacht – und geflirtet. Die Mädchen sah man meist zu zweit, die jungen Männer in größeren Gruppen und die Pärchen Arm in Arm.

Das Wetter war den ganzen Tag über sommerlich warm gewesen, doch inzwischen zogen Wolken auf, und es sah nach einem Gewitter aus. Hugh war einerseits in Hochstimmung, andererseits nervös. Es war aufregend, Maisie am Arm führen zu können, aber das Gefühl, die Spielregeln nicht zu beherrschen, machte ihn unsicher. Was erwartet sie von mir? fragte er sich. Ob ich sie wohl küssen darf?

Maisie trug ein blaugrünes, tief ausgeschnittenes Kleid mit Turnüre sowie ein keck auf ihrer Hochfrisur plaziertes Matrosenhütchen und zog viele bewundernde Blicke auf sich.

Nachdem Hugh und Maisie an einer Ballettbühne, einem orientalischen Zirkus und verschiedenen Schießständen vorbeigekommen waren, betraten sie ein Restaurant, um dort zu essen. Das Essen war ziemlich teuer, aber Hugh hatte das Geld mitgenommen, das eigentlich als Grundstock für einen neuen Anzug dienen sollte, und konnte sich die Einladung daher leisten.

Als sie das Restaurant verließen, kamen ihnen die Leute im Park viel ausgelassener vor als zuvor, was gewiß daran lag, daß in der Zwischenzeit viel Bier und Gin konsumiert worden waren.

Kurz darauf betraten sie ein Tanzlokal. Hugh führte Maisie auf die Tanzfläche und nahm sie in die Arme. Seine Fingerspitzen kribbelten, als er die rechte Hand auf Maisies Rücken legte, und sobald er ihre Hand ergriff, erwiderte sie den Druck zärtlich. Die Empfindung elektrisierte ihn.

Am Ende des ersten Tanzes lächelte er Maisie an und war verdutzt, als ihre Hand nach oben fuhr und eine Fingerspitze seinen Mund berührte. „Dein Lächeln gefällt mir", sagte sie. „Du siehst dann aus wie ein kleiner Junge."

Das war zwar nicht unbedingt der Eindruck, den Hugh erwecken wollte, doch er war inzwischen mit allem einverstanden – Hauptsache, er gefiel Maisie.

Der nächste Tanz begann. Als Partner ergänzten sie sich hervorragend. Maisie war zwar recht klein, doch Hugh war auch kein Riese, und beide bewegten sich leichtfüßig. Hugh hatte schon mit Dutzenden von Mädchen getanzt, aber noch nie hatte er es so genossen.

Sie tanzten bis Mitternacht – bis die Musikkapelle aufhörte zu spielen. Wie alle Paare verließen sie das Lokal und strömten hinaus auf die Gartenwege. Hugh fiel auf, daß viele Männer den Arm um ihre Partnerinnen gelegt hatten. Nicht ohne Herzklopfen tat er es ihnen nach, und Maisie schien nichts dagegen einzuwenden zu haben.

Die Festtagsstimmung war einer gewissen Unruhe gewichen. Am Wegrand standen hier und da kleine, überdachte Hütten wie Logenplätze in der Oper, wo man sitzen, etwas essen und die Vorübergehenden betrachten konnte. Einige dieser Hüttchen waren von Jugendlichen gemietet worden, die inzwischen betrunken waren. Einem Mann, der Hugh vorausging, wurde aus reinem Übermut der Zylinder vom Kopf gestoßen, und Hugh selbst mußte sich ducken, um nicht von einem durch die Luft fliegenden Laib Brot getroffen zu werden. Schützend zog er Maisie an sich. Ein paar Minuten später mußten sie einen kleinen Umweg machen, um einer Schlägerei auszuweichen. Sechs junge Männer hieben grölend und lallend mit den Fäusten aufeinander ein.

Auf einmal kam ihnen eine Gruppe von etwa vierzig jungen Männern entgegen, die die Frauen rüde beiseite drängten und die Männer niederschlugen. Da die Randalierer auch auf den Rasenflächen rechts und links des Weges voranstürmten, gab es kein Entkommen. Hugh reagierte schnell. Er stellte sich vor Maisie und kehrte den Angreifern den Rücken zu. Dann nahm er seinen Hut ab, legte die Arme um seine Begleiterin und zog sie an sich. Schon hatte die Horde sie erreicht. Jemand prallte hart auf Hughs Rücken. Er geriet ins Taumeln, fing sich aber gleich wieder und ließ Maisie nicht los. Dann waren die Randalierer vorbei.

Hugh lockerte seinen Griff und sah Maisie in die Augen. Erwartungsvoll erwiderte sie seinen Blick. Zögernd beugte er sich vor und küßte sie auf die Lippen. Sie waren wundervoll weich. Er schloß die Augen. Es war sein erster Kuß – und er war genauso schön, wie er ihn sich erträumt hatte.

Es war Maisie, die den Kuß abbrach. Streng sah sie Hugh an, bevor sie sich wieder eng an ihn schmiegte. „Du könntest all meine Pläne zunichte machen“, sagte sie leise.

Hugh wußte nicht, was sie damit meinte.

Plötzlich erstarrte Maisie. „Horch!“ rief sie.

Auch Hugh hatte vage registriert, daß die Unruhe im Park wuchs. Jetzt vernahm er lautes Schreien. Vom Fußweg aus stoben die Leute in alle Richtungen davon. „Eine Schlägerei vermutlich“, meinte er. Dann hörte er die Trillerpfeife der Polizei.

„Wir sollten besser gehen“, empfahl Maisie. „Jetzt gibt's Ärger.“

„Laufen wir lieber über den Rasen zum Ausgang an der King's Road, das ist vielleicht sicherer.“

Die Gaslaternen erloschen. In der Dunkelheit hasteten sie weiter. Die Nacht um sie herum war erfüllt von Männergebrüll und schrillem Gezeter der Frauen, immer wieder untermalt von den Trillerpfeifen der Polizei. Schlagartig erkannte Hugh, daß er Gefahr lief, festgenommen zu werden. Dann käme unweigerlich heraus, daß er hiergewesen war. Augusta würde sagen, er sei zu liederlich für einen verantwortungsvollen Posten in der Bank. Hugh seufzte. Dann dachte er daran, wie unsagbar schön es war, Maisie zu küssen. Sollte Augusta doch behaupten, was sie wollte.

Kurz bevor sie das Tor erreichten, marschierte gerade ein Trupp von dreißig Polizisten in den Park. Da die Ordnungshüter gegen den Strom der hinausdrängenden Menge nicht ankamen, begannen sie mit ihren Schlagstöcken wahllos auf Frauen und Männer einzuprügeln. Die Menschen machten auf dem Absatz kehrt und suchten im Innern des Parks Schutz.

Hughs Gedanken überschlugen sich. „Laß mich dich tragen“, drängte er Maisie. „Tu so, als wärst du in Ohnmacht gefallen.“ Maisie schloß die Augen und ließ sich schlaff in seine Arme sinken.

Hugh machte sich sofort auf den Weg zum Ausgang und stemmte sich gegen den Strom, wobei er immer wieder mit befehlender Stimme „Platz da! Bitte machen Sie Platz!“ rief. Und die Fliehenden bemühten sich, ihm aus dem Weg zu gehen, so daß sich Hugh binnen kurzem den anstürmenden Polizisten gegenübersah. Im ersten Moment glaubte er schon, sein Täuschungsmanöver sei gescheitert. Doch da rief von irgendwoher ein Sergeant: „Lassen Sie den Herrn durch!“ Hugh ging unbehelligt weiter und ließ die Polizisten hinter sich. Sie hatten es geschafft!

Maisie öffnete die Augen, und Hugh lächelte sie an. „Alles in Ordnung?“

Maisie nickte, doch Hugh glaubte, in ihren Augen Tränen erkennen zu können. „Laß mich hinunter.“

Er stellte sie sanft auf den Boden. „Du brauchst nicht zu weinen, es ist alles vorbei.“

Sie schüttelte den Kopf. „Es ist nicht wegen der Randalierer“, beteuerte sie. „Schlägereien habe ich schon öfter erlebt. Aber zum erstenmal in meinem Leben hat mich jemand beschützt. Bisher mußte ich immer auf mich selbst aufpassen. Das ist eine ganz neue Erfahrung für mich."

Hugh wußte nicht, was er darauf antworten sollte. Alle Mädchen, die er bisher kennengelernt hatte, waren davon ausgegangen, daß Männer sie beschützten. Das Zusammensein mit Maisie war eine fortwährende Offenbarung.

UM SEIN knappes Taschengeld aufzubessern, hatte Micky Miranda bereits im Internat in Windfield mit dem Falschspielen begonnen. Später hatte ihm ein professioneller Kartenspielbetrüger alle Grundlagen seines Handwerks beigebracht. Bei hohen Einsätzen war das Betrügen am gefährlichsten. Das Mißtrauen stieg mit der Höhe des Einsatzes.

Wurde Micky an diesem Abend ertappt, so war nicht nur sein Plan, Tonio in den Ruin zu treiben, gescheitert. Betrug beim Kartenspiel galt in England als das schlimmste Verbrechen, dessen sich ein Gentleman schuldig machen konnte. Seine Clubs würden ihn zum Austritt auffordern, und niemand würde mehr ein Wort mit ihm wechseln. Er würde nach Córdoba zurückkehren, fortan die Schikanen seines älteren Bruders erdulden und den Rest seines Lebens als Rinderzüchter verbringen müssen. Allein der Gedanke daran machte ihn krank.

Lief heute abend jedoch alles nach Plan, so winkte ein Lohn, der nicht weniger schwindelerregend war als das Risiko. Micky tat es nicht nur Augusta zuliebe. Er wollte Tonios Posten haben, der nur mit wenig Arbeit verbunden war und ihm trotzdem das Leben eines Gentlemans ermöglichen würde.

Micky, Edward, Solly und Tonio dinierten im Cowes, ihrem Lieblingsclub. Schon gegen zehn Uhr saßen sie alle im Spielzimmer. Zwei andere Spieler aus dem Club schlossen sich ihnen am Bakkarattisch an – Captain Carter und Vicomte Montagne. Etwa dreißig Zentimeter vom Rand der Tischplatte entfernt war eine durchgehende weiße Linie aufgemalt. Außerhalb dieser Umrandung hatte jeder Spieler einen Stapel Goldsovereigns vor sich liegen. Sobald das Geld jenseits der Linie lag, galt es als gesetzt.

Nervös leckte Micky sich die Lippen, konzentrierte sich und versuchte, die Ruhe zu bewahren. Er hielt es für möglich, daß Bakkarat erfunden worden war, um entsprechend Gerissenen die Chance zu geben, reichen Tölpeln das Geld aus der Tasche zu ziehen. Der erste Vorteil bestand darin, daß es sich um ein reines Glücksspiel handelte. Die Spieler erhielten jeweils zwei Karten und zählten die Augen zusammen. Betrug die Summe mehr als neun, so galt nur die letzte Ziffer: aus fünfzehn wurde fünf, aus zwanzig null. Die höchste Augenzahl war neun. Ein Spieler mit einer niedrigeren Quersumme durfte eine dritte Karte anfordern, die jedoch für alle sichtbar aufgedeckt werden mußte.

Der Bankhalter teilte nur drei Blätter aus: an die Spieler zu seiner Linken und zu seiner Rechten sowie an sich selbst. Die Wetten wurden von Spielern und Zuschauern entweder auf die linke oder die rechte Hand abgeschlossen. Der Bankhalter zahlte für jedes Blatt, das höher war als sein eigenes.

Der zweite große Vorteil des Bakkarats bestand aus Sicht des Falschspielers darin, daß es mit mindestens drei Kartenspielen gespielt wurde. Das hieß, daß der Betrüger ein viertes Spiel benutzen und bei Bedarf eine Karte aus seinem Ärmel ziehen konnte, ohne sich darüber den Kopf zerbrechen zu müssen, ob einer der anderen Spieler die gleiche Karte in der Hand hielt.

Während die anderen noch damit beschäftigt waren, ihre Plätze zu wählen, bat Micky den Kellner schon um drei neue Päckchen Spielkarten. Als der Mann kurz darauf zurückkam, händigte er wie selbstverständlich die Karten an Micky aus.

Wenn Micky das Spiel kontrollieren wollte, mußte er die Karten verteilen, und deshalb kam es zuerst darauf an, Bankhalter zu werden. Dazu mußte er sich beim Geben die höchste Karte selbst zuteilen.

Er öffnete die versiegelten Päckchen. Die Karten waren immer gleich geordnet: Oben lagen die Joker, unten das Pikas. Micky nahm die Joker heraus und begann zu mischen. Die neuen Karten fühlten sich angenehm an. Nichts war einfacher, als ein As vom Grund eines Kartenstapels nach oben zu befördern. Worauf es ankam, war, daß das As nachher beim Abheben oben blieb.

Er legte die Karten vor Solly, der rechts von ihm saß, auf den Tisch und zog die Hand, ehe er den Stapel freigab, unmerklich zusammen, so daß die oberste Karte – ein Pikas – in seiner Hand verborgen blieb. Solly hob ab. Micky nahm den Stapel wieder an sich; das As legte er obenauf. Die Klippe beim Abheben war erfolgreich umschifft.

„Wer die höchste Karte erhält, übernimmt die Bank, ja?" Er bemühte sich um einen gelassenen Tonfall, als wäre es ihm egal, ob die anderen einverstanden waren oder nicht.

Zustimmendes Gemurmel war die Antwort.

Er verstärkte seinen Griff um den Kartenstapel, ließ das zuoberst liegende As ein paar Millimeter zurückrutschen und teilte schnell aus. Auf diese Weise bekamen die anderen reihum jeweils die zweite Karte des Stapels, bis Micky selbst an der Reihe war und sich das Pikas gab. Alle Teilnehmer drehten die ihnen zugeteilte Karte um. Micky hatte ein As, also war er der Bankhalter.

Er zwang sich zu einem verhaltenen Lächeln. „Ich glaube, heute abend ist mir das Glück gewogen", sagte er und teilte das erste Blatt aus.

Tonio spielte links von ihm, ebenso wie Edward und Vicomte Montagne. Rechts von ihm saßen Solly und Captain Carter. Micky wollte an diesem Abend nicht gewinnen: Heute kam es nur darauf an, daß Tonio Silva verlor.

Eine Zeitlang spielte Micky fair und verlor ein wenig von Augustas Geld. Als die Zeit reif war, zündete er sich eine Zigarre an. In der Innentasche seines Fracks, gleich neben dem Zigarrenetui, befand sich ein weiteres Kartenspiel. Es stammte aus demselben Papierwarengeschäft, bei dem auch der Club einkaufte. Micky hatte das zusätzliche Spiel so geordnet, daß ein siegreiches Blatt auf das andere folgte, also jeweils neun Augen ergab.

Er steckte das Zigarrenetui wieder in die Tasche, holte unter der Hand das vorsortierte Spiel hervor und nahm mit der anderen Hand den auf dem Tisch liegenden Stapel auf. Dann ließ er die neuen Karten unter den alten Stoß gleiten. Während sich die anderen Brandys mit Soda mixten, mischte Micky die Karten so, daß zunächst eine Karte von unten nach oben kam. Auf diese folgten zwei beliebige, danach kam wieder eine von unten nach oben, und zum Schluß folgten noch einmal zwei beliebige. Dann verteilte er die Karten: die erste an den Mitspieler zur Linken, die zweite an den zur Rechten. Die dritte gab er sich selbst. Jeder erhielt eine zweite Karte – und das siegreiche Paar gehörte Micky.

Beim nächstenmal teilte er Solly ein erfolgreiches Blatt aus und hielt sich auch in den nächsten Runden daran; konsequenterweise gewann Solly, während Tonio verlor. Niemand schöpfte Verdacht gegen Micky, dessen Vorrat an Goldsovereigns mehr oder weniger unverändert blieb.

Tonio hatte zunächst den Löwenanteil seines nachmittäglichen Wettgewinns auf den Tisch gelegt, also annähernd hundert Pfund. Als dieser auf ungefähr die Hälfte zusammengeschmolzen war, erhob er sich und ging um den Tisch herum. „An dieser Seite klebt das Pech. Ich setz mich neben Solly", entschied er.

Das wird dir auch nichts helfen, dachte Micky. Die linke Seite gewinnen und die rechte verlieren zu lassen war auch nicht schwieriger. Tonio sollte nicht nur blank sein, sondern mit geliehenem Geld weiterspielen. Er sollte Spielschulden machen, die er nicht begleichen konnte. Nur dies garantierte seinen gesellschaftlichen Ruin.

Als Tonio schließlich fast sein ganzes Geld verloren hatte, zückte Micky erneut sein Etui, öffnete es und bot Tonio eine Zigarre an. Zu seiner Erleichterung ging Tonio auf sein Angebot ein. Tonio würde nicht gehen, ehe er die Zigarre geraucht hatte.

Micky zündete sich selbst eine Zigarre an und bereitete den Todesstoß vor. Wenige Runden später besaß Tonio keinen Penny mehr. „Das war alles, was ich heute nachmittag in Goodwood gewonnen habe", stellte er bekümmert fest.

„Du solltest die Chance bekommen, es zurückzugewinnen", fand Micky. „Pilaster leiht dir sicher hundert Pfund."

Edwards Verblüffung war unverkennbar, doch eine Weigerung hätte kleinlich gewirkt. Nach kurzem Zögern entrang er sich ein „Aber gewiß doch".

„Es wäre vielleicht besser, wenn du jetzt Schluß machen würdest, Silva", meldete sich Solly zu Wort. „Du hast den ganzen Tag gespielt und nichts dafür bezahlen müssen. Das ist doch auch schon was."

Micky schalt Solly insgeheim einen gutmütigen Trottel. Wenn Tonio sich jetzt vernünftig verhielt, war der ganze Plan beim Teufel. Aber Tonio konnte der Versuchung einfach nicht widerstehen. „Ich glaube, ich spiele weiter, bis ich mit der Zigarre fertig bin", meinte er. Daraufhin gab er dem Ober einen Wink und bestellte Federhalter, Tinte und Papier. Edward zählte hundert Goldsovereigns ab, und Tonio unterschrieb den Schuldschein.

Das Spiel ging weiter, bis Tonios Guthaben auf fünfzig Pfund geschrumpft war. „Ich gewinne nur bei hohem Risiko", sagte er. „Ich setze alles auf das nächste Blatt."

Das war ein bemerkenswert hoher Einsatz. Wenn Tonio verlor, war er ruiniert.

Micky teilte die Karten aus. Er sah Edward an, der links von ihm saß. Edward tippte auf seine Karten, was besagte, daß er eine Zusatzkarte wollte. Micky gab ihm eine Kreuz Vier und wandte sich dann an Solly, auf dessen Blatt Tonio seine Zukunft gesetzt hatte. Solly paßte.

Micky drehte seine Karten um – eine Fünf und eine Vier. Edwards Vier war bekannt. Er drehte die anderen Karten um – eine weitere Vier und einen wertlosen König, also insgesamt acht Augen. Damit hatte er verloren. Solly drehte eine Zwei und eine Vier um. Seine Seite hatte ebenfalls verloren.

Tonio war ruiniert.

Er erbleichte und stammelte ein paar Worte, in denen Micky einen spanischen Fluch erkannte.

Micky verkniff sich ein triumphierendes Grinsen.

In den frühen Morgenstunden wanderten Maisie und Hugh durch die neuerbauten Vorstädte Fulham und South Kensington. Maisie war verwirrt und glücklich. Wenn sie in der Vergangenheit von Männern geküßt worden war, dann hatte sie das immer als Teil eines Geschäfts empfunden: Sie gab ihnen etwas als Ausgleich für das, was sie von ihnen brauchte. Diesmal war alles ganz anders. Sie hatte von Hugh geküßt werden *wollen* – und es war wunderbar gewesen. Und doch war Hugh weder geschickt noch erfahren. Ganz im Gegenteil. Nur – warum hatte es ihr dennoch so viel Spaß gemacht?

Sie erreichten die Kensington Gore, wandten sich nach rechts und schlenderten in Richtung Stadtmitte, wo Maisie wohnte.

Gegenüber einer riesigen Villa, deren Front auf der anderen Straßenseite beleuchtet wurde, blieb Hugh stehen und legte den Arm um Maisies Schultern. „Das ist das Haus meiner Tante Augusta", eröffnete er ihr.

Sie umfaßte seine Taille und starrte das Haus mit großen Augen an. Hugh und ich leben auf zwei verschiedenen Inseln, dachte sie. Uns trennt ein Ozean von Geld und Privilegien. Die Vorstellung war beunruhigend. „Ich kam in einer Hütte in Rußland zur Welt", sagte sie.

„Tatsächlich? ‚Maisie Robinson' klingt nicht gerade sehr russisch."

„Bei meiner Geburt hieß ich Miriam Rabinowicz."

„Miriam – der Name gefällt mir." Er zog sie an sich und küßte sie. Maisies Bedenken verflüchtigten sich, und sie überließ sich ihren Gefühlen.

Dann begann es zu regnen. Es fing nicht sanft an, sondern geschah schlagartig. Ein Blitz, unmittelbar gefolgt von einem Donner, und schon prasselte der Regen herab. Als sie sich voneinander lösten, waren ihre Gesichter bereits naß. Hugh nahm Maisie bei der Hand. „Komm mit ins Haus, da sind wir geschützt!" rief er.

Sie rannten über die Straße. Hugh führte sie die Treppen hinunter zum Dienstboteneingang im Keller. Als sie die Tür erreichten, waren sie bis auf die Haut durchnäßt. Hugh schloß auf. Mit dem Zeigefinger auf den Lippen bedeutete er ihr, sich leise zu verhalten, und ließ sie eintreten.

Auf Zehenspitzen schlichen sie durch eine Küche, die so groß war wie eine kleine Kirche, und erreichten ein enges Treppenhaus. Maisie folgte ihm über drei lange Stiegen hinauf. Nach einer weiteren Tür standen sie auf einer Galerie. Hugh warf einen Blick in ein Zimmer, in dem ein Nachtlicht brannte. „Edward ist noch nicht zu Hause", stellte er fest. „Sonst wohnt hier niemand. Onkel und Tante haben ihre Räume ein Stockwerk tiefer, die Dienstboten schlafen ganz oben. Komm!"

Er führte Maisie in sein Schlafzimmer und drehte das Gaslicht an. „Ich hole uns Handtücher", sagte er und entfernte sich.

Maisie nahm ihren Hut ab und sah sich im Zimmer um. Es war einfach möbliert: ein Einzelbett, eine Frisierkommode, ein schmuckloser Schrank, ein kleiner Schreibtisch. Auf dem Schreibtisch stand ein gerahmtes Foto, das eine Frau und ein ungefähr sechs Jahre altes Mädchen zeigte.

Mit einem großen Stapel Handtücher in den Armen kehrte Hugh zurück. Maisie nahm sich eines und vergrub dankbar ihr Gesicht darin. „Wer sind die beiden auf dem Foto da?" erkundigte sie sich.

„Meine Mutter und meine Schwester. Meine Schwester kam erst nach dem Tod meines Vaters zur Welt. Sie heißt Dorothy, aber ich nenne sie Dotty. Ich hab sie furchtbar gern."

„Wo leben sie?"

„In Folkestone, an der Küste."

Maisie fragte sich, ob sie die beiden je kennenlernen würde.

Hugh befreite sich von Mantel und Schuhen, zog den Schreibtischstuhl heran und ließ Maisie Platz nehmen. Dann kniete er vor ihr nieder, zog ihr die Schuhe aus und trocknete ihr die Füße.

Ihr Kleid war triefnaß, und sie fröstelte. Maisie wußte, daß sie nie trocken werden würde, solange sie das Kleid anbehielt. Was sie darunter anhatte, war durchaus schicklich. Sie trug einen langen Unterrock und ein Leibchen. Aus einem Impuls heraus stand sie auf und drehte Hugh den Rücken zu. „Könntest du mir bitte das Kleid aufmachen?"

Sie spürte, wie seine Hände zitterten, als er an den Haken und Ösen herumfingerte, die ihr Kleid verschlossen. Als er fertig war, bedankte sie sich und legte das Kleid ab. Dann drehte sie sich um und sah ihn an.

Sein Gesichtsausdruck verriet eine rührende Mischung aus Verlegenheit und Begierde. Er stand da wie Ali Baba vor den Schätzen der vierzig Räuber. Irgendwie hatte Maisie sich vorgestellt, sie würde sich nun abtrocknen und das Kleid dann später, wenn es getrocknet war, wieder anziehen. Jetzt wurde ihr auf einmal klar, daß die Dinge einen anderen Verlauf nahmen, und sie war froh darüber.

Sie legte ihre Hände auf Hughs Wangen, zog seinen Kopf zu sich herab und küßte ihn. Sie hatte das Gefühl, ihr Inneres zerfließe. Sie wollte mehr, mehr – jetzt und für immer.

„Maisie . . ." Seine Stimme war rauh. „Ich will . . ."

Sie lächelte. „Ich auch."

Sie hatte nicht den geringsten Zweifel. Sie wollte ihn – wollte ihn mehr als alles, was sie in ihrem Leben je begehrt hatte.

Er strich ihr über das Haar. „Ich habe es noch nie getan", gestand er.

„Ich auch nicht."

Er starrte sie an. „Ich dachte . . ." Er sprach nicht weiter.

Ein Anflug von Ärger durchzuckte sie, aber es gelang ihr, sich zu beherrschen. Es ist meine eigene Schuld, dachte sie, wenn er mich für leichtfertig hält. „Legen wir uns hin."

Er seufzte glücklich. „Bist du dir auch ganz sicher?"

„Ob ich mir sicher bin?" wiederholte sie. Die Männer, die sie kannte, hatten nie an Maisies Gefühle gedacht. Sie nahm Hughs Hand und küßte die Handfläche. „Auch wenn ich mir bis jetzt nicht sicher war, so bin ich es nun."

Sie ließ sich auf dem schmalen Bett nieder. Er legte sich neben sie, und sie nahm wahr, daß er an seinen Hosen herumfummelte. Er küßte ihre Lippen, erst zärtlich und sanft, dann leidenschaftlich. Sie zog ihn an sich und gab sich ganz ihren Empfindungen hin.

Und auf einmal hörte sie, ganz in der Ferne und jenseits ihrer gemeinsamen Atemgeräusche, wie eine Tür aufging.

Plötzlich ertönte eine laute, barsche Stimme; die Stimmung zerbrach wie eine Fensterscheibe, die von einem Stein getroffen wird. „Na, na, Hugh – was soll denn das?"

Maisie erstarrte.

Hugh stöhnte verzweifelt.

Die Stimme fuhr hämisch fort: „Was glaubst du eigentlich, wo du bist? In einem Bordell?"

Hugh glitt vom Bett. Und Maisie sah, daß sein Vetter Edward in der Tür stand. Er rauchte eine Zigarre. Rasch bedeckte Hugh Maisie mit einem großen Handtuch. Sie setzte sich auf und zog es bis zum Hals hinauf.

Edward grinste. „Wenn du mit ihr fertig bist, kannst du sie ja mir überlassen, oder?"

Hugh wickelte sich ein Handtuch um die Taille. Nur mühsam

gelang es ihm, seine Wut im Zaum zu halten. „Du bist betrunken, Edward!“ herrschte er ihn an. „Geh in dein Zimmer!“

Edward ignorierte die Bemerkung und schritt auf das Bett zu. „Ach nein – Solly Greenbournes Püppchen! Aber keine Angst, wenn du schön lieb zu mir bist, verrat ich ihm nichts.“

Maisie sah sofort, daß er es ernst meinte, und sie schauderte vor Ekel.

Hugh schäumte vor Wut. „Raus hier! Verschwinde, du verdammter Idiot!“ schrie er.

Aber Edward ließ nicht locker. „Nun sei doch kein Spielverderber. Sie ist schließlich bloß eine dreckige Hure.“

Mit zwei schnellen Schritten durchmaß Hugh das kleine Zimmer und versetzte Edward einen kräftigen Fausthieb auf die Nase. Sofort sprudelte Blut heraus, und Edward brüllte vor Schmerzen. Hugh schlug noch einmal zu.

Edward schrie abermals auf und fiel zu Boden. Hugh setzte sich auf ihn und prügelte unablässig auf ihn ein.

„Hugh, hör auf, du bringst ihn noch um!“ rief Maisie. Sie sprang aus dem Bett und versuchte, Hugh am Arm fortzuziehen, doch er war dermaßen in Rage, daß er sich nur mit größter Mühe bändigen ließ.

Sekunden später nahm Maisie aus dem Augenwinkel heraus eine Bewegung wahr. Sie sah auf und erblickte Hughs Tante Augusta. Sie stand in einem Morgenrock aus schwarzer Seide in der Tür. In ihren Augen lag ein siegessicherer Ausdruck.

KAUM hatte Augusta das halbnackte Mädchen wahrgenommen, da spürte sie, daß sich ihr hier die Chance bot, Hugh Pilaster ein für allemal loszuwerden. Sie erkannte Maisie sofort: Das war dieses Luder, das sie im Park beleidigt hatte.

In Augustas Kopf wollte schon ein Plan Gestalt annehmen, als sie unversehens Edward erblickte, der mit blutverschmiertem Gesicht auf dem Boden lag.

Sie fiel neben ihrem Sohn auf die Knie. „Sprich mit mir!“ kreischte sie. Ganz plötzlich waren all die alten Ängste wieder da. Augusta war auf einmal dreiundzwanzig Jahre jünger, und wieder lag ihr Baby todkrank da. „Teddy!“

Edward setzte sich auf und stöhnte. „Ich hab . . . Hugh mit seiner . . . Hure im Bett erwischt“, stammelte er, „und da ist er durchgedreht.“

Augusta berührte vorsichtig Edwards Nase. Er heulte kurz auf, ließ es aber zu. Es ist nichts gebrochen, dachte sie, als sie die Stimme ihres

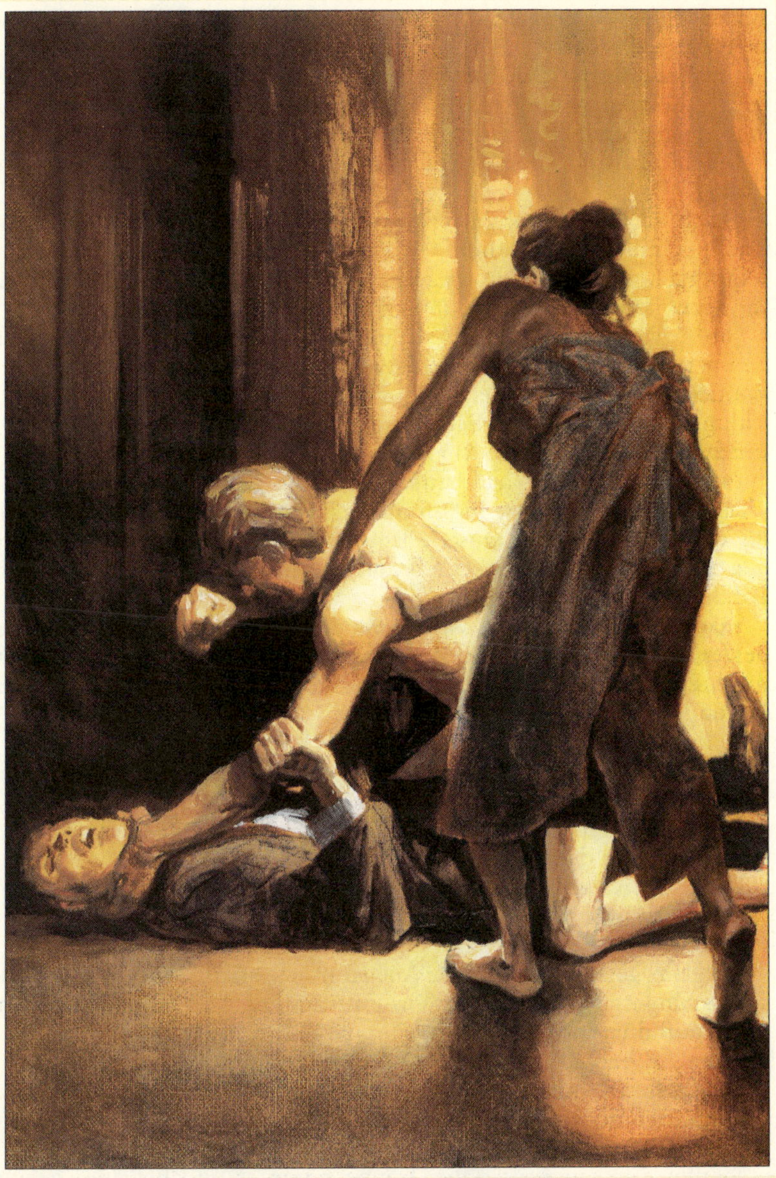

Ehemannes hörte, der soeben das Zimmer betrat. „Was, zum Teufel, geht hier vor?“

Augusta erhob sich. „Hugh hat Edward geschlagen“, berichtete sie.

Joseph Pilaster wandte sich an Hugh. „Verdammt noch mal, Hugh, was ist denn in dich gefahren?“

„Der dämliche Trottel wollte es nicht anders“, erwiderte Hugh trotzig.

Recht so, Hugh, frohlockte Augusta innerlich, mach die Sache nur noch schlimmer. Und komm vor allem nicht auf die Idee, dich zu entschuldigen. Mir kann's nur recht sein, wenn der Zorn deines Onkels möglichst lange anhält.

Sie begann fieberhaft zu überlegen. Es galt, die Situation bestmöglich zu nutzen. Hugh mußte zum Schweigen gebracht werden, weil er zuviel über den Tod von Peter Middleton wußte. Jetzt war der Augenblick für den entscheidenden Schlag gekommen. Doch zunächst einmal mußte sie ihn von diesem Mädchen trennen.

Auch das Hauspersonal hatte sich inzwischen eingefunden. Neugierig standen die Leute in ihren Nachtgewändern im Gang, der zur Haupttreppe führte. Augusta erkannte ihren Butler. „Hastead, bringen Sie Mr. Edward zu Bett.“ Er eilte herbei und half Edward wieder auf die Beine.

Dann drehte sich Augusta zur Wirtschafterin um. „Mrs. Merton, bekleiden Sie dieses Mädchen mit irgend etwas, und führen Sie es in mein Zimmer.“ Mrs. Merton streifte ihren eigenen Morgenrock ab und legte ihn Maisie um die Schultern.

„Hugh, lauf zu Dr. Humbold in der Church Street“, wies Augusta ihren Neffen an. „Es kann nicht schaden, wenn er sich die Nase des armen Edward einmal ansieht.“

„Ich lasse Maisie nicht allein“, weigerte sich Hugh störrisch.

„Du bist für den Schaden verantwortlich“, gab Augusta scharf zurück. „Den Arzt zu holen ist das mindeste, was du tun kannst.“

„Ich komm schon zurecht. Ich warte, bis du zurückkommst“, bestärkte ihn Maisie.

Hugh zögerte immer noch. Aber ihm fiel offensichtlich kein plausibler Weigerungsgrund mehr ein. Im nächsten Moment gab er nach. „Ich muß mich erst anziehen.“

Augusta verbarg ihre Erleichterung. Sie hatte die beiden voneinander getrennt. Wenn ihre Glückssträhne anhielt, so war Hughs Schicksal in Kürze besiegelt. Sie wandte sich an ihren Gatten. „Laß uns in dein Zimmer gehen und über diese Angelegenheit sprechen.“

Gemeinsam stiegen sie die Treppe hinunter und begaben sich in

Josephs Schlafzimmer. Kaum schloß sich die Tür hinter ihnen, da begann Augusta ihren Plan in die Tat umzusetzen. „Hugh kann unmöglich weiter bei uns wohnen. Außerdem mußt du ihn entlassen."

Joseph zögerte. „Ja, es ist wohl das beste, wenn ich ihn entlasse", stimmte er nach einer Pause zu. „Wahrscheinlich wird er wieder zu seiner Mutter nach Folkestone ziehen, aber ich weiß nicht, womit er sein Geld verdienen wird."

Augusta merkte, daß sie einen Fehler begangen hatte. Als Arbeitsloser ohne vernünftige Beschäftigung, aber voller Haßgefühle wäre Hugh eher noch gefährlicher als bisher. David Middleton hatte ihn zwar noch nicht aufgesucht, doch früher oder später würde er es tun. Sie ärgerte sich über sich selbst. Ich hätte nicht so gedankenlos seine Entlassung fordern sollen, warf sie sich vor.

„Vielleicht sind wir ein wenig zu streng mit ihm", gab sie zu. „Schließlich betonst du doch immer, daß er das Zeug zu einem guten Bankier hat. Vielleicht ist es unklug, ein solches Talent fallenzulassen." Sie setzte sich auf einen Stuhl. Plötzlich kam ihr eine Idee. „Schick ihn doch ins Ausland."

„Wie bitte?"

Je mehr Augusta darüber nachdachte, desto besser gefiel ihr diese Möglichkeit. „Schick ihn in den Fernen Osten oder nach Südamerika", empfahl sie. „Irgendwohin, wo sein schlechtes Benehmen keinen Schatten auf mein Haus wirft."

„Das ist kein übler Gedanke", räumte Joseph ein. „Wir haben eine offene Stelle in den Vereinigten Staaten. Der Geschäftsführer unseres Büros in Boston ist schon recht betagt und braucht einen Assistenten."

Amerika wäre ideal, jubelte Augusta insgeheim. „Schick ihn so schnell wie möglich fort", bat sie. „Ich möchte ihn hier in diesem Hause nicht mehr sehen."

„Er kann noch heute vormittag seine Überfahrt buchen", beruhigte Joseph seine Frau. „Danach kann er bei seiner Mutter bleiben, bis das Schiff in See sticht."

Und es wird Jahre dauern, bis er David Middleton trifft, ergänzte Augusta im stillen befriedigt. Gab es noch irgendwelche Haken? Sie dachte an Maisie. Ob Hugh sie wirklich mochte? Kaum, aber möglich war alles.

Augusta erhob sich. „Ich muß jetzt dieses Mädchen loswerden", erklärte sie und begab sich in ihr eigenes Zimmer.

Maisie war inzwischen wieder angekleidet und steckte gerade ihren Hut auf dem Haar fest. Mrs. Merton war dabei, ein ziemlich auffälliges blaugrünes Kleid in eine billige Tasche zu stopfen. „Ich habe ihr ein Kleid von mir geliehen, gnä' Frau", sagte sie. „Ihr eigenes ist völlig durchnäßt."

Damit war ein kleines Rätsel gelöst, das Augusta bislang irritiert hatte. Eine Hure ins Haus zu bringen – eine derart eklatante Dummheit paßte einfach nicht zu Hugh. Jetzt war ihr klar, wie es geschehen konnte. Die beiden waren von einem plötzlichen Unwetter überrascht worden. Hugh hatte das Frauenzimmer mit ins Haus genommen, damit es sich abtrocknen konnte. Und dann hatten die Dinge ihren Lauf genommen.

„Wie heißen Sie?" fragte Augusta das Mädchen.

„Maisie Robinson. Ihren Namen kenne ich."

Augusta spürte, daß sie Maisie Robinson haßte. Sie wußte nicht genau, warum: Das Mädchen war solch starke Gefühle kaum wert. Es mußte etwas mit der Art zu tun haben, wie Maisie auftrat: dieser Stolz, diese Sinnlichkeit, diese Ungebundenheit . . . „Ich nehme an, Sie wollen Geld", sagte Augusta herablassend.

„Sie heuchlerische Kuh, Sie!" platzte Maisie heraus. „Sie haben diesen stinkreichen, häßlichen Kerl bestimmt nicht aus Liebe geheiratet!"

Das stimmte. Maisies Worte raubten Augusta den Atem. Sie hatte diese junge Frau unterschätzt. Sie schluckte und zwang sich zu einem gelassenen Ton. „Wollen Sie sich nicht einen Augenblick setzen?"

Maisie zögerte kurz, ehe sie Platz nahm.

Augusta ließ sich ihr gegenüber nieder. Sie mußte das Mädchen dazu bringen, Hugh von sich aus aufzugeben. Mit Geld, dachte sie, komme ich bei dem Mädchen nicht weit – und mit Drohungen wahrscheinlich auch nicht. Am besten kommt das Mädchen von selbst darauf, daß eine Trennung für sie und Hugh das beste wäre. Ich werde also zunächst einmal genau das Gegenteil vorschlagen.

„Wenn Sie ihn heiraten wollen, kann ich Sie davon nicht abhalten", begann Augusta. Maisie konnte ihre Überraschung nicht verbergen, und Augusta gratulierte sich insgeheim dazu, daß sie das Mädchen überrumpelt hatte.

„Wie kommen Sie darauf, daß ich ihn heiraten will?" fragte Maisie.

Um ein Haar hätte Augusta laut aufgelacht und geantwortet: *Weil du nur hinter seinem Geld her bist.* Doch sie besann sich. „Welches Mädchen würde ihn nicht gerne heiraten? Er ist eine angenehme Erscheinung, sieht gut aus und stammt aus einer bedeutenden Familie."

„Das klingt ja fast, als wollten Sie, daß ich ihn heirate."

Diesen Eindruck zu erwecken lag genau in Augustas Absicht. Aber sie mußte sehr behutsam vorgehen. Maisie war zu intelligent, um sich leicht übertölpeln zu lassen. „Wir wollen nicht übertreiben, Maisie", wehrte sie ab. „In den gesellschaftlichen Kreisen, in denen ich verkehre, dürfte es wohl keine einzige Frau geben, die darüber glücklich wäre, wenn ein männliches Mitglied ihrer Familie so tief unter seinem Stand heiratet."

„Doch, vorausgesetzt, er ist ihr entsprechend verhaßt", erwiderte Maisie.

Augusta fühlte sich ermutigt und spann ihren Faden weiter. „Aber ich hasse Hugh nicht", sagte sie. „Warum sollte mir daran liegen, seine Karriere zu zerstören?"

„Weil Ihr Sohn Edward neben Hugh noch blöder wirkt, als er ohnehin schon ist."

Eine Welle des Zorns überkam Augusta. Einmal mehr war Maisie der Wahrheit unangenehm nahe gekommen. „Ich glaube, Sie sollten den Namen meines Sohnes aus dem Spiel lassen", zischte sie.

Maisie grinste. „Ich habe offenbar ins Schwarze getroffen", bemerkte sie und wurde sofort wieder ernst. „Jetzt weiß ich also, was Sie vorhaben. Aber da spiele ich nicht mit. Ich mag Hugh viel zu sehr, als daß ich sein Leben zerstören könnte."

Augusta war von der Leidenschaftlichkeit dieses Ausbruchs angenehm überrascht. „Was werden Sie tun?" erkundigte sie sich.

Maisie kämpfte mit den Tränen. „Ich werde mich nie mehr mit ihm treffen. Es mag Ihnen trotzdem gelingen, ihn zugrunde zu richten – aber nicht mit meiner Hilfe!"

„Er wird Sie vielleicht von sich aus aufsuchen."

„Ich werde einfach verschwinden. Er weiß nicht, wo ich wohne. Und ich werde mich von allen Orten fernhalten, an denen er mich suchen könnte." Maisie hatte Tränen in den Augen, als sie sich erhob. „Ich gehe jetzt besser – bevor er mit dem Arzt zurückkommt. Vielen Dank an Mrs. Merton, daß sie mir ihr Kleid geliehen hat. Ich finde selbst hinaus."

Augusta atmete erleichtert auf. Sie hatte es geschafft. In einer einzigen Nacht hatte sie Hughs beruflichen Aufstieg gebremst, Maisie Robinson ausgeschaltet und die Gefahr entschärft, die von David Middleton ausging.

MICKY MIRANDA bewohnte zwei Zimmer in einem Haus in Camberwell, einer bescheidenen Vorstadt im Süden Londons.

Die Hauswirtin brachte um neun Uhr morgens Kaffee und warme

Brötchen. Beim Frühstück erklärte Micky seinem Vater, wie er Tonio dazu gebracht hatte, hundert Pfund zu verlieren, die dieser nicht zurückzahlen konnte.

„Als ich so alt war wie du . . ."

„. . . hättest du ihm die Kehle durchgeschnitten. Ich weiß. Aber manchmal wählt man besser die sanfte Lösung, Papa. Denk doch bloß an Samuel Pilaster und seine Vorbehalte gegen Waffengeschäfte. Habe ich nicht dafür gesorgt, daß er uns nicht mehr in die Quere kommt? Und zwar ohne Blutvergießen." Daß es in Wirklichkeit Augusta gewesen war, brauchte Papa nicht zu wissen.

„Wann bekomme ich die Gewehre?" fragte Papa.

Das war der wunde Punkt. Es war August. Im September setzte in den Bergen von Santamaria die Schneeschmelze ein. Papa wollte nach Hause – natürlich mit seinen Waffen. Sobald Joseph Seniorpartner wurde, konnte Edward das Geschäft abschließen und die Waffen auf die Reise schicken. Doch der alte Seth klammerte sich an sein Leben und an seinen Posten.

„Bald, Papa. Lange macht es der alte Seth bestimmt nicht mehr." Micky dachte an die bevorstehenden Stunden. Tonio hatte nun Schulden, die er nie würde zurückzahlen können. Der nächste Schritt bestand darin, das Problem in eine Krise zu verwandeln. Edward und Tonio mußten dazu gebracht werden, sich in aller Öffentlichkeit zu streiten. Wenn das gelang, war Tonios Schande in aller Munde, und es blieb ihm nur der Rücktritt von seinem Posten und die Heimreise nach Córdoba. Dort war er auch für David Middleton so gut wie unerreichbar.

Micky grübelte noch über die Risiken nach, als jemand an die Zimmertür klopfte. Die Hauswirtin kündigte einen Besucher an, und einen Augenblick später kam Tonio herein.

„Setz dich und trink eine Tasse Kaffee mit uns", forderte Micky Tonio fröhlich auf. „Pech gehabt gestern abend, nicht wahr?"

Tonio verbeugte sich vor Papa und nahm Platz. Er sah völlig übernächtigt aus. „Ich habe weit mehr verloren, als ich mir leisten kann", bestätigte er. „Du weißt, was das bedeutet. Hier in diesem Land gilt ein Mann, der unfähig ist, seine Spielschulden zu begleichen, nicht mehr als Gentleman. Und wer kein Gentleman ist, kann auch kein Diplomat sein. Ich werde wahrscheinlich meinen Posten aufgeben und nach Hause zurückkehren müssen."

Genau so ist es, dachte Micky. „Ja, das ist ein Problem", meinte er verständnisvoll.

„Leihst du mir das Geld?" bat Tonio. „Du stammst aus Córdoba.

Du verurteilst niemanden, nur weil er einmal einen Fehler gemacht hat. Und ich zahle dir später alles zurück."

„Wenn ich das Geld hätte, würde ich es dir geben", versicherte Micky.

Tonio sah Papa an. Der blickte ihm ohne jede Gemütsbewegung in die Augen und sagte nur ein einziges Wort: „Nein."

Tonio ließ den Kopf hängen. „Ich weiß nicht, was ich tun soll", gestand er. „Wenn ich entehrt nach Hause zurückkehre, kann ich in meiner Familie niemandem mehr in die Augen sehen."

„Vielleicht kann ich dir auf andere Weise helfen", erwiderte Micky nachdenklich.

Tonios Miene hellte sich auf. „O ja, bitte!"

„Edward und ich sind gute Freunde, wie du weißt. Ich könnte ihn bitten, dir die Schulden zu stunden. Wohlgemerkt, ich kann dir nicht versprechen, daß er darauf eingeht, aber ich kann es immerhin versuchen."

Tonio strahlte Micky hoffnungsvoll an. „Ich weiß nicht, wie ich dir danken soll."

„Keine vorzeitigen Dankesbezeugungen", wehrte Micky ab. „Das bringt Unglück. Kannst du zum Lunch im Cowes Club sein?"

„Ja, in Ordnung." Tonio erhob sich und verneigte sich wieder vor Papa. „Auf Wiedersehen, Señor Miranda", sagte er und verließ das Zimmer.

„Dummer Junge", knurrte Papa.

„Vollidiot", ergänzte Micky und ging ins Nebenzimmer, um seine Vormittagsgarderobe anzulegen. Dann überließ er Papa für den Rest des Tages sich selbst und machte sich auf den Weg zur Bank. Über die Brücke gelangte er ins Finanzzentrum von London, das als die „City" bezeichnet wurde, weil es über jener Stelle errichtet war, auf der einst die ursprüngliche römische Siedlung gestanden hatte.

Das Bankhaus Pilaster befand sich in einem großen neuen Gebäude mit einem imposanten, von massiven kannelierten Säulen flankierten Portal.

Wenige Minuten nachdem es zwölf Uhr geschlagen hatte, trat Micky durch die großen Doppeltüren in die Schalterhalle und näherte sich einem der Boten. „Bitte seien Sie so freundlich, und sagen Sie Mr. Edward Pilaster, daß Mr. Miranda da ist."

Nach kurzer Zeit erschien Edward – mit blauem Auge und verquollenem Gesicht. Micky zog die Brauen hoch. „Mein lieber Freund, was ist denn mit dir passiert?"

„Ich hab mich mit Hugh geprügelt. Er hatte eine Hure ins Haus gebracht. Deswegen hab ich ihn zur Rede gestellt, und da ist er auf mich losgegangen. Den wirst du in der nächsten Zeit nicht zu Gesicht bekommen. Sie haben ihn nach Boston geschickt."

Gut gemacht, Augusta, dachte Micky. Gar nicht übel, wenn sich die Probleme mit Hugh und Tonio an ein und demselben Tag lösen ließen. „Du siehst so aus, als könntest du eine Flasche Champagner und ein gutes Mittagessen vertragen", sagte er.

Sie verließen die Bank, hielten eine Droschke an und ließen sich zur Pall Mall in den Cowes Club fahren. Kaum war die Kutsche angerollt, setzte Micky zu seiner vorbereiteten Rede an. „Ich kann diese Kerle nicht ausstehen, die über die schlechten Manieren der anderen klatschen", begann er. „Allerdings, wenn Freunde davon betroffen sind, ist man doch mehr oder weniger verpflichtet, den Mund aufzumachen."

„Ich verstehe nicht recht, worauf du hinauswillst", meinte Edward.

„Ich rede von Tonio Silva. Ich fürchte, er hat nicht die Absicht, seine Schulden bei dir zu begleichen. Schlimmer noch, er läuft jetzt sogar überall herum und prahlt damit. Er behauptet, du wärst nicht Manns genug, ihn zum Zahlen zu bewegen."

Edwards Gesicht rötete sich. „Das sagt er? Teufel auch! Na, wart's ab, Bürschchen!"

Micky war zufrieden. Edward war genau in der richtigen Stimmung, um zu streiten. Alles verlief nach Plan.

Endlich hielt die Droschke vor dem Club. Micky wartete, bis Edward den Kutscher bezahlt hatte. Dann gingen sie hinein. Tonio begegnete ihnen bereits an der Garderobe in einer dichten Traube von Clubmitgliedern, die hier ihre Hüte abgaben.

Tonio sah die beiden Hereinkommenden an. Edwards Gesicht war rot angelaufen.

„Sieh da, Silva", schnaubte Edward mit lauter Stimme. „Es geht um die hundert Pfund."

Es wurde mucksmäuschenstill im Raum. Es gehörte sich nicht, über Geldangelegenheiten zu sprechen. Ein Gentleman tat so etwas nur in extremen Ausnahmefällen. Die Umstehenden witterten einen Skandal.

Tonio erbleichte.

„Du gibst mir das Geld noch heute zurück, wenn es dir nicht allzuviel Umstände macht", fuhr Edward mit brutaler Offenheit fort.

Die Herausforderung war ausgesprochen. War Tonio ein Gentleman, so gab es für ihn nur eine Möglichkeit. Er mußte jetzt antworten: *Aber selbstverständlich. Wenn es dir so wichtig ist, bekommst du das*

Geld sofort. Sagte er dies nicht, so wußten alle, daß er nicht zahlen konnte, und damit war der Stab über ihn gebrochen.

Micky weidete sich an der Szene. Zunächst beherrschte Panik Tonios Gesicht. Er öffnete den Mund, um zu protestieren, aber die Worte blieben ihm im Halse stecken. Dann verzerrte sich seine Miene, er machte kehrt und lief davon.

Micky triumphierte. Alles hatte perfekt geklappt. „Bestell mir einen Brandy, Edward. Ich kümmere mich jetzt besser um Silva und passe auf, daß er sich nicht vor einen Pferdebus wirft." Und schon rannte er zur Tür hinaus.

Nun kam der heikelste Teil von Mickys Plan. Tonio mußte den Mann, der ihn soeben ruiniert hatte, für seinen besten Freund halten.

Im Eilschritt hatte sich Tonio in Richtung St. James's Palace entfernt, doch Micky holte ihn bald ein.

„Es tut mir furchtbar leid, Silva", ergriff er das Wort.

Tonio blieb stehen. Tränen liefen ihm die Wangen hinunter. „Ich bin erledigt", stammelte er. „Es ist alles aus."

„Pilaster ließ einfach nicht mit sich reden", heuchelte Micky. „Ich tat, was ich konnte."

„Ich weiß. Danke, daß du es versucht hast. Ich wollte, es gäbe eine Möglichkeit, mich erkenntlich zu zeigen."

„Nun . . ." Micky spielte den Verlegenen. „Ich denke doch, der Gesandte wird sich irgendwann nach einem Ersatz für dich umschauen müssen."

„Er wird sofort jemanden brauchen." Tonio begriff, worum es ging. Sein tränenverschmiertes Gesicht hellte sich auf. „Ja, natürlich – du wärst die ideale Besetzung!"

„Wenn du vielleicht ein Wort für mich einlegen . . ."

„Und ob ich das tun werde! Und nicht nur das. Ich werde dem Gesandten berichten, wie sehr du dich bemüht hast, mir aus dieser Verlegenheit zu helfen. Ich bin sicher, daß er dich nehmen wird." Mit beiden Händen ergriff Tonio Mickys Rechte. „Du bist ein wahrer Freund."

Kapitel fünf: September 1873

HUGHS sechsjährige Schwester Dorothy legte seine Hemden zusammen und packte sie in den Schrankkoffer. Sobald die Kleine im Bett war, würde Hugh sämtliche Hemden herausnehmen und noch einmal neu falten müssen, denn Dorothys Bemühungen waren völlig unzulänglich. Hugh überkam eine gewisse Wehmut: Jahre würden vergehen, ehe er seine kleine Schwester wiedersah.

Der Septemberregen trommelte gegen die Fensterscheiben, und draußen in der Bucht peitschte der Wind die Wellen. Hugh begann, seine zwei neuen Anzüge zusammenzulegen. Die Bank hatte sie ihm bezahlt – er vermutete, daß seine Mutter die entsprechende Order beim alten Seth erwirkt hatte. Sie hatte auch durchgesetzt, daß Hugh vor seiner Fahrt nach Amerika ein paar Wochen freibekam, um sich auf die Reise vorzubereiten. Der alte Seth war genauso geizig wie die anderen Pilasters, aber er hatte eine Schwäche für Hughs Mutter. Die kleine Unterstützung, von der sie seit Tobias Pilasters Tod lebte, ging ebenfalls auf seine Initiative zurück.

Hugh weilte in Gedanken bei seiner Mutter, als sie plötzlich das Zimmer betrat. „Zeit zum Schlafengehen, Dorothy", sagte sie. „Geh und zieh dir dein Nachthemd an." Kaum war die Kleine aus dem Zimmer, begann Hughs Mutter, die Hemden noch einmal zusammenzulegen.

Gerne hätte er mit ihr über Maisie gesprochen, wagte aber nicht, das Thema anzuschneiden. Er wußte, daß Augusta seiner Mutter einen Brief geschrieben hatte. Mit der Wahrheit hatte ihr Bericht vermutlich nicht viel zu tun. Nach einer kleinen Pause machte Hugh seinen Bedenken Luft. „Mutter, das, was Tante Augusta sagt, entspricht nicht immer ganz der Wahrheit."

„Du brauchst das nicht so höflich zu formulieren", erwiderte sie mit einem bitteren Lächeln. „Augusta verbreitet schon seit Jahren Lügen."

Ihre Offenheit verblüffte Hugh. „Warum?"

Mutter legte das Hemd, das sie gerade zusammengefaltet hatte, beiseite und dachte einen Augenblick nach. „Augusta war ein sehr schönes Mädchen", erklärte sie dann. „Sie war ein eigenwilliges, verwöhntes Einzelkind. Ihre Eltern waren nichts Besonderes: Ihr Vater besaß drei Kolonialwarenläden in den westlichen Vororten Londons. Augusta war allerdings eindeutig zu Höherem bestimmt. Als sie siebzehn war, verliebte sich der junge Graf Strang in sie. Seine Eltern waren natürlich entsetzt, als sie erfuhren, daß er die Tochter eines Kolonialwarenhändlers heiraten wollte."

„Haben die beiden sich verlobt?" fragte Hugh.

„Nein, nicht formell. Obwohl alle Welt davon ausging, daß es bereits beschlossene Sache war. Doch dann kam es zu einem Skandal. Augustas Vater wurde beschuldigt, in seinen Geschäften falsche Gewichte zu benutzen. Er wies alle Anschuldigungen vehement von sich, und zum Schluß verlief die Sache im Sande. Der junge Graf Strang ließ Augusta jedoch fallen."

„Sie muß untröstlich gewesen sein."

„Sie schäumte vor Wut. Ihr Leben lang hatte sie stets durchgesetzt, was sie wollte. Jetzt begehrte sie Strang und bekam ihn nicht."

„Worauf sie Onkel Joseph heiratete – aus Enttäuschung, wie es heißt."

„Ich würde eher sagen, sie heiratete ihn aus einer Laune heraus. Er war sieben Jahre älter als sie, und er war reicher als Strang."

„Was wurde aus Strang?"

„Er heiratete eine französische Komtesse und kam bei einem Jagdunfall ums Leben. Augusta sehnt sich noch immer nach dem, was Strang ihr hätte bieten können: ein Adelsprädikat und ein Haus mit ruhmreicher Vergangenheit. In Wirklichkeit waren es aber gar nicht diese Dinge, die Strang ihr verhieß, sondern es war Liebe; darin liegt ihr eigentlicher Verlust."

Noch nie hatte Hugh mit seiner Mutter ein so intimes Gespräch geführt. Er fühlte sich ermuntert, ihr sein Herz auszuschütten. „Mutter", begann er, „was Maisie Robinson betrifft . . ."

„Warst du in sie verliebt, Hugh?"

„Ziemlich." Er spürte, daß ihm Tränen in die Augen schossen. „Ich weiß bis heute nicht, warum sie verschwunden ist. Ihre Adresse habe ich nie herausbekommen. Ich habe mich in dem Mietstall erkundigt, für den sie arbeitete, und in den Argyll Rooms, wo ich sie kennengelernt habe. Solly Greenbourne mochte sie auch, und ihm ist es genauso rätselhaft wie mir."

„Wie seltsam."

„Ich bin überzeugt, daß Tante Augusta dahintersteckt."

„Daran habe ich keinen Zweifel. Ich weiß nicht, wie sie es angestellt hat, aber sie ist eine widerwärtige Intrigantin. Doch wie dem auch sei, Hugh, du mußt jetzt nach vorne schauen, in die Zukunft. Boston ist eine große Chance für dich. Du mußt fleißig und gewissenhaft arbeiten. Mit der Zeit wirst du das Mädchen vergessen."

„Ich weiß nicht, ob mir das je gelingen wird."

Seine Mutter küßte ihn auf die Stirn. „Aber sicher. Mein Wort darauf."

IN DEM Mansardenzimmer, das Maisie mit April teilte, hing nur ein einziges Bild an der Wand. Es war ein auffälliges Zirkusplakat, das Maisie, auf dem Rücken eines galoppierenden Pferdes stehend, in einem mit Flitter besetzten Trikot zeigte. Darunter stand in roten

Lettern: DIE PHANTASTISCHE MAISIE. Ansonsten enthielt das Zimmer nur ein schmales Bett, ein Wäschegestell und einen Stuhl. Die Kleider der Mädchen hingen an Nägeln an der Wand. Der Schmutz an den Fensterscheiben diente als Vorhangersatz.

Maisie zog sich gerade an, als April plötzlich ins Zimmer stürmte. „Das bist du, Maisie!“ rief sie. „Das bist einwandfrei du! Hier, in *Lloyds Weekly News.* Hör zu! ‚Miß Maisie Robinson wird gebeten, sich mit der Anwaltskanzlei Goldman & Jay im Gray's Inn in Verbindung zu setzen. Es erwartet sie eine Nachricht, die nicht zu ihrem Nachteil ist.‘ Die meinen dich.“

Maisies Herz schlug schneller, aber sie setzte eine ernste Miene auf. „Das ist Hugh. Da geh ich nicht hin.“ Sie mußte Tag und Nacht an Hugh denken und fühlte sich seinetwegen miserabel. Sie kannte ihn kaum, aber es war ihr unmöglich, ihn zu vergessen. Dennoch wollte sie es wenigstens versuchen. Sie liebte ihn zu sehr, als daß sie ihn in den Ruin treiben wollte. Sie schlüpfte mit den Armen in ihr Korsett. „Hilf mir bitte mal!“ forderte sie April auf.

Die Freundin begann, die Schnüre festzuziehen. „Mein Name stand noch nie in der Zeitung. Deiner ist schon zweimal erschienen, wenn du die ‚Löwin‘ als Name zählst.“

„Und was habe ich davon gehabt? Oje, ich werde ja immer dicker.“

April band die Schnüre zu und half Maisie ins Kleid. Sie wollten am Abend ausgehen. April hatte einen neuen Liebhaber. Er und einer seiner Freunde hatten April und Maisie in ein Varieté eingeladen.

Um sich vor Hugh zu verbergen, war Maisie gezwungen gewesen, ihre Arbeit bei Sammles aufzugeben, was Sammles sehr bedauerte, denn sie hatte fünf Pferde verkauft. Ihre Ersparnisse gingen inzwischen rapide zur Neige.

Maisies Kleid spannte um ihre Brüste, und sie zuckte zusammen, als April es zuzog. Ihre Freundin sah sie fragend an. „Maisie, wann hattest du zum letztenmal deine Tage?“

Maisie überlegte eine Weile. Plötzlich lief ihr ein Schauer über den Rücken. „O mein Gott. Bevor wir zu den Rennen nach Goodwood fuhren, glaube ich. Bin ich schwanger?“

„Du hast zugenommen, und deine Periode ist seit zwei Monaten überfällig. Ja, du bist schwanger.“ Aprils Ton klang gereizt.

„O Gott.“ Maisie fing an zu weinen. „Was soll ich nur tun?“ schluchzte sie hilflos.

„Wir könnten zunächst einmal zu diesem Rechtsanwalt gehen.“

AUF EINMAL war alles ganz anders. Maisie wurde klar, daß sie um des Kindes willen, das in ihrem Leib heranwuchs, gezwungen war, mit Hugh Verbindung aufzunehmen. Nachdem sie sich dies erst einmal eingestanden hatte, wich die Angst, und sie fühlte sich wohler. Sie sehnte sich danach, ihn wiederzusehen. Trotzdem war sie nervös, als sie mit April die steile Treppe zu der Anwaltskanzlei emporstieg.

Der Anwaltsgehilfe im Empfangszimmer war ein junger Mann, der einem kleinen Flirt nicht abgeneigt schien. „Meine Damen!" rief er aus. „Was kann zwei Göttinnen wie Sie dazu veranlassen, sich um die Dienste der Herren Goldman und Jay zu bemühen?"

Maisie fehlte die Geduld für galante Späße. „Mein Name ist Maisie Robinson", stellte sie sich vor.

„Ach ja! Die Anzeige. Dank einer glücklichen Fügung weilt der betreffende Herr in dieser Minute gerade bei Mr. Jay."

Die Aufregung raubte Maisie beinahe alle Kraft. „Sagen Sie, handelt es sich bei dem betreffenden Herrn zufällig um Mr. Hugh Pilaster?"

„Gütiger Himmel, nein! Im übrigen kenne ich Hugh Pilaster. Wir haben in Folkestone gemeinsam die Schulbank gedrückt. Derzeit ist er in Amerika. Vor zwei Wochen ist er abgereist, per Schiff."

Maisie fühlte sich wie betäubt. In Amerika, dachte sie. Und ich trage sein Kind. Sie war so entsetzt, daß sie nicht einmal weinen konnte.

„Um wen handelt es sich also?" fragte April lautstark.

Der Anwaltsgehilfe erkannte allmählich, daß er der Situation nicht gewachsen war. Nervös wich er einer Antwort aus. „Das erklärt er Ihnen besser selbst. Entschuldigen Sie mich." Er verschwand durch eine Tür.

Als sich die Tür wieder öffnete, trat ihnen ein anderer Mann entgegen, eine sehr auffallende Erscheinung. Er war nicht viel älter als Maisie und hatte das Gesicht eines biblischen Propheten – dunkle Augen, die unter schwarzen Brauen hervorstarrten, eine große Nase mit ausgeprägten Nasenlöchern und einen buschigen Vollbart. Er kam Maisie vertraut vor, und nach ein paar Sekunden fand sie, daß er sie ein wenig an ihren Vater erinnerte.

„Maisie?" Er klang unsicher. „Erkennst du mich nicht?"

Auf einmal fiel ihr ein zaundürrer Junge ein, auf dessen Lippen sich der erste Flaum eines Schnurrbarts zeigte. „Gütiger Himmel!" rief sie. „Danny!" Sie warf sich ihm in die Arme. „Danny, bist du es wirklich?"

Er drückte sie so fest an sich, daß es weh tat. „Natürlich bin ich es."

„Wer?" April starrte die beiden an. „Wer ist das?"

„Mein Bruder, der nach Amerika ausgerissen ist!" Maisie betrachtete ihn. „Was hast du in den vergangenen sieben Jahren getrieben?"

„Ich habe Eisenbahnstrecken gebaut. Ich hatte das Glück, zu einem günstigen Zeitpunkt nach Amerika zu kommen. Der Bürgerkrieg war gerade zu Ende, und der Eisenbahnboom setzte ein. Der Bedarf an Arbeitskräften war so groß, daß es sogar für dürre Dreizehnjährige wie mich Jobs gab. Ich habe an der ersten Stahlbrücke der Welt mitgebaut – sie führt in St. Louis über den Mississippi. Danach bekam ich eine Stelle bei der Union Pacific Railroad in Utah. Dort schloß ich mich der Gewerkschaft an und organisierte einen Streik."

„Warum bist du zurückgekommen?"

„In Amerika gab es einen Börsenkrach. Den Eisenbahngesellschaften ist das Geld ausgegangen, und die Banken, die sie finanzierten, brachen zusammen. Tausende von Männern sind auf der Suche nach Arbeit. Deshalb habe ich beschlossen, noch einmal von vorne anzufangen."

„Was willst du denn hier machen? Gleise verlegen?"

Er schüttelte den Kopf. „Ich habe eine neue Idee. Zweimal hat eine Finanzkrise mein Leben ruiniert. Die Männer, denen die Banken gehören, begehen immer wieder die gleichen Fehler. Und darunter leiden die Arbeiter. Kein Mensch hilft ihnen, und es wird ihnen auch nie jemand helfen. Sie müssen für sich selbst sorgen. Ich möchte eine Art Arbeiterverein gründen. Die Mitglieder zahlen einen Sixpence die Woche als Beitrag. Wenn sie schuldlos ihre Stelle verlieren, zahlt ihnen der Verein ein Pfund pro Woche, bis sie ein neues Auskommen gefunden haben."

Maisie betrachtete ihren Bruder voller Bewunderung. Sein Vorhaben war ungeheuer ehrgeizig – aber das hatte sie schon damals gedacht, als der Dreizehnjährige sich an Bord eines Schiffes nach Boston versteckt hatte. Damals hatte er seinen Plan in die Tat umgesetzt, und er würde es wahrscheinlich auch diesmal tun. Außerdem hatte er, wie er sagte, einen Streik organisiert. Er war anscheinend zu einem Mann herangewachsen, auf den andere Leute hörten.

„Doch wie geht es Papa und Mama?" fragte Danny. „Hast du Verbindung zu ihnen?"

Maisie schüttelte den Kopf und brach zu ihrer eigenen Überraschung in Tränen aus. Der Schmerz über den Verlust der Familie überwältigte sie – ein Schmerz, den sie all die Jahre lang unterdrückt hatte.

Danny legte ihr die Hand auf die Schulter. „Ich werde in den Norden reisen und versuchen, sie aufzuspüren", tröstete er seine Schwester.

„Hoffentlich findest du sie", sagte Maisie. „Sie fehlen mir so." Sie merkte, daß April sie noch immer verwundert anstarrte. „Ich habe solche Angst, daß sie sich meinetwegen schämen könnten."

„Warum sollten sie?" fragte Danny.

„Ich bin schwanger."

Sein Gesicht rötete sich. „Und nicht verheiratet?"

„Nein."

„Wer war das Schwein? Ich würde ihm liebend gerne den Hals umdrehen."

„Halt den Mund, Danny!" rief Maisie aufgebracht. „Du hast mich vor sieben Jahren im Stich gelassen und kannst jetzt nicht einfach so tun, als wäre ich dein Privateigentum." Danny wirkte zerknirscht, so daß Maisie etwas gefaßter fortfuhr. „Es spielt keine Rolle. Er hätte mich wahrscheinlich geheiratet, aber ich wollte das nicht. Also schlag ihn dir aus dem Kopf. Außerdem ist er jetzt sowieso in Amerika."

Danny beruhigte sich. „Das bißchen Geld, das ich noch habe, gehört dir."

„Ich will es nicht haben." Maisie sah ein, daß ihre Ablehnung sehr unfreundlich klingen mußte, aber sie konnte nicht anders. „Du brauchst dich nicht um mich zu kümmern, Danny. Ich habe mich damals mit elf Jahren durchgeschlagen, also werde ich es jetzt wohl auch schaffen."

MICKY MIRANDA und Papa saßen in einem kleinen Restaurant am Portland Place, nur ein paar Minuten entfernt von der Gesandtschaft Córdobas. Dort pflegte Micky nun allmorgendlich ein oder zwei Stunden am Schreibtisch zu verbringen und die Post des Gesandten zu bearbeiten.

Papa wischte seine Schüssel mit einem Stück Brot aus und schob sie beiseite. „Ich muß dir etwas erklären", begann er. „Wie du weißt, brauche ich die Gewehre für den Kampf gegen die Delabarcas. Wenn ich diese Familie erledigt habe, gehören mir die Salpetergruben. Das ist aber nur der erste Schritt. Ich werde Gouverneur der Provinz."

Gouverneur! Anscheinend hatte Micky den politischen Ehrgeiz seines Vaters bisher unterschätzt.

Aber Papa war noch nicht fertig. „Haben wir erst einmal die Provinz unter Kontrolle, kümmern wir uns um die ganze Nation. Wir werden glühende Anhänger von Präsident Garcia, und du wirst sein

Gesandter in London. Dein Bruder wird vielleicht Justizminister, deine Onkel werden Generäle. Sobald die Zeit reif ist, schalten wir die Garcias aus und nehmen selber das Heft in die Hand."

„Du meinst, wir übernehmen die Regierung?" fragte Micky.

„So ist es. Und in zwanzig Jahren, mein Sohn, bin dann entweder ich Präsident von Córdoba – oder du bist es."

Die Abgefeimtheit der Strategie, die sein Vater eingeschlagen hatte, überraschte Micky: erst den gegenwärtigen Herrscher mit allen Mitteln unterstützen – dann aber Verrat an ihm üben. Papa hatte ihm sogar die Präsidentschaft in Aussicht gestellt. Warum nicht? Ich bin clever und rücksichtslos und verfüge über die besten Beziehungen, dachte er. „Präsident", murmelte er träumerisch. „Das gefällt mir."

Mit beiden Händen faßte Papa über den Tisch und packte Micky am Revers. „Aber jetzt steht der ganze Plan auf der Kippe, weil du bei der kleinen Aufgabe, die dir zugewiesen war, vollkommen versagt hast!"

„Du kriegst deine Waffen, Papa." Ängstlich versuchte Micky seinen Vater zu besänftigen.

„In einem Monat beginnt in Córdoba der Frühling. Das ist die Jahreszeit, in der wir die Gruben der Delabarcas einnehmen müssen – nächstes Jahr ist es zu spät. Ich habe meine Überfahrt auf einem Frachter gebucht, der nach Panama fährt. Der Kapitän ist bestochen. Er bringt mich und die Waffen nach Santamaria an die Atlantikküste." Papa erhob sich und zog Micky, dessen Hemd unter dem Griff riß, ebenfalls hoch. „Das Schiff läuft in fünf Tagen aus. Und jetzt verschwinde, und kauf mir endlich die Gewehre!"

AUGUSTA war allein, als Micky kurz vor der Teezeit den Salon betrat. Sie freute sich offensichtlich über sein Erscheinen und ergriff mit beiden Händen seine Rechte.

Normalerweise flirtete Micky gern mit Augusta, doch an diesem Tag war er so verzweifelt, daß ihm nicht zum Tändeln zumute war. „Wie geht es dem alten Seth?" erkundigte er sich und hoffte auf die Nachricht von einem plötzlichen Rückfall. Der alte Mann wirkte inzwischen sehr geschwächt. Er war zu Augusta gezogen und verbrachte die Tage meist im Bett. Doch noch immer weigerte er sich starrköpfig, von den Bankgeschäften zurückzutreten.

Augusta gab seine Hand frei. „Komm näher ans Feuer", forderte sie Micky auf, setzte sich auf ein Sofa und klopfte auf den Platz neben sich. „Seth geht es wieder sehr viel besser." Es gelang ihr nicht, die eigene Verärgerung zu kaschieren. „Nach dem Tee kannst du ihn besuchen."

In der Halle waren Stimmen zu hören. „Da ist noch etwas, was ich dir sagen muß, bevor die anderen hereinkommen", fuhr Augusta fort. „Ich habe inzwischen David Middleton kennengelernt. Er sagte, nach seinem Dafürhalten sei die ganze Wahrheit über den Tod seines Bruders noch nicht bekannt, und fragte mich, ob ich ihn mit Hugh Pilaster oder Tonio Silva in Verbindung bringen könne. Ich erklärte ihm, die beiden seien außer Landes."

„Ich wünschte, das Problem mit Seth ließe sich genauso einfach lösen wie dieses", bekannte Micky.

Im gleichen Moment wurde die Tür geöffnet, und Edward kam herein. Ihm folgte seine Schwester Clementine. Augusta schenkte ihnen Tee ein, Hastead servierte warmes, mit Butter bestrichenes Teegebäck, sogenannte Muffins, und Edward sprach ihnen herzhaft zu. Micky dagegen hatte keinen Appetit. Unterdessen trafen weitere Familienmitglieder ein: Josephs jüngerer Bruder William, seine Schwester Madeleine und deren Ehemann, Major Hartshorn.

Nacheinander gingen die Anwesenden hinauf und besuchten den alten Seth, und nacheinander kamen sie wieder herunter und erzählten, wie prächtig es ihm ginge. Micky wartete bis zum Schluß. Vor der Tür zu Seths Zimmer saß eine Krankenschwester. Micky ging hinein und schloß die Tür hinter sich.

Seth saß aufrecht im Bett und las den *Economist*. „Guten Tag, Mr. Pilaster", grüßte Micky höflich. „Wie geht es Ihnen?"

Der alte Mann legte die Zeitung beiseite. „Danke, ich fühle mich recht wohl." Micky starrte den gebrechlichen Seniorpartner an. Seine Gesichtshaut war fast durchsichtig. Die Augen jedoch verrieten den hellwachen Verstand. Seth Pilaster sah aus, als könne er noch zehn Jahre die Geschicke der Bank leiten.

Micky glaubte die Stimme seines Vaters zu hören: *Wer legt uns Steine in den Weg?* Abscheu wallte in Micky auf.

„Was ist denn mit dir los?" erkundigte sich Seth. „Du siehst ja kränker aus als ich."

„Sitzen Sie auch bequem, Sir?" fragte Micky. „Lassen Sie mich die Kissen zurechtrücken."

„Nur keine Umstände, das ist alles in Ordnung." Seth winkte ab, doch Micky griff hinter ihn und zog ein großes Daunenkissen hervor. Er sah dem alten Mann ins Gesicht und zögerte.

In Seths Augen blitzte Furcht auf, und er öffnete den Mund, um zu schreien. Doch ehe er auch nur einen Laut hervorbringen konnte, hatte ihm Micky schon das Kissen über das Gesicht geworfen. Aber die Arme des alten Seth waren frei geblieben. Mit erstaunlicher Kraft packte er Mickys Unterarme, und Micky sah voller Entsetzen, wie die alten Klauen seine Jackenärmel umklammerten. Mit aller Kraft preßte er das Kissen nieder und unterdrückte nur mühsam ein hysterisches Lachen, das über seine Lippen dringen wollte. Schließlich hörten die Bewegungen auf. Micky zog vorsichtig das Kissen beiseite und starrte das weiße, stille Gesicht an. Der alte Mann sah aus wie tot.

Micky neigte den Kopf über Seths Brust, um nachzuprüfen, ob das Herz noch schlug. Es schlug nicht mehr.

Jetzt wurde ihm fast übel. Schwach und benommen lehnte er sich an einen Bettpfosten. Ich habe ihn getötet, dachte er. Ich habe ihn getötet.

Draußen auf der Galerie ertönte eine Stimme. Micky betrachtete die Leiche. Seths Augen waren geöffnet, der Blick starr.

Da ging die Tür auf, und Augusta kam herein. Sie sah das reglose Gesicht des Greises und das Kissen in Mickys Hand. Das Blut wich ihr aus den Wangen.

Stumm und hilflos glotzte Micky sie an und harrte ihrer Worte.

Doch Augusta schloß langsam die Tür. Sie nahm Micky das Kissen aus der Hand, hob den leblosen Kopf des alten Seth an, legte das Kissen wieder an Ort und Stelle und glättete das Laken. Sie hob den *Economist* vom Boden auf, plazierte ihn auf Seths Brust und faltete darüber seine Hände. Nun sah alles so aus, als wäre der alte Mann beim Lesen eingeschlafen. Dann schloß sie Seth die Augen. Sie kam auf Micky zu. „Du zitterst ja", sagte sie, umfaßte sein Gesicht mit den Händen und küßte ihn auf den Mund. Im ersten Augenblick war er völlig fassungslos und unfähig zu jeder Reaktion. Dann umarmte er sie. Eine kleine Weile blieben sie so stehen. Micky war vollkommen durcheinander und zu keinem klaren Gedanken fähig.

Augusta löste sich aus der Umarmung. „Hier ist nichts geschehen", raunte sie ihm zu. „Hast du mich verstanden? *Nichts von alledem ist geschehen!*" Sie ordnete ihr Kleid, wandte sich ab und strebte der Tür zu. Wie in Trance folgte er ihr hinaus.

Die Krankenschwester sah sie fragend an. Augusta legte den Zeigefinger auf die Lippen. „Psst! Er ist gerade eingeschlafen!"

„Das ist wohl das beste für ihn", erwiderte die Krankenschwester. „Ich werde ihn ein Stündchen ruhen lassen."

Augusta nickte zustimmend. „Das täte ich an Ihrer Stelle auch. Glauben Sie mir, es fehlt ihm momentan an nichts."

Teil II

Kapitel eins: Januar 1879

SECHS Jahre später kehrte Hugh nach London zurück. Die Pilasters hatten in dieser Zeit ihren Reichtum verdoppelt, und das war zu einem guten Teil sein Verdienst. Er hatte in Boston hervorragende Arbeit geleistet. Der transatlantische Handel war aufgeblüht, und Hugh hatte dafür gesorgt, daß das Bankhaus Pilaster einen beachtlichen Prozentsatz der getätigten Geschäfte finanzieren konnte. Auf sein Anraten hin hatten die Teilhaber in eine Reihe lukrativer nordamerikanischer Aktien und Obligationen investiert. Schließlich hatte Hugh sich zum Experten auf dem chaotischen Markt für Eisenbahnaktien entwickelt. Onkel Joseph war anfangs sehr zurückhaltend gewesen. Aber Hughs Urteil hatte sich bewährt. Das Bankhaus Pilaster war weltweit zum führenden Kapitalgeber der industriellen Entwicklung Nordamerikas aufgestiegen. Hugh bezog jetzt ein Jahresgehalt von tausend Pfund und wußte genau, daß er noch sehr viel mehr wert war.

Er hatte den Teilhabern mitgeteilt, daß er einen Urlaub in der alten Heimat verbringen sowie seine Mutter und seine Schwester wiedersehen wolle. Aber das waren nicht die einzigen Gründe für seine Rückkehr nach London. Hugh Pilaster wollte eine Bombe hochgehen lassen: Er beabsichtigte, den Partnern eine Fusion der nordamerikanischen Niederlassung des Bankhauses Pilaster mit dem New Yorker Bankhaus Madler & Bell vorzuschlagen. Die Pilasters würden von einer solchen Verbindung enorm profitieren, und als Folge sollte sein Leben im Exil ein Ende haben.

Nachdem Hugh einen Tag in Folkestone bei Mutter und Schwester verbracht hatte, nahm er den Zug nach London und ging zu Fuß zum Bankhaus Pilaster.

Alle vier Teilhaber erwarteten Hugh im Direktionszimmer. Onkel Joseph saß am Schreibtisch des Seniorpartners. Er war sichtlich älter und kahler geworden und sah dem alten Seth immer ähnlicher. Major Hartshorn, Tante Madeleines Ehemann, hatte es sich am offenen Kamin bequem gemacht und las die *Times*. Onkel Samuel brütete mit gerunzelter Stirn über einem Vertrag und war, wie üblich, untadelig gekleidet. Der jüngste Teilhaber war der einunddreißigjährige William. Er hatte an seinem Schreibtisch Platz genommen und schrieb etwas in ein Notizbuch.

Hugh schüttelte allen die Hand und nahm dann ein Glas Sherry entgegen. „Vor sechs Jahren habe ich in diesem Raum hier Lord Cammel russische Staatsanleihen im Werte von hunderttausend Pfund verkauft. Die Provision, die die Bank bei dieser Transaktion eingestrichen hat, ergibt eine Summe, die höher liegt als mein Gesamtgehalt nach acht Jahren Tätigkeit für dieses Haus." Er lächelte.

„Ich hoffe, ich muß das nicht als Wunsch nach Gehaltserhöhung interpretieren", sagte Joseph gereizt. „Du bist bereits der bestbezahlte Angestellte der Firma."

„Mit Ausnahme der Teilhaber."

„Das versteht sich von selbst", gab Joseph scharf zurück.

Ein schlechter Start, dachte Hugh, ich war mal wieder zu stürmisch. Immer mit der Ruhe. „Nein, ich komme nicht wegen einer Gehaltserhöhung", beschwichtigte er seinen Onkel, „aber ich habe den Teilhabern einen Vorschlag zu unterbreiten."

Hugh konzentrierte sich. Sein Plan brachte der Bank auf einen Schlag mehr Aufträge ein, als die meisten Teilhaber in einem ganzen Jahr beschaffen konnten. Und wenn die Partner zustimmten, würden sie ihn sicher zu einem der ihren machen.

„Das Finanzzentrum der Vereinigten Staaten ist nicht mehr Boston", begann Hugh. „Diesen Rang nimmt jetzt New York ein. Wir sollten deshalb unser Büro dorthin verlegen. Allerdings hat die Sache einen Haken. Ich habe in den vergangenen Jahren einen Großteil der Geschäfte mit dem New Yorker Bankhaus Madler & Bell getätigt. Sidney Madler nahm mich am Anfang, als ich auf dem amerikanischen Markt noch unerfahren war, unter seine Fittiche. Würden wir nach New York umziehen, gerieten wir in eine Konkurrenzsituation zu ihnen."

„Gegen Konkurrenz ist nichts einzuwenden", stellte Major Hartshorn fest.

„Das mag sein. Aber ich habe eine bessere Idee. Warum fusionieren wir auf dem amerikanischen Markt nicht mit Madler & Bell und gründen ein gemeinsames Unternehmen, das den Namen Madler, Bell & Pilaster führt? Das neue Haus wäre für die Finanzierung aller Import- und Exportgeschäfte zuständig, die zur Zeit von beiden betroffenen Häusern getrennt getätigt werden. Die Profite würden geteilt. Ich würde das Geschäft von London aus führen."

„Gefällt mir nicht", erhob Joseph Einspruch. „Damit liefern wir unser Haus fremder Kontrolle aus."

„Das Beste kommt noch!" fuhr Hugh fort. „Sämtliche europäischen Aktivitäten von Madler & Bell, die sich gegenwärtig auf verschiedene Agenten in London verteilen, würden den Pilasters zufallen."

Joseph konnte sich ein überraschtes Räuspern nicht verkneifen. „Das würde sich auf . . ."

„. . . mehr als fünfzigtausend Pfund Provision pro Jahr belaufen", ergänzte Hugh.

„Du meine Güte!" entfuhr es Major Hartshorn.

Die Verblüffung der Teilhaber war vollkommen. Die Aussicht war unwiderstehlich.

„Und du würdest das gemeinsame Unternehmen von London aus leiten", warf der junge William ein.

Hugh merkte, daß William in ihm einen Rivalen sah. „Warum nicht?" fragte er. „Das Kapital wird schließlich in London beschafft."

„Und welchen Rang würdest du bekleiden?"

„Ich nehme an, die Herren Madler und Bell erwarten, ihre Verhandlungen mit einem Teilhaber des Bankhauses Pilaster führen zu können."

„Für einen Teilhaber bist du noch zu jung", lehnte Joseph wie aus der Pistole geschossen ab.

„Ich bin sechsundzwanzig, Onkel", erwiderte Hugh. „Du warst neunundzwanzig, als du zum Teilhaber ernannt wurdest."

„Drei Jahre sind eine lange Zeit."

„Und fünfzigtausend Pfund sind eine Menge Geld." Hugh spürte, daß seine Antwort vorlaut klingen mußte – er neigte zu dieser Schwäche –, und lenkte sofort ein. „Mir ist klar, daß ihr das erst einmal untereinander besprechen wollt. Vielleicht ist es besser, ich lasse euch eine Weile allein?"

Samuel nickte. „Ganz unabhängig davon, zu welchem Ergebnis wir kommen, Hugh, dein Vorschlag verrät unternehmerisches Engagement und verdient Anerkennung."

Es war vier Uhr nachmittags, als Hugh Pilaster vor Augustas imposanter Villa in Kensington stand. Der Londoner Ruß der vergangenen sechs Jahre hatte die roten Ziegel nachdunkeln und die weißen Steine grau werden lassen, doch das aufgetakelte Schiff befand sich noch an Ort und Stelle auf dem Dach.

Das Whitehaven House barg für Hugh eine Fülle von Erinnerungen. Hier hatte er Augustas Gehässigkeiten ertragen müssen, Edwards Nase ramponiert und Maisie Robinson geliebt. Die Erinnerung an Maisie war am stärksten. Seit damals hatte er nichts mehr von ihr gehört, doch er hatte jeden Tag an sie gedacht.

Hugh überquerte die Straße und klopfte an die Tür. Hastead, Augustas aalglatter Butler, öffnete ihm. „Guten Tag, Mr. Hugh“, begrüßte er ihn, doch seine Stimme klang frostig und deutete an, daß Hugh sich noch immer nicht der Gunst des Hauses erfreute.

Hugh durchschritt das Portal und betrat die Eingangshalle, wo ihn, gleich einem Empfangskomitee, die drei Herrinnen des Hauses Pilaster nebst einem Unbekannten erwarteten: Augusta mit ihrer Schwägerin Madeleine und ihrer Tochter Clementine. Augusta, inzwischen siebenundvierzig Jahre alt, war eine ungebrochen glänzende Erscheinung. Und wenn sie ein wenig fülliger geworden war, so konnte sie es sich dank ihrer Größe leisten.

„Nun, Hugh“, empfing sie ihren Neffen kühl, „ich nehme an, daß du durch deine Erfahrungen in der Fremde ein klügerer junger Mann bist als ehedem.“

Niemand darf je vergessen, daß ich das Haus in Ungnade verlassen habe, dachte Hugh, dafür wird sie schon sorgen. „Ich nehme an, liebe Tante, daß wir alle im Alter klüger werden“, erwiderte er und sah zu seiner Genugtuung, wie sich Augustas Miene vor Ingrimm verdunkelte.

„Gestatte, Hugh“, bat Clementine, „daß ich dir meinen Verlobten vorstelle, Sir Harry Tonks.“

Hugh gab dem Mann die Hand und beneidete ihn nicht um seine Braut. Clementine hatte schon immer ein hinterhältiges Wesen gehabt. „Aus welchem Teil Englands stammen Sie, Sir Harry?“ fragte er.

„Ich besitze ein Gut in Dorsetshire. Die meisten meiner Pächter sind Hopfenbauern.“

Landadel also, dachte Hugh. Wenn er auch nur ein Fünkchen Verstand hat, wird er seinen Grundbesitz verkaufen und das Geld beim Bankhaus Pilaster anlegen. Harry kam ihm zwar nicht besonders intelligent vor, war aber vielleicht formbar. Die Frauen der Familie neigten dazu, sich Ehemänner auszusuchen, die folgsam ausführten, was ihnen aufgetragen wurde.

„Komm in den Salon!“ gebot Augusta. „Alle Welt brennt darauf, dich zu sehen!“

Hugh folgte ihr. Das vertraute Zimmer mit den in den langen Garten hinausführenden Flügeltüren hatte man in den üppigsten Blumenmustern neu dekoriert. „Du hast das Zimmer neu eingerichtet, Tante.“

„Leider müssen wir den Teppich auswechseln lassen. Ich finde, er paßt farblich nicht zum Ensemble“, gab sie zurück.

Hugh erinnerte sich: Augusta war nie zufrieden.

Fast die gesamte Familie hatte sich versammelt. Mit Schimpf und

Schande hatten sie Hugh davongejagt, aber er war wie ein siegreicher Held zurückgekehrt. Einen solchen Burschen mußte man wohl doch noch einmal genauer betrachten.

Der erste, dem Hugh die Hand schüttelte, war sein Vetter Edward. Er war jetzt neunundzwanzig, sah aber älter aus. Edward hatte beträchtlich zugenommen, und das gerötete Gesicht verriet den Gourmand. „Da bist du also wieder", sagte er. Was als Lächeln gedacht sein mochte, mißglückte zu einem höhnischen Grinsen. Hugh konnte ihm kaum einen Vorwurf machen. Hughs Erfolge lenkten die Aufmerksamkeit auf Edwards berufliches Versagen.

Neben Edward stand Micky Miranda. Nach wie vor sah er blendend aus, war makellos gekleidet und erschien Hugh selbstbewußter denn je. „Hallo, Miranda!" grüßte Hugh. „Arbeitest du immer noch für den Gesandten Córdobas?"

„Ich *bin* der Gesandte Córdobas", lautete die Antwort, die Hugh nicht allzusehr überraschte.

Er ging weiter und schüttelte dem jungen William und seiner Frau Beatrice die Hand.

Dann wurden sie von Hastead unterbrochen, der Hugh einen Umschlag reichte. „Dies wurde soeben von einem Boten überbracht."

Das Kuvert enthielt eine Einladung.

> 123, Piccadilly
> London, W.
> Mrs. Greenbourne bittet Sie heute abend
> beim Dinner um das Vergnügen Ihrer Gesellschaft.

Darunter standen in vertrautem Gekritzel die Worte: *Willkommen daheim! – Solly.* Hugh freute sich über die Einladung. Solly war immer ein liebenswerter, umgänglicher Kerl gewesen.

„Der Bote wartet auf eine Antwort, Mr. Hugh", meldete sich Hastead.

„Meine Empfehlungen an Mrs. Greenbourne. Es wird mir ein Vergnügen sein, heute abend bei ihnen zu speisen."

Hastead verbeugte sich und ging.

„Meine Güte, bist du wirklich bei den Greenbournes zum Dinner eingeladen?" fragte Beatrice. „Wie phantastisch!"

Ihre Reaktion überraschte Hugh. „Ich mag Solly. Aber ein hochbegehrtes Privileg war eine Einladung zum Dinner bei den Greenbournes eigentlich nie."

„Ist es aber jetzt", erklärte Beatrice. „Sie gehören zur Marlborough Clique und sind mit dem Prince of Wales befreundet."

„Solly hat ein wahres Energiebündel geheiratet", berichtete William. „Mrs. Greenbourne ist sehr gesellig, und ihre Partys sind die besten in ganz London."

„Ach ja?" erwiderte Hugh. „Ich brenne darauf, Mrs. Greenbourne kennenzulernen."

PICCADILLY war eine Straße voller palastartiger Villen. Gegen acht Uhr an jenem frostigen Januarabend herrschte dort hektischer Kutschen- und Droschkenverkehr, und auf den von Gaslaternen beleuchteten Bürgersteigen drängten sich vornehm gekleidete Herren wie Hugh und Damen in pelzverbrämten Samtmänteln.

Sollys Haus lag nicht weit entfernt vom Anwesen seines Vaters und war kaum kleiner. Durch einen imposanten Eingang erreichte Hugh eine mit grünem Marmor getäfelte Halle. Ein Butler nahm Hughs Hut entgegen, und ein Dienstbote führte den Gast die Treppe hinauf in einen extravaganten Salon.

Einige Gäste, die vor ihm eingetroffen waren, standen beieinander, rauchten und tranken Champagner. Solly löste sich aus einer kleinen Gruppe lachender Menschen und kam auf Hugh zu. „Pilaster! Wie geht es dir?"

Solly war noch immer beleibt und trug eine Brille wie früher. Dabei war er fröhlicher denn je.

„Mir geht es sehr gut, Greenbourne." Hugh lächelte.

„Das weiß ich wohl! Ich habe deine Fortschritte genau verfolgt. Ich hoffe doch sehr, daß die Pilasters dich fürstlich entlohnen – du verdienst es!"

„Und du bist ein Gesellschaftslöwe geworden, heißt es."

„Dafür kann ich nichts. Ich habe geheiratet." Er tippte einer kleinen Frau in einem grünen Kleid auf die nackte Schulter. Sie stand von Hugh abgewandt da, doch ihr Rücken kam Hugh merkwürdig vertraut vor. „Liebste, erinnerst du dich an meinen alten Freund Hugh Pilaster?" fragte Solly die Frau.

Da sie in ein Gespräch mit anderen vertieft war, reagierte sie nicht sofort. Dann drehte sie sich ganz langsam um, und es war, als öffnete sich eine Tür in die Vergangenheit. Hugh stockte das Herz, als er ihr Gesicht erkannte.

„Natürlich erinnere ich mich an ihn", antwortete sie. „Wie geht es Ihnen, Mr. Pilaster?"

Sprachlos starrte Hugh die Frau an, die jetzt Mrs. Greenbourne hieß. Es war Maisie.

AUGUSTA saß vor ihrer Frisierkommode und legte das Perlenkollier um, das sie stets zu Abendgesellschaften trug. Dann entnahm sie ihrer Schmuckschatulle den Ring, den Graf Strang ihr vor dreißig Jahren geschenkt hatte. Er stellte eine kleine goldene Schlange dar, deren Kopf mit Diamanten besetzt war und deren Augen aus Rubinen bestanden. Wie so oft streifte sie sich den Ring über den Finger und fuhr sich mit dem erhobenen Schlangenhaupt über die Lippen.

Eine Gräfin Strang würde aus ihr nicht mehr werden, damit hatte sie sich schon vor Jahren abgefunden. Aber sie war wild entschlossen, ein Adelsprädikat zu erlangen. Und da Joseph bislang keinen Titel besaß, lag es an ihr, dafür zu sorgen, daß er einen erhielt.

Jahrelang hatte sie sich über dieses Problem den Kopf zerbrochen, doch nun war der richtige Zeitpunkt gekommen. Am heutigen Abend, beim Dinner, sollte der Feldzug beginnen. Unter Augustas Gästen befanden sich drei Personen, denen sie bei Josephs Erhebung in den Grafenstand eine entscheidende Rolle zugedacht hatte.

Joseph wird wahrscheinlich den Titel eines Grafen von Whitehaven wählen, dachte sie. Whitehaven war die Hafenstadt, in der die Familie Pilaster vor vier Generationen ihre ersten Geschäfte getätigt hatte, und als Erinnerung daran hatte Augusta ihr Londoner Domizil Whitehaven House genannt. In ihrer Phantasie malte sie sich aus, wie sie an Josephs Seite einen großen Salon betrat und ein Butler sie als „Graf und Gräfin von Whitehaven" ankündigte. Augusta lächelte bei dieser Vorstellung.

Sie wußte genau, was sie zu tun hatte, und dennoch war ihr nicht ganz wohl dabei. Es galt, heute abend sehr planvoll vorzugehen. Wenn sie ihre Gewährsleute falsch eingeschätzt hatte, war alles umsonst.

Ein Zimmermädchen klopfte an die Tür. „Mr. Hobbes ist eingetroffen, gnädige Frau", meldete sie.

Augusta legte Strangs Ring ab, stand von ihrem Stuhl vor der Frisierkommode auf und ging durch die Verbindungstür in Josephs Schlafzimmer. Ihr Mann saß im Abendanzug vor der Vitrine, in der er seine Sammlung juwelenbesetzter Schnupftabaksdosen aufbewahrte, und betrachtete eine von ihnen im Licht der Gaslampe. Augusta überlegte, ob sie ihn auf Hugh ansprechen sollte.

Hugh war nach wie vor ein Störfaktor. Vor sechs Jahren war sie überzeugt gewesen, das Problem ein für allemal gelöst zu haben, doch nun drohte Hugh erneut, Edward in den Schatten zu stellen. Schon gab es Gerüchte, er solle zum Teilhaber ernannt werden. Augusta konnte das nicht hinnehmen. Doch dies war nicht der Augenblick,

Joseph mit dem Problem Hugh zu konfrontieren. Augusta mußte ihn wegen der bevorstehenden Abendgesellschaft bei Laune halten. „Du kannst ruhig noch ein paar Minuten hier oben bleiben", sagte sie zu ihm. „Bisher ist nur Arnold Hobbes erschienen."

„Gerne, wenn es dir recht ist", erwiderte Joseph.

Es paßte in Augustas Kalkül, Hobbes zunächst einmal unter vier Augen zu sprechen.

Hobbes war der Herausgeber einer Zeitschrift mit dem Titel *The Forum*. Sie stand den Konservativen nahe, und diese stellten die Regierung. Hobbes befand sich in einer merkwürdigen Situation: Er war mächtig, da sich seine Zeitschrift weiter Verbreitung erfreute. Aber er verdiente nicht viel Geld damit. Diese Zwitterstellung kam Augustas Absichten entgegen, denn Hobbes verfügte über die Möglichkeit, ihr zu helfen – und war eventuell käuflich.

Sie betrat den Salon, und Hobbes erhob sich beflissen, um sie zu begrüßen. Er war ein nervöser, scharfsinniger Mann, dessen Bewegungen etwas Vogelartiges hatten. „Erzählen Sie mir, mit welchen Bosheiten Sie sich heute beschäftigt haben", forderte sie ihn in heiterem Ton auf.

Durch verschmierte Brillengläser sah er sie an. „Ich habe einen Artikel über die City of Glasgow Bank geschrieben", gab er Auskunft. „Sie hat kürzlich Konkurs gemacht und dadurch zahlreiche schottische Gewerkschaften ruiniert."

„Ich glaube, ich habe davon gehört." Augusta nickte. „Mein Gatte meinte, die City of Glasgow Bank sei schon seit Jahren als unsolide bekannt gewesen."

„Das verstehe ich einfach nicht!" erwiderte Hobbes erregt. „Da weiß man, daß eine Bank nichts taugt, und läßt sie dennoch weitermachen, bis sie zusammenbricht und Tausende von Menschen ihre Ersparnisse verlieren!"

Augusta erkannte ihre Chance. „Vielleicht ist die Kluft zwischen Wirtschaft und Regierung einfach zu groß."

„Da mögen Sie recht haben. Wenn Geschäftsleute und Politiker besser miteinander kommunizierten, ließen sich solche Katastrophen vielleicht vermeiden."

„Ich frage mich . . ." Augusta zögerte, denn es sollte so aussehen, als sei ihr der Gedanke erst in diesem Augenblick gekommen. „Ich frage mich, ob jemand wie Sie unter Umständen bereit wäre, den einen oder anderen Aufsichtsratsposten zu übernehmen."

Hobbes horchte auf. „Nun, ich denke schon."

„Finanziell bringen die Posten nicht allzuviel ein – vielleicht hundert oder zweihundert Pfund im Jahr.“ Hobbes’ Augen leuchteten, woran Augusta erkannte, daß das für ihn eine ansehnliche Summe war. „Andererseits halten sich auch die Verpflichtungen sehr in Grenzen. Mein Gatte könnte es arrangieren, wenn Sie Interesse haben. Denken Sie doch darüber nach. Und wenn Sie dann wünschen, daß ich Sie erwähnen soll, lassen Sie es mich wissen.“

„Sehr wohl.“

So weit, so gut, dachte Augusta. Aber das Auswerfen des Köders ist der leichtere Teil der Arbeit. Jetzt muß ich zusehen, daß er auch anbeißt. „Die Welt des Handels sollte ihrerseits natürlich ebenfalls näher an die Politik heranrücken. Mehr Geschäftsleute sollten die Gelegenheit bekommen, ihrem Volk im Oberhaus zu dienen.“

Hobbes’ Augen verengten sich leicht. Er begann zu begreifen, daß es um ein Geschäft auf Gegenseitigkeit ging. „Beide Häuser des Parlaments“, fuhr Augusta fort, „würden von dem Wissen führender Geschäftsleute profitieren. Und dennoch gibt es da merkwürdige Vorbehalte gegen die Erhebung von Geschäftsleuten in den Adelsstand.“

„Ja, die gibt es“, bestätigte Hobbes, „und es ist kaum zu verstehen. Unsere Kaufleute, Fabrikanten und Bankiers sind weit mehr als Grundbesitzer und Klerus für den Wohlstand des Landes verantwortlich – und doch sind es die letzteren, die für ihre Dienste am Vaterland geadelt werden.“

„Sie sollten darüber einen Artikel schreiben.“ Sie schenkte ihm ihr freundlichstes Lächeln.

Es entstand eine längere Pause, bevor Hobbes zustimmte. „Vielleicht sollten wir das Thema tatsächlich einmal aufgreifen und engere Kontakte zwischen Wirtschaft und Politik fordern.“

„Mehr Geschäftsleute ins Oberhaus“, bekräftigte Augusta.

„Und Aufsichtsratsposten für Journalisten“, fügte er hinzu.

Die übrigen Geladenen kamen alle auf einmal, und mit ihnen erschien auch Joseph. Kurz darauf verkündete Hastead, daß das Mahl angerichtet sei.

Augusta hatte es arrangiert, daß Edward an diesem Abend Emily Maples Tischherr war. Emily, ein schüchternes, hübsches Mädchen von neunzehn Jahren, wurde von ihrem Vater, einem Methodistenprediger, und ihrer Mutter begleitet. Sie paßten kaum zu den anderen Gästen. Augusta hatte sie eingeladen, weil sie bei der Suche nach einer geeigneten Braut für Edward allmählich in Panik geriet. Ihr Sohn war inzwischen neunundzwanzig Jahre alt und hatte bisher für keines der in Frage kommenden Mädchen auch nur einen Funken Interesse gezeigt. Das Problem war, daß er keinen Grund für eine Heirat sah.

Er genoß das Leben mit seinen Freunden und ging gern in seinen Club. Die Ehe reizte ihn wenig. Eine Zeitlang hatte Augusta das für eine normale Phase in der Entwicklung eines jungen Mannes gehalten. Doch mittlerweile dauerte ihr diese Phase zu lange, und sie begann sich Sorgen zu machen.

Zu ihrer Linken am Tisch hatte Augusta Michael Fortescue plaziert, einen gutaussehenden jungen Mann mit politischem Ehrgeiz, von dem es hieß, er stünde Premierminister Benjamin Disraeli nahe. Fortescue war die zweite der drei Personen, auf deren Hilfe Augusta bei der Titelbeschaffung für Joseph angewiesen war. Als die Suppe aufgetragen wurde, wandte sich Augusta freundlich lächelnd an ihn. „Wann dürfen wir damit rechnen, Sie im Parlament zu sehen?“ fragte sie in leisem, vertraulichem Ton.

„Ich wünschte, ich könnte Ihnen diese Frage beantworten“, gestand er.

„Allenthalben hält man große Stücke auf Sie“, fuhr sie fort. „Warum kandidieren Sie nicht bei einer Nachwahl?“

„Sie sind sehr freundlich, Mrs. Pilaster. Aber Nachwahlen kosten viel Geld. Und ich bin alles andere als reich.“

„Oh, das war mir nicht bekannt“, log sie. „Dann sollten Sie sich nach einem Sponsor umsehen.“

„Nach einem Bankier vielleicht?“ Seine Stimme klang halb scherzhaft, halb ernst.

„Unmöglich ist es nicht. Mr. Pilaster ist einer aktiveren Rolle im politischen Leben unseres Landes durchaus nicht abgeneigt.“

„Von der Unterstützung eines Kandidaten einmal abgesehen – in welcher Form oder Funktion würde Mr. Pilaster denn gerne der Nation dienen?“

„Vielleicht als Mitglied des Oberhauses. Halten Sie das für möglich?“ Sie genoß die Unterhaltung – und Fortescue offensichtlich auch.

„Für möglich, ja. Die Frage ist nur, wie realistisch es ist. Möchten Sie, daß ich mich erkundige?“

„Das wäre sehr freundlich von Ihnen“, gab Augusta befriedigt zurück. „Und sollte sich eine geeignete Nachwahl abzeichnen . . .“

„Sie sind sehr gütig.“

Augusta berührte seinen Arm. Ein sehr attraktiver junger Mann, dachte sie. Es machte ihr Spaß, mit ihm ein Komplott zu schmieden.

Sie fühlte sich prächtig. Es war ihr gelungen, schon zwei der drei Schlüsselfiguren für ihre Pläne zu gewinnen.

Beim nächsten Gang begann Augusta ein höfliches Gespräch mit

Lord Morte, der zu ihrer Rechten saß. Sie wollte seine Frau für sich einnehmen, und das war erst nach dem Essen möglich.

Während die Männer noch im Speisesaal blieben und rauchten, führte Augusta die Damen hinauf in ihre Gemächer, wo es ihr schließlich auch gelang, Lady Morte ein paar Minuten unter vier Augen zu sprechen. Harriet Morte, fünfzehn Jahre älter als Augusta, war eine Hofdame Königin Victorias. Sie war ebenso einflußreich wie Arnold Hobbes und Michael Fortescue – und Augusta hoffte, daß auch sie bestechlich war. Lord und Lady Morte hatten zwar viel Geld, gaben aber mehr aus, als sie besaßen. Lady Morte trug erlesenen Schmuck, und Lord Morte bildete sich ein, etwas von Rennpferden zu verstehen, obwohl er seit vierzig Jahren keine Gelegenheit ausließ, das Gegenteil unter Beweis zu stellen.

Mit dem Satz: „Mr. Pilaster und ich bewundern die Königin grenzenlos" eröffnete Augusta das Gespräch. „Es wäre uns eine große Ehre, wenn wir Ihnen in irgendeiner Weise bei der Erfüllung Ihrer edlen Pflichten behilflich sein könnten."

„Sehr freundlich von Ihnen. Aber was könnten Sie denn in dieser Hinsicht tun?"

„Nun, was tun Bankiers schon? Sie verleihen Geld." Augusta senkte die Stimme. „Das Leben bei Hofe muß ja sündhaft teuer sein, nicht wahr?"

Lady Mortes Miene wurde abweisend. In ihrer Schicht sprach man nicht über Geld. Doch Augusta ließ nicht locker. „Wenn Sie beim Bankhaus Pilaster ein Konto eröffneten, gäbe es in dieser Beziehung keinerlei Probleme mehr."

Lady Morte zögerte. Gefühlsmäßig hätte sie Augusta am liebsten die kalte Schulter gezeigt, doch ihre Habgier hielt sie davon ab. Schließlich rang sie sich zu einer Antwort durch. „Sie sind sehr gütig."

Augusta hatte die dritte Hürde übersprungen. Ihrer Einschätzung nach war die Frau in spätestens sechs Monaten hoffnungslos beim Bankhaus Pilaster verschuldet. Und dann würde sie schon erfahren, was Augusta von ihr wollte.

KINGSBRIDGE MANOR war eines der größten Häuser in England. Obwohl Maisie schon dreimal dort zu Gast gewesen war, hatte sie noch nicht einmal die Hälfte davon gesehen. Der junge Herzog von Kingsbridge hatte in der Grafschaft Wiltshire einst hunderttausend Morgen Ackerland besessen, auf Sollys Rat hin jedoch die Hälfte davon verkauft und mit dem Erlös einen beträchtlichen Teil von South Kensington erstanden. Die Agrarkrise, in deren Verlauf viele große Familien verarmt waren, hatte „Kingo" folglich nicht betroffen, so daß er nach wie vor seine Freunde in großem Stil bewirten konnte.

In der ersten Woche war auch der Prince of Wales bei ihm zu Gast gewesen. Solly, Kingo und der Thronfolger teilten eine Vorliebe für derbe Scherze, und Maisie hatte nach Kräften dazu beigetragen: Sie hatte Kingo Seifenschaum statt Schlagsahne zum Dessert gereicht und die Seiten der *Times* eines Morgens zusammengeklebt, so daß sie sich nicht öffnen ließen. Zufällig war es der Prinz selbst, der als erster zur Zeitung griff und vergeblich an den Seiten herumfingerte. Alle hatten den Atem angehalten – wer konnte schon sagen, wie er reagieren würde? Doch dann merkte der Prinz, was gespielt wurde, und begann zu kichern, woraufhin die anderen, ebenso erleichtert wie erheitert, in brüllendes Gelächter ausbrachen.

Der Prinz war wieder abgereist – und Hugh Pilaster war gekommen. Und damit begannen Maisies Probleme.

Es war Sollys Idee gewesen, Hugh eine Einladung nach Kingsbridge Manor zu besorgen. Solly mochte Hugh, und Maisie fiel kein plausibles Gegenargument ein. Auch zu jenem Dinner in London war Hugh von Solly eingeladen worden.

Hugh hatte sich vom Schock des Wiedersehens erholt, Maisie dagegen nicht. Ihr Lebtag würde sie seinen Gesichtsausdruck im Augenblick des Erkennens nicht vergessen. Seine Gefühle hatten bloßgelegen, und mit Schrecken war Maisie klargeworden, wie verletzt er noch immer war. Sie hatte ihm vor sechs Jahren eine tiefe Wunde geschlagen, die bis auf den heutigen Tag nicht verheilt war.

Seither verfolgte sie jener Blick. Daß Hugh nach Kingsbridge kommen würde, mißfiel ihr. Sie war mit Solly verheiratet; er war ein guter Ehemann, und der Gedanke, ihm weh zu tun, war ihr unerträglich. Und außerdem war da Bertie, der ihrem Leben einen Sinn gab.

Das Kind war auf den Namen Hubert getauft, wurde aber von allen Bertie genannt – also genau wie der Prince of Wales. Eigentlich wurde Bertie Greenbourne am ersten Mai fünf Jahre alt. Doch das war ein Geheimnis, und um die Tatsache zu verschleiern, daß er schon sechs Monate nach der Hochzeit zur Welt gekommen war, wurde sein Geburtstag offiziell im September gefeiert. Bis auf Sollys Familie kannte niemand die Wahrheit, denn Bertie war während der Hochzeitsreise in der Schweiz geboren worden. Seit es ihn gab, war Maisie glücklich.

Sollys Eltern waren mit der Brautwahl ihres Sohnes alles andere als einverstanden gewesen. Der Umstand, daß Maisie das Kind eines anderen Mannes in sich trug, diente ihnen als willkommene Ausrede dafür, sie abzulehnen. Waren die Eltern nicht da, verhielt sich immerhin Sollys Schwester Kate, die ungefähr in Maisies Alter war und eine siebenjährige Tochter hatte, ihrer Schwägerin gegenüber freundlich.

Solly liebte Maisie, und er liebte auch Bertie, obwohl er nicht wußte, wer der Vater des Kleinen war. Maisie war damit zufrieden – bis Hugh wiederauftauchte.

Wie immer stand sie früh auf, zog sich an und begab sich in den Kinderflügel des großen Hauses. Bertie frühstückte mit Kingos Sprößlingen. Maisie küßte das klebrige Gesichtchen. „Na, was gibt's denn heute früh?" fragte sie ihren Sohn.

„Haferbrei mit Honig." Bertie sprach bereits im langgezogenen Tonfall der Oberklasse, den Maisie erst hatte lernen müssen.

„Ich glaube, ich nehme auch etwas davon", sagte Maisie und setzte sich an den Tisch.

Zum Glück war Bertie Hugh nicht wie aus dem Gesicht geschnitten. Als Baby hatte er Solly ähnlich gesehen – alle Babys sahen Solly ähnlich –, und nun erinnerte er mit seinen dunklen Haaren und den braunen Augen an Maisies Vater.

Maisie hätte gern mehr Kinder gehabt, aber bei Berties Geburt hatte es Schwierigkeiten gegeben, und seither konnte sie kein Kind mehr empfangen.

Als Maisie in das Schlafzimmer zurückkehrte, machte sich Solly gerade ausgehfertig. Maisie gab ihm einen Kuß und half ihm beim Anziehen seiner Stiefeletten. Während Maisie sich Pelzmantel und Pelzmütze anzog, warf Solly sich einen schweren Mantel mit abnehmbarer Kapuze über. Dann gingen sie hinunter und gesellten sich zu den anderen.

Es war ein strahlender, frostiger Morgen. Kingo und Solly nahmen Maisie in die Mitte, während Hugh mit Kingos Frau, der Herzogin Liz, hinter ihr ging. Maisie spürte seine Gegenwart.

Nach einem Spaziergang von etwa einer halben Stunde erreichten sie das Haupttor, und Maisie erkannte in einer vertrauten, hochgewachsenen Gestalt mit schwarzem Vollbart, die aus Richtung des Dorfes auf sie zukam, ihren Bruder Danny.

Danny war vor sechs Jahren in ihre gemeinsame Heimatstadt zurückgekehrt und hatte dort feststellen müssen, daß die Eltern nicht mehr in der alten Wohnung lebten. Nachdem er niemanden gefunden hatte, der ihm die neue Adresse hätte nennen können, war er enttäuscht weitergereist und hatte im schottischen Glasgow einen Arbeiterwohlfahrtsverein mit dem Namen *Working Men's Welfare*

Association gegründet. Die Organisation bot den Arbeitern nicht nur eine Versicherung gegen Arbeitslosigkeit, sondern setzte sich auch für mehr Sicherheit in den Fabriken ein. Der Name Dan Robinson wurde allmählich bekannt. Eines Tages las Papa ihn in der Zeitung. Er suchte Danny in seinem Büro auf, und es gab ein freudiges Wiedersehen. Wie sich herausstellte, hatten Papa und Mama, kurz nachdem Maisie und Danny fortgelaufen waren, andere Juden kennengelernt, die ihnen das Geld für einen Umzug nach Manchester liehen. Papa hatte dort eine neue Stellung gefunden, und Mama war von ihrer Krankheit genesen. Inzwischen erfreute sie sich leidlich guter Gesundheit.

Als die Familie wieder zusammenfand, war Maisie bereits mit Solly verheiratet. Solly hätte Papa liebend gern ein Haus und eine lebenslange Rente verschafft, aber Papa wollte sich noch nicht zur Ruhe setzen. Vielmehr bat er Solly um einen Kredit zur Eröffnung eines Geschäfts. Mittlerweile verkauften Mama und Papa Kaviar und andere Delikatessen an die wohlhabenden Bürger von Manchester.

Dannys unerwartetes Erscheinen in Kingsbridge erschreckte Maisie. Sie fürchtete, den Eltern könnte etwas zugestoßen sein. Sie lief auf ihn zu. „Danny! Was ist passiert? Ist etwas mit Mama?"

„Mama und Papa geht es blendend", erwiderte er mit seinem amerikanischen Akzent.

Danny war gekleidet wie ein Büroangestellter. Er erschien in einem abgetragenen schwarzen Anzug und einer Melone. Kingo sah ihn mißtrauisch an. Solly indessen reagierte mit der ihm eigenen Herzlichkeit. Er schüttelte Danny die Hand. „Wie geht's, Robinson?" erkundigte er sich. „Das ist mein Freund, der Herzog von Kingsbridge, mit seiner Gemahlin. – Kingo, darf ich dir meinen Schwager Dan Robinson vorstellen? Er ist Generalsekretär der *Working Men's Welfare Association*."

„Erfreut, Sie kennenzulernen", sagte Danny mit salopper Höflichkeit.

Unbefangen stellte Solly auch den letzten Gast vor. „Und dies ist mein lieber Freund Hugh Pilaster."

Maisie fuhr zusammen. Danny wußte Dinge über Hugh, die Maisie ihrem eigenen Ehemann nie anvertraut hatte. Ihm war bekannt, daß Hugh Berties Vater war. Früher einmal hätte Danny Hugh am liebsten umgebracht. Mittlerweile war er sechs Jahre älter und gab Hugh nun freundschaftlich die Hand.

Hugh, der von seiner Vaterschaft nichts wußte und daher auch nichts von Dannys Vorbehalten ahnte, fragte ihn in unbefangenem

Ton: „Sind Sie der Bruder, der von zu Hause ausgerissen und nach Boston gegangen ist?“

„Und ob ich der bin!“

„Was du nicht alles weißt, Hugh!“ staunte Solly.

Das Gespräch beunruhigte Maisie. Es glitt über die Oberfläche zu vieler Geheimnisse, und das Eis war dünn. Es drängte sie, wieder festen Boden unter die Füße zu bekommen. „Warum bist du hierhergekommen, Danny?“ erkundigte sie sich.

Ein bitterer Zug zeigte sich auf seinem Gesicht. „Zum drittenmal in meinem Leben haben mich unfähige Bankiers ruiniert.“

„Danny, bitte!“ protestierte Maisie. Er wußte sehr gut, daß Solly und Hugh im Bankgeschäft tätig waren.

„Keine Angst!“ beruhigte sie Hugh. „Unfähige Bankiers sind uns auch zuwider. Aber was genau ist denn passiert, Mr. Robinson?“

„Der Aufbau des Arbeiterwohlfahrtsvereins hat mich fünf Jahre gekostet“, berichtete Danny, „und wir waren sehr erfolgreich. Woche für Woche zahlten wir mehrere hundert Pfund an Unterstützung aus und nahmen Tausende an Mitgliedsbeiträgen ein. Die Frage war also, wohin mit den Überschüssen.“

„Nun, zu einer Bank vermutlich“, nahm Solly an.

„Ja, zu der City of Glasgow Bank, um es genau zu sagen.“

„O nein!“ schrie Maisie erschrocken auf. Sie wäre fast in Tränen ausgebrochen.

Danny nickte. „Schwer schuftende Arbeiter hatten das Geld Shilling für Shilling zusammengetragen. Und diese zylindertragenden Idioten haben alles verloren.“ Er seufzte. „Ich habe seither verzweifelt versucht, den Verein zu retten, aber es war hoffnungslos.“

„Mr. Robinson“, sagte Kingo unvermittelt, „es tut mir aufrichtig leid für Sie und die Mitglieder Ihres Vereins. Möchten Sie eine Erfrischung? Wenn Sie vom Bahnhof kommen, müssen Sie zwölf Kilometer zu Fuß gegangen sein.“

„Ja, gerne. Ich danke Ihnen.“

„Ich bringe Danny ins Haus“, entschied Maisie. „Ihr könnt euren Spaziergang in Ruhe beenden.“

Sie spürte, daß ihr Bruder tief verletzt war, und wollte mit ihm allein sein und ihm helfen, soweit sie konnte.

Auch den anderen ging die Tragödie nahe. „Wollen Sie über Nacht bei uns bleiben, Mr. Robinson?“ fragte Kingo.

Maisie zuckte zusammen. Kingos Großzügigkeit ging zu weit. Hier draußen im Park ein paar höfliche Worte mit Danny zu wechseln war leicht. Blieb er jedoch über Nacht, so stand zu befürchten, daß Kingo und seine vornehmen Freunde bald von den Proletariersorgen ihres Bruders genug haben würden. Sie würden die Distanz zu ihm wahren und seinen Kummer dadurch noch verstärken.

Aber da lehnte Danny das Angebot auch schon ab. „Ich muß heute abend wieder in London sein. Ich bin nur auf ein paar Stunden gekommen, um meine Schwester zu sehen."

„In diesem Fall gestatten Sie mir, daß ich Ihnen für die Rückfahrt zum Bahnhof – wann immer es denn soweit sein wird – meine Kutsche zur Verfügung stelle."

„Sehr freundlich von Ihnen."

Maisie faßte ihren Bruder am Arm. „Komm mit, ich sorge erst mal dafür, daß du etwas in den Magen bekommst."

ALS DANNY sich am Nachmittag auf den Weg zurück nach London gemacht hatte, zogen sich Maisie und Solly in ihr Schlafzimmer zurück, um sich etwas auszuruhen.

Solly lag in einem Morgenmantel aus roter Seide auf dem Bett und sah Maisie beim Ausziehen zu. „Ich kann Dannys Wohlfahrtsverein nicht retten", sagte er. „Selbst wenn es mir finanziell sinnvoll erschiene – was nicht der Fall ist –, könnte ich die Teilhaber nie überzeugen."

Eine Welle der Zuneigung durchflutete Maisie. Sie hatte ihn nicht gebeten, Danny zu helfen. „Du hast schon so viel für meine Familie getan. Außerdem würde Danny ohnehin nichts von dir annehmen, dazu ist er viel zu stolz."

„Aber was wird er jetzt tun?"

Sie stieg aus ihren Unterröcken. „Morgen hat er eine Besprechung mit der Gewerkschaft der Techniker. Er möchte für das Unterhaus kandidieren und hofft, daß sie ihn finanziell unterstützen wird."

Solly rollte sich auf die Seite und stützte seinen Kopf auf den Ellbogen, so daß er Maisie besser sehen konnte. „Ich wünschte, ich brauchte dich heute abend nicht allein zu lassen."

Auch Maisie hegte diesen Wunsch, denn sie war hin- und hergerissen – einerseits war sie aufgeregt, weil Hugh blieb, während Solly abreiste, andererseits plagten sie Schuldgefühle, gerade weil sie so aufgeregt war. „Es ist nicht so schlimm", sagte sie.

„Ich schäme mich für meine Familie."

„Das brauchst du nicht", meinte Maisie. Solly sollte mit seinen Eltern an einer Familienfeier teilnehmen. Maisie hatte keine Einladung erhalten. Sie hatte Verständnis für die Abneigung, die Ben Greenbourne ihr entgegenbrachte, ja manchmal hatte sie fast das Gefühl, sie verdiene die Behandlung, die er ihr angedeihen ließ. Solly war dagegen höchst empört.

„Hast du auch bestimmt nichts dagegen?" fragte er besorgt.

Maisie setzte sich auf die Bettkante, beugte sich über Solly und küßte ihn. „Es macht mir wirklich nichts aus."

An der langen Tafel saßen achtzehn Personen zum Abendessen. Maisie stellte fest, daß diesmal Hugh ihr Tischherr war. Je länger das Abendessen dauerte, desto intensiver spürte sie Hughs Nähe. Sie bemühte sich, das Gespräch auf dem Niveau einer leichten Plauderei zu halten, und achtete darauf, daß sie sich mindestens ebensooft mit dem Herrn zu ihrer Rechten unterhielt. Aber die Vergangenheit war allgegenwärtig und ließ sich nicht abschütteln. Bislang hatten sie noch mit keinem Wort die Ereignisse von vor sechs Jahren gestreift. Für Hugh war Maisie damals spurlos verschwunden, um eines Tages als Mrs. Greenbourne wiederaufzutauchen. Früher oder später würde sie ihm ihr damaliges Verhalten erklären müssen.

Als mehrere Dinnergäste in Maisies Nähe in eine lautstarke Diskussion vertieft waren, hielt sie den Augenblick zu einer Aussprache für gekommen. Sie wandte sich an Hugh. „Ich hätte dir deine Karriere zerstört."

Hugh verstand sofort, worum es ging. „Wer hat dir denn das eingeredet?"

„Deine Tante Augusta! Und sie hatte recht!"

„Du hast ja Sollys Karriere auch nicht zerstört", ereiferte sich Hugh jetzt rasch.

„Es war trotzdem schwierig genug. Seine Familie haßt mich bis auf den heutigen Tag."

„Weshalb hast du mir nicht einfach gesagt, was du vorhattest – und warum?"

„Ich konnte es nicht." Die Erinnerung an jene schrecklichen Tage schnürte ihr die Kehle zu. „Es brach mir schier das Herz, mich so zurückzuziehen. Mich auch dir gegenüber noch rechtfertigen zu müssen, das wäre über meine Kräfte gegangen."

„Du hättest mir schreiben können", hakte er nach. „Ich begriff nichts, ich hatte keine Ahnung, wo du warst."

„Es tut mir leid", sagte sie schwach. „Es tut mir so leid, daß ich dich verletzt habe. Ich wollte dich nicht unglücklich machen. Ich tat es aus Liebe." Kaum hatte sie das Wort Liebe ausgesprochen, da bereute sie es auch schon, denn Hugh griff es sofort auf. „Liebst du Solly jetzt?" fragte er sie unumwunden.

„Ja. Wie wir leben . . . Da ist es nicht schwer, zufrieden zu sein.“

Er war noch immer wütend auf sie. „Du hast das erreicht, was du dir schon immer gewünscht hast.“

Das war ein schlimmer Vorwurf, aber Maisie nickte nur. Sie hatte das Gefühl, es nicht anders verdient zu haben.

„Was macht April?“ Die Frage klang beiläufig.

Das ging jetzt wirklich zu weit. „Du wirfst mich mit April in einen Topf, wie?“

Er lächelte reumütig. „Nein, du warst nie wie April. Trotzdem interessiert mich, was aus ihr geworden ist. Triffst du sie noch ab und zu?“

„Ja . . ., heimlich.“ April war ein neutrales Thema, das sie aus dem gefährlich emotionalen Gespräch hinausführen konnte. „Ist dir ein Lokal namens ‚Nellies‘ ein Begriff?“

Er senkte die Stimme. „Ja, das ist ein Bordell.“

„Es gehört April.“

„Du meine Güte! Wie war denn das möglich?“

„Es fing damit an, daß sie die Geliebte eines bekannten Romanschriftstellers wurde und in das hübscheste Häuschen von Clapham zog. Er wurde ihrer genau zu jener Zeit überdrüssig, als Nell daran dachte, sich langsam zur Ruhe zu setzen. Also veräußerte April ihr Häuschen und kaufte das Etablissement auf.“

„So was!“ sagte Hugh. Am Tisch war es plötzlich still geworden, so daß Hughs letzte Worte von mehreren in der Nähe sitzenden Gästen gehört wurden.

„Worüber sind Sie so erstaunt?“ erkundigte sich jemand. Hugh grinste nur, gab aber keine Antwort.

Nach dem Abendessen verkündete Kingo, daß er tanzen wolle. Daraufhin wurde der Teppich im Salon aufgerollt und ein Diener herbeigerufen, von dem bekannt war, daß er Polkas auf dem Klavier spielen konnte.

Maisie tanzte mit allen Männern außer mit Hugh. Erst als es schließlich auffiel, daß sie ihm aus dem Weg ging, tanzte sie auch mit ihm, und da war es auf einmal, als habe jemand die Zeit um sechs Jahre zurückgedreht. Sie waren wieder in den Cremorne Gardens. Hugh führte sie kaum; sie schienen instinktiv miteinander zu harmonieren.

Später verlangte es die Herzogin nach einem Spaziergang im Garten. Draußen im Dunkeln nahm Maisie Hughs Arm. Es interessierte Maisie, was er in den vergangenen sechs Jahren getan hatte. „Gab es in Boston ein Mädchen, das . . ., das du gemocht hast?“

„Ich habe versucht, eines zu finden, Maisie“, sagte er. „Es gab

Mädchen in Boston, Mädchen, die wunderbare Ehefrauen und Mütter zu werden versprachen. Einige von ihnen gefielen mir. Aber wenn dann die Stunde der Wahrheit kam und man von mir einen Heiratsantrag oder einen diskreten Rückzug erwartete, dann spürte ich, daß Sympathie allein nicht ausreichte. Ich empfand für keine, was ich damals für dich fühlte. Es fehlte die Liebe."

Jetzt hatte er das Wort gesagt. „Hör auf!" flüsterte Maisie.

„Zwei oder drei Mütter waren ziemlich wütend auf mich. Danach wurde über mich geredet, und die Mädchen wurden vorsichtiger. Er meint es nicht ernst, hieß es. Hatte ich das Gefühl, daß sich ein Mädchen trotzdem in mich verliebte, dann entmutigte ich es. Ich breche nicht gerne Herzen – ich weiß nur zu gut, wie weh es tut."

Maisie spürte Tränen auf ihrem Gesicht und war froh über die Dunkelheit.

„Ich weiß ganz genau, was mit mir nicht stimmt", fuhr Hugh fort. „Wahrscheinlich wußte ich es schon immer. Jedenfalls haben die letzten beiden Tage alle Zweifel beseitigt."

Sie waren ein Stück hinter die anderen zurückgefallen. Hugh blieb stehen und sah Maisie direkt an. „Ich liebe dich noch immer."

Jetzt war es heraus, und alles war zerstört.

„Und ich glaube, du liebst mich auch", fuhr er gnadenlos fort. „Stimmt's?"

Sie sah zu ihm auf. Er neigte den Kopf und küßte sie auf die Lippen. Maisie ließ es geschehen. „Salzige Tränen", sagte er. „Du liebst mich. Ich wußte es." Er tupfte ihr sanft die tränenfeuchten Wangen mit einem Taschentuch ab.

So geht es nicht weiter, dachte Maisie. „Wir müssen zu den anderen aufschließen", ermahnte sie Hugh, „sonst fangen sie an zu tuscheln." Sie wandte sich zum Gehen.

Die Standuhr in der Halle schlug schon Mitternacht, als sie das Haus betraten. Maisie fühlte sich auf einmal erschöpft von den Anspannungen des vergangenen Tages. „Ich geh zu Bett", verkündete sie.

Sie sah, wie der Blick der Herzogin nachdenklich von ihr zu Hugh und wieder zu ihr zurück wanderte, und bemerkte, daß sie ein Lächeln unterdrückte. Schlagartig wurde ihr klar, daß alle Anwesenden sie bereits mit Hugh im Bett sahen. Während die Männer noch einen Nachttrunk zu sich nahmen, zogen sich die Damen gemeinsam ins Obergeschoß zurück.

Maisie ging in ihr Schlafzimmer und schloß die Tür. Wahrscheinlich täuschen sie sich alle gewaltig, und Hugh kommt heute nacht gar nicht zu mir, dachte sie. Die Vorstellung traf sie wie ein schmerzhafter Stich.

Nach einer Weile hörte Maisie, wie die Männer mit schweren Schritten die Treppe heraufkamen. Sie lachten über einen Witz. Ein bißchen Ehebruch nach dem lustigen Abend im Landhaus würde hier niemanden schockieren. Müssen sie sich ihrem Freund Solly gegenüber nicht treulos vorkommen? fragte sie sich, ehe sie die Erkenntnis wie ein Schlag ins Gesicht traf, daß die einzige Person, die sich Treulosigkeit vorzuwerfen hätte, sie selbst war.

Maisie hatte den ganzen Abend lang jeden Gedanken an Solly verdrängt, doch nun kehrte sein Geist zu ihr zurück: der Mann, der sie über alles liebte; der Mann, der sich so liebevoll um Bertie kümmerte, obwohl er wußte, daß der Kleine das Kind eines anderen war. Jetzt bin ich drauf und dran, mit diesem anderen Mann ins Bett zu gehen, dachte sie. Was bin ich eigentlich für eine Frau?

Bei dem Gedanken, auf die Nacht mit Hugh zu verzichten, hätte sie am liebsten geweint. Doch sie ging zur Tür und schloß sie ab. Einen Augenblick später klopfte jemand an die Tür.

„Maisie!“ rief eine Stimme leise. „Ich bin's, Hugh! Läßt du mich rein?“

Sie lehnte sich an die Wand. Tränen strömten ihr über das Gesicht.

„So laß uns doch wenigstens miteinander sprechen!“

Wenn sie ihm jetzt öffnete, das wußte sie, wäre davon keine Rede mehr. Sie würden einander besinnungslos vor Lust umarmen.

„So sag doch etwas! Bist du da? Ich weiß, daß du da bist.“

Still stand sie da und weinte lautlos.

Nach einer Weile ging er fort.

In der Botschaft von Córdoba herrschte rege Betriebsamkeit. Der Unabhängigkeitstag des Landes stand bevor. Für den kommenden Tag war ein großer Empfang für Parlamentsabgeordnete, Diplomaten und Journalisten geplant. Doch als Micky Miranda der Besuch Edward Pilasters gemeldet wurde, ließ er alles andere stehen und liegen. Micky brauchte eine halbe Million Pfund, und er hoffte, sie von Edward zu erhalten.

Micky führte Edward in sein Büro und rollte eine Karte von Córdoba auf dem Tisch aus.

„Hier, im Norden des Landes, liegt die Provinz Santamaria“, begann er.

„Die Geographie von Córdoba ist mir bekannt“, sagte Edward mürrisch.

„Ja, natürlich, das weiß ich doch“, beschwichtigte Micky ihn, um ihn bei Laune zu halten. Das Bankhaus Pilaster war in Córdoba vielfach engagiert. Es finanzierte die Exporte des Landes von Salpeter, Pökelfleisch und Silber sowie die Importe von Bergwerksanlagen, Gewehren und Luxusgütern. Verantwortlich für das Geschäft mit Córdoba war Edward, dank Micky, und er galt inzwischen als der führende Córdoba-Experte in London. „Und dir ist natürlich auch bekannt, daß der von meinem Vater geförderte Salpeter per Maulesel nach Palma transportiert werden muß. Dabei könnte man auf dieser Strecke – und das weißt du vielleicht noch nicht – ohne weiteres eine Eisenbahn bauen.“ Micky griff nach einer dicken Mappe mit Schriftstücken, die auf seinem Schreibtisch gelegen hatte. „Wir haben eine Untersuchung in Auftrag gegeben. Hier sind die Details. Sieh sie dir mal an.“

„Wieviel?“ fragte Edward.

„Fünfhunderttausend Pfund.“

Edward blätterte den Bericht durch. „Und die politische Meinung?“

Micky warf einen Blick auf das große Porträt von Präsident Garcia an der Wand. „Der Präsident begrüßt dieses Vorhaben.“ Seit Papa mit Hilfe von zweitausend Westley-Richards-Gewehren aus Birmingham Gouverneur der Provinz Santamaria geworden war, hatten sich die Mirandas als enge Verbündete des Präsidenten hervorgetan. Garcia ahnte von Papas Motiven natürlich nichts. Nach dem Bau der Eisenbahn würde ein Angriff der Mirandas auf die Hauptstadt nicht mehr zwei Wochen, sondern nur noch zwei Tage in Anspruch nehmen.

„Wie stellt ihr euch die Finanzierung vor?“ erkundigte sich Edward.

„Wir beschaffen uns das Kapital auf dem Londoner Geldmarkt“, gab Micky Auskunft. „Ich dachte, daß vielleicht das Bankhaus Pilaster an dem Geschäft interessiert sein könnte.“

Edward schüttelte den Kopf. „Córdoba ist nicht Kanada oder Rußland“, erwiderte er. „Den Investoren mißfällt euer Regime – lauter Provinzdiktatoren mit Privatarmeen.“

Micky unterdrückte einen Anflug von Panik. „Angenommen, eine Bank mit dem Prestige der Pilasters unterstützt das Projekt, dann würden die Leute doch daraus schließen, daß sich Investitionen in Córdoba lohnen.“

„Wenn ein Teilhaber den Vorschlag macht und sich entsprechend dafür einsetzt, wäre es wahrscheinlich möglich“, stimmte Edward zu. „Aber ich bin kein Teilhaber.“

Micky hatte es sich leichter vorgestellt, fünfhunderttausend Pfund zu bekommen. Aber er gab sich noch nicht geschlagen und war sicher, daß er einen Weg finden würde.

Am Abend besuchten Micky und die Pilasters eine Aufführung in der Komischen Oper.

Micky, der ein paar Minuten zu früh gekommen war, wartete im Foyer, als er zufällig auf die Familie Bodwin traf. Sie war mit den Pilasters auf verschiedene Weise verbunden: Albert Bodwin war als Rechtsanwalt oft im Auftrag der Bank tätig, und Augusta hatte sich eine Zeitlang intensiv darum bemüht, seine Tochter Rachel mit Hugh zu verheiraten.

Obwohl Micky in Gedanken noch immer mit dem Problem der Eisenbahnfinanzierung beschäftigt war, flirtete er automatisch mit Rachel Bodwin. Hübsch war sie strenggenommen nicht, aber sie hatte eine gute Figur: lange Beine, eine schmale Taille und einen üppigen Busen. Sie fühlte sich zu ihm hingezogen, aber das fühlten sich ja praktisch alle, ob jung oder alt, ob Mann oder Frau. Micky genoß es, wenn wohlhabende und einflußreiche Menschen eine Schwäche für ihn entwickelten; das verschaffte ihm Macht. Rachel indessen war weder wohlhabend noch einflußreich, weshalb ihr Interesse an ihm wertlos war.

Die Pilasters trafen ein, und Micky wandte seine Aufmerksamkeit Augusta zu. Sie trug ein auffallendes, tief himbeerrotes Abendkleid. „Sie sehen hinreißend aus, Mrs. Pilaster“, begrüßte er Augusta, die ihn hoch zufrieden anlächelte. Dann war es an der Zeit, sich zu den Plätzen in ihrer Loge zu begeben.

Den gesamten ersten Akt über zerbrach Micky sich den Kopf über die Eisenbahnanleihe. Von sich aus wäre er nie darauf gekommen, daß potentielle Investoren in den primitiven politischen Verhältnissen Córdobas einen Risikofaktor sehen könnten. Nun mußte er damit rechnen, daß er keine Chance hatte, den Bahnbau mit Hilfe einer anderen Bank zu finanzieren. Es blieb ihm nichts anderes übrig, als seinen Einfluß bei den Pilasters zu nutzen.

Während der ersten Pause ergab sich eine kurze Gelegenheit, in der Loge unter vier Augen mit Augusta zu sprechen. Micky kam sogleich zur Sache. „Wann wird Edward zum Teilhaber ernannt?“

„Das ist ein wunder Punkt“, erwiderte sie säuerlich. „Er wird Teilhaber, wenn er heiratet. Das hat mein Mann zugesagt. Wir haben uns sogar schon auf die Braut verständigt: Emily Maple, die Tochter von Diakon Maple. Aber irgendwie rafft sich Edward einfach nicht dazu auf, um ihre Hand anzuhalten.“

Kein Wunder, dachte Micky. Im Grunde kann ich mir Edward als Ehemann gar nicht vorstellen, und wenn das Mädchen noch sosehr zu ihm zu passen scheint. Aber jetzt gibt es einen Anreiz: die Teilhaberschaft. Und selbst, wenn ihm das gleichgültig wäre – mir ist es nicht gleichgültig. „Können wir ihn nicht irgendwie ein bißchen ermuntern?“

Augusta faßte ihn scharf ins Auge. „Ich habe das komische Gefühl, wenn du heiraten würdest, täte er es auch.“

Micky wich ihrem Blick aus. Ihr Argument verriet Scharfsinn. Sie hat wahrscheinlich recht, überlegte er. Wenn ich heirate, wird Edward vielleicht auch dazu bereit sein. „Ich? Heiraten?“ Er lachte kurz auf. Natürlich würde er früher oder später heiraten, nur hatte er bis jetzt keinen Grund zur Eile gesehen. Wenn es allerdings der Preis für die Finanzierung der Eisenbahn wäre . . .

Während des zweiten Akts grübelte Micky über Edward nach. Seit fünfzehn Jahren waren sie inzwischen miteinander befreundet. Edward war schwach und unsicher und wollte allen immer alles recht machen, aber es fehlte ihm an Motivation und Eigeninitiative. Sein Lebensziel erschöpfte sich darin, andere Menschen zu finden, die ihn anspornten und unterstützten. Jetzt kam es darauf an, Edward so weit zu bringen, daß er in eine Ehe einwilligte, die sowohl für seine eigene als auch für Mickys Karriere von größter Bedeutung war.

In der zweiten Pause wandte sich Micky erneut an Augusta. „Edward braucht jemanden, der ihm in der Bank zur Seite steht – einen aufgeweckten Mitarbeiter, der sich um Edwards Angelegenheiten kümmert.“

Augusta schwieg einen Augenblick lang. „Das ist in der Tat ein sehr guter Gedanke“, pflichtete sie ihm schießlich bei. „Denkst du an jemand Bestimmten?“

„Ich habe einen Vetter, der bei mir in der Botschaft arbeitet. Er heißt Simon Oliver. Der Name lautete ursprünglich Olivera, aber er hat ihn anglisiert. Der Junge ist absolut vertrauenswürdig.“

„Bring ihn zum Tee mit“, schlug Augusta vor. „Wenn er mir gefällt, werde ich Joseph darauf ansprechen.“

Der letzte Akt begann. Augusta und ich denken oft in den gleichen Bahnen, sinnierte Micky. Mit ihr müßte ich verheiratet sein – gemeinsam könnten wir die Welt erobern. Er verdrängte diesen aberwitzigen Gedanken. Sollte er eine reiche Erbin heiraten? Einem solchen Mädchen hatte er nichts zu bieten. Nein, er brauchte ein Mädchen aus bescheidenen Verhältnissen, ein Mädchen, das ihn bereits mochte und bereitwillig akzeptieren würde. Gelangweilt glitt sein Blick über die Zuschauerränge – und blieb unwillkürlich an Rachel Bodwin hängen.

EINE Stunde später saßen Micky und Edward beim Abendessen in einem eigens für sie reservierten Raum bei Nellies. Sie wurden von zwei Frauen bedient. Zum Mobiliar zählten außer dem Tisch ein Sofa, ein Schrank, ein Waschbecken und ein großes Bett. April Tilsley hatte das Etablissement neu einrichten lassen, aber schon war die Tapete hier und da eingerissen, und der Teppich franste aus. Allerdings hüllte gedämpftes Kerzenlicht den heruntergekommenen Flitter in nachsichtiges Halbdunkel.

Micky sah Edward an, der ihm gegenübersaß. Unsere Freundschaft war schon immer recht profitabel, dachte er. Manchmal habe ich Edward richtig gern. Bisher wusch eine Hand die andere. Gemeinsam hatten sie von allen verbotenen Früchten gekostet, die London, das anspruchsvollste Sündenbabel der Welt, zu bieten hatte.

Nach dem Essen schenkte Micky Wein nach. „Ich werde übrigens Rachel Bodwin heiraten."

Edward starrte ihn an. „Das glaube ich nicht."

Micky zuckte mit den Schultern. „Es stimmt trotzdem."

„Du Schwein!"

Micky blickte überrascht auf. „Was, zum Teufel, ist denn in dich gefahren?" fragte er. „Ich dachte, du willst Emily Maple heiraten?"

„Ich werde niemanden heiraten!" brüllte Edward und warf den Tisch um. Geschirr zerbrach, und Wein ergoß sich über den Fußboden. Micky sprang erschrocken zurück, und die beiden Frauen stürzten angstvoll zur Tür herein.

Edwards Wut erschütterte Micky. Er mußte ihn unbedingt beruhigen. „Davon geht doch die Welt nicht unter", versuchte er Edward zu besänftigen. „Und was uns zwei betrifft – da wird sich überhaupt nichts ändern. Wir werden immer noch hierherkommen."

Edward sah ihn mißtrauisch an. „Wirklich?" Seine Stimme klang schon merklich ruhiger.

„Ja. Nach der Hochzeit sollten wir vielleicht die ersten paar Abende zu Hause bleiben und die eine oder andere Dinnerparty geben. Aber nach einem Weilchen ist wieder alles so wie früher."

„Dann bleibt also im Grunde alles beim alten", stellte Edward befriedigt fest und grinste dümmlich.

„O ja", erwiderte Micky, „nur eines ändert sich. Du wirst Teilhaber sein."

Kapitel zwei: April 1879

IM VARIETÉTHEATER war es heiß wie in einem türkischen Bad, und in der Luft hing der Geruch von Bier und Schalentieren. Auf der Bühne stand vor der Kulisse einer Kneipe eine in Lumpen gekleidete junge Frau. Sie hielt eine Puppe im Arm, die ein Neugeborenes darstellen sollte, und sang ein Lied davon, wie sie verführt und sitzengelassen worden war. Die Zuschauer saßen an langen Holztischen und stimmten in den Refrain ein: *Und schuld daran war ganz allein der Gin!*

Hugh sang lauthals mit. Er hatte mehrere Gläser Bier zu sich genommen und wurde gegen Nora Dempster gedrückt, was durchaus reizvoll war. Sie hatte einen weichen, rundlichen Körper und ein bezauberndes Lächeln. Und wahrscheinlich hatte sie ihm das Leben gerettet.

Nach seinem Besuch in Kingsbridge war er in tiefe Depressionen verfallen. Die Tage mit Maisie hatten alte Gespenster zu neuem Leben erweckt, die ihn seit jener Nacht, in der Maisie ihn abgewiesen hatte, gnadenlos verfolgten.

Tagsüber war es erträglich. Sein Beruf forderte ihn, und zahlreiche schwierige Aufgaben lenkten ihn von seinem Kummer ab. Die Organisation der Zusammenarbeit mit Madler & Bell, der die Teilhaber inzwischen endgültig zugestimmt hatten, beschäftigte ihn sehr. Außerdem rückte seine Ernennung zum Teilhaber näher. Abends dagegen hatte er zu nichts Lust. So verbrachte er viele Abende allein in seiner Wohnung und dachte an Maisie, oder er streifte ziellos durch die Straßen und hoffte, ihr zufällig zu begegnen.

Statt dessen war er eines Samstagnachmittags mit Nora zusammengestoßen, als er ein Geschäft in der Oxford Street verließ. Sie stolperte, und er fing sie in seinen Armen auf. Doch die Tonvase, die Nora zuvor erstanden hatte, zersprang auf dem Pflaster in tausend Stücke. Der jungen Frau entfuhr ein Entsetzensschrei. Hugh bestand natürlich darauf, ihr die Vase zu ersetzen.

Nora hatte ein hübsches rundes Gesicht, und unter ihrer Mütze lugten blonde Locken hervor. Ihre Kleidung war billig, aber adrett: ein rosafarbenes, blumenbesticktes Wollkleid mit Turnüre, darüber eine enge, mit Kaninchenfell besetzte marineblaue Samtjacke. Nora sprach breites Cockney.

Nach dem Kauf der Ersatzvase brachte Hugh Nora mit einer Droschke nach Hause. Sie lebte bei ihrem Vater, einem Reisenden in

Arzneimitteln. Ihre Mutter war tot. Die Wohnung lag nicht in einem gutbürgerlichen Stadtviertel, sondern in einer ärmlichen Arbeitergegend.

Hugh rechnete nicht damit, Nora je wiederzusehen. Den Sonntag verbrachte er damit, über Maisie nachzugrübeln. Am Montag in der Bank erhielt er ein Billett von Nora, in dem sie sich für seine Freundlichkeit bedankte. Bevor er das Briefchen in den Papierkorb warf, fiel ihm noch die saubere, zierliche Handschrift auf.

Als Hugh am nächsten Tag gegen Mittag die Bank verließ, kam Nora ihm entgegen. Er zog den Hut, Nora blieb stehen und fing an zu plaudern. Sie arbeite als Gehilfin einer Korsettmacherin, gestand sie ihm errötend, habe soeben eine Kundin besucht und sei auf dem Weg zurück in die Werkstatt. Aus einer spontanen Laune heraus fragte er sie, ob sie vielleicht Lust habe, am Abend mit ihm tanzen zu gehen.

Lust habe sie schon, erwiderte Nora, nur keinen passenden Hut, weshalb Hugh sie zu einer Putzmacherin führte und ihr einen kaufte.

Überhaupt spielte sich ihre Romanze weitgehend beim Einkaufen ab. Nora, die nie viel besessen hatte, genoß Hughs Reichtum ungeniert.

Doch Maisie ging Hugh nicht aus dem Sinn. Er dachte nach wie vor jeden Tag an sie, aber die Erinnerung stürzte ihn nicht länger in Verzweiflung. Jetzt gab es immer etwas, worauf er sich freuen konnte: sein nächstes Rendezvous mit Nora. Innerhalb weniger Wochen schenkte sie ihm neue Lebensfreude.

Auf einem ihrer gemeinsamen Einkaufsbummel waren sie Maisie bei einem Kürschner in der Bond Street begegnet. Verlegen hatte Hugh die beiden Frauen miteinander bekannt gemacht. Nora vermochte es kaum zu fassen, daß sie Mrs. Greenbourne vorgestellt und anschließend mit Hugh von Maisie zum Tee in das Haus an der Piccadilly Street eingeladen worden war. Am Abend hatten sich Hugh und Maisie auf einem Ball wiedergetroffen, und zu Hughs großer Verblüffung hatte Maisie sich höchst geringschätzig über Nora geäußert. „Tut mir leid, aber ich mag sie nicht", urteilte sie. „Ich halte sie für ein hartherziges, geldgieriges Frauenzimmer und bin davon überzeugt, daß sie keinen Funken Zuneigung für dich verspürt."

Hugh empfand diese Bemerkung als beleidigend und verletzend. Maisie war seiner Meinung nach nur eifersüchtig.

Die Varietévorstellung war zu Ende. Draußen auf der Straße empfingen sie Nebelschwaden. Nora und Hugh machten sich auf den Weg zu Noras Wohnung in Camden Town. Alle Geräusche waren gedämpft, Menschen tauchten plötzlich aus dem Nebel auf: ein

Betrunkener, der aus einem Pub torkelte, ein Polizist auf Streifengang. Hugh und Nora gingen Hand in Hand. Dort, wo es besonders dunkel war, blieben sie immer wieder stehen und küßten sich. Im Nebel wirkte alles still und romantisch.

Hugh hatte sich schon seit Jahren nicht mehr so wohl gefühlt. Er erkannte, daß er schon viel zu lange allein war. Maisie war bei Solly in festen Händen. Ihm, Hugh, würde sie niemals mehr gehören. Die Zeit war reif. Er brauchte jemand Warmen, Weichen, der sein Bett und sein Leben teilte. Warum nicht Nora?

Er nahm ihre Hand. „Willst du mich heiraten?"

Nora wurde blaß. „Ist das dein Ernst?"

Hugh stellte sich dieselbe Frage. Von Anfang an hatte er in der Beziehung zu Nora nur ein Techtelmechtel gesehen und wäre nie auf die Idee gekommen, ihr ernsthaft den Hof zu machen. Doch jetzt schoß ihm der Gedanke durch den Kopf, wie schön es wäre, sein Leben mit Nora zu verbringen. Es würde natürlich nicht ganz einfach sein. Die Familie würde behaupten, er heirate unter seinem Stand. Sollten sie sich doch alle zum Teufel scheren! Er war sechsundzwanzig Jahre alt, verdiente tausend Pfund im Jahr und stand kurz vor seiner Ernennung zum Teilhaber einer der renommiertesten Banken der Welt. Er konnte heiraten, wen er wollte!

Er betrachtete Nora. Sie war rosig, hübsch und liebenswert.

Er küßte sie, und sie erwiderte seinen Kuß leidenschaftlich.

Der Maskenball der Herzogin von Tenbigh war das erste große gesellschaftliche Ereignis der Londoner Saison des Jahres 1879. Seit Wochen schon war er in aller Munde, und jeder bemühte sich um eine Einladung.

Augusta und Joseph Pilaster waren nicht eingeladen. Das war nicht weiter überraschend, denn zur Crème der Londoner Gesellschaft gehörten sie nicht. Da Augusta aber großen Wert auf die Teilnahme legte, erwähnte sie es gegenüber Harriet Morte, die ihr Ansinnen jedoch nur mit einem peinlich berührten Blick quittierte und mit keinem Wort darauf einging. Als Kammerfrau der Königin verfügte Lady Morte über großen gesellschaftlichen Einfluß, doch bot sie ihre Hilfe nicht an.

Augusta überprüfte daraufhin das Konto Lord Mortes beim Bankhaus Pilaster und erfuhr, daß es um tausend Pfund überzogen war. Am nächsten Tag erhielt Morte einen Brief von der Bank, in dem ihm die Frage gestellt wurde, wann er das Konto auszugleichen gedenke. Noch am selben Tag stattete Augusta Lady Morte einen Besuch ab.

Sie entschuldigte sich für den Brief. Es habe sich um einen Irrtum gehandelt, und der verantwortliche Angestellte sei auf der Stelle entlassen worden. Dann kam sie wieder auf den Ball zu sprechen.

Blanker Haß beseelte kurz Lady Mortes gewöhnlich leidenschaftslose Miene. Sie begriff: Entweder sie ließ ihre Beziehungen spielen und verschaffte Augusta eine Einladung, oder sie bemühte sich, tausend Pfund aufzubringen und das Konto auszugleichen. Am nächsten Tag hielt Augusta die Einladungskarten in der Hand.

Augusta ging als Königin Elisabeth und Joseph als Graf Leicester. Am Abend des Balls speisten sie zunächst zu Hause und zogen sich dann um. Augusta beeilte sich und ging in das Zimmer ihres Gatten, um ihm beim Anlegen seines Kostüms zu helfen und mit ihm über Hugh zu sprechen.

Daß Hugh gleichzeitig mit Edward zum Teilhaber ernannt werden sollte, erboste sie zutiefst. Schlimmer noch – es war ein offenes Geheimnis, daß Edward nur deshalb zum Teilhaber avancierte, weil er geheiratet und einen Anteil von einer Viertelmillion Pfund an der Bank bekommen hatte, während Hugh seine Beförderung einem spektakulären, äußerst profitablen Geschäft mit dem New Yorker Bankhaus Madler & Bell verdankte.

Die Beförderung der beiden sollte Ende April stattfinden. Doch zu Beginn des Monats hatte Hugh zu Augustas Entzücken den unglaublich törichten Fehler begangen, ein dralles kleines Arbeitermädchen zu heiraten. Hugh besaß offensichtlich eine Schwäche für Mädchen aus der Gosse.

Augusta rückte Josephs elisabethanische Halskrause zurecht. „Du wirst wohl noch einmal über Hughs Ernennung zum Teilhaber nachdenken müssen. Ein Teilhaber des Bankhauses Pilaster kann doch wohl kaum eine Verkäuferin zur Frau haben. Sie wird sich nicht zu benehmen wissen. Er muß ständig damit rechnen, daß sie ihn unsterblich blamiert."

„Sie wird das sicher lernen." Joseph zögerte, bevor er hinzufügte: „Manchmal habe ich den Eindruck, du vergißt deine eigene Herkunft, meine Gute."

Augusta war außer sich. „Ich habe nie in den Läden meines Vaters gearbeitet", ereiferte sie sich. „Von Anfang an wurde ich zur Dame erzogen."

Der Ball begann um halb elf Uhr abends, und die Pilasters, mit Edward und Emily im Schlepptau, erschienen pünktlich. Es hatte sich bereits eine Schlange in der Halle gebildet, die sich über die geschwungene Treppe hinauf bis zum ersten Stock fortsetzte, wo der

Herzog und die Herzogin von Tenbigh als König Salomon und Königin von Saba ihre Gäste begrüßten. Die Eingangshalle war ein einziges Blumenmeer, und die Wartenden wurden von einer kleinen Musikkapelle unterhalten.

Den Pilasters folgten Micky Miranda, der die Einladung seinem diplomatischen Rang verdankte, und seine Frau Rachel. Micky sah in dem Ornat des Kardinals Wolsey eleganter aus denn je.

Weiter vorne in der Schlange entdeckte Augusta ein anderes jungverheiratetes Paar – Hugh und Nora. Hugh wurde wegen seiner Freundschaft mit den Greenbournes zu allem und jedem eingeladen. Er war als indischer Radscha verkleidet, während seine Frau anscheinend eine Schlangenbeschwörerin darstellte. Nora trug ein mit Ziermünzen besetztes kurzes Kleid, unter dem Haremshosen zum Vorschein kamen. Um ihre Arme und Beine wanden sich künstliche Schlangen, von denen eine ihren Pappmaché-Kopf auf Noras üppigem Busen ruhen ließ.

Augusta schauderte. „Hughs Frau ist wirklich unerträglich vulgär", murmelte sie Joseph zu. „Ich halte sie schlichtweg für ungeeignet, einem Teilhaber des Bankhauses Pilaster eine gute Ehefrau zu sein."

„Nora wird keine finanziellen Entscheidungen zu treffen haben."

Augusta hätte vor Zorn aufschreien können. Um Joseph und die anderen Teilhaber gegen Hugh aufzubringen, mußte Nora wahrscheinlich erst einen unverzeihlichen Fehler begehen. Das war immerhin schon eine Idee. Augustas Wut legte sich. Vielleicht ergab sich eine Möglichkeit, Nora in eine beschämende Lage zu bringen.

Sie blickte nochmals die Treppe hinauf und beobachtete ihre Beute. Nora und Hugh unterhielten sich mit dem ungarischen Attaché Graf de Tokoly, einem Mann von zweifelhaftem Ruf, der passenderweise als Heinrich VIII. auftrat. Nora verkörpert genau den Frauentyp, den der Graf mag, dachte Augusta. „Nora unterhält sich mit dem Grafen de Tokoly", raunte sie Joseph zu. „Sie sollte besser auf ihren Ruf achten."

„Daß du ja nicht unhöflich zu ihm bist!" erwiderte Joseph schroff. „Wir hoffen, für seine Regierung eine Anleihe über zwei Millionen Pfund auflegen zu können."

Augusta grübelte weiter. Ob es gelingen könnte, Nora noch in dieser Nacht in eine Situation zu bringen, in der sie sich unsterblich blamierte – vorzugsweise vor den Augen des Kronprinzen?

Just in diesem Augenblick trafen die königlichen Gäste ein. Die Kapelle, die gerade einen Walzer spielte, brach mitten im Takt ab und stimmte die Nationalhymne an. Alle Gäste verneigten sich oder knicksten, als der Prince of Wales und Prinzessin Alexandra in der Maske von König Artus und Königin Guinevra die Stufen emporstiegen. Auf der Galerie hießen der Herzog und die Herzogin die königlichen Gäste willkommen.

Im Ballsaal wurden der Kronprinz und die Prinzessin zu einem Baldachin geführt. Das Protokoll sah vor, daß einige der besonders spektakulären Masken prozessionsartig an den königlichen Gästen vorbeigehen sollten. Vor dem Baldachin kam es zu einem kleinen Gedränge, und auf einmal standen Augusta und der Graf de Tokoly Schulter an Schulter.

„Was für ein entzückendes Mädchen die Gemahlin Ihres Neffen doch ist, Mrs. Pilaster", bemerkte der Graf. „Ich werde sie nachher zum Tanz auffordern. Ob sie wohl ja sagen wird? Was meinen Sie?"

Augusta konnte sich eine gallige Antwort nicht verkneifen. „Natürlich wird sie ja sagen. Sie ist nicht wählerisch." Sie wandte sich ab. Die Hoffnung, Nora könnte im Zusammenhang mit dem Grafen vielleicht zu einem peinlichen Zwischenfall Anlaß geben, war sicherlich übertrieben.

Doch plötzlich kam ihr eine Idee. Der Graf und Nora – das konnte eine explosive Mischung ergeben. Sie sah sich um und entdeckte Micky Miranda.

„Ich möchte, daß du mir einen Gefallen tust", bat sie, als sie bei ihm war. „Kennst du den Grafen de Tokoly?"

„Selbstverständlich. Wir Diplomaten sind alle miteinander bekannt."

„Sag ihm, daß Nora nicht besser ist, als man es von ihr erwarten kann."

Mickys Mund verzog sich zu einem angedeuteten Lächeln. „Sie wissen, was er dann tun wird?"

„Ihr einen unsittlichen Antrag machen, nehme ich an."

Micky nickte. „Ihr ergebener Diener – jetzt und immerdar."

Augusta ging mit einer ungeduldigen Handbewegung über diese Floskel hinweg und suchte Hughs Frau. Schier überwältigt von der verschwenderischen Fülle der Dekorationen ließ sie ihren Blick im Ballsaal umherschweifen. Ohne lange zu überlegen, bahnte sich Augusta einen Weg durch die Menge auf Nora zu. „Ein guter Rat für Sie!" flüsterte sie ihr ins Ohr.

„Gern, das kann mir nur guttun." Nora hörte Augusta aufmerksam zu.

„Ich sah vorhin zufällig, wie Sie sich mit dem Grafen de Tokoly unterhielten", erklärte Augusta. „Wenn Ihnen an Ihrem guten Ruf gelegen ist, gestatten Sie ihm keine Freiheiten. Setzt man ihm dann nicht den Kopf zurecht, kann er sehr unangenehm werden."

Nora nickte. „Machen Sie sich deswegen keine Sorgen. Ich weiß, wie man mit diesen Typen umgeht."

Hugh stand in der Nähe und unterhielt sich mit dem Herzog von Kingsbridge. Als er Augusta bemerkte, sah er sie mißtrauisch an und eilte an die Seite seiner Frau. Doch Augusta wandte sich bereits wieder der Prozession der Masken zu. Ihr Werk war vollbracht, die Saat ausgesät.

Auch einige Mitglieder der Marlborough-Clique zogen am Kronprinzen vorbei, darunter Solly und Maisie Greenbourne. Sie waren als orientalische Potentaten verkleidet. Sie verzichteten auf Verbeugung und Hofknicks und knieten statt dessen nieder, um den Thronfolger mit einem Salam zu begrüßen, was dem rundlichen Prinzen ein Lachen entlockte.

Die Prozession war vorüber, und die Kapelle stimmte einen Walzer an. Der Kronprinz führte die Herzogin und der Herzog die Prinzessin zum ersten Tanz auf die Tanzfläche. Andere Paare folgten rasch, und Micky forderte Augusta auf.

Kaum hatte Micky sie in den Arm genommen, da meinte Augusta, sie sei wieder siebzehn und tanze mit Strang. Sie fühlte sich jung, schön und sorgenfrei.

„Dort drüben, sehen Sie mal", forderte Micky sie auf.

Augusta folgte der Richtung seines Kopfnickens und sah Nora mit dem Grafen de Tokoly tanzen. „Hast du mit dem Grafen gesprochen?" Micky nickte. Augusta straffte sich. „Laß uns versuchen, näher an sie heranzukommen."

Das war gar nicht so leicht, denn in der gleichen Ecke des Ballsaals hielt sich der Kronprinz mit seinem Gefolge auf. Doch Micky steuerte Augusta geschickt durch die Menge. Bisher unterschieden sich Nora und der Graf in nichts von anderen Tänzern. Hin und wieder flüsterte er ihr etwas zu, was sie mit einem Nicken oder einem Lächeln quittierte. Augusta begann sich gerade zu fragen, ob sie ihre beiden Opfer falsch eingeschätzt hatte, als die Bombe hochging.

Augusta war die einzige Person im Saal, die genau sah, wie es zu dem Eklat kam: Der Graf brachte seine Lippen nah an Noras Ohr und flüsterte ihr etwas zu. Nora brach den Tanz abrupt ab und schob de Tokoly von sich. Aber de Tokoly ließ sich zu einer erneuten Bemerkung hinreißen, wobei sich sein Gesicht zu einem lüsternen Grinsen verzog. Und genau in dem Moment, da die Kapelle zu spielen aufhörte und vorübergehend Stille herrschte, schlug Nora zu.

Der Schlag hallte wie ein Gewehrschuß durch den Ballsaal. Es war eine gehörige Ohrfeige, die auch einen Betrunkenen in seine Schranken verwiesen hätte. Der Graf geriet ins Taumeln – und stieß rücklings mit dem Thronfolger zusammen.

Alle, die es miterlebt hatten, hielten den Atem an. In das entsetzte Schweigen platzte laut und unmißverständlich Noras Cockney-Stimme: „Komm mir ja nicht noch einmal nahe, du dreckiger alter Lüstling!"

Eine Schrecksekunde lang verharrten sie bewegungslos und boten ein malerisches Bild: die empörte Frau, der gedemütigte Graf und der erschrockene Kronprinz. Dann tauchte Hugh an Noras Seite auf. Der Graf reckte sich und stolzierte davon.

Siegesbewußt sah Augusta Micky an.

„Brillant", murmelte er in aufrichtiger Bewunderung. „Sie sind brillant, Augusta." Er drückte ihren Arm und führte sie von der Tanzfläche.

Joseph erwartete sie schon. „Diese elende Göre!" entrüstete er sich. „Sie bringt Schande über die ganze Familie – und zweifellos entgeht uns jetzt auch ein größerer Auftrag!"

Das war genau die Reaktion, die sich Augusta von ihm erhofft hatte. „Nun glaubst du mir vielleicht endlich, daß Hugh auf keinen Fall Teilhaber werden darf", hakte sie nach.

„Du hast recht, meine Liebe. Du hattest von Anfang an recht."

Hugh dirigierte Nora zum Ausgang. „Wir gehen jetzt natürlich", bemerkte er im Vorbeigehen zu seinem Onkel.

„Wir müssen jetzt alle gehen", verkündete Augusta. Allerdings noch nicht sofort, setzte sie in Gedanken hinzu. Wenn heute abend nicht noch ein wenig Salz in die Wunde gestreut wurde, bestand die Gefahr, daß die Aufregung sich legte und der Vorfall schließlich als weniger gravierend abgetan wurde. Augusta wollte, daß die Gemüter sich erhitzten, daß böse Worte fielen und Anschuldigungen ausgesprochen wurden, die nicht so leicht zu vergessen waren. Sie legte Nora die Hand auf den Arm. „Ich habe versucht, Sie vor dem Grafen de Tokoly zu warnen", sagte sie vorwurfsvoll.

„Wenn eine Dame beim Tanz von einem solchen Mann beleidigt wird, bleibt ihr nicht viel anderes übrig, als so zu handeln", erwiderte Hugh.

„Mach dich nicht lächerlich!" wies Augusta ihn zurecht. „Jede wohlerzogene junge Frau hätte Unwohlsein vorgeschützt und ihre Kutsche rufen lassen."

„Weiß der Himmel, welchen Schaden du der Familie und der Bank heute nacht zugefügt hast", tadelte Joseph seinen Neffen. „Mit Sicherheit haben wir den Ungarnvertrag verloren. Außerdem werden wir nie wieder zu einer königlichen Gesellschaft eingeladen."

Hugh hielt seine Wut noch unter Kontrolle. „Das heißt also mit anderen Worten: Um ja nicht irgendwelche Geschäfte zu gefährden, muß sich die Ehefrau jede Beleidigung gefallen lassen. Ist das die Philosophie des Hauses?"

Nun war auch Joseph aufs höchste erbost. „Du unverschämter junger Wicht!" fuhr er Hugh an. „Du hast unter deinem Stand geheiratet und dich damit ein für allemal für die Position eines Teilhabers des Bankhauses Pilaster disqualifiziert!"

Er hat es ausgesprochen! jubelte Augusta innerlich. Er hat es ausgesprochen!

Hugh verschlug es die Sprache. Anders als Augusta hatte er die möglichen Konsequenzen des Zwischenfalls nicht im voraus bedacht. Erst jetzt wurde er sich allmählich der tieferen Bedeutung des Geschehens bewußt.

„So ist das also!" Hugh blickte Augusta an. „Sehr schön. Du hast gewonnen. Ich weiß nicht, wie du es angestellt hast, aber daran, daß du hinter diesem Vorfall steckst, besteht für mich nicht der geringste Zweifel." Dann wandte er sich an Joseph. „Du solltest einmal darüber nachdenken, Onkel Joseph. Du solltest dir einmal die Frage stellen, wem hier tatsächlich am Wohl der Bank gelegen ist . . ." Er sah wieder Augusta an. „. . . und wer ihre wahren Feinde sind."

INNERHALB weniger Stunden verbreitete sich die Nachricht von Hughs Sturz in der Londoner Finanzwelt. Schon am folgenden Nachmittag zeigten sich die ersten Auswirkungen: Leute, die mit ihm über geldträchtige Eisenbahnprojekte, Stahlwerke, Werften und Wohnbauvorhaben an der Londoner Peripherie hatten verhandeln wollen, sagten ihre Termine ab. Im Direktionszimmer kam es zu einer heftigen Auseinandersetzung. Onkel Samuel reagierte mit Empörung auf Josephs Äußerung, daß Hugh nicht zum Teilhaber ernannt werden könne. Weil sich aber der junge William auf die Seite seines Bruders Joseph schlug und Major Hartshorn seinem Beispiel folgte, wurde Samuel überstimmt.

Der Zorn nagte an Hugh wie ein Geschwür. Aber da er nun für eine Frau und ein Haus aufkommen mußte, blieb ihm gar nichts anderes übrig, als weiterhin in der Bank zu arbeiten. Am zweiten Montag nach dem Maskenball der Herzogin von Tenbigh begegnete er im Büro einem ihm unbekannten dunkelhaarigen Mann, der knapp über zwanzig Jahre alt sein mochte. Hugh lächelte ihm zu. „Hallo, wer sind denn Sie?“

„Mein Name ist Simon Oliver. Ich bin im Büro von Mr. Edward angestellt“, stellte sich der Mann mit spanischem Akzent vor.

Hugh zog einen naheliegenden Schluß. „Sie stammen aus Südamerika?“

„Ja, aus Córdoba.“

Das ergab durchaus einen Sinn: Edward hatte sich auf Südamerika im allgemeinen und Córdoba im besonderen spezialisiert. Da konnte es durchaus von Nutzen sein, einen Bürger dieses Landes zur Seite zu haben. „Micky Miranda, der Gesandte Córdobas, ist ein ehemaliger Schulkamerad von mir“, sagte Hugh.

„Er ist mein Vetter.“

„Ach ja! Nun, ich hoffe, die Arbeit bei uns gefällt Ihnen.“

Auf dem Weg zurück in sein Büro dachte Hugh über die Begegnung nach. Edward brauchte unbedingt Hilfe, aber mußte es ausgerechnet ein Vetter von Micky Miranda sein, der einen möglicherweise einflußreichen Posten in der Bank übernahm?

Sein Unbehagen fand wenige Tage später Bestätigung. Jonas Mulberry teilte ihm an einem Morgen mit, was sich tags zuvor im Direktionszimmer zugetragen hatte. „Es gefällt mir nicht, Mr. Hugh“, begann er. „Südamerikanische Anleihen waren noch nie sehr erfolgreich.“

„Wir legen doch nicht etwa eine südamerikanische Anleihe auf, oder?“

Mulberry nickte. „Doch. Mr. Edward hat es vorgeschlagen, und die anderen Teilhaber haben zugestimmt. Eine neue Eisenbahn soll die Hauptstadt Palma mit der Provinz Santamaria verbinden.“

Hugh schüttelte den Kopf. „Investoren, die auf Eisenbahnen setzen, bekommen in den Vereinigten Staaten sechs Prozent. Was sollte sie veranlassen, in Córdoba zu investieren?“

„Genau.“

„Ich werde versuchen herauszufinden, was die Partner sich dabei gedacht haben“, beschloß Hugh.

Nur Onkel Samuel und Joseph waren im Direktionszimmer, als Hugh eintrat. Er legte einen Bericht auf Samuels Schreibtisch, der ihm als Vorwand für sein Erscheinen diente.

„Danke.“ Samuel sah auf und lächelte. „Hast du sonst noch etwas auf dem Herzen?“

„Ja. Ich frage mich, warum wir uns für die Santamaria-Bahn engagieren.“

„Dein Onkel Joseph meint, daß Südamerika möglicherweise vor einem neuen Aufschwung steht", erklärte Samuel.

Als Joseph seinen Namen hörte, ergriff er selbst das Wort. „Wir stecken den großen Zeh ins Wasser, um zu erkunden, wie warm es ist."

Hugh runzelte die Stirn. Sein Instinkt hatte ihn nicht getrogen: Die Investition war vom kaufmännischen Standpunkt aus sinnlos, und Joseph konnte sie nicht rechtfertigen. Warum hatten sich die Partner dann darauf eingelassen? Kaum hatte er sich die Frage gestellt, da fiel ihm auch schon die Antwort ein. „Du hast Edwards wegen zugestimmt, oder?"

„Es ist nicht deine Aufgabe, meine Motive in Frage zu stellen!" wies Joseph die Vermutung brüsk zurück.

„Und es ist nicht deine Aufgabe, das Geld anderer Leute aufs Spiel zu setzen, nur weil du deinem Sohn einen Gefallen tun willst. Kleininvestoren werden das Geld für diese Eisenbahn aufbringen und, wenn das Unternehmen fehlschlägt, mit leeren Händen dastehen."

Onkel Joseph war jetzt so erbost, daß er die Grenzen der Höflichkeit überschritt. „Was bildest du dir eigentlich ein, du anmaßender Naseweis? Kommst hier in meine Bank und willst mich lehren, wie ich zu investieren habe!"

Hugh starrte seinen Onkel an. Kochend vor Empörung verließ er den Raum und warf die Tür hinter sich zu.

Zehn Minuten später machte er sich auf den Weg zu Solly Greenbourne, um ihn um eine Anstellung zu bitten. Er war sich nicht sicher, ob die Greenbournes ihn nehmen würden. In Bankkreisen galt es als unfein, sich gegenseitig die Spitzenkräfte abzuwerben. Doch Hugh war ein begehrter Mann, den zu beschäftigen jede Bank sich glücklich schätzen konnte.

Noch am selben Vormittag unterbreitete die Greenbourne Bank ihm ein Angebot.

ALS HUGH an seinen Schreibtisch im Bankhaus Pilaster zurückkehrte, fand er eine Nachricht vor. Sie lautete:

> 10.30 Uhr
> Mein lieber Pilaster,
> ich muß Dich so schnell wie möglich sprechen.
> Du findest mich in Plages Kaffeehaus um die Ecke.
> Ich warte dort auf Dich.
> Dein alter Freund Antonio Silva

Tonio war zurück! In Schimpf und Schande hatte er das Land verlassen, ungefähr gleichzeitig mit Hugh. Wie war es ihm seither ergangen? Voller Neugier begab sich Hugh sofort zum angegebenen Treffpunkt. Der Tonio, den er dort vorfand, war älter und bedächtiger geworden und wirkte nicht mehr so gepflegt wie früher. Der karottenrote Haarschopf hatte sich kaum verändert, doch davon abgesehen hatte der Mann nichts mehr mit dem stets zu Streichen aufgelegten Schuljungen gemein. Tonio war erst sechsundzwanzig, doch in seinen Augenwinkeln zeigten sich bereits feine Sorgenfältchen.

„Ich war in Boston recht erfolgreich", antwortete Hugh auf Tonios erste Frage. „Seit Januar bin ich zurück – und habe mit meiner Familie schon wieder den größten Ärger. Aber wie geht es dir?"

„In meiner Heimat hat sich viel verändert. Meine Familie ist nicht mehr so einflußreich wie früher. Die Mirandas sind jetzt die Günstlinge von Präsident Garcia. Sie haben sich die Salpetergruben im Norden des Landes angeeignet und sind dadurch reich geworden." Tonio zog ein mehrseitiges Manuskript aus der Manteltasche. „Lies dir das bitte mal durch. Es handelt sich um einen Artikel, den ich geschrieben habe."

Der Artikel schilderte die Zustände in einer Salpetergrube der Mirandas. Da der Export vom Bankhaus Pilaster finanziert wurde, machte Tonio die Bank für die schlechte Behandlung der Arbeiter verantwortlich. Anfangs ließ der Text Hugh ziemlich unberührt; lange Arbeitszeiten, schlechte Löhne und Kinderarbeit kamen in allen Bergbauregionen der Welt vor. Doch je länger er las, desto schlimmer wurde es. In den Gruben des Miranda-Clans waren die Aufseher mit Peitschen und Pistolen ausgerüstet. Arbeiter – darunter Frauen und Kinder –, die angeblich zu langsam arbeiteten, wurden ausgepeitscht, und sie konnten sogar erschossen werden, wenn sie versuchten, ihren Arbeitsplatz vor Ablauf ihrer Arbeitsverträge zu verlassen. Tonio verfügte über Augenzeugenberichte.

Hugh war entsetzt, daß die Bank seiner Familie solche Brutalitäten finanzierte. Doch dann verdrängte er seine Gefühle für einen Augenblick und versuchte, nüchtern die Konsequenzen zu überdenken. Die *Times* veröffentlichte solche Artikel mit besonderer Vorliebe. Die Folge waren Parlamentsdiskussionen und Leserbriefdebatten in den Wochenzeitschriften. All das konnte sich für die Bank nur nachteilig auswirken.

Interessiert mich das überhaupt noch? überlegte sich Hugh. Die Bank hat mich schlecht behandelt, und ich werde ihr in Kürze nicht mehr angehören. Doch bis dahin schuldete er dem Bankhaus Pilaster Loyalität.

Die Tatsache, daß Tonio Hugh den Artikel vor der Veröffentlichung gezeigt hatte, ließ vermuten, daß er es auf einen Handel abgesehen hatte. „Was willst du?" fragte Hugh. „Möchtest du, daß wir die Finanzierung des Salpeterexports einstellen?"

Tonio schüttelte den Kopf. „Wenn die Pilasters sich aus der Sache zurückziehen, springt eine andere Bank ein. Nein, wir müssen geschickter vorgehen. Die Mirandas planen den Bau einer Eisenbahnlinie. Sie wird Papa Miranda zum mächtigsten Mann des Landes machen. Ich möchte dieses Bahnprojekt verhindern."

„Und deshalb willst du diesen Artikel veröffentlichen."

„Mehrere Artikel. Ich werde Reden halten, Unterhausabgeordnete auf meine Seite ziehen – alles mit dem Ziel, die Finanzierung dieses Bahnprojekts zu untergraben."

Damit könntest du sogar Erfolg haben, dachte Hugh. Investoren scheuen vor umstrittenen Vorhaben zurück.

„Und warum bist du zu mir gekommen?"

„Wir könnten das alles abkürzen. Sollte sich die Bank entschließen, die Eisenbahnanleihen nicht zu garantieren, dann verzichte ich auf die Veröffentlichung des Artikels."

„Ich bewundere deinen Eifer", räumte Hugh ein. „Im übrigen bin ich von den Folgen, die sich daraus für die Bank ergeben, nicht mehr betroffen. Ich stehe nämlich kurz vor der Kündigung."

„Wirklich?" fragte Tonio erstaunt. „Wie kommt denn das?"

„Das ist eine lange Geschichte. Ich erzähl sie dir ein andermal. Das Fazit ist jedenfalls, daß ich in dieser Angelegenheit nur noch eines tun kann, nämlich die Teilhaber über deinen Vorschlag in Kenntnis setzen." Er hielt noch immer Tonios Manuskript in der Hand. „Darf ich das behalten?"

„Ja. Ich habe noch eine Abschrift."

Die einzelnen Bögen trugen den Briefkopf des Hotels Russe in der Berwick Street in Soho. Das Hotel gehörte keineswegs zu den besten Adressen in London. „Wenn ich weiß, wie die Teilhaber darüber denken, gebe ich dir Bescheid."

Hugh verließ das Kaffeehaus und ging zurück zur Bank. Dort begab er sich sofort zum Direktionszimmer, in dem er Samuel, Joseph und Edward vorfand. Er reichte Samuel Tonios Artikel, dieser las ihn und schob ihn dann Edward hin.

Edward bekam einen Tobsuchtsanfall. Er wies mit dem Finger auf Hugh. „Das hast du doch mit deinem alten Schulfreund zusammen ausgeheckt! Du versuchst, unser gesamtes Südamerikageschäft zu untergraben. Dahinter steckt nichts anderes als Eifersucht, weil man dich nicht zum Teilhaber gemacht hat!"

Hugh seufzte. „Die Frage, um die es hier geht, ist ganz einfach die, ob die Bank dafür verantwortlich sein will, daß Papa Miranda immer mehr Macht gewinnt – ein Mann wohlgemerkt, der offenbar ohne die geringsten Skrupel Kinder ermorden läßt."

„Das glaube ich nicht!" schrie Edward. „Die Silvas sind Feinde der Mirandas. Das ist nichts weiter als böse Propaganda."

„Ja, das wird zumindest dein Freund Micky sagen, davon bin ich überzeugt. Ob es stimmt, ist eine andere Frage."

Samuel mischte sich ein. „Ob diese Geschichte nun stimmt oder nicht, ist für uns gar nicht so interessant", führte er den anderen vor Augen. „Wir sind Bankiers, keine Richter. Die Tatsache, daß die Santamaria-Bahn umstritten ist, erhöht allerdings das Risiko bei der Anleihenemission. Wir werden uns also noch einmal damit befassen müssen."

„Ich lasse mich nicht unter Druck setzen!" gab Joseph wütend zu verstehen. „Dieser südamerikanische Schwätzer soll seinen Artikel ruhig veröffentlichen und sich danach zum Teufel scheren."

„Ja, das wäre eine Möglichkeit", erwiderte Samuel nachdenklich. „Wir können einfach abwarten und zusehen, inwieweit sich der Artikel auf den Kurs bereits vorhandener südamerikanischer Wertpapiere auswirkt. Bricht ihr Kurs ein, sagen wir nein zur Santamaria-Bahn."

Joseph hatte sich ein wenig beruhigt. „Ich habe nichts dagegen, die Entscheidung dem Markt zu überlassen."

„Es gibt jedoch auch noch eine andere Möglichkeit", fuhr Samuel fort. „Wir könnten die Anleihen gemeinsam mit einer anderen Bank ausgeben. In diesem Fall wäre die negative öffentliche Meinung nicht so gravierend, weil sie sich auf zwei Ziele verteilen würde."

Das hat einiges für sich, dachte Hugh, obwohl er selbst sich für eine ersatzlose Streichung der Anleihenemission ausgesprochen hätte. Immerhin verringerte Samuels Strategie das Risiko.

„In Ordnung!" stimmte Joseph zu. „Versuche einen Partner für uns aufzutreiben, Edward! Du solltest es bei den Greenbournes probieren."

Soll ich Solly raten, Edwards Angebot abzulehnen? fragte sich Hugh und gab sich die Antwort gleich selbst: Nein, ich werde als Nordamerika-Experte eingestellt. Es wäre grundfalsch, mit einem klugen Ratschlag über ein ganz anderes Gebiet meinen Einstand zu geben. Vielleicht gelingt es ja doch noch, Onkel Joseph das ganze

Projekt auszureden. „Warum lassen wir nicht gleich die Finger von dieser Santamaria-Bahn?“ fragte er. „Überdurchschnittlich riskant war die Sache schon immer – und nun droht uns auch noch eine schlechte Presse.“

„Die Teilhaber haben ihre Entscheidung getroffen“, sagte Edward trotzig. „Es steht dir nicht zu, sie anzuzweifeln.“

Hugh gab auf. „Du hast schon recht. In bin kein Teilhaber. Im übrigen bin ich in Kürze auch kein Angestellter des Hauses mehr. Ich kündige. Ich werde für die Greenbournes arbeiten.“

Joseph starrte ihn entgeistert an. „Aber du kennst doch all diese Nordamerikaner!“

„Wahrscheinlich war Ben Greenbourne deshalb so interessiert an mir.“ Eine gewisse Schadenfreude über Josephs unverhohlenes Entsetzen konnte er sich nicht verkneifen.

„Aber damit nimmst du uns Aufträge weg!“

„Daran hättest du denken sollen, als du dein Angebot, mir die Teilhaberschaft zu geben, wieder zurücknahmst.“

„Wieviel zahlen sie dir?“

Hugh wandte sich zum Gehen. „Das geht dich nichts an.“

„Wie kannst du es wagen, in einem solchen Ton mit meinem Vater zu sprechen!“ keifte Edward.

Josephs Zorn zerplatzte wie eine Seifenblase, und zu Hughs Verblüffung war er auf einmal ganz ruhig. „Ach, halt doch den Mund, Edward!“ bemerkte er milde. „Manchmal wünschte ich, du wärest Hugh ein wenig ähnlicher. Auf jeden Fall hat er Mumm in den Knochen.“ Er wandte sich wieder Hugh zu. „Also los, zieh ab!“ sagte er ohne jede Boshaftigkeit. „Ich hoffe zwar, daß du furchtbar auf die Nase fällst, aber wetten würde ich darauf keinen Penny.“

„So gute Wünsche höre ich von deinem Zweig der Familie wahrscheinlich nie wieder“, gab Hugh zurück. „Guten Tag, meine Herren.“

AUGUSTA und Micky tranken im Salon Tee und unterhielten sich über Mickys Ehe mit Rachel, als Edward hereinplatzte. „Antonio Silva ist wieder in London!“ rief er, noch ehe er die Tür hinter sich geschlossen hatte.

Augusta erbleichte. „Woher weißt du das?“

„Hugh hat sich mit ihm getroffen. Antonio versucht, die Emission der Santamaria-Anleihen zu sabotieren.“ Edward reichte seiner Mutter ein Manuskript. „Lies das!“

„Was ist das?“ fragte Micky.

„Ein Artikel über die Salpetergruben deiner Familie, den Tonio veröffentlichen möchte."

Rasch überflog Augusta die Seiten. „Und was hat das mit eurer Anleihenemission zu tun?"

„Investoren mögen keine umstrittenen Projekte. Dieser Bericht könnte sie abschrecken."

Micky war erschüttert. „Was sagt denn dein Vater dazu?"

„Wir bemühen uns, eine andere Bank zu finden und die Sache mit ihr gemeinsam durchzuziehen. Tonio soll seinen Artikel ruhig veröffentlichen. Wir warten erst einmal ab. Wenn das öffentliche Aufsehen zu einem Kurseinbruch bei südamerikanischen Wertpapieren führt, werden wir die Santamaria-Bahn vollends aufgeben müssen."

Zur Hölle mit diesem Tonio! dachte Micky. Er mußte zum Schweigen gebracht werden. Micky spielte den Besonnenen. „Darf ich den Artikel mal sehen, bitte?"

Augusta reichte ihm das Manuskript.

Micky bemerkte sofort die Hotelanschrift auf dem Briefkopf. Sein Tonfall war unbekümmert, als er fortfuhr: „Was habt ihr denn? Das ist doch überhaupt kein Problem. Wir wissen jetzt, wo er zu finden ist. Also können wir uns um ihn kümmern."

Kapitel drei: Mai 1879

SOLLY und Maisie Greenbourne gingen fast jeden Abend aus. Sie blieben nur zu Hause, wenn sie selbst einen Empfang gaben. Heute waren sie zu einem Abendessen und anschließend zu einem Ball geladen.

Solly kam gegen halb sieben in Maisies Zimmer, um seiner Frau beim Anziehen zuzuschauen. Ihr Haar war mit gelben Seidenblumen geschmückt, und er half ihr, das Kleid aus gelb-weiß gestreiftem Seidentaft anzuziehen.

Maisie öffnete ihre Schmuckschatulle und entnahm ihr eine Halskette aus Smaragden sowie dazu passende Ohrringe, die Solly ihr zum ersten Hochzeitstag geschenkt hatte.

„Wir werden von nun an unseren alten Freund Hugh Pilaster wieder sehr viel öfter zu sehen bekommen", erzählte Solly, als er Maisie die Kette anlegte.

„Weshalb? Was ist denn geschehen?" erkundigte sie sich in ruhigem Ton.

„Er wird bei uns in der Bank arbeiten. Die Pilasters haben ihm die Teilhaberschaft verweigert."

„O nein!“ Niemand kannte Hugh besser als Maisie. Sie ahnte, wie schwer ihn die Ablehnung getroffen haben mußte. „Diese Pilasters sind eine niederträchtige Familie.“

„Der Grund dafür war seine Frau.“

„Das überrascht mich nicht.“ Maisie hatte den Vorfall auf dem Ball der Herzogin von Tenbigh miterlebt. So, wie sie die Pilasters kannte, hielt sie es nicht für ausgeschlossen, daß Augusta die ganze Sache inszeniert hatte, um Hugh zu diskreditieren.

„Nora kann einem leid tun.“

„Hm . . .“ Maisie hatte Nora vor der Hochzeit kennengelernt und sie spontan unsympathisch gefunden. Sie hielt Nora für herzlos und geldgierig.

„Wie dem auch sei, ich habe Hugh angeboten, daß du ihr vielleicht helfen könntest.“

„Was?“ fragte Maisie scharf.

„Ihren Ruf wiederherzustellen, ja. Du weißt doch, wie es ist, wenn man wegen seiner Herkunft geschnitten wird. Dir ist es gelungen, all diese Vorurteile zu überwinden.“

„Und jetzt soll ich bei jeder dahergelaufenen Gossengöre, die in die bessere Gesellschaft einheiratet, dasselbe bewirken, wie?“

„Da habe ich offensichtlich einen Fehler gemacht“, meinte Solly betrübt. „Ich dachte, du würdest ihr gerne helfen. Du hast Hugh doch immer so gemocht.“

Plötzlich schämte sich Maisie. „Ach Solly, wie konnte ich nur so undankbar sein? Du warst immer so nett und großherzig zu mir und meiner Familie. Für dich werde ich es natürlich tun, wenn du es wünschst.“

Maisie wußte genau, was sie so sehr aufgeregt hatte. Im tiefsten Innern ihres Herzens wünschte sie sich noch immer, Hughs Frau zu sein. Sie haßte Nora, weil diese bekommen hatte, was ihr verlorengegangen war, doch empfand sie diese Einstellung auf einmal als schäbig und nahm sich vor, sich mit Energie der Aufgabe zu widmen, Nora Pilaster in der Londoner Oberschicht hoffähig zu machen.

Die erste Gelegenheit, mit ihrem Feldzug für Nora zu beginnen, bot sich noch am selben Abend. Im Salon ihres Gastgebers begegnete Maisie als erster der Graf de Tokoly. Sie kannte ihn recht gut, und da er stets mit ihr zu flirten pflegte, hatte sie keine Scheu, ihn direkt auf den Vorfall anzusprechen. „Ich möchte, daß Sie Nora Pilaster die Ohrfeige verzeihen“, bat sie ihn.

„Verzeihen?“ erwiderte er. „Ich bin doch geschmeichelt! Wenn man in meinem Alter eine junge Dame noch so erregen kann, daß sie einem ins Gesicht schlägt, dann empfindet man das als großes Kompliment."

Als es geschah, warst du ganz anderer Meinung, dachte Maisie. Gleichwohl war sie froh, daß er die Sache inzwischen gelassener nahm.

„Sagen Sie, hat jemand Sie dazu ermuntert?" fragte sie ihn.

Der Graf de Tokoly kniff die Augen zusammen und sah Maisie an. „Sie sind klug, Mrs. Greenbourne, das habe ich immer an Ihnen geschätzt. Der Botschafter von Córdoba, Señor Miranda, verriet mir, daß Nora – nun, sagen wir einmal – empfänglich wäre."

So war das also gewesen, dachte Maisie. „Und hinter Micky Miranda steht Augusta Pilaster, da bin ich mir ganz sicher. Die beiden stecken doch unter einer Decke", enthüllte Maisie dem Grafen.

Der Graf de Tokoly war pikiert. „Ich hoffe doch sehr, daß man mich nicht als Mittel zum Zweck benutzt hat."

„Menschen, deren Handlungsweise so berechenbar ist wie die Ihre, müssen immer mit diesem Risiko leben", gab Maisie spitz zurück.

Am nächsten Tag nahm Maisie Nora mit zu ihrer Schneiderin. Während Nora eine Reihe von Kleidern aus verschiedenen Stoffen und in unterschiedlichen Modestilen anprobierte, erfuhr Maisie mehr über die Hintergründe des Zwischenfalls beim Ball der Herzogin von Tenbigh. „Hat Ihnen Augusta vorher erzählt, was für ein Mensch der Graf de Tokoly ist?" forschte sie nach.

„Sie sagte, ich dürfe keinesfalls zulassen, daß er sich mir gegenüber irgendwelche Freiheiten herausnähme."

„Angenommen, Augusta hätte nichts gesagt – wäre Ihre Reaktion genauso ausgefallen?"

Nora dachte einen Augenblick nach. „Geohrfeigt hätte ich ihn wahrscheinlich nicht. Doch Augusta hatte mir zu verstehen gegeben, es sei sehr wichtig, ihm seine Grenzen zu zeigen."

Maisie nickte. „Da haben wir's. Sie hat diesen Vorfall provoziert. Übrigens, jemand hat dem Grafen de Tokoly eingeredet, er habe mit Ihnen leichtes Spiel. Sie dürfen Augustas Heimtücke niemals unterschätzen."

„Vor der habe ich keine Angst", erwiderte Nora trotzig. „Ich bin selbst nicht so zimperlich."

Das glaubte Maisie ihr ohne weiteres – und unwillkürlich tat Hugh ihr leid.

Ein Rüschenkleid ist genau das richtige für sie, dachte Maisie, als die Schneiderin ein Kleid um Noras üppige Figur drapierte und absteckte. Die verspielten Details paßten zu ihrem hübschen Gesicht; die Rüschen und der nach hinten geraffte, mit Volants besetzte Rock standen ihr gut.

„Hübsches Aussehen ist die halbe Miete“, betonte Maisie, als Nora sich im Spiegel bewunderte, „und was die Männer betrifft, ist es im Grunde das einzige, worauf es ankommt. Wenn Sie von den Frauen akzeptiert werden wollen, müssen Sie allerdings auch auf andere Dinge achten.“

„Ich komme eigentlich mit Männern immer besser zurecht als mit Frauen“, sagte Nora. „Ihnen muß es doch ebenso ergehen. Deshalb haben wir es beide so weit gebracht.“

Sind wir uns wirklich so ähnlich? fragte sich Maisie.

„Nicht daß ich mich mit Ihnen auf die gleiche Stufe stellen will“, fuhr Nora fort. „Sie werden von jedem Londoner Mädchen mit ein bißchen Ehrgeiz beneidet.“

Die Vorstellung, unter den auf gute Partien erpichten Frauen als Heldin zu gelten, ließ Maisie erschrocken zusammenfahren. Man kann es ihnen kaum verdenken, dachte sie und verzichtete auf Widerspruch. Nora hatte des Geldes wegen geheiratet, und weil sie Maisie dieselben Motive unterstellte, gab sie es ihr gegenüber auch unumwunden zu. Und recht hatte sie obendrein.

„Ich will mich ja nicht beklagen“, plapperte Nora weiter, „aber ich habe nun einmal das schwarze Schaf der Familie erwischt, dasjenige ohne Eigenkapital. Sie dagegen haben einen der reichsten Männer der Welt geheiratet.“

Du würdest dich wundern, wenn du wüßtest, wie gerne ich mit dir tauschen würde, dachte Maisie. Doch dann schlug sie sich den Gedanken aus dem Kopf. Also gut, Nora und ich sind wie zwei Seiten einer Medaille, und ich werde mein möglichstes tun, damit sie in den Kreisen der Snobs und Intrigantinnen, die unsere Gesellschaft beherrschen, Anerkennung findet.

MICKY stand um Mitternacht in der Toreinfahrt eines Hauses in der Berwick Street, einer schmalen, schmutzigen Gasse mit zahlreichen billigen Kneipen und Pensionen, und rauchte eine Zigarre. Zwar brannte in seiner Nähe eine Gaslaterne, doch er hatte sich einen finsteren Platz ausgesucht, um nicht von einem Passanten erkannt zu werden. Er hatte seinen Posten schon bei Einbruch der Dunkelheit bezogen.

Auf der anderen Straßenseite befand sich das Hotel Russe. Über der Tür brannte eine Lampe, und im Innern konnte Micky die Eingangshalle erkennen, in der sich jedoch im Augenblick niemand aufzuhalten schien. Auf dem Bürgersteig gegenüber, links und rechts vom Eingang des Hotels, lungerten zwei weitere Männer herum. Alle drei warteten sie auf Antonio Silva.

Einige Minuten nach Mitternacht tauchte eine Gestalt am Ende der Berwick Street auf. Kein Zweifel – es war Tonio. Micky konnte sogar die karottenrote Farbe der Koteletten erkennen und gab seinen Komplizen einen Wink.

Sie handelten sofort. Kurz bevor Tonio den Hoteleingang erreichte, packten sie ihn und schleppten ihn in einen Durchgang. Tonio konnte nur einen kurzen Schrei ausstoßen, jeder weitere wurde erstickt.

Micky warf seinen Zigarrenstummel fort, überquerte die Straße und trat in den Durchgang. Die Männer hatten ihren Gefangenen mit einem Schal geknebelt und hieben mit Eisenstangen auf ihn ein. Tonios Kopf und Gesicht waren bereits blutüberströmt.

Micky wurde bei dem Anblick übel. „Hört auf, ihr Idioten!" zischte er sie an. Er wollte nicht, daß sie Tonio umbrachten. Der Vorfall mußte wie ein Raubüberfall aussehen. Ein Mord würde sehr viel mehr Aufsehen erregen.

Mit sichtlichem Widerwillen ließen die Schläger von Tonio ab, der zu Boden sackte und sich nicht mehr rührte.

„Räumt ihm die Taschen aus!" raunte Micky den Kerlen zu.

Sie nahmen ihm Kette und Uhr, ein kleines Buch, ein paar Münzen, ein seidenes Taschentuch und einen Schlüssel ab.

„Her mit dem Schlüssel!" forderte Micky. „Der Rest ist für euch."

„Her mit dem Geld!" erwiderte der ältere der beiden Männer.

Micky gab beiden je zehn Pfund in Goldsovereigns und erhielt im Gegenzug den Schlüssel. An einer dünnen Schnur hing daran ein Stückchen Karton, auf dem in ungelenker Schrift die Zahl elf geschrieben stand. Micky drehte sich um und ging zum Hotel Russe. Zu seiner Erleichterung war die Eingangshalle noch immer menschenleer, als er sie durchquerte.

Er stieg die Treppe hinauf, schloß die Tür von Zimmer Elf auf und schlüpfte hinein. Dort legte er Hut und Stock auf einem Stuhl ab und fing an, das Zimmer methodisch zu durchsuchen. Im Schreibtisch fand er eine Abschrift des Artikels für die *Times* und nahm sie an sich. Viel wert war sie allerdings nicht, denn entweder besaß Tonio noch weitere Abschriften, oder er konnte den Artikel aus dem Gedächtnis noch einmal schreiben. Um jedoch eine Veröffentlichung zu erreichen, bedurfte Tonio konkreter Beweisstücke, und hinter diesen Unterlagen war Micky her.

Er kippte den Inhalt der Kommodenschubladen auf den Boden, doch außer Hemden und Unterwäsche kam dabei nichts zum Vorschein. Micky sah hinter und unter der Kommode, unter dem Bett und im Schrank nach. Nirgendwo stieß er auf die Schriftstücke. Schließlich fand er unter der Matratze, wonach er Ausschau hielt.

In einem großen Umschlag steckte ein mit Urkundenschnur verschlossenes Dokumentenpäckchen. Micky schnürte das Bündel auf und blätterte die Unterlagen durch. Es handelte sich um beeidete Zeugenaussagen, aus denen hervorging, daß in den Salpetergruben der Mirandas Auspeitschungen und Hinrichtungen stattgefunden hatten.

Micky hob die Unterlagen an die Lippen und küßte sie: Seine Gebete waren erhört worden. Die Namen der Zeugen würde er an Papa schicken, und der würde sie zum Schweigen bringen. Ohne Beweise war Tonios Artikel wertlos.

JOSEPH PILASTER vertilgte die letzten Bissen einer großen Portion Rührei mit gegrillten Lammnierchen und begann, eine Scheibe Toast mit Butter zu bestreichen. Augusta fragte sich, ob bei Männern mittleren Alters wohl ein Zusammenhang bestand zwischen ihrer schlechten Laune und der riesigen Fleischmenge, die sie täglich verzehrten. Nierchen zum Frühstück! Allein beim Gedanken daran wurde ihr schon schlecht.

„Sidney Madler aus New York ist in London", teilte Joseph seiner Gattin mit. „Er ist wütend, weil Hugh die Teilhaberschaft versagt wurde."

„Was geht ihn das an?" fragte Augusta.

„Als wir mit Madler & Bell fusionierten, bestand die stillschweigende Übereinkunft, daß der Londoner Teil des Unternehmens von Hugh geleitet werden sollte. Und nun hat Hugh gekündigt, wie du weißt. Wenn Hugh aber zu Greenbourne geht, wird er wahrscheinlich die meisten seiner Geschäftsverbindungen mitnehmen."

„Sag Madler, daß Hugh eine unmögliche Frau geheiratet hat. Das wird er schon begreifen."

„Ja, natürlich." Joseph erhob sich. „Auf Wiedersehen, meine Liebe."

Nachdem Joseph das Haus verlassen hatte, setzte sich Augusta wieder an den Tisch und fragte sich, ob Joseph schwach werden und Hugh die Teilhaberschaft doch noch antragen würde. Daß Hughs Abschied die Bank teuer zu stehen kommen würde, war Augusta neu. Hatte sie etwa die Bank in Gefahr gebracht, das Fundament, auf dem all ihre Hoffnungen und Pläne ruhten? Nein, diese Vorstellung war einfach lächerlich. Das Bankhaus Pilaster war unermeßlich reich; es zu erschüttern stand gar nicht in ihrer Macht.

Augusta hatte gerade ihr Frühstück beendet, als Hastead leise eintrat, um ihr mitzuteilen, daß Mr. Fortescue eingetroffen sei und vorzusprechen wünsche. Von einer Sekunde auf die andere war Sidney Madler vergessen. Der Gast war erheblich wichtiger. Michael Fortescue, der frischgebackene Unterhausabgeordnete, stand in Augustas Schuld, seit er mit Josephs Unterstützung die Nachwahl in Deaconridge gewonnen hatte.

Bisher war ihre Kampagne ganz nach Plan verlaufen. Arnold Hobbes hatte in seiner Zeitschrift *Forum* eine Reihe von Artikeln veröffentlicht, in denen er wiederholt die Forderung stellte, mehr Geschäftsleute in den Adelsstand zu erheben. Lady Morte hatte die Königin darauf angesprochen und Joseph in den höchsten Tönen gelobt. Fortescue hatte in einer Unterredung mit Premierminister Disraeli die Bemerkung fallenlassen, daß es in der öffentlichen Meinung eine deutliche Tendenz zur Befürwortung dieses Vorschlags gebe. Es war durchaus möglich, daß die Bemühungen inzwischen erste Früchte zu tragen begannen.

Als Augusta den Salon betrat, schwirrte ihr der Kopf von Worten, die sie schon in allernächster Zeit überall zu hören hoffte: *Lady Whitehaven . . ., Graf und Gräfin Whitehaven . . ., wie Eure Ladyschaft wünschen . . .*

Fortescue wirkte ein wenig angespannt. „Ich komme gerade vom Premierminister“, berichtete er. „Es gelang mir, ihn davon zu überzeugen, daß die Zeit für eine Repräsentanz des Bankgewerbes im Oberhaus reif ist.“

„Wunderbar!“ rief Augusta. „Aber warum sehen Sie dann so trübsinnig drein?“

„Es gibt da noch eine schlechte Nachricht.“ Fortescue trat unruhig von einem Fuß auf den anderen. „Ich fürchte, er beabsichtigt, Ben Greenbourne zu adeln.“

„Nein!“ Augusta fühlte sich wie geohrfeigt. „Aber ich habe doch nicht um Ben Greenbournes willen all diese Anstrengungen unternommen!“

„Sie haben recht, das ist die Ironie des Schicksals“, stimmte Fortescue zu. „Ich habe wirklich alles getan, was in meiner Macht stand.“

„Sparen Sie sich Ihre Selbstgefälligkeiten“, fuhr Augusta ihn an, „falls Ihnen auch bei zukünftigen Wahlen an meiner Unterstützung gelegen ist! Es muß doch eine Möglichkeit geben, die Meinung des Premierministers zu ändern. Welche Schwachstellen besitzt Ben

Greenbourne? Sein Sohn ist mit einem Mädchen aus der Gosse verheiratet, aber das allein genügt nicht." Wenn der alte Greenbourne den Titel bekommt, dachte sie, geht dieser später auf seinen Sohn Solly über, was wiederum zur Folge hat, daß Maisie über kurz oder lang Gräfin wird. Schon die Vorstellung war widerlich. „Er ist Jude!" sagte sie unvermittelt. „Das ist der Schlüssel!"

Fortescue sah sie zweifelnd an. „Der Premierminister selbst ist gebürtiger Jude und wurde unlängst als Lord Beaconsfield in den Adelsstand erhoben."

„Ich weiß, aber Disraeli ist praktizierender Christ."

Als Augusta später am Vormittag Lady Morte einen Besuch abstattete, erwähnte sie die Religionsfrage. „Vielleicht macht das einen Unterschied", meinte Lady Morte nachdenklich. „Immerhin wirft die Königin dem Thronfolger ständig vor, daß er zu viele Juden in seinem Freundeskreis habe."

„Angenommen, Sie erwähnen der Königin gegenüber, daß der Premierminister einen von diesen Leuten adeln möchte . . ."

„Ich kann es versuchen. Aber ich bin nicht sicher, daß es den erwünschten Erfolg haben wird."

Augusta überlegte angestrengt. „Können wir noch irgend etwas tun, damit Ihrer Majestät die weitreichende Bedeutung dieses Falles bewußt wird?"

„Wenn es öffentliche Proteste gäbe – Anfragen im Parlament zum Beispiel oder Presseartikel . . ."

„Die Presse." Augusta griff die Idee auf und dachte an Arnold Hobbes. „Ja, ich glaube, da ließe sich etwas machen."

HOBBES war ganz durcheinander, weil Augusta ihn in seinem kleinen, engen, tintenfleckigen Büro aufsuchte. Doch er bot ihr einen Stuhl an, setzte sich dann ebenfalls und hörte zu, während Augusta ihn über die bevorstehende Ehrung Ben Greenbournes unterrichtete.

„Höchst bedauerlich", pflichtete Hobbes ihr nervös bei. „Doch ich glaube kaum, daß man dem *Forum* in dieser auf Ihre freundliche Anregung zurückgehenden Angelegenheit fehlendes Engagement vorwerfen kann."

Wofür man dir zwei lukrative Aufsichtsratsposten verschafft hat, dachte Augusta. „Ich weiß, daß es nicht Ihre Schuld ist. Die Frage ist nur, was Sie jetzt noch tun können."

„Meine Zeitschrift befindet sich in einer schwierigen Lage", erwiderte Hobbes betrübt. „Nachdem wir uns so lautstark dafür eingesetzt haben, daß endlich ein Bankier mit der Peerswürde ausgezeichnet wird, können wir, sollte es nun tatsächlich dazu kommen, nicht urplötzlich eine Kehrtwende vollziehen und dagegen protestieren."

Nach kurzen Überlegungen kam Augusta eine Idee. „Als Disraeli ins Oberhaus aufgenommen wurde, schwor er da den Treueid auf eine christliche Bibel?"

„Allerdings."

„Altes und Neues Testament?"

„Ich verstehe langsam, worauf Sie hinauswollen, Mrs. Pilaster. Ob Ben Greenbourne auf eine christliche Bibel schwören wird? Das ist eher unwahrscheinlich."

Augusta wiegte zweifelnd den Kopf. „Vielleicht tut er's trotzdem, solange nicht zuviel Aufhebens darum gemacht wird. Aber angenommen, in der Öffentlichkeit würde lautstark die Forderung erhoben ..."

Hobbes begann sich für den Vorschlag zu erwärmen. „Ich sehe die Schlagzeile schon vor mir! ‚Blasphemie im Oberhaus.' Mrs. Pilaster, Sie sind genial!"

Augusta nickte. Allmählich fühlte sie sich wieder besser. Lady Morte würde die Königin gegen Greenbourne einnehmen, Hobbes die Sache in die Presse bringen und Fortescue nur auf den richtigen Augenblick warten, um dem Premierminister den Namen einer untadeligen Alternative ins Ohr zu flüstern – den Namen Joseph Pilaster. Ihre Chancen waren wieder gestiegen.

Kapitel vier: Juni 1879

MAISIE GREENBOURNES Mittsommernachtsball gehörte zu den absoluten Höhepunkten der Londoner Saison. Die beste Musikkapelle, das schmackhafteste Essen und unbegrenzte Mengen von Champagner zeichneten das Fest aus. Der Hauptgrund, weshalb niemand diesen Ball versäumen wollte, bestand jedoch darin, daß der Prince of Wales Stammgast war. Für dieses Jahr hatte Maisie sich etwas Besonderes vorgenommen: Die neue Nora Pilaster sollte ihr Debut geben.

Das war ein höchst riskantes Unterfangen. Maisie glaubte die Reaktionen des Thronfolgers einigermaßen zuverlässig voraussagen zu können. Doch kam es immer wieder vor, daß selbst seine Freunde nicht vor seinem Zorn sicher waren, und zwar vor allem dann, wenn er das Gefühl hatte, ausgenutzt zu werden. Sie wunderte sich, daß sie um Noras willen ein solches Wagnis eingegangen war. Aber sie tat es für Hugh.

Vor zwei Monaten hatte Hugh gekündigt. Solly Greenbourne wartete ungeduldig auf den Dienstantritt des neuen Mitarbeiters, doch bestanden die Teilhaber auf der Einhaltung der dreimonatigen Kündigungsfrist. Sie wollten den Augenblick, da Hugh für die Konkurrenz zu arbeiten begann, so lange wie irgend möglich hinauszögern.

Gegen halb elf trafen die ersten Ballgäste ein. Gewöhnlich verzichtete Maisie darauf, Augusta Pilaster einzuladen. Diesmal hatte sie jedoch eine Ausnahme gemacht. Wenn Nora tatsächlich der erwünschte Erfolg beschieden war, dann sollte Augusta den Triumph miterleben. Auch Hughs New Yorker Mentor, Sidney Madler, gehörte zu den Geladenen.

Eine Stunde lang schüttelten Maisie und Solly die Hände ihrer ankommenden Gäste. Dann erschien der Kronprinz. Sie geleiteten ihn in den Ballsaal und stellten ihm Sollys Vater vor. Ben Greenbourne verbeugte sich steif wie ein preußischer Wachsoldat.

Maisie war die erste Tanzpartnerin des Thronfolgers. „Ich habe eine herrliche Klatschgeschichte für Sie", sagte sie während des Walzers zu ihm. „Allerdings hoffe ich, daß sie Sie nicht erzürnt. Es dreht sich um jenen Zwischenfall auf dem Ball der Herzogin von Tenbigh. Den Vorfall hat augenscheinlich jemand inszeniert. Man hatte de Tokoly zuvor den bewußt falschen Tip gegeben, die junge Frau sei ansprechbar."

„Raffiniert! Und wer steckte dahinter?"

Maisie zögerte. Bisher hatte sie ihre Freundschaft mit dem Prince of Wales noch nie dazu benutzt, jemanden schlechtzumachen. Aber Augusta hatte es nicht anders verdient.

„Es war Augusta Pilaster. Die junge Dame, Nora, ist die Ehefrau von Augusta Pilasters Neffen Hugh. Augusta haßt ihn. Sie hat den Vorfall inszeniert, um ihm eins auszuwischen."

„Was für eine giftige Natter! Ich würde ihr am liebsten eine Lehre erteilen."

Auf diese Reaktion hatte Maisie hingearbeitet. „Sie brauchen nichts weiter zu tun, als Nora mit Ihrer Aufmerksamkeit zu beglücken", sagte sie. „Dann ist für jedermann klar, daß Sie ihr verziehen haben." Der Tanz war vorüber. „Darf ich Ihnen Nora vorstellen?"

Der Kronprinz sah sie scharf an. „Haben Sie das alles etwa geplant, Sie kleiner Frechdachs?"

Vor dieser Frage hatte sich Maisie gefürchtet. Der Thronfolger war kein Dummkopf und konnte sich leicht zusammenreimen, was hier gespielt wurde. Maisie tat ihr Bestes, um schamvoll zu erröten. „Sie haben mich durchschaut. Was bin ich für eine Närrin. Habe ich mir doch wirklich eingebildet, Ihren Adleraugen könnte das entgehen!" Sie blickte auf und sah ihm offen und ehrlich in die Augen. „Welche Buße erlegen Sie mir auf?"

Ein Lächeln überflog seine Miene. „Und führe mich nicht in Versuchung . . . Vergessen Sie's, ich nehm's Ihnen nicht übel. Wo steckt diese Nora?"

Sie hielt sich, wie verabredet, in der Nähe bereit und war sofort zur Stelle, als Maisie ihr einen auffordernden Blick zuwarf.

Nora trug ein himmelblaues, mit kleinen Seidenschleifen besetztes Musselinkleid, das ihr bezaubernd stand. Der schulterfreie Schnitt brachte ihre üppige Figur äußerst vorteilhaft zur Geltung.

„Königliche Hoheit, darf ich Ihnen Mrs. Pilaster vorstellen?" sagte Maisie.

Nora machte einen Knicks und senkte die Lider.

„Charmant!" bemerkte der Prinz voller Begeisterung. „Wirklich charmant!"

ERFREUT nahm Hugh zur Kenntnis, daß seine Frau munter mit dem Thronfolger plauderte.

Gestern noch war sie gesellschaftlich geächtet gewesen. Doch jetzt erregte Nora den Neid aller Frauen im Saal: Ihre Kleidung war vollkommen, ihre Umgangsformen ließen nichts zu wünschen übrig, und sie flirtete mit dem Prinzen – eine Verwandlung, die einzig und allein Maisie zu verdanken war.

Hugh sah sich nach seiner Tante Augusta um, die, mit Joseph an ihrer Seite, nicht weit von ihm entfernt stand. Sie starrte Nora und den Prinzen an. Daß Maisie, dieses Mädchen aus der Arbeiterklasse, für das sie vor sechs Jahren nur Spott übrig gehabt hatte, inzwischen über wesentlich größeren Einfluß verfügt als sie selbst, muß Augusta ungeheuer quälen, dachte Hugh.

Wie auf ein Stichwort trat ausgerechnet in diesem Augenblick Sidney Madler auf Augusta und Joseph zu und wandte sich sichtlich irritiert an Joseph: „Ist *das* die Frau, von der Sie sagten, sie sei hoffnungslos ungeeignet für das Leben an der Seite eines Bankiers?"

Ehe Joseph antworten konnte, ergriff Augusta das Wort. Ihr Tonfall war trügerisch sanft: „Sie ist verantwortlich dafür, daß der Bank ein großer Auftrag entgangen ist."

„Das stimmt nicht, mit Verlaub", mischte Hugh sich ein. „Die Anleihe kommt zustande. Der Graf de Tokoly hat nicht interveniert."

„Finanzielle Gründe wiegen letztlich doch meist schwerer als gesellschaftliche Vorurteile", kommentierte Sidney Madler.

„So ist es", bestätigte Joseph. „Ich glaube, ich war vielleicht doch etwas vorschnell und –"

Augusta unterbrach ihn. „Was sagst du da, Joseph?"

„Hier geht es um Geschäfte, meine Liebe, das ist Männersache. Darüber brauchst du dir nicht den Kopf zu zerbrechen." Er wandte sich an Hugh. „Wir sehen es äußerst ungern, daß du für die Greenbournes arbeiten willst und deine nordamerikanischen Geschäftsverbindungen mit zur Konkurrenz nimmst."

Hugh bemühte sich, einen kühlen Kopf zu bewahren. „Es gibt nur eine Möglichkeit, mich umzustimmen: Biete mir die Teilhaberschaft an."

Joseph seufzte. „Als Verhandlungspartner bist du ein reiner Teufel."

„Die Grundvoraussetzung für jeden guten Bankier", unterstrich Madler.

„Also gut", willigte Joseph schließlich ein. „Ich biete dir eine Teilhaberschaft an."

Hugh sah Augusta an. Ihr Gesicht war eine starre Maske strengster Selbstbeherrschung. „In diesem Fall . . ." Er hielt inne und kostete den Augenblick aus. „In diesem Fall nehme ich das Angebot an."

Jetzt verlor Augusta endgültig die Fassung. „Das werdet ihr bis an euer Lebensende bereuen!" fauchte sie, machte auf dem Absatz kehrt und marschierte hocherhobenen Hauptes davon. Sich eine Schneise durch die im Ballsaal versammelte Festgesellschaft bahnend, steuerte sie auf den Ausgang zu.

Sie verließ das Fest und fuhr in ihrer Kutsche davon. Joseph konnte sich später eine Droschke mieten. Auf dem ganzen Weg nach Kensington kochte Augusta vor Zorn.

Als sie das Haus betrat, empfing Hastead sie in der Halle. „Mr. Hobbes befindet sich im Salon, gnädige Frau", informierte er sie verschlafen. „Er wollte unbedingt auf Sie warten."

Augusta war ganz und gar nicht zu einem Gespräch mit dem Herausgeber des *Forums* aufgelegt. Was trieb ihn in den frühen Morgenstunden her? Hobbes war vor dem ersterbenden Kaminfeuer eingenickt. „Guten Morgen!" sagte sie mit lauter Stimme.

Er sprang auf. „Mrs. Pilaster, ja! Guten . . ., o ja, guten Morgen!"

„Was führt Sie zu so später Stunde hierher?"

„Ich dachte mir, daß Sie dies hier", er reichte ihr eine Zeitschrift, „vielleicht gern vorab lesen würden."

Es handelte sich um die neueste Ausgabe des *Forums*, die noch nach

Druckerschwärze roch. Augusta entfaltete sie und las die Überschrift über dem Leitartikel: KANN EIN JUDE LORD WERDEN?

Ihre Stimmung besserte sich augenblicklich. Das Fiasko heute nacht war eine Niederlage, aber nicht die entscheidende Schlacht, tröstete sie sich.

ALS HUGH am Morgen nach dem Ball erwachte, hätte er die ganze Welt umarmen können. Seine Frau war in die höchsten gesellschaftlichen Kreise des Landes aufgenommen worden, und seinem eigenen Aufstieg zum Teilhaber im Bankhaus Pilaster stand nichts mehr im Wege. Er würde im Laufe des Jahres nicht nur Tausende, sondern Hunderttausende verdienen.

Mit der Vormittagspost traf ein Brief von Tonio Silva ein. Kurz nachdem sie sich damals im Kaffeehaus getroffen hatten, war Tonio verschwunden, und der angekündigte *Times*-Artikel war nie erschienen. Hugh, der zuvor einen großen Wirbel wegen der angeblichen Gefahren für die Bank entfacht hatte, hatte sich hintergangen gefühlt. Er hatte Tonio eine Nachricht in das Hotel Russe geschickt, aber keine Antwort erhalten. Besorgt öffnete er das Kuvert. Der Brief kam aus einem Krankenhaus; Tonio bat Hugh um einen Besuch. Die letzte Zeile lautete: *„Was immer du tust, verrate niemandem meinen Aufenthaltsort."*

Hugh, der sich das alles nicht erklären konnte, fuhr auf dem schnellsten Weg ins Krankenhaus. Er fand Tonio in einem dunklen, kahlen Krankensaal, in dem dicht an dicht dreißig belegte Betten standen. Der rote Schopf war geschoren, Narben bedeckten Gesicht und Kopf. „Du meine Güte!" rief Hugh. „Wie ist das geschehen?"

„Ich wurde vor zwei Monaten auf der Straße niedergeschlagen."

„Du hättest mich viel früher informieren sollen! Wir müssen dich hier rausholen. Ich schicke dir meinen Hausarzt und kümmere mich um eine Krankenschwester . . ."

„Das ist zwar sehr großzügig von dir, aber hier ist es sicherer. Das war kein normaler Straßenraub. Die Diebe nahmen mir den Zimmerschlüssel ab und drangen in mein Hotelzimmer ein. Sie haben die Unterlagen für den Artikel, einschließlich der notariell beglaubigten Zeugenaussagen, gestohlen."

Hugh war entsetzt. Die Vorstellung, daß die Pilasters auch nur entfernt etwas mit gewalttätiger Kriminalität zu tun haben könnten, jagte ihm einen kalten Schauer über den Rücken. „Das klingt ja fast, als hättest du die Bank in Verdacht!"

„Nein, nicht die Bank", erwiderte Tonio. „Das Bankhaus Pilaster ist eine mächtige Organisation, aber ich glaube nicht, daß es in der Lage wäre, Mordanschläge in Córdoba zu organisieren."

„Mordanschläge? Wer ist denn ermordet worden?"

„Alle Personen, deren Namen und Anschriften sich bei den beglaubigten Zeugenaussagen befanden, die aus meinem Hotelzimmer gestohlen wurden. Ich wäre auch fast umgebracht worden."

„Aber wer steckt denn dahinter?"

„Micky Miranda."

Hugh schüttelte ungläubig den Kopf. „Ich kann Micky nicht leiden, das weißt du. Aber er ist kein Mörder."

„Doch, er ist ein Mörder", sagte Tonio. „Ich weiß es hundertprozentig. Nur habe ich mich nicht immer entsprechend verhalten. Tatsache ist, daß ich mich, was Miranda betrifft, wie ein Idiot angestellt habe. Eine Zeitlang gelang es ihm, mir weiszumachen, er sei mein Freund. In Wirklichkeit ist er durch und durch bösartig – und ich weiß das seit unserer Schulzeit."

„Wieso?"

Tonio stützte sich auf einen Ellbogen. „Ich weiß, was damals geschah, als Peter Middleton ertrank."

Hugh war wie elektrisiert. Seit vielen Jahren schon beschäftigte ihn diese Frage. „Nun erzähl schon, Mann", drängte er. „Ich brenne darauf zu erfahren, was sich damals abgespielt hat."

Tonio zögerte. „Könntest du mir etwas Wein einschenken?" fragte er. Auf dem Boden neben dem Bett stand eine Flasche Madeira. Hugh goß etwas Wein in ein Glas. Während Tonio in kleinen Schlucken trank, erinnerte sich Hugh an die Hitze jenes Tages, sah die zerklüfteten Felswände vor sich, die den Badesee umgaben, und glaubte das kalte Wasser zu spüren.

„Dem Untersuchungsrichter wurde erzählt, daß Peter im Wasser plötzlich in Schwierigkeiten geraten war. Daß Edward ihn mehrmals untertauchte, hat er nie erfahren –"

„Soviel weiß ich auch", unterbrach ihn Hugh. „Ich erhielt einen Brief von Albert Cammel aus der Kapkolonie. Er beobachtete die Szene von der anderen Seite des Teichs, bekam das Ende aber nicht mehr mit."

„Ja, das stimmt. Du bist entwischt, und Albert lief davon. Zurück blieben Peter, Edward, Micky und ich."

„Was geschah, als ich weg war?" bohrte Hugh ungeduldig weiter.

„Ich kletterte an Land und zielte mit einem Stein auf Edward. Es war ein guter Wurf: Ich traf ihn mitten auf die Stirn. Die Wunde fing sofort an zu bluten. Edward ließ von Peter ab und setzte mir nach. Um ihm zu entkommen, kletterte ich die Wand des Steinbruchs hinauf. Auf halber Höhe warf ich dann einen Blick zurück. Peter war an den Rand des Teichs geschwommen und versuchte, ans Ufer zu steigen. Aber Micky tauchte ihn immer wieder unter. Ich sah nur kurze Zeit zu. Dann kletterte ich weiter." Tonio nippte am Wein, ehe er fortfuhr. „Am oberen Rand des Steinbruchs drehte ich mich dann noch einmal um. Edward war noch immer hinter mir her, aber mein Vorsprung war groß genug." Er hielt inne, und auf seinem vernarbten Gesicht lag ein Ausdruck tiefsten Abscheus. „Micky war jetzt bei Peter im Wasser. Ich sah es genau, und noch heute ist meine Erinnerung so klar, als wäre das alles erst gestern geschehen. Micky tauchte Peter erneut unter. Peter schlug um sich und zappelte verzweifelt, konnte sich aber nicht befreien. Micky hat ihn ertränkt, daran besteht nicht der geringste Zweifel. Es war schlicht und ergreifend Mord."

„Aber warum hast du nie jemandem von deinen Beobachtungen erzählt?" fragte Hugh.

„Ich hatte Angst vor Micky und fürchtete, er könne mir das gleiche antun wie Peter. Noch heute habe ich Angst vor ihm. Und ich glaube, auch du hättest Anlaß, dich vor ihm zu fürchten."

„Das ist mir bereits klar, keine Sorge." Hugh überlegte. „Weißt du was, ich glaube nicht, daß Edward und seine Mutter die Wahrheit kennen. Sie hatten keinerlei Anlaß, Micky zu decken. Edward schon – er war mit Micky befreundet. Aber Augusta kannte ihn in jenen Tagen ja noch gar nicht."

„Was ist also deiner Meinung nach geschehen?"

Hugh runzelte die Stirn. „Stellen wir es uns mal so vor: Edward gibt die Suche nach dir auf und kehrt zum Badesee zurück. Micky zieht gerade Peters Leiche aus dem Wasser. Als Edward dazukommt, sagt er: ‚Du hast ihn umgebracht, du Idiot!' Edward hat ja nicht gesehen, wie Micky Peter untergetaucht hat. ‚Was soll ich tun?' fragt Edward. ‚Keine Sorge', beruhigt ihn Micky. ‚Wir sagen, es war ein Unfall. Ich werde sogar behaupten, daß du reingesprungen bist, um ihn zu retten.' Auf diese Weise vertuscht Micky sein eigenes Verbrechen und sorgt gleichzeitig dafür, daß Edward und Augusta ihm ewig dankbar sind. Das klingt doch plausibel, oder?"

Tonio nickte. „Mein Gott, ich glaube, du hast recht."

„Wir müssen zur Polizei gehen", beschloß Hugh.

„Du vergißt, daß Micky diplomatische Immunität genießt."

„Er könnte zumindest zur unerwünschten Person erklärt und nach Hause geschickt werden", sagte Hugh.

Tonio schüttelte den Kopf. „Ich bin der einzige Zeuge. Micky und Edward werden eine andere Geschichte erzählen. Außerdem ist allgemein bekannt, daß unsere Familien daheim in Córdoba unversöhnliche Feinde sind. Wir kämen in Beweisnot."

In diesem Augenblick durchzuckte Hugh ein Gedanke. Nachdenklich zog er die Brauen zusammen. „Ein Rätsel hast du heute für mich gelöst, Tonio. Es war mir immer unbegreiflich, wie Peter, der doch ein so guter Schwimmer war, ertrinken konnte. Aber deine Antwort birgt in sich ein zweites, noch größeres Geheimnis."

„Ich glaube, ich kann dir nicht folgen."

„Micky Miranda hat Peter Middleton umgebracht ... Aber warum?"

Kapitel fünf: Juli 1879

AN JENEM Tag, da Joseph Pilasters Erhebung in den Adelsstand offiziell bekanntgegeben wurde, frohlockte Augusta. Als Micky wie üblich zum Tee kam, drängten sich im Empfangszimmer Freunde und Bekannte, um der frischgebackenen Gräfin Whitehaven zu gratulieren.

Eine erstaunliche Frau, dachte Micky. Sie hat diesen Feldzug generalstabsmäßig geplant. Vorübergehend waren Gerüchte aufgekommen, nach denen Ben Greenbourne mit der Peerswürde ausgezeichnet werden sollte. Doch nach einem wütenden antijüdischen Aufschrei in der Presse hatte man davon nichts mehr gehört. Obwohl Augusta auch Micky gegenüber nicht zugab, daß sie diese Pressekampagne angezettelt hatte, war er sich dessen absolut sicher. In mancher Hinsicht erinnerte sie ihn an seinen Vater, der seine Ziele ebenfalls mit gnadenloser Entschlossenheit durchzusetzen pflegte.

Der einzige Mensch, der sich jemals erfolgreich gegen Augustas Intrigen zur Wehr gesetzt hatte, war Hugh Pilaster. Seltsam, wie schwer es war, ihn zu bezwingen. Er verhielt sich wie hartnäckiges Gartenunkraut. Glücklicherweise war es Hugh nicht gelungen, den Bau der Santamaria-Bahn zu verhindern.

„Übrigens", sagte Micky zu Edward, während sie beide ihren Tee tranken, „wann wirst du den Vertrag mit Greenbourne unterzeichnen?"

„Morgen."

„Sehr gut!" Ein Stein würde ihm vom Herzen fallen, wenn das Abkommen endlich unter Dach und Fach war. Die Angelegenheit zog sich inzwischen schon über sechs Monate hin.

Am Abend trafen sich Edward und Micky zum Dinner im Cowes Club. Alle paar Minuten wurde ihr Gespräch von Gratulanten unterbrochen. Schließlich würde Edward den Titel seines Vaters erben.

Nach dem Essen zogen sie sich in das Raucherzimmer zurück. Eine Zeitlang blieben sie dort ungestört.

Ihre Ehen steckten tief in der Krise. Rachel hatte Micky verlassen und war wieder zu ihren Eltern gezogen. Emily wohnte mittlerweile in einem Landhaus, das Edward ihr gekauft hatte. Sie waren also beide wieder Junggesellen.

Micky ließ seinen Blick durch das leere Zimmer schweifen und erkannte im Türrahmen die wuchtige Gestalt Solly Greenbournes. „Da kommt noch ein Gratulant“, sagte er zu Edward.

Solly steuerte schnurgerade auf sie zu. Er hatte sie noch nicht erreicht, als Micky erkannte, daß Sollys Miene das vertraute, freundliche Lächeln vermissen ließ. Er war außer sich vor Wut.

Micky spürte intuitiv, daß es irgend etwas mit dem Santamaria-Geschäft zu tun hatte, und befürchtete das Schlimmste. „Hallo, Solly, alter Knabe! Wie geht's denn so?“ begrüßte Micky ihn mit plumper Herzlichkeit.

Aber Solly wollte nichts von Micky wissen und fuhr statt dessen Edward an. „Du widerlicher Kerl, Pilaster . . .“

Edward war verwirrt. „Wovon redest du, zum Teufel?“

Solly lief blutrot an und konnte vor Erregung kaum sprechen. „Ich weiß jetzt, daß ihr, du und diese Hexe, die du deine Mutter nennst, hinter den dreckigen Artikeln im *Forum* steckt.“

O nein! stöhnte Micky innerlich. Eine Katastrophe! Daß Augusta ihre Finger im Spiel gehabt hatte, glaubte auch er. Wie aber, um alles in der Welt, war Solly dahintergekommen?

Edward bewegte dieselbe Frage. „Wer hat dir denn den Mist eingetrichtert?“

„Eine Busenfreundin deiner Mutter ist Hofdame der Königin“, erwiderte Solly. Micky mußte sofort an Harriet Morte denken. „Sie hat es dem Prince of Wales erzählt. Ich komme gerade von ihm.“

Er muß vor Wut den Verstand verloren haben, dachte Micky, wenn er so indiskret über eine private Unterhaltung mit einem Mitglied der königlichen Familie redet. Micky sah keine Chance, die Streithähne wieder zu versöhnen, jedenfalls nicht in der kurzen Zeit bis zur vereinbarten Vertragsunterzeichnung. Verzweifelt versuchte er, dem Gespräch die Spitze zu nehmen. „Solly, alter Junge, du weißt doch gar nicht, ob die Geschichte überhaupt stimmt . . .“

Solly drehte sich zu ihm um. „So, das weiß ich nicht? Wo heute in jeder Zeitung steht, daß Joseph Pilaster die Peerswürde erhält, die eigentlich für Ben Greenbourne vorgesehen war?"

Langsam begann Micky zu begreifen, was den Panzer von Sollys Liebenswürdigkeit durchbrochen hatte. Solly tobte nicht um seiner selbst willen, sondern weil seinem Vater übel mitgespielt worden war. Mit einem Bündel Felle, einer Fünfpfundnote und einem Loch im Stiefel war Sollys Urgroßvater einst nach London gekommen. Ein Sitz im Oberhaus wäre für Ben Greenbourne die endgültige Bestätigung für die Akzeptanz seiner Familie in der Londoner Gesellschaft gewesen. Nicht nur für ihn und seine Familie, sondern für die gesamte jüdische Gemeinde in England wäre es ein triumphaler Erfolg gewesen.

„Ich kann auch nichts dafür, du bist nun mal ein Jude", sagte Edward.

Micky fuhr dazwischen. „Ihr beide solltet euch nicht durch eure Eltern auseinanderbringen lassen, schließlich seid ihr bei einem umfangreichen Projekt Geschäftspartner –"

„Spiel doch nicht den Idioten, Miranda!" unterbrach ihn Solly. „Die Santamaria-Bahn könnt ihr euch ein für allemal aus dem Kopf schlagen. Wenn unsere Teilhaber erfahren, was da gelaufen ist, lassen sie sich nie wieder auf ein Geschäft mit den Pilasters ein." Solly ging ohne ein weiteres Wort.

Micky kam die Galle hoch, als er ihm nachsah. Mit einem einzigen Satz hatte Solly alle Hoffnungen und Erwartungen Mickys zerstört. Bestand noch irgendeine Möglichkeit, Solly an der Aufkündigung des Vertrags zu hindern? Sobald die anderen Greenbournes erfuhren, was Solly ihnen mitzuteilen hatte, war das Vorhaben endgültig geplatzt. Micky mußte es zumindest versuchen. Er stand abrupt auf.

„Wohin willst du?" fragte Edward.

Micky beschloß, Edward nicht in seinen Plan einzuweihen. „Ins Kartenzimmer", sagte er. „Hast du nicht auch Lust auf ein Spielchen?"

„Doch, natürlich." Edward wuchtete sich aus dem Sessel.

Vor der Treppe wandte sich Micky zur Toilette. „Geh schon rauf, ich komme gleich nach!"

Edward stieg die Stufen hinauf, während Micky die Garderobe betrat, Hut und Stock packte und durch den Haupteingang hinaus auf die Straße rannte.

Er spähte in beide Richtungen die Pall Mall entlang. Die Dämmerung hatte eingesetzt, und die Gaslaternen wurden angezündet. Solly schien wie vom Erdboden verschluckt zu sein – doch dann entdeckte

Micky ihn: In entschlossenem Watschelschritt bewegte sich seine massige Gestalt in Smoking und Zylinder in Richtung St. James's Palace. Knapp hundert Meter mochten zwischen ihnen liegen.

Micky folgte ihm. Er wollte Solly erklären, wie wichtig die Bahn für Córdoba war, und ihm klarmachen, daß er, Solly, im Begriff stand, Millionen verarmter Bauern für eine Tat zu bestrafen, die Augusta Pilaster begangen hatte. Solly hatte ein weiches Herz, vielleicht war es doch noch möglich, ihn umzustimmen.

Solly bog in eine Querstraße ein, die zu seinem Haus an der Piccadilly Street führte. Micky begann zu rennen. „Greenbourne!" rief er. „Warte!"

Solly blieb stehen und drehte sich um. Er keuchte. Als er Micky erkannte, wandte er sich sofort ab.

Micky faßte ihn am Arm. „Ich muß mit dir reden!"

Solly war so außer Atem, daß er kaum sprechen konnte. „Nimm deine Pfoten weg!" schnaufte er, riß sich los und ging weiter.

Ein paar Schritte weiter erreichte er eine Querstraße. Da eine Kutsche vorbeirumpelte, sah er sich gezwungen, am Bordstein stehenzubleiben. Micky nutzte die Gelegenheit, ihn noch einmal anzusprechen. „Solly, so beruhige dich doch!" sagte er. „Ich will mich nur ganz vernünftig mit dir unterhalten!"

„Scher dich zum Teufel!" brüllte Solly.

Die Straße war frei. Um Solly am Weitergehen zu hindern, packte Micky ihn am Revers.

Solly versuchte, sich frei zu machen, aber Micky gab nicht nach. „Jetzt hör mich endlich an!"

„Laß mich los!" Solly bekam eine Hand frei und versetzte Micky einen Fausthieb auf die Nase.

Der Schlag tat weh, und Micky schmeckte Blut im Mund. Er geriet außer sich vor Wut. „Verdammter Mistkerl!" rief er, ließ Sollys Mantel los und schlug zurück. Er traf Solly an der Wange.

Solly drehte sich um und trat auf die Straße. In diesem Augenblick sahen sie beide eine Kutsche in schneller Fahrt auf sich zukommen. Solly sprang zurück auf den Bürgersteig, um nicht überrollt zu werden.

Da sah Micky seine Chance. Wenn Solly tot ist, bin ich meine Sorgen los, dachte er.

Um die Risiken abzuwägen, reichte die Zeit nicht mehr. Mit einem kräftigen Stoß schubste er Solly direkt vor das Gespann.

Der Kutscher schrie entsetzt auf und riß an den Zügeln. Solly stolperte, sah die Pferde fast über sich und stürzte mit einem lauten Schrei zu Boden. Es schien Micky, als spiele sich das schreckliche Geschehen unendlich langsam vor seinen Augen ab. Er sah die heranstürmenden Pferde, die schweren Räder der Kutsche, den von Grauen gepackten Kutscher und die massige, hilflos auf dem Rücken liegende Gestalt auf dem Straßenpflaster. Dann überrannten ihn die Pferde. Micky wandte sich ab. Ihm war schwindelig, und er mußte sich an eine Hauswand lehnen. Er zwang sich, den Körper anzusehen, der reglos auf der Straße lag. Sollys Schädel war zertrümmert, sein Gesicht nicht mehr zu erkennen. Er war tot.

Und Micky war gerettet. Nun würde Ben Greenbourne nie erfahren, was Augusta ihm angetan hatte. Das Geschäft war gerettet, die Bahn würde gebaut werden – und Micky sah sich bereits als Nationalheld von Córdoba.

Eine warme Flüssigkeit tröpfelte auf seine Lippe. Seine Nase blutete. Micky zog ein Taschentuch heraus und tupfte sie ab. Er sah sich um. Die Straße war menschenleer. Nur der Kutscher hatte gesehen, was passiert war.

Etwa dreißig Meter weiter kam die Kutsche schlingernd zum Stehen. Der Kutscher sprang vom Bock. Micky drehte sich um und entfernte sich mit schnellen Schritten. „He, Sie da!" rief der Kutscher hinter ihm her.

Micky beschleunigte seine Schritte, bog um die Straßenecke und war einen Augenblick später im Menschengewühl auf der Pall Mall verschwunden. Mein Gott, ich hab's geschafft, dachte er. Er rannte die Treppe zum Club hinauf. Wenn ich Glück habe, hat niemand meine Abwesenheit bemerkt, hoffte er, als er im Eingang fast mit Hugh Pilaster zusammenstieß, der gerade auf dem Weg hinaus war.

Hugh nickte ihm zu: „'n Abend, Miranda."

„'n Abend, Pilaster", erwiderte Micky im Vorbeigehen und unterdrückte einen Fluch. Er betrat die Toilette. Seine Nase war von Sollys Fausthieb noch gerötet. Ansonsten wirkte er nur ein wenig zerzaust. Eilig glättete er seine Kleidung und stieg schnell die Treppe zum Spielzimmer nach oben.

ZWEI Tage nach Sollys Tod stattete Hugh Maisie einen Besuch ab. In makelloses Schwarz gekleidet, saß sie in dem Empfangszimmer des palastartigen Hauses in der Piccadilly Street. Ihr Gesicht war von Trauer gezeichnet, und sie sah aus, als ob sie in der Nacht kein Auge zugetan hätte. Hugh überkam unendliches Mitleid.

„Warum geschehen solche Dinge nur?" jammerte Maisie.

Hugh zögerte. Er konnte sich der Frage nicht erwehren, ob Micky vielleicht in den Tod von Solly Greenbourne verwickelt war. Die Polizei suchte nach einem gutgekleideten Herrn, der sich kurz vor dem Unfall mit Solly gestritten hatte – und Hugh hatte gesehen, wie Micky kurz nach dem Zeitpunkt des Geschehens den Cowes Club betreten hatte. Aber Micky Miranda hatte kein Motiv, im Gegenteil. Solly stand kurz vor der Unterzeichnung des Vertrags über den Bau der Santamaria-Bahn, an dem Micky so viel gelegen war. Warum sollte er seinen Wohltäter umbringen? Hugh entschied sich, Maisie nicht von seinem wohl unbegründeten Verdacht zu erzählen. „Es war, wie es scheint, ein tragischer Unfall“, meinte er.

„Der Kutscher behauptet, Solly wurde auf die Straße gestoßen. Warum läuft der Zeuge davon, wenn er nichts getan hat?“

„Er hat wahrscheinlich versucht, Solly zu berauben – das vermuten jedenfalls die Zeitungen.“ Für die Presse war der Fall eine Sensation: der furchtbare Tod des prominenten Bankiers, eines der reichsten Männer der Welt.

„Wenn du nur noch ein bißchen gewartet hättest, könntest du anstelle von Nora jetzt mich heiraten“, sagte Maisie.

Ihre Offenheit bestürzte ihn. Weil er nicht wußte, wie er auf die Bemerkung reagieren sollte, versuchte er es mit einem albernen Scherz: „Ein Pilaster heiratet eine Greenbourne – das wäre wohl eher eine Fusion als eine Hochzeit.“

Maisie schüttelte den Kopf. „Ich bin keine Greenbourne. Sollys Familie hat mich nie richtig akzeptiert.“

„Aber du mußt doch einen ordentlichen Anteil an der Bank geerbt haben.“

„Ich habe gar nichts geerbt, Hugh.“

„Das ist doch unmöglich!“

„Nein, es stimmt. Solly verfügte keineswegs über ein eigenes Vermögen. Sein Vater gewährte ihm zwar monatlich eine gewaltige Summe, überschrieb ihm aber meinetwegen nie Bankkapital. Selbst das Haus hier ist nur gemietet. Mir gehören meine Kleider und mein Schmuck. Aber weder ich noch der kleine Bertie sind Erben der Bank.“

Hugh war überrascht. „Nicht einmal für deinen Sohn will der Alte Herr sorgen?“

„Nein, Bertie bekommt keinen Penny. Ich habe heute morgen mit meinem Schwiegervater gesprochen.“

Hugh empfand die schäbige Behandlung als persönlichen Affront – schließlich war er mit Maisie befreundet. „Das ist ein Skandal!“

„So schlimm ist es gar nicht. Ich habe Solly fünf glückliche Jahre geschenkt und durfte dafür fünf Jahre lang in den höchsten gesellschaftlichen Kreisen verkehren. Es fällt mir nicht schwer, wieder ins normale Leben zurückzukehren. Ich werde meinen Schmuck verkaufen und das Geld anlegen. Von den Zinsen kann ich ein bescheidenes Leben führen."

Es war kaum zu fassen. „Wirst du wieder zu deinen Eltern ziehen?"

„Nach Manchester? Nein. Ich bleibe in London. Rachel Miranda eröffnet in Kürze eine Klinik für ledige Mütter – ich kann mir gut vorstellen, ihr dabei zu helfen."

Hugh war besorgt wegen Ben Greenbournes Verhalten gegenüber seiner Schwiegertochter. Ich werde mal ein Wörtchen mit Greenbourne reden, nahm er sich vor. Aber Maisie sollte fürs erste nichts davon erfahren. Er wollte keine falschen Hoffnungen wecken.

„Du hörst dich aber sehr weise an", warf er ein.

Maisie zuckte mit den Schultern. „Ich bedauere nichts – außer, daß du Nora geheiratet hast."

„Ich mag sie gern", sagte Hugh, doch es klang nicht sehr überzeugend.

„Du warst wütend, weil ich mich nicht auf einen Seitensprung mit dir eingelassen habe!" versetzte Maisie mit rücksichtsloser Offenheit. „Du hast Nora geheiratet, weil sie dich an mich erinnerte. Aber sie hat dich nie geliebt und dich nur deines Geldes wegen genommen."

Das stimmte. Nora war nur glücklich, wenn sie Geschenke von ihm bekam. Doch Maisies Spott veranlaßte Hugh, Nora in Schutz zu nehmen. „So schlecht, wie du sie machst, ist sie nicht."

„Trotzdem bist du nicht glücklich."

Verwirrt zog Hugh sich auf alte moralische Standpunkte zurück. „Wie dem auch sei", wehrte er ab, „ich habe sie geheiratet und werde ihr daher auch treu bleiben. Das ist nun einmal der Sinn des Ehegelübdes."

Maisie lächelte, aber in ihren Augen standen Tränen. „Genau diese Antwort habe ich erwartet." Sie stand auf. „Danke für deinen Besuch, lieber Hugh."

Er wollte ihr die Hand schütteln, beugte sich aber unwillkürlich vor und küßte sie auf die Wange. Und irgendwie fanden seine Lippen dann die ihren. Es war ein langer, zärtlicher Kuß, der um ein Haar alle guten Vorsätze Hughs hinweggeblasen hätte. Doch schließlich riß er sich von ihr los und verließ ohne ein weiteres Wort den Raum.

BEN GREENBOURNES Domizil, ebenfalls eine palastartige Villa, lag nur ein paar Schritte entfernt an der Piccadilly Street. Hugh begab sich nach seinem Besuch bei Maisie ohne Umschweife dorthin. Der Butler führte ihn in die Bibliothek.

Ben Greenbourne wirkte alt und erschöpft. Dennoch deutete nichts darauf hin, daß er geweint hatte. Förmlich wie eh und je reichte er Hugh die Hand und bedeutete ihm, auf einem Stuhl Platz zu nehmen.

Greenbourne hielt einen alten Brief in der Hand. „Hören Sie sich das an!" forderte er Hugh auf und begann vorzulesen:

> Lieber Papa,
> wir haben einen neuen Lateinlehrer, und ich komme jetzt immer besser mit. Waterford hat eine Ratte gefangen und möchte ihr jetzt beibringen, daß sie ihm aus der Hand frißt. Hier gibt es so wenig zu essen. Kannst Du mir einen Kuchen schicken?
>
> Dein Dich liebender Sohn Solomon

Ben Greenbourne faltete den Brief zusammen. „Er war vierzehn, als er das schrieb."

Hugh erkannte, daß Greenbournes Selbstbeherrschung nicht mehr so unerschütterlich war. „Ich muß einer von Sollys ältesten Freunden gewesen sein", sagte Hugh. „Aber ich komme nicht nur zu Ihnen, weil ich Sollys Freund war, sondern auch Maisies wegen."

Greenbourne schien zu erstarren, doch Hugh fuhr unbeirrt fort: „Ich traf sie, kurz nachdem sie Solly kennengelernt hatte, und verliebte mich ebenfalls in sie. Aber Solly eroberte sie."

„Er war reicher."

„Mr. Greenbourne, ich hoffe, Sie nehmen es mir nicht übel, wenn ich ganz offen spreche. Maisie war mittellos und suchte einen reichen Ehemann. Aber sie hielt sich nach der Hochzeit an ihre Verpflichtungen. Sie war eine gute Ehefrau."

„Fünf Jahre lang hat sie das Leben einer Lady führen dürfen."

„Eigenartig, das sagte sie vorhin auch. Aber was soll denn aus Bertie werden? Sie wollen doch Ihren Enkel nicht in Not und Elend stürzen?"

„Enkel?" fragte Greenbourne. „Hubert ist mit mir nicht verwandt."

Hugh spürte, daß er im nächsten Moment etwas von großer Tragweite erfahren würde. „Ich verstehe nicht", sagte er. „Was wollen Sie denn damit sagen?"

„Diese Frau war bereits schwanger, als sie Solly heiratete."

Hugh rang nach Luft.

„Solly wußte es, und er wußte auch, daß das Kind nicht von ihm stammte. Trotzdem nahm er sie zur Frau – gegen meinen ausdrücklichen Wunsch, wie ich kaum hinzuzufügen brauche."

Hugh war, als hätte sein Herz aufgehört zu schlagen. „Wer ist denn der Vater?"

„Das hat sie nie gesagt", erwiderte Greenbourne. „Selbst Solly hat es nie erfahren."

Aber Hugh kannte die Antwort. Das Kind war sein eigenes. Maisie war nie ein leichtes Mädchen gewesen, auch wenn sie manchmal diesen Eindruck erweckt hatte. Sie war noch Jungfrau gewesen, als Hugh sie verführt hatte. Er hatte sie in jener ersten Nacht geschwängert.

„Es ist natürlich empörend", schloß Greenbourne, dem Hughs Fassungslosigkeit nicht entgangen war, wenn er deren Ursache auch falsch deutete.

Ich habe ein Kind, dachte Hugh. Einen Sohn. Hubert. Genannt Bertie. Die Erkenntnis berührte ihn in seinem tiefsten Innern. Hugh erhob sich. „Ich muß jetzt gehen, Mr. Greenbourne. Ich darf Ihnen mein tiefempfundenes Beileid aussprechen. Solly war der beste Mensch, den ich kannte."

Hugh trat hinaus auf die sonnige Piccadilly Street. Schlagartig sah alles anders aus. Nora war seine Ehefrau vor dem Gesetz, aber Maisie die Mutter seines Sohnes. Das Kind brauchte einen Vater. Die Frage, was er mit dem Rest seines Lebens anfangen sollte, war auf einmal wieder völlig offen.

Aufgeregt versuchte er, die Konsequenzen zu überdenken. Er war sich sicher, daß Nora – immer vorausgesetzt, man böte ihr genug Geld – in eine Scheidung einwilligen würde. Die Pilasters würden ihn zum Ausstieg aus der Bank drängen, denn ein Teilhaber, dem das gesellschaftliche Stigma einer Scheidung anhaftete, war für sie untragbar. Aber was bedeutete das schon angesichts der Freude, endlich mit der geliebten Frau zusammenleben zu können?

Plötzlich fand er sich vor seinem eigenen Haus wieder. Nora hielt sich vermutlich gerade in ihrem überladenen Schlafzimmer auf und kleidete sich für das Mittagessen an. Was konnte ihn noch daran hindern, zu ihr zu gehen und ihr zu sagen, daß er sich entschlossen hatte, sie zu verlassen? Dies und nichts anderes wollte er. Er betrat das Haus und stürmte die Treppe hinauf.

Nora stand vor dem Spiegel und legte gerade eine Kette mit einem Anhänger aus Rubinen und Saphiren an, den er ihr geschenkt hatte. Ehe er das Wort ergriff, kam Nora ihm zuvor. „Ich habe eine Neuigkeit für dich. Das Unvermeidliche ist eingetreten", verkündete sie.

Hugh ahnte Schreckliches. Es war zu spät. Er konnte Nora nicht mehr verlassen. Widerwillen und ein schmerzliches Verlustgefühl bemächtigten sich seiner. Er hatte Maisie verloren. Und seinen Sohn.

Er sah ihr in die Augen und erkannte Häme in ihrem Blick – ganz, als hätte sie gewußt, was er im Schilde führte. Vielleicht weiß sie es wirklich, dachte er. Dann sprach sie es aus. „Ich bekomme ein Kind."

Teil III

Kapitel eins: September 1890

JOSEPH PILASTER starb im September 1890, nachdem er die Bank siebzehn Jahre lang als Seniorpartner geführt hatte. England war in jener Zeit stetig reicher geworden – und mit dem Land hatten auch die Pilasters ihren Reichtum gemehrt. Josephs Nachlaß belief sich auf mehr als zwei Millionen Pfund, darunter eine Sammlung von fünfundsechzig juwelenbesetzten Schnupftabaksdosen – eine für jedes Lebensjahr des Verblichenen –, die allein schon hunderttausend Pfund wert war. Die Pilasters waren inzwischen fast so wohlhabend wie die Greenbournes. Die Partner teilten sich zusätzlich zu den fünf Prozent Zinsen auf ihr Kapital auch die Profite. Nach einem Jahrzehnt erfolgreicher Gewinnaufteilung hatte Hugh die Hälfte der Strecke auf seinem Weg zum Millionär hinter sich.

Am Morgen vor der Beerdigung stand Hugh vor dem Rasierspiegel und forschte in seinem Gesicht nach ersten Anzeichen des Alters. Er war jetzt siebenunddreißig Jahre alt. Sein Haar begann zu ergrauen. Er fragte sich, ob er sich einen gezwirbelten Schnauzbart zulegen sollte, um jünger auszusehen; diese Barttracht war gerade modern.

Nora und Hugh hatten drei Söhne: Tobias, der den Namen von Hughs Vater trug; Samuel, den Hugh nach seinem ältesten Onkel genannt hatte; und Solomon, in Erinnerung an Solly Greenbourne. Nora gebar Kinder ohne Schwierigkeiten, verlor aber nach der Geburt jegliches Interesse an ihnen. Um die fehlende mütterliche Wärme ein wenig auszugleichen, widmete Hugh seinen Söhnen viel Aufmerksamkeit.

Als die Kinder kamen, waren Hugh und Nora in ein größeres Haus umgezogen.

Bertie, von dem niemand wußte, daß er Hughs Sohn war, war mittlerweile sechzehn Jahre alt. Seine Leistungen in Windfield waren hervorragend, und außerdem war er der Star der Kricket-Mannschaft.

Hugh zahlte die Schulgebühren und nahm regelmäßig an den Jahresabschlußfeiern teil. Manch einer argwöhnte zwar, daß Hugh Berties leiblicher Vater sein könnte, aber die meisten Leute sahen in Hughs Engagement für Bertie eine großherzige Geste im Andenken an seinen Freund Solly.

Als Hugh das Frühstückszimmer betrat, wartete schon seine Mutter auf ihn. Sie war am Vortag mit seiner Schwester Dotty aus Folkestone zur Trauerfeier angereist, die um elf Uhr stattfinden sollte.

Hugh gab seiner Mutter einen Kuß und setzte sich zu Tisch. Ohne Umschweife kam seine Mutter zur Sache. „Glaubst du, er liebt sie wirklich, Hugh?"

Dotty, inzwischen dreiundzwanzig, war mit Lord Ipswich verlobt, dem ältesten Sohn des Herzogs von Norwich. Nick Ipswich war der Erbe eines bankrotten Herzogtums, und Mutter fürchtete, er wäre an Dotty nur ihres Geldes wegen interessiert – oder, präziser gesagt, er habe es auf das Vermögen des reichen Bruders abgesehen.

Hugh betrachtete seine Mutter mit liebevoller Zuneigung. Vierundzwanzig Jahre nach dem Tode seines Vaters trug sie noch immer Schwarz. Ihr Haar war inzwischen weiß, was ihrer Schönheit jedoch keinerlei Abbruch tat. „Er liebt sie, Mama", beruhigte er sie.

Nick war bei Hugh vorstellig geworden und hatte förmlich um Dottys Hand angehalten. „Ich habe Miß Pilaster mitgeteilt, daß ich ein armer Mann bin", hatte er zu Hugh gesagt. „Sie erwiderte darauf, daß sie aus eigener Erfahrung sowohl den Wohlstand als auch die Armut kenne und auf dem Standpunkt stehe, das Glück im Leben hänge nicht vom Geld ab, sondern von den Menschen, mit denen man zusammenlebt." Es klang sehr idealistisch. Hugh war selbstverständlich bereit, seiner Schwester eine großzügige Mitgift zukommen zu lassen. Es freute ihn jedoch ganz besonders, daß Nicks Liebe zu ihr echt und nicht von materiellen Erwägungen bestimmt war.

Dotty kam ein paar Minuten später die Treppe hinunter. Aus dem schüchternen, kichernden Mädchen war eine temperamentvolle, willensstarke dunkelhaarige Frau geworden – eine höchst eindrucksvolle Erscheinung, die auf viele junge Männer vermutlich einschüchternd wirkte. Nick Ipswich indessen zeichnete sich durch innere Kraft und Ruhe aus, die der ständigen Bestätigung durch eine willfährige Ehefrau nicht bedurfte.

Sie saßen noch am Frühstückstisch, als Nick gegen zehn Uhr seine Aufwartung machte. Er setzte sich neben Dotty und schenkte sich eine Tasse Kaffee ein. Er sah gut aus, hatte regelmäßige Züge, blondes

Haar und blaue Augen, und Dotty konnte nicht verbergen, wie vernarrt sie in ihn war.

Hugh kam sofort zur Sache, das Treffen ging schließlich auf seinen Wunsch zurück. Er wandte sich an seine Schwester. „Wir beide – dein Bräutigam und ich – haben uns kürzlich sehr eingehend über finanzielle Dinge unterhalten, Dotty. Nach unserer Kalkulation könnten die Finanzen des Herzogtums mit hunderttausend Pfund ein für allemal saniert werden. Diese hunderttausend Pfund, Dotty, bekommst du von mir als Mitgift."

Dotty fiel ihrem Bräutigam um den Hals und küßte ihn. Dann lief sie um den Tisch herum und tat das gleiche mit Hugh, dem der schwesterliche Gefühlsausbruch ein wenig peinlich war. Gleichzeitig freute er sich jedoch darüber, daß er die beiden so glücklich machen konnte.

Nun kam auch Nora die Treppe herunter. Sie trug aus Anlaß der Trauerfeier ein schwarzviolettes Seidenkleid. Das Frühstück hatte sie wie immer allein in ihrem Zimmer eingenommen. Mit den Jahren hatte sie stark zugenommen. Ihr hübsches Gesicht war rund und zeigte kaum Falten. „Wo sind denn diese Bengel schon wieder?" fragte sie gereizt und sah auf die Uhr. „Ich habe der elenden Gouvernante doch ausdrücklich aufgetragen, sie pünktlich fertigzumachen . . ."

Sie verstummte, weil in diesem Augenblick die Gouvernante mit den Kindern erschien – dem zehnjährigen Toby, dem sechsjährigen Sam und dem vierjährigen Sol, alle in schwarzem Frack, mit schwarzer Krawatte und einem kleinen Zylinder. Hugh empfand heimlichen Stolz. „Hallo, meine kleinen Soldaten", begrüßte er sie.

Sam, der mittlere, brannte darauf, eine Nachricht loszuwerden. „Mama, ich habe ein Haustier!" verkündete er aufgeregt. Er zog eine Streichholzschachtel aus der Tasche, öffnete sie und streckte sie seiner Mutter entgegen. „Billy, die Spinne!" sagte er stolz.

Nora kreischte, schlug Sam die Schachtel aus der Hand und sprang entsetzt zurück. „Du furchtbares Kind, du!" schrie sie.

Sam krabbelte auf der Suche nach der Schachtel auf dem Boden herum. „Billy ist fort!" rief er und brach in Tränen aus, während Nora wutentbrannt die Gouvernante anfuhr: „Wie können Sie es zulassen, daß er solches Ungeziefer mit sich herumschleppt?"

„Es ist ja niemandem etwas passiert", mischte sich Hugh beschwichtigend ein und umarmte Nora. „Du bist erschrocken, das ist alles." Er führte sie in den Flur. „Kommt jetzt, es ist Zeit. Wir müssen gehen!"

Auf dem Weg hinaus legte er Sam die Hand auf die Schulter. „Ich hoffe, Sam, du weißt nun, daß man eine Lady nicht erschrecken darf."

Die Methodistenkirche in Kensington war bis auf den letzten Stehplatz gefüllt. Alle bedeutenden Finanzinstitute der City hatten ihre Vertreter geschickt. Die Familie wurde zu den für sie reservierten Sitzen in der ersten Reihe geleitet, wo sich Hugh neben seinem Onkel Samuel niederließ. Obwohl Samuel über siebzig war, erfreute er sich ungebrochener geistiger Regsamkeit.

Samuel war nach Josephs Tod zweifellos der erste Anwärter auf den Posten des Seniorpartners, denn unter den Teilhabern war er der älteste und erfahrenste. Allerdings war von Augustas Seite mit verbissenem Widerstand zu rechnen. Wahrscheinlich würde sie sich für Josephs inzwischen zweiundvierzigjährigen Bruder William einsetzen.

Von den übrigen Teilhabern kamen zwei von vornherein nicht in Frage, weil sie nicht den Namen Pilaster trugen: Major Hartshorn und Sir Harry Tonks, der Ehemann von Josephs Tochter Clementine. Damit standen nur Hugh und Edward zur Wahl.

Hugh wäre sehr gern Seniorpartner geworden, ja, er begehrte diese Stellung von ganzem Herzen. Doch Augusta würde seine Bewerbung noch heftiger bekämpfen als eine eventuelle Beförderung Samuels. Andererseits konnte er seinen Anspruch auf die Führungsposition nicht zurückstellen, bis Augusta tot war. Sie war erst achtundfünfzig und konnte also gut und gerne noch jahrzehntelang intrigieren. Ihre Energie war allem Anschein nach ebenso unerschöpflich wie ihre Bosheit. Edward hatte zwischen Augusta und seiner Frau Emily Platz genommen, was selten genug geschah, denn die beiden lebten weitgehend getrennt. Rotgesichtig und im Laufe der Jahre sehr füllig geworden, litt Edward seit einiger Zeit an einem häßlichen Hautausschlag. Da es ihm an Intelligenz und Fleiß mangelte, verließ er sich voll und ganz auf Simon Oliver, seinen Sekretär, der ihn vor schlimmen Fehlentscheidungen bewahrte. Edward war als Seniorpartner unvorstellbar.

Neben Emily saß, adrett gekleidet im grauen Mantel mit schwarzem Nerzkragen, Micky Miranda. Edward und Micky waren nach wie vor unzertrennlich, und Micky war an vielen Südamerikageschäften, die die Bank in den vergangenen zehn Jahren finanziert hatte, beteiligt.

Die Trauerfeier zog sich schier endlos in die Länge, und die Prozession zum Friedhof, im Septemberregen, dauerte über eine Stunde.

Hugh beobachtete Augusta, als der Sarg mit den sterblichen Überresten ihres Mannes in die Grube hinuntergelassen wurde. Sie stand unter einem großen Regenschirm, den Edward über sie hielt. Ihr stolzes Gesicht sah aus wie gemeißelt – von Trauer keine Spur.

Nach dem Begräbnis fand in Whitehaven House ein Mittagessen statt, zu dem alle Familienmitglieder der Pilasters, die Teilhaber der Bank samt Frauen und Kindern, geladen waren.

Hugh betrat die Villa, die jetzt Edward gehörte, zum erstenmal seit mehr als einem Jahr. Das Interieur war wieder einmal vollkommen ausgewechselt worden. Maurische Bögen zierten die Türöffnungen, und im Salon, in dem das Essen stattfand, gab es einen arabischen Wandschirm und ein Koranpult zu bewundern.

Augusta ließ Edward auf dem Stuhl seines Vaters an der Stirnseite des Tisches Platz nehmen, eine Geste, die Hugh ziemlich taktlos fand. Dabei mußte jeder auf den ersten Blick erkennen, daß Edward die Schuhe seines Vaters ein paar Nummern zu groß waren.

Augusta indessen tat nichts ohne Berechnung, und so war es auch diesmal. Überfallartig, wie es für sie typisch war, ergriff sie gegen Ende des Trauerbanketts das Wort. „Wir brauchen nun so schnell wie möglich einen neuen Seniorpartner. Es kann kein Zweifel daran bestehen, daß die Wahl auf Edward fallen wird."

Hugh war entsetzt. Dies war nicht der richtige Zeitpunkt, diese Frage zu besprechen. „Ich hielte es für das beste, wenn die Teilhaber das morgen diskutierten", entgegnete er.

„Ich wäre dir sehr dankbar, mein lieber Hugh, wenn du mir nicht vorschreiben würdest, über welche Dinge ich in meinem Hause reden darf", herrschte Augusta ihn an.

„Wenn du darauf bestehst . . ." Hugh bedachte seine Antwort genau. „Du, werte Tante, durchschaust die dieser Entscheidung innewohnende Problematik nicht, was damit zusammenhängen mag, daß du nie in der Bank gearbeitet hast. Der älteste Teilhaber ist jetzt Onkel Samuel. Wir sind uns gewiß alle darüber einig, daß er eine gute Wahl wäre. Allerdings hat Onkel Samuel die Ehre bereits einmal abgelehnt. Sollte er diesmal zu demselben Entschluß kommen, wäre der junge

William als nächstältester Pilaster an der Reihe. Auch er erfreut sich in der Finanzwelt eines ausgezeichneten Rufs."

„Nicht die Finanzwelt trifft die Entscheidung, sondern die Familie Pilaster!" fuhr Augusta ungeduldig dazwischen. „Wir können wählen, wen wir wollen!"

„Wir können nicht einfach tun und lassen, was uns gefällt. Uns sind viele Millionen Pfund anvertraut. Wir haben Verpflichtungen gegenüber unseren Kunden."

Augusta war empört. „Edward ist genauso fähig wie alle anderen!"

Hugh ließ seinen Blick über die Tischrunde schweifen. „Ist irgend jemand hier im Raum, der besten Gewissens sagen kann, daß Edward der fähigste Bankier unter uns ist?"

Die anderen Teilhaber schwiegen. Plötzlich erkannte Hugh, daß Augusta sich mit ihnen abgesprochen haben mußte. Sollte es ihr tatsächlich gelungen sein, Edwards Ernennung zum Seniorpartner durchzusetzen? Hugh konnte es einfach nicht glauben.

„Was hat sie euch erzählt?" fragte er unvermittelt. „William? George? Harry? Los, raus mit der Sprache!"

Sie saßen da wie verschüchterte Schuljungen. Endlich antwortete William: „Augusta und Edward haben uns zu verstehen gegeben, daß sie, falls Edward nicht Seniorpartner wird, ihr Kapital aus dem Unternehmen zurückziehen werden."

„Was?" Hugh war erschüttert. Gemeinsam kontrollierten Edward und Augusta ungefähr vierzig Prozent des Bankkapitals. Wenn die beiden ihr Geld der Bank entzögen, wäre die Bank erledigt.

Es war schlimm genug, daß Augusta diese Drohung überhaupt aussprach. Doch daß die Teilhaber bereit waren, sich ihren Forderungen zu beugen, war eine Katastrophe. „Ihr tretet ja eure ganze Autorität an sie ab!" rief Hugh. „Wenn ihr jetzt nachgebt, wird sie immer wieder Forderungen stellen."

„Untersteh dich, in diesem Ton über meine Mutter zu reden!" brauste Edward auf. „Achte auf deine Manieren!"

„Ich pfeif auf die Manieren!" rief Hugh. „Ihr seid drauf und dran, die Bank zu ruinieren!" Entschlossen schob er seinen Stuhl zurück und erhob sich. Seine Serviette warf er wie einen Fehdehandschuh auf den Tisch. „Wie dem auch sei, hier steht der einzige Mensch, der sich nicht auf diesen erpresserischen Handel einläßt. Ich trete von allen meinen Funktionen zurück." Als er seinen Platz verließ, bemerkte er Augustas Miene. Ein siegessicheres Lächeln huschte über ihr Gesicht.

AM ABEND erhielt Hugh Besuch von Onkel Samuel. Er wirkte müde und traurig. Hugh bot ihm etwas zu trinken an, und Samuel bat um ein Glas Portwein. Hugh rief den Butler und orderte eine Flasche.

„Ich werde ebenfalls zurücktreten", eröffnete Samuel seinem Neffen. „Zum Jahresende werde ich ausscheiden. Ich habe es nach deinem dramatischen Abgang bekanntgegeben."

„Wie haben es die anderen aufgenommen?"

„Damit, mein lieber Junge, komme ich zum eigentlichen Anlaß meines Besuchs. Ich bin, wie ich zu meinem Bedauern gestehen muß, eine Art Gesandter des Feindes. Man hat mich gebeten, dich zu einem Widerruf deines Rücktritts zu überreden."

„Diese Idioten!"

„Mit diesem Urteil liegst du nicht falsch. Es gilt allerdings noch einen anderen Faktor zu berücksichtigen. Wenn du sofort ausscheidest, weiß die ganze Finanzwelt, warum. Die Leute werden sagen, wenn Hugh Pilaster glaubt, daß Edward die Bank nicht leiten kann, dann hat er wahrscheinlich recht. Es könnte zu einer Finanzkrise kommen."

Daran hatte Hugh noch nicht gedacht. Eine Krise konnte auch andere, grundsolide Unternehmen in den Bankrott treiben – so wie im Jahre 1866 der Zusammenbruch von Overend & Gurney die Firma seines Vaters ruiniert hatte.

„Vielleicht solltest du, so wie ich, bis zum Ende des Finanzjahres auf deinem Posten bleiben", schlug Samuel vor. „Es geht ja nur um ein paar Monate. Bis dahin ist Edward schon eine Weile im Amt, und die Leute haben sich an ihn gewöhnt."

Der Butler kam mit dem Portwein und schenkte ihnen ein. Hugh nippte nachdenklich an seinem Glas. „Na gut", sagte er schließlich. „Ich bleibe bis Ende des Jahres."

Samuel nickte. „Ich dachte es mir. Es ist das einzig Richtige in dieser Situation – und bisher hast du dich noch immer für den richtigen Weg entschieden."

BEVOR Maisie Greenbourne sich vor mittlerweile elf Jahren aus der High-Society verabschiedet hatte, war sie reihum zu all ihren Freunden gegangen – von denen es recht viele und darunter reiche Leute gab – und hatte sie zu einer Geldspende für Rachel Mirandas Klinik für ledige Mütter in Southwark überredet. Die laufenden Kosten des Krankenhauses wurden daher durch Einkünfte aus Investitionen gedeckt.

Für die Anlage des Geldes war Rachels Vater zuständig, der einzige Mann in der Krankenhausverwaltung. Maisie, die sich zunächst selbst um die Investitionen hatte kümmern wollen, mußte bald die Erfahrung machen, daß sie von Bankiers und Börsenmaklern nicht ernst genommen wurde.

Rachel und Micky Miranda hatten keinerlei Kontakt mehr zueinander, aber Micky verweigerte seiner Frau die Scheidung. Seit über zehn Jahren hatte Rachel ein Verhältnis mit Dan Robinson, Maisies Bruder, der inzwischen Unterhausabgeordneter war. Die drei lebten zusammen in Maisies Vororthaus.

Das Krankenhaus lag in einem Arbeiterviertel mitten in der Stadt. Die beiden Frauen hatten vier Reihenhäuser langfristig gepachtet, die Trennmauern auf jeder Etage durchbrochen und mit Verbindungstüren versehen lassen. Anstelle der sonst üblichen höhlenartigen Stationen wurden kleine, angenehme Zwei- und Dreibettzimmer eingerichtet.

Maisies Büro in der Nähe des Haupteingangs war ein Refugium, in dem es zwei bequeme Sessel, einen ausgeblichenen Teppich und bunte Vorhänge gab. An der Wand hing gerahmt das Plakat mit der „phantastischen Maisie".

Die Frau, die Maisie in zerlumpter Kleidung gegenübersaß, trug weder Schuhe noch Strümpfe und war im neunten Monat schwanger. In ihren Augen lagen Argwohn und Verzweiflung. „Wie heißen Sie, meine Liebe?"

„Rose Porter, gnä' Frau."

Maisie schenkte Rose eine Tasse Tee ein. „Sie sehen müde aus."

„Ich bin die ganze Strecke von Bath gelaufen, gnä' Frau."

Das waren hundertsechzig Kilometer! „Da waren Sie ja mindestens eine Woche lang unterwegs, Sie Ärmste!" rief Maisie.

Rose brach in Tränen aus.

Es war die übliche Reaktion, und Maisie hatte sich längst daran gewöhnt. Sie erhob sich, setzte sich auf die Armlehne des Sessels, legte Rose den Arm um die Schultern und zog sie an sich.

„Erzählen Sie mir, wie sah Ihr Leben aus, bevor Sie schwanger wurden?"

„Ich war Köchin bei einer Mrs. Freeman in Bath."

„Und wie haben Sie Ihren jungen Mann kennengelernt?"

„Er hat mich auf der Straße angesprochen. Es war an meinem freien Nachmittag, und ich hatte einen neuen gelben Sonnenschirm. Ich sah toll aus, das weiß ich genau. Dieser gelbe Sonnenschirm hat mich ruiniert."

Maisie redete Rose gut zu und entlockte ihr die ganze Geschichte. Es war die übliche Geschichte. Der Mann war Polsterer von Beruf. Er hatte Rose den Hof gemacht und mit ihr schon über die Hochzeit gesprochen. Dann hatte er seinen Arbeitsplatz verloren, war auf der Suche nach einer neuen Anstellung in eine andere Stadt gezogen und aus ihrem Leben verschwunden. Da hatte sie gemerkt, daß sie schwanger war.

Rose zuckte zusammen. „Was ist?" fragte Maisie.

„Mein Rücken tut weh. Das muß vom vielen Laufen kommen."

Maisie lächelte. „Das sind keine Rückenschmerzen. Ihr Baby meldet sich an. Kommen Sie mit." Sie begleitete Rose in die erste Etage und überließ sie der Obhut einer Krankenschwester. Dann trat sie an das Bett einer Frau, die sie alle nur unter dem Namen „Miß Niemand" kannten. Die Schwangere war nicht bereit, ihre persönlichen Daten preiszugeben, nicht einmal ihren Namen. Sie war ein dunkelhaariges Mädchen von ungefähr achtzehn Jahren. Ihr Akzent verriet, daß sie aus der Oberschicht stammte.

„Wie geht es Ihnen, meine Gute?" erkundigte sie sich.

„Danke, gut – und ich bin Ihnen so dankbar, Mrs. Greenbourne."

Welten trennten diese Frau von Rose – und doch befanden sich die beiden in der gleichen Notlage.

Maisie kehrte in ihr Büro zurück und sah auf die Uhr. Sie mußte sich beeilen. In Windfield fing die Schule wieder an, und sie wollte Bertie hinbringen.

JEDESMAL, wenn Maisie Bertie zur Schule brachte, wurde sie von Hugh Pilaster begleitet, und sie erregte stets großes Aufsehen. Mit ihren fünfunddreißig Jahren war sie so schön, daß sich die Männer nach ihr umdrehten. Diesmal trug sie ein tomatenrotes Kostüm – ein Kleid mit einer kurzen Jacke darüber –, dazu einen Hut mit Feder. Maisie wußte, daß sie hübsch und sorgenfrei aussah, doch brachen ihr die gemeinsamen Windfield-Besuche mit Hugh und Bertie fast das Herz.

Siebzehn Jahre war es inzwischen her, daß sie die Nacht mit Hugh verbracht hatte, doch sie liebte ihn so innig wie am ersten Tag. Den größten Teil ihrer Zeit benutzte sie dazu, sich in den Kummer der armen Mädchen in der Klinik einzufühlen, und vergaß darüber ihre eigenen Sorgen. Zwei- oder dreimal im Jahr aber ließ es sich nicht vermeiden, daß sie mit Hugh zusammentraf, und dann brachen die alten Wunden sofort wieder auf.

Seit elf Jahren wußte Hugh nun, daß er Berties Vater war. Nach dem Gespräch mit Ben Greenbourne war Hugh zu ihr gekommen und hatte sie mit seinem Verdacht konfrontiert. Sie hatte ihm die Wahrheit gesagt. Von jenem Tag an hatte Hugh alles getan, was er für Bertie tun konnte. Bertie hielt sich noch immer für den Sohn des verstorbenen liebenswerten Solly Greenbourne, denn die Wahrheit hätte ihm nur unnötigen Kummer bereitet.

Maisie hatte ihrem Sohn erzählt, Hugh sei der beste Freund seines Vaters gewesen. Glücklicherweise sahen sich Hugh und Bertie kaum ähnlich; mit seinem weichen dunklen Haar und den melancholischen braunen Augen erinnerte Bertie immer mehr an Maisies Vater. Ihr Sohn war ein guter Sportler und ein fleißiger Schüler. Maisie war stolz auf ihn.

Auf den gemeinsamen Fahrten nach Windfield behandelte Hugh Maisie mit ausgesuchter Höflichkeit, doch Maisies feines Gespür verriet ihr, daß diese bittersüße Situation ihn ebenso schmerzlich berührte wie sie. Hugh sprach nur ungern über seine Familie. Allenfalls erzählte er von seinen drei Söhnen, an denen er sehr hing, doch Maisie ahnte, daß Nora ihren Kindern keine gute Mutter war und daß Hugh sich im Laufe der Jahre mit seiner kalten, unbefriedigenden Ehe abgefunden hatte.

Er trug einen silbergrauen Tweedanzug, der gut zu seinem mit Silbersträhnen durchzogenen Haar paßte. Maisie nahm seinen Arm, als sie das Schulgebäude betraten. Ich würde meine Seele dafür geben, wenn ich Tag für Tag an seiner Seite leben dürfte, dachte sie.

Sie halfen Bertie beim Auspacken des Koffers, und ihr Sohn bereitete ihnen auf seinem Zimmer Tee. „Mein Sohn Toby wird im nächsten Jahr auch hier eingeschult", bemerkte Hugh. „Könntest du ihn ein bißchen im Auge behalten?"

„Gerne", versprach Bertie. „Ich passe auf, daß er nicht zum Schwimmen ins Bischofswäldchen geht." Als Maisie ihn stirnrunzelnd ansah, entschuldigte er sich schnell. „Tut mir leid, das war ein schlechter Scherz."

„Über die Sache von damals wird wohl immer noch geredet, was?" fragte Hugh.

„Jedes Jahr erzählt der Direktor von neuem die Geschichte, wie Peter Middleton ertrank. Er will uns damit Angst einjagen. Aber trotzdem gehen alle zum Schwimmen."

Nach dem Tee verabschiedeten sich Hugh und Maisie von Bertie. Dann gingen sie zu Fuß in die Stadt und fuhren mit dem nächsten Zug zurück nach London.

Während sie durch das Fenster beobachteten, wie die Landschaft vorüberflog, brach Hugh das Schweigen. „Edward wird in Kürze Seniorpartner."

Maisie glaubte, sich verhört zu haben. „Ich dachte, dafür sei er nicht intelligent genug!"

„Ist er auch nicht. Ich scheide zum Jahresende aus der Bank aus."

„O Hugh!" Maisie wußte, wie sehr ihm die Bank am Herzen lag. Er hatte all seine Hoffnungen in sie gesetzt. So viel Unglück hatte er nicht verdient – und Edward bei weitem nicht so viel Glück. „Edward ist ja jetzt auch Lord Whitehaven. Ist dir klar, daß Bertie einen Erbanspruch auf den Titel hätte, wenn Ben Greenbourne geadelt worden wäre?"

„Ja."

„Aber Augusta hat das verhindert. Ja. Sie hat nämlich hinter dieser unfeinen Pressekampagne gesteckt. Du erinnerst dich doch: ‚Kann ein Jude Lord werden?'"

„Ja, ich erinnere mich. Aber woher weißt du so genau, daß Augusta daran beteiligt war?"

„Der Prince of Wales hat es uns gesagt."

Hugh schüttelte den Kopf. „Augusta ist doch immer wieder für eine Überraschung gut."

Maisie saß eine Weile still da und dachte über Hugh nach. Was bleibt ihm denn noch, wenn er die Bank verläßt? Er liebt seine Frau nicht, seine Frau mag die Kinder nicht. Warum sollte er nicht sein Glück in den Armen der Frau finden, die er schon immer geliebt hat?

Am Bahnhof in Paddington half Hugh Maisie in eine Kutsche. Als sie sich verabschiedeten, gab Maisie seine Hände nicht frei. „Komm mit zu mir nach Hause", forderte sie ihn auf.

Traurig schüttelte er den Kopf.

„Wir lieben uns. Wir lieben uns schon so lange!" Es war wie ein Flehen. „Komm doch mit! Zum Teufel mit den Konsequenzen!"

Er entzog ihr seine Hände und trat einen Schritt zurück. „Lebwohl, Maisie."

Sie starrte ihn hilflos an. Eine jahrelang unterdrückte Sehnsucht ergriff von ihr Besitz. Sie hätte ewig dort ausgeharrt. Aber Hugh nickte dem Kutscher zu. „Fahren Sie los!" befahl er.

Einen Augenblick später war Hugh nicht mehr zu sehen.

HUGH schlief schlecht in dieser Nacht. Immer wieder wachte er auf und versuchte, in Gedanken das Gespräch mit Maisie nachzuvollziehen. Warum habe ich nicht nachgegeben? dachte er. Warum bin ich nicht mit ihr nach Hause gegangen? Aber da war noch etwas anderes, was ihn beschäftigte. Er hatte das Gefühl, daß sie etwas Folgenschweres erwähnt hatte, dessen Bedeutung ihm nicht sogleich aufgegangen war. *Komm mit zu mir nach Hause . . . Ist dir klar, daß Bertie einen Erbanspruch auf den Titel hätte, wenn Ben Greenbourne geadelt worden wäre?* hatte Maisie gefragt.

Hugh hatte nicht gewußt, daß Augusta hinter der schmutzigen Pressekampagne gesteckt hatte. Der Prince of Wales hatte es jedenfalls irgendwie erfahren – und er hatte Maisie und Solly eingeweiht.

Ruckartig setzte sich Hugh im Bett auf und starrte in die Dunkelheit. Solly hatte Bescheid gewußt.

Wenn Solly wirklich erfahren hatte, daß die Pilasters für die Hetzkampagne gegen seinen Vater verantwortlich waren, dann hätte er alle Geschäftsverbindungen mit dem Bankhaus Pilaster abgebrochen. Als erstes wäre er zu Edward gegangen und hätte die Anleihe für die Santamaria-Bahn widerrufen, und Edward hätte sofort Micky Miranda eingeweiht.

„O mein Gott!" entfuhr es Hugh. Wenn Solly das Geschäft hatte annullieren wollen, war es durchaus denkbar, daß Micky ihn umgebracht hatte, nur um den Vertrag zu retten. Hatte Micky wirklich zwei seiner Freunde auf dem Gewissen – Peter Middleton und Solly Greenbourne? Wenn das stimmte – wie sollte er, Hugh Pilaster, sich nun verhalten?

AM NÄCHSTEN Tag quälte diese Frage Hugh noch immer, als ein Ereignis eintrat, das ihm die Antwort lieferte. Hughs Sekretär, Jonas Mulberry, berichtete ihm, daß er zufällig gesehen habe, wie Simon Oliver, Mr. Edwards Sekretär, diverse Schriftstücke aufsetzte. Es handelte sich um einen Vorschlag für eine Anleihe des Staates Córdoba über zwei Millionen Pfund. Das Geld sollte für den Bau eines neuen Hafens in der Provinz Santamaria verwendet werden.

Hugh war entsetzt. Die Bank mußte ihr Engagement in Südamerika unbedingt einschränken, nicht erweitern. Aber was konnte er tun? Edward war jetzt Seniorpartner und stand vollkommen unter dem Einfluß von Micky Miranda. Gab es eine Möglichkeit, Mickys Macht zu verringern? Hugh mußte es zumindest versuchen.

Edward war bereits zum Essen gegangen, Hugh konnte sich denken, wohin. Er nahm eine Droschke und ließ sich zum Cowes Club fahren. Es war noch früh, und Edward saß allein im Raucherzimmer vor einem großen Glas Madeira. Sein Hautausschlag hatte sich verschlimmert.

Hugh setzte sich dazu und bestellte sich einen Tee. Edward ließ

Hugh spüren, daß er an seiner Gesellschaft nicht interessiert war. „Für eine Tasse Tee hättest du nicht so weit zu fahren brauchen“, sagte er. „Was willst du?“

Ein schlechter Anfang, dachte Hugh. Er hatte ein ungutes Gefühl. „Ich muß dir etwas sagen, was dich schockieren und entsetzen wird. Es wird dir schwerfallen, es zu glauben, aber es entspricht der Wahrheit. Ich halte Micky für einen Mörder.“

„O bitte, verschone mich mit solchem Blödsinn!“ gab Edward ärgerlich zurück.

„Hör mir erst einmal zu, bevor du das so einfach von dir weist. Gestern habe ich erfahren, daß Solly Greenbourne wußte, daß deine Mutter hinter der Pressekampagne gegen seinen Vater steckte.“

Edward schrak unwillkürlich zusammen, als stimmten Hughs Worte mit etwas überein, was ihm längst bekannt war.

Hugh schöpfte ein wenig Hoffnung. „Ich bin auf der richtigen Spur, nicht wahr?“ Er ließ es auf einen Versuch ankommen. „Solly drohte, den Vertrag über die Santamaria-Bahn platzen zu lassen, stimmt's?“

Edward nickte. „Ich saß mit Micky hier, genau an diesem Tisch, als Solly hereinkam. So wütend hatte ich ihn noch nie erlebt. Aber . . .“

„Und an jenem Abend starb Solly.“

„Ja, aber Micky war die ganze Zeit bei mir. Wir spielten Karten. Später sind wir dann zu Nellies gegangen.“

Hugh beugte sich vor. „Er muß sich vorübergehend entfernt haben, nur für ein paar Minuten. Ich sah, wie er den Club betrat – und zwar nur kurz nach dem Zeitpunkt, als Solly starb.“

„Das muß früher gewesen sein.“ Edwards Miene verriet entschlossene Skepsis. „Micky ist kein Mörder.“

„Micky hat auch Peter Middleton auf dem Gewissen.“

„Das ist doch lächerlich!“

„Du bildest dir ein, du hättest Peter getötet, ich weiß. Ein paarmal hast du ihn untergetaucht, bevor du Tonio hinterhergerannt bist. Du denkst, daß Peter das Ufer nicht mehr erreicht hat, weil er zu erschöpft war. Aber da gibt es noch etwas, was du nicht weißt. Peter war ein sehr guter Schwimmer. Er hatte das ganze Frühjahr über schwimmen geübt, jeden Tag. Er ist problemlos ans Ufer geschwommen. Tonio hat es gesehen.“

„Was . . .“ Edward schluckte. „Was hat Tonio noch gesehen?“

„Während du die Wand des Steinbruchs hinaufgeklettert bist, hat Micky Peters Kopf so lange unter Wasser gedrückt, bis der Junge ertrunken ist.“

Zu Hughs Erstaunen protestierte Edward nicht gegen die Darstellung. Statt dessen hakte er nach. „Warum hast du mir das so lange verschwiegen?“

„Ich dachte, du würdest mir ohnehin nicht glauben.“ Hugh studierte Edwards Miene. „Du glaubst mir doch, oder?“

Edward nickte. „Ich weiß, warum er's getan hat.“ Er trank einen großen Schluck Madeira. „In Córdoba sind die Mirandas eine wohlhabende Familie, aber hier bei uns können sie mit ihrer Währung kaum etwas kaufen. Als Micky nach Windfield kam, verbrauchte er innerhalb von ein paar Wochen sein Taschengeld, das für das ganze Schuljahr hätte reichen sollen. Als ihm das Geld ausging, stahl er.“

Hugh erinnerte sich noch gut an den Skandal, der im Mai 1866 die Schule erschüttert hatte. „Da waren doch diese sechs Goldsovereigns, die Mr. Offerton gestohlen worden waren“, sagte er nachdenklich. „Demnach war Micky der Dieb?“

„Ja. Und Peter wußte Bescheid. Er sah zufällig, wie Micky Offertons Arbeitszimmer verließ. Als der Diebstahl bekannt wurde, zog Peter natürlich seine Schlüsse. Er drohte, Micky zu melden, falls dieser sich nicht zu seiner Tat bekannte. Daß wir ihn unten am Badesee erwischten, hielten wir für einen glücklichen Zufall. Ich hab ihn untergetaucht, um ihm ein bißchen Angst einzujagen. Er sollte den Mund halten. Aber ich hätte natürlich nie gedacht . . .“

„Daß Micky ihn umbringen würde“, schloß Hugh.

„Und all die Jahre über hat er mich in dem Glauben gelassen, ich sei schuld gewesen.“

Hugh erhob sich. „Tut mir leid, daß ich dir einen solchen Schock versetzt habe.“

Edward antwortete nicht. Er schien Hughs Anwesenheit völlig vergessen zu haben und starrte in sein Glas. Als Hugh genau hinsah, erkannte er, daß Edward weinte.

Leise verließ Hugh das Zimmer und schloß die Tür hinter sich.

Kapitel zwei: Oktober 1890

MICKY MIRANDA war besorgt. Er saß an diesem Abend in der Halle des Cowes Clubs, rauchte eine Zigarre und grübelte darüber nach, womit er Edward beleidigt haben könnte. Edward ging ihm aus dem Weg. Er mied den Club, kam nicht mehr zu Nellies, ja, er erschien nicht einmal mehr zum Tee in Augustas Salon. Seit einer Woche hatte Micky ihn nicht mehr gesehen.

Es passierte hin und wieder, daß Edward ihm für eine Weile grollte. Aber nach ein, zwei Tagen war immer alles vergeben. Dieses Mal meinte er es offenbar ernst – und das hieß, daß möglicherweise die Finanzierung des Hafens in Santamaria gefährdet war.

Während der vergangenen zehn Jahre hatte das Bankhaus Pilaster etwa einmal jährlich Córdoba-Anleihen ausgegeben. Zum Teil waren mit dem Geld Eisenbahnen, Bewässerungsanlagen und Bergwerke finanziert worden, zum Teil war es aber auch nur als Kredit an die Regierung geflossen. Micky hatte für alle Geschäfte eine Provision erhalten und war mittlerweile sehr reich. Mehr noch: Dank seiner Fähigkeiten als Geldbeschaffer galt er als unangefochtener Erbe der väterlichen Macht, und Papa stand im Begriff, einen Staatsstreich anzuzetteln.

Die Pläne dazu waren längst fertig. Mit der Bahn sollte die Privatarmee der Mirandas nach Süden vorstoßen, um die Hauptstadt zu belagern. Revolutionen aber kosteten Geld. Deshalb hatte Papa Micky beauftragt, einen Kredit von unerhörter Höhe zu beschaffen: zwei Millionen Pfund Sterling, von denen die für einen Bürgerkrieg erforderlichen Waffen und Versorgungsgüter gekauft werden sollten. Papa hatte Micky eine einzigartige Belohnung in Aussicht gestellt: Sobald Papa Präsident war, würde er Micky das Amt des Premierministers übertragen und ihn offiziell zum Nachfolger erklären. Dies alles war nun durch Edward gefährdet.

Micky saß noch immer da, rauchte und zerbrach sich den Kopf, als ihm plötzlich Hugh Pilaster auffiel. Micky konnte Hugh nicht leiden und wußte, daß die Abneigung auf Gegenseitigkeit beruhte. Trotzdem stand er auf und ging hinüber zu Hughs Tisch. „'n Abend, Pilaster. Hast du Edward in letzter Zeit gesehen? Er scheint verschwunden zu sein."

„Er kommt jeden Tag in die Bank."

„Ach ja?" Micky zögerte, ehe er sich auf einem Stuhl niederließ. „Hast du zufällig eine Ahnung, ob ich ihn irgendwie beleidigt habe?" fragte er mit leiser Stimme.

Hugh dachte einen Augenblick nach. „Ich wüßte keinen Grund, warum du es nicht erfahren solltest. Edward hat herausgefunden, daß du Peter Middleton umgebracht und ihn vierundzwanzig Jahre lang belogen hast."

Micky hätte beinahe die Fassung verloren. Wie, zur Hölle, war das herausgekommen? Aber er spielte den Wütenden. „Das möchte ich nicht gehört haben", zischte er, stand auf und verließ den Raum.

Er brauchte eine Weile, bis ihm klar wurde, daß ihm von der Polizei nach wie vor keine Gefahr drohte. Niemand konnte die Tat beweisen. Das eigentliche Problem bestand darin, daß Edward sich nun wahrscheinlich weigern würde, die zwei Millionen Pfund auszugeben, die Papa benötigte. Micky mußte Edward dazu bringen, daß er ihm verzieh. Voraussetzung dafür war jedoch, daß er mit ihm reden konnte.

Am nächsten Tag um die Mittagszeit fuhr Micky zu Nellies, weckte April und überredete sie, Edward die Nachricht zu übermitteln, er solle am Abend in das Bordell kommen; sie habe etwas Besonderes für ihn.

Micky ließ sich Aprils schönstes Zimmer und Edwards gegenwärtige Favoritin, ein schlankes, schwarzhaariges Mädchen namens Henrietta, reservieren. Sie sollte am Abend in Frack und Zylinder erscheinen, denn Edward fand diese Aufmachung überaus anregend.

Abends gegen halb zehn wartete Micky auf Edward. Im Zimmer standen ein riesiges Himmelbett und zwei Sofas, außerdem gab es einen großen, reichverzierten Kamin. Micky saß auf dem mit Samt überzogenen Sofa, nur in einen seidenen Morgenmantel gehüllt, und nippte an einem Brandy. Henrietta befand sich an seiner Seite.

Eine Stunde verstrich, dann eine weitere. Mickys Hoffnungen schwanden. Es war bereits kurz vor Mitternacht, als April zur Tür hereinschaute. „Er ist da. Er trinkt gerade noch etwas."

Micky befahl Henrietta, sich auf eines der Sofas zu setzen und ihren Hut tief ins Gesicht zu ziehen. Er drehte das Gaslicht auf niedrige Flamme und setzte sich hinter der Tür auf das Bett.

Kurz darauf erschien Edward. Micky bemerkte er im Halbdunkel nicht. Er sah Henrietta an. „Hallo – wer ist denn das?"

Sie blickte auf. „Hallo, Edward!"

„Ach, du bist's!" Er schloß die Tür hinter sich und kam näher. „Nun, was ist denn das ‚Besondere', das April mir versprochen hat? Im Frack hab ich dich schon mal gesehen."

„Das Besondere bin ich", sagte Micky und erhob sich.

Edward runzelte die Stirn. „Dich will ich nicht sehen", erwiderte er, drehte sich um und ging zur Tür.

Micky stellte sich ihm in den Weg. „Dann sag mir wenigstens, warum."

„Ich weiß jetzt, was damals mit Peter Middleton geschehen ist."

Micky nickte. „Gibst du mir Gelegenheit, die Sache zu erklären?"

Edward zögerte.

„Bitte."

Edward setzte sich auf das Sofa. Henrietta rückte eng an ihn heran.

Micky machte es sich auf dem Sofa gegenüber bequem. „Ich habe ein schlimmes Unrecht begangen“, gestand er. „Aber ich war damals sechzehn, und wir sind seit vielen, vielen Jahren eng miteinander befreundet. Willst du diese Freundschaft wirklich wegen eines Schulbubenstreichs beenden?“

„Du hättest mir die Wahrheit sagen können!“ warf ihm Edward empört vor.

Micky setzte eine Trauermiene auf. „Das hätte unsere Freundschaft zerstört.“

„Nicht unbedingt“, widersprach Edward.

„Nun ja, jetzt ist es doch so gekommen – oder nicht?“

„Ja“, bestätigte Edward, doch seine Stimme verriet eine gewisse Unsicherheit.

Micky spürte, daß der Zeitpunkt gekommen war, um alles auf eine Karte zu setzen. Er stand auf und streifte seinen Morgenmantel ab. „Laß uns allein, Henrietta“, befahl er.

Sie sah Micky verdutzt an, stand jedoch auf und ging.

Edward starrte ihn an. „Warum hast du das getan?“ fragte er.

Zögernd streckte Micky die Hand aus und strich Edward sanft über das Haar. „Ohne sie ist es doch viel schöner, nicht wahr?“

Edward schluckte. „Ja“, flüsterte er, „doch, ja.“

IN DER darauffolgenden Woche breitete Micky den Plan des Hafens von Santamaria auf dem großen Tisch des Direktionszimmers im Bankhaus Pilaster aus. Der Entwurf zeigte einen neuen Hafen an der Atlantikküste von Córdoba. Reparaturwerften für Schiffe waren ebenso vorgesehen wie ein Eisenbahnanschluß. Realisiert werden sollte das Projekt natürlich nie. Die zwei Millionen Pfund würden direkt in die Kriegskasse des Miranda-Clans fließen. Die vorgelegte Projektstudie war indessen echt, und hätte es sich um ein ernstgemeintes Vorhaben gehandelt, so wäre damit möglicherweise sogar Geld zu verdienen gewesen.

Während Micky den Teilhabern einen langen Vortrag über Baumaterialien und Arbeitskosten hielt, bemühte er sich angestrengt, einen ruhigen Eindruck zu erwecken. Seine gesamte Zukunft hing von der Entscheidung ab, die heute in diesem Raum fallen sollte.

Alle sechs Teilhaber waren anwesend. Eine harte Auseinandersetzung war zu erwarten, doch die Chancen für Edward standen nicht schlecht. Major Hartshorn und Sir Harry taten stets, was ihre Gattinnen ihnen auftrugen, und diese wiederum erhielten ihre Instruktionen von Augusta, so daß Edward fest auf ihre Stimmen zählen konnte.

Samuel würde vermutlich Hugh unterstützen. Der junge William war der einzige, dessen Entscheidung sich nicht vorhersagen ließ.

Edward war Feuer und Flamme für den Hafenbau. Er hatte Micky verziehen, die beiden waren wieder die besten Freunde, und das anstehende Geschäft war sein erstes großes Projekt als Seniorpartner.

Hugh sprach sich, wie erwartet, gegen das Projekt aus. „Ich habe mir noch einmal genau angesehen, was mit den letzten südamerikanischen Anleihen geschehen ist, die wir ausgegeben haben", berichtete er und händigte jedem der Anwesenden eine Tabelle aus.

Aufmerksam studierte Micky die Zahlen, während Hugh sein Plädoyer fortsetzte. „Der Zinssatz der Anleihen stieg Jahr für Jahr. Trotz dieser Erhöhung wurden von Mal zu Mal weniger Anleihen verkauft."

Micky verstand, worum es ging: Die Investoren fanden südamerikanische Anleihen immer weniger attraktiv.

„Außerdem", fuhr Hugh fort, „war die Bank bei jeder der letzten drei Emissionen verpflichtet, Córdoba-Anleihen vom freien Markt aufzukaufen, um den Preis hoch zu halten. Unsere Bank hat sich auf diesem Sektor schon jetzt viel zu stark exponiert."

Sekundenlang sprach niemand. Edward wirkte aufgebracht, hielt sich aber zurück, weil er wußte, daß es besser war, wenn ein anderer Teilhaber die Gegenrede hielt. Endlich meldete sich Sir Harry zu Wort. „Deine Argumentation ist gut, Hugh. Ich glaube nur, daß du ein bißchen übertreibst."

„Der Plan an sich ist solide", pflichtete George Hartshorn ihm bei, „und die zu erwartenden Profite sind beträchtlich. Ich denke, wir sollten dem Projekt zustimmen."

Doch der nächste, der sich äußerte, war Samuel. „Ich bin mehr als doppelt so lange in diesem Geschäft als jeder andere hier im Raum, und was Hugh betrifft, so gibt es wahrscheinlich auf der ganzen Welt keinen Bankier, der erfolgreicher wäre als er. Beide sind wir der Überzeugung, daß dieses Projekt gefährlicher ist, als es scheint."

Alle Blicke richteten sich nun auf den jungen William. „Südamerikanische Anleihen scheinen immer riskant zu sein", erklärte er. „Hätten wir uns schon zu Beginn einschüchtern lassen, so wären uns in den letzten Jahren zahlreiche einträgliche Geschäfte entgangen. Córdoba ist unter Präsident Garcia immer stärker geworden, weshalb ich der Meinung bin, daß wir unser Engagement eher verstärken als verringern sollten."

Micky atmete ebenso erleichtert wie unhörbar auf. Er hatte gesiegt.

„Vier Teilhaber dafür, zwei dagegen", stellte Edward fest.

„Einen Augenblick!" rief Hugh. „Bist du zuversichtlich, daß wir alle oder die meisten Anleihen dieser Emission verkaufen können?"

„Ja, vorausgesetzt, wir setzen den richtigen Preis fest", erwiderte Edward.

„Warum verkaufen wir dann die Anleihen nicht auf Kommissionsbasis? Auf die Ankaufsgarantie könnten wir dann verzichten."

Micky unterdrückte einen Fluch. Dieser Vorschlag paßte nicht in sein Konzept. Normalerweise war es so, daß sich die Bank, wenn sie Anleihen in Höhe von beispielsweise einer Million Pfund emittierte, bereit erklärte, alle unverkäuflichen Anleihen selbst zu erwerben, und damit dem Kreditnehmer garantierte, daß er auch tatsächlich die ganze Million erhielt. Als Gegenleistung für diese Garantie erhob die Bank eine hohe Kommission. Die Alternative bestand darin, die Anleihen ohne Garantie zum Verkauf anzubieten. Dabei ging die Bank kein Risiko ein, erhielt aber dafür auch wesentlich weniger Prozente. Wurden also zum Beispiel nur Anleihen im Wert von zehntausend Pfund verkauft, so erhielt der Kreditnehmer eben auch nur diese zehntausend Pfund. Das Risiko blieb beim Kunden. Doch wie die Dinge standen, war Micky Miranda nicht im geringsten an der Übernahme von Risiken interessiert.

„Hm", brummte William, „das ist eine Idee."

Raffinierter Kerl, dieser Hugh, dachte Micky. Hätte Hugh rigoros auf der Ablehnung des Gesamtprojekts beharrt, wäre er überstimmt worden.

„Wenn wir alle Anleihen verkaufen, verdienen wir selbst bei der niedrigeren Kommission an die sechzigtausend Pfund", meinte Sir Harry. „Verkaufen wir dagegen nicht alle, so bleiben uns auf jeden Fall gravierende Verluste erspart."

Zustimmendes Gemurmel erfüllte den Raum.

Micky machte sich daran, den Hafenplan zusammenzurollen. Er hatte eine Niederlage erlitten, war aber noch nicht zur Kapitulation bereit. Seine künftige Präsidentschaft stand und fiel mit den zwei Millionen Pfund, also mußte er sie bekommen. Er würde sich etwas einfallen lassen.

EDWARD und Micky waren zum gemeinsamen Mittagessen im Cowes Club verabredet. Ursprünglich hatten sie damit ihren Erfolg feiern wollen, doch nun gab es nichts zu feiern.

Als Edward eintraf, hatte Micky sich bereits eine Strategie zurechtgelegt. Seine letzte Chance bestand darin, Edward dazu zu bringen, sich heimlich über die Entscheidung der Teilhaber hinwegzusetzen und die Anleihe ohne deren Wissen doch noch zu garantieren.

Die beiden bestellten ihr Mittagessen. Nachdem der Ober sich entfernt hatte, eröffnete Edward Micky seine Idee. „Ich trage mich mit dem Gedanken, mir eine eigene Wohnung zu suchen."

„Aber du hast doch bei deiner Mutter alles, was du brauchst."

„Alles, bloß keine Ruhe und Abgeschiedenheit", versetzte Edward. „Es kann doch mal vorkommen, daß du bei mir übernachten möchtest, oder?"

Mit einem Schlag erkannte Micky, wie er sich Edwards Plan zunutze machen konnte. Er schüttelte den Kopf. „Bis du dein eigenes Haus hast, bin ich wahrscheinlich schon nicht mehr in London."

Edward war schlichtweg erschüttert. „Was, zum Teufel, willst du damit sagen?"

„Falls es mir nicht gelingt, das Geld für den neuen Hafen zu beschaffen, werde ich abberufen."

„Die Anleihen werden sicher alle verkauft." Edward schlug mit der Faust auf den Tisch. „Hätte Hugh mich doch bloß diese Garantie unterschreiben lassen!"

„Ich nehme an, du bist an die Entscheidung der Teilhaber gebunden."

„Natürlich, was denn sonst?"

„Nun ja . . ." Micky zögerte. „Könntest du nicht einfach von Oliver einen Garantievertrag aufsetzen lassen, ohne daß die Teilhaber etwas davon erfahren? Ob ich in London bleibe oder nach Córdoba zurückgerufen werde, könnte einzig und allein von dieser Entscheidung abhängen."

Der Ober brachte Wein und füllte ihre Gläser.

„Irgendwann kommt das bestimmt raus", meinte Edward unsicher.

„Aber dann wird es zu spät sein. Und außerdem kannst du immer behaupten, es habe sich um einen Irrtum deines Angestellten gehandelt." Micky glaubte nicht, daß Edward ihm das abkaufen würde.

Edward schlug die Augen nieder. „Wenn du dadurch hierbleiben kannst, dann rede ich noch heute nachmittag mit Simon."

Micky hob sein Weinglas. „Auf die Freundschaft!"

Edward stieß mit ihm an. „Auf die Freundschaft!"

DIE EMISSION der Anleihen für die Santamaria-Hafenanlagen in Höhe von zwei Millionen Pfund erwies sich als Fehlschlag, der Hughs schlimmste Befürchtungen noch übertraf. Am letzten Ausgabetag hatte das Bankhaus Pilaster lediglich Anleihen im Wert von vierhunderttausend Pfund verkauft. Dementsprechend kam es am folgenden Tag prompt zu einem Kurssturz. Hugh war heilfroh, daß er Edward gezwungen hatte, die Papiere auf Kommission zu verkaufen.

Am Montag morgen legte Jonas Mulberry die Geschäftsbilanz der vergangenen Woche vor, von der jeder Teilhaber eine Abschrift erhielt. Er hatte das Direktionszimmer noch nicht verlassen, als Hugh eine merkwürdige Unstimmigkeit auffiel. „Einen Moment, Mulberry", sagte er. „Da stimmt doch etwas nicht!" Das Barvermögen der Bank war drastisch gesunken. „Wir hatten doch keine Abhebung dieser Größenordnung, oder?"

„Nicht daß ich wüßte, Mr. Hugh", stimmte Mulberry zu.

Hugh warf einen Blick in die Runde. Bis auf Edward waren alle Teilhaber anwesend. „Kann sich jemand an eine sehr hohe Abhebung in der vergangenen Woche erinnern?"

Niemand antwortete.

Hugh stand auf. „Gehen wir der Sache nach", forderte er Mulberry auf.

Die beiden stiegen die Treppe zum Buchhalterkontor hinauf, das ein Stockwerk höher lag. Dort setzte sich Hugh an einen Tisch, Mulberry nahm einen umfangreichen Band aus dem Regal und legte ihn Hugh vor. Ein anderer Buchhalter, Mr. Clemmow, meldete sich zu Wort. „Kann ich Ihnen irgendwie behilflich sein, Mr. Hugh? Ich bin für die Eintragungen zuständig."

„Gab es umfangreiche Abbuchungen in der vergangenen Woche in Höhe von einer Million Pfund oder mehr?" fragte Hugh.

„Nur eine", sagte der Buchhalter. „Die Santamaria-Hafengesellschaft hat eine Million achthunderttausend Pfund abbuchen lassen – das entspricht der Anleihenemission abzüglich Kommission."

Hugh sprang auf. „Aber so viel hatten sie doch gar nicht! Es stehen ihnen nur vierhunderttausend zu!"

Clemmow erbleichte. „Die Emission belief sich auf Anleihen über zwei Millionen Pfund . . ."

„Aber ohne Ankaufsgarantie! Es war ein Kommissionsgeschäft!" rief Hugh. Alle Buchhalter starrten ihn an. „Zeigen Sie mir das Hauptbuch!"

Clemmow schlug das Kontobuch auf. Die Seite war mit „Santamaria-Hafengesellschaft" überschrieben und enthielt nur drei Einträge: einen Kredit in Höhe von zwei Millionen Pfund, eine Belastung von zweihunderttausend Pfund Kommissionsgebühren und eine Überweisung von 1,8 Millionen Pfund an eine andere Bank.

Hugh erbleichte. Das Geld war fort. Hätte es sich um eine interne Fehlbuchung gehandelt, so hätte sich diese leicht rückgängig machen lassen. Aber das Geld war bereits am Tag nach dem letzten Ausgabetag überwiesen worden, was auf einen sorgfältig geplanten Betrug schließen ließ. „Bei Gott", sagte er wütend, „dafür wandert jemand ins Gefängnis. Von wem stammen diese Eintragungen?"

„Von mir, Sir", gestand Clemmow. „Auf Anweisung von Mr. Oliver."

Simon Oliver stammte aus Córdoba und war ein Vetter von Micky Miranda. Hugh ahnte inzwischen, wer hinter dem Betrug steckte. „Suchen Sie Oliver, und bringen Sie ihn sofort ins Direktionszimmer!" wies Hugh Mulberry an.

Hugh kehrte ins Direktionszimmer zurück. „Es liegt ein schwerwiegender Betrug vor", verkündete er den Teilhabern mit grimmiger Miene. „Die Santamaria-Hafengesellschaft hat die volle Summe der Anleihenemission erhalten, obwohl wir nur Papiere über vierhunderttausend Pfund verkauft haben."

Die Partner waren entsetzt. „Wie, zum Teufel, konnte das passieren?" fragte William.

„Der Ausführende war, wie ich glaube, Edwards Sekretär. Ich habe nach ihm geschickt, schätze aber, daß sich der Kerl bereits auf einem Dampfer nach Córdoba befindet."

Mulberry kam herein. Zu Hughs Überraschung befand er sich in Begleitung von Simon Oliver. Dieser hielt einen dicken Vertrag in der Hand und wirkte verängstigt. Vermutlich hatte man ihm erzählt, daß Hugh dem Verantwortlichen eine Gefängnisstrafe prophezeit hatte.

Oliver hielt Hugh das Dokument entgegen. „Mr. Edward trug mir auf, die Ankaufsgarantie in den Vertrag aufzunehmen." Er reichte Hugh ein anderes Papier. Es war eine sogenannte Vertragsnotiz, in der ein Teilhaber mit knappen Worten die Bedingungen eines Vertrags zusammenfaßte. Anhand dieser Vorgabe fertigte der zuständige Sekretär den vollständigen Vertrag aus. Edwards Handschrift war unverkennbar, und aus dem Wortlaut ging eindeutig hervor, daß die Bank den Ankauf der Anleihen garantierte.

Damit war alles geklärt. Die Verantwortung lag bei Edward. Ein Betrug lag nicht vor, und an eine Wiederbeschaffung des Geldes war nicht zu denken. Die Transaktion war absolut legitim. Hugh war zornig. „Gut, Oliver. Sie können gehen", sagte er.

Hugh musterte die Teilhaber. „Edward hat gegen unseren gemeinsamen Beschluß verstoßen", erklärte er bitter. „Und wir haben eine Million und vierhunderttausend Pfund verloren."

Samuel ließ sich in einen Sessel fallen. „Wie schrecklich“, stöhnte er.

Sir Harry und Major Hartshorn wirkten bestürzt.

„Sind wir bankrott?“ fragte William.

Hugh dachte kurz nach, bevor er antwortete: „Nein, noch nicht. Doch wenn die Südamerika-Anleihen – aus welchem Grund auch immer – im Kurs fallen, geraten wir in ärgste Schwierigkeiten.“

„Wie verhält es sich mit unserer Liquidität, Mr. Hugh?“ warf Jonas Mulberry ein. „Wir brauchen noch vor dem Wochenende eine größere Einlage für die üblichen Auszahlungen. Die Hafenanleihen können wir nicht verkaufen – das würde nur den Kurs drücken.“

Der Einwand war berechtigt. Nach kurzem Nachdenken fand Hugh einen Ausweg. „Ich werde eine Million bei der Colonial Bank leihen. Der alte Cunliffe wird es für sich behalten. Damit wäre die unmittelbare Gefahr gebannt.“

„Was machen wir mit Edward?“ erkundigte sich William.

„Edward muß zurücktreten“, forderte Samuel. „Er hat sich unser Vertrauen ein für allemal verscherzt.“

„Und wer wird Seniorpartner?“ wollte Sir Harry wissen.

Wieder herrschte Schweigen, und wieder war es Samuel, der es brach. „Ja, kann denn das überhaupt noch eine Frage sein? Wer hat Edwards Täuschung aufgedeckt? Von wem wollt ihr jetzt alle wissen, wie ihr euch verhalten sollt? Ihr wißt genau, wer jetzt Seniorpartner werden muß.“

Der plötzliche Themenwechsel überraschte Hugh. Er hatte sich völlig auf die Probleme der Bank konzentriert und gar nicht mehr an seine eigene Position gedacht. Langsam erkannte er, daß sein Lebenstraum unmittelbar vor der Erfüllung stand: In Kürze würde er Seniorpartner des Bankhauses Pilaster sein. Sein Blick wanderte von William zu Harry und George. Allen dreien stand das schlechte Gewissen ins Gesicht geschrieben. Indem sie zugelassen hatten, daß Edward Seniorpartner wurde, hatten sie die gegenwärtige Katastrophe heraufbeschworen. Jetzt wußten sie alle, daß Hugh von Anfang an recht gehabt hatte, und wollten ihn bitten, die Führung der Bank zu übernehmen - Hugh sah es ihnen an. „Wie denkst du darüber, William?“

William zögerte nur kurz. „Ich glaube, du solltest Seniorpartner werden, Hugh.“

„George?“

„Einverstanden.“

„Harry?“

„Aber gewiß – und ich hoffe, du sagst ja.“

Es war soweit. Hugh atmete tief durch. „Ich danke euch für euer Vertrauen. Ich hoffe, daß es mir gelingt, uns ohne Beschädigung unseres Rufs und ohne Schaden für unser Vermögen aus dieser schwierigen Lage zu befreien."

In diesem Augenblick betrat Edward das Direktionszimmer. „Das ganze Haus ist in Aufruhr!" rief er. „Die Buchhalter stehen auf den Fluren und tuscheln, statt zu arbeiten – was ist denn los?"

Niemand antwortete.

Betroffenheit zeichnete sich auf Edwards Gesicht ab. „Was ist denn los?" wiederholte er, doch seine Miene verriet Hugh, daß er es bereits ahnte. „Jetzt sagt es mir endlich! Schließlich bin ich der Seniorpartner."

„Nein", erwiderte Hugh. „Ich bin es."

Kapitel drei: November 1890

MISS DOROTHY PILASTER heiratete Vicomte Nicholas Ipswich an einem kalten, klaren Novembervormittag in der Kensingtoner Methodistenkirche. Danach wurde den dreihundert Gästen in einem riesigen, geheizten Zelt in Hughs Garten ein Mittagessen serviert.

Hugh war glücklich. Seine Schwester präsentierte sich als strahlende Schönheit, und ihr Ehemann bezauberte alle Gäste mit seinem Charme. Glücklicher als Hugh war nur noch seine Mutter. Selig lächelnd saß sie neben dem Vater des Bräutigams, dem Herzog von Norwich. Zum erstenmal seit vierundzwanzig Jahren trug sie kein Schwarz. Sie hatte ein blaugraues Kaschmir-Ensemble gewählt, das ihr volles silbernes Haar wirkungsvoll zur Geltung brachte.

„Ich dachte immer, ich sei vom Pech verfolgt", flüsterte sie Hugh zwischen zwei Gängen des Mittagessens zu. „Aber das stimmt nicht." Hugh kamen vor Rührung beinahe die Tränen.

Er trank einen Schluck Wein. Es war ein üppiges Hochzeitsmahl, und Hugh war froh, daß er es sich leisten konnte. Es war ihm gelungen, die unmittelbare Krise abzuwenden. Sie verfügten wieder über genügend Bargeld, um die alltäglichen Auszahlungswünsche der Kunden erfüllen zu können. Die Bilanzen waren allerdings noch nicht ausgewogen. Doch falls sie von unvorhersehbaren Katastrophen verschont blieben, bestand fürs erste keine Gefahr.

Ein Bote erschien neben Hugh. „Mr. Mulberry aus der Bank ist am Telephon, Sir. Er möchte mit Ihnen sprechen", flüsterte er Hugh zu.

Mulberry wußte, daß Hugh um diese Zeit beim Hochzeitsessen

saß. Es mußte einen gravierenden Anlaß für die Störung geben. Hugh erhob sich. „Bitte entschuldige mich, Mutter. Eine dringende dienstliche Angelegenheit." Er lief ins Haus. Das Telephon befand sich in der Bibliothek. Er nahm den Hörer auf. „Was ist denn los, Mulberry?"

„Ein Telegramm aus New York. In Córdoba ist ein Bürgerkrieg ausgebrochen. Der Miranda-Clan hat die Hauptstadt Palma angegriffen."

Das Herz schlug Hugh bis zum Hals. „Gibt es irgendwelche Hinweise darauf, wie stark sie sind?" Bei einer raschen Niederschlagung der Rebellion bestand noch eine gewisse Hoffnung.

„Präsident Garcia ist geflohen. Es liegt noch ein Telegramm von unserem Büro in Córdoba vor. Es wird gerade dechiffriert."

„Rufen Sie mich an, sobald Sie wissen, was drinsteht."

Hugh legte auf, drehte an der Kurbel, bis die Amtsleitung stand, und ließ sich mit dem für die Bank arbeitenden Börsenmakler verbinden. Es dauerte eine Weile, bis man ihn an den Apparat gerufen hatte. „Danby? Hier Hugh Pilaster. Wie stehen die Córdoba-Anleihen?"

„Wir bieten sie zum halben Nennwert an, finden aber keinen Abnehmer."

Zum halben Preis, dachte Hugh. Die Bank ist bankrott. Verzweiflung ergriff ihn. „Wie tief werden sie insgesamt fallen?"

„Sie tendieren gegen Null, schätze ich. Wer zahlt schon mitten in einem Bürgerkrieg Zinsen für Regierungsanleihen? Ihre Bank verkraftet das doch hoffentlich?"

Hugh zögerte. Lügen war ihm verhaßt, aber wenn er jetzt die Wahrheit sagte, versetzte er damit der Bank den Todesstoß. „Wir verfügen noch über eine Menge anderer Aktiva. So, nun muß ich aber wieder zu meinen Gästen." Es war eine Ausrede, doch er wollte einen unbesorgten Eindruck erwecken.

Ehe Hugh sich mit einem neuen Gesprächspartner verbinden lassen konnte, meldete sich Mulberry wieder. „Mr. Cunliffe von der Colonial Bank ist hier, Sir", sagte er. „Er ersucht um Rückzahlung des Kredits."

„Zum Teufel mit ihm!" entfuhr es Hugh. Er wußte, daß Cunliffe der erste von einer Reihe Gläubiger war. Morgen früh würde die Schlange der verzweifelten Sparer, die ihr Geld abheben wollten, bis auf die Straße reichen. Und Hugh würde nicht imstande sein, sie auszuzahlen.

„Sagen Sie Mr. Cunliffe, es sei Ihnen unmöglich, die Bevollmächtigung für die Unterzeichnung des Schecks zu bekommen, weil alle Teilhaber auf der Hochzeit sind", sagte er.

„Sehr wohl, Mr. Hugh."

„Und dann . . ." Hugh zögerte. Ihm fiel es schwer, die furchtbaren Worte auszusprechen. Er schloß die Augen. Am besten bringe ich es schnell hinter mich, dachte er. „Und dann, Mr. Mulberry, müssen Sie die Pforten der Bank schließen."

Hugh hängte ein und starrte auf die Bücherregale. Plötzlich erschien ein anderes Bild vor seinem geistigen Auge. Er sah, wie sich die großen schmiedeeisernen Tore vor der grandiosen Fassade des Bankhauses Pilaster schlossen. Das Bankhaus Pilaster war bankrott.

„WIR SIND blank bis auf den letzten Penny", eröffnete Hugh den Familienmitgliedern.

Sie begriffen es nicht sogleich, das las er aus ihren Mienen. Man hatte sich im Salon von Hughs Haus zusammengefunden. Die Gäste waren gegangen, doch die Familienmitglieder trugen alle noch ihre Hochzeitsgarderobe. Hugh hatte ihnen die furchtbare Nachricht erst nach dem Ende der Feier eröffnet. Augusta hatte neben Edward Platz genommen, und die beiden schauten ungläubig-höhnisch drein. Samuel saß neben Hugh, während die anderen Teilhaber – William, Major Hartshorn und Sir Harry – hinter einem Sofa Aufstellung genommen hatten, auf dem sich ihre Ehefrauen Beatrice, Madeleine und Clementine niedergelassen hatten. Nora saß mit von gutem Essen und vom Champagner gerötetem Gesicht auf ihrem Stammplatz, einem großen Sessel vor dem Kamin, Nick und Dotty hielten Händchen und wirkten verstört.

Die beiden Jungverheirateten taten Hugh besonders leid. „Dottys Mitgift ist verloren, Nick. Ich fürchte, alle unsere Vereinbarungen und Pläne sind Makulatur."

Nora war bestürzt. „Es ist doch unmöglich, daß wir keinen Penny mehr besitzen!"

„Aber es stimmt", antwortete Hugh geduldig. „Unser gesamtes Geld steckt in der Bank, und die Bank ist am Ende."

Augusta erhob sich. „Jetzt gilt es zu retten, was zu retten ist. Es müssen sich doch noch erhebliche Barreserven an Gold und Banknoten in der Bank befinden. Bevor die Gläubiger erscheinen, müssen wir alles herausholen und an einem sicheren Ort verstecken. Danach –"

„Das kommt überhaupt nicht in Frage!" Ungehalten unterbrach Hugh seine Tante. „Sei still und nimm wieder Platz, Augusta, sonst lasse ich dich hinauswerfen."

Die Drohung verblüffte Augusta so sehr, daß sie tatsächlich schwieg.

„Ja, es gibt noch Bargeld in der Bank", erklärte Hugh, „und da wir noch nicht offiziell für bankrott erklärt worden sind, steht es uns frei, den einen oder anderen Gläubiger auszuzahlen. Ihr werdet alle euer gesamtes Hauspersonal entlassen müssen. Gebt den Leuten eine Bestätigung über die Summe, die ihr ihnen schuldet, und schickt sie zur Bank. Ich zahle sie dann aus."

„Aber in einem Haus wie diesem kann man ohne Personal gar nicht leben", klagte Nora.

„Diese Sorge kann ich dir nehmen", entgegnete Hugh. „Du wirst nicht länger in diesem Haus leben. Ich werde es verkaufen müssen. Wir werden alle unsere Häuser veräußern müssen und kleine, preiswerte Häuser anmieten."

„Das ist doch absurd!" schrie Augusta.

„Es ist Gesetz", gab Hugh zurück. „Jeder Teilhaber ist für alle Schulden des Geschäfts persönlich haftbar."

„Ich bin kein Teilhaber."

„Aber Edward ist einer. Und er ist Eigentümer eures Hauses."

„Ich habe absolut nicht die Absicht umzuziehen", verkündete Augusta. „Und ich gehe davon aus, daß die anderen Mitglieder der Familie genauso denken."

„Ganz meine Meinung, Augusta", schloß sich Madeleine ihrer Schwägerin an. „George und ich bleiben, wo wir sind. Das ist doch alles Unfug. Wir sind doch nicht plötzlich mittellos."

Hugh verachtete sie. Sie klammerten sich an den Luxus, der ihnen nicht mehr zukam, und würden außer dem Vermögen der Familie jetzt auch noch deren guten Ruf verspielen.

Augusta wandte sich an ihre Tochter. „Clementine, ich bin sicher, daß ihr beide, du und Harry, mit Madeleine und George übereinstimmt."

„Nein, Mutter", erwiderte Clementine.

Augusta rang nach Luft. Hugh war ebenfalls überrascht. Es war höchst ungewöhnlich für seine Kusine, daß sie ihrer Mutter widersprach. Wenigstens ein Familienmitglied hat sich seinen gesunden Menschenverstand bewahrt, dachte er.

„Wir stecken in Schwierigkeiten, weil wir auf dich gehört haben, Mutter", erklärte Clementine. „Hätten wir Hugh statt Edward zum Seniorpartner gewählt, wären wir alle nach wie vor unerhört reich. Wir sollten Hugh jetzt freie Hand lassen, damit er alles in seiner Macht Stehende tun kann, um uns aus diesem furchtbaren Fiasko hinauszuführen."

„Richtig, Clementine", pflichtete William ihr bei.

Damit waren die Fronten geklärt. Auf Hughs Seite standen William, Samuel und Clementine, die ihrerseits für ihren Gatten, Sir Harry, entschied. Sie würden versuchen, die Krise mit Anstand und Würde zu bewältigen. Die Gegenpartei, die sich aus Augusta, Edward und Madeleine zusammensetzte – wobei Madeleine auch für Major Hartshorn sprach –, verfocht eine andere Strategie: Sie würden soviel wie möglich zusammenraffen, auch wenn der Ruf der Familie dabei ruiniert wurde.

„Mich werdet ihr aus diesem Haus hinaustragen müssen", kündigte Nora trotzig an.

Hugh spürte einen bitteren Geschmack im Mund. Seine eigene Frau stellte sich gegen ihn. Traurig sah er Nora an. „Schuldest du mir denn überhaupt keine Loyalität?"

Sie warf den Kopf zurück. „Ich habe dich nicht geheiratet, weil ich in Armut leben will."

„Wie auch immer – du wirst dieses Haus auf jeden Fall verlassen." Hugh blieb unnachgiebig.

DIE FAMILIENMITGLIEDER waren längst fort, als Hugh noch immer in die Flammen des Kamins starrte und verzweifelt nach einer Möglichkeit suchte, die Gläubiger zu bezahlen. Er war fest entschlossen, dem Bankhaus Pilaster einen Offenbarungseid zu ersparen. Als der Nachmittag allmählich dem Zwielicht der Dämmerung wich, zeichnete sich in seinen Gedanken ein Plan ab.

Gegen sechs Uhr abends machte er sich auf den Weg zu Ben Greenbourne.

Greenbourne war inzwischen fast siebzig Jahre alt, aber immer noch sehr rüstig, und die Bank stand nach wie vor unter seiner Leitung.

Er hatte eine Tochter, Kate, aber weil Solly sein einziger Sohn gewesen war, würde Greenbourne bei seinem Rückzug aus dem Berufsleben die Geschicke der Bank in die Hände seiner Neffen legen müssen. Damit hatte er jedoch offenbar keine Eile.

Hugh suchte ihn in seinem Haus an der Piccadilly Street auf und wurde in die Bibliothek geführt. In diesem Raum hatte er erfahren, daß Bertie sein Sohn war.

Der alte Herr erschien nach einer Viertelstunde und entschuldigte sich, daß er Hugh hatte warten lassen. „Ein familiäres Problem hielt mich auf", erklärte er. Er sah müde und besorgt aus. Um welches familiäre Problem es sich handelte, erwähnte er nicht, und Hugh fragte ihn auch nicht danach.

„Sie wissen, daß die Córdoba-Anleihen heute nachmittag einen drastischen Kurseinbruch erfahren haben", begann Hugh, „und daß meine Bank infolgedessen ihre Pforten geschlossen hat."

„Ja. Es tut mir sehr leid."

„Es handelt sich um den ersten Zusammenbruch eines englischen Geldinstituts seit fast fünfundzwanzig Jahren."

„Das waren damals Overend und Gurney – ich kann mich noch gut daran erinnern."

„Ich mich auch. Mein Vater machte Bankrott und erhängte sich."

Greenbourne war betroffen. „Das tut mir außerordentlich leid, Pilaster. Dieser furchtbare Tatbestand war mir völlig entfallen."

„Es gab eine ganze Reihe von Firmen, die mit in den Abgrund gerissen wurden. Verglichen mit dem, was ab morgen vormittag geschehen wird, war das aber noch harmlos." Hugh lehnte sich vor und begann mit seinem Plädoyer. „In den vergangenen fünfundzwanzig Jahren haben sich die geschäftlichen Transaktionen in der Londoner City verzehnfacht. Und wir sind mittlerweile stärker miteinander verflochten denn je. Einige von den Leuten, deren Geld wir verloren haben, werden ihre Schulden nicht mehr begleichen können und folglich ebenfalls Bankrott machen – und so weiter. Nächste Woche werden Dutzende von Banken ihre Pforten schließen, Hunderte von Firmen werden Konkurs anmelden müssen, und Tausende von Arbeitern und Angestellten werden mittellos auf der Straße stehen – es sei denn, wir unternehmen etwas dagegen."

„Unternehmen?" fragte Greenbourne. „Ihre einzige Chance bestünde darin, Ihre Schulden zu bezahlen. Da Sie das nicht können, sind Sie machtlos."

„Wenn ich es allein versuchen wollte, wäre ich natürlich machtlos. Doch angenommen, mehrere Banken schlössen sich zu einem Konsortium zusammen, das das Bankhaus Pilaster übernimmt. Das Konsortium würde jeden Gläubiger, der es wünscht, auszahlen und gleichzeitig damit beginnen, die Aktiva der Pilasters in geordneter Form zu liquidieren."

Auf einmal zeigte Greenbourne Interesse. „Ich verstehe. Wenn die Mitglieder des Konsortiums entsprechend angesehen sind, könnte ihre Garantie die Gläubiger beruhigen und sie dazu bewegen, ihre Einlagen nicht sofort zurückzufordern. Mit etwas Glück könnten die Auszahlungen an die Gläubiger durch die beim Verkauf der Aktiva eingehenden Gelder gedeckt werden."

„Und eine furchtbare Krise wäre abgewendet."

Greenbourne runzelte die Stirn. „Aber am Ende würden die Mitglieder des Konsortiums Geld verlieren, da die Passiva der Pilasters deren Aktiva bei weitem übersteigen."

„Nicht unbedingt. Wir besitzen Córdoba-Anleihen in Höhe von mehr als zwei Millionen Pfund, die heute natürlich nichts wert sind. Aber es kann durchaus sein, daß diese Anleihen nicht für alle Zeiten wertlos bleiben. Die Putschisten könnten eine Niederlage erleiden, oder die neue Regierung könnte die Zahlung der Zinsen übernehmen. Wenn die Anleihen nur die Hälfte ihres ursprünglichen Kurses erreichten, entstünden dem Konsortium keine Verluste."

Noch immer sah Greenbourne bedenklich drein. „Ich will nicht einmal ausschließen, daß es klappen könnte. Aber nicht mit den Anleihen für den Santamaria-Hafen. Miranda, diesen Botschafter, halte ich für einen durchtriebenen Betrüger, und offensichtlich stehen die Putschisten unter dem Kommando seines Vaters. Ich vermute, daß die zwei Millionen für den Ankauf von Waffen und Munition verwendet wurden. In diesem Fall sehen die Gläubiger keinen Penny mehr von ihrem Geld."

„Ich fürchte, Sie haben recht. Trotzdem gibt es noch eine Möglichkeit. Aber das hängt von Ihnen ab. Wenn Sie sich bereit erklären, das Konsortium zu leiten, wird die Finanzwelt Ihnen folgen."

Der alte Herr schwieg für einen Augenblick. Dann sagte er mit fester Stimme: „Nein."

Hugh sank enttäuscht in seinen Stuhl zurück. Seine letzte Hoffnung hatte sich zerschlagen.

Greenbourne hob zu einer Erklärung an. „Mein Leben lang bin ich vorsichtig gewesen", begründete er seine Entscheidung. „Wo andere Leute hohe Profite sehen, sehe ich hohe Risiken und widerstehe der Versuchung. Ihr Onkel Joseph war da anders. Er trug das Risiko – und strich die Profite ein. Sein Sohn Edward war noch schlimmer. Gäbe ich Geld für Ihre Rettung aus, so hieße das, den leichtsinnigen Investor zu belohnen und den vorsichtigen zu bestrafen."

Auf dem Hinweg hatte Hugh erwogen, Greenbourne zu erzählen, daß Micky Miranda Solly ermordet hatte. Jetzt mußte er wieder daran denken und kam zum gleichen Schluß wie zuvor. Es würde den alten Mann zutiefst erschüttern. Ihn dazu bewegen, das Bankhaus Pilaster zu retten, würde es nicht.

Hugh rang nach Argumenten und Worten für einen letzten Versuch, Greenbourne vielleicht doch noch umzustimmen, als der Butler eintrat. „Entschuldigen Sie, Mr. Greenbourne, aber Sie baten mich, Ihnen Bescheid zu geben, sobald der Detektiv eingetroffen sei."

Greenbourne stand sofort auf. Er schien sehr erregt zu sein. „Es tut mir leid, Pilaster, aber ich muß Sie jetzt verlassen. Meine Enkelin Rebecca ist verschwunden. Wir sind alle in großer Sorge."

„Oh, das tut mir leid, Mr. Greenbourne", sagte Hugh. Er kannte Sollys Schwester Kate und hatte eine vage Erinnerung an deren Tochter, ein hübsches dunkelhaariges Mädchen. „Ich hoffe, Sie finden sie wohlbehalten wieder."

Der alte Herr entfernte sich und ließ Hugh inmitten der Trümmer seiner zerstörten Hoffnungen allein.

MANCHMAL fragte sich Maisie, ob Wehen ansteckend waren. Oft genug kam es vor, daß lauter hochschwangere Frauen auf der Station lagen und tagelang gar nichts geschah. Doch setzten endlich bei einer Frau die Wehen ein, dann taten es ihr die anderen nach.

So war es auch an diesem Tag gewesen. Um vier Uhr morgens hatte es angefangen, und seither war ein Kind nach dem anderen geboren worden. Die Hauptarbeit leisteten zwar die Hebammen und Krankenschwestern, doch wenn es nötig war, halfen auch Maisie und Rachel.

Gegen sieben Uhr abends war schließlich alles vorbei. Rachel und Maisie saßen mit Dan Robinson bei einer Tasse Tee in Maisies Büro, als plötzlich Hugh Pilaster eintrat. „Ich habe sehr schlechte Nachrichten für euch, fürchte ich", sagte er.

Ein Blick in sein Gesicht zeigte Maisie, daß er verzweifelt war. Es muß jemand gestorben sein, befürchtete sie. „Hugh, was ist passiert?"

„Ihr habt doch das ganze Geld des Krankenhauses auf einem Konto bei meiner Bank deponiert, oder?"

Wenn es nur um Geld geht, kann es ja gar so schlimm nicht sein, dachte Maisie.

Rachel beantwortete Hughs Frage. „Ja. Mein Vater kümmert sich um die Geldangelegenheiten."

„Und er hat euer Geld in Córdoba-Anleihen investiert."

„Was ist denn los, Hugh?" drängte Maisie. „So sag es uns doch, um Himmels willen!"

„Die Bank ist zahlungsunfähig", sagte Hugh. „Euer gesamtes Geld ist verloren. Wahrscheinlich werdet ihr die Klinik schließen müssen. Ich kann euch gar nicht sagen, wie entsetzlich leid es mir tut."

Rachel wurde vor Schreck leichenblaß. Dan legte den Arm um sie, aber sie ließ sich nicht trösten. „Und was geschieht mit all diesen armen Frauen, die bei uns Hilfe suchen?" fragte sie.

„Ich hätte euch gerne aus meiner eigenen Tasche bezahlt", flüsterte Hugh, „aber auch ich habe alles verloren."

„Es muß doch noch irgendeinen Ausweg geben“, beharrte Rachel.

„Ich habe alles versucht. Ich habe Ben Greenbourne gebeten, die Bank zu retten, aber er hat es abgelehnt. Er hat eigene Sorgen – seine Enkelin Rebecca ist verschwunden. Doch ohne seine Unterstützung ist überhaupt nichts zu machen.“

Rachel erhob sich. „Ich geh jetzt am besten zu meinem Vater und rede mit ihm.“

„Und ich muß ins Unterhaus“, ergänzte Dan, stand auf und verließ mit Rachel das Büro.

Maisies Herz drohte zu zerspringen. Sie war bestürzt über die zu erwartende Schließung der Klinik. Doch nichts traf sie so sehr wie Hughs Schmerz. Vor vielen Jahren hatte er zu ihr gesagt, er werde eines Tages der klügste, raffinierteste, umsichtigste und reichste Bankier der Welt sein. Doch nun hatte ihn das gleiche Schicksal ereilt wie seinen Vater.

Maisie und Hugh sahen sich an, und Maisie erkannte in seinen Augen einen stummen Hilferuf. Langsam stand sie auf und ging zu ihm. Er schloß sie in die Arme und zog sie fest an sich. Jetzt endlich konnte er weinen.

NACHDEM Hugh gegangen war, begab sich Maisie auf einen Rundgang durch die Klinik. Elf Jahre lang hatten Rachel und sie Hunderten von Frauen helfen können. In Maisies Vorstellung war diese Klinik erst der Anfang, die erste einer Vielzahl ähnlicher Geburtskliniken im ganzen Land. Doch damit war es nun vorbei.

Sie unterhielt sich mit allen Frauen, die an diesem Tag entbunden hatten. Die einzige, um die sie sich Sorgen machte, war Miß Niemand. Sie war zierlich, und das Baby war sehr klein. Wahrscheinlich hat sie gehungert, um ihre Schwangerschaft vor der Familie zu verbergen, ging es Maisie durch den Kopf.

Sie setzte sich auf die Bettkante der Unbekannten. Die junge Mutter stillte ihr Kind, ein kleines Mädchen. „Ist sie nicht hübsch?“ fragte die junge Frau.

Maisie nickte. „Sie hat schwarze Haare – genau wie Sie.“ Maisie streichelte das winzige Köpfchen. Wie viele Babys ähnelte das kleine Wesen Solly. Plötzlich fiel es ihr wie Schuppen von den Augen. „O mein Gott!“ rief sie. „Du bist Ben Greenbournes Enkelin Rebecca, nicht wahr?“

Die junge Frau starrte sie an. „Wie haben Sie das herausgefunden? Sie haben mich doch seit meinem siebten Lebensjahr nicht mehr gesehen.“

„Aber ich kannte deine Mutter sehr gut! Schließlich war ich mit ihrem Bruder verheiratet.“ Kate war ihr gegenüber nie so arrogant gewesen wie der Rest der Familie Greenbourne; sie hatte sich sogar ausgesprochen freundlich verhalten.

„Versprechen Sie mir, daß Sie mich nicht verraten werden?“ bat Rebecca ängstlich.

„Ich verspreche dir, daß ich nichts ohne deine Zustimmung tun werde. Allerdings bin ich der Meinung, daß du deine Familie informieren solltest. Dein Großvater ist außer sich vor Sorge.“

„Vor ihm habe ich am meisten Angst.“

„Das kann ich gut verstehen. Er ist ein hartherziger alter Griesgram. Aber wenn du mir gestattest, mit ihm zu reden, kann ich ihn vielleicht zur Vernunft bringen.“

„Würden Sie das wirklich tun?“ In Rebeccas Stimme schwang Hoffnung mit.

„Selbstverständlich“, erwiderte Maisie. „Aber ich verrate ihm nicht, wo du bist – es sei denn, er verspricht, sich anständig zu benehmen.“

Ben Greenbournes Gesicht war tränennaß, als er aus dem Zimmer seiner Enkelin kam. „Ich lasse die Kleine ein Weilchen mit Kate allein“, sagte er mit erstickter Stimme, zog sein Taschentuch hervor und tupfte sich ohne großen Erfolg die Wangen ab. Zum erstenmal erlebte Maisie, daß ihr Schwiegervater die Selbstbeherrschung verloren hatte. Sie führte ihn in ihr Büro und bat ihn, Platz zu nehmen.

„Sind all diese jungen Frauen hier in der gleichen Situation wie Rebecca?“ fragte der alte Herr.

„Nicht alle. Einige sind Witwen, andere wurden von ihren Ehemännern verlassen oder sind ihren Männern davongelaufen, weil sie von ihnen geprügelt wurden. Aber den meisten ist es ergangen wie Rebecca: Es sind junge Mädchen, die einfach eine Dummheit begangen haben.“

„Ich hätte nie geglaubt, daß das Leben mir noch so viel beibringen kann“, gestand Greenbourne. „Doch jetzt wird mir klar, wie töricht und unwissend ich gewesen bin. Wohin würden diese armen kleinen Mädchen denn sonst gehen?“

„Sie würden ihre Kinder in Straßengräben und dunklen Gassen zur Welt bringen“, meinte Maisie. „Bedauerlicherweise muß die Klinik in Kürze schließen.“

„Weshalb denn das?“

Sie sah ihm in die Augen. „Unser gesamtes Geld lag beim Bankhaus Pilaster. Wir haben keinen Penny mehr."

„Tatsächlich?" erwiderte Ben Greenbourne. Er sah sehr nachdenklich aus.

HUGH entkleidete sich und wollte ins Bett gehen, doch an Schlaf war nicht zu denken. Er überlegte hin und her. Gab es denn wirklich keine Rettung mehr? Aber er fand keinen Ausweg. Gegen Mitternacht hörte er ein lautes Klopfen am Haupteingang des Hauses. Er zog den Morgenmantel an und ging die Treppe hinunter, um zu öffnen. Ein livrierter Bote übergab ihm einen Brief.

Hugh öffnete den Umschlag und erkannte die ordentliche, altmodische Handschrift eines pedantischen alten Mannes. Als er die Worte las, schlug sein Herz höher vor Freude.

Lieber Pilaster,
nach reiflicher Überlegung habe ich mich entschlossen, Ihrem Vorschlag zuzustimmen.

Hochachtungsvoll
Ben Greenbourne

Kapitel vier: Dezember 1890

DER ZUSAMMENBRUCH des Bankhauses Pilaster war der größte gesellschaftliche Skandal des Jahres. Atemlos berichtete die Boulevardpresse über jede neue Entwicklung, über den Verkauf der Villen in Kensington ebenso wie über die Versteigerung der Gemälde und Antiquitäten, die bescheidenen Vorstadthäuser, in denen die Pilasters jetzt wohnten, und daß sie nun eigenhändig die Kartoffeln schälen und ihre Unterwäsche selbst waschen mußten.

Hugh und Nora mieteten ein kleines Haus mit Garten in Chingford, einem fünfzehn Kilometer außerhalb von London gelegenen Dorf. Sie ließen das gesamte Hauspersonal zurück. Nora, seit Jahren jeglicher Hausarbeit entfremdet, fand sich nicht mit der neuen Lage ab. Sie schlurfte in einer schmutzigen Schürze herum und beklagte sich in einem fort.

Alle Teilhaber erhielten eine kleine monatliche Unterstützung, obwohl ihnen strenggenommen nicht einmal die zustand. Aber den Mitgliedern des Konsortiums war die Kooperation der Teilhaber beim Verkauf der Vermögenswerte durchaus hilfreich, und es lohnte sich, sie mit einer kleinen monatlichen Zuwendung bei Laune zu halten.

Mit nervöser Spannung verfolgte Hugh den Verlauf des Bürgerkrieges in Córdoba. Zunächst hatte es so ausgesehen, als würden die Mirandas den Krieg gewinnen. Präsident Garcia war zum Verlassen der Hauptstadt gezwungen worden und hatte sich in die befestigte Stadt Campanario zurückgezogen, die in seiner Heimatregion im Süden des Landes lag. Hugh machte sich keine Illusionen. Die siegreichen Mirandas würden nicht im entferntesten daran denken, die dem alten Regime gewährten Kredite zurückzuzahlen. Córdoba-Anleihen waren daher, so stand zu befürchten, auf absehbare Zeit nichts wert. Doch dann schlug sich Tonio Silvas Familie auf die Seite des Präsidenten. Beide Lager waren nun ungefähr gleich stark, auch in finanzieller Hinsicht. Der Norden verfügte über Salpetervorkommen und der Süden über Silberbergwerke, doch weder die eine noch die andere Partei fand ein Unternehmen, das ihre Exporte finanzierte und versicherte. Daraufhin wandten sich beide Seiten an die britische Regierung und baten, in der Hoffnung auf neue Kreditwürdigkeit, um politische Anerkennung. Doch bislang hatte sich Premierminister Lord Salisbury geweigert, einer Partei den Vorzug zu geben.

Eines Tages erschien Tonio Silva in London.

Am Morgen des 24. Dezember stand er bei Hugh in Chingford vor der Tür. Hugh bereitete gerade seinen Söhnen ein Frühstück in der Küche. Nora war noch beim Anziehen. Trotz der geringen Geldmittel, die ihr zur Verfügung standen, wollte sie nach London fahren, um noch Weihnachtseinkäufe zu erledigen. Hugh hatte sich bereit erklärt, zu Hause zu bleiben und sich um die Kinder zu kümmern.

Obwohl Tonio sich einen Vollbart hatte wachsen lassen – wahrscheinlich, um die Narben zu verbergen, die ihm vor mittlerweile elf Jahren Mickys Schlägertrupp zugefügt hatte –, erkannte Hugh ihn sofort an seinem karottenroten Schopf und dem unbefangenen Grinsen. Es schneite; Tonios Hut und Mantel waren weiß bepudert.

Hugh führte seinen alten Freund in die Küche und schenkte ihm eine Tasse Tee ein. „Wie hast du mich gefunden?“ fragte er, als sie Platz genommen hatten.

„Leicht war's nicht“, gab Tonio zu. „In eurem ehemaligen Haus ging niemand an die Tür, und die Bank war geschlossen. Doch in Whitehaven House, bei deiner Tante Augusta, hatte ich Glück. Deine genaue Adresse kannte sie nicht, aber sie wußte, daß du in Chingford lebst. Sie sprach den Namen aus, als handele es sich um eine Strafkolonie.“

Hugh nickte. „So schlimm ist es gar nicht. Den Jungen gefällt es hier prächtig."

„Augusta ist nicht umgezogen."

„Nein. Sie weigert sich, der Realität ins Auge zu sehen. Sie wird schon noch erkennen, daß es üblere Flecken gibt als Chingford."

„Córdoba zum Beispiel", warf Tonio ein. „Militärisch haben wir eine Pattsituation. Alles hängt jetzt von der britischen Regierung ab. Die Seite, die offiziell anerkannt wird, kann sich um neue Kredite bemühen und Nachschub für die Truppen organisieren. Deshalb bin ich hier."

„Hat Präsident Garcia dich geschickt?"

„Besser noch: Ich bin jetzt offizieller Botschafter von Córdoba in London. Miranda ist entlassen worden. Ich hoffe, daß ich den Premierminister überzeugen kann, uns zu unterstützen."

Hugh blickte Tonio zweifelnd an. „Lord Salisbury hat alle Hände voll zu tun, um zu verhindern, daß in Irland das Pulverfaß explodiert. Für einen Bürgerkrieg im fernen Südamerika bleibt ihm gar nicht die Zeit."

Tonio reagierte leicht gereizt. „Na gut. Du bist Engländer – wie könnte man deiner Meinung nach seine Aufmerksamkeit erregen?"

„Du könntest versprechen, britische Investoren vor Verlusten zu schützen."

„Wie?"

Hugh setzte sich auf seinem Stuhl zurecht. Es war merkwürdig – da führten sie in der kleinen Küche ein Gespräch, in dem das Schicksal eines ganzen Landes entschieden werden konnte. „Britische Geldgeber haben zwei Millionen Pfund in die Santamaria-Hafengesellschaft investiert. Größter Einzelinvestor war das Bankhaus Pilaster. Ich habe nicht den geringsten Zweifel daran, daß das gesamte Geld in die Kriegskasse der Mirandas geflossen ist. Angenommen, ihr gewinnt den Krieg: Wäre es denkbar, daß Präsident Garcia der Santamaria-Hafengesellschaft als Entschädigung für den Betrug die Salpetergruben übereignet?"

„Der Präsident hat mir versichert, daß ich *alles* versprechen darf, um die britische Regierung zur Unterstützung der Regierungstruppen in Córdoba zu bewegen", antwortete Tonio mit fester Stimme.

Hugh sah auf einmal einen Hoffnungsschimmer. Vielleicht gab es doch noch eine Möglichkeit, die Schulden der Pilasters zu begleichen. „Bevor du deinen Fall vorträgst, sollten wir gewisse Vorbereitungen treffen. Ich glaube, ich kann Ben Greenbourne so weit bringen, daß er bei Lord Salisbury ein gutes Wort für dich einlegt."

„Wir wollen so schnell wie möglich handeln“, bekräftigte Tonio.

„Ja, wir fahren sofort in die Stadt. Ich kann Greenbourne von der Bank aus anrufen.“ Hugh stand auf. „Ich sage nur schnell Nora Bescheid.“

Nora saß im Schlafzimmer und probierte gerade einen extravaganten Hut mit Fellbesätzen auf.

„Ich muß in die Stadt“, sagte Hugh, während er sich die Krawatte band.

„Und wer kümmert sich dann um die Jungen? Ich gehe einkaufen!“

„Es tut mir leid, Nora, aber das geht nicht. Ich muß dringend mit Ben Greenbourne sprechen.“

„Ich habe genug von alldem!“ kreischte sie. „Dem Haus, diesem langweiligen Dorf, den Kindern und dir. Mein Vater lebt in besseren Verhältnissen als wir!“ Noras Vater hatte mit einem Kredit des Bankhauses Pilaster eine Gaststätte eröffnet. „Ich sollte zu ihm ziehen und als Bardame arbeiten. Dann würde ich für meine Schinderei wenigstens bezahlt.“

Hugh starrte sie an. Schlagartig wurde ihm klar, daß seine Ehe ein einziger Scherbenhaufen war. Nora haßte ihn, und er verachtete sie. „Nimm den Hut ab, Nora!“ befahl er. „Du gehst nicht einkaufen.“ Er zog seine Anzugjacke an und verließ das Zimmer.

Tonio wartete ungeduldig im Flur. Hugh küßte seine Söhne, griff Hut und Mantel und öffnete die Tür. „In einer Viertelstunde fährt ein Zug“, sagte er.

Es schneite immer noch. Hugh und Tonio gingen eine Schotterstraße hinunter ins Dorf. Als sie eine Brücke überquerten, die über die Gleise führte, erschien bereits der Zug.

Ein Mann mit einem Spazierstock lehnte am Brückengeländer und beobachtete die rasch näher kommende Bahn. Als sie an ihm vorbeigingen, drehte er sich um. Es war Micky Miranda – und er hielt einen Revolver in der Hand.

Danach geschah alles entsetzlich schnell.

Hugh stieß einen Schrei aus, der jedoch vom Lärm des Zuges übertönt wurde. Micky ließ den Spazierstock fallen, zielte auf Tonio und feuerte aus nächster Nähe. Tonio taumelte und stürzte zu Boden. Micky richtete die Pistole auf Hugh, doch im selben Augenblick hüllte eine dichte Rauchwolke, die aus dem Schornstein der Lokomotive quoll, die Brücke ein, so daß keiner der beiden mehr etwas sehen konnte. Hugh warf sich auf den schneebedeckten Boden und hörte zwei Schüsse, spürte aber nichts. Er rollte zur Seite, richtete sich auf und starrte in den Nebel.

Der Rauch begann sich zu verflüchtigen. Hugh erkannte eine Gestalt im Dunst und stürzte auf sie zu. Micky entdeckte ihn und drehte sich um, aber es war zu spät. Hugh stieß ihn um, so daß Micky hinfiel. Die Pistole wurde ihm aus der Hand geschleudert und flog in hohem Bogen über das Brückengeländer auf die Bahnschienen.

Hugh stolperte über Micky. Die beiden Männer rappelten sich auf, und Micky bückte sich, um seinen Spazierstock aufzuheben. Doch Hugh stürzte sich erneut auf ihn und warf ihn zu Boden. Als Micky wieder mühsam auf die Beine gekommen war, holte Hugh zum nächsten Schlag aus. Aber der Hieb verfehlte sein Ziel. Micky schwang den Spazierstock und traf Hugh am Kopf. Hugh brüllte vor Schmerz und Wut, stürzte sich auf seinen Widersacher und stieß ihm die Faust ins Gesicht. Dann taumelten beide schwer atmend zurück.

Unten auf dem Bahnsteig ertönte ein Pfiff und kündigte die bevorstehende Abfahrt des Zuges an. Panische Angst verzerrte Mickys Gesicht. Wahrscheinlich hat er vor, mit dem Zug zu fliehen, dachte Hugh. Er kann unmöglich noch eine Stunde hier in der Nähe des Tatorts bleiben. Hughs Vermutung erwies sich als richtig, denn Micky drehte sich im selben Augenblick um und rannte los.

Hugh spurtete hinterher. Micky war alles andere als ein guter Läufer, aber um Hughs sportliche Fähigkeiten war es kaum besser bestellt. Micky erreichte den Bahnhof, als der Zug sich gerade in Bewegung setzte. Atemlos hetzte Hugh hinter Micky her. Als die beiden auf den Bahnsteig stürmten, rief ein Bahnbeamter: „He, Sie da! Wo sind Ihre Fahrkarten?“

„Mord!“ schrie Hugh wie zur Antwort.

Micky jagte über den Bahnsteig und versuchte, das Zugende einzuholen. Hugh ließ die quälenden Seitenstiche, so gut es ging, unbeachtet. Auch der Bahnbeamte beteiligte sich jetzt an der Verfolgungsjagd. Micky erreichte den Zug, bekam einen Haltegriff zu fassen und schwang sich auf das Trittbrett. Mit einem Satz war Hugh bei ihm und erwischte ihn gerade noch an der Ferse, doch seine Hand glitt ab. Der Bahnbeamte stolperte über Hugh, und beide fielen der Länge nach auf den Bahnsteig. Als Hugh wieder auf die Beine kam, war der Zug außer Reichweite.

Der Bahnbeamte stand auf und klopfte sich den Schnee von der Uniform. „Was, zum Teufel, war denn das?“

„Ein Mann ist erschossen worden“, keuchte Hugh. Er führte den Bahnbeamten auf die Brücke, wo Tonio lag, und kniete neben ihm nieder.

„Mein Gott, das sieht ja furchtbar aus!“ stieß der Eisenbahner hervor.

Es kostete Hugh große Überwindung, seine Hand unter Tonios Mantel zu schieben, um nach dem Herzschlag zu tasten. Doch es war nichts mehr zu spüren. Hugh empfand eine tiefe Trauer, die ihm die Tränen in die Augen trieb.

Mit erschreckender Klarheit erkannte er jetzt, wie Micky diesen Mord geplant hatte. Micky verfügte über gute Kontakte zum Außenministerium. Einer seiner Freunde mußte ihm am Abend zuvor zugeflüstert haben, daß Tonio sich in London aufhielt. Da Tonio seine Akkreditierungsschreiben bereits vorgelegt hatte, wußte Micky, daß seine Tage gezählt waren. Anders verhielt es sich, wenn Tonio etwas zustieß. Dann gab es niemanden mehr in London, der für Präsident Garcia verhandeln konnte, und Micky würde erst einmal wieder zum Botschafter ernannt werden.

Doch wie hatte Micky herausgefunden, wo Tonio sich aufhielt? Vielleicht hatte er ihn beschatten lassen, vielleicht hatte er aber auch von Augusta erfahren, daß Tonio sich bei ihr nach Hughs Verbleib erkundigt hatte. Auf jeden Fall war er Tonio nach Chingford gefolgt. Da Tonio früher oder später zum Bahnhof zurückkehren mußte, hatte sich Micky in der Umgebung des Bahnhofs aufgehalten und sein Opfer abgepaßt.

Sein Plan barg viele Risiken – doch um ein Haar hätte alles geklappt. Dann hätte niemand Micky erkannt. Außerdem gab es in Chingford weder eine Telegraphenstation noch ein Telephon. Lange bevor die Polizei von seinem Verbrechen erfahren hätte, wäre Micky wieder in London gewesen.

Aber es war ihm nicht gelungen, Hugh umzubringen. Und Micky hatte seine diplomatische Immunität verloren, da er, formal gesehen, nicht mehr Gesandter Córdobas war. Für den Mord an Tonio konnte Micky gehängt werden.

Hugh erhob sich. „Wir müssen so schnell wie möglich die Polizei informieren. Wann geht der nächste Zug?“

Der Eisenbahner zog eine große Uhr aus der Westentasche. „In siebenundvierzig Minuten.“

„Wir sollten beide mitfahren. Sie gehen zur Polizei in Walthamstow, und ich fahre in die Stadt und benachrichtige Scotland Yard.“

Gemeinsam trugen sie Tonio in den Wartesaal und legten ihn auf eine Bank.

Hugh ging nervös auf und ab, und der Bahnbeamte saß auf der Bank gegenüber und starrte in angstvoller Faszination die Leiche an.

Nach einer Weile setzte Hugh sich neben ihn, und so verharrten sie dann, teilten still und wachsam den kalten Wartesaal mit dem Toten.

Schließlich kam der Zug.

MICKY MIRANDA floh um sein Leben. Sein Glück verließ ihn zusehends. In den vergangenen vierundzwanzig Jahren hatte er vier Morde begangen. Dreimal war er ungeschoren davongekommen, doch diesmal war es schiefgegangen. Er hatte am hellichten Tag Tonio Silva erschossen, und Hugh Pilaster hatte es gesehen. Jetzt gab es nur noch eine Möglichkeit, dem Henker zu entkommen: Er mußte England verlassen.

Nach der Ankunft des Zuges in London eilte Micky durch den Bahnhof an der Liverpool Street und bestieg eine Droschke. Auf schnellstem Wege ließ er sich zum Büro der Gold Coast & Mexiko-Dampfschiffahrtsgesellschaft fahren. Das Büro war voller Menschen, überwiegend südamerikanischer Herkunft. Doch Mickys teure Kleidung und seine Oberklassenarroganz erregten die Aufmerksamkeit eines Angestellten, der ihn an den Anfang der Schlange winkte.

„Ich möchte eine Überfahrt nach Córdoba buchen“, sagte Micky.

„In Córdoba herrscht Krieg, Sir“, erwiderte der Angesprochene.

Micky verkniff sich eine sarkastische Bemerkung. „Sie haben aber noch nicht alle Überfahrten eingestellt, wie ich höre.“

„Wir verkaufen Passagen nach Lima in Peru. Wenn die politische Lage es erlaubt, fährt das Schiff von dort aus weiter nach Palma.“

Das genügte. „Wann läuft der nächste Dampfer aus?“

„Wenn Sie's eilig haben: Heute abend legt die *Aztec* in Southampton ab.“

Gott sei Dank! Mein Glück hat mich doch noch nicht ganz im Stich gelassen, dachte Micky. „Reservieren Sie mir die beste Kabine, die noch frei ist.“

„Sehr wohl, Sir. Auf welchen Namen bitte?“

„Andrews“, antwortete Micky. „M. R. Andrews.“ Vielleicht kam die Polizei ja auf die Idee, die Passagierlisten auf den Namen Miranda zu überprüfen. Das half ihr jetzt nicht mehr weiter. Micky war heilfroh über die verrückte Freizügigkeit der britischen Gesetze, die die Ein- und Ausreise ohne Paß gestatteten. Dann fiel ihm ein, daß es noch ein weiteres Problem zu bewältigen gab: Es war gut möglich, daß Scotland Yard seine Personenbeschreibung an alle Hafenstädte telegrafierte.

Der Angestellte reichte ihm die Fahrkarte. Micky bezahlte mit großen Scheinen, drängte sich durch die Menge und lief hinaus auf die verschneite Straße. Er war noch immer in großer Sorge. Die Polizei würde nach einem gutgekleideten, allein reisenden Herrn von ungefähr vierzig Jahren Ausschau halten. Micky erwog, sich als Greis zu verkleiden und in Begleitung zu reisen. Am besten gebe ich mich als Invalide aus und lasse mich in einem Rollstuhl an Bord schieben, dachte er. Aber dazu brauchte er einen Komplizen. Edward fiel ihm ein.

Er winkte eine Droschke herbei. „Zur Hill Street!" befahl er dem Kutscher.

Edward wohnte in einem kleinen Haus in Mayfair. Als er die Tür öffnete, trug er einen fleckigen Morgenmantel aus Seide. Der Hautausschlag hatte sich über sein ganzes Gesicht verbreitet.

„Ich verlasse das Land", eröffnete ihm Micky.

„Oh, nimm mich bitte mit!" rief Edward und brach in Tränen aus.

„Was, zum Teufel, ist denn mit dir los?" fragte Micky barsch.

„Ich muß sterben", erwiderte Edward.

„Was soll der Quatsch? Du stirbst nicht, du hast bloß eine Hautkrankheit."

„Es ist keine Hautkrankheit, sondern Syphilis."

Micky blieb vor Schreck die Luft weg. Womöglich hatte er sich angesteckt! Das Schiff würde in ein paar Tagen in Lissabon anlegen, und er beschloß, dort einen Arzt aufzusuchen. Das mußte reichen. Edward allerdings befand sich in einem so erbarmungswürdigen Zustand, daß er Micky nicht aus dem Land schmuggeln konnte. Die einzige Kandidatin, die ihm blieb, war Augusta. Sie war seine letzte Chance. Er wandte sich zum Gehen.

„Bitte, verlaß mich nicht!" flehte Edward.

Micky blieb keine Zeit für Sentimentalitäten. „Ich kann mich doch nicht mit einem Todkranken belasten", raunzte er und ging, ohne sich noch einmal umzusehen.

AUGUSTA betrat in der für sie typischen gebieterischen Haltung den Salon. Sie trug ein violettes Seidenkleid mit Keulenärmeln. Micky versuchte, sich das Verlangen ins Gedächtnis zurückzurufen, das er einst für sie empfunden hatte – aber es war fort, endgültig dahin. Er würde sich verstellen müssen.

Sie reichte ihm nicht die Hand. „Was führt dich hierher?" erkundigte sie sich kühl. „Du hast mich und meine Familie ruiniert."

„Ich wußte nicht, daß die Córdoba-Aktien wegen des Bürgerkrieges einen solchen Kursverfall machen würden. Wußten Sie das?"

Sie zögerte. Offensichtlich hatte sie keine Ahnung gehabt. Ihr

Panzer zeigte einen ersten Riß, und Micky bemühte sich, ihn zu vergrößern. „Wären mir die Folgen bewußt gewesen, hätte ich nie um die Anleihen nachgesucht. Ich hätte mir eher die Kehle durchgeschnitten, als Ihnen etwas Böses anzutun." Er merkte, daß sie ihm nur allzugern glaubte. „Aber das ist jetzt alles ohnehin bedeutungslos. Ich verlasse England noch heute abend und werde wahrscheinlich nie wieder zurückkehren."

Sie sah ihn an. In ihren Augen stand plötzlich Furcht. „Warum?"

Micky hatte keine Zeit mehr zu verlieren. „Ich habe vorhin Tonio Silva erschossen, und die Polizei ist hinter mir her. Ich habe eine Passage nach Südamerika gebucht. Der Dampfer legt am Abend in Southampton ab. Ich möchte, daß Sie mich begleiten."

Ihre Augen weiteten sich, und sie trat einen Schritt zurück.

Micky ergriff ihre Hand. „Als mir klar wurde, daß ich so schnell wie möglich abreisen muß, da kam mir etwas zu Bewußtsein, das ich mir schon vor langer Zeit hätte eingestehen sollen. Aber ich denke, Sie haben es schon immer gewußt. Ich liebe Sie, Augusta."

Er spielte seine Rolle und studierte dabei Augustas Gesicht wie ein Seemann die Meeresoberfläche. Sie deutete ein Lächeln an, doch er sah, daß sie noch immer unentschlossen war. Er legte eine Hand auf ihre Taille und zog sie sanft an sich. Als sein Gesicht dem ihren ganz nahe war, flüsterte er: „Ich kann ohne dich nicht leben, liebste Augusta." Er spürte, wie sie unter seiner Berührung erbebte. Seine Lippen streiften ihre Wange. „Du bist die begehrenswerteste Frau, die mir je begegnet ist. Augusta . . ." Er hielt inne.

„Was ist?"

Er hatte sie fast soweit. Aber noch nicht ganz. Er mußte seinen letzten Trumpf ziehen. „Jetzt, da ich nicht mehr Botschafter bin, kann ich mich von Rachel scheiden lassen."

„Was sagst du da?"

„Willst du mich heiraten?" hauchte er ihr ins Ohr.

„Ja", sagte sie.

Er küßte sie.

April Tilsley, elegant herausgeputzt mit Fuchspelz und scharlachroter Seide, platzte in Maisies Büro in der Geburtsklinik. Sie schwenkte eine Zeitung in der Hand. „Hast du schon gehört, was passiert ist?" rief sie. „Micky Miranda hat auf Tonio Silva geschossen!"

Wer Micky war, wußte Maisie. Doch sie mußte einen Augenblick nachdenken, ehe ihr einfiel, daß Tonio in ihrer Jugendzeit zum Kreis der jungen Männer um Solly und Hugh gezählt hatte. Er war ein

Spieler gewesen. April hatte ihn eine Zeitlang sehr gemocht. „Micky hat auf ihn geschossen?" fragte sie verwundert. „Ist er tot?"

„Ja. Es steht in der Nachmittagsausgabe. Weißt du, was noch drinsteht . . .?" April zögerte. „Die Polizei will Micky auch noch wegen anderer Morde verhören – wegen Peter Middleton und Solomon Greenbourne."

Maisie ließ sich auf ihren Stuhl fallen. „Micky hat Solly getötet?"

April reichte ihr die Zeitung, und Maisie las den Bericht. Ein Satz ließ Maisie zusammenfahren. Die Schießerei hatte in Chingford stattgefunden. „Chingford! Da wohnt doch jetzt Hugh!"

„Hugh Pilaster? Weinst du dem immer noch nach?"

„Es muß etwas mit Hugh zu tun haben, siehst du das denn nicht? Das kann doch kein Zufall sein! O Gott im Himmel, ich hoffe, ihm ist nichts passiert!"

„Wenn ihm etwas zugestoßen wäre, würde es in der Zeitung stehen, denke ich."

„Das ist doch erst ein paar Stunden her. Sie wissen es vielleicht noch gar nicht." Maisie stand auf. „Ich muß herausfinden, wie es ihm geht. Ich fahre sofort zu ihm."

HUGH fand es äußerst beeindruckend, wie Scotland Yard auf seinen Bericht reagierte. Der Fall wurde Kriminalkommissar Magridge übertragen, einem peniblen, intelligenten Mann in Hughs Alter mit scharfgeschnittenen Zügen. Innerhalb einer Stunde hatte Magridge eine Personenbeschreibung von Micky Miranda verteilen lassen. Außerdem schickte er auf Hughs Anregung hin einen Inspektor aus, der Edward Pilaster verhören sollte, und einen anderen zu Augusta.

Ein Wachtmeister, der den Auftrag bekommen hatte, in den Londoner Buchungsbüros der Schiffahrtslinien Erkundigungen anzustellen, berichtete, daß ein Mann, auf den Mickys Beschreibung paßte, eine Überfahrt auf der *Aztec* gebucht habe, die noch am selben Abend Southampton verlassen sollte. Die Polizei in Southampton wurde angewiesen, sowohl den Bahnhof als auch den Anlegesteg zu überwachen.

Unverrichteterdinge kehrte der zu Augusta geschickte Inspektor zurück. Sein Klingeln und Klopfen war vergeblich gewesen.

„Ich habe einen Schlüssel für Whitehaven House", sagte Hugh.

„Sie ist wahrscheinlich ausgegangen", meinte Magridge. „Könnten Sie nicht im Haus Ihrer Tante nachsehen? Ich würde den Inspektor jetzt eigentlich gern zur Botschaft Córdobas schicken."

Froh darüber, etwas Nützliches tun zu können, fuhr Hugh mit einer Droschke nach Kensington. Er klingelte und klopfte, aber niemand kam an die Tür. Offensichtlich war das gesamte Personal inzwischen entlassen worden. Hugh zog seinen Schlüssel hervor und öffnete die Haustür.

Es war kalt im Haus. Obwohl es nicht Augustas Art entsprach, sich zu verstecken, beschloß Hugh, in jedem einzelnen Zimmer nachzusehen. Das Erdgeschoß war verwaist. Er stieg die Treppe hinauf und betrat Augustas Schlafzimmer.

Dort bot sich ihm ein überraschender Anblick: Die Türen des Kleiderschranks standen sperrangelweit offen, die Schubladen der Kommode waren herausgezogen, auf dem Bett und auf den Stühlen lagen Kleidungsstücke achtlos herum. Im ersten Moment glaubte Hugh an einen Einbruch, doch dann kam ihm ein anderer Gedanke.

Im Eilschritt stürmte er die Treppenflucht zur Dienstbotenetage hinauf. Als er noch in diesem Haus gewohnt hatte, waren die Reise- und Schrankkoffer in einem großen Wandschrank verstaut gewesen. Die Tür des Schranks stand offen. Im Innern befanden sich ein paar kleinere Handkoffer, aber kein Überseekoffer.

Augusta war auf und davon.

Rasch überprüfte Hugh noch die anderen Zimmer. Erwartungsgemäß begegnete er niemandem. In den Räumen der Hausangestellten entwickelte sich bereits der muffige Geruch leerstehender Wohnungen. Aber Onkel Josephs Schlafzimmer sah völlig unverändert aus. Hugh wollte das Zimmer gerade verlassen, als sein Blick auf das lackierte Vitrinenschränkchen mit Josephs wertvoller Schnupftabaksdosensammlung fiel.

Die Vitrine war leer.

Hugh runzelte die Stirn. Er wußte, daß die Tabaksdosen noch nicht bei den Auktionatoren deponiert waren: Augusta hatte bislang den Abtransport von Gegenständen aus Whitehaven House zu verhindern gewußt. Also hatte sie die Schnupftabaksdosen mitgenommen.

Der Wert der Sammlung belief sich auf hunderttausend Pfund – eine Summe, die ausreichte, um Augusta bis an ihr Lebensende ein komfortables Auskommen zu garantieren. Aber sie gehörte nicht Augusta, sondern dem Konsortium.

Hugh entschloß sich, die Flüchtige zu verfolgen. Er lief die Treppen hinunter und hinaus auf die Straße. Ein paar Meter weiter befand sich ein Droschkenstand. Die Kutscher standen in einer kleinen Gruppe beieinander, unterhielten sich und traten von einem Fuß auf den anderen, um sich in dem Schneegestöber warm zu halten. Hugh eilte zu ihnen. „Hat einer von Ihnen heute nachmittag Lady Whitehaven gefahren?“ fragte er in die Runde.

„Zwei von uns sogar!“ erwiderte einer der Männer. „Einen brauchte sie nämlich allein für ihr Gepäck!“

Hugh sah seine Vermutung bestätigt. „Wohin haben Sie sie denn gebracht?“

„Zur Waterloo Station, zum Schiffszug um ein Uhr.“

Der sogenannte „Schiffszug“ fuhr nach Southampton, von wo aus auch Micky abreisen wollte.

„Aber sie haben den Zug verpaßt!“ ergänzte der Droschkenkutscher.

„Sie?“ fragte Hugh. „Hat sie denn jemand begleitet?“

„Ja, ein alter Mann in einem Rollstuhl.“

Also offenbar nicht Micky. Aber wer sonst? In der Familie gab es niemanden, der auf einen Rollstuhl angewiesen war. „Sie haben den Zug verpaßt, sagten Sie. Wissen Sie, wann der nächste Schiffszug geht?“

„Um drei.“

Hugh sah auf die Uhr. Es war halb drei – er konnte es noch schaffen.

„Fahren Sie mich zur Waterloo Station“, sagte er und sprang in die Droschke.

Er erreichte den Bahnhof gerade noch rechtzeitig, um sich eine Fahrkarte zu kaufen und in den fahrbereiten Zug einzusteigen. Als die Bahn sich in Bewegung setzte, machte Hugh sich auf die Suche nach Augusta.

Er fand sie bereits im nächsten Waggon. Ein kurzer Blick ins Abteil verschaffte ihm Gewißheit. Um nicht erkannt zu werden, ging er schnell daran vorbei. Micky war nicht bei ihr; er hatte offenbar einen früheren Zug genommen. Außer Augusta saß nur noch ein älterer Mann mit einer Decke über dem Schoß im Abteil.

Im nächsten Waggon suchte sich Hugh einen Sitzplatz. Es war sinnlos, Augusta während der Fahrt zur Rede zu stellen. Die Schnupftabaksdosen befanden sich vielleicht gar nicht bei ihr im Abteil, sondern in einem Koffer im Gepäckwagen. Wenn er sie jetzt schon darauf ansprach, würde er sie nur vorwarnen. Am besten war es, bis zur Ankunft des Zuges in Southampton zu warten.

Es schneite noch immer, als der Zug den Zielbahnhof erreichte. Hugh lehnte sich aus dem Wagenfenster. Überall wimmelte es von Polizisten, was Hugh vermuten ließ, daß Micky noch immer nicht gefaßt worden war.

Noch ehe der Zug stand, sprang er ab und gelangte als erster Fahrgast an die Sperre am Ende des Bahnsteigs. Dort wandte er sich an einen Polizeiinspektor. „Ich bin der Seniorpartner des Bankhauses Pilaster“, stellte er sich vor und gab dem Mann seine Karte. „Ich weiß, daß Sie nach einem Mörder fahnden. Aber in diesem Zug reist eine Frau, die gestohlene Wertgegenstände mit sich führt. Es handelt sich dabei um Eigentum der Bank. Ich nehme an, die Dame plant, heute abend mit der *Aztec* das Land zu verlassen und die Gegenstände mitzunehmen.“

„Um welche Gegenstände handelt es sich denn, Mr. Pilaster?“ fragte der Inspektor.

„Um eine Sammlung juwelenbesetzter Schnupftabaksdosen.“

„Und wie heißt diese Frau?“

„Es ist die Gräfinwitwe von Whitehaven.“

Der Polizeibeamte hob die Brauen. „Ich lese Zeitung, Sir“, sagte er. „Offenbar steht die Angelegenheit in Verbindung mit dem Zusammenbruch der Bank.“

Hugh nickte.

„Nun denn“, sagte der Inspektor. „Bleiben Sie hier bei mir an der Sperre. Wir halten die Frau fest, wenn sie durchkommt.“

Gespannt beobachtete Hugh, wie die Reisenden den Zug verließen und durch die Sperre hinausströmten. Obwohl er sich ziemlich sicher war, daß Micky nicht mit diesem Zug gekommen war, musterte er aufmerksam alle Gesichter.

Augusta kam als letzte an die Sperre. Drei Gepäckträger trugen ihre Koffer. Als sie Hugh erkannte, erbleichte sie.

Der Inspektor war die Höflichkeit in Person. „Entschuldigen Sie, Lady Whitehaven, auf ein Wort . . .“

Nie zuvor hatte Hugh Augusta so ängstlich erlebt. Dennoch gab sie sich majestätisch wie eh und je. „Ich fürchte, mir fehlt die Zeit, Inspektor. Mein Schiff legt heute abend ab. Ich muß an Bord.“

„Ich garantiere Ihnen, daß die *Aztec* nicht ohne Sie ablegen wird, Gnädigste“, antwortete der Inspektor formvollendet. Sein Blick streifte die Gepäckträger. „Ihr könnt die Sachen vorübergehend abstellen, Jungs.“ Dann wandte er sich wieder an Augusta. „Mr. Pilaster behauptet, Sie führen einige sehr wertvolle Schnupftabaksdosen aus seinem Besitz mit sich. Ist das korrekt?“

Augusta wirkte beinahe erleichtert, doch gerade das verwirrte Hugh. „Ich wüßte nicht, warum ich eine derart impertinente Frage beantworten sollte“, versetzte sie.

„Wenn Sie sich weigern, muß ich leider Ihr Gepäck durchsuchen lassen.“

Augusta zögerte. „Also gut, ich habe die Schnupftabaksdosen bei mir", gab sie schließlich zu und deutete auf ein Gepäckstück. „Sie sind in diesem Koffer."

„Den Schlüssel, wenn ich bitten darf!" forderte der Inspektor.

Wieder zögerte Augusta, und wieder gab sie nach. Sie kramte einen kleinen Ring mit Kofferschlüsseln hervor, wählte einen davon aus und reichte ihn dem Inspektor.

Der Beamte öffnete den Koffer. Er war mit Schuhsäcken gefüllt. Augusta deutete auf einen bestimmten Beutel. Der Inspektor öffnete ihn und zog eine Holzkiste hervor, in der eine Vielzahl kleiner, sorgfältig in Papier gewickelter Gegenstände lag. Wahllos nahm der Inspektor einen davon und wickelte ihn aus. Es war eine kleine goldene Dose, auf der mit Diamantsplittern eine Eidechse abgebildet war.

Der Inspektor sah Hugh an. „Wissen Sie, um wie viele Dosen es sich handeln soll, Sir?"

Alle Familienmitglieder wußten das. „Fünfundsechzig", sagte Hugh. „Eine Dose für jedes Lebensjahr von Onkel Joseph." Mißtrauisch zählte er sie. Es waren fünfundsechzig. Das freudige Gefühl des Sieges überkam ihn.

„Darf ich jetzt gehen?" fragte Augusta ungehalten.

Der Inspektor verneigte sich, und Augusta passierte die Sperre. Die drei schwerbeladenen Gepäckträger folgten ihr.

Plötzlich fiel Hugh auf, daß er den alten Mann nicht mehr gesehen hatte, der im Zug bei Augusta gesessen hatte. War es Micky Miranda in Verkleidung gewesen? Und wenn ja, wo war er jetzt?

EIN STEWARD geleitete Augusta zu einer Kabine auf dem Oberdeck der *Aztec*. In der Annahme, dank der Schnupftabaksdosen aller Geldsorgen ledig zu sein, hatte Augusta mit ihrer gesamten Barschaft die beste noch verfügbare Kabine gebucht. Auf der Frisierkommode standen Blumen, und auf einem Tisch ruhte eine Flasche Champagner in einem Eiskübel. Die Gepäckträger waren noch dabei, Augustas Koffer in die Kabine zu bringen, als draußen bereits alle Begleitpersonen aufgefordert wurden, das Schiff zu verlassen. Sobald die Gepäckträger gegangen waren, trat Augusta auf das Deck und blickte über die Reling. Sie sah, wie die Laufstege nacheinander eingezogen und die Leinen gelöst wurden. Das Nebelhorn ertönte, und langsam, kaum wahrnehmbar, setzte sich das riesige Schiff in Bewegung.

Augusta kehrte in ihre Kabine zurück und schloß die Tür hinter sich ab. Dann öffnete sie den großen Schrankkoffer und ließ Micky heraus.

Er taumelte durch die Kabine und fiel auf das Bett. „Himmel!" stöhnte er. „Ich dachte, mein letztes Stündlein hätte geschlagen."

„Mein armer Liebling! Was tut dir denn weh?"

„Meine Beine." Sie massierte seine Unterschenkel und spürte durch den Stoff der Hose die Wärme seiner Haut. Es war lange her, seit sie einen Mann in dieser Weise berührt hatte. Sie spürte die Lust in sich aufsteigen. Sie konnte nicht länger warten. Ungestüm ergriff sie seine Hand und zog sie an die Lippen.

Einen Augenblick lang sah Micky sie verwundert an. Dann entzog er sich ihr.

„Du Närrin", höhnte er und erhob sich vom Bett. „Du hast dir doch tatsächlich eingebildet, ich würde dich heiraten! Du hast kein Geld und keinen Einfluß mehr. Die Bank ist bankrott, und du hast sogar die Schnupftabaksdosen verloren. Ich habe alles gehört. Was soll ich noch mit dir anfangen?"

Augusta spürte einen Stich in der Brust, als habe ihr jemand ein Messer direkt ins Herz gestoßen. „Du hast doch gesagt, daß du mich liebst."

„Du bist achtundfünfzig – so alt wie meine Mutter, Herrgott noch mal!"

Augusta schwanden fast die Sinne. Tränen stiegen ihr in die Augen, und sie wandte sich von ihm ab. Er sollte sich nicht an ihrer Scham und Trauer weiden.

„Aber wenn wir nach Córdoba kommen . . .", flüsterte sie.

„Du fährst nicht nach Córdoba. Du kannst das Schiff in Lissabon verlassen und wieder nach England zurückkehren. Ich brauche dich nicht mehr."

Jedes Wort traf Augusta wie ein Schlag. Entsetzt wich sie vor Micky zurück, bis sie gegen die Kabinentür stieß. Sie hielt es in seiner Gegenwart nicht mehr aus. Schnell sperrte sie die Tür auf und verließ die Kabine. Die eiskalte Nachtluft brachte sie rasch zur Besinnung. Sie benahm sich wie ein hilfloses kleines Mädchen, nicht wie eine reife, erfahrene Frau. Vorübergehend war ihr die Kontrolle über ihr Leben entglitten – um so mehr galt es jetzt, wieder Herrin über das eigene Schicksal zu werden.

Da kam ihr auf einmal eine Idee.

Sie ging wieder in die Kabine zurück und schloß die Tür hinter sich. Micky stand vor dem Spiegel und richtete seine Krawatte. „Es kommt jemand", raunte sie ihm zu. „Ein Polizist!"

Mickys Verhalten änderte sich schlagartig. Der spöttische Ausdruck in seiner Miene wich panischer Angst. „O verdammt!" fluchte er.

Augusta überlegte fieberhaft. „Wir befinden uns nach wie vor in britischen Hoheitsgewässern. Du kannst noch verhaftet und mit einem Boot der Küstenwache zurückgebracht werden."

„Ich muß mich verstecken." Er kletterte in den Überseekoffer. „Mach ihn zu, schnell!"

Augusta schloß den Deckel und ließ die Verschlüsse zuschnappen. „So ist's gut", sagte sie befriedigt.

Dann setzte sie sich auf das Bett und starrte auf den Überseekoffer. Immer wieder vollzog sie in Gedanken das Gespräch mit Micky nach. Sie hatte sich verwundbar gezeigt, und er hatte es ausgenutzt. Er hatte sie liebkost und dann verschmäht. Je mehr Zeit verstrich, desto mehr legte sich ihre Wut und verwandelte sich in finstere, bösartige Rachsucht.

Aus dem Innern des großen Koffers drang gedämpft Mickys Stimme. „Augusta, was ist denn los?"

Sie gab ihm keine Antwort.

Er begann, um Hilfe zu rufen, worauf Augusta den Koffer zur Schalldämmung mit Decken umwickelte. Nach einer Weile gab Micky auf.

Nachdenklich entfernte Augusta die Gepäckanhänger, die ihren Namen trugen, von dem Überseekoffer. Sie hörte Kabinentüren zuschlagen. Die Passagiere begaben sich in den Speisesaal. Das Schiff, das mittlerweile das offene Wasser des Ärmelkanals erreicht hatte, begann in der Dünung ein wenig zu schaukeln.

Der Abend verstrich. Zwischen Mitternacht und zwei Uhr morgens kehrten die Passagiere schließlich in kleinen Gruppen zurück. Danach war alles ruhig, nur die Geräusche des Meeres und das Stampfen der Maschinen waren noch zu hören.

Wie besessen starrte Augusta auf den Überseekoffer. Ein kräftiger Gepäckträger hatte ihn in die Kabine geschleppt. Augusta konnte ihn nicht anheben, aber vielleicht ließ er sich ziehen. Sie packte einen der beiden Riemen, die um den Koffer gespannt waren, und riß daran. Der Überseekoffer kippte zur Seite und fiel um. Micky fing erneut an zu schreien, worauf Augusta die Decken wieder über den Koffer warf. Micky verstummte.

Aufs neue ergriff Augusta den Lederriemen und zog daran. Der Koffer war sehr schwer, ließ sich aber mit jedem Zug ein paar Zentimeter weit bewegen. Nach jedem Ruck legte sie eine Pause ein.

Ungefähr zehn Minuten später hatte sie die Kabinentür erreicht. Sie schlüpfte in ihren Pelzmantel und öffnete die Tür. Auf dem Deck war niemand zu sehen. Augusta zerrte den Überseekoffer durch die

Kabinentür ins Freie und hielt erneut inne. Danach tat sie sich etwas leichter, da der Boden durch den nassen Schnee glitschig war. Nach weiteren zehn Minuten stand der Koffer vor der Reling.

Der nächste Schritt war schwieriger. Augusta packte einen Riemen, hob den vorderen Teil des Koffers an und versuchte, das Gepäckstück aufzurichten. Beim ersten Versuch entglitt ihr der Koffer und krachte auf das Deck. In Augustas Ohren klang es furchtbar laut, aber niemand kam, um nachzusehen, was geschehen war.

Beim zweitenmal ging sie entschlossener zu Werke. Sie kniete nieder, umklammerte die Ecken des Koffers mit beiden Händen und stemmte die schwere Last langsam hoch. Als der Überseekoffer einen Neigungswinkel von ungefähr fünfundvierzig Grad erreicht hatte, bewegte sich Micky im Innern. Sein Gewicht verlagerte sich nach unten, so daß ein leichter Ruck genügte, um den Koffer in eine aufrechte Position zu bringen.

Augusta kippte das Gepäckstück so lange hin und her, bis es an der Reling lehnte.

Was nun kam, war bei weitem die schwerste Aufgabe. Augusta bückte sich und packte den unteren Riemen. Trotz aller Mühe konnte sie den Koffer nur wenige Zentimeter weit anheben. Dann rutschten ihre klammen Finger ab, und der Koffer prallte wieder auf den Boden.

Aber sie durfte nicht aufgeben. Sie hatte sich so bemüht, den Koffer hierher zu schleifen. Wieder bückte sie sich und ergriff den Riemen.

Da ließ sich plötzlich Micky vernehmen. „Augusta, was hast du vor?“

„Weißt du noch, wie Peter Middleton starb?“ fragte sie.

Im Koffer blieb es still.

„Du wirst auf die gleiche Weise sterben“, fügte sie hinzu. „Das Wasser, das in deine Lungen eindringt, wird kälter sein und nach Salz schmecken. Doch wenn der Tod dann dein Herz umklammert, wird dich die Angst genauso packen wie den Jungen damals.“

Micky fing an zu schreien. „Hilfe! Hilfe! Rettet mich!“

Augusta griff nach dem Riemen und zerrte mit aller Kraft daran. Der Überseekoffer hob sich vom Deck, und Augusta schob ihn Stück für Stück über die Reling. Micky unternahm einige hoffnungslose Befreiungsversuche, verzweifeltes Kratzen drang aus dem Koffer. Augusta schloß die Augen, biß die Zähne zusammen und stemmte sich gegen das Gepäckstück. Als sie alle Kräfte, die ihr verblieben waren, anspannte, spürte sie, wie in ihrem Rückgrat etwas knackte. Sie schrie auf, ohne jedoch den Koffer fallen zu lassen. Der hintere Teil war nun schon höher als der vordere, der Koffer rutschte auf der Reling einige Zentimeter vor, blieb dann aber hängen. Augustas Rücken schmerzte qualvoll. Sie wußte, daß sie nur noch zu einem einzigen Stoß imstande war. Sie nahm all ihre Kräfte zusammen, schloß die Augen und warf sich gegen den Koffer. Langsam rutschte er über die Reling, kippte vornüber und stürzte in die Tiefe. Micky stieß einen langen Schrei aus, der im Wind erstarb. Dann klatschte der Überseekoffer in einer mächtigen Fontäne ins Wasser.

HUGH war todmüde, als der Zug endlich im Bahnhof von Chingford einfuhr. Er hoffte, daß Nora bereits schlief, wenn er nach Hause kam. Er wollte ihr Gejammer nicht hören – wieder ein grauenhafter Tag in diesem abgelegenen Nest, wieder ein Tag, an dem man sie mit diesen drei ungezogenen Jungen allein gelassen hatte. Doch vom Gartenweg aus erkannte er, daß hinter den Vorhängen Licht brannte. Nora war also noch wach. Er schloß die Haustür auf.

Zu seiner Überraschung saßen seine Söhne nebeneinander in ihren Schlafanzügen auf dem Sofa im Wohnzimmer. Daß aber in ihrer Mitte Maisie saß, war ihm vollkommen unerklärlich.

Die drei Kinder sprangen auf und rannten auf ihn zu. Hugh umarmte und küßte sie einen nach dem anderen: erst Sol, den Jüngsten, dann Samuel und zuletzt Toby. Die beiden Jüngeren waren außer sich vor Freude darüber, daß er endlich wieder bei ihnen war, doch in Tobys Miene lag noch ein anderer Ausdruck. „Was ist denn hier geschehen, mein Sohn?“ fragte ihn Hugh. „Wo ist eure Mutter?“

„Sie ist einkaufen gegangen“, antwortete Toby und schluchzte.

„Ich bin etwa gegen vier Uhr gekommen. Nora hat eine Nachricht hinterlassen“, sagte Maisie und gab Hugh ein Briefkuvert.

Hugh öffnete es und las die Botschaft, die nur aus zwei Wörtern bestand: *Lebe wohl.*

„Es war nicht zugeklebt“, erklärte Maisie. „Toby hat es gelesen und mir gezeigt.“

„Kaum zu fassen!“ murmelte Hugh, doch im selben Augenblick wußte er, daß das nicht der Wahrheit entsprach. Noras eigene Wünsche hatten immer Vorrang vor allem anderen gehabt. Jetzt hatte sie ihre Kinder verlassen. Aus der Nachricht ging hervor, daß sie nicht die Absicht hatte, jemals zurückzukommen.

Hugh wußte nicht, was er davon halten sollte. Seine erste Sorge galt den Jungen. Es kam jetzt darauf an, daß sie sich nicht noch mehr aufregten. „Ihr Burschen habt heute sehr lange aufbleiben dürfen, aber jetzt ist es höchste Zeit. Ins Bett mit euch!“

Zusammen mit ihnen stieg er die Treppe hinauf. Samuel und Sol teilten sich ein Zimmer, Toby hatte ein eigenes. Hugh brachte zuerst die beiden Kleinen ins Bett. Dann ging er zu seinem Ältesten, beugte sich über ihn und gab ihm einen Kuß.

„Mrs. Greenbourne ist ganz toll!“ meinte Toby begeistert.

„Da hast du recht, Toby“, stimmte sein Vater zu.

„Außerdem ist sie hübsch.“ Toby hielt einen Augenblick inne. „Kommt Mama wieder?“

Hugh seufzte. „Um die Wahrheit zu sagen, ich weiß es nicht.“

„Wenn sie nicht zurückkommt – wird sich dann Mrs. Greenbourne um uns kümmern?“

Kinder treffen doch immer gleich den Kern der Sache, dachte Hugh. „Mrs. Greenbourne leitet eine Klinik“, erklärte er. „Ich glaube, sie hat gar nicht die Zeit, sich auch noch um drei Jungen zu kümmern. Und jetzt Schluß mit der Fragerei. Gute Nacht!“

„Gute Nacht, Vater.“

Hugh blies die Kerze aus, verließ das Zimmer und schloß die Tür.

Maisie hatte Kakao gekocht. „Du hättest jetzt sicher lieber einen Brandy, aber es scheint keiner im Hause zu sein.“

Hugh lächelte. „Leute der unteren Mittelklasse wie wir können sich keine Spirituosen leisten. Kakao ist genau das richtige.“

Zwei Tassen und eine Kanne standen auf dem Tablett, aber weder Maisie noch Hugh griffen danach. Sie standen sich mitten im Zimmer gegenüber und sahen einander in die Augen. Schließlich brach Maisie das Schweigen. „Ich las in der Nachmittagszeitung von der Schießerei und kam hierher, weil ich wissen wollte, ob dir etwas passiert ist. Ich stellte fest, daß die Kinder allein waren, und machte ihnen ein Abendbrot.“ Sie lächelte. Es war ein Lächeln voller Resignation, das Hugh zu verstehen gab, daß es bei ihm lag, was als nächstes geschah.

„Es war ein anstrengender Tag“, sagte er mit bebender Stimme; dann drückte er Maisie an sich. „Nimm mich ganz fest in die Arme!“

Sie schlang die Arme fest um seine Taille.

„Ich liebe dich, Maisie“, flüsterte er. „Ich habe dich immer geliebt.“

„Ich weiß.“

Er blickte ihr in die Augen. Als er sah, wie ihr eine Träne die Wange herunterrann, küßte er sie fort.

Epilog

Juni 1892

Nach langer, schwerer Krankheit
verstarb am 30. Mai
auf seinem Wohnsitz in Antibes (Frankreich) der
GRAF VON WHITEHAVEN
ehemaliger Seniorchef des Bankhauses Pilaster.

„EDWARD ist tot", sagte Hugh und sah von der *Times* auf. Maisie saß neben ihm im Zugabteil. Sie trug ein leuchtendgelbes Sommerkleid und einen kleinen Hut mit gelben Taftbändern. Sie waren auf dem Weg nach Windfield zur Schulabschlußfeier.

„Er war ein verkommenes Schwein", bemerkte Maisie, „aber seiner Mutter wird er fehlen."

Augusta und Edward hatten in den vergangenen achtzehn Monaten in Südfrankreich gelebt. Trotz ihrer Vergehen überwies ihnen das Konsortium die gleiche monatliche Zuwendung wie allen anderen Mitgliedern der Familie Pilaster. Beide waren sie invalide: Edward hatte Syphilis, während Augusta an einem Bandscheibenvorfall litt, der sie den größten Teil des Tages an den Rollstuhl fesselte.

Schnaufend kam der Zug im Bahnhof zum Stehen. Maisie und Hugh stiegen aus. Tobys erstes und Berties letztes Jahr in Windfield gingen zu Ende. Es war ein warmer Frühsommertag, und die Sonne strahlte vom Himmel. Maisie öffnete ihren Sonnenschirm und legte den Weg zum Internat mit Hugh zu Fuß zurück.

Seit Hugh vor sechsundzwanzig Jahren von der Schule gegangen war, hatte sich viel verändert. Dr. Poleson, der damalige Direktor, war schon lange tot, und sein Nachfolger benutzte den berüchtigten Rohrstock wesentlich seltener. Der Schlafsaal der Viertkläßler befand sich nach wie vor in der ehemaligen Meierei neben der Kapelle, doch gab es inzwischen auch einen Neubau mit einer Aula, in der alle Schüler Platz fanden.

In der Aula begegnete ihnen zu ihrer Überraschung Ben Greenbourne. Er wirkte sichtlich gealtert und ziemlich gebrechlich. Maisie begrüßte ihn mit der ihr eigenen Unbekümmertheit. „Hallo, was treibst denn du hier?"

„Mein Enkel ist Schülersprecher", gab er mürrisch zurück. „Ich bin hier, weil ich seine Rede hören möchte."

Hugh war verblüfft. Bertie war nicht Greenbournes Enkel – eine Tatsache, die dem alten Herrn bestens bekannt war. Wurde er auf seine alten Tage doch noch etwas umgänglicher?

„Setzt euch zu mir!" befahl Greenbourne. Hugh sah Maisie fragend an, doch sie zuckte nur mit den Schultern und nahm Platz. Hugh tat es ihr nach.

„Wie ich höre, habt ihr geheiratet", sagte Greenbourne.

„Letzten Monat", bestätigte Hugh. „Meine erste Frau hat die Scheidung nicht angefochten." Nora lebte mit einem Vertreter für Whisky zusammen. Der von Hugh beauftragte Privatdetektiv hatte nicht einmal eine Woche gebraucht, um den erforderlichen Nachweis des Ehebruchs vorlegen zu können.

„Ich halte nichts von Scheidungen", gab Greenbourne kühl zu verstehen. Dann seufzte er. „Aber ich bin zu alt, um noch irgendwem Vorschriften zu machen. Das Jahrhundert ist fast vorüber. Die Zukunft gehört euch. Ich wünsche euch alles Gute."

Hugh nahm Maisies Hand und drückte sie.

„Werdet ihr den Jungen auf die Universität schicken?"

„Das können wir uns nicht leisten", meinte Maisie.

„Dann laßt mich zahlen. Ich tu's gerne."

Maisie war überrascht. „Das ist sehr lieb von dir."

„Ich hätte euch schon vor Jahren helfen sollen", erwiderte er.

Die Aula füllte sich allmählich mit Schülern.

„Hugh hat Bertie inzwischen offiziell adoptiert", wandte sich Maisie an Greenbourne.

Der alte Mann richtete seinen Blick auf Hugh. „Ich nehme an, Sie sind der leibliche Vater."

Hugh nickte.

„Darauf hätte ich schon viel früher kommen können. Aber das spielt keine Rolle für mich. Der Junge hält mich für seinen Großvater, und daraus erwächst mir eine gewisse Verantwortung." Er hüstelte verlegen und wechselte das Thema. „Wie ich höre, wird das Konsortium eine Dividende ausschütten."

„Das stimmt", bestätigte Hugh. „Alle Mitglieder erhalten etwa fünf Prozent ihrer Investition. Die neue Regierung von Córdoba hat der Santamaria-Hafengesellschaft das Vermögen des Miranda-Clans überschrieben. Dadurch haben die Anleihen wieder an Wert gewonnen."

„Was ist denn mit dem jungen Miranda geschehen? Er war ein Lump."

„Micky? Man fand seine Leiche in einem Überseekoffer, der an einen Strand angespült worden war. Man weiß bis heute nicht, wie er dahin gekommen ist."

Ein Schüler verteilte tintenfleckige Abschriften des Schullieds an die versammelten Eltern und Verwandten.

„Und Sie?" fragte Greenbourne Hugh. „Was werden Sie tun, wenn das Konsortium aufgelöst wird?"

„Ich wollte Sie deswegen ohnehin um Rat bitten", gestand Hugh. „Ich möchte nämlich eine neue Bank gründen und mit den Aktien an die Börse gehen, eine Aktiengesellschaft gründen – Pilasters Limited. Was halten Sie davon?"

„Eine kühne Idee. Aber Sie hatten ja schon immer originelle Vorschläge." Greenbourne machte eine Pause und dachte nach. „Merkwürdigerweise hat der Zusammenbruch der Bank Ihrem Ruf nicht geschadet. Ganz im Gegenteil. Sie stehen besser da als vorher. Wer ist schließlich verläßlicher als ein Bankier, dem es sogar noch nach einem Bankrott gelingt, seine Gläubiger zu bezahlen?"

„Dann meinen Sie also, daß es gelingen könnte?"

„Ich bin sogar davon überzeugt. Vielleicht investiere ich selbst in Ihr Projekt."

Alle Anwesenden erhoben sich, als der Direktor, dem das Lehrpersonal folgte, in der Aula erschien. Dann trat Bertie, der Schülersprecher, ans Rednerpult und verkündete mit klarer Stimme: „Laßt uns das Schullied singen!"

Hugh suchte Maisies Blick. Sie lächelte stolz. Auf dem Klavier ertönte die vertraute Melodie. Dann begannen alle zu singen.

EINE STUNDE später ließ Hugh seine Familie allein, die in Berties Zimmer beim Nachmittagstee zusammensaß. Er stahl sich hinaus, überquerte den Sportplatz und verschwand im Bischofswäldchen. Es war heiß, genau wie damals, an jenem Tag vor sechsundzwanzig Jahren. Hugh erinnerte sich an den Trampelpfad zum Badesee und fand den Weg ohne Schwierigkeiten. An der Kante des Steinbruchs ließ er sich nieder und warf einen Stein hinunter, der die spiegelglatte Wasseroberfläche durchbrach und vollendet ringförmige Wellen aussandte.

Abgesehen von Albert Cammel in der fernen Kapkolonie war Hugh der einzige Überlebende. Alle anderen waren tot: Peter Middleton war an jenem Tag von Micky ertränkt, Tonio am Heiligabend vor zwei

Jahren von Micky erschossen worden; Micky selbst war in einem Überseekoffer ertrunken, und Edward war vor kurzem der Syphilis erlegen. Fast schien es, als wäre an jenem Tag im Jahre 1866 ein böser Geist dem tiefen Wasser entstiegen und hätte all jene dunklen Leidenschaften entfacht, die später das Leben der Beteiligten vergiften sollten – Haß und Gier, Selbstsucht und Grausamkeit; als hätte der Geist Betrug und Bankrott, Krankheit und Mord über sie gebracht. Doch jetzt war es ausgestanden. Die Schuld war beglichen. Sollte es tatsächlich einen bösen Geist gegeben haben, so war er nun auf den Grund des Teiches zurückgekehrt. Und Hugh hatte überlebt.

Er erhob sich. Es wurde Zeit, daß er zu seiner Familie zurückkehrte. Er machte ein paar Schritte, dann sah er sich ein letztes Mal um.

Die von dem Stein hervorgerufenen Kreise im Wasser hatten sich verflüchtigt, und die Wasseroberfläche lag wieder ruhig und unberührt da.

Foto: Anthony Loew

Ken Follett

„Wenn man Talent hat, dann sollte man es nutzen", urteilt Ken Follett über seine Arbeit. Daß seine Stärke im Erzählen von Geschichten liegt, ist unbestritten, denn immer wieder gelingt es ihm, seinen internationalen Erfolgen neue hinzuzufügen. Bislang sind fünf seiner Thriller in den Reader's Digest Auswahlbüchern erschienen. Mit *Die Nadel* schaffte Follett den großen Durchbruch, und schon bald folgten *Der Schlüssel zu Rebecca*, *Der Mann aus St. Petersburg*, *Die Löwin* und zuletzt *Nacht über den Wassern*.

Zu *Die Pfeiler der Macht* wurde Follett durch einen Zeitungsartikel inspiriert, der über den Zusammenbruch eines großen Bankhauses im Jahr 1890 berichtete. „Was meine Phantasie anregte, war die verzweifelte Lage dreier sehr reicher Patriarchen, die all ihre Besitztümer verkaufen und in Armut leben mußten, um ihre Schulden begleichen zu können." Detailgenauigkeit hält Follett für unerläßlich. Um das viktorianische England in seinem Roman wiedererstehen zu lassen, recherchierte er bis in die kleinste Einzelheit, ob es nun das Bankwesen betraf oder Gesellschaftsbälle.

Follett gesteht, daß er schon immer erfolgreich sein wollte. Um diesen Traum zu verwirklichen, gab er seine Stellung als Journalist bei den Londoner *Evening News* auf und arbeitete bei einem Verlag „um zu lernen, wie aus Büchern Bestseller werden". In der Popularität liegt für Follett der eigentliche Ansporn für seine Arbeit. „Es gefällt mir, Bücher zu schreiben, die dann von Millionen gelesen und geschätzt werden", sagt Follett.

Mit seiner zweiten Frau, Barbara, und Kindern aus ihren früheren Ehen lebt Follett in London. Momentan arbeitet er an seinem nächsten Roman, der von britischen Gefangenen handelt, die im 18. Jahrhundert in Sträflingslager in den Kolonien geschafft werden.

Nach der Übersetzung
von Mechtild Sandberg-Ciletti

Schau dich nicht um

Eine Kurzfassung des Buches von

JOY FIELDING

Ob mit drohendem Blick am Ausgang der U-Bahn oder als Schattengestalt vor ihrem Fenster – immer wieder steht er vor ihr, der zwielichtige Fremde, der aus dem Nichts auftaucht und ebenso plötzlich wieder verschwindet. Alles nur Trugbilder? fragt sich Jess Koster. Oder folgt ihr der Unheimliche tatsächlich auf Schritt und Tritt?

1

ER HAT mich erwartet, dachte Jessica Koster, als sie zur Arbeit ging. Die Gestalt, die reglos an der Kreuzung California Avenue und 25. Straße stand, war ihr sofort aufgefallen. Sie hatte das Gefühl, daß der Mann sie beobachtete, als sie aus dem Parkhaus kam und die Straße zum Verwaltungsgebäude überquerte. Sein Blick war kälter als der scharfe Oktoberwind, der ihm durch die strähnigen hellen Haare fuhr, und er hatte die Fäuste geballt. Kenne ich ihn? fragte sie sich.

Als Jessica – ihre Freunde nannten sie Jess – näher kam, sah sie, daß er den Mund zu einem unheimlichen, schiefen Lächeln verzogen hatte. Es war ein Lächeln ganz ohne Wärme. So lächelt jemand, dem es als Kind Spaß gemacht hat, Schmetterlingen die Flügel auszureißen, sagte sich Jess. Sie wandte sich hastig ab und hatte plötzlich Angst, als sie die Treppe hinauflief.

Jess wußte, ohne sich umzusehen, daß er ihr die Treppe hinauf folgte. Als sie den Eingang erreichte und mit der Schulter gegen die schwere Drehtür aus Glas drückte, erkannte sie, daß der Fremde auf der obersten Stufe stehengeblieben war. Sein Gesicht spiegelte sich in den kreisenden Glasflächen, erschien, verschwand und erschien von neuem, und das verschlagene Lächeln wich nicht von seinen Lippen.

Ich bin der Tod, hauchte das Lächeln. *Ich bin gekommen, dich zu holen!*

Jess stieß einen erschrockenen Laut aus, was die Aufmerksamkeit eines Wachmanns auf sich zog. Er näherte sich. „Stimmt etwas nicht?" fragte er argwöhnisch.

„Ich weiß nicht", antwortete Jess. „Da draußen ist ein Mann, der –" Der was? fragte sie sich stumm. Der ins Warme möchte, weil es draußen so kalt ist? Der ein Grinsen auf den Lippen hat, daß man Gänsehaut bekommt? Aber ist das in Cook County neuerdings ein Verbrechen? Der Wachmann sah zur Tür, und sie folgte seinem Blick. Es war niemand mehr da.

„Ich seh anscheinend Gespenster", meinte Jess entschuldigend.

„Das liegt wohl an der Jahreszeit", sagte der Wachmann und winkte sie durch den Metalldetektor, wie er das seit vier Jahren jeden Morgen aus Gewohnheit tat.

Jess mochte feste Gewohnheiten. Sie stand Tag für Tag Punkt Viertel vor sieben auf und zog nach einer hastigen Morgentoilette die Sachen an, die sie am Abend zuvor sorgfältig zurechtgelegt hatte, schlang ein noch nicht ganz aufgetautes Croissant aus der Tiefkühltruhe hinunter und saß eine Stunde später vor ihren Akten am Schreibtisch. Wenn sie gerade an einem Fall arbeitete, gab es immer etwas mit ihren Mitarbeitern zu besprechen, Strategien mußten entworfen, Fragen formuliert, Antworten abgestimmt werden. Wenn sie sich auf einen Prozeß vorbereitete, galt es, Spuren nachzugehen, Zeugen zu vernehmen, mit Polizeibeamten zu sprechen, Pläne zu koordinieren. Alles mußte klappen wie am Schnürchen. Jess Koster liebte Überraschungen im Gerichtssaal genausowenig wie sonst im Leben.

Hatte sie sich von dem vor ihr liegenden Tag ein vollständiges Bild gemacht, so pflegte sie bei einer Tasse schwarzem Kaffee und einem Rosinenbrötchen eine kleine Pause einzulegen, um die Morgenzeitung zu lesen. Mit den Todesanzeigen fing sie immer an. *Ashcroft, Pauline, im Alter von siebenundsechzig Jahren ganz plötzlich verstorben; Barrett, Ronald, neunundsiebzig Jahre alt, nach längerer Krankheit friedlich entschlafen.* Jess wußte selbst nicht mehr, wann sie angefangen hatte, die Todesanzeigen zur Routinelektüre zu machen, und sie wußte auch nicht, warum. Es war eine ziemlich ausgefallene Gewohnheit für eine Frau, die knapp dreißig Jahre alt war, selbst wenn man bedachte, daß sie bei der Staatsanwaltschaft von Cook County in Chicago tätig war. Nie entdeckte sie jemanden, den sie kannte. Suchte sie nach ihrer Mutter, wie ihr geschiedener Mann ihr einmal unterstellt hatte? Oder erwartete sie vielleicht, ihren eigenen Namen zu sehen?

Der Fremde mit dem unangenehmen Lächeln drängte sich rücksichtslos in ihre Gedanken. *Ich bin der Tod,* sprach er höhnisch. *Ich bin gekommen, dich zu holen.*

Jess senkte die Zeitung und ließ den Blick durch das Zimmer schweifen. Drei lädierte Holzschreibtische standen willkürlich verteilt an den mattweißen Wänden. Die durch und durch zweckmäßigen Metallregale waren mit juristischen Fachbüchern vollgestopft. Jess teilte sich das Büro mit Neil Strayhorn und Barbara Cohen, die ihr als feste Mitarbeiter zugeordnet waren. Sie mußten in der nächsten halben Stunde eintreffen. In Cook County gab es siebenhundertfünfzig Staatsanwälte, über zweihundert waren allein in diesem Gebäude untergebracht, drei Anwälte pro Zimmer.

Spätestens um halb neun pflegte es in den Büros lebhaft und laut zu werden. Jess genoß die kurzen Augenblicke der Ruhe vor der Ankunft der anderen im allgemeinen sehr.

Heute allerdings war das anders. Der junge Mann hatte sie aus der Ruhe gebracht. Was war nur an ihm, das ihr so vertraut erschien? Außer diesem beunruhigenden Lächeln hatte sie kaum etwas wahrgenommen, und bei einer Gegenüberstellung hätte sie ihn sicher nicht wiedererkannt. Er hatte sie ja nicht einmal angesprochen. Weshalb ging er ihr nicht aus dem Kopf?

Sie wandte sich wieder den Todesanzeigen zu. *Bederman, Marvin, vierundsiebzig, in Frieden heimgegangen; Edwards, Sarah, im einundneunzigsten Lebensjahr . . .*

„Du bist aber früh da!" sagte jemand von der Tür her.

„Ich bin immer früh da", antwortete Jess, ohne aufzusehen. Die Mühe konnte sie sich sparen. Hätte nicht bereits der aufdringliche Duft von „Aramis" auf Greg Oliver hingewiesen, dann hätte ihn auf jeden Fall der selbstbewußte Klang seiner Stimme verraten. In Juristenkreisen hieß es, Greg Olivers hohe Erfolgsquote im Gerichtssaal werde nur von seinen Rekorden im Bett übertroffen. Aus diesem Grund achtete Jess stets darauf, daß ihre Gespräche mit dem vierzigjährigen Staatsanwalt von nebenan streng sachlich blieben. Nach ihrer gescheiterten Ehe mit einem Anwalt stand für sie fest, daß eine neue Beziehung zu einem Kollegen nicht in Frage kam.

Greg Oliver durchmaß den Raum zwischen der Tür und ihrem Schreibtisch mit drei schnellen Schritten. Er beugte sich vor, um ihr über die Schulter zu sehen. „Du liest die Todesanzeigen?"

„Greg, ich hab einen Haufen zu tun", behauptete Jess mit einem raschen Blick auf den Kollegen, der eher durchschnittlich aussah. Bemerkenswert waren lediglich seine hellbraun schimmernden Augen. „Ich muß um halb zehn im Gerichtssaal sein", fügte sie hinzu.

Er schaute auf seine Uhr, eine Rolex aus Gold. Jess hatte läuten hören, daß er vor kurzem reich geheiratet hatte. „Da hast du noch massenhaft Zeit", meinte er.

„Die brauch ich, um Ordnung in meine Gedanken zu bringen."

„Ach komm, ich wette, du bist längst bestens präpariert", entgegnete er, während er mit der Hand flüchtig über einen Stapel säuberlich geordnete Papiere strich. „Ich bin überzeugt, daß es in deinem Kopf genauso penibel zugeht wie auf deinem Schreibtisch." Er lachte und verzog die Mundwinkel zu einem süffisanten Grinsen.

Jess fiel sofort wieder der Fremde mit dem unangenehmen Lächeln ein, und sie erschrak.

„Schau dich doch an", sagte Greg, der ihre Reaktion falsch verstand.

„Du regst dich schon auf, nur weil ich versehentlich ein paar von deinen Papieren verschoben habe. Du magst es nicht, wenn jemand deine Sachen anrührt, stimmt's?" Er strich liebkosend über das Holz der Schreibtischplatte.

Die Bewegung hatte auf Jess eine beinahe hypnotische Wirkung. Wie ein Schlangenbeschwörer, dachte sie flüchtig. „Ich glaube, du gehst jetzt besser", erklärte sie. „Ich muß heute morgen mein Schlußplädoyer im Fall Erica Barnowski halten und –"

„Erica Barnowski? Das Mädchen, das behauptet, es sei vergewaltigt worden?"

„Die junge Frau, die vergewaltigt wurde", verbesserte ihn Jess.

Sein Lachen berührte sie unangenehm. „Jess, sie hat keinen Schlüpfer angehabt!" rief er. „Glaubst du etwa, daß irgendein Gericht im ganzen Land einen Mann wegen Vergewaltigung verurteilen wird, der eine Frau in einer Kneipe aufgegabelt hat, die nicht mal einen Schlüpfer trug? Sieht mir doch sehr nach stillschweigendem Einverständnis aus."

„Mit einem Messer an der Kehle?" Jess schüttelte besorgt den Kopf. Greg Oliver war bekannt für seine zutreffenden Prognosen. Wenn es ihr nicht einmal gelang, ihren Kollegen davon zu überzeugen, daß der Angeklagte schuldig war, wie konnte sie da hoffen, die Geschworenen zu überzeugen?

Greg wandte sich zur Tür. „Eines muß ich dir lassen", bemerkte er im Hinausgehen, „wenn jemand diesen Fall gewinnen kann, dann du."

„Danke." Jess stand auf, trat ans Fenster und blickte geistesabwesend auf die Straße, die elf Stockwerke unter ihr lag. Mit seinen vierzehn Stockwerken überragte das Verwaltungsgebäude alle Gebäude des Viertels. Das Gerichtsgebäude nebenan war bloß sieben Stockwerke hoch. Dahinter lag das Bezirksgefängnis von Cook County, in dem Personen in Untersuchungshaft saßen, die wegen Mordes oder anderer Verbrechen angeklagt waren. Ein finsterer, unheilvoller Ort, dachte Jess oft, für finstere, unheilvolle Gestalten.

Ich bin der Tod, flüsterte es von der Straße her. *Ich bin gekommen, dich zu holen.*

Sie schüttelte energisch den Kopf und sah zum Himmel hinauf – er war trist und grau, von schweren Schneewolken verhangen. Trotz der Wettervorhersage hatte Jess ihre Stiefel nicht angezogen. Sie waren nicht mehr wasserdicht und hatten häßliche Salzränder. Vielleicht würde sie später kurz in die Stadt gehen und sich neue Stiefel kaufen.

DAS TELEFON läutete. Gerade mal acht Uhr, und schon ging es los. Sie hob ab und meldete sich. „Jess Koster."

„Tag, Jess, hier ist Maureen."

Jess hatte sofort das Bild ihrer älteren Schwester vor sich. „Schön, daß du anrufst." Sie hatte Maureen immer mit den zart gezeichneten Ballettänzerinnen von Edgar Degas verglichen, weich und verschwommen in den Konturen. Es hieß oft, sie und ihre Schwester sähen einander ähnlich. Beide hatten das gleiche ovale Gesicht, beide waren groß und schlank, doch an Jess war nichts Konturloses. Ihr braunes, schulterlanges Haar war dunkler als das von Maureen, ihre Augen hatten einen eindringlicheren Grünton, ihre zierliche Figur war ausgeprägter. Es war, als habe der Künstler zweimal die gleiche Person gemalt, die eine in Pastell, die andere in Öl. „Was gibt's?" fragte Jess. „Wie geht's Tyler und den Zwillingen?"

„Den Zwillingen geht's prächtig. Unser Sohn Tyler weiß immer noch nicht, was er von ihnen halten soll. Er fragt dauernd, wann wir sie endlich zurückschicken. Aber du hast dich gar nicht nach Barry erkundigt."

Jess kniff die Lippen zusammen. Maureens Mann Barry war ein erfolgreicher Wirtschaftsprüfer, und auf seinem nagelneuen Jaguar prangte ein Aufkleber mit der Aufschrift „Bar bezahlt". Mußte sie wirklich noch mehr von Barry wissen? „Wie geht es ihm?" fragte sie trotzdem.

„Gut. Das Geschäft läuft phantastisch. Jedenfalls möchten wir dich für morgen abend zum Essen einladen. Bitte sag jetzt nicht, du bist schon verabredet."

Jess hätte beinahe gelacht. Wann hatte sie das letzte Mal eine Verabredung gehabt? „Nein, ich bin nicht verabredet", antwortete sie.

„Gut, dann kommst du also. Ich seh dich dieser Tage viel zu selten. Also, morgen um sechs. Paps kommt auch."

Jess lächelte. „Schön, wir sehen uns morgen." Kurz bevor sie den Hörer auflegte, hörte sie im Hintergrund noch Babygeschrei. Sie stellte sich vor, wie Maureen zu den Bettchen ihrer sechs Monate alten Zwillinge lief, die Kleinen versorgte und dabei darauf achtete, daß auch der Dreijährige, der ihr nicht von der Seite wich, die Aufmerksamkeit bekam, die er sich so dringend wünschte. Welten entfernt von der Harvard-Business-School, an der sie ihren Magister in Betriebswirtschaftslehre gemacht hatte. Jeder von uns muß seine Entscheidung treffen, dachte sie.

Sie setzte sich wieder an ihren Schreibtisch und versuchte, sich auf die bevorstehende Arbeit zu konzentrieren. Dabei hoffte sie inständig, sie könne Greg Oliver beweisen, daß er sich geirrt hatte. Natürlich war auch ihr klar, daß es nahezu unmöglich war, in diesem Fall einen Schuldspruch zu erreichen. Sie und ihr Kollege würden schon sehr überzeugend auftreten müssen.

Bei einem Prozeß vor dem Geschworenengericht arbeiteten die Staatsanwälte immer paarweise. Ihr Beisitzer, Neil Strayhorn, war für das Schlußplädoyer eingeteilt, in dessen Rahmen er den Geschworenen noch einmal die Tatsachen des Falls ins Gedächtnis rufen würde. Dem Schlußplädoyer würden die abschließenden Bemerkungen des Verteidigers folgen, und danach mußte Jess den Gegenbeweis antreten, der Gelegenheit zu kreativer moralischer Entrüstung bot.

„Jeden Tag werden in den Vereinigten Staaten tausendachthunderteinundsiebzig Frauen vergewaltigt“, begann sie laut zu üben. „Das heißt, daß etwa alle sechsundvierzig Sekunden eine erwachsene Frau vergewaltigt wird.“ Zwanzig Minuten später war sie immer noch dabei, die Sätze in ihrem Kopf hin und her zu wenden, als Barbara Cohen eintrat.

„Wie läuft's?“ Barbara Cohen, mit knallrotem Haar, das ihr in krausen Locken fast bis zur Rückenmitte herabfiel, war beinahe einen Kopf größer als Jess und sah mit ihren langen, dünnen Beinen aus, als ginge sie auf Stelzen. Jess mochte noch so schlecht gelaunt sein, sie brauchte ihre zweite Mitarbeiterin nur anzusehen, und schon mußte sie lächeln.

„Ich bemühe mich, die Ohren steifzuhalten.“ Jess sah auf ihre Uhr.

Auch Neil Strayhorn traf ein paar Minuten später ein und setzte sich unverzüglich an seinen Schreibtisch. Jess sah, wie sich seine Lippen bewegten, während er lautlos den Text seines Schlußplädoyers hersagte.

Nun wurde es auch in den anderen Büros langsam lebendig. Computer wurden eingeschaltet, Faxgeräte begannen zu summen, und Telefone läuteten.

„Jeden Tag werden in den Vereinigten Staaten . . .“, begann Jess von neuem.

Sally, eine der Sekretärinnen, schaute zur Tür herein. „Connie DeVuono ist hier“, sagte sie zu Jess. „Sie behauptet, sie müsse unbedingt mit Ihnen reden.“

Jess warf einen Blick auf ihren Terminkalender. „Wir sind erst für vier Uhr verabredet. Haben Sie ihr gesagt, daß ich in ein paar Minuten bei Gericht sein muß?“

„Ja, aber sie läßt sich nicht abwimmeln. Sie ist sehr erregt.“

„Das ist nicht weiter verwunderlich", sagte Jess bei dem Gedanken an diesen Fall. Connie DeVuono war auf brutalste Weise von einem Mann mißhandelt und vergewaltigt worden. Schließlich hatte er ihr noch gedroht, sie umzubringen, falls sie gegen ihn aussagen sollte. Der Termin für die Verhandlung war allerdings erst in zehn Tagen. „Führen Sie sie bitte ins Besprechungszimmer, Sally. Ich komme sofort."

„Soll ich mit ihr reden?" erbot sich Barbara.

„Nein, ich mach das schon", entgegnete Jess.

Das Besprechungszimmer war ein kleiner, fensterloser Raum, in den man einen alten Walnußtisch und acht unterschiedliche Stühle gequetscht hatte.

Connie DeVuono stand bereits an der Tür. Sie schien geschrumpft zu sein, seit Jess sie das letztemal gesehen hatte. Weit und formlos umhüllte ein schwarzer Mantel die Frau. Ihr Gesicht war kreidebleich, die Haut schlaff und runzlig, ein Indiz dafür, daß sie vermutlich seit Wochen nicht mehr richtig geschlafen hatte. Allein die dunklen Augen versprühten zornige Entschlossenheit und ließen die frühere Schönheit des Verbrechensopfers erahnen. „Bitte entschuldigen Sie die Störung", begann Connie DeVuono.

„Leider haben wir im Moment nicht viel Zeit", sagte Jess sanft. „Ich muß in einer halben Stunde bei Gericht sein." Sie schob einen der Stühle zurück, auf den sich Connie DeVuono dankbar sinken ließ. „Geht es Ihnen nicht gut?"

„Ich kann nicht aussagen." Connies Hände zitterten.

„Was?" fragte Jess, obwohl sie genau verstanden hatte.

„Ich habe gesagt, ich kann nicht aussagen."

Jess setzte sich nun ebenfalls, ergriff die Hände der Frau, die sich eiskalt anfühlten, und umschloß sie mit den ihren. „Unsere ganze Beweisführung steht und fällt mit Ihnen. Wenn Sie nicht aussagen, kommt der Mann, der Sie überfallen hat, ungeschoren davon."

„Es tut mir wirklich leid. Ich kann nicht." Sie fing an zu weinen.

Jess zog hastig ein Papiertaschentuch aus ihrer Jackentasche und hielt es Connie DeVuono hin, die es jedoch nicht beachtete.

Jess dachte an ihre Schwester und wie mühelos es ihr immer zu gelingen schien, die weinenden Babys zu beruhigen. Mit solchen Fähigkeiten war sie selbst nicht gesegnet. Sie konnte nur hilflos dabeisitzen und zuschauen.

„Ich weiß, daß ich Sie im Stich lasse", fuhr Connie DeVuono kläglich fort.

„Machen Sie sich unsertwegen keine Sorgen", sagte Jess. „Es geht schließlich um Sie. Denken Sie daran, was dieses Ungeheuer Ihnen angetan hat."

Connie DeVuono sah Jess mit zornigem Blick an. „Glauben Sie, das könnte ich je vergessen?"

„Dann müssen Sie dazu beitragen, daß er so etwas nie wieder tun kann."

„Aber ich kann nicht aussagen! Ich kann es einfach nicht."

„Gut, gut, beruhigen Sie sich. Nicht weinen." Jess lehnte sich in ihrem Stuhl zurück. Bei allen bisherigen Gesprächen hatte sich Connie trotz ihrer Angst fest entschlossen gezeigt auszusagen. „Ist etwas Unvorhergesehenes passiert?" fragte Jess.

„Ich muß an meinen Sohn denken", sagte Connie mit Nachdruck. „Er ist erst acht. Sein Vater ist vor zwei Jahren an Krebs gestorben. Wenn mir jetzt auch noch etwas zustößt, hat er keinen Menschen mehr."

„Aber Ihnen wird nichts zustoßen."

„Meine Mutter ist zu alt, um sich um ihn zu kümmern. Was soll denn aus Stefan werden, wenn ich sterbe? Es war schlimm genug für Stefan, daß er seinen Vater so früh verlieren mußte. Gibt es etwas Schlimmeres, als dann auch noch die Mutter zu verlieren?"

Jess spürte, wie ihr die Tränen in die Augen schossen. Sie schüttelte den Kopf. Nein, es gab nichts Schlimmeres.

„Rick Ferguson hat gesagt, er bringt mich um, wenn ich gegen ihn aussage."

„Aber damit hat er Ihnen doch schon vor Monaten gedroht, und das hat Sie bisher nicht von Ihrem Entschluß abbringen können. Was ist passiert? Wovor haben Sie Angst? Hat er mit Ihnen Kontakt aufgenommen? Wenn das der Fall ist, können wir seine Kaution aufheben lassen."

„Sie können gar nichts tun." Connie DeVuono griff in ihre Handtasche, entnahm ihr eine kleine weiße Schachtel und reichte sie Jess.

Mit ungutem Gefühl öffnete Jess die Schachtel und entfernte vorsichtig die Schichten von Seidenpapier. Darunter spürte sie etwas Kleines, Hartes.

„Die Schachtel stand vor meiner Tür, als ich heute morgen hinausging", sagte Connie, während sie zusah, wie Jess das letzte Papier wegzog.

Jess drehte sich der Magen um. In der Schachtel lag eine leblose kleine Schildkröte, der zwei Beine und der Kopf fehlten.

„Sie hat Stefan gehört", sagte Connie tonlos. „Als wir vor ein paar Tagen abends nach Hause kamen, war sie nicht in ihrem Glasbehälter.

Es war uns unerklärlich, wie sie da herausgekommen sein sollte. Wir haben sie überall gesucht."

Jess begriff augenblicklich, weshalb Connie DeVuono in Panik geraten war. Vor drei Monaten war Rick Ferguson in ihre Wohnung eingebrochen, hatte sie vergewaltigt und mißhandelt und ihr dann mit dem Tod gedroht. Jetzt wollte er ihr offenbar zeigen, daß es ihm ein leichtes sein würde, seine Drohungen wahrzumachen. Wiederum hatte er sich Zugang zu ihrer Wohnung verschafft, so mühelos, als hätte man ihm den Schlüssel gegeben. Er hatte das Haustier ihres Sohnes getötet und verstümmelt. Niemand hatte ihn gesehen. Niemand hatte ihn daran gehindert.

Jess hüllte die tote Schildkröte wieder ein, ging zur Tür und winkte Sally. „Würden Sie mir das bitte ins Labor bringen lassen?"

Sally nahm die Schachtel so vorsichtig entgegen, als hätte sie es mit einer Giftschlange zu tun.

Plötzlich sprang Connie DeVuono auf. „Sie wissen doch so gut wie ich, daß Sie es nicht schaffen werden, eine Verbindung zu Rick Ferguson herzustellen. Man kann ihm nichts nachweisen. Er kann sich alles erlauben."

„Nur, wenn Sie es zulassen." Jess wußte, daß ihr nur wenige Minuten blieben, um Connie umzustimmen. „Sie können sich weigern auszusagen. Das heißt aber, daß Rick Ferguson ungestraft davonkommt und für das, was er Ihnen angetan hat, niemals zur Rechenschaft gezogen wird." Sie machte eine Pause, um ihre Worte wirken zu lassen. „Oder Sie können vor Gericht gehen und dafür sorgen, daß er ins Zuchthaus wandert, wo er niemandem mehr etwas antun kann." Sie sah ein unschlüssiges Flackern in Connies Augen und wartete einen Augenblick. „Machen Sie sich nichts vor, Mrs. DeVuono. Wenn Sie nicht gegen Rick Ferguson aussagen, ermöglichen Sie ihm nur, es wieder zu tun."

Jess wartete mit angehaltenem Atem. Sie sah, daß Connie unsicher wurde, und wollte jetzt auf keinen Fall riskieren, daß sie einen Rückzieher machte. „Kommen Sie", sagte sie mit einem letzten Versuch, „nach dem Tod Ihres Mannes haben Sie sich doch auch nicht unterkriegen lassen. Sie sind auf die Abendschule gegangen und haben sich eine Stellung gesucht, um für Ihren Sohn sorgen zu können. Sie sind eine Kämpfernatur, Mrs. DeVuono. Lassen Sie sich diesen Charakterzug nicht von Rick Ferguson rauben. Schlagen Sie zurück!"

Connie sagte nichts, doch schließlich nickte sie.

Jess drückte ihr die Hände. „Sie sagen aus?"

Connies Stimme war nur ein Flüstern. „Ja. Gott steh mir bei!"

Jess warf einen Blick auf ihre Uhr. „Kommen Sie, ich bringe Sie hinaus." Sie begleitete Connie durch den Gang, auf dem die Büros der Staatsanwaltschaft lagen, führte sie am Empfangsbereich vorbei zu den Aufzügen und fuhr mit ihr in die Eingangshalle hinunter. Die Gänge waren schon für Halloween mit großen orangefarbenen Papierkürbissen und Papphexen dekoriert, die auf Besen ritten. Wie in einem Kindergarten, dachte Jess. Sie erreichten die verglaste Passage, die das Verwaltungsgebäude mit dem danebenliegenden Gerichtsgebäude verband. „Wo haben Sie geparkt?" fragte Jess.

„Ich bin mit dem Bus gekommen", erwiderte Connie DeVuono. Sie hielt plötzlich inne, preßte erschrocken die Hand auf den Mund.

„Was ist denn? Was ist los?" Jess folgte dem entsetzten Blick der Frau.

Der Mann stand am gegenüberliegenden Ende des Korridors, lässig an die kalte Glaswand gelehnt. Die Haltung seines schlaksigen Körpers hatte etwas Bedrohliches. Sein Gesicht war teilweise von den langen, ungekämmten Strähnen seines dunkelblonden Haars verdeckt, das auf den Kragen seiner braunen Lederjacke herabfiel. Als er sich ihnen mit ironischem Gruß zuwandte, sah Jess, wie sich sein Mund zu dem gleichen eiskalten Grinsen verzog, mit dem er an diesem Morgen auf sie gewartet hatte.

Ich bin der Tod, schien er zu sagen.

Jess fröstelte. Es war Rick Ferguson.

„Ich will, daß Sie ein Taxi nehmen, Mrs. DeVuono", erklärte sie auf dem Weg hinaus und drückte Connie zehn Dollar in die Hand. „Um Rick Ferguson kümmere ich mich schon."

Connie erwiderte nichts, sie schien einfach keine Kraft und keinen Willen mehr zu haben. Widerstandslos ließ sie sich von Jess in ein Taxi schieben. Jess versuchte das wilde Klopfen in ihrer Brust zu ignorieren, dann machte sie kehrt und ging in das Gebäude zurück.

Er hatte sich nicht von der Stelle gerührt.

Über den langen Flur eilte Jess auf ihn zu. Ihre Absätze klapperten auf dem harten Granitboden. Mit jedem Schritt wurde die unbestimmte Drohung, die von ihm ausging, konkreter, persönlicher. Er war Anfang Zwanzig, ungefähr einsachtzig groß und fünfundsiebzig Kilo schwer; er hatte leicht nach vorn gebeugte Schultern, ungepflegtes blondes Haar, tiefliegende Augen, eine mehrmals gebrochene Nase, und die ganze Zeit grinste er so unverschämt.

„Lassen Sie meine Mandantin in Ruhe!" zischte Jess, als sie ihn erreichte. „Wenn Sie sich noch einmal in ihrer Nähe blicken lassen, wenn Sie versuchen sollten, mit ihr Verbindung aufzunehmen, wenn Sie ihr noch so ein grausiges kleines Geschenk vor die Tür legen, lasse ich Ihre Haftverschonung aufheben, und Sie wandern in den Knast."

„Wissen Sie", entgegnete er völlig unbeteiligt, „es ist vielleicht keine gute Idee, mir auf die Zehen zu treten."

Jess hätte beinahe gelacht. „Was soll das heißen?"

Rick Ferguson zuckte die Achseln und sah beinahe gelangweilt drein. „Na ja, Leute, die mir in die Quere kommen, verschwinden leicht."

Jess wich unwillkürlich einen Schritt zurück. Ein eisiger Schauder überlief sie. Als sie sprach, klang ihre Stimme dumpf und tonlos. „Wollen Sie mir drohen?"

Rick Ferguson stieß sich von der Wand ab. Sein Grinsen wurde breiter. *Ich bin der Tod,* schien es zu sagen. *Ich bin gekommen, dich zu holen.* Dann ging Ferguson davon, ohne sich umzusehen.

2

„JEDEN Tag werden in den Vereinigten Staaten tausendachthunderteinundsiebzig Frauen vergewaltigt", begann Jess. Ihr Blick glitt über die zwei Reihen von Geschworenen, die in dem ehrwürdigen alten Gerichtssaal saßen. „Das heißt, daß etwa alle sechsundvierzig Sekunden eine erwachsene Frau vergewaltigt wird, was im Lauf eines Jahres sechshundertdreiundachtzigtausend Vergewaltigungen ergibt." Sie machte eine kurze Pause, um die ungeheuerliche Zahl wirken zu lassen. „Manche Frauen werden auf der Straße überfallen, andere in der eigenen Wohnung. Manchen Frauen wird von dem vielzitierten Wildfremden in einer dunklen Gasse Gewalt angetan, weit häufiger jedoch von Menschen, die sie kennen. Vielleicht wie im Fall Erica Barnowski" – Jess machte eine Kopfbewegung zur Klägerin hin – „von einem Mann, den die Frau in einer Bar kennenlernt. Es trifft Frauen jeden Alters und jeder Hautfarbe, jeder Konfession und jeder Bildungsstufe. Das einzige, das die Opfer alle gemeinsam haben, ist ihr Geschlecht. Es geht also um Sexualität, sollte man meinen, aber so ist es nicht. Bei der Vergewaltigung geht es nicht um Sexualität. Es geht um Macht. Es geht um Herrschaft und Unterdrückung. Um Erniedrigung. Um das Zufügen von Schmerz. Die Vergewaltigung ist ein Akt der Wut, ein Akt des Hasses. Die Sexualität wird nur als Waffe benutzt." Erneut machte sie eine kurze Pause. „Die Verteidigung möchte Sie etwas anderes glauben machen", fuhr Jess fort und richtete ihre Aufmerksamkeit auf den Angeklagten. Douglas Phillips, ein Weißer aus dem Mittelstand, ein Durchschnittstyp, der recht ehrbar wirkte in seinem dunkelblauen Anzug mit schlichter Paisley-Krawatte, verzog beleidigt den Mund, ehe er den Blick zu Boden senkte.

„Die Verteidigung möchte Sie glauben machen, daß die Episode, die sich zwischen Douglas Phillips und Erica Barnowski abspielte, ein Geschlechtsakt war, der mit dem Einverständnis der Klägerin vollzogen wurde. Die Verteidigung hat Ihnen berichtet, daß Douglas Phillips Erica Barnowski am Abend des 13. Mai 1992 in der Singles-Bar ‚Red Rooster' kennenlernte. Wir haben mehrere Zeugen gehört, die die beiden trinkend und lachend zusammen gesehen haben. Die Zeugen haben unter Eid ausgesagt, daß Erica Barnowski aus freien Stücken und ohne Zwang die Bar gemeinsam mit Douglas Phillips verließ. Erica Barnowski selbst hat das bei ihrer Vernehmung zugegeben. Aber die Verteidigung möchte Sie nun weiter glauben machen, daß das, was sich zwischen den beiden zutrug, nachdem sie die Bar verlassen hatten, ein Akt unbeherrschter Leidenschaft zwischen zwei erwachsenen Menschen war. Douglas Phillips behauptet, die Blutergüsse der Klägerin seien die bedauerlichen Nebenwirkungen des Geschlechtsverkehrs in einem kleinen Auto gewesen. Den nachfolgenden Zusammenbruch des Opfers, der von Dr. Robert Ives im Grant Hospital festgestellt wurde, tut er schlicht als Hysterie einer Frau ab, der es nicht paßte, nach Gebrauch weggeworfen zu werden wie – in seinen einfühlsamen Worten – ‚ein benutztes Kleenex'."

Jess konzentrierte jetzt ihre ganze Aufmerksamkeit auf Erica Barnowski. Die blasse junge Frau saß völlig regungslos neben Neil Strayhorn am Tisch der Staatsanwaltschaft. Nur ihre Unterlippe zitterte. Dennoch hatte die Klägerin kaum etwas Einnehmendes an sich. Sie hatte kleine Augen, blondgefärbtes Haar, und ihre blaue Bluse war eine Spur zu grell. Die Frau wirkte nicht mitleiderregend, nichts ging von ihr aus, was den Geschworenen ans Herz gegangen wäre.

Jess holte einmal tief Atem und richtete ihren Blick wieder auf die Geschworenen, die ihr jetzt mit gespannter Aufmerksamkeit zuhörten. „Die Verteidigung hat die Tatsache, daß Erica Barnowski keine Unterwäsche trug, als sie an jenem Abend in das Red Rooster ging, ungeheuer hochgespielt. Erica Barnowski wollte etwas erleben, behauptet die Verteidigung. Na schön, kann sein, daß das Erlebnis ein bißchen heftiger war, als sie es sich vorgestellt hatte, aber, na ja, das hätte sie sich doch denken können . . . Gut, vielleicht war es wirklich nicht sehr klug von Erica Barnowski, in eine Kneipe wie das Red Rooster zu gehen und ihren Schlüpfer zu Hause zu lassen. Aber glauben Sie bitte ja nicht, daß die mangelnde Klugheit des Opfers dem Täter das Recht gibt, dessen Menschenwürde mit Füßen zu treten. Glauben Sie ja nicht, daß Douglas Phillips, der von Berufs wegen Computer repariert, unfähig ist, zwischen Ja und Nein zu unterscheiden. Und Erica Barnowski hat laut und deutlich nein gesagt, meine Damen und Herren. Sie hat nicht nur nein gesagt, sie hat es ihm ins Gesicht geschrien. Sie hat so laut und so oft nein geschrien, daß Douglas Phillips ihr ein Messer an die Kehle halten mußte, um sie zum Schweigen zu bringen."

Jess merkte plötzlich, daß sie ihre Worte ganz besonders an eine Geschworene richtete, die in der zweiten Reihe saß, eine Frau Ende Fünfzig mit kastanienbraunem Haar und ausgeprägten und dennoch sensiblen Zügen. Es war etwas am Gesicht dieser Frau, das sie faszinierte. Vielleicht lag es an der Intelligenz, die sich in den sanften grauen Augen spiegelte. Oder vielleicht lag es daran, daß Jess das Gefühl hatte, zu dieser Frau durchdringen zu können, und hoffte, über sie auch die anderen zu erreichen.

Jess sprach ihre nächsten Worte mit sorgfältiger Betonung: „Selbst in unserem angeblich so aufgeklärten Zeitalter blüht und gedeiht die doppelte Moral. Der beste Beweis dafür ist das Bemühen der Verteidigung, Ihnen einzureden, daß Erica Barnowskis Versäumnis, an jenem Abend Unterwäsche zu tragen, weit verwerflicher sei als die Tatsache, daß Douglas Phillips ihr ein Messer an die Kehle hielt. Erica Barnowski mag ihre Lage falsch eingeschätzt haben, aber Douglas Phillips hat sich einer Vergewaltigung schuldig gemacht."

Sie kehrte an ihren Platz zurück und tätschelte Erica Barnowski beruhigend die Hände. Die junge Frau dankte ihr mit einem kurzen Lächeln.

„Gut gemacht", flüsterte Neil Strayhorn.

Am Verteidigungstisch saßen Douglas Phillips und seine Anwältin, den Blick starr geradeaus gerichtet. Richter Earl Harris räusperte sich zum Zeichen, daß er sich anschickte, die Geschworenen zu belehren. Er war ein gutaussehender Mann Ende Sechzig. Die Güte seines Gesichts, der weiche Glanz seiner dunklen Augen betonten die Ernsthaftigkeit seines Engagements für Recht und Wahrheit.

„Meine Damen und Herren Geschworenen", begann er. „Ich möchte Ihnen für die Aufmerksamkeit und den Respekt danken, die Sie diesem Gericht in den vergangenen Tagen gezeigt haben. Fälle wie dieser sind niemals einfach zu behandeln. Die Emotionen schlagen hohe Wellen. Aber Ihre Pflicht als Geschworene ist es, Emotionen auszuklammern und sich einzig an die Fakten zu halten."

Jess konzentrierte sich auf die Geschworenen. Alle saßen sie vorgebeugt auf ihren Stühlen und hörten aufmerksam zu. Welcher Auffassung würden sie sich anschließen, fragte sie sich, wohl wissend, wie schwierig es war, die Reaktionen der Geschworenen vorauszusagen. Die Frau mit den intelligenten Augen wurde auf Jess' forschenden Blick aufmerksam und sah verlegen in eine andere Richtung. Sie hatte etwas Vertrautes, das Jess vorher nicht aufgefallen war: die Linie ihres Nackens, die Wölbung ihrer Stirn, die schmalen Augenbrauen. Jess wurde sich plötzlich bewußt, daß die Frau sie an jemanden erinnerte, und sofort versuchte sie, die Gedanken auszublenden, die sich formen wollten. Ein gefürchtetes Kribbeln kroch in ihre Arme und Beine. Sie kämpfte gegen den plötzlichen Drang an, einfach aus dem Saal zu stürmen.

Beruhige dich doch! ermahnte sie sich im stillen, als sie spürte, wie es ihr den Atem abschnürte, wie sich ihre Hände verkrampften. Warum gerade jetzt diese Panik?

Die Geschworene drehte sich um und sah Jess in die Augen. Jess wich ihrem Blick nicht aus. Erst nach einer Weile schloß sie voller Erleichterung die Augen. Was habe ich da nur gesehen? fragte sie sich, während sie sich ein wenig entspannte. Die Geschworene besaß keinerlei Ähnlichkeit mit der Frau, die sie flüchtig in ihr zu sehen geglaubt hatte. Jess fand sich töricht und schämte sich. Nein, da war nicht einmal eine entfernte Ähnlichkeit mit ihrer Mutter.

Jess senkte den Kopf. Acht Jahre waren vergangen, seit ihre Mutter auf dem Weg zu einem Arzttermin spurlos verschwunden war. Acht Jahre, seit die Polizei die Suche nach ihr mit der Begründung aufgegeben hatte, sie sei vermutlich das Opfer eines Verbrechens geworden.

In den ersten paar Jahren nach dem Verschwinden ihrer Mutter hatte Jess oft geglaubt, ihr Gesicht irgendwo in der Menge zu entdecken. Sie war im Supermarkt und sah plötzlich ihre Mutter, die einen überquellenden Einkaufswagen zwischen den Regalen entlangschob; sie war bei einem Baseballspiel und hörte plötzlich die Stimme ihrer Mutter, die die „Chicago Cubs" anfeuerte. Ihre Mutter war die Frau hinter der Zeitung hinten im Bus, die Frau vorn im Taxi, das in der Gegenrichtung vorbeifuhr.

Im Lauf der Jahre waren diese Erscheinungen seltener geworden. Aber lange Zeit hatte Jess unter Alpträumen und schlimmen Angstanfällen gelitten. Im allgemeinen begannen sie mit einem leichten Kribbeln in Armen und Beinen und entwickelten sich dann zu einer richtiggehenden Lähmung, die von Wellen der Übelkeit begleitet wurde. Wenn die Anfälle vorüber waren – manchmal nach Minuten, manchmal erst nach Stunden –, war Jess völlig erschöpft, ausgelaugt, ein in Schweiß gebadetes Häufchen Elend.

Ganz langsam und unter Mühen, wie jemand, der nach einem Schlaganfall wieder gehen lernt, hatte Jess ihr inneres Gleichgewicht, ihr Selbstvertrauen wiedergewonnen. Sie glaubte nicht mehr, daß ihre Mutter jeden Moment zur Tür hereinkommen würde, fuhr nicht mehr jedesmal zusammen, wenn das Telefon läutete, weil sie am anderen Ende die Stimme ihrer Mutter erwartete. Die Alpträume hatten aufgehört. Und Jess hatte sich geschworen, sich nie wieder in einem solchen Maße Gefühlen auszuliefern.

Nun hatte sie das altbekannte Kribbeln von neuem überfallen. Warum gerade jetzt? Warum gerade heute?

Sie wußte, warum. Wegen Rick Ferguson. Gewiß war er es gewesen, der die Tür zu ihren Erinnerungen erneut aufgestoßen hatte. Sein grausames Lächeln legte sich wie eine Schlinge um ihren Hals.

Es ist vielleicht keine gute Idee, mir auf die Zehen zu treten, hörte sie ihn sagen. *Leute, die mir in die Quere kommen, verschwinden leicht.*

Sie verschwinden. Wie ihre Mutter.

Jess versuchte, ihre ganze Aufmerksamkeit auf das zu richten, was Richter Harris soeben sagte. Aber immer wieder schob sich Rick Ferguson zwischen sie und den Richter. Rick Ferguson mit seinen braunen Augen und seinem aufreizenden, höhnischen Blick, der sie zum Kampf herauszufordern schien.

Was ist das nur zwischen mir und Männern mit braunen Augen? schoß es Jess durch den Kopf. Rick Ferguson, Greg Oliver, ihr Vater, selbst ihr geschiedener Mann – alle hatten sie braune Augen.

Das Bild ihres geschiedenen Mannes drängte die anderen Gesichter rasch in den Hintergrund. Typisch Don, dachte sie, dominant wie eh und je. Er war elf Jahre älter als sie, war ihr Mentor, ihr Geliebter, ihr Förderer und ihr Freund gewesen. „Er wird dir keinen Raum zur Entfaltung lassen“, hatte ihre Mutter sie gewarnt, als Jess damit herausgerückt war, daß sie beabsichtigte, diesen so selbstsicheren und von sich überzeugten Mann zu heiraten, der im ersten Studienjahr ihr Dozent gewesen war. „Warte doch noch etwas“, hatte ihre Mutter sie gebeten. „Es eilt doch nicht.“ Aber je mehr Einwände ihre Mutter vorgebracht hatte, desto mehr Entschlossenheit hatte Jess an den Tag gelegt, bis am Ende die Opposition gegen ihre Mutter zum stärksten

Band zwischen ihr und Don geworden war. Sie heirateten bald nach dem Verschwinden von Jess' Mutter.

Von Anfang an hatte Don in ihrer Ehe das Sagen gehabt. In den vier Jahren ihres Zusammenlebens entschied er, wohin sie gingen, er suchte die Möbel aus, mit denen sie sich einrichteten, er bestimmte, mit wem sie verkehrten, was sie unternahmen, ja selbst, was Jess aß. Vielleicht hatte sie in den Jahren unmittelbar nach dem Verschwinden ihrer Mutter genau das gebraucht: jemanden, der ihr alle Entscheidungen abnahm, sie umsorgte und verwöhnte. Vielleicht hatte sie selbst verschwinden, sich hinter jemandem verstecken wollen.

Anfangs hatte Jess also nichts dagegen gehabt, daß Don ihr Leben in die Hand nahm. Wußte er doch, was für sie am besten war. Er war immer für sie da, trocknete ihre Tränen, half ihr über die schrecklichen Panikanfälle hinweg. Wie hätte sie ohne ihn überleben können?

Aber dann hatte sie in zunehmendem Maße versucht, sich auf die eigenen Beine zu stellen; sie fing an, sich mit ihm zu streiten, trug plötzlich Farben, von denen sie wußte, daß er sie nicht mochte, stopfte sich mit Süßigkeiten und Chips voll, bewarb sich um einen Posten bei der Staatsanwaltschaft, anstatt in Dons Kanzlei einzutreten, zog schließlich ganz aus der gemeinsamen Wohnung aus.

Jetzt wohnte sie also nicht mehr im Penthaus eines Wolkenkratzers in der City, sondern in der obersten Etage eines dreistöckigen Stadthauses in einer alten Wohngegend, und ihr bester Freund war, abgesehen von ihrer Schwester, ein gelber Kanarienvogel namens Freddy. Doch wenigstens spielte sie nicht mehr die Rolle der hilfsbedürftigen Kranken, auf die sie sich während ihrer Ehe mit Don beschränkt hatte.

„Indem Sie sich nicht von persönlichen Sympathien für das Opfer oder den Angeklagten beeinflussen lassen", schloß Richter Harris, „sondern den Fall einzig und allein nach den Tatsachen bewerten, werden Sie dieses dunkle, alte Gebäude in einen helleuchtenden Tempel der Gerechtigkeit verwandeln."

Viele Male hatte Jess diese Worte aus Richter Harris' Mund gehört und ihnen stets von neuem ergriffen gelauscht. Sie beobachtete die Wirkung dieser Ermahnung auf die Geschworenen. Die Männer und Frauen marschierten aus dem Gerichtssaal, als folgten sie einem hellen Stern.

Erica Barnowski schwieg, während sich der Saal leerte. Erst nachdem der Angeklagte hinausgegangen war, stand sie auf.

„Ich melde mich bei Ihnen, sobald ich etwas höre", erklärte Jess.

Sie verabschiedete sich von der jungen Frau und sah ihr nach, wie sie mit raschem Schritt zu den Aufzügen ging. „Dein Plädoyer war ausgezeichnet“, sagte Jess schließlich zu Neil Strayhorn. Dann suchte sie ihre Unterlagen zusammen. „Ich glaub, ich gehe ein bißchen an die frische Luft. Ich brauch einen Szenenwechsel.“

Trotz der sieben Stockwerke nahm sie die Treppe und nicht den Aufzug. Ein bißchen Bewegung würde ihr nur guttun. Vielleicht würde sie, bis sich die Geschworenen entschieden hatten, einen Einkaufsbummel machen, sich Winterstiefel kaufen. Vielleicht würde sie aber auch nur beim Stand an der Ecke einen Hot dog holen, wieder in ihr Büro zurückkehren und mit der Arbeit am nächsten Fall beginnen.

Unangenehm kalte Oktoberluft wehte ihr entgegen, als sie ins Freie trat. Sie schlang die Arme um sich und eilte die Stufen zur Straße hinunter, warf einen verstohlenen Blick zur Kreuzung und stellte aufatmend fest, daß Rick Ferguson nirgends zu sehen war.

„Einen Hot dog mit allem Drum und Dran!“ rief sie dem Verkäufer am Stand erleichtert zu und sah zu, wie er eine riesige Bockwurst in ein Sesambrötchen schob und reichlich Ketchup, Senf und Mayonnaise darübergab. „Wunderbar, vielen Dank.“ Sie drückte ihm das Geld abgezählt in die Hand und biß mit Appetit in ihren Hot dog.

„Wie oft muß ich dir noch sagen, daß diese Dinger das reine Gift sind?“ ertönte aus unmittelbarer Nähe eine sonore, gutgelaunte männliche Stimme. „Sie bestehen aus purem Fett.“

Jess drehte sich um und riß ungläubig die Augen auf. „Eben habe ich an dich gedacht.“

„Und hoffentlich nur im guten“, bemerkte Don Shaw.

Jess starrte ihren geschiedenen Mann an. Was für eine unglaublich starke Ausstrahlung er doch hat, dachte sie verwundert. Obwohl er nur durchschnittlich groß war, wirkte alles an ihm ausgesprochen dominierend: seine Hände, seine Brust, seine Stimme, seine Augen. Was hatte er hier zu tun? Es war bisher noch nie vorgekommen, daß sich ihre Wege zufällig gekreuzt hatten. Sie hatte ihn seit Monaten nicht mehr gesprochen. Und jetzt brauchte sie nur an ihn zu denken, und schon war er hier.

„Du weißt doch, ich kann es einfach nicht sehen, wenn du dieses Zeug ißt“, erklärte er mit Nachdruck, nahm ihr das Brötchen mit der Wurst einfach aus der Hand und warf es in den nächsten Abfalleimer. „Komm, ich lade dich zu einem anständigen Mittagessen ein.“

„Was fällt dir eigentlich ein?" Jess gab dem Mann am Stand mit einer Handbewegung zu verstehen, daß sie noch einen Hot dog wollte.

„Eines Tages wirst du als Dickmadam aufwachen", sagte er mit seinem einnehmenden Lächeln, das sie erwidern mußte, ob sie wollte oder nicht.

Jess biß von ihrem neuen Hot dog ab, der jetzt einfach nicht mehr so gut schmeckte wie der erste. „Und wie geht's so?" fragte sie. „Ich hab was von einer neuen Freundin läuten hören."

„Wo hast du denn das aufgeschnappt?" Sie gingen langsam auf die 26. Straße zu, als hätten sie das gleiche Ziel. Um sie herum wogte eine gleichgültige Menge von Polizisten, Zuhältern und Drogenhändlern.

„So was spricht sich herum, Herr Rechtsanwalt", erwiderte Jess und stellte überrascht fest, daß sie tatsächlich neugierig war, vielleicht sogar ein wenig eifersüchtig. „Und wie heißt sie? Was ist sie für ein Mensch?"

„Sie heißt Trish", antwortete er unbefangen, „ist sehr intelligent, sehr hübsch, hat sehr kurzes, sehr blondes Haar und ein sehr verführerisches Lachen."

„Das sind aber viele ‚sehr' auf einmal."

„Und wie geht's dir? Gibt es einen Mann in deinem Leben?"

„Nur Freddy", antwortete sie und schlang den Rest ihres Hot dogs hinunter.

„Du mit deinem verrückten Kanarienvogel!" Sie hatten die Kreuzung erreicht. „Übrigens, ich muß dir ein Geständnis machen", meinte er plötzlich, während er sie beim Ellbogen nahm und über die Straße führte.

„Du heiratest?" fragte sie hastig, obwohl sie diese Frage gar nicht hatte stellen wollen.

„Nein", sagte er leichthin, aber in seiner Stimme schwang ein drohender Unterton mit. „Rick Ferguson ist mein Mandant."

Jess blieb mitten auf der Straße stehen, und das zusammengeknüllte Einwickelpapier fiel ihr aus der Hand. „Was?"

„Es ist kein Zufall, daß wir uns heute getroffen haben, Jess", gestand Don verlegen. „Ich hab in deinem Büro angerufen. Dort hieß es, du seist bei Gericht."

„Seit wann vertrittst du Rick Ferguson?"

„Seit letzter Woche."

„Ich kann's nicht fassen. Warum?"

„Warum? Weil er mich beauftragt hat. Was ist das für eine Frage?"

„Rick Ferguson ist schlimmer als ein Stück Vieh. Ich kann nicht glauben, daß du dich dazu hergibst, ihn zu vertreten."

„Jess, ich bin Strafverteidiger. Es ist mein Beruf."

Jess nickte. Es stimmte, daß die Randgruppen der Gesellschaft Don schon immer fasziniert hatten, doch in den Jahren seit ihrer Scheidung hatte sich diese Faszination wesentlich verstärkt. Immer häufiger übernahm er die scheinbar aussichtslosen Fälle, vor denen andere Anwälte zurückschreckten. Und gewann diese Prozesse meistens, wie sie auch aus eigener Erfahrung wußte. Zweimal hatten sie sich in den letzten vier Jahren vor Gericht gegenübergestanden. Beide Male hatte er den Sieg davongetragen.

„Jess, ist dir schon mal der Gedanke gekommen, daß der Mann unschuldig sein könnte?"

„Der Mann, wie du ihn so freundlich nennst, ist von der Frau, die er überfallen hat, eindeutig identifiziert worden. Er ist in ihre Wohnung eingebrochen und hat sie fast bewußtlos geprügelt. Dann hat er sie gezwungen, sich auszuziehen, Kleidungsstück um Kleidungsstück, so daß sie genug Zeit hatte, sich sein Gesicht einzuprägen, bevor er sie vergewaltigte."

„Rick Ferguson hat für die Zeit des Überfalls ein hieb- und stichfestes Alibi", entgegnete Don nüchtern.

Jess schnaubte verächtlich. „Ich weiß, er war zu Besuch bei seiner Mutter."

„Die Frau hat ihr Haus als Sicherheit für seine Kaution aufgeboten. Sie ist bereit, vor Gericht zu seiner Entlastung auszusagen. Wieso bist du sicher, daß Rick Ferguson als Täter in Frage kommt?"

Jess erzählte ihm von der Begegnung mit Rick Ferguson am Morgen, als sie zur Arbeit gekommen war, und von der kurzen Auseinandersetzung später im Foyer des Gerichtsgebäudes. Dabei bemerkte sie, daß Don sich bemühte, sie wie eine unter vielen Staatsanwältinnen zu behandeln und nicht die Frau in ihr zu sehen, die ihm noch immer viel bedeutete.

„Ich verstehe nicht, wieso du deine kostbare Zeit an solche Subjekte verschwendest", warf sie ihm entrüstet vor. „Du warst doch derjenige, der mir erklärt hat, daß die Kanzlei eines Anwalts letztlich seine eigene Persönlichkeit widerspiegelt."

Er lächelte. „Schön zu wissen, daß du zugehört hast."

Sie neigte sich zu ihm und küßte ihn auf die Wange. „Ich muß zurück ins Büro."

„Das heißt wohl, daß du nicht daran denkst, die Anklage zurückzuziehen?"

„Bestimmt nicht."

Er quittierte ihre Worte mit einem bekümmerten Lächeln und nahm ihre Hand. Dann begleitete er sie zum Verwaltungsgebäude zurück.

Bitte, bleib stehen, und warte, bis ich sicher und wohlbehalten drinnen bin, flehte sie stumm, während sie die vordere Treppe hinaufeilte. Aber als sie sich an der Eingangstür umdrehte, war er schon weg.

3

DER ALPTRAUM begann immer auf die gleiche Weise: Jess saß im Empfangsraum einer Arztpraxis, während irgendwo in ihrer Nähe ein Telefon läutete. „Es ist Ihre Mutter", sagte der Arzt dann zu ihr und zog einen Telefonapparat aus seinem großen schwarzen Koffer. So war es auch diesmal.

„Mutter, wo bist du?" fragte Jess. „Der Doktor wartet auf dich."

„Komm in einer Viertelstunde ins John-Hancock-Gebäude. Dann erkläre ich dir alles."

Plötzlich stand Jess vor einer Reihe von Aufzügen, aber kein Aufzug kam. Sie suchte die Treppe und raste die sieben Stockwerke hinunter, wo sie entdeckte, daß die Haustür abgeschlossen war. Sie drückte, sie zog, sie weinte, sie schrie. Die Tür gab nicht nach.

Im nächsten Augenblick stand sie vor einer Kunstgalerie in der Michigan Avenue. „Kommen Sie herein!" rief eine Frau mit kastanienbraunem Haar von der obersten Stufe herunter. „Die Besichtigung fängt jetzt an, und Ihretwegen müssen alle warten."

„Ich kann wirklich nicht bleiben", erklärte Jess den Leuten und winkte ein Taxi heran, aber der Fahrer mißverstand ihre Anweisungen und fuhr sie nach Hause in die Roosevelt Road.

Er erwartete sie, als sie aus dem Taxi stieg, eine gesichtslose Gestalt ganz in Schwarz, die reglos am Straßenrand stand. Jess wollte sofort wieder in den Wagen zurückspringen, aber das Taxi war verschwunden. Langsam kam die Gestalt in Schwarz auf sie zu.

Es ist der Tod, begriff Jess, während sie die Treppe zum Haus ihrer Eltern hinaufstolperte. „Hilfe!" schrie sie, riß die Fliegengittertür auf, schlug sie hinter sich zu und versuchte verzweifelt, den Riegel vorzuschieben, als der Tod bereits die Hand nach der Tür ausstreckte und sein Gesicht deutlich sichtbar wurde.

Rick Ferguson!

„Nein!“ schrie Jess und fuhr mit pochendem Herzen auf. Ihr Bettzeug war schweißnaß.

Kein Wunder, daß er ihr so vertraut erschienen war. Schluchzend zog sie die Knie ans Kinn und kauerte im Bett. Die Ausgeburt ihrer finstersten Phantasien war im wahrsten Sinne des Wortes aus ihren Träumen in ihr Leben eingedrungen. Die Alpträume, die sie früher gequält hatten, waren wieder da, und die schwarze Gestalt hatte einen Namen: Rick Ferguson.

„Bitte“, murmelte sie. „Bitte, hör doch auf. Bitte, geh weg.“

Jess streckte den Arm zu der weißen Porzellanlampe auf dem Nachttisch aus und machte Licht. Das Zimmer nahm Konturen an: weiche Rosétöne, mit zarten Nuancen von Grau und Blau kombiniert, das Doppelbett, der helle Teppich, der weiße Korbstuhl, die Kommode, der Kunstdruck, ein Bild von Henri Matisse. Sie versuchte in die Normalität zurückzufinden, indem sie sich auf die pfirsichfarbenen Vorhänge und die hohe weiße Zimmerdecke konzentrierte.

Es half nichts. Ihr Herz raste weiter wie verrückt, und es schnürte ihr den Hals zu, so daß sie kaum Luft bekam. Sie zwang sich aufzustehen und wankte auf unsicheren Beinen in das winzige Badezimmer. Über das Waschbecken gebeugt, drehte sie den Hahn auf und bespritzte Gesicht und Schultern mit kaltem Wasser. Ihr war übel, und sie befürchtete, sich übergeben zu müssen.

Nun war der Alptraum also wiedergekehrt, begleitet von der unsäglich lähmenden Angst, die jede Faser ihres Körpers ergriff. Das darf doch wohl nicht wahr sein, dachte Jess, mit zusammengepreßten Lippen über die Toilette gebeugt.

Ich könnte Don anrufen, überlegte sie. Er weiß immer, was zu tun ist. So oft hatte er sie nachts, wenn sie zitternd aus dem Schlaf hochgefahren war, an sich gedrückt, ihr mit sanften Händen das feuchte Haar aus der Stirn gestrichen und ihr versichert, daß alles gut werde. Ja, sie konnte Don anrufen. Er würde ihr helfen. Er würde genau wissen, was zu tun war.

Jess tappte ins Schlafzimmer zurück. Auf die Bettkante gekauert, griff sie zum Telefon, dann hielt sie plötzlich inne. Sie wußte, daß sie Don nur anzurufen brauchte. Er würde alles stehen- und liegenlassen, zu ihr eilen und bei ihr bleiben, solange sie ihn brauchte. Sie wußte, daß Don sie immer noch liebte, nie aufgehört hatte, sie zu lieben. Gerade darum konnte sie ihn nicht anrufen.

Er hatte jetzt eine Beziehung zu einer anderen Frau. Trish, wiederholte sie und dachte über den Namen nach. Wahrscheinlich eine Abkürzung von Patricia. Trish mit dem sehr verführerischen Lachen, wie er gesagt hatte. Sie erinnerte sich an das stolze Aufblitzen in seinen Augen. Hatte die Vorstellung, Don an eine andere zu verlieren, ausgereicht, um diesen Angstanfall auszulösen?

Die Attacke war vorbei, stellte sie plötzlich überrascht fest. Ihr Puls hatte sich beruhigt, ihr Atem ging wieder normal. Sie ließ sich auf ihr Kissen zurücksinken und genoß das Gefühl neuen Wohlbefindens. Mit Erstaunen bemerkte sie, daß sie sogar hungrig war.

Jess ging in die Küche und schob eine tiefgefrorene Pizza in den Mikrowellenherd. Die fertige Pizza trug sie hinüber in den großen Wohnraum. Sie schaltete die Stereoanlage ein und verlor sich in den Klängen eines Konzerts für Geige und Klavier. Neben ihr begann der Kanarienvogel zu singen, dessen Käfig sie für die Nacht zugedeckt hatte. Jess ließ sich tiefer in die weichen Polster ihres Plüschsofas sinken und aß, während sie den süßen Klängen lauschte, im Dunkeln ihre Pizza.

„MEINE Damen und Herren Geschworenen, sind Sie zu einem Urteil gekommen?“ fragte der Richter.

Eine Welle der Erregung überflutete Jess. Fast vierundzwanzig Stunden waren seit ihrem Schlußplädoyer vergangen. Die Geschworenen hatten sich beinahe acht Stunden beraten, ohne eine Einigung zu erreichen. Heute morgen um neun Uhr hatten sie ihre Beratungen wiederaufgenommen, und nun, eine Stunde später, waren sie bereit, ihr Urteil zu verkünden.

Ja, sagte der Geschworenensprecher, sie seien zu einem Urteil gekommen, und Richter Harris forderte den Angeklagten auf, sich zu erheben. Jess lauschte mit angehaltenem Atem, als der Geschworenensprecher in feierlichem Ton verkündete: „Wir, die Geschworenen, halten den Angeklagten, Douglas Phillips, für nicht schuldig.“

Jess hatte das Gefühl, als zöge man ihr den Boden unter den Füßen weg. Nicht schuldig!

„Sie haben mir nicht geglaubt“, flüsterte Erica Barnowski neben ihr.

Doug Phillips umarmte seine Anwältin, die Jess einen Blick zuwarf und dabei ihre Siegesfreude kaum verhehlen konnte.

„Verflixt noch mal!“ sagte Neil Strayhorn. „Ich hab wirklich gedacht, wir hätten eine Chance.“

„Soll das Gerechtigkeit sein?“ fragte Erica Barnowski herausfordernd. „Der Mann hat zugegeben, daß er mir ein Messer an den Hals gehalten hat, und da sagen sie, daß er nicht schuldig ist?“

Jess konnte nur beifällig nicken. Sie war schon zu lange ein Teil dieser Maschinerie, um sich noch irgendwelchen Illusionen hinsichtlich der sogenannten Gerechtigkeit hinzugeben. Schuld war ein relativer Begriff, ein Gebilde aus Schatten und Gespenstern, so oder so auslegbar wie die Wahrheit.

„Und was soll ich jetzt tun?“ fragte Erica Barnowski. „Ich hab meine Stellung verloren, meinen Freund und meine Selbstachtung. Was soll ich jetzt machen?“ Sie rauschte aus dem Gerichtssaal, ehe Jess Zeit hatte, sich eine passende Erwiderung zu überlegen.

Was hätte sie sagen können? Machen Sie sich keine Sorgen, morgen ist auch noch ein Tag? Sie sammelte ihre Unterlagen ein und beobachtete aus den Augenwinkeln, wie der Angeklagte jedem der Geschworenen die Hand schüttelte. Die Geschworene mit dem intelligenten Gesicht und den sanften grauen Augen war die einzige, die sich von Jess verabschiedete. Jess nickte ihr zu. Zu gerne hätte sie gewußt, welche Rolle diese Frau bei der Urteilsfindung der Geschworenen gespielt hatte.

„Möchtest du gleich darüber reden?“ fragte Neil.

Jess schüttelte den Kopf. Später war Zeit genug, die Vorgänge zu analysieren und darüber zu debattieren, ob sie die Sache anders hätten anpacken können. Im Augenblick konnte sie gar nichts tun. Es war vorbei.

Jess fühlte sich nicht imstande, gleich in ihr Büro zurückzukehren. Sie mußte sich nicht nur damit abfinden, daß Greg Olivers Einschätzung des Falles richtig gewesen war, sondern brauchte auch Zeit, um sich mit der Entscheidung der Geschworenen auseinanderzusetzen. Zeit, um ihren Zorn und ihre Frustration zu verarbeiten. Und ihre Niederlage.

Sie fand sich in der California Avenue wieder, ohne sich erinnern zu können, daß sie das Gerichtsgebäude verlassen hatte. Es war ganz untypisch für sie, nicht genau zu wissen, was sie tat. Sie fühlte, wie die Kälte durch ihre Tweedjacke drang. Die Meteorologen hatten Schnee vorausgesagt. Sie zog ihre Jacke fester um sich und stieg, einer plötzlichen Eingebung folgend, in einen Bus, der in die Innenstadt fuhr.

„Was mache ich da bloß?“ murmelte sie vor sich hin, während sie in der Nähe des Fahrers Platz nahm. Sie hätte nicht sagen können, wie lange der Bus schon gefahren war, als sie bemerkte, daß die Geschworene mit dem kastanienbraunen Haar und den sanften grauen Augen hinten im Bus saß. Noch weniger hätte sie sagen können, in welchem Augenblick sie beschlossen hatte, der Frau zu folgen. Bewußt hatte sie das gewiß nicht getan. Und doch stieg sie einige

Stationen später mit der Frau aus dem Bus und folgte ihr mit ein paar Schritten Abstand.

Ein paar Straßen weiter, in der Michigan Avenue, blieb die Frau vor einem Schmuckgeschäft stehen, um sich das Schaufenster anzusehen, und Jess tat es ihr wie in Trance nach. An Schmuck hatte ihr nie etwas gelegen. Der einzige Schmuck, den sie überhaupt getragen hatte, war ihr einfacher goldener Trauring gewesen. Don hatte aufgehört, ihr Schmuckstücke zu schenken, als er feststellte, daß sie doch nur in ihrer Kommodenschublade landeten. Es sei nun einmal nicht ihr Stil, hatte sie erklärt. Mit Schmuck fühle sie sich immer wie ein kleines Mädchen, das in Mutters Sachen feine Dame spiele.

Bei dem Gedanken an ihre Mutter blickte Jess auf und bemerkte, daß die Frau weitergegangen war. Wie hatte sie sich auch nur einen Moment einbilden können, daß diese Frau Ähnlichkeit mit ihrer Mutter hatte? Mutter war größer und kräftiger gewesen, ganz zu schweigen von dem Unterschied in Haar- und Augenfarbe. Nein, es bestand nicht die geringste Ähnlichkeit zwischen den beiden Frauen.

Die Geschworene klappte den Kragen ihres dunkelgrünen Mantels hoch und schob die Hände in ihre Taschen. Jess ertappte sich dabei, daß sie das gleiche tat, während sie der Frau erneut folgte.

Sie überquerten den Chicago River. Auf der einen Seite der breiten Straße ragte das Wrigley Building in die Höhe, auf der anderen der Tribune Tower. Die Frau ging noch einige Schritte weiter, dann blieb sie plötzlich stehen und drehte sich um. „Warum verfolgen Sie mich?“ fragte sie ärgerlich.

„Entschuldigen Sie“, stammelte Jess, während sie sich wieder fragte, was sie eigentlich tat. „Ich wollte nicht . . .“

„Ich hab Sie schon im Bus gesehen, aber da habe ich mir weiter nichts gedacht“, erklärte die Frau, offenkundig erregt. „Aber als ich Sie bei dem Juweliergeschäft sah, war mir klar, daß Sie mich verfolgen. Warum? Was wollen Sie von mir?“

„Ich weiß selbst nicht, warum ich Ihnen gefolgt bin“, bekannte Jess. Sie konnte sich nicht erinnern, sich je törichter vorgekommen zu sein.

„Es lag wirklich nicht an Ihnen“, bemerkte die Frau, jetzt etwas ruhiger. „Wenn es das ist, was Sie beschäftigt.“

„Was meinen Sie?“

„Wir fanden Sie großartig“, fuhr sie fort. „Die Geschworenen . . ., wir fanden Ihre Bemerkung, daß mangelnde Klugheit niemandem das Recht gibt, die Menschenwürde mit Füßen zu treten, wirklich ganz großartig. Wir haben lange darüber debattiert. Sehr heftig sogar.“

„Aber die Bemerkung hat Sie nicht überzeugt“, stellte Jess fest.

Die Frau senkte den Blick. „Es war keine leichte Entscheidung. Uns war klar, daß Mr. Phillips unrecht getan hatte, aber den Mann wegen einer Fehleinschätzung, wie Sie sagten, jahrelang ins Gefängnis zu schicken . . .“

„Aber ich habe doch nicht von einer Fehleinschätzung des Angeklagten gesprochen!“ Jess hörte selbst das Entsetzen in ihrer Stimme. Wie hatte man sie nur so mißverstehen können?

„Ja, das wußten wir“, erklärte die Frau hastig. „Aber wir fanden, es könnte für beide Seiten gelten.“

Jess holte tief Luft. Wunderbar, dachte sie. Welch bittere Ironie! Es verschlug ihr einfach die Sprache. Ein leichtes Schwindelgefühl ergriff sie, ihr Puls begann zu rasen, die Beine wurden ihr schwer wie Blei.

„Ich muß jetzt wirklich gehen“, sagte die Frau. „Fühlen Sie sich nicht wohl?“

Jess schüttelte nur den Kopf. Sie verzog die Lippen angestrengt zu einem Lächeln, das die Frau erwiderte, ehe sie sich abwandte und in flottem Tempo die Straße entlanglief.

Die typischen Anzeichen einer weiteren Attacke, dachte Jess zornig. Aber ich gebe nicht klein bei! Ich lass' mich von diesen albernen Anfällen nicht unterkriegen! Denk an die schönen Dinge im Leben! sagte sie sich. Denk an einen Urlaub auf Hawaii, denk an deine kleinen Nichten! Dabei erinnerte sie sich plötzlich, daß sie um sechs zum Abendessen bei ihrer Schwester sein sollte.

Ein gallenbitterer Geschmack stieg in ihrer Kehle auf. Du lieber Gott, würde sie sich etwa übergeben? Mitten auf der Michigan Avenue? Tief atmen, hatte Don in solchen Fällen immer zu ihr gesagt, und sie tat es. Niemand bemerkte ihre Qualen. Achtlos eilten die Fußgänger an ihr vorüber, einer fragte sie sogar, wie spät es sei.

Allmählich beruhigte sich ihr Atem. Sie fühlte, wie die Lähmung in den Beinen nachließ. „Alles in Ordnung“, sagte sie leise zu sich selbst und trat vorsichtig vom Bordstein auf die Straße.

Das Auto kam aus dem Nichts. Jess spürte einen heftigen Luftzug neben sich, drehte sich wie ein Kreisel, stürzte zu Boden und nahm nur flüchtig den weißen Chrysler wahr, der um die Straßenecke verschwand. Erst dann rappelte sie sich auf und fühlte die brennenden Schrammen an Händen und Knien. Sie hörte Stimmen. „Sind Sie verletzt?“ – „Er hat Sie nur um Haaresbreite verfehlt!“

„Nichts passiert“, wehrte Jess ab. „Ich hab einfach nicht aufgepaßt.“ Sie hatte sich Hände und Knie aufgeschürft, als sie aufs Pflaster gestürzt war. Das ganze Aufsehen war ihr peinlich. „Es geht schon wieder“, sagte sie, während sie über die Kreuzung hinkte, einem vorüberfahrenden Taxi winkte und in den Wagen stieg. „Es geht schon wieder.“

4

GENAU drei Minuten vor sechs bog Jess in ihrem alten roten Ford Mustang in die Auffahrt vor dem großen weißen Haus ihrer Schwester in der Sheraton Road in Evanston ein. „Es wird schon alles gutgehen“, versuchte sie sich selbst zu beruhigen, während sie die Einkaufstüte vom Beifahrersitz nahm. „Nur ruhig bleiben und dich nicht von Barry in irgendwelche Diskussionen verwickeln lassen.“ Langsam ging sie auf die Haustür zu.

Die Tür wurde geöffnet, noch ehe sie geläutet hatte.

„Ah, Jess!“ Barrys Stimme fegte die mit Bäumen gesäumte Straße entlang wie ein Windstoß. „Pünktlich wie immer.“

„Wie geht's dir, Barry?“ Jess trat in die große Eingangshalle mit dem Marmorboden.

„Bestens, bestens“, antwortete Barry prompt. Er sagte immer „bestens“. „Und wie schaut's bei dir aus?“

„Mir geht es gut.“ Sie holte tief Atem und hielt ihm eine Flasche Wein hin. „Aus Chile. Der Mann im Weingeschäft hat ihn mir empfohlen.“

Barry musterte skeptisch das Etikett. „Vielen Dank. Komm, gib mir deinen Mantel.“ Er stellte die Flasche auf einen kleinen antiken Tisch an der Wand und fing an, ungeschickt an ihrem Ärmel zu zerren.

Damit es kein Tauziehen um den Mantel gab, ließ sie ihn gewähren. „Danke, Barry. Es geht schon. Ist Maureen oben?“

„Sie bringt gerade die Zwillinge zu Bett.“ Er hängte ihren Mantel in den Schrank und ging voran ins Wohnzimmer, das in Weiß und Rosenholztönen gehalten war. Ein schwarzer Konzertflügel und ein schwarzer Marmorkamin, in dem bereits ein Feuer loderte, setzten sich von den hellen Farben ab.

„Ich geh rasch nach oben und sag den Kleinen guten Tag. Hab ihnen etwas mitgebracht.“ Jess schwenkte die Einkaufstüte in ihrer Hand.

„In ein paar Stunden sind sie sowieso wieder wach. Gib es ihnen doch dann.“

Jess fügte sich lächelnd und ließ sich in einem der beiden weißen

Sessel gegenüber von Barry nieder, der sprungbereit auf der Kante des Sofas hockte. Was an diesem Mann geht mir nur so gegen den Strich? fragte sie sich. Er war nicht dumm. Er war im Grunde auch nicht unfreundlich. Vielleicht störte sie seine Gewohnheit, stets Hemd und Krawatte zu tragen, selbst unter einem sportlichen Pullover wie an diesem Abend. Aber wahrscheinlich war es eher der kaum verhüllte Chauvinismus in seinen Bemerkungen, den sie nicht ausstehen konnte, seine herablassende Art, die Tatsache, daß er nie zugeben konnte, im Unrecht zu sein. Und letztlich nahm sie ihm wohl auch übel, daß er aus einer jungen, intelligenten Harvard-Absolventin die perfekte Ehefrau und Mutter gemacht hatte, die mit nichts anderem mehr beschäftigt war, als ihm ein gemütliches Zuhause zu schaffen und Kinder in die Welt zu setzen, so daß sie gar keine Zeit hatte, daran zu denken, ihre vielversprechende berufliche Laufbahn wiederaufzunehmen. Was hätte Mutter wohl davon gehalten?

„Du siehst gut aus", sagte Barry zu ihr. „Das ist ein sehr schöner Pulli. Du solltest häufiger Blau tragen."

„Er ist grün."

„Grün? Nein, er ist blau."

Stritten sie sich jetzt allen Ernstes über die Farbe ihres Pullovers? „Können wir uns auf Türkis einigen?" fragte sie.

Barry schüttelte den Kopf. „Er ist blau", erklärte er kategorisch.

Jess holte tief Luft. „Und wie läuft das Geschäft, Barry?"

„Hervorragend! Bestens!"

„Gut."

„Nicht: gut." Er lachte. „Hervorragend! Bestens!"

„Bestens", wiederholte Jess und sah zur Treppe. Wo blieb ihre Schwester?

„Und wie war dein Tag?" erkundigte sich Barry höflich und machte ein interessiertes Gesicht.

„Nicht so bestens", antwortete Jess mit ironischem Unterton, aber es überraschte sie kaum, daß ihm ihre Imitation seiner Standardfloskel nicht auffiel. Ich hab einen Prozeß verloren, den ich unbedingt gewinnen wollte, ergänzte sie in Gedanken, ich hatte mitten auf der Michigan Avenue einen Schwächeanfall, und ich wäre beinahe überfahren worden.

„Also, was möchtest du trinken?" fragte er sie wieder.

„Am liebsten eine Cola."

Es entstand eine kurze Pause. „Cola und Limonade gibt es bei uns nicht mehr", erklärte Barry schließlich. „Wenn wir das Zeug nicht im Haus haben, kommt Tyler auch nicht in Versuchung."

Auf der Treppe waren schnelle Trippelschritte zu hören. Jess sah wehendes dunkles Haar, große blaue Augen und aufgeregt gestikulierende kleine Hände. Im nächsten Augenblick warf sich ihr dreijähriger Neffe in ihre Arme. „Hast du mir was mitgebracht?" fragte er statt einer Begrüßung.

„Ich bring dir doch immer was mit." Jess griff in die Einkaufstüte.

„Augenblick!" Barrys Stimme klang streng. „Solange wir nicht richtig guten Tag gesagt haben, gibt's keine Geschenke. Tag, Tante Jess", sagte er seinem Sohn vor.

Tyler schwieg verlegen. Ohne Barry weiter zu beachten, nahm Jess ein Modellflugzeug aus der Tüte und drückte es ihrem Neffen in die Hand.

„Super!" Tyler ließ sich von ihrem Schoß zu Boden gleiten, um das Flugzeug von allen Seiten zu mustern und es schließlich durch die Luft sausen zu lassen.

„Wie sagt man?" wiederholte Barry seinen Erziehungsversuch in mühsam beherrschtem Ton. „Willst du dich nicht bei Tante Jess bedanken?"

„Ach, laß doch, Barry", entgegnete Jess. „Er kann sich später bei mir bedanken."

Barry wurde rot im Gesicht, als wäre sein Hemdkragen plötzlich zwei Nummern geschrumpft. „Ich schätze es nicht, wenn du versuchst, meine Autorität zu untergraben."

„Wenn ich was versuche?" fragte Jess, die ihren Ohren nicht traute.

„Du hast gehört, was ich gesagt habe. Und sieh mich nicht so unschuldig an. Du weißt ganz genau, wovon ich rede."

Tyler rannte mit seinem neuen Flugzeug in der Hand glücklich zwischen seinem Vater und seiner Tante hin und her, ohne etwas von der Spannung im Raum zu bemerken. Weder Barry noch Jess rührten sich von der Stelle. Es war, als warteten sie darauf, daß etwas geschehen würde, das für Entspannung sorgte.

„Müßte es jetzt nicht eigentlich draußen läuten?" fragte Jess und war froh, als sie damit Barry beinahe ein Lächeln entlockte. Wenn es heute abend zu einem Streit kommen sollte – und es kam jedesmal zu einem Streit zwischen ihr und Barry –, wollte sie nicht schuld sein.

„Ach, wie schön", sagte Maureen plötzlich von der Tür her. „Ihr zwei kommt miteinander klar."

Barry trat schnell neben seine Frau und gab ihr einen Kuß auf die Wange. „Nur harmloses Geplänkel", versicherte er ihr.

Maureen lächelte ihren Mann und Jess strahlend an. Obwohl sie eigentlich erschöpft sein mußte, wirkte sie munter und glücklich. Sie hat schon fast wieder ihre normale Figur, dachte Jess. Ob Barry sie wohl überredet hat, wieder mit ihrer Gymnastik anzufangen? Als hätte sie mit dem großen Haushalt und drei kleinen Kindern nicht genug um die Ohren!

„Du siehst wunderbar aus", sagte Jess aufrichtig.

„Und du müde." Maureen nahm Jess in den Arm. „Bekommst du genug Schlaf?"

Jess zuckte die Achseln, dachte flüchtig an den Alptraum der letzten Nacht.

„Schau mal, was Tante Jess mir mitgebracht hat!" rief Tyler, der auf dem Boden hockte. Stolz zeigte er seiner Mutter sein neues Flugzeug.

„Das ist ja toll! Du hast dich hoffentlich bedankt."

„Deine Schwester hält nichts von einem Dankeschön", sagte Barry pikiert und ging hinüber zum Barschrank, wo er sich einen Scotch mit Wasser einschenkte. „Möchte sonst jemand etwas?"

Maureen lehnte ab. „Danke, ich nicht."

„Schlafen die Zwillinge schon?" fragte Jess.

„Jedenfalls im Moment. Aber das hält nie lange an."

„Ich habe ihnen auch eine Kleinigkeit mitgebracht."

„Vielen Dank." Maureen nahm die Einkaufstüte, die Jess ihr hinstreckte, und griff hinein. Sie hielt zwei buntbestickte Lätzchen hoch. „Ach, schau sie dir doch mal an, Barry. Sind sie nicht süß?"

Jess verstand nicht, was Barry erwiderte. War das wirklich ihre Schwester? Konnte diese Frau, die an einer der besten Universitäten des Landes ein hervorragendes Examen abgelegt hatte, von zwei Fünf-Dollar-Lätzchen wirklich so entzückt sein?

„Und wie ist es heute bei Gericht ausgegangen?" fragte Maureen, als spürte sie das Unbehagen ihrer Schwester. „Ist ein Urteil gesprochen worden?"

„Ja, aber das falsche."

„Das hast du doch fast erwartet, nicht wahr?" Maureen nahm Jess bei der Hand und zog sie zum Sofa. „Trotzdem, ich kann mir denken, wie hart das ist."

„Deine Schwester ist hart im Nehmen", warf Barry ein. „Stimmt doch, Jess, oder?"

„Und? Gibt's daran etwas auszusetzen?" Jess hörte den herausfordernden Ton, der sich in ihre Stimme geschlichen hatte.

„Solange es sich auf den Gerichtssaal beschränkt, sicher nicht."

Nicht anbeißen, warnte sie sich. Laß dich nicht von ihm ködern. „Ich verstehe", entgegnete sie trotz ihrer guten Vorsätze. „Für andere darf ich kämpfen, aber nicht für mich selbst."

„Zwischen stark sein und hart sein ist ein großer Unterschied", erklärte Barry. „Ein Mann kann es sich leisten, beides zu sein, eine Frau nicht."

„Jess", bemerkte Maureen behutsam, „du weißt doch, daß Barry dich nur ärgern will."

„Von wegen!" Jess funkelte ihren Schwager wütend an. Er hat es wieder geschafft, dich auf die Palme zu treiben, gestand sie sich beschämt ein. „Ich hab nicht damit angefangen!"

„Es spielt keine Rolle, wer angefangen hat", entgegnete Maureen, als hätte sie es mit zwei Kindern zu tun. „Wichtig ist, daß Schluß ist, bevor es ausufert."

„Gut, Schluß damit." Barrys Stimme dröhnte durch den großen Raum.

Jess nickte nur. Wut und Schuldbewußtsein schnürten ihr die Kehle zu.

„Was hat denn die Frau Staatsanwältin als nächstes auf der Tagesordnung?" Maureens Stimme klang voll künstlicher Heiterkeit.

„Mehrere Drogenprozesse, die wir hoffentlich ohne Schwierigkeiten durchbringen werden", antwortete Jess. „Ach, und am Montag treff ich mich mit dem Anwalt dieses Mannes, der seine Frau mit der Armbrust erschossen hat." Jess rieb sich die Nasenwurzel mit Daumen und Zeigefinger, betroffen über die Sachlichkeit ihres Tons.

„Mit einer Armbrust? Um Gottes willen!" Maureen schauderte. „Das ist ja barbarisch!"

„Sicher hast du es vor ein paar Monaten in der Zeitung gelesen. Es war überall in den Schlagzeilen."

„Nein, ich hab es nicht mitbekommen", sagte Maureen. „Ich lese in letzter Zeit in der Zeitung nur noch die Kochrezepte."

Jess gab sich alle Mühe, ihren Unwillen zu verbergen, und wußte, daß es ihr nicht gelang. Sie stand auf.

„Alles übrige ist einfach zu deprimierend", fügte Maureen wie zur Rechtfertigung hinzu. „Und mir fehlt die Zeit."

Jess fing an, im Zimmer hin und her zu laufen. „Was ist nur aus dir geworden, Maureen? Du warst mal eine so unglaublich gescheite Frau, die die Zeitung von vorn bis hinten auswendig hersagen konnte. Und jetzt liest du nur noch Kochrezepte? Verflixt noch mal, du hattest eine Riesenkarriere vor dir! Und jetzt hast du nur Kochtöpfe und schmutzige Windeln im Kopf! Das verdankst du diesem Mann hier."

„Soll ich dir mal was sagen, Jess?" Barrys Stimme klang ärgerlich. „Ich glaube, du bist eifersüchtig."

„Wie bitte?"

„Ja, eifersüchtig. Weil deine Schwester einen Mann und eine Familie hat und glücklich ist. Und was hast du? Einen Tiefkühlschrank voller Gefrierpizza und einen dämlichen Kanarienvogel."

„Gleich wirst du mir sagen, daß ich nur mal einen Mann brauche."

„Nein, richtig versohlen müßte dich mal einer", sagte Barry. Er ging zum Flügel und schlug mit geballter Faust auf die Tasten. Das Geräusch schriller Disharmonie klang laut durch das Haus. Oben begannen die Zwillinge zu weinen.

Maureens Augen füllten sich mit Tränen. Sie sprang auf und rannte, ohne Jess oder Barry anzusehen, aus dem Zimmer.

„O nein", flüsterte Jess. Im nächsten Augenblick lief sie ihrer Schwester hinterher die Treppe hinauf. „Maureen, bitte warte! Laß mich erklären . . ."

„Es gibt nichts zu erklären." Maureen öffnete die Tür zum Kinderzimmer rechts neben der Treppe. Der Geruch von Babypuder stieg Jess in die Nase. Während sie zusah, wie Maureen ihre beiden kleinen Töchter versorgte, rang sie nach Worten, brachte aber nur eine halbherzige Entschuldigung hervor. „Es tut mir leid. Ich hätte mich besser beherrschen müssen. Ich weiß auch nicht, was passiert ist."

„Das gleiche, was immer passiert, wenn ihr zusammen seid, du und Barry. Nur war's diesmal noch schlimmer als sonst."

Jess lehnte den Kopf an den Türpfosten und lauschte dem Quengeln der Säuglinge, die beim Klang der mütterlichen Stimme allmählich ruhiger wurden. Vielleicht sollte ich Maureen von Rick Fergusons Drohung erzählen, sagte sie sich, von meinem Alptraum und den Angstanfällen. „Ich hab wirklich einen scheußlichen Tag hinter mir."

„Scheußliche Tage haben wir alle mal. Das gibt einem noch lange nicht das Recht, ekelhaft und gemein zu sein. So, Carrie, geh mal zu deiner bösen Tante Jessica." Sie legte Jess den Säugling in die Arme.

Jess drückte das kleine Wesen an sich. Sie fühlte die Weichheit des kleinen Köpfchens an ihrer Brust und atmete den süßen Duft ein. Ach, könnte ich doch noch einmal von vorn anfangen! schoß es ihr durch den Kopf. So vieles würde ich heute anders machen!

„Komm zu Mami, Chloe." Maureen nahm den anderen Zwilling aus dem Bettchen. „Man muß doch nicht immer gleich auf Konfrontationskurs gehen", sagte sie zu Jess.

„Das haben wir im Jurastudium leider zu selten gehört."

Maureen lächelte, und Jess wußte, daß alles vergeben und vergessen war. Maureen konnte niemals lange böse sein. So war sie schon als Kind gewesen, immer auf Harmonie bedacht, ganz im Gegensatz zu Jess, die unglaublich nachtragend sein konnte.

„Geht's dir nicht auch manchmal so, daß du glaubst . . . ", begann Jess und zögerte dann. Sie hatte nie zuvor mit Maureen über dieses Thema gesprochen.

„Daß ich was glaube?"

Jess wiegte das Kind in den Armen. „Glaubst du manchmal, du hättest Mami gesehen?" fragte sie leise.

Ein bestürzter Ausdruck huschte über Maureens Gesicht. „Was?"

„Ich meine, einfach so. In einer Menschenmenge zum Beispiel oder auf der anderen Straßenseite."

„Sieh mich an, Jess!" befahl Maureen, und Jess drehte sich widerstrebend zu ihrer Schwester um. Einen Moment standen sich die beiden schweigend gegenüber, jede mit einem Baby in den Armen, und sahen einander an. „Unsere Mutter ist tot", sagte Maureen schließlich.

Sie hörten die Türklingel.

„Das ist Paps", sagte Jess, die dem forschenden Blick ihrer Schwester entrinnen wollte. Sie hörte, wie ihr Vater und Barry im Flur miteinander sprachen.

Maureens Blick ließ sie nicht los. „Jess, ich finde, du solltest mal zu einer Psychotherapeutin gehen."

Jess wollte widersprechen, unterließ es aber, als sie ihren Vater die Treppe heraufkommen hörte.

„Na, sieh sich das einer an!" rief ihr Vater vergnügt, als er an die Tür kam. „Alle meine süßen Mädchen in einem Raum versammelt." Er nahm Jess in die Arme und küßte sie auf beide Wangen. „Wie geht's dir, Schatz?"

„Mir geht's gut, Paps", antwortete Jess.

„Und wie geht es meinem anderen Schatz?" fragte er Maureen und drückte sie an sich. „Und meinen kleinen Schätzen?" Er nahm Chloe aus den Armen ihrer Mutter und bedeckte ihr Gesicht mit Küssen. „Ach, du kleine Süße, wie ich dich liebe!" Er hielt inne. „Das gleiche hab ich gestern abend zu einem wesentlich älteren Mädchen gesagt", verkündete er, sah seine beiden Töchter an und wartete auf eine Reaktion.

„Du hast *was* gesagt?" fragte Maureen.

Jess war sprachlos. Was hatte das nur zu bedeuten?

NACH dem Besuch bei ihrer Schwester fuhr Jess eine Zeitlang ziellos durch die Straßen von Evanston und versuchte angestrengt, nicht an das zu denken, was ihr Vater beim Abendessen erzählt hatte. Aber natürlich konnte sie an nichts anderes denken.

Paps hatte bei seiner Andeutung so vergnügt und selbstsicher geklungen, als wäre es nichts Besonderes, sich zu verlieben. „Erzähl uns von ihr“, drängte Maureen bei Tisch, während sie Suppe in die Teller schöpfte. „Am besten gleich alles.“

Nein, dachte Jess, erzähl uns besser gar nichts.

„Sie heißt Sherry Hasek“, begann ihr Vater voller Stolz. „Sie ist ein kleines Persönchen, zierlich, dunkles Haar, fast schwarz. Wir haben uns vor ungefähr sechs Monaten im Zeichenkurs kennengelernt. Sie hat schon immer gern gezeichnet, aber nie die Zeit dazu gehabt. Genau wie ich.“

Sie war achtundfünfzig Jahre alt, seit beinahe fünfzehn Jahren geschieden, Mutter dreier erwachsener Söhne, und sie arbeitete in einem Antiquitätengeschäft. Eines Tages hatte sie vorgeschlagen, nach dem Kurs noch gemeinsam eine Tasse Kaffee zu trinken. Offensichtlich war sie recht zielstrebig. Und Art Koster war ein Ziel, das anzupeilen sich lohnte.

Natürlich gönne ich Vater das Verliebtsein, dachte Jess, während sie nach rechts abbog. Die Straße war ihr unbekannt. Da sie kein Straßenschild entdeckte, bog sie an der nächsten Ecke versuchsweise nach links ab. Wieder kein Straßenschild. Was war los mit den Leuten hier in den Vororten? Wollten sie niemanden wissen lassen, wo sie zu finden waren?

Jess hatte ihr Leben lang in der Innenstadt gelebt. Als sie noch ein Kind und Vater Einkäufer für Damenoberbekleidung gewesen war, hatten sie eine Doppelhaushälfte in der Howe Street bewohnt. Später, als Jess zehn Jahre alt war und Vater mittlerweile mit Erfolg sein eigenes Geschäft leitete, waren sie umgezogen, in ein Haus in der Burling Street, nur eine Straße weiter, nichts Besonderes, aber gemütlich. Die Familie hatte sich dort wohl gefühlt und nicht vorgehabt, jemals auszuziehen. Bis ihre Mutter eines Nachmittags im August zu einem Arzttermin aus dem Haus ging und niemals wieder auftauchte.

Danach gingen sie alle getrennte Wege. Maureen kehrte an die Universität zurück, Jess beendete ihr Jurastudium und heiratete Don Shaw, ihr Vater unternahm ausgedehnte Geschäftsreisen nach Europa. Das einst geliebte Haus stand meistens leer. Schließlich rang sich ihr Vater zu dem Entschluß durch, es zu verkaufen. Er hatte es dort allein nicht mehr ausgehalten.

Und jetzt war eine neue Frau in sein Leben getreten. Eigentlich gar nicht so überraschend, dachte Jess, während sie erneut abbog und wieder auf der Sheridan Road landete. Wie lange war sie eigentlich schon durch die dunklen Straßen von Evanston geirrt? Und wann hatte es zu regnen begonnen? Als sie die Scheibenwischer einschaltete, bemerkte sie, daß sich der eine stockend über die Scheibe schleppte. Die Sicht reichte zum Fahren kaum noch aus.

Frauen hatten ihren Vater immer attraktiv gefunden. Gewiß, er sah nur durchschnittlich aus, und sein Haar lichtete sich, aber in seinen braunen Augen lag noch immer ein humorvolles Blitzen, und seiner Stimme hörte man an, daß er gern lachte.

Nach dem Verschwinden von Laura Koster war sein Lachen lange verstummt. Art Koster hatte Jahre gebraucht, um wieder in den Rhythmus seines täglichen Lebens hineinzufinden. Eine Zeitlang stürzte er sich in die Arbeit. Immer seltener kam er mit alten Freunden zusammen und ging wenig unter Leute. Er zog in eine Wohnung am See und brachte Stunden damit zu, auf die Wasserfläche hinauszustarren. Nur Jess und Don und Maureen sah er regelmäßig. Aber anscheinend ist es nur eine Frage der Zeit gewesen, dachte Jess, bis sich das änderte.

Sie sah den weißen Wagen erst, als er direkt auf sie zukam. Instinktiv riß sie das Steuer herum, die Reifen verloren die Haftung auf dem nassen Asphalt, und ihr Wagen drehte sich um die eigene Achse, ehe sie ihn zum Stehen brachte. „Idiot!" schrie sie wütend. „Du hättest uns beide umbringen können."

Aber der weiße Wagen war verschwunden. Sie schrie ins Leere.

Das war heute schon das zweite Mal, daß mir ein weißes Auto beinahe zum Verhängnis wird, dachte Jess. Erst der weiße Chrysler und jetzt wieder so etwas Ähnliches. Konnte es auch ein Chrysler gewesen sein? fragte sie sich. Doch der Wagen war zu rasch an ihr vorbeigebraust, außerdem regnete es, und es war dunkel. Und einer ihrer Scheibenwischer funktionierte nicht richtig. Was spielte es auch für eine Rolle? Es war wahrscheinlich ihre Schuld. Sie fuhr unkonzentriert und ohne Orientierung.

Endlich mündete die Sheridan Road in den vertrauten Lake Shore Drive, und Jess atmete erleichtert auf. Sie fühlte sich schon wesentlich besser, als sie sich dem Lincoln Park näherte. Gleich zu Hause, dachte sie und sah, daß der Regen allmählich in Schnee überging.

Ihre Wohnung lag in einem dreistöckigen Haus in der Orchard Street. Die meisten der schönen alten Häuser in diesem Viertel waren im vergangenen Jahrzehnt umfassenden Renovierungsarbeiten unterzogen worden. Jess parkte ihren Ford Mustang am Straßenrand und lief durch den leichten Schneeregen zur Haustür. Sie schloß auf, trat in die enge Eingangshalle, knipste das Licht an und schloß die Tür hinter sich wieder zu. Jess ging an der Parterrewohnung vorbei nach oben. Aus der Wohnung in der ersten Etage drang Jazzmusik.

Die beiden Männer in den Wohnungen unter ihr, die ebenfalls in der Innenstadt arbeiteten, bekam Jess selten zu Gesicht. Der aus dem Erdgeschoß war Architekt und geschieden, der Jazzfan im ersten Stock war Systemanalytiker. Die Klänge eines Saxophons begleiteten sie bis zu ihrer Wohnungstür. Sobald sie eingetreten war, verdrängte der fröhliche Gesang ihres Kanarienvogels das Klagelied des Saxophons.

„Hallo, Freddy!" rief sie und ging zu dem Käfig am Fenster. Im Hintergrund spielte das Radio, das sie am Morgen eingeschaltet gelassen hatte, einen alten Tom-Jones-Schlager. „Tut mir leid, daß ich so spät komme, Freddy. Aber glaub mir, du kannst froh sein, daß du zu Hause geblieben bist. Mein Schwager war in Hochform, und ich bin ihm wieder mal auf den Leim gegangen. Übrigens", plauderte sie weiter, „Paps hat sich verliebt, und ich kann mich kaum darüber freuen. Draußen fängt's jetzt an zu schneien, und aus irgendeinem Grund fasse ich das als persönliche Beleidigung auf. Was meinst du, Freddy? Glaubst du, daß ich allmählich verrückt werde?"

Der Kanarienvogel flatterte zwischen den Stangen hin und her, ohne Jess zu beachten.

„Du hast natürlich recht." Jess trat an das große Fenster und sah durch die Gardinen auf die Straße hinunter. Direkt gegenüber parkte ein weißer Chrysler. Jess trat rasch zurück und drückte sich an die Wand. Schon wieder ein weißer Chrysler! Hatte der schon da gestanden, als sie angekommen war?

„Mach dich nicht lächerlich!" sagte sie laut, um ihr Herzklopfen zu übertönen, während der Kanarienvogel ein neues Lied begann. „In dieser Stadt gibt's bestimmt eine Million weiße Chrysler." Selbst wenn sie im Laufe eines einzigen Tages fast von einem solchen Auto umgefahren und von einem zweiten beinahe gerammt worden war, selbst wenn ein drittes jetzt draußen vor ihrem Haus auf der Straße stand, konnte das noch immer reiner Zufall sein. Außerdem konnte Jess nicht einmal mit Sicherheit sagen, ob der Wagen, der sie in Evanston von der Fahrbahn gedrängt hatte, wirklich ein Chrysler gewesen war. Vorsichtig näherte sie sich wieder dem Fenster und spähte zwischen Vorhang und Wand hinaus. Der weiße Chrysler stand immer noch da. Ein Mann saß reglos am Steuer. Sein Gesicht lag im Schatten. Rick Ferguson?

Mit ein paar Sätzen lief sie vom Wohnzimmer durch den Flur in ihr Schlafzimmer. Sie riß die Schranktür auf und wühlte in ihren

Schuhen, von denen viele noch im Originalkarton eingepackt waren. „Wo hab ich das Ding hingetan?“ schimpfte sie. „Wo hab ich die Knarre versteckt?“

Sie entdeckte den kleinen stumpfnasigen Revolver schließlich in einem Paar grauer Pumps. Die Patronen klemmten in den Schuhspitzen fest. Mit zitternden Händen steckte Jess sechs Patronen in die Trommel der Smith-&-Wesson-Waffe, Kaliber 7,5 Millimeter: Don hatte sie ihr aufgedrängt, als sie sich eine eigene Wohnung genommen hatte. Mit dem Revolver in der Hand kehrte sie ins Wohnzimmer zurück, schlug mit dem Lauf leicht auf den Lichtschalter und tauchte das Zimmer in Finsternis. Der Kanarienvogel hörte abrupt zu singen auf.

Mit der Waffe in der Hand näherte sich Jess dem Fenster. Zitternd schob sie die dünne Spitzengardine zur Seite. Es war nichts zu sehen. Kein weißes Auto weit und breit. Nur die Flecken weißen Schnees auf Rasen und Pflaster. War überhaupt ein weißes Auto hiergewesen?

„Dein Frauchen ist eindeutig kurz vor dem Überschnappen“, erklärte Jess ihrem Kanarienvogel. Sie breitete ein dunkelgrünes Tuch über den Vogelkäfig, schaltete das Radio aus und brachte den Revolver ins Schlafzimmer zurück.

Seufzend starrte sie auf die Waffe in ihrer Hand. Wäre sie tatsächlich fähig gewesen zu schießen? Sie zuckte die Achseln, erleichtert, daß es nicht zum Ernstfall gekommen war, und legte den Revolver in die alten Pumps zurück. Dann nahm sie ihn wieder heraus. Es war vielleicht gescheiter, das Ding irgendwo zu verstecken, wo es leichter zur Hand war. Nur zur Sicherheit. Sie zog die oberste Schublade ihres Nachttischs auf und schob den Revolver in die Ecke hinter ein altes Fotoalbum. „Nur für heute nacht“, sagte sie laut.

Nur für heute nacht.

5

DAS „SCOOZI“ war in einem riesigen ehemaligen Lagerhaus mit hoher Decke und Fenstern im alten Chicago-Stil untergebracht. Gleich beim Eingang des Restaurants befand sich die stets umlagerte Bar. Der weitläufige Innenraum des Lokals war mit schlichten Holztischen eingerichtet, und an den Seitenwänden liefen Podeste entlang, auf denen weitere Tische in abgetrennten Nischen standen. Jess schätzte, daß hier leicht dreihundert Leute Platz fanden. Insgesamt bot das Restaurant mit seiner lauten italienischen Musik genau die richtige Kulisse, um Leo Pameters vierzigsten Geburtstag zu feiern. Leo war ein allseits beliebter ehemaliger Kollege, der die Staatsanwaltschaft verlassen hatte, um in eine private Anwaltskanzlei einzusteigen.

Bisher war Jess noch der einzige Gast. Sie bestellte sich ein Glas Weißwein an der Bar, nahm eine Handvoll Käsecracker in Form kleiner Fische und schob sie in den Mund.

„Das Zeug ist hoffentlich nicht dein ganzes Abendessen!“ sagte eine Stimme hinter ihr.

Mit einem Ruck drehte sie sich herum, ließ einen kleinen Schwarm Fische in den Schoß ihres Rocks fallen und sprang vom Barhocker. „Don! Das ist ja nicht zu fassen!“ Er nahm sie in die Arme und drückte sie an sich. Sie war fast enttäuscht, als er sich gleich wieder von ihr löste.

„Aber es ist auch diesmal kein Zufall“, bemerkte er. „Leo und ich haben zusammen studiert. Weißt du noch?“

„Nein, das hatte ich vergessen“, bekannte Jess.

„Ich habe gewußt, daß du als erste hier sein würdest. Wir sind extra pünktlich gekommen, um dir Gesellschaft zu leisten.“

Wir? Diese Nachricht traf Jess mehr als erwartet.

„Jess, das ist Trish McMillan“, sagte Don und zog eine hübsche Frau mit kurzem blondem Haar an seine Seite, die sie anlächelte. „Trish, das ist Jess.“

„Guten Tag“, sagte die Frau. „Es freut mich, Sie kennenzulernen.“

Jess murmelte irgendeine Floskel. Trishs tiefe Grübchen fielen ihr auf und die Tatsache, daß sie den Arm um Dons Taille gelegt hatte. Jess trank ihren Wein aus, ohne etwas zu schmecken.

„Zweimal den Hauswein und das hier noch mal“, sagte Don zum Barkeeper. „Ich lade dich ein“, fügte er rasch hinzu, als Jess in der Handtasche nach ihrer Geldbörse kramte. „Bist du allein hier?“

Jess machte eine unwirsche Bewegung und gab ihm keine Antwort. Warum hatte er die Frage überhaupt gestellt? „Und was machen Sie?“ Sie wandte sich an Trish, weil sie glaubte, etwas sagen zu müssen.

„Ich bin Lehrerin im Kinderkrankenhaus.“

„Was unterrichten Sie denn?“

„Alles.“ Trish lachte.

Alles, dachte Jess. Natürlich. Don hatte die Wahrheit gesagt. Ihr Lachen klang wirklich verführerisch. Jess nahm einen tiefen Schluck Wein, nachdem der Barkeeper nachgeschenkt hatte.

„Ich unterrichte alle Altersstufen, Kinder, die an der künstlichen Niere hängen oder Gehirnoperationen hinter sich haben. Vor allem solche, die für lange Zeit im Krankenhaus sind.“

„Das klingt ja ziemlich bedrückend."

„Ja, aber ich bemühe mich, meine gute Laune nicht zu verlieren." Trish lachte wieder. Ihre Augen blitzten, und ihre Grübchen vertieften sich.

Jess mußte sich anstrengen, sie nicht zu verabscheuen. Mutter Teresa mit blondem Haar und einem verführerischen Lachen. Wieder griff sie nach ihrem Glas, stellte überrascht fest, daß es leer war, und winkte dem Barkeeper, um sich noch einmal nachschenken zu lassen.

„Wie ich hörte, hattest du heute nachmittag eine ziemlich hitzige Auseinandersetzung", sagte Don.

„Dieser Hal Bristol hat wirklich Nerven! Zwei Wochen vor dem Prozeß versucht er, mich zu fahrlässiger Tötung rumzukriegen." Bei dem Gedanken an das Gespräch stieg die Wut wieder in ihr hoch. Sie wandte sich Trish so heftig zu, daß die Frau zusammenfuhr. „Da schießt so ein Kerl seiner Frau mit der Armbrust mitten ins Herz, und sein Anwalt will mir weismachen, es sei ein Unfall gewesen."

„Du weißt, daß Bristol wahrscheinlich nur versucht hat, sich auf halbem Weg mit dir zu treffen."

„Es gibt keinen halben Weg."

Don lächelte bekümmert. „Nein, das gibt es für dich nicht." Er drückte Trish McMillan fester an sich.

Jess nippte an ihrem Glas. „Ich wollte dich etwas fragen." Sie versuchte möglichst geschäftsmäßig zu klingen. „Fährt Rick Ferguson einen weißen Chrysler?"

Don bemühte sich nicht, seine Verwunderung zu verbergen. „Wieso?"

„Ja oder nein?"

„Ich glaube, ja", antwortete er zögernd. „Aber warum fragst du?"

Jess merkte, wie das Glas in ihrer Hand zu zittern begann. Sie führte es an die Lippen.

In diesem Moment wurde es plötzlich laut, Stimmengewirr und Gelächter schallten durch den Raum, man hörte Begrüßungen und Glückwünsche, die ankommenden Gäste schüttelten einander die Hände. Im nächsten Augenblick fand Jess sich mit einem frischen Drink in der Hand mitten in einer lebhaften Gesellschaft wieder.

„Ich habe gehört, du hast es dem alten Bristol kräftig gegeben!" brüllte Greg Oliver durch das Getöse.

Jess reagierte nicht, suchte in der Menge nach Don, hörte irgendwo aus der Ferne Trishs verführerisches Lachen, das sie zu verspotten schien.

„Und was hast du beschlossen?“ fragte Greg, als er neben ihr stand. „Wirst du auf Totschlag eingehen? Dem Steuerzahler die Kosten für ein Schwurgericht sparen, das sich nicht entscheiden kann?“

„Du glaubst wohl nicht, daß ich mit meiner Anklage durchkomme“, stellte Jess fest. Mußte er ihr denn immer sagen, was sie nicht hören wollte?

„Mit Totschlag vielleicht, aber mit Mord niemals.“

Jess schüttelte den Kopf. „Der Mann hat seine Frau kaltblütig ermordet.“

„Er war nicht bei Sinnen. Seine Frau ist fremdgegangen. Sie wollte ihn verlassen.“

„Der Mann war ein brutaler Tyrann, der es nicht ertragen konnte, daß seine Frau endlich den Mut aufbrachte, ihn zu verlassen“, konterte Jess. „Versuch nicht, mir einzureden, es sei ein Verbrechen aus Leidenschaft gewesen.“

„Ich halte es für möglich, daß es Bristol gelingen wird, die Geschworenen davon zu überzeugen. Im Fall Barnowski hab ich auch recht gehabt, wenn du dich erinnerst.“

Jess ließ den Blick suchend über die Runde gleiten, in der Hoffnung, unverfänglich mit jemandem plaudern zu können, aber sie entdeckte niemanden. Es war ihre eigene Schuld, das war ihr klar. Sie hatte noch nie leicht Freundschaften geschlossen. Sie war zu ernst, nicht spielerisch genug. Sie machte den Leuten angst, schreckte sie ab.

„Du siehst heute abend sehr verführerisch aus.“ Greg Oliver beugte sich zu ihr herüber, und seine Lippen streiften ihr Haar.

Jess drehte sich so ruckartig um, daß ihr Haar Greg Oliver ziemlich unsanft ins Gesicht flog. Sie sah, wie er zurückzuckte. „Wo ist deine Frau, Greg?“ fragte sie vernehmlich, dann wandte sie sich ab und ging davon.

Die nächste Viertelstunde brachte sie an der Bar im Gespräch mit einem Kellner zu. Der Saal verschwamm ein wenig vor ihren Augen, aber immerhin gelang es ihr, ein interessiertes Gesicht zu machen.

„Paß ein bißchen auf mit dem Trinken“, raunte Don ihr zu, der plötzlich hinter sie trat.

Jess lehnte sich mit dem Rücken an seine Brust. „Wo ist Mutter Teresa?“ fragte sie.

„Wer? Du meinst Trish?“

„Natürlich, Trish. Entschuldige.“

„Sie mußte mal verschwinden. Jess, warum hast du mich nach Rick Fergusons Wagen gefragt?“

Jess erzählte von ihrem knappen Entkommen in der Michigan Avenue, dem Raser in Evanston, dem weißen Wagen vor ihrer Wohnung. Dons Miene verriet Besorgnis. „Hast du dir das Kennzeichen aufgeschrieben?“ fragte er aufgebracht.

Mit Bestürzung mußte Jess feststellen, daß sie daran nicht einmal gedacht hatte. „Es ging alles so schnell“, entgegnete sie kleinlaut.

„In Chicago gibt es viele weiße Chrysler“, sagte Don, und sie nickte. „Aber ich prüfe das nach, ich werde mit meinem Mandanten sprechen. Ich kann mir nicht vorstellen, daß er kurz vor dem Prozeß so etwas Dummes anstellen würde.“

„Hoffentlich hast du recht.“

Jess hörte Trishs Lachen, sah, wie sie erneut den Arm um Don legte, ihn wieder für sich beanspruchte. Sie wandte sich ab, und der Saal drehte sich mit ihr. Im nächsten Augenblick ging sie zu Boden.

„WIRKLICH, Don, das ist nicht nötig“, beteuerte Jess etwas später. „Ich kann mir doch ein Taxi nehmen.“

„Sei nicht albern. Ich lass' dich nicht allein nach Hause fahren.“

„Es tut mir leid, ich wollte dir den Abend nicht vermasseln.“

„Es tut dir gar nicht leid, und du hast mir den Abend nicht vermasselt. Also, steig in den Wagen.“

Jess ließ sich auf den Beifahrersitz des schwarzen Mercedes sinken und hörte, wie die Wagentür geschlossen wurde. Sie drückte sich in die weichen schwarzen Lederpolster und schloß die Augen. „Es tut mir wirklich leid“, begann sie von neuem, aber dann verstummte sie. Don hatte recht. Es tat ihr gar nicht leid.

Kaum waren sie losgefahren, hielten sie schon wieder an. Sie hörte, wie die Fahrertür geöffnet und wieder geschlossen wurde. Was denn jetzt? dachte sie und machte die Augen auf. Sie standen bereits vor ihrem Haus.

Don kam auf die Beifahrerseite, öffnete ihr die Tür und half ihr heraus. Sie hängte sich bei ihm ein und ließ sich von ihm zur Haustür führen, während er den Schlüssel aus ihrer Handtasche herauskramte.

„Würdest du mir einen Gefallen tun?“ fragte sie, als sie im Haus waren.

„Möchtest du, daß ich gehe?“

„Ich möchte, daß du mich raufträgst!“

Don lachte. Er legte ihren linken Arm über seine Schultern und begann den langsamen Aufstieg.

Was zum Teufel ist nur in mich gefahren, daß ich so viel getrunken habe, fragte sich Jess. Sie war Alkohol nicht gewöhnt, trank selten mehr als ein einziges Glas Wein. Was war eigentlich los mit ihr? Dann fiel ihr plötzlich auf, wie oft sie sich diese Frage in den letzten Wochen gestellt hatte.

Als sie endlich die letzte Treppe bewältigt hatten, kam es Jess vor, als hätten sie den Mount Everest bezwungen. Don hielt ihr immer noch stützend die Hand unter den Arm, während er den Schlüssel in das Schloß der Wohnungstür schob.

Jess schloß, vom Licht geblendet, die Augen, als er sie sachte auf das Sofa hinunterließ. Das Telefon läutete anhaltend, ehe es endlich verstummte. Erleichtert öffnete Jess die Augen. Aber wo war Don?

„Hallo?" hörte sie ihn in der Küche sagen. „Tut mir leid", fuhr er fort. „Ich kann Sie nicht verstehen."

Auf wackeligen Beinen torkelte Jess in die Küche und streckte die Hand aus. Don reichte ihr den Hörer. „Es ist eine Frau, aber ich verstehe kein Wort. Sie hat einen unheimlich starken Akzent."

Noch ehe Jess etwas sagen konnte, fiel die Frau über sie her.

„Entschuldigen Sie, wer ist am Apparat?" Augenblicklich wurde Jess von schrecklicher Beklommenheit ergriffen. „Mrs. Gambala?"

„Wer ist Mrs. Gambala?" wollte Don wissen.

„Connie DeVuonos Mutter", flüsterte Jess, die Hand auf der Sprechmuschel. „Mrs. Gambala, beruhigen Sie sich doch bitte. Ich kann ja nichts verstehen. Was? Wie meinen Sie das, sie ist nicht nach Hause gekommen?"

Eine ganze Weile lauschte Jess stumm. Als sie auflegte, zitterte sie am ganzen Körper. Sie wandte sich Don zu. „Connie DeVuono hat heute nach der Arbeit ihren Sohn nicht bei ihrer Mutter abgeholt", sagte sie. Das Entsetzen stand ihr ins Gesicht geschrieben. „Sie ist verschwunden. Ich kann nicht verstehen, wie ich so blöd sein konnte! Ich hab einfach angenommen, er spräche von mir."

„Wer denn? Wovon redest du?"

„Rick Ferguson."

„Rick Ferguson? Was hat Rick Ferguson denn mit dieser Sache zu tun?"

„Na hör mal, Don! Du weißt doch so gut wie ich, daß Rick Ferguson für Connie DeVuonos Verschwinden verantwortlich ist. Versuch nicht, mit mir deine Spielchen zu machen. Wir sind hier nicht im Gerichtssaal." Jess stürmte ins Wohnzimmer zurück und lief rastlos vor dem Vogelkäfig auf und ab.

Don war ihr gefolgt.

Jess holte tief Atem. „Connie DeVuono hat heute nachmittag gegen halb fünf bei ihrer Mutter angerufen, um ihr zu sagen, daß sie jetzt mit ihrer Arbeit Schluß machen und in zwanzig Minuten dasein würde, um ihren Sohn abzuholen."

„Der Junge wird also von ihrer Mutter versorgt?"

„Er geht nach der Schule zu ihr und wartet dort, bis Connie ihn nach der Arbeit abholt. Connie ruft immer an, bevor sie dort weggeht. Heute hat sie auch angerufen. Aber sie ist nicht vorbeigekommen."

„Gut", sagte Don mit Nachdruck, „wir wissen also, daß Connie DeVuono heute ihren Sohn nicht abgeholt hat. Aber wir wissen nicht, ob jemand sie hat weggehen sehen oder ob sie vielleicht jemandem gesagt hat, sie hätte noch etwas zu erledigen, oder ob sie verzweifelt und verängstigt war und durchgedreht hat."

„Natürlich war sie nahe daran durchzudrehen. Sie ist vergewaltigt worden. Sie ist mißhandelt worden. Der Mann, der sie überfallen hat, wurde auf Kaution freigelassen. Connie DeVuono sollte nächste Woche vor Gericht aussagen. Und dein Mandant hat ihr gedroht, sie umzubringen, wenn sie bei dem Entschluß bliebe. Natürlich war sie verzweifelt und voller Angst! Sie hatte Todesangst!" Jess hörte, wie schrill ihre Stimme klang. Der Kanarienvogel fing an zu singen.

„So große Angst, daß sie einfach verschwindet?"

„Connie DeVuono würde ihren Sohn niemals im Stich lassen", meinte Jess leise. Sie ging zum Fenster und blickte auf die Straße hinunter.

Don trat hinter sie und massierte mit seinen kräftigen Händen ihren Nacken. „Jess", begann er langsam und bedächtig, „nicht jeder, der nicht rechtzeitig zu einer Verabredung kommt, verschwindet für immer."

„Das hier hat nichts mit meiner Mutter zu tun", sagte sie ruhig zu ihm. Sie wandte sich von ihm ab, ließ sich kraftlos ins Sofa sinken und vergrub das Gesicht in den Händen. „Es ist alles meine Schuld! Ich habe sie überredet, daß sie aussagen müßte, obwohl sie es nicht wollte."

„Jess, du hast getan, was jeder tun würde."

„Ich hab getan, was jeder Staatsanwalt tun würde. Wenn ich auch nur einen Funken Mitgefühl mit dieser Frau gehabt hätte, dann hätte ich ihr geraten, ihre Klage zurückzunehmen und zu verschwinden. Und dieser miese Typ hat es mir auch noch direkt ins Gesicht gesagt, nur war ich leider viel zu sehr mit meiner eigenen Wichtigkeit beschäftigt, um seine Botschaft zu verstehen: *Leute, die ihm in die Quere kommen, verschwinden leicht.* Ich hab angenommen, die Drohung gelte mir. Aber er hat Connie DeVuono gemeint. Und jetzt ist sie weg. Verschwunden. Genauso, wie er es angedroht hat."

„Aber Jess!"

„Untersteh dich, mir einreden zu wollen, daß dein Mandant mit ihrem Verschwinden nichts zu tun hat! Untersteh dich, mir einreden zu wollen, daß Connie ihren Sohn im Stich lassen würde, und sei es nur für ein oder zwei Tage. Vielmehr wissen wir beide, daß sie aller Wahrscheinlichkeit nach längst tot ist." Jess erhob sich, um ihn anzusehen. Tränen rannen ihr über die Wangen. „Wir müssen ihre Leiche finden, Don. Sonst wird dieser kleine Junge sich sein Leben lang mit der Frage quälen, was aus seiner Mutter geworden ist. Jahrelang wird er in jeder Menschenmenge nach ihr Ausschau halten oder sich fragen, was er denn so Schreckliches getan hat, daß sie fortgegangen ist." Sie schwieg und ließ es zu, daß Don sie in die Arme nahm und festhielt.

Mehrere Minuten lang blieben sie so stehen. „Mir fehlt sie auch", sagte Don schließlich leise, und Jess wußte, daß er von ihrer Mutter sprach. Dann führte er sie in ihr Schlafzimmer. „Kommst du zurecht, wenn ich dich jetzt allein lasse?"

Jess ließ es sich mit einem schwachen Lächeln gefallen, daß Don sie, vollbekleidet, wie sie war, aufs Bett legte und zudeckte. Halb wünschte sie, er würde bleiben, halb wünschte sie, er würde gehen – wie jedesmal, wenn sie zusammen waren. Würde sie je dahinterkommen, was sie eigentlich wollte?

„Natürlich, es ist schon in Ordnung", versicherte sie ihm, als er sich über sie neigte, um sie auf die Stirn zu küssen. „Don . . ., du bist ein netter Mensch."

Er lachte. „Ich bin gespannt, ob du das in ein paar Tagen auch noch sagen wirst."

Sie war zu müde, um ihn zu fragen, was er meinte.

„Du MISERABLER Dreckskerl!" schrie sie ihn kaum achtundvierzig Stunden später an. „Ich kann einfach nicht glauben, daß du zu so etwas fähig bist."

„Jess, beruhige dich doch!" Don wich rücklings mit ausgestreckten Armen zurück, bestrebt, sie sich vom Leibe zu halten. „Können wir diese Geschichte vielleicht so sachlich besprechen, wie sich das für zwei vernünftige Anwälte gehört?"

Jess verschränkte die Arme über der Brust und starrte zu Boden. Sie befanden sich in einem kleinen, fensterlosen Raum in der zweiten Etage des Polizeireviers im Zentrum von Chicago. Im Zimmer nebenan, das noch kleiner war, saß Rick Ferguson, mürrisch und stumm. Seit die Polizei ihn am Morgen zum Verhör hergebracht hatte, verweigerte er die Aussage. Als Jess versucht hatte, ihn zu vernehmen, hatte er gegähnt und dann gleichgültig die Augen geschlossen. Er hatte erst Interesse an den Vorgängen gezeigt, als Don, sein Rechtsanwalt, eingetroffen war, der damit drohte, die Tür aufzubrechen, wenn ihm nicht erlaubt werden würde, sich mit seinem Mandanten zu beraten.

„Du hast kein Recht hierzusein", sagte Jess beherrscht. „Ich könnte dich der Anwaltskammer melden."

„Wenn hier jemand der Anwaltskammer gemeldet wird", schoß er sofort zurück, „dann du. Du bist diejenige, die im Moment das Berufsethos verletzt. Du hattest kein Recht, meinen Mandanten festzunehmen. Und du hattest auch kein Recht, ihn in Abwesenheit seines Anwalts verhören zu wollen."

„Dein Mandant wurde nicht festgenommen."

„Ach so, er sitzt in einem verschlossenen Raum, weil ihm das gefällt."

„Dein Mandant war nicht sehr kooperativ."

„Es ist nicht seine Pflicht, kooperativ zu sein. Aber es ist deine Pflicht, dafür zu sorgen, daß er fair behandelt wird."

„Hat er etwa Connie DeVuono fair behandelt?"

„Darum geht es hier nicht, Jess", entgegnete Don geduldig.

„Hast du mich fair behandelt?"

Einen Moment herrschte Schweigen.

„Du hast mich benutzt, Don!" Jess' Stimme klang zugleich vorwurfsvoll und ungläubig. „Du warst an dem Abend, an dem Connie DeVuono verschwunden ist, bei mir. Du hast gewußt, daß ich Rick Ferguson verdächtigte und daß ich vorhatte, ihn festzunehmen . . ."

„Ich wußte, daß du ihn verdächtigst, ja. Aber ich hatte keine Ahnung, daß du ihn festnehmen lassen wolltest. Was erwartest du von mir, Jess? Daß ich dir freie Hand lasse, weil du früher mal meine Frau warst? Soll ich meinen Gefühlen vor meinen Pflichten gegenüber meinem Mandanten den Vorrang geben?"

Jess erwiderte nichts.

„Also, entweder stellst du meinen Mandanten unter Anklage, oder du läßt ihn frei."

„Ihn freilassen? Kommt nicht in Frage."

„Dann läßt du ihn also doch festnehmen? Mit welcher Begründung? Du hast keinen Beweis in der Hand, der Rick Ferguson mit dem Verschwinden von Connie DeVuono in Verbindung bringt."

Jess wußte, daß er recht hatte. Sie hatte keinerlei Beweise, die eine Festnahme gerechtfertigt hätten. „Verflixt noch mal, Don, ich will ihn ja gar nicht festnehmen. Ich möchte nur mit ihm reden."

„Aber mein Mandant will nicht mit dir reden." Don machte eine kurze Pause. „Also, kann mein Mandant jetzt gehen?"

Jess wußte, daß es keinen Sinn hatte weiterzumachen. Sie ging in den Flur hinaus und klopfte an die nächste Tür. Ein uniformierter Beamter öffnete ihr augenblicklich. Jess und Don traten rasch ein. Rick Ferguson, in schwarzer Jeans und brauner Lederjacke, saß auf einem Holzstuhl. Er erhob sich langsam, beinahe lässig, und streckte sich. „Ich hab ihr versichert, daß ich nichts zu sagen habe", bemerkte er, den Blick auf Jess gerichtet. „Sie hat's mir nicht geglaubt."

„Gehen wir, Ferguson", sagte Don von der Tür her.

„Wie kommt es eigentlich, daß Sie mir nie glauben, Jess Koster?" zischte Rick Ferguson.

„Das reicht, Ferguson!" Der scharfe Unterton in Dons Stimme war unüberhörbar.

Ferguson verzog die Lippen zu dem unangenehmen Grinsen, das Jess zur Genüge kannte.

Ohne ein weiteres Wort schob Don seinen Mandanten zur Tür hinaus. Jess hörte das Echo von Rick Fergusons Lachen noch lange, nachdem er den Raum verlassen hatte.

6

„ICH MÖCHTE, daß er wegen Mordes unter Anklage gestellt wird", sagte Jess zum Oberstaatsanwalt.

Tom Olinsky saß hinter seinem Schreibtisch und sah sie durch die runden Gläser der Nickelbrille an, die für sein volles Gesicht viel zu klein war. Er war von kräftiger Gestalt, fast zwei Meter groß und mehr als zwei Zentner schwer. Das hatte zur Folge, daß er alles niederzuwalzen schien, was ihm in den Weg kam. Immer wenn Jess seinen Raum betrat, fühlte sie sich klein und unzulänglich. Wie zum Ausgleich sprach sie lauter und schneller als nötig.

„Ohne eine Leiche wird uns das Gericht ins Gesicht lachen", gab Olinsky zu bedenken. „Sie sind überzeugt, daß dieser Mann einen Mord begangen hat, und Sie haben wahrscheinlich recht. Aber wir haben keinerlei Beweise."

„Wir wissen, daß er sie vergewaltigt und mißhandelt hat."

„Was vor Gericht niemals bewiesen worden ist."

„Weil er sie getötet hat, ehe sie gegen ihn aussagen konnte."

„Beweisen Sie es!"

Jess warf den Kopf zurück und starrte zur Decke. „Rick Ferguson hat Connie DeVuono bedroht. Er hat ihr gesagt, sie würde nicht so lange leben, daß sie gegen ihn aussagen könne."

„Dafür haben wir nur Ihr Wort. Wir kämen nicht weiter als bis zu einer Vorverhandlung."

„Wie wär's mit einer gerichtlichen Voruntersuchung mit Geschworenen?"

„Selbst ein Geschworenengericht wird Beweise dafür verlangen, daß die Frau tot ist. Mrs. Koster, muß ich Sie erst daran erinnern, daß der Mann für die Zeit von Connie DeVuonos Verschwinden ein Alibi hat?"

„Nein, ich weiß, er war angeblich bei seiner Mutter. Er sorgt dafür, daß ihr der Alkohol nicht ausgeht; sie sorgt dafür, daß ihm die Alibis nicht ausgehen. Wir lassen ihn also laufen." Jess stand auf und wandte sich ab, so daß man die Tränen in ihren Augen nicht sah.

„Was ist eigentlich los?" fragte Tom Olinsky. „Sie sind in diesen Fall tiefer verstrickt als gut ist. Verstehen Sie mich nicht falsch: Es liegt vor allem an Ihrem Mitgefühl für die Opfer, daß Sie eine Staatsanwältin von ganz besonderem Format sind. Sie kämpfen dadurch um so hartnäckiger. Aber selbst Sie brauchen eine Waffe, mit der Sie kämpfen können. Wir brauchen Beweise. Wir brauchen eine Leiche."

Vor Jess tauchte das Bild von Connie DeVuono auf. „Was soll denn aus Stefan werden, wenn ich sterbe?" hatte sie mit verzweifeltem Blick gefragt. Jess preßte die Lippen aufeinander. Sie sagte nichts weiter, nickte nur kurz und ging hinaus.

Die Halloweendekorationen waren verschwunden; inzwischen waren die Korridore zum Erntedankfest mit Darstellungen von Pilgervätern und Truthähnen neu geschmückt worden.

Jess kehrte nur in ihr Büro zurück, um ihren Mantel zu holen. Nachdem sie zehn Tage lang völlige Arbeitsüberlastung als Ausrede vorgeschoben hatte, war sie schließlich nach langem Drängen ihrer Schwester einverstanden gewesen, Sherry Hasek kennenzulernen, die neue Frau im Leben ihres Vaters. Um neunzehn Uhr zum Essen im „Bistro 110". Ihr Schwager und die neue Liebe ihres Vaters an einem Abend zusammen, ein bißchen viel auf einmal. „Genau das, was ich brauche!" schimpfte Jess laut vor sich hin und sah mit Erleichterung, daß sie den Aufzug für sich hatte. „Das hat mir als Krönung dieses herrlichen Tages gerade noch gefehlt."

Die Ereignisse der vergangenen Stunden liefen noch einmal wie ein Film vor ihr ab. Wie sie vor Richter Earl Harris stand, Seite an Seite mit ihrem geschiedenen Mann, der im Namen seines Mandanten dessen Recht auf einen schnellen Prozeß geltend machte. Sie sah Rick Fergusons unverfrorenes Grinsen, hörte ihre eigene unzulängliche Entgegnung. „Euer Ehren, wir müssen einen Vertagungsantrag stellen, weil unsere Zeugin für eine Verhandlung am heutigen Tag nicht zur Verfügung steht. Geben Sie uns eine Frist von dreißig Tagen."

„Da haben wir bald Weihnachten", hatte der Richter zu bedenken gegeben. „Also gut, dreißig Tage."

„Na, hoffen wir, daß die gute Frau bis dahin wiederauftaucht", hatte Rick Ferguson eingeworfen. „Ich hab keine Lust, meinen Hintern immer wegen nichts und wieder nichts hier herzubemühen."

Jess lehnte sich an die Aufzugswand. Dann war da noch der Ärger in der Autowerkstatt gewesen, wo sie am Morgen ihren Wagen abgeliefert hatte. „Was soll das heißen, er wird nicht bis heute abend fertig?" hatte sie protestiert. „Es ist doch nur ein Scheibenwischer!" Jetzt würde sie bestimmt kein Taxi bekommen. Das hieß, sie mußte die S-Bahn nach Hause nehmen, die um diese Zeit bestimmt überfüllt war. Und sie würde sich abhetzen müssen, um pünktlich um sieben im Restaurant zu sein. Der Aufzug hielt an, und Jess eilte durch das Foyer.

Draußen war es sehr kalt. Die Meteorologen hatten einen ungewöhnlich kalten November vorausgesagt, und bisher hatten sie recht gehabt. Jess war noch immer nicht dazu gekommen, sich neue Winterstiefel zu kaufen.

Sie fuhr mit dem Bus zur 8. Straße, nahm dort die U-Bahn zur State Street und stieg in die S-Bahn um. Es war doch nicht so schlimm wie befürchtet. Ich wollte, Don könnte mich jetzt sehen, dachte sie. „Weißt du denn nicht, wie gefährlich die S-Bahn ist?" konnte sie ihn schimpfen hören. „Besonders abends! Was willst du eigentlich beweisen?"

Ich will nur nach Hause, antwortete sie lautlos. Sie war nicht bereit, sich von Gespenstern einschüchtern zu lassen.

Auf dem Bahnsteig war es laut und schmutzig, hier wimmelte es von Menschen. Jeder hat ein wenig Angst vor dem anderen, dachte sie und sah plötzlich das Gesicht ihrer Mutter in einem der vorderen Fenster des einfahrenden Zuges.

Der Zug hielt an, und Jess wurde von der Menge zu den Türen geschoben. Die Woge der Fahrgäste trug sie in den Wagen, und im nächsten Augenblick landete sie auf einer zerschlissenen Kunstlederbank.

Draußen schrillte eine Pfeife. Der Zug setzte sich mit einem Ruck in Bewegung.

Jess schloß die Augen, sah sich als kleines Mädchen, das fest die Hand der Mutter umklammert hielt, während sie auf einem Bahnsteig standen und auf die S-Bahn warteten. „Es ist doch nur ein Zug, Schatz", hatte ihre Mutter gesagt und die verängstigte Tochter in die Arme genommen, als die S-Bahn angefahren kam. „Du brauchst keine Angst zu haben."

Und wo war ich, als du Angst hattest? fragte sich Jess jetzt, so viele Jahre nach dem Verschwinden der Mutter.

Das muß ich mir von dir nicht gefallen lassen, Jess! hörte sie ihre Mutter weinend rufen. Ihr schönes Gesicht war tränenüberströmt.

Jess hielt die Augen geschlossen, während der Zug durch die Stadtmitte raste. Immer wieder kamen die Erinnerungen an den Tag, an dem ihre Mutter verschwunden war.

Es war heiß gewesen, selbst für August. Jess war in Shorts und einem alten T-Shirt in die Küche gekommen. Ihr Vater war auf Geschäftsreise, Maureen in der Bibliothek, um sich auf den Semesterbeginn in Harvard vorzubereiten. Ihre Mutter stand am Telefon in der Küche. Sie trug ein weißes Leinenkostüm, was ungewöhnlich war.

„Wohin gehst du?" hatte Jess gefragt.

Die Stimme ihrer Mutter hatte gereizt geklungen. „Nirgendwohin."

„Seit wann machst du dich so fein, wenn du nirgendwohin gehst?"

Die Worte wiederholten sich im Rattern des Zuges. *Seit wann machst du dich so fein, wenn du nirgendwohin gehst? Seit wann machst du dich so fein, wenn du nirgendwohin gehst?*

Der Zug schlingerte, und jemand stieß Jess gegen die Knie. Sie öffnete die Augen und sah eine ältere Schwarze, die sich um einen festen Halt bemühte. „Entschuldigen Sie vielmals", sagte die Frau.

Da sah sie ihn. „Mein Gott!"

„Hab ich Ihnen weh getan?" fragte die alte Frau. „Das tut mir wirklich leid."

„Nein, nein, es ist nichts", flüsterte Jess und starrte über die Frau hinweg auf den höhnisch grinsenden jungen Mann, der nur ein paar Schritte weiter hinten stand.

Rick Ferguson starrte sie auch an. Dann verschwand er in der Traube der aussteigenden Passagiere.

Vielleicht hatte sie ihn sich nur eingebildet, dachte sie und sah sich suchend in dem überfüllten Waggon um. Sie fühlte sich an das Erlebnis mit dem weißen Chrysler vor ihrer Haustür erinnert. Vielleicht spielte ihre Phantasie ihr grausame Streiche.

Nein, er war es wirklich gewesen, sagte sie sich. Sie mußte aufhören, ihre ganz konkreten Ängste als Einbildung abzutun. Um sich selbst zu überzeugen, erhob sie sich und drängte sich zur anderen Seite des Waggons durch.

Er stand mit dem Rücken zur Tür. Der Blick seiner stumpfen braunen Augen barg seine ganze Vergangenheit in sich: das zerrüttete Zuhause, den prügelnden Vater, die trunksüchtige Mutter, die unerträgliche Armut, die häufigen Zusammenstöße mit dem Gesetz, die Wut, die Bitterkeit, die Verachtung. Und immer dieses Grinsen, schmallippig, freudlos, falsch.

„Na, so was!" sagte er. „Frau Staatsanwältin höchstpersönlich."

„Verfolgen Sie mich?" fragte Jess herausfordernd.

Er lachte. „Ich? Sie verfolgen? Weshalb sollte ich das tun?"

„Genau das sollen Sie mir ja verraten."

„Ich bin Ihnen keine Rechenschaft schuldig. Das überlasse ich meinem Anwalt."

Der Zug näherte sich der nächsten Haltestelle und verlangsamte die Fahrt.

„Und Sie sind ganz zufällig in dieser Bahn?" Jess ließ nicht lokker.

„Ich mache einen kleinen Ausflug", sagte er träge.

„Wo steigen Sie aus?"

Das entsetzliche Grinsen. „Weiß ich noch nicht."

„Was haben Sie mit Connie DeVuono gemacht?" fragte sie unvermittelt, in der Hoffnung, ihn zu überrumpeln.

Rick Ferguson blickte zur Decke hinauf. „Einspruch! Ich glaube nicht, daß mein Anwalt mit dieser Frage einverstanden wäre."

Der Zug kam mit einem Ruck zum Stehen. Jess verlor das Gleichgewicht und fiel vornüber gegen Rick Ferguson. Er packte sie, umfaßte mit beiden Händen ihre Arme so fest, daß Jess förmlich spüren konnte, wie sie blaue Flecken bekam.

„Lassen Sie mich los!" schrie sie. „Lassen Sie mich augenblicklich los!"

Rick Ferguson hob die Hände in die Luft. „He, ich wollte Ihnen doch nur helfen. Sie wären beinahe hingeknallt. Und wir möchten doch nicht, daß Ihnen etwas passiert. Nicht jetzt, wo es gerade anfängt, interessant zu werden."

„Was soll das heißen?"

Er lachte. „Keine Ahnung!" Sein Blick glitt an ihr vorbei zum

Fenster. „Hier muß ich raus.“ Er verschwand durch die Tür, kurz bevor diese sich wieder schloß.

Als der Zug anfuhr, sah Jess Rick Ferguson, der auf dem Bahnsteig stand und ihr höhnisch zuwinkte.

JESS saß auf dem Bett, das „kleine Schwarze“ sorgfältig neben sich zurechtgelegt, und war nicht fähig, eine Bewegung zu machen. Sie wußte nicht mehr, wie lange sie schon so dasaß – wie gelähmt und mit rasendem Puls. Das ist doch lächerlich, sagte sie sich. Alle warten auf dich. Du kommst zu spät.

Der Angstanfall hatte begonnen, als sie aus der Dusche kam. Sie spürte ein Prickeln und Kribbeln im Kreuz, das sich rasch bis in die Arme und Beine ausbreitete. Dann fühlte sie sich wie benommen und mußte sich setzen. Bald bereitete ihr jeder Atemzug Schmerzen.

Das Telefon neben dem Bett läutete.

Jess starrte den Apparat an, unfähig, den Hörer abzunehmen. „Bitte, hilf mir“, flüsterte sie. Sie zitterte am ganzen Körper vor Kälte, Angst schnürte ihr die Kehle zu. „Bitte, hilf mir doch!“

Das Telefon klingelte weiter, Jess zählte mit. Nach dem zehnten Mal hörte es auf. Ihr Blick fiel auf den Spiegel gegenüber vom Bett. Ein kleines, verängstigtes Mädchen starrte zurück. „Bitte, hilf mir, Mami“, jammerte das Mädchen. „Sag doch, daß mir nichts passiert.“

„O Gott“, stöhnte Jess und krümmte sich, so daß ihre Stirn die Knie berührte. „Was ist nur los mit mir? Was ist nur mit mir?“

Wieder läutete das Telefon. Einmal . . ., zweimal . . ., dreimal.

„Ich muß drangehen“, sagte sie. „Ich muß es abnehmen.“

Mit unglaublicher Anstrengung richtete Jess sich auf. Das Läuten hielt an. Viermal . . ., fünfmal. Sie dirigierte ihre Hand in Richtung Telefon, beobachtete im Spiegel, wie sie den Hörer an ihr Ohr führte.

„Hallo, Jess? Jess, hörst du mich?“

„Maureen?“ flüsterte Jess verzweifelt.

„Was tust du noch zu Hause? Es ist fast acht. Wir warten seit sieben Uhr. Wir sind alle völlig ausgehungert. Außerdem machen wir uns Riesensorgen um dich. Was ist los? Du kommst doch sonst nie zu spät.“

„Ich bin gerade erst nach Hause gekommen“, log Jess. Ihre Beine fühlten sich immer noch taub und wie gelähmt an.

„Ja los, dann komm endlich her.“

„Ich kann nicht. Es geht mir nicht gut. Bitte sag Paps, es tut mir wirklich leid.“

„Das kannst du doch nicht machen, Jess. Du hast es versprochen.“

Jess hörte, wie ihre Schwester in Tränen ausbrach. „Wein doch nicht, Maureen. Bitte! Ich habe schon all meine Sachen zurechtgelegt, aber ich schaff es einfach nicht."

Einen Augenblick blieb es still. „Na schön, mach, was du willst", sagte Maureen knapp und legte auf.

Jess knallte den Hörer auf die Gabel. Die Lähmung fiel plötzlich von ihr ab. Sie sprang auf. Was hatte das zu bedeuten? Was ließ sie eigentlich mit sich geschehen? Was tat sie ihrer Familie an?

Sie konnte es selbst nicht ausstehen, wenn andere sich verspäteten. Sie kam immer als erste zu einer Verabredung. Acht Uhr, du lieber Gott! Anderthalb Stunden hatte sie auf dem Bett gehockt, völlig apathisch. Der schlimmste Anfall bisher. Was sollte nur werden, wenn so ein Anfall sie im Gerichtssaal lähmte?

7

„KANN ich etwas für Sie tun?"

„Ich schaue mich nur um, danke."

Was tu ich denn jetzt wieder? fragte sich Jess, während sie ein Paar Slipper aus grünem Wildleder musterte. Neue Halbschuhe brauche ich im Augenblick wirklich nicht. Sie sah auf die Uhr. Fast halb eins. In einer Stunde war sie mit der Leiterin der Gerichtsmedizin verabredet.

„Woran haben Sie denn etwa gedacht?" Der Verkäufer ließ sich nicht abschütteln.

„Eigentlich an gar nichts", antwortete Jess kurz. Der kleine ältere Mann mit dem schlechtsitzenden braunen Toupet verneigte sich und ging dann eilig auf eine andere Kundin zu, die eben den Laden betreten hatte.

Jess ließ den Blick über einen langen Tisch mit einer erstaunlichen Auswahl an Schuhen gleiten. Nichts geht über ein Paar neue Schuhe, wenn man sich von seinen Problemen ablenken will, dachte sie.

Nur bei einem Problem half das nichts: Rick Ferguson.

Er war natürlich nicht der erste Verbrecher, der ihr gedroht hatte. Haß, Beschimpfungen und Drohungen gehörten praktisch zu ihrem Beruf. Seit zwei Jahren bekam sie Weihnachtsgrüße von einem Mann, den sie für zehn Jahre hinter Gitter gebracht hatte. Er wollte sich an ihr rächen, sobald er wieder auf freiem Fuß war. Die Weihnachtskarten waren wohl seine Art, sie daran zu erinnern, daß er sie nicht vergessen hatte.

Tatsächlich wurden solche Drohungen selten wahr gemacht, und Jess ließ sich nicht aus der Ruhe bringen.

Bei Rick Ferguson lag die Sache anders. Irgendwie war es ihm gelungen, sie in ihrem Innersten zu treffen und lang verdrängte Ängste und Schuldgefühle zu wecken. Jess nahm einen glänzenden schwarzen Schuh in die Hand und drückte seine Spitze so fest zusammen, daß sie spürte, wie das Leder unter ihren Fingern brach. Verdrängte Ängste vielleicht schon, sagte sich Jess, aber doch keine Schuldgefühle. Wofür hätte sie sich schuldig fühlen sollen? Sie fing an, mit dem spitzen Pfennigabsatz auf ihre Handfläche zu schlagen.

„He, seien Sie vorsichtig!“ rief jemand neben ihr, der nach ihrer Hand griff. „Das ist ein Schuh, kein Hammer.“

Jess starrte zuerst den zerknautschten Schuh an, dann sah sie zu einem Mann mit hellbraunem Haar auf, der sie besorgt anblickte. „Adam Stohn“ stand auf dem Schild am Revers seines Sakkos. Anfang Dreißig, ein Meter achtzig groß, wiegt ungefähr achtzig Kilo – Jess war es von Berufs wegen gewohnt, solche Merkmale instinktiv zu registrieren. „Oh, tut mir leid“, sagte sie erschrocken. „Ich bezahle das Paar natürlich.“

„Um die Schuhe mache ich mir weniger Sorgen.“ Er nahm ihr den Pumps behutsam aus der Hand und stellte ihn wieder auf den Tisch. „Eher um Ihre Hand!“

Erst jetzt spürte Jess den Schmerz: Auf ihrer Handfläche brannte ein kreisrunder roter Fleck. „Ach, das ist nichts weiter“, wehrte sie ab.

„Möchten Sie vielleicht ein Glas Wasser?“

Jess schüttelte den Kopf.

„Ein Bonbon?“ Er zog ein rot-weiß eingewickeltes Bonbon aus der Tasche.

Jess mußte lächeln. „Nein danke.“

„Kann ich Ihnen dann wenigstens ein Paar Schuhe verkaufen?“

Jess lachte laut.

Es war lange her, daß ein Mann sie zum Lachen gebracht hatte. Ein schönes Gefühl. Sie wollte noch nicht gehen. „Eigentlich könnte ich ein Paar neue Stiefel gebrauchen.“ Sie war richtig froh, einen Grund zum Bleiben gefunden zu haben.

„Bitte kommen Sie mit.“ Adam Stohn führte sie zum Regal mit den Stiefeln. „Nehmen Sie doch Platz.“

Jess setzte sich in einen der Sessel. Sie war schon öfter in diesem Geschäft gewesen, aber an einen Verkäufer namens Adam Stohn konnte sie sich nicht erinnern. „Sind Sie neu hier?“ fragte sie.

„Ich hab im Sommer angefangen.“

„Und gefällt es Ihnen?“

„Schuhe sind mein Leben“, antwortete er mit einem verschmitzten Lächeln. „Also, was darf ich Ihnen zeigen?“

„Na ja, ich hab keine Lust, einen Haufen Geld für Lederstiefel auszugeben, die nach ein paar Tagen von Schnee und Salz ruiniert sind. Aber sie sollen auch ein bißchen schick sein. Und ich hab gern warme Füße.“

„Ah ja, sie sollen schick sein und warm dazu. Ich glaube, ich habe genau das, was Sie suchen.“

„Tatsächlich?“

„Habe ich Sie je angelogen?“

„Wahrscheinlich.“

Er lächelte. „Ich sehe schon, ich habe es mit einer höchst mißtrauischen Kundin zu tun. Also dann, gestatten Sie.“ Er griff in ein Regal mit elegant geschnittenen, glänzenden schwarzen Stiefeln. „Die hier sind aus Vinyl, mit Webpelz gefüttert, wasserdicht und absolut pflegeleicht. Sie sind schick, sie sind warm, sie halten garantiert auch dem härtesten Winterwetter stand.“ Er reichte Jess einen Stiefel.

„Und sie sind sehr teuer!“ rief Jess erschrocken, als sie sah, daß die Schuhe zweihundert Dollar kosten sollten. „Für den Preis kann ich auch echte Lederstiefel kaufen.“

„Aber Sie wollen doch keine aus Leder. Echtes Leder müssen Sie sorgfältig pflegen. Echtes Leder ist nicht wasserdicht und bekommt Flecken. Diese Stiefel“ – er klopfte leicht auf den Schaft – „sind unverwüstlich. Möchten Sie sie anprobieren?“

„Größe achtunddreißig“, sagte Jess.

„Ich bin gleich wieder da.“

Jess blickte Adam Stohn nach. Ihr gefiel die gelassene Bestimmtheit seiner Bewegungen, seine aufrechte, gelöste Haltung. Selbstbewußtsein ohne Arroganz, dachte sie.

„Sie werden es nicht glauben“, sagte Adam Stohn, als er mit zwei großen Kartons in den Armen zurückkam, „aber es ist kein einziges Paar in Größe achtunddreißig mehr da. Ich habe Größe siebenunddreißig und Größe neununddreißig.“

Jess probierte beide Paare an. Natürlich, die in siebenunddreißig waren zu eng, die anderen zu groß. Sie zuckte die Achseln, sah auf ihre Uhr und stand auf. Sie hatte keine Zeit mehr.

„Ich kann in einem unserer anderen Geschäfte anrufen“, erbot sich Adam Stohn.

„Das wäre sehr nett“, antwortete Jess rasch. Was tat sie nur?

Er ging zum Verkaufstisch im vorderen Teil des Ladens, griff zum

Telefon und tätigte mehrere Anrufe. „Das ist doch nicht zu fassen!“ sagte er, als er zurückkam. „Ich habe drei Geschäfte angerufen. Sie haben alle keine Achtunddreißiger mehr. Der eine Laden hat allerdings nachbestellt. Ich bekomme Bescheid, sobald sie geliefert werden. Soll ich Sie anrufen?“

„Anrufen?“ Wollte er sich mit ihr verabreden?

„Wenn die Stiefel da sind, soll ich Sie dann anrufen?“

„Ach so, ja, natürlich. Ja, bitte. Das wäre sehr nett.“ Jess merkte, daß sie nur redete, um ihre Verlegenheit zu vertuschen. Wieso hatte sie sich eingebildet, er wolle sich mit ihr verabreden? Weil er ihr ein Bonbon angeboten hatte? Weil sie ihn attraktiv und charmant fand? Bleib auf dem Teppich, Jess, ermahnte sie sich, während sie ihm nach vorn folgte. Der Mann ist Schuhverkäufer. Nicht gerade das, was man einen tollen Fang nennt. Sei nicht so ein Snob, wies eine andere innere Stimme sie zurecht. Wenigstens ist er nicht Anwalt.

„Ihr Name?“ Adam Stohn griff zu Block und Bleistift.

„Jess Koster.“

„Und wo kann man Sie tagsüber erreichen?“

Jess gab ihre Telefonnummer im Büro an. „Vielleicht notieren Sie am besten auch meine private Nummer“, fügte sie hinzu und wunderte sich wieder über sich selbst.

„Ja, in Ordnung.“ Rasch schrieb er die Nummern auf. „Mein Name ist Adam Stohn.“ Er deutete auf das Schild an seinem Revers. „Länger als eine Woche dürfte es nicht dauern.“

„Wunderbar. Hoffentlich fängt es nicht vorher an zu schneien.“

„Das wäre eine Unverschämtheit.“

Jess lächelte. Irgendwie erwartete sie, daß er noch etwas sagen würde. Statt dessen sah er an ihr vorbei zu einer Frau, die bewundernd vor einem Paar tomatenroter Pumps stand. „Nochmals vielen Dank“, sagte sie im Hinausgehen, aber er war schon auf dem Weg zu der anderen Kundin.

„Was hab ich mir nur dabei gedacht?“ murmelte Jess vor sich hin, als sie in das Taxi stieg, das sie herangewinkt hatte. Konnte sie ihre Situation noch deutlicher zur Schau tragen? Warum hängte sie sich nicht gleich ein großes Schild mit der Aufschrift „Einsame Frau mit Anlehnungsbedürfnis“ um den Hals?

HILARY WAUGH war wohl um die Fünfzig, obwohl sie deutlich jünger aussah. Ihr dunkles Haar trug sie zu einem tiefsitzenden lockeren Knoten geschlungen, die Augen hinter den Brillengläsern waren hellbraun. Jess und sie saßen in dem kleinen fensterlosen Raum, der der Gerichtsmedizinerin als Büro diente.

Jess räusperte sich. „Also, ich suche eine Frau, Mitte Vierzig, italienischer Abstammung, ungefähr einsfünfundsechzig groß, fünfundfünfzig Kilo, vielleicht auch weniger. Moment!" Jess griff in ihre Handtasche. „Das ist ein Foto von ihr." Sie reichte Hilary Waugh ein Foto, das Connie DeVuono an der Seite ihres Sohnes Stefan zeigte, dem sie stolz die Hand auf die Schulter gelegt hatte. „Ihr Name ist Connie DeVuono. Sie wird seit mehr als zwei Wochen vermißt."

„Ist das die Frau, derentwegen Sie mich letzte Woche schon mal angerufen haben?" fragte Hilary Waugh.

Jess nickte verlegen. „Es tut mir leid, wenn ich Ihnen auf die Nerven falle. Aber ich muß dauernd an ihren kleinen Sohn denken . . ."

„Sieht seiner Mutter ziemlich ähnlich", bemerkte Hilary Waugh und reichte Jess das Foto zurück.

„Ja. Und es muß sehr schlimm für ihn sein, nicht zu wissen, was mit ihr . . . los ist." Jess schluckte.

„Das kann ich mir vorstellen. Ich wollte, ich könnte Ihnen helfen. Leider ist niemand eingeliefert worden, auf den die Beschreibung der Frau paßt. Aber ich rufe Sie an, wenn jemand auftaucht, der auch nur die entfernteste Ähnlichkeit mit ihr hat."

„Ich lasse Ihnen die Unterlagen von Connie DeVuonos Zahnarzt herschicken", sagte Jess. „Damit Sie sie gleich zur Hand haben, wenn . . ." Sie hielt inne und räusperte sich. „Dann geht es vielleicht ein bißchen schneller."

„Das wäre eine große Hilfe", bestätigte Hilary Waugh. „Vorausgesetzt, wir finden ihre Leiche."

Vorausgesetzt, wir finden ihre Leiche. Die Worte verfolgten Jess auf dem Weg durch den Korridor bis zum Empfang. Vorausgesetzt, wir finden ihre Leiche. Sie stieß die Tür zur Straße auf und holte tief Luft. Vorausgesetzt, wir finden ihre Leiche, dachte sie.

„VIERHUNDERTELF Dollar?" rief Jess außer sich, „das kann doch nicht Ihr Ernst sein?"

Der junge Mann an der Abholstelle blieb ganz ruhig. Er war solche Ausbrüche offensichtlich gewöhnt. „Auf der Rechnung ist jeder Posten einzeln aufgeführt."

„Ich habe sie mir angesehen, aber ich verstehe immer noch nicht, was da so viel gekostet haben kann!" Jess merkte, daß ihre Stimme so schrill klang, daß die anderen Kunden der Autowerkstatt sie anstarrten.

„Wir mußten eine ganze Menge dran machen", sagte der Mann.

„Einen Scheibenwischer ersetzen!"

„Nein, beide Scheibenwischer!" widersprach der Mann, auf dessen Namensschild „Robert" stand. „Sie werden sich daran erinnern, daß wir Sie angerufen und Ihnen gesagt haben, daß beide erneuert werden müßten. Dann waren da auch noch verschiedene andere Teile", erklärte er geduldig.

Jess warf einen Blick auf die große Uhr an der Wand. Es war fünf Minuten vor acht. „Also, ich habe wirklich keine Zeit für dieses Theater. Nehmen Sie einen Scheck?"

„Nur Bargeld oder Kreditkarte."

„Natürlich." Jess händigte ihm eine ihrer Kreditkarten aus. Sie kannte die Anzahl der Morde, die jedes Jahr in Chicago verübt wurden. Ein Wunder, dachte sie, daß es nicht noch mehr sind.

„MEINE Damen und Herren Geschworenen", begann Jess und nahm mit jedem einzelnen der fünf kurz Blickkontakt auf, „am zweiten Juni dieses Jahres hat Terry Wales, der Angeklagte, seine Frau mit einem Pfeil mit Stahlspitze, den er von seiner Armbrust abfeuerte, mitten auf der Kreuzung Grand Avenue und State Street ins Herz geschossen. Niemand hier bestreitet das. Es ist eine Tatsache."

Jess trat einen Schritt von der Geschworenenbank zurück, um den Geschworenen den Blick auf den Angeklagten freizugeben. Terry Wales war ein unscheinbarer Mann von vierzig Jahren. Nicht er, sondern sein Anwalt, Hal Bristol, zog aufgrund seines imposanten Äußeren alle Blicke auf sich.

„Die Verteidigung wird sicher versuchen", fuhr Jess rasch fort, „Ihnen klarzumachen, daß der kaltblütige, vorsätzliche Mord an Nina Wales in Wirklichkeit ein Verbrechen aus Leidenschaft war. Gewiß wird auch sie zugestehen: Terry Wales hat die Armbrust und den Pfeil gekauft, und er hat seine Frau damit erschossen. Aber verstehen Sie denn nicht? Eigentlich wollte er ihr gar nichts antun, wird man uns weismachen, er wollte ihr nur einen Schreck einjagen. Er hat sie schließlich geliebt, und sie wollte ihn verlassen. Man wird Sie ferner davon zu überzeugen versuchen, daß Nina Wales an ihrem Tod nicht ganz unschuldig war. Sie hat ihren Mann betrogen und ihn wegen seiner Unfähigkeit, ihre unstillbaren Gelüste zu befriedigen, erbarmungslos verspottet. Außerdem wird die Verteidigung Ihnen berichten, Nina Wales habe ihrem Mann damit gedroht, ihn um sein ganzes Vermögen zu bringen und ihm seine Kinder zu nehmen. Und dennoch, wird man behaupten, habe er sie geliebt. Dennoch habe er sie angefleht zu bleiben, und sie habe abgelehnt. Jetzt frage ich Sie" – Jess hielt den Blick auf die Geschworenen gerichtet –, „was kann ein Mann in einer solchen Situation tun? Was blieb Terry Wales denn anderes übrig, als seine Frau zu töten?"

Jess machte eine Pause, um ihre Worte wirken zu lassen. Sie nahm den Saal mit einem Blick in sich auf. Sie sah Richter Harris, Neil Strayhorn, die Reihen der dicht gedrängt sitzenden Zuschauer, die Reporter, die eifrig mitschrieben, die Zeichner vom Fernsehen, die mit flinkem Stift Portraits des Angeklagten zu Papier brachten. Und dann sah sie auch Rick Ferguson.

Er saß in der vorletzten Reihe am Mittelgang. Sein Blick war stur geradeaus gerichtet, das verhaßte Grinsen konnte Jess sogar aus dieser Entfernung erkennen. Mit hämmerndem Herzen wandte sie sich ab.

Was tat er hier? Was wollte er beweisen? Daß er sie einschüchtern konnte? Daß er sie nach Belieben belästigen konnte? Laß dich nicht durcheinanderbringen! sagte sie sich. Konzentrier dich! Kümmere dich jetzt um Terry Wales und später um Rick Ferguson.

Entschlossen wandte sie sich wieder den Geschworenen zu, die schon begierig darauf warteten, daß sie fortfuhr. „Sehen Sie sich den Angeklagten genau an!" forderte sie die Geschworenen auf. „Er sieht ziemlich harmlos aus. Aber lassen Sie sich vom äußeren Schein nicht täuschen. Tatsache ist, daß Terry Wales einen schwarzen Gürtel in Karate hat; Tatsache ist, daß wir Krankenhausunterlagen haben, aus denen hervorgeht, daß Nina Wales im Lauf der Jahre von ihrem Mann immer wieder mißhandelt wurde. Meine Damen und Herren Geschworenen, kann man uns ernsthaft glauben machen, daß Terry Wales seine Frau in einem Anfall plötzlich aufflammender Leidenschaft getötet hat, obwohl die beiden einander seit Tagen nicht mehr gesehen hatten? Obwohl Terry Wales die Mordwaffe bereits am Tag vor der Tat kaufte?"

Jess ließ den Blick über die Zuschauer im Saal schweifen. Rick Ferguson grinste sie unbeirrt an.

„Die Anklage wird beweisen", erklärte Jess, während sie sich wieder den Geschworenen zuwandte, „daß Terry Wales seiner Frau mehr als einmal gedroht hat, er werde sie töten, wenn sie je versuchen sollte, ihn zu verlassen. Wir werden beweisen, daß Terry Wales, nachdem seine Frau ihren ganzen Mut zusammengenommen hatte und mit ihren Kindern ausgezogen war, sich eine Armbrust gekauft und diese dann benutzt hat, um Nina Wales ins Herz zu schießen. Von einem Verbrechen aus Leidenschaft kann hier keine Rede sein. Wir haben es mit Mord zu tun. Mit vorsätzlichem Mord. Ich danke Ihnen."

„Mr. Bristol?“ Richter Harris wandte sich an den Verteidiger, während Jess an den Tisch der Anklage zurückkehrte.

Hal Bristol sprach schon, noch ehe er aufgestanden war, und seine Stimme dröhnte durch den Gerichtssaal. „Meine Damen und Herren Geschworenen, Terry Wales ist kein Akademiker. Er ist Vertreter wie der eine oder andere unter Ihnen, und er verkauft Haushaltsgeräte. Er versteht etwas von seinem Geschäft. Reich ist er nicht. Aber er ist stolz. Wie Sie mußte er in diesen Zeiten allgemeiner Rezession den Gürtel enger schnallen. Im Augenblick verzichten viele Menschen auf größere Anschaffungen wie Autos und Haushaltsgeräte. Die Provisionen schrumpfen. Wir leben in einer unsicheren Zeit.“

Jess setzte sich. Für diese Taktik also hatte sich die Verteidigung entschieden. Der Mörder, ein Mensch, mit dem wir uns alle identifizieren können. Der Mörder, den wir verstehen können, weil wir in ihm uns selbst sehen.

Jess warf erneut einen Blick auf die hinteren Reihen der Zuschauer. Rick Ferguson, den der Vortrag des Verteidigers offensichtlich faszinierte, nickte zustimmend. Elender Mistkerl, dachte Jess.

„Wir behaupten, daß Terry Wales nie die Absicht hatte, seine Frau zu töten“, erklärte Hal Bristol, „sondern daß er ihr lediglich einen Schreck einjagen, sie zur Vernunft bringen wollte. Ich möchte Sie auffordern, sich im Lauf dieses Verfahrens in Terry Wales’ Lage zu versetzen. Jeder von uns hat seine Grenzen, meine Damen und Herren. Terry Wales hatte die seinen erreicht.“ Hal Bristol legte eine dramatische Pause ein, ehe er schloß: „Was müßte geschehen, damit Sie an die Ihren stoßen?“

„Ist die Anklage bereit fortzufahren?“ fragte Richter Harris.

„Die Anklage bittet um eine Pause von zehn Minuten“, sagte Jess schnell.

„Gut, wir machen zehn Minuten Pause“, stimmte Richter Harris zu.

„Was gibt’s denn, Jess?“ fragte Neil Strayhorn überrascht.

Doch Jess war schon auf dem Weg nach hinten. Wenn sie erwartet hatte, daß Rick Ferguson aufspringen würde, so hatte sie sich getäuscht. Er sah nicht einmal zu ihr herüber. „Wir können diese Sache auf die angenehme Art regeln“, begann sie, „oder auf die unangenehme. Die angenehme Art besteht darin, daß Sie jetzt aufstehen und freiwillig den Saal verlassen.“

„Und die unangenehme?“ fragte er, den Blick auf den leeren Sessel des Richters gerichtet.

„Ich rufe den Gerichtsdiener und lasse Sie rauswerfen."

Rick Ferguson stand auf. „Ich wollte nur mal sehen, was mir geblüht hätte, wenn die bewußte Dame nicht verschwunden wäre. Sagen Sie mal, Frau Staatsanwältin, sind Sie im Bett so gut wie im Gerichtssaal?"

„Gerichtsdiener!" rief Jess laut.

„Schon gut, die angenehme Art tut's auch!" Er drehte sich um und schlenderte aufreizend langsam aus dem Saal.

Jess zitterte immer noch, als der Richter die Sitzung wieder eröffnete.

EIN BEWAFFNETER Wachmann begleitete Jess an diesem Abend zum Parkhaus gegenüber vom Verwaltungsgebäude.

Nach Ende der Verhandlung hatte sie sich noch zwei Stunden mit Neil und Barbara beraten. Sie hatte versucht, ihren geschiedenen Mann anzurufen, aber in seiner Kanzlei hatte man ihr gesagt, er sei nicht in seinem Büro und man wisse nicht, um welche Zeit er zurückkommen werde.

„Ich bin auf Parkdeck drei", sagte Jess zu dem Wachmann. Alle Staatsanwälte wurden nach Einbruch der Dunkelheit von bewaffneten Beamten zu ihren Autos begleitet.

„Ihr Wagen ist also endlich wieder fertig", meinte der junge Mann auf dem Weg zu Ebene drei. Seine Hand lag locker auf dem Pistolenhalfter. Jess erzählte ihm von ihrem Ärger mit der Autowerkstatt, während sie auf den Aufzug warteten. Als sie ausstiegen, deutete sie mit einer Handbewegung in die Richtung, wo sie den Wagen abgestellt hatte.

Sie bogen um die Ecke. „Was zum Teufel ist hier los?" rief der junge Mann, zog seine Pistole und sah sich nach allen Seiten um.

Jess starrte ihr Auto an. „Geben Sie sich keine Mühe. Es ist niemand mehr hier." Sie war selbst überrascht, wie ruhig ihre Stimme klang. „Der Täter ist längst weg."

„Jetzt sagen Sie bloß nicht, daß das Ihr Wagen ist", meinte ihr Begleiter, doch Jess war sicher, daß er die Antwort bereits wußte. „Der Kerl, der das gemacht hat, muß total krank sein."

Immer noch starrte Jess ihren Mustang an, den sie am Morgen frisch gewaschen dort abgestellt hatte. Jetzt waren sämtliche Fenster mit Dreck verschmiert, die Reifen aufgeschlitzt, die neuen Scheibenwischer abgebrochen. Jess fühlte ein Brennen in den Augen und wandte sich ab.

Der Wachmann war schon mit seinem Walkie-talkie beschäftigt, um Hilfe anzufordern. Jess ließ sich auf den Betonboden sinken und begann hilflos zu lachen. Sie konnte lachen oder weinen, ganz, wie sie wollte.

Sie beschloß, sich das Weinen für später aufzuheben.

8

„WALTER, du hast schon wieder vergessen, die Haustür abzuschließen!" Jess trommelte an die Wohnungstür im ersten Stock ihres Hauses und fragte sich, ob Walter sie bei der lauten Musik überhaupt hören würde.

Die Tür ging auf, und der kurzbeinige, rundliche Systemanalytiker, der unter ihr wohnte, stand vor ihr, ein Glas Rotwein in der Hand. „Ach, hab ich wieder vergessen abzuschließen? Weißt du, ich hab meine Einkäufe reingetragen und mußte dauernd hin- und herlaufen. Da war es einfacher, die Tür offenzulassen. Hast wohl einen harten Tag hinter dir, hm?"

„Schließ in Zukunft einfach ab", sagte Jess, schon auf dem Weg nach oben zu ihrer Wohnung. Das Telefon läutete, als sie die Tür öffnete, und sie griff eilig zum Hörer. „Hallo?" rief sie ungehalten.

„Oha! Da hat wohl jemand schlechte Laune."

„Don, bist du's?"

„In der Kanzlei hat man mir gesagt, daß du angerufen hast. Ist irgendwas nicht in Ordnung?"

„Erledigt sich von selbst, wenn Rick Ferguson auf dem elektrischen Stuhl landet. Erst erscheint dein Mandant bei mir im Gerichtssaal, und ein paar Stunden später finde ich meinen Wagen, den ich gerade erst für mehr als vierhundert Dollar hab reparieren lassen, total demoliert im Parkhaus wieder."

„Das ist ja nicht zu fassen!" murmelte Don.

„Sag deinem Mandanten, wenn er noch ein einziges Mal unaufgefordert bei mir im Gerichtssaal erscheint, lass' ich ihn verhaften."

„Ich habe ihn bereits ermahnt, dich in Ruhe zu lassen."

„Sieh zu, daß er dem Gerichtssaal fernbleibt."

„Ich sorge dafür." Es folgte eine längere Pause. „Es ist fast neun", meinte Don schließlich. „Wie ich dich kenne, hast du noch nichts gegessen. Ich kann in zwanzig Minuten bei dir sein. Wir gehen irgendwohin und essen ein Steak . . ."

„Don, mir ist heute ziemlich der Appetit vergangen. Ein andermal vielleicht?"

„Natürlich, jederzeit. Schlaf dich aus."

Sie legten auf, ohne sich zu verabschieden.

Wie zum Hohn verspürte Jess fast umgehend heftiges Magenknurren. „Na wunderbar, perfekte Zeiteinteilung!" Trotzdem konnte sie sich nicht überwinden, Don zurückzurufen. Sie war zu gereizt, um auszugehen. Und schließlich hatte sie ja Pizza in allen Variationen im Tiefkühlschrank. Sie holte zwei davon heraus, schob sie in den Mikrowellenherd und nahm eine Dose Cola aus dem Kühlschrank. Ihr Schwager fiel ihr ein, in dessen Haus dieses Getränk tabu war. „Ich glaube, du bist eifersüchtig", hatte Barry gesagt, „weil deine Schwester einen Mann und eine Familie hat und glücklich ist. Und was hast du? Einen Tiefkühlschrank voll Gefrierpizza und einen dämlichen Kanarienvogel." Hatte er recht? War sie wirklich eifersüchtig auf das Glück ihrer Schwester?

Zum erstenmal seit Jahren hatte Maureen sie nicht zum Erntedankfest eingeladen. Sie hatte zwar erwähnt, daß sie bei Barrys Eltern essen würden, aber wahrscheinlich war sie einfach sauer. Alle waren sauer. Sogar ihr Vater hatte alle Versuche aufgegeben. sie mit der neuen Frau in seinem Leben bekannt zu machen. Er könne ja verstehen, daß sie viel zu tun habe, hatte er gesagt.

Was tat sie ihrem Vater nur an? War sie vielleicht auch auf sein Glück eifersüchtig? Oder hatte sie das Gefühl, daß sein Interesse an einer anderen Frau Verrat an ihrer Mutter bedeutete – selbst nach so langer Zeit?

Der Wecker am Mikrowellenherd piepte, und das Geräusch holte Jess in die Realität zurück. Vorsichtig schob sie die dampfenden Pizzas auf einen Teller. Mit dem Teller und der Dose Cola ging sie hinüber ins Wohnzimmer und setzte sich aufs Sofa.

„Und du, Freddy? Hast du wenigstens einen schönen Tag gehabt?" fragte sie den Kanarienvogel und biß in die Pizza.

Das Telefon läutete.

Jess meldete sich kauend. „Hallo?"

„Spreche ich mit Jess Koster?"

Eine Männerstimme, die Jess bekannt vorkam. „Wer ist am Apparat?" fragte sie mißtrauisch.

„Adam Stohn. Aus dem Schuhgeschäft. Es geht um die Stiefel, die Sie bestellt haben – sie sind heute eingetroffen. Ich hab versucht, Sie im Büro zu erreichen. Es hieß, Sie seien im Gericht. Sie haben mir gar nicht gesagt, daß Sie Anwältin sind."

Jess merkte, wie ihr Herz zu klopfen anfing. „Man hat mir nicht ausgerichtet, daß Sie angerufen haben."

„Ich hab auch keine Nachricht hinterlassen."

Schweigen.

„Meine Stiefel sind also da", sagte Jess nach einer Pause, die ihr wie eine Ewigkeit vorkam. „Danke, daß Sie mir Bescheid gegeben haben."

„Sie können sie jederzeit abholen. Oder ich kann sie Ihnen auch vorbeibringen", erbot er sich.

„Vorbeibringen?"

„Dann können Sie sich den Weg sparen. Sie brauchen mir nur einen Scheck zu geben."

„Wann?"

„Gleich, wenn es Ihnen paßt."

„Gleich?" Wirklich geistreich! War sie auf einmal unfähig, ein gewöhnliches Gespräch zu führen?

„Für morgen ist Schnee angesagt", sagte Adam Stohn. „Übrigens – ich hab noch nicht gegessen. Wie steht's mit Ihnen? Haben Sie Lust auf eine Pizza?"

Jess schob ihren Teller beiseite. „Keine schlechte Idee."

„Gut, sagen Sie mir, wo."

Jess schlug ein kleines italienisches Restaurant in der Armitage Avenue vor, das sie leicht zu Fuß erreichen konnte.

„In einer Viertelstunde?"

„Gut, bis gleich."

„SIE SIND ja überpünktlich", sagte Adam Stohn, als er sich kurze Zeit später zu ihr auf die rotgepolsterte Eckbank setzte. Er trug Bluejeans und eine schwarze Jacke über einem grauen Rollkragenpullover.

„Ich komm immer zu früh. Eine schlechte Angewohnheit von mir." Sie betrachtete neugierig sein Gesicht. Er sah besser aus, als sie ihn in Erinnerung hatte. Ob er das wohl auch von ihr dachte? Sie wünschte auf einmal, daß sie etwas Originelleres angezogen hätte als den einfachen schwarzen Pulli und Jeans. Und eine Spur mehr Make-up hätte wahrscheinlich auch nicht geschadet. Sie hatte sich nur kurz mit kaltem Wasser das Gesicht gewaschen, etwas Lippenstift aufgetragen und war dann losgeflitzt.

„Guten Abend, Signorina." Die Wirtin stand vor Jess und legte zwei Speisekarten auf den Tisch. „Freut mich, Sie wiederzusehen."

„Ganz meinerseits." Jess lächelte die dunkelhaarige Frau mit dem runden Gesicht an, dann wandte sie sich an Adam Stohn. „Carla macht die beste Pizza der Welt."

„Jedenfalls im De-Paul-Viertel", schränkte die Wirtin ein. „Soll ich

Ihnen eine Karaffe Chianti bringen, während Sie sich die Speisekarte ansehen?"

„Hört sich gut an", sagte Adam Stohn.

„Ich weiß schon, was ich will", entschied Jess. „Ich nehme die Pizza Spezial. Mein absolutes Leibgericht."

Adam Stohn schloß sich an. „Dann bringen Sie uns gleich eine große – für jeden eine Hälfte."

Die Wirtin nahm die Speisekarten wieder an sich und machte sich auf den Weg in die Küche.

„Sie sind wohl öfter hier?" meinte Adam.

„Ich wohn ja ganz in der Nähe", erklärte Jess. „Und ich bin keine große Köchin. Meine Mutter fand Kochen gräßlich und hat es uns nie beigebracht. Vielleicht meinte sie, wenn meine Schwester und ich nicht kochen könnten, würden wir nie zu Küchensklaven werden."

„Eine interessante Theorie."

„Hat aber nicht viel genützt. Meine Schwester ist in letzter Zeit zu einem wahren Hausmütterchen geworden."

„Und Sie finden das nicht gut?"

„Reden wir lieber nicht über meine Schwester."

Die Wirtin kehrte mit dem Chianti und zwei Weingläsern zurück. „Ich hab in der Abendzeitung über den Armbrustmörder gelesen", sagte sie, während sie die Gläser füllte. „Da stand eine ganze Menge über Sie drin. Hat mich sehr beeindruckt."

Jess lachte. „Beeindruckend wird es erst, wenn ich den Prozeß gewinne."

Die Wirtin machte eine wegwerfende Handbewegung. „Keine Frage, Sie gewinnen." Mit einem überzeugten Nicken ging sie davon.

„Ich esse also mit einer Berühmtheit zu Abend", stellte Adam fest und hob sein Glas, um ihr zuzuprosten. „Auf Ihren bevorstehenden Sieg!"

„Darauf stoße ich gerne an." Sie tranken beide. „Und Sie? Wie lange arbeiten Sie schon als Schuhverkäufer?"

„Hier in diesem Laden seit dem Sommer."

„Und was war davor?"

„Ach, alles mögliche. Vertreter auf Achse. Sie wissen schon."

„Mein Vater war auch Vertreter."

„Ach?"

„Später hat er einen Laden aufgemacht. Jetzt ist er im Ruhestand."

„Und treibt Ihre Mutter vermutlich zum Wahnsinn?"

Jess trank von ihrem Wein. „Meine Mutter ist tot."

„Oh, das tut mir leid", meinte Adam Stohn verlegen. „Wann ist sie gestorben?"

„Vor acht Jahren. Seien Sie mir nicht böse, aber könnten wir uns über etwas anderes unterhalten? Erzählen Sie mir etwas über sich. Kommen Sie aus Chicago?"

„Nein, aus Springfield."

„Warum sind Sie dort weggegangen?"

„Es war Zeit für einen Tapetenwechsel." Er zuckte die Achseln. „Und Sie? In Chicago geboren und aufgewachsen?"

Sie nickte.

„Sie haben hier Jura studiert?"

„Ja, an der Northwestern University."

„Und sicher ein hervorragendes Examen gemacht", vermutete er.

„Ich war die Viertbeste meines Jahrgangs."

Er lächelte. „Und danach haben Sie sämtliche Angebote lukrativer Kanzleien abgelehnt, um eine überarbeitete, schlechtbezahlte Staatsanwältin zu werden."

„Ich wollte nicht in der Rechtsabteilung irgendeines Großkonzerns landen, wo ich statt Prozessen höchstens Papierkriege geführt hätte."

„Und wie gefällt es Ihnen nun dort?"

Sie lachte. „Unheimlich gut, inzwischen jedenfalls. Anfangs war es ziemlich trocken. Ich mußte beim Verkehrsgericht anfangen. Das war nicht gerade aufregend, aber man muß sich eben seine Sporen erst verdienen. Da blieb ich ungefähr ein Jahr, dann wurde ich zur Zivilkammer versetzt, wo kleinere Vergehen verfolgt werden, Sachbeschädigung und dergleichen, aber auch schon mal Körperverletzung. Niemand, außer den Opfern natürlich, nimmt diese Fälle richtig ernst. Klingt das sehr herzlos?"

„Ich kann mir vorstellen, daß man sich bei Ihrer Arbeit einen ziemlich dicken Panzer zulegen muß."

Das Bild der enthaupteten Schildkröte drängte sich Jess unversehens auf. „Bei der Zivilkammer war ich auch ein Jahr", sagte sie hastig, „dann kam ich zum Untersuchungsgericht. Das war weit interessanter. Da muß man richtig ermitteln, mit den Opfern und den Zeugen reden. Man arbeitet ziemlich eng mit der Polizei zusammen."

„Und dann kamen Sie an die Strafkammer?"

Jess war überrascht. „Woher wissen Sie das?"

„Was ist denn sonst noch übrig?" fragte er.

Carla, die Wirtin, brachte die duftende, heiße Pizza, die mit allen möglichen Gemüse- und Wurstsorten belegt und in vier gleiche Teile zerschnitten war. „Die sieht ja toll aus!" bemerkte Adam. Lächelnd sah er zu, wie Jess sofort zugriff und herzhaft in eines der Stücke biß. „Sie sehen aus wie ein hungriges kleines Mädchen." Er lachte.

„Tut mir leid. Ich hätte Sie warnen sollen. Beim Essen hab ich überhaupt keine Manieren."

„Es ist ein Vergnügen, Ihnen zuzuschauen." Adam nahm sein Stück Pizza in beide Hände und führte es zum Mund.

„Schmeckt sie nicht herrlich?" fragte sie, nachdem er ebenfalls davon abgebissen hatte.

„Köstlich", bestätigte er, ohne den Blick von Jess zu wenden. „Erzählen Sie mir noch ein bißchen mehr über sich."

„Ich hab schon mehr als genug erzählt. In den schlauen Büchern steht doch immer, daß die Frauen die Männer reden lassen sollen. Um herauszukriegen, was für Interessen sie haben. Und dann so zu tun, als hätte man dieselben." Sie schwieg einen Moment und warf ihm einen fragenden Blick zu. „Oder spielen Sie dieses Spiel gerade mit mir?"

„Halten Sie sich etwa für uninteressant?"

„Nur weil ich die Juristerei faszinierend finde, muß das nicht jedem anderen genauso gehen."

„Was fasziniert Sie denn so an der Juristerei?"

Jess legte das angebissene Stück Pizza auf den Teller und dachte einen Moment nach. „Vermutlich, daß sie so kompliziert ist. Also, die meisten Menschen glauben doch, daß es in unserem Rechtssystem um Recht und Unrecht geht, um Gut und Böse, um die Wahrheit und nichts als die Wahrheit. Aber so ist es überhaupt nicht. Beide Seiten verdrehen die Wahrheit und versuchen, sie zum eigenen Vorteil auszunützen. Die traurige Wahrheit ist, daß die Wahrheit vor dem Gericht beinahe irrelevant ist. Klingt wohl ziemlich gestelzt, wie?"

„Nein, es klang reizend."

„Reizend? Ich soll etwas gesagt haben, das reizend klingt?" Jess lachte. „Reizend ist ein Wort, mit dem ich selten beschrieben werde."

„Und wie beschreibt man Sie?"

„Oh . . ., verbissen, ernsthaft, sehr engagiert. Verbissen höre ich sehr häufig."

„Und diese Verbissenheit macht Sie wahrscheinlich zu einer so guten Staatsanwältin."

„Wer hat gesagt, daß ich gut bin?"

„Na, na, wer sein Examen als Viertbeste bestanden hat!"

Jess lächelte verlegen. „Ich bin mir nicht so sicher, daß das eine etwas mit dem anderen zu tun hat. Man kann die Gesetzbücher von vorn bis hinten durchstudieren, aber man braucht ein Gefühl dafür, was Recht und Gesetz eigentlich bedeuten. Es ist ein bißchen wie mit der Liebe.“ Sie sah zur Seite. „Schwer zu fassen, nur Phantome und Schatten.“

„Ein interessanter Vergleich“, bemerkte Adam. „Ich nehme an, Sie sind geschieden.“

Jess griff nach dem Weinglas. „Eine interessante Schlußfolgerung.“

„Sind wir nicht zwei interessante Menschen?“ Adam berührte ihr Glas mit dem seinen. „Wie lange waren Sie verheiratet?“

„Vier Jahre.“

„Und wie lange sind Sie schon geschieden?“

„Vier Jahre. Und Sie?“

„Ich war sechs Jahre verheiratet und bin seit drei Jahren geschieden.“

„Haben Sie Kinder?“

Er trank seinen Wein aus. Dann schüttelte er den Kopf.

„Bestimmt nicht?“ fragte Jess und lachte. „Das war gerade eine sehr bedeutungsvolle Pause.“

„Keine Kinder“, versicherte er. „Und Sie?“

„Nein. Bin selbst noch zu sehr Kind, vermute ich.“

„Das bezweifle ich. Sie sehen aus, als hätten Sie eine sehr erwachsene Seele.“

Jess verbarg ihr plötzliches Unbehagen hinter einem nervösen Lachen. „Ich brauche wahrscheinlich mehr Schlaf.“

„Sie brauchen gar nichts. Sie sind eine sehr schöne Frau“, sagte er und konzentrierte sich plötzlich auf seine Pizza.

Jess tat das gleiche. Es entstand eine unbehagliche Pause.

„Was hat Ihr Mann denn beruflich gemacht?“ fragte Adam Stohn und schnitt damit ein neues Thema an.

Jess lächelte ironisch. „Er ist Anwalt. Und Ihre geschiedene Frau?“

„Innenarchitektin in Springfield. Das letzte, was ich von ihr gehört habe, war, daß sie wieder geheiratet hat.“ Adam hob die Hände, als wollte er andeuten, daß er zu diesem Thema nichts mehr zu sagen habe. „Soviel zur Vergangenheit.“

„Oder sowenig. Sie sprechen nicht gern von sich, nicht wahr?“

„Genausowenig wie Sie.“

Jess starrte ihn ungläubig an. „Wie meinen Sie das? Seit wir hier sitzen, habe ich praktisch nur von mir geredet.“

„Sie haben über die Juristerei geredet. Sobald die Fragen etwas persönlicher werden, machen Sie dicht.“

Bin ich so leicht zu durchschauen? dachte Jess. „Ich mache Ihnen einen Vorschlag“, sagte sie hastig, „ich erzähle Ihnen meine Geheimnisse nicht, wenn Sie mir Ihre nicht erzählen.“

Adam lächelte unergründlich. „Immer schön nach dem Motto: Erzähl mir keine Geheimnisse, und ich erzähl dir keine Lügen."

Den Rest der Pizza verzehrten sie schweigend.

„Warum haben Sie mich eigentlich heute abend angerufen?" fragte Jess, nachdem sie ihren leeren Teller weggeschoben hatte.

„Ich wollte Sie gern wiedersehen", antwortete er und winkte der Wirtin, um sich die Rechnung bringen zu lassen. „Warum haben Sie zugesagt?"

„Wahrscheinlich aus dem gleichen Grund." Jess lachte. „Außerdem hat mir jemand angekündigt, daß es morgen schneien soll. Ich könnte neue Winterstiefel gebrauchen."

„Ich hab genau das Richtige für Sie im Wagen. Kann ich Sie nach Hause fahren?"

Jess zögerte. Wovor hatte sie Angst?

„Na, hat Ihnen die Pizza geschmeckt?" wollte die Wirtin von Adam wissen.

„Ohne Zweifel die beste Pizza im De-Paul-Viertel."

Sollte sie ihm anbieten, die Rechnung zu teilen? überlegte Jess, während Carla zusammenrechnete. Doch sie entschied sich dagegen. Sie würde das nächste Mal bezahlen.

Wenn es ein nächstes Mal gab.

9

„NA, WIE ist es heute eurer Meinung nach gelaufen?" Über ihren Schreibtisch hinweg sah Jess Neil Strayhorn und Barbara Cohen an.

„Ich finde, ganz gut", antwortete Neil. „Wir haben ein paar wichtige Punkte gemacht."

„Zum Beispiel?" Jess nickte Barbara Cohen zu.

„Ellie Lupino hat ausgesagt, daß sie gehört hat, wie Terry Wales seiner Frau gedroht hat, sie umzubringen, wenn sie je versuchen sollte, ihn zu verlassen", antwortete Barbara. „Und sie hat ausgesagt, daß Nina Wales nicht fremdgegangen ist."

„Sie hat ausgesagt, daß sie ihres Wissens nach nicht fremdgegangen ist", verbesserte Jess. „Sie hat aber auch zugegeben, daß sie mit angehört hat, wie Nina Wales in aller Öffentlichkeit die Leistung ihres Mannes im Bett verhöhnt und gedroht hat, ihm alles zu nehmen, was er hat."

„Na und?" entgegnete Barbara.

„Das ist Wasser auf die Mühlen der Verteidigung. Wenn sie die

Geschworenen davon überzeugen kann, daß Nina Wales ihren Mann so provoziert hat, daß er sich in seiner Wut nicht mehr beherrschen konnte, dann werden sich die Geschworenen lediglich fragen, ob sie unter ähnlichen Umständen nicht fähig wären, ebenso zu handeln."

„Und was willst du damit sagen?" fragte Barbara.

„Daß wir am besten schon vorher wissen sollten, was Terry Wales den Geschworenen erzählen wird, und zwar nicht nur, um ihn zu diesen Punkten ins Kreuzverhör zu nehmen, sondern um ihn zu demontieren. Es wird nicht leicht sein, diesen Prozeß zu gewinnen. Außerdem wollte ich sagen, daß es schon spät ist und ihr beide jetzt besser verschwindet."

Barbara und Neil machten sich auf den Nachhauseweg. Jess warf einen feindseligen Blick aufs Telefon. Na schön, Adam hatte die ganze Woche nicht angerufen. Hatte sie tatsächlich erwartet, daß er sich melden würde? Ihr gemeinsamer Abend war ziemlich unpersönlich zu Ende gegangen: Er hatte ihr die Stiefel übergeben, sie ihm den Scheck. Vor ihrem Haus hatte er sie abgesetzt. Nicht mal einen Kuß auf die Wange zum Abschied.

Den Erntedankfestabend hatte Jess mit dem Systemanalytiker und seinen Freunden einen Stock tiefer gefeiert. Dabei hatte sie sich vorgemacht, daß sie überhaupt nicht auf das Läuten des Telefons in ihrer Wohnung horchte.

Jetzt stützte sie den Kopf in die Hände und dachte an ihr Auto, das völlig hinüber war. Die zerfetzte Polsterung und die herausgerissenen Bremsleitungen hatte sie erst später bemerkt. Es dauerte Tage, bis sie von der Polizei die Einzelheiten erfuhr. Ein Totalschaden.

Fingerabdrücke hatte man keine gefunden, überhaupt nichts, was Rick Ferguson mit der Tat in Verbindung gebracht hätte. Niemand hatte ihn im Parkhaus gesehen. Niemand erinnerte sich, ihn überhaupt gesehen zu haben. Menschen verschwanden, Eigentum wurde zerstört, Rick Ferguson aber grinste weiter.

Jess griff zum Telefon und rief im Gerichtsmedizinischen Institut an. „Ach gut, Sie sind noch da", sagte sie, als sie Hilary Waughs Stimme hörte.

„Ich wollte gerade gehen", antwortete die Gerichtsmedizinerin, und Jess begriff, was sie damit sagen wollte: Fassen Sie sich kurz!

„Ich nehme an, es ist niemand aufgetaucht, der mit Connie DeVuono Ähnlichkeit hat", begann Jess, als wäre Connie DeVuono noch am Leben, wäre ganz zufällig ins Büro der Gerichtsmedizinerin spaziert.

„Nein, niemand."

„Haben Sie die Unterlagen des Zahnarztes erhalten?"

„Ja, sie liegen hier bereit."

„Das würde die Sache ja beschleunigen."

„Auf jeden Fall. Leider muß ich jetzt gehen. Ich fühle mich nicht besonders wohl. Bekomme wohl eine Grippe."

„Da sind Sie nicht die einzige", erwiderte Jess. Sie wünschte gute Besserung und legte auf.

Die Tür zu ihrem Büro wurde geöffnet. Greg Oliver stand im Türrahmen; der aufdringlich süße Duft von „Aramis" wehte Jess entgegen. Der hat mir gerade noch gefehlt, dachte sie seufzend.

„Na, wie geht's der berühmten Rächerin des Armbrustmordes?" fragte er. „Ich hab gehört, man hat dir einen Handel angeboten."

„Totschlag und zehn Jahre Gefängnis? Ein tolles Angebot!"

Greg Oliver lachte. „Na, komm, ich fahr dich nach Hause."

„Nein, danke."

„Sei nicht albern. Dein Wagen ist ruiniert, und ein Taxi findest du nie um diese Zeit."

Jess zögerte. Nach ihrem letzten Versuch hatte sie sich geschworen, nie mehr die S-Bahn zu nehmen. „Na schön", stimmte sie zu. „Aber direkt nach Hause."

„Ganz, wie du willst. Dein Wunsch ist mir Befehl!"

GREG OLIVER hielt seinen schwarzen Porsche vor Jess' Haus an. Die laute Rockmusik, die während der Fahrt gelaufen war und zum Glück ein Gespräch fast unmöglich gemacht hatte, brach abrupt ab. „Hier wohnst du also."

„Ja, hier wohne ich." Jess legte die Hand auf den Türgriff. „Vielen Dank, Greg. Das war wirklich nett von dir."

„Willst du mich denn nicht hineinbitten?"

„Nein", antwortete Jess unverblümt. Sie öffnete die Wagentür und erhob sich aus dem tiefen Sportwagensitz.

Greg Oliver beeilte sich, ebenfalls auszusteigen.

„Hör mal", sagte Jess, während sie rasch vor ihm her zur Haustür ging. „Ich möchte nicht, daß du mit hinaufkommst."

„Komm schon, Jess", drängte er, „nur auf einen kleinen Drink. Wir sind doch Kollegen, und ich fände es nett, wenn wir Freunde werden könnten."

„Also gut, auf einen Drink", sagte Jess. Sie war zu erschöpft, um sich auf eine lange Diskussion einzulassen.

Wie ein folgsamer Hund trabte er hinter ihr her die Treppe hinauf. „Das hätte ich mir ja denken können, daß du in der obersten Etage wohnst", neckte er sie, als sie oben waren.

Sie schloß die Wohnungstür auf. Greg Oliver war beinahe noch vor ihr in der Wohnung.

„Du läßt den ganzen Tag das Radio laufen?“ fragte er, während er sich neugierig im Wohnzimmer umsah.

„Für den Vogel.“ Jess warf ihre Handtasche auf das Sofa und ging in die Küche. Im Kühlschrank fand sie ein paar Flaschen Bier, machte eine davon auf und nahm sie mit ins Wohnzimmer.

Greg Oliver hatte es sich bereits auf ihrem Sofa bequem gemacht. Seinen Mantel hatte er über den Eßtisch geworfen, seinen Schlips gelockert und die Schuhe ausgezogen. „Mach es dir nicht gar zu bequem“, warnte Jess und reichte ihm das Bier.

„Sei doch nicht so zickig“, konterte er und klopfte auf den Platz neben sich. „Komm, setz dich.“

Jess zog ihren Mantel aus, ließ die Stiefel jedoch an. Eine reizende Situation, sagte sie sich. Erst hatte sie sich von einem Mann, den sie kaum ausstehen konnte, nach Hause fahren lassen, von einem Mann, der offensichtlich versuchte, sie anzumachen. Und dieser Mann saß jetzt in ihrem Wohnzimmer auf ihrem Sofa und trank das Bier, das sie ihm persönlich serviert hatte. Wie hatte sie es nur wieder geschafft, sich in diese Situation hineinzumanövrieren?

„Hör mal, Greg“, sagte sie gereizt. „Nur um eines klarzustellen: Ich habe nicht die Absicht, mit dir zu schlafen.“

„Wer hat was davon gesagt, daß du mit mir schlafen sollst?“ Greg Oliver blickte völlig unschuldig und beleidigt zugleich drein.

„Nur damit wir uns richtig verstehen.“

„Das tun wir doch“, versicherte er, obwohl sein Blick etwas anderes sagte.

„Gut, deshalb sage ich dir gleich, daß ich im Nachttisch neben meinem Bett einen geladenen Revolver habe. Wenn du es wagen solltest, mich anzurühren, schieß ich dir ein Loch in den Kopf.“ Sie lächelte zuckersüß und beobachtete, wie ihm die Kinnlade herunterfiel.

Einen Augenblick hatte es ihm die Sprache verschlagen. „Kein Wunder, daß du seit Jahren keine Verabredung mehr gehabt hast“, bemerkte er schließlich.

„Trink aus, und fahr heim, Greg. Deine Frau wartet.“

„Warum, zum Teufel, hast du mich überhaupt raufgebeten?“ fragte er in einem Ton selbstgerechter Entrüstung. „Erst machst du einen an, und dann läßt du mich abblitzen.“ Er schob die Füße in seine Gucci-Slipper, griff nach seinem Mantel und streckte ihr die Bierflasche so heftig entgegen, daß das kalte Bier auf ihre weiße Bluse spritzte.

„Danke für die Gastfreundschaft", sagte er noch, dann knallte er die Tür hinter sich zu.

„Ein reizender Abend!" Jess sprach mit ihrem Kanarienvogel, der von Stange zu Stange hüpfte. „Wirklich reizend!" Sie rieb sich die Stirn. Wann genau hatte sie die Herrschaft über ihr Leben verloren? Ausgerechnet sie, die sich für alles, von wichtigen Terminen bis zum Fingernägelschneiden, Listen machte, auf denen sie dann gewissenhaft abhakte, was erledigt war. Wann hatte sie die Herrschaft über ihr Leben verloren?

Sie ging zum Sofa zurück. Der aufdringliche Duft von Gregs Eau de toilette hing immer noch über der Stelle, wo er gesessen hatte. Jess ging zum Fenster und öffnete es ein wenig, um eine Brise frischer Nachtluft hereinzulassen.

Draußen klopfte es. „Geh nach Hause, Greg!" rief sie zornig.

„Soll ich auch gehen, wenn ich Adam heiße?"

„Adam?" wiederholte Jess ungläubig und öffnete. „Wie sind Sie unten hereingekommen?" Sie war ärgerlich, und zugleich schämte sie sich, daß sie so froh war, ihn zu sehen.

„Die Haustür war offen. Vielleicht hat dieser Greg sie nicht richtig zugemacht, als er gegangen ist." Er lehnte sich an den Türpfosten. „Ich dachte, wir könnten vielleicht ins Kino gehen und hinterher irgendwo was essen."

„Und wenn ich zu müde bin?"

„Dann sagen Sie einfach: Geh nach Hause, Adam!"

Jess sah Adam Stohn unschlüssig an. Das braune Haar fiel ihm in die Stirn, seine Haltung war provozierend selbstsicher, seine Miene so unergründlich wie die eines Verdächtigen bei einer polizeilichen Gegenüberstellung. „Ich hol meinen Mantel", sagte sie.

SIE SETZTEN sich auf Jess' Wunsch in die Nähe des Notausgangs und sahen sich den Film „Casablanca" an. Schon auf der kurzen Fahrt zum Kino hatten sie wenig gesprochen, und als sie danach zu Fuß zu dem Restaurant gingen, wechselten sie ebenfalls nur ein paar Worte.

Das Restaurant war eng, schummrig und laut. Sie hatten sich an einen kleinen Zweiertisch gesetzt und gleich bestellt. Jess nahm ein warmes Brötchen aus dem Brotkorb, riß es auseinander und schob sich einen Bissen in den Mund.

„Sie haben einen gesegneten Appetit", bemerkte er. „Sieht man Ihnen nicht an. Vielleicht ein hoher Grundumsatz."

„Eher ein hysterischer Anfall dann und wann, der hält das Gewicht auch unten", erwiderte Jess befangen.

„Mir gefällt energisch besser als hysterisch."

„Glauben Sie denn, das ist dasselbe?"

„Zwei Seiten einer Medaille."

Jess ließ sich die Bemerkung durch den Kopf gehen. „Seit ich ein kleines Mädchen war, hat man mir ständig gesagt, ich solle lockerer werden."

„Und das hatte natürlich zur Folge, daß Sie sich nur für um so hysterischer gehalten haben." Jetzt sah er ihr in die Augen. Die Intensität seines Blicks erschreckte Jess. „Wenn Ihnen die Leute sagen, Sie sollen lockerer werden, dann heißt das vermutlich, daß sie diejenigen sind, die mit Ihrer energischen Art Probleme haben. Und deshalb geben sie Ihnen die Schuld. Das nennt man Projektion."

„Wieder eine Ihrer interessanten Theorien."

„Sie wissen doch: Ich bin ein interessanter Bursche." Er biß in ein Brötchen.

„Und wieso verkaufen Sie dann Schuhe? Es kann doch geistig nicht sehr anregend sein, den ganzen Tag Schuhe zu verkaufen."

„Im Gegenteil. Ich find's gut. Den ganzen Tag lang hab ich es mit allen möglichen gescheiten und interessanten Leuten zu tun. Die liefern mir alles, was ich an geistiger Anregung brauche."

„Sie sind offensichtlich sehr intelligent. Wo haben Sie studiert?"

Er lächelte. „An der Loyola-Universität."

„Sie haben an der Loyola-Universität studiert und sind jetzt Schuhverkäufer?"

„Ist das in Cook County ein Verbrechen?"

Jess spürte, wie sie rot wurde. „Entschuldigen Sie. Ich klinge wohl ziemlich arrogant."

„Sie klingen wie eine Staatsanwältin."

„Danke für die Blumen."

„Erzählen Sie mir etwas von diesem Armbrustmörder", meinte er und wechselte unvermittelt das Thema. „Ich habe Ihre Heldentaten diese Woche in der Zeitung verfolgt. Sicher gewinnen Sie den Prozeß."

„Ach ja?" Sie lachte. Sein Vertrauensvotum tat ihr unerwartet gut.

„Haben Sie vor, die Todesstrafe zu fordern?"

Der Kellner erschien mit zwei Gläsern rotem Burgunder.

„Wenn es drin ist, ja", antwortete Jess schlicht.

„Keinerlei Sympathie für die kriminelle Unterklasse?"

„Nicht die geringste."

„Lassen Sie mich raten: Ihre Eltern waren stockkonservativ."

„Falsch. Mein Vater ist zeitlebens ein Liberaler gewesen."

Adam hob sein Glas Wein und atmete das Bukett ein, aber er trank nicht. „Richtig, Sie haben mir ja erzählt, daß Ihre Mutter tot ist. Woran ist sie gestorben?"

„Krebs", antwortete Jess hastig und verschluckte sich fast an ihrem Wein.

Adam wirkte erst überrascht, dann schüttelte er den Kopf. „Sie lügen. Warum?"

Das Glas in Jess' Hand begann zu zittern, etwas Rotwein schwappte über den Rand auf das weiße Tischtuch. „Wer sagt, daß ich lüge?"

„Es steht Ihnen ins Gesicht geschrieben. Wenn Sie an einen Lügendetektor angeschlossen gewesen wären, hätte die Nadel ganz schön ausgeschlagen. Warum wollen Sie mir nicht sagen, was mit Ihrer Mutter war?"

„Ich dachte, wir hätten eine Abmachung: keine Geheimnisse, keine Lügen. Erinnern Sie sich?"

„Gibt es denn um den Tod Ihrer Mutter ein Geheimnis?"

„Es ist nur eine lange Geschichte. Ich will da jetzt lieber nicht einsteigen."

Der Kellner kam mit dem Essen. „Schaut gut aus", sagte Jess, als er ihr den Teller mit dem rosigen Steak vorsetzte. Mehrere Minuten aßen sie schweigend.

„Erzählen Sie mir von Ihrer Frau. Was für ein Mensch ist sie?" Jess stieß die Gabel in ihre gebackene Kartoffel.

„Sie hat ständig gehungert."

„War sie denn zu dick?"

„Meiner Meinung nach nicht. Aber meine Meinung zählte natürlich nicht viel."

„Das klingt nicht so, als wären Sie gute Freunde geblieben."

„Einer der Hauptgründe, weshalb wir uns haben scheiden lassen."

„Ich versteh mich gut mit meinem geschiedenen Mann", sagte Jess.

Adam machte ein skeptisches Gesicht. „Ist das der berühmte Greg? Der Geh-nach-Hause-Greg?"

Jess lachte. „Nein. Greg Oliver ist ein Kollege. Er hat mich nach Hause gefahren."

„Sie fahren nicht Auto?"

„Mein Auto hatte einen kleinen Unfall."

Ein Schimmer von Besorgnis zeigte sich in Adams Blick. „Was für einen Unfall?"

Jess schüttelte den Kopf. „Darüber möchte ich lieber nicht reden."

„Uns gehen jetzt aber nach und nach die Gesprächsthemen aus."

„Wie meinen Sie das?"

„Na ja, Sie möchten nicht über Ihr Auto reden, nicht über Ihre Mutter oder Ihre Schwester. Lassen Sie mal sehen: Der Exmann scheint ein relativ unverfängliches Thema zu sein. Vielleicht halten wir uns am besten an ihn. Wie heißt er?"

„Don. Don Shaw."

„Und er ist Anwalt, und Sie beide sind gute Freunde geblieben. Warum die Scheidung?"

„Das ist kompliziert."

„Und Sie würden lieber nicht darüber reden?"

„Warum haben Sie sich denn scheiden lassen?" konterte Jess.

„Gleichermaßen kompliziert."

„Wie heißt Ihre geschiedene Frau?"

„Susan."

„Und sie ist wieder verheiratet, ist von Beruf Innenarchitektin und wohnt in Springfield."

„Und damit fangen wir an, uns zu wiederholen." Er schwieg einen Moment. „Ist das alles? Na schön, bleiben wir bei den Allgemeinplätzen. Was ist Ihre Lieblingsfarbe?"

Jess sah sich in dem kleinen Lokal um, als suchte sie Anregung. „Ich weiß nicht genau. Grau, würde ich sagen."

„Grau?" Er sah sie ungläubig an. „Kein Mensch hat Grau als Lieblingsfarbe!"

„Ach was? Dafür ist es eben meine. Und was ist Ihre?"

„Rot."

„Das wundert mich nicht. Rot ist eine starke Farbe. Kräftig. Dynamisch. Extrovertiert."

„Und das entspricht Ihrer Meinung nach meiner Persönlichkeit?"

„Etwa nicht?"

„Glauben Sie, daß Grau Ihrer Persönlichkeit entspricht?"

„Das wird ja allmählich komplizierter als meine Scheidung!" rief Jess, und sie lachten beide.

„Was mögen Sie sonst noch?" fragte er.

„Ich mag meine Arbeit", antwortete sie. „Ich mache gern Puzzles. Ich mache gerne lange Spaziergänge. Und ich kauf gern Schuhe."

„Wofür ich dem Schicksal ewig dankbar sein werde", sagte er mit einem verschmitzten Lächeln. „Und Sie gehen gern ins Kino."

„Und ich geh gern ins Kino."

„Und Sie sitzen gern in der Nähe des Notausgangs. Warum?"

„Warum?" wiederholte Jess und bemühte sich, ihr plötzliches Unbehagen zu verbergen. „Warum sitzt man wohl gern beim Notausgang? Vermutlich, weil man da mehr Platz hat."

„Die Nadel ist soeben wieder über die ganze Skala gehüpft“, sagte Adam.

„Welche Nadel?“

„Die Anzeige des Lügendetektors. Sie sind überführt.“

„Weshalb sollte ich hinsichtlich des Notausgangs lügen?“

„Ich weiß nicht, warum. Das möcht ich ja gern wissen.“

„Wenn ich es Ihnen sage“, meinte Jess, „werden Sie mich für total bescheuert halten.“

„Ich halte Sie sowieso schon für total bescheuert“, sagte Adam. „Ich bitte Sie, Jess, Grau als Lieblingsfarbe . . .!“

„Ich hatte Angst, daß mir schlecht wird“, sagte Jess. „Fragen Sie mich nicht, warum.“

„Haben Sie sich denn jemals übergeben, wenn Sie nicht beim Notausgang gesessen haben?“ fragte er.

„Nein“, bekannte sie. „Können wir nicht über etwas anderes reden?“ Sie senkte schuldbewußt den Kopf. Wieder ein Thema auf der schwarzen Liste.

„Wie lange haben Sie diese Phobie schon?“ fragte er, ohne auf ihre Bitte zu achten.

„Wer sagt, daß ich eine Phobie habe? Definieren Sie Phobie.“

„Eine irrationale Angst“, sagte er. „Eine Angst, die eigentlich keine Ursache in der Realität hat.“

Jess hörte ihm aufmerksam zu. „Na gut, ich hab also eine Phobie.“

„Andere Leute haben Höhenangst oder eine Schlangenphobie; Sie haben Angst, Sie könnten sich im Kino übergeben, wenn Sie nicht direkt am Gang sitzen.“

„Ich weiß, es ist lächerlich.“

„Das ist gar nicht lächerlich. Aber da steckt doch mehr dahinter.“

„Sie glauben immer noch, daß ich Ihnen etwas verschweige?“ Jess bemerkte ein leichtes Zittern in ihrer Stimme.

„Wovor haben Sie wirklich Angst, Jess?“

Sie schob ihren Teller weg und zwang sich, ruhig sitzen zu bleiben. „Ich bekomme manchmal solche Angstattacken“, sagte sie leise. „Vor Jahren kamen sie sehr häufig. Mit der Zeit sind sie dann ausgeblieben. Aber vor kurzem haben sie wieder angefangen.“

„Aus einem bestimmten Grund?“

„Da könnte alles mögliche dahinterstecken“, antwortete Jess ausweichend. Wohin würde die Nadel des unsichtbaren Lügendetektors diesmal springen? „Ich bekomme Herzklopfen, Atemnot, taube Glieder. Ich kann mich nicht rühren. Mir wird schlecht. Ich versuche, mich dagegen zu wehren . . .“

„Warum wehren Sie sich? Hilft das denn?"

Jess mußte zugeben, daß es nicht half. „Aber was soll ich sonst tun?"

„Lassen Sie diese Anfälle doch einfach mal zu. Anstatt den Atem anzuhalten oder bis zehn zu zählen, geben Sie der Angst nach. Lassen Sie sich einfach gehen. Was kann dabei schon passieren?"

„Daß ich mich übergebe."

„Dann übergeben Sie sich eben. Davor haben Sie ja keine Angst."

„Nein." Jess sah sich ungeduldig um. „Sie haben recht. Ich kann Ihnen sagen, wovor ich Angst habe: daß ich heute nicht mehr zum Arbeiten komme, wenn ich nicht bald nach Hause gehe." Um ihren Worten Nachdruck zu verleihen, sah sie auf ihre Uhr und erhob sich halb von ihrem Platz.

„Ich glaube, Sie haben Angst vor dem Tod", sagte Adam.

Jess erstarrte. „Wie?"

„Ich glaube, Sie haben Angst vor dem Tod", wiederholte er, während sie sich langsam wieder auf ihren Stuhl sinken ließ. „Ich kann mir vorstellen, daß es unter den Leuten, die Sie hinter Schloß und Riegel gebracht haben, genug gibt, die sich rächen wollen. Sie bekommen wahrscheinlich Drohbriefe, obszöne Anrufe, das Übliche eben. Sie haben jeden Tag mit dem Tod zu tun. Da ist es nur natürlich, daß Sie Angst davor haben."

Jess antwortete nichts. Wie kam es, fragte sie sich, daß er über sie so gut Bescheid wußte? „Ich muß jetzt wirklich gehen", erklärte sie erneut. „Ich muß mich noch auf morgen vorbereiten."

„Ich bringe Sie nach Hause", sagte er. Jess jedoch hörte es nicht. *Ich glaube, Sie haben Angst vor dem Tod,* hallte es in ihrem Kopf nach.

10

AM FOLGENDEN Samstag meldete sich Jess bei einem Selbstverteidigungskurs an. Es war eine seltsame Woche gewesen. Am Dienstag hatte die Anklage ihre Beweisführung gegen Terry Wales abgeschlossen. Eine Reihe von Zeugen – Polizeibeamte, medizinische Gutachter, Psychologen, Freunde und Verwandte der Toten – hatte ausgesagt. So war der eindeutige Beweis erbracht worden, daß Terry Wales seine Frau getötet hatte. Es blieb einzig die Frage, ob es sich um vorsätzlichen Mord oder um Totschlag handelte. Würde es Terry Wales gelingen, die Geschworenen davon zu überzeugen, daß alles nur ein tragisches Mißgeschick gewesen war?

Er hatte jedenfalls einen sehr erfolgreichen Schritt in diese Richtung unternommen. Am Mittwoch morgen war er zu seiner eigenen Verteidigung in den Zeugenstand getreten und hatte die sorgfältig ausgewählten Fragen seines Anwalts bedächtig und überlegt beantwortet. Er habe seine Frau geliebt, sagte er, die blaßblauen Augen auf die Geschworenen gerichtet. Er habe ihr nur einen Schrecken einjagen wollen, als er mitten auf der geschäftigen Straßenkreuzung diesen Pfeil abgeschossen habe. Er habe keine Ahnung gehabt, daß sein Schuß tödlich sein würde. Wenn er sie hätte töten wollen, dann hätte er eine Schußwaffe benutzt. Er sei ein geübter Schütze, Pfeil und Bogen hingegen habe er nicht mehr in der Hand gehabt, seit er als kleiner Junge im Ferienlager gewesen sei.

Am Ende seiner Vernehmung war Terry Wales in Tränen aufgelöst, seine Stimme war heiser, sein Gesicht bleich, voll roter Flecken. Sein Anwalt mußte ihm vom Zeugenstand herunterhelfen.

Als Jess am Donnerstag morgen in den Gerichtssaal kam, um Terry Wales ihrerseits zu vernehmen, vertagte Richter Harris den Prozeß bis zum folgenden Montag. Der Angeklagte fühlte sich nicht wohl, und die Verteidigung hatte eine Vertagung beantragt. Jess brachte den größten Teil des Tages damit zu, die Kriminalbeamten zu motivieren, diesen Aufschub zu nutzen, um zusätzliches Beweismaterial aufzustöbern, das der Beweisführung der Anklage dienen konnte.

Am Freitag nachmittag hatte sich Jess über Selbstverteidigungskurse informiert und einen Klub gefunden, der nicht allzu weit von ihrer Wohnung entfernt lag. Dreimal zwei Stunden am Samstagnachmittag, teilte man ihr telefonisch mit. Jess meldete sich an und dachte wieder an das, was Adam gesagt hatte. War es wirklich der Tod, vor dem sie Angst hatte? fragte sie sich und beschwor damit ungewollt das Bild ihrer Mutter herauf.

Dann kam der Samstag, ein wolkenloser, sonniger, kalter Tag.

„Bitte, geben Sie mir Ihren Mantel. Ziehen Sie dann bitte das hier an, und gehen Sie bitte hinein", sagte die junge Asiatin hinter dem Empfangstisch überhöflich. Jess tauschte ihren langen Wintermantel gegen einen kurzen dunkelblauen Baumwollkittel mit dazu passender Schärpe. Die junge Frau wies auf einen Durchgang zu ihrer Rechten, und Jess trat durch den Vorhang.

Der Raum, der sich dahinter befand, war leer bis auf einen Stapel dunkelgrüner Matten in einer Ecke. Die eine Wand des Raums war mit Spiegeln getäfelt, von denen Jess ihr Ebenbild entgegenstarrte.

. Es waren schon ein paar andere Frauen da, die in einem Grüppchen gleich neben dem Eingang standen. Eine davon war groß und grobknochig, und sie hatte kräftiges dunkles Haar. Neben ihr standen zwei schwarze Frauen, die Mutter und Tochter hätten sein können, und eine kleine, dickliche Frau, die sich neugierig im Raum umsah.

„Hallo“, stellte sich die große Frau vor. „Ich bin Vasiliki. Ein griechischer Name. Nennen Sie mich Vas, das ist einfacher.“

„Jess Koster“, sagte Jess und gab ihr die Hand.

Vas stellte Jess die anderen Frauen vor: Mary Ellen Lewis und ihre Tochter Ayisha sowie Catarina Santos. Dann teilte sich der Vorhang, und ein junger Mann mit einer dunklen Haartolle und ausgesprochen selbstbewußtem Gang trat auf die Frauengruppe zu. Er war klein und gedrungen, man konnte die Muskeln seiner kraftvollen Arme durch den blauen Kittel hindurch erkennen.

„Guten Tag“, begrüßte er die Runde. „Ich bin Dominic, Ihr Trainer. Fangen wir gleich an. Wer von Ihnen glaubt, einen Angreifer abwehren zu können?“ Herausfordernd hatte er die Hände in die Hüften gestemmt und das Kinn gereckt.

Die Frauen schwiegen unsicher.

„Nun, beim Wen-Do geht es um die Erkenntnis, daß Sie vielleicht schwächer sind als Ihr Angreifer, aber nicht ohnmächtig. Sie müssen lernen, Ihrem Instinkt zu trauen, wenn Sie Gefahr wittern. Selbst wenn Sie nicht genau wissen, wovor Sie eigentlich Angst haben, ist es immer ratsam, sich in Sicherheit zu bringen. Davonlaufen ist für Frauen in den meisten Fällen das beste.“ Damit schloß Dominic seine Einführung ab. „Gut, stellen Sie sich in einer Reihe auf.“

Die Frauen bildeten zögernd eine Reihe.

„Lassen Sie viel Platz zwischen sich. Wir werden gleich eine Menge Bewegungsfreiheit brauchen. Rollen Sie die Schultern, schwingen Sie die Arme. Sie sollen richtig locker werden.“

Jess schwang ihre Arme und ließ die Schultern kreisen.

„So, passen Sie jetzt gut auf. Die erste Verteidigungsstrategie heißt *Kiyi*. Das ist ein lauter Schrei, ein gewaltiges Brüllen aus dem Zwerchfell. Einmal soll es das Bild des wehrlosen Wesens auslöschen, das der Angreifer von Ihnen hat. Außerdem hilft es zu verhindern, daß Sie vor Angst erstarren. Ho!“ brüllte er plötzlich, und die Frauen sprangen erschrocken zurück. „Sie sehen, es enthält auch das Element der Überraschung. Und Überraschung kann eine sehr nützliche Waffe sein.“ Er lächelte. „So, und jetzt versuchen Sie es!“ ermunterte er die Damen. „Ho!“

„Ho!“ rief Jess halbherzig und kam sich absolut lächerlich vor. Die Schlachtrufe der anderen klangen ebenfalls erbärmlich.

„Nicht so zaghaft!“ rief Dominic. „Wir wollen den Angreifer erschrecken, nicht ermutigen. Zeigen Sie mir, daß Sie wütend werden.“ Er trat zu Mary Ellen. „Kommen Sie! Stellen Sie sich vor, da ist ein Mann, der Ihre Tochter angreift.“

„Ho!“ schrie Mary Ellen. „Ho! Ho!“ Sie lachte.

„Ist doch ein gutes Gefühl, auf diese Weise aufzutreten, stimmt's?“ fragte Dominic, und Mary Ellen nickte. „Was ist mit euch anderen?“

„Ho!“ riefen die Frauen zaghaft, dann lauter: „Ho! Ho!“

Jess wollte mitmachen, aber als sie den Mund öffnete, kam kein Laut von ihren Lippen. Was war los mit ihr?

Denk an deine Wut! befahl sie sich. Denk an dein Auto! Denk an Terry Wales! Denk an Erica Barnowski! Denk an Greg Oliver! Denk an Connie DeVuono! Denk an Rick Ferguson! *Denk an deine Mutter!*

„Ho!“ brüllte Jess in die plötzliche Stille hinein. „Ho!“

„Genau so!“ rief Dominic begeistert. „Ich wußte, daß Sie es können. So, wenn sich nun ein möglicher Angreifer mit *Kiyi* nicht abschrecken läßt, müssen Sie bereit sein, sich aller Waffen zu bedienen, die Sie zur Verfügung haben. Zum Beispiel Hände, Füße, Ellbogen, Schultern, Fingernägel. Zu den Angriffspunkten gehören die Augen, die Ohren und die Nase.“ Dominic bog seine Finger zu Krallen. „Adlerklauen für die Augen des Angreifers“, sagte er und führte vor, was er damit meinte. „Aufwärtshaken für die Nase mit beinharten Fingerknöcheln von unten . . . Hammerschläge mit der Faust auf die Nase von oben.“ Wieder machte er die Bewegungen vor.

Die Frauen sahen ehrfürchtig zu.

„Wie man im einzelnen vorgeht, zeig ich Ihnen später“, fügte er hinzu. „Glauben Sie mir, es ist nicht schwer. Sie dürfen nur nicht erwarten, es an Körperkraft mit dem Angreifer aufnehmen zu können. Statt dessen müssen Sie lernen, die Kraft des Angreifers gegen ihn selbst einzusetzen.“

„Das verstehe ich nicht“, entfuhr es Jess.

„Gut, ich versuche es zu erklären. Wenn uns jemand zu sich hinzieht, sollten wir nicht Widerstand leisten und uns dagegenstemmen, sondern erst einmal der Kraft des Angreifers nachgeben und zuschlagen, wenn wir mit ihm zusammenstoßen. Kommen Sie doch mal her, damit ich Ihnen zeigen kann, was ich damit meine.“

Widerstrebend trat Jess ein paar Schritte vor.

„Ich reiße Sie jetzt mal zu mir her und will, daß Sie Widerstand leisten.“ Dominic sprang plötzlich auf Jess zu, packte sie am Handgelenk und riß sie an sich.

Jess wehrte sich nach Kräften und versuchte, die Füße in den Boden zu stemmen. So einfach werde ich mich nicht unterkriegen lassen, dachte sie, als sie den starken Zug an ihrem Arm spürte. Im nächsten Moment lag sie auf dem Boden.

„Wie ist das passiert?“ fragte sie keuchend.

Dominic half ihr auf. „So, jetzt versuchen wir's mal auf andere Art. Wehren Sie sich nicht. Lassen Sie sich von meiner Kraft einfach mitziehen. Nutzen Sie den Schwung aus, um mich wegzustoßen.“

Wieder umfaßte Dominic fest ihr Handgelenk. Diesmal jedoch ließ sie sich von ihm mitziehen. Erst als sie Körperkontakt spürte, setzte sie unvermittelt ihr ganzes Gewicht ein, um ihn wegzustoßen. Er verlor das Gleichgewicht und stürzte zu Boden.

„Gut gemacht, Jess!“ Vas klatschte Beifall.

„So ist's richtig!“ fiel Mary Ellen ein. „Der wäre erledigt.“

Dominic stand langsam auf. „Ich glaube, jetzt haben Sie es verstanden“, sagte er und zog seinen Kittel zurecht.

Jess lächelte. „Ho!“ sagte sie.

„Ho, ho, ho!“ flüsterte Jess vor sich hin, als sie aus der U-Bahn stieg. Seit Wochen, vielleicht seit Monaten hatte sie sich nicht mehr so stark gefühlt. Zu allem fähig. Rundum gut. „Ho!“ Sie lachte und machte sich auf den Weg zur Michigan Avenue.

Wer sagt denn, daß ich warten muß, bis Adam anruft? fragte sie sich. Schließlich lebte sie in den neunziger Jahren. Da saßen die Frauen nicht mehr am Telefon, um auf den ersehnten Anruf zu warten. Sie nahmen den Hörer zur Hand und wählten selbst. Außerdem war Samstag, sie hatte für den Abend keine Pläne, und Adam würde es wahrscheinlich mit Vergnügen sehen, daß sie die Initiative ergriff. „Ho, ho!“ murmelte sie vor sich hin, als sie sich dem Schaufenster des Schuhgeschäfts näherte und hineinspähte.

„Ist Adam Stohn heute da?“ fragte sie den Verkäufer mit dem schlechtsitzenden Toupet, als sie eintrat.

„Hat gerade eine Kundin.“ Er wies zum rückwärtigen Teil des Ladens.

Adam stand neben einer jungen Frau. Er hatte die Hände voller Schuhe. Jess näherte sich unauffällig; sie wollte ihn nicht mitten in einem Verkaufsgespräch stören.

„So, von diesen Schuhen gefällt Ihnen also keiner. Hm, lassen Sie mich mal überlegen. Kann ich Sie statt dessen mit einem Glas Wasser beglücken?“ hörte sie Adam fragen. Die junge Frau lachte. Das lange blonde Haar fiel ihr ins Gesicht, als sie den Kopf schüttelte.

„Oder vielleicht mit einem Bonbon?“ Adam griff in seine Jackentasche und zog ein rot-weiß eingewickeltes Pfefferminzbonbon heraus.

Jess schossen die Tränen in die Augen. Rasch wandte sie sich ab und verschwand aus dem Laden. Wie hatte sie sich nur einbilden können, daß Adam an ihr interessiert sei? Nur weil es ihr gerade gutging? Er war an seiner Verkaufsprovision interessiert. Wieso hatte sie geglaubt, sie sei für ihn etwas anderes als all die übrigen Frauen, denen er Tag für Tag die Füße tätschelte? Und weshalb war sie so enttäuscht?

„Ho!“ sagte sie, als sie allein draußen vor dem Laden stand. Aber es klang nur halbherzig, und dann landete der Ausruf auf dem Bürgersteig, wo die Passanten achtlos darüber hinweg marschierten.

„HALLO, schöne Fremde“, sagte Don, und selbst am Telefon klang seine Stimme wie ein Labsal. „Das ist mal eine nette Überraschung! Du hast seit unserer kleinen Meinungsverschiedenheit auf der Polizei kaum zwei Worte mit mir gesprochen.“

„Womit wir schon beim Grund meines Anrufs wären“, erwiderte Jess. „Ich bin gerade in der Stadt und wollte dich fragen, ob du, wenn du nichts anderes vorhast . . .?“ Sie wartete, aber es folgte nur Schweigen. „Du hast schon was vor“, schloß sie enttäuscht.

„So ein Pech!“ In Dons Stimme schwang Bedauern mit. „An jedem anderen Abend würde ich mir diese Chance nicht entgehen lassen, aber . . .“

„Aber es ist Samstagabend, und Mutter Teresa wartet.“

Wieder Schweigen. „Nein, Trish ist dieses Wochenende verreist.“ Es klang beiläufig. „Darum hab ich bei John McMaster zum Abendessen zugesagt.“ John McMaster war einer von Dons Partnern.

Jess hatte plötzlich mit dem Atmen Mühe. Warum hatte sie angerufen? Erwartete sie im Ernst, daß ihr Exmann jedesmal herbeieilen würde, wenn sie sich deprimiert fühlte? Jess hatte das Gefühl zu ersticken. Sie zerrte an der Falttür der Telefonzelle, die sich aber nicht öffnen ließ.

„Ich komm morgen früh mit ein paar frischen Brötchen zu dir“, schlug Don vor, „und du machst Kaffee und erzählst mir, wer gestorben ist.“

Jess kämpfte mit der Tür; sie hatte kein Gefühl mehr in ihren Fingern. Sie konnte nicht atmen. Sie mußte raus.

„Jess? Jess, bist du noch da? Das war doch nur ein Witz. Liest du die Todesanzeigen nicht mehr?“

„Ich muß jetzt schnell Schluß machen, Don." Jess schlug mit der Faust an die Tür.

„Paßt es dir um zehn?"

„Ja, gut. In Ordnung."

Jess ließ den Hörer fallen. Sie riß und schob an der Tür. „Laßt mich hier raus!" schrie sie.

Plötzlich öffnete sich die Tür. Eine grauhaarige alte Frau, bestimmt nicht größer als einen Meter fünfzig, stand Jess gegenüber. „Diese Türen haben es manchmal in sich", sagte sie mit einem nachsichtigen Lächeln, ehe sie weiterging.

Jess stürzte aus der Telefonzelle. Der Schweiß lief ihr übers Gesicht. „Wie konnte mir das nur passieren?" flüsterte sie. „Ich habe alles vergessen, was ich heute gelernt habe. Wie soll ich mich gegen jemanden zur Wehr setzen, wenn ich es nicht mal schaffe, aus einer Telefonzelle herauszukommen?"

Es dauerte einige Minuten, bis die Taubheit in ihren Händen nachließ und sie in der Lage war, sich ein Taxi heranzuwinken, das sie nach Hause brachte.

Nach einem kärglichen Abendessen – Makkaroni mit Käse – deckte Jess den Vogelkäfig für die Nacht zu. Sie zog ein rosa-weiß gemustertes Flanellnachthemd an und legte wie immer ihre Sachen für den nächsten Tag zurecht. Es war erst neun Uhr, stellte sie mit einiger Überraschung fest, als sie unter die Bettdecke kroch.

In ihrem Traum stand sie in dem rosa-weißen Flanellnachthemd und abgetragenen Hausschuhen vor der Geschworenenbank.

„Wir sind ganz hingerissen von Ihrem Nachthemd", sagte eine der Geschworenen und griff über die Balustrade, um den weichen Ärmel zu befühlen. Aber ihre Hand war eine Adlerklaue, und die Krallen zerfetzten den Stoff und rissen Jess' Haut blutig.

„Warte, ich verbinde es dir!" rief Don und überwand mit einem Sprung den Tisch der Verteidigung.

Jess ließ zu, daß er sie an sich zog, dann warf sie sich mit ihrem ganzen Gewicht gegen ihn, so daß er zu Boden ging.

Richter Harris klopfte mit dem Hammer auf den Tisch. „Ich rufe Sie zur Ordnung!" Seine Stimme klang wie die Adam Stohns. „Jess, sind Sie da? Jess?"

Jess setzte sich schlaftrunken im Bett auf. Welche Erleichterung, daheim in ihrem Schlafzimmer zu sein und nicht im Gerichtssaal. „Jess!" hörte sie wieder die Stimme aus ihrem Traum. „Jess, sind Sie da?"

Das Klopfen ging weiter. Aber es war nicht der Hammer des Richters, wie Jess jetzt feststellte, während sie allmählich ganz zu sich kam, sondern jemand, der an ihre Tür klopfte. Sie tastete in der Nachttischschublade nach ihrer Waffe.

„Wer ist da?“ rief sie laut, als sie zur Tür ging.

„Ich bin's, Adam“, rief es von der anderen Seite her.

„Was wollen Sie denn hier?“ fragte Jess, ohne die Tür zu öffnen.

„Ich wollte bei Ihnen vorbeischauen. Ganz spontan.“

„Wie sind Sie ins Haus gekommen?“

„Die Haustür war offen. Sagen Sie, müssen wir uns durch die Tür anbrüllen? Wollen Sie mich nicht reinlassen?“

Sie öffnete die Tür. Mit dem Revolver winkte sie ihn herein.

„Um Gottes willen, ist das Ding echt?“

Jess nickte. Hoffentlich sehe ich nicht ganz so albern aus, wie ich mich fühle in meinem rosa-weißen Flanellnachthemd, den pinkfarbenen Pantoffeln und mit der Smith & Wesson in der Hand. „Ich traue Leuten nicht, die mich mitten in der Nacht besuchen“, erklärte sie lakonisch.

„Mitten in der Nacht? Es ist halb elf.“ Er blickte nervös auf die Waffe. „Könnten Sie das Ding jetzt vielleicht wegstecken?“ Ohne Aufforderung zog er seine Jacke aus, warf sie über die Armlehne des Sofas und stand im weißen Pullover und schwarzen Jeans mit einer Flasche Rotwein in der Hand vor ihr. „Sie lassen den Revolver verschwinden, und ich mach den Wein auf.“

Jess nickte wieder, weil sie nicht recht wußte, was sie sonst tun sollte. Dann ging sie ins Schlafzimmer und legte die Waffe in die Schublade zurück. Als sie wieder ins Wohnzimmer zurückkam, hatte Adam den Wein aufgemacht und für sich und für sie ein Glas eingeschenkt. Sie setzten sich aufs Sofa, und ihre Knie berührten sich flüchtig, ehe Jess etwas abrückte.

Sie stießen an. „Schön, Sie wiederzusehen“, sagte Adam.

Jess nahm in seinem Atem einen schwachen Geruch nach Alkohol wahr und fragte sich, wo er gewesen war, bevor er bei ihr angeklopft hatte. Mit der Kundin unterwegs, mit der sie ihn am Spätnachmittag beobachtet hatte? Hatte er vielleicht nach dem vorzeitig zu Ende gegangenen Rendezvous mit zuviel Zeit und einer überflüssigen Flasche Wein dagestanden?

Eigentlich war sie von seinem spontanen Entschluß ja angetan gewesen, aber auf einmal begann sie sich über seine Anmaßung zu ärgern. Glaubte er im Ernst, er könne sie die ganze Woche links liegenlassen und dann unangemeldet aufkreuzen, wann immer es ihm beliebte? „Was tun Sie eigentlich hier?“ Jess war selbst überrascht von der Schärfe, die in ihrer Stimme lag.

Adam nahm einen großen Schluck von seinem Wein. „Ich wollte Sie wiedersehen.“

„Und wann haben Sie das beschlossen? Um zwei Uhr? Um vier? Oder um zehn?“

Adam rutschte etwas unbehaglich auf dem Sofa hin und her, trank von neuem. „Was ist denn los, Jess? Soll das ein Verhör sein?“

„Warum haben Sie nicht vorher angerufen?“

„Ich hab's Ihnen doch schon gesagt. Es war ein spontaner Entschluß.“

„Sind Sie verheiratet?“ fragte Jess nach kurzer Pause unvermittelt.

„Nein!“ gab Adam ziemlich empört zurück. „Natürlich bin ich nicht verheiratet.“ Er kippte den Rest in seinem Glas auf einen Zug hinunter.

„Warum rufen Sie dann nie an? Warum kreuzen Sie dann einfach mitten in der Nacht vor meiner Wohnungstür auf?“

„Du lieber Himmel, es ist erst halb elf!“ Wieder schenkte er sich Wein ein, spülte ihn mit zwei Schlucken hinunter. „Ich bin nicht verheiratet, Jess. Ehrlich nicht.“

Jess nickte nur. Ihr Zorn war wieder verflogen. Sie war tatsächlich mehr erleichtert, als sie sich selbst gern eingestand.

„Ich plane eben nicht gern im voraus.“ Er starrte in sein leeres Glas.

„Ich plane alles.“

Adam lehnte sich in die Sofapolster, streifte die Schuhe von den Füßen und legte seine Beine ungezwungen über Jess' Schoß. Ihr Körper spannte sich, doch dann fügte sie sich in ihr Schicksal und fand die Berührung sogar angenehm. „Ich glaube, ich habe zuviel getrunken“, gestand Adam.

„Ich glaube, da haben Sie recht.“ Es folgte eine längere Pause. „Vielleicht ist es besser, wenn Sie gehen.“ Sie kämpfte gegen das Verlangen, ihn in die Arme zu nehmen.

„Ich muß nur mal zehn Minuten wegdösen“, sagte er und schloß die Augen.

„Adam, ich rufe ein Taxi.“ Jess versuchte seine Beine hochzuheben, und es gelang ihr nur mit Mühe, sich darunter zu befreien.

Mach dir nichts vor, Jess, sagte sie sich, während sie ihn mit seiner Jacke zudeckte. Adam Stohn geht heute nirgends mehr hin. Sie betrachtete sein Gesicht. Alle Spuren von Aufruhr und Verwirrung waren unter der friedlichen Maske des Schlafs verborgen. Was für Geheimnisse lagen darunter? fragte sie sich. Sie strich eine Haarsträhne, die ihm über die Augen fiel, zur Seite. Die Berührung ließ ihre Finger prickeln. Wie viele Lügen hatte er ihr erzählt?

Auf Zehenspitzen ging sie aus dem Zimmer. Ob es richtig war, ihn einfach dableiben zu lassen? *Vertraue deinem Instinkt,* hörte Jess ihren Wen-Do-Trainer sagen, als sie ins Bett kroch. Vertraue deinem Instinkt. Nur für den Fall, daß ihr Instinkt sie doch im Stich ließ, nahm sie den Revolver aus dem Nachttisch und schob ihn unter ihre Matratze.

ALS SIE am nächsten Morgen erwachte, stand er an der Tür zu ihrem Schlafzimmer und sah sie an.

„Legen Sie sich Ihre Sachen immer so säuberlich zurecht?" fragte er.

Sie ging nicht auf seine Frage ein, sondern setzte sich auf und griff nach ihrem Morgenrock. „Wie lange stehen Sie schon so da?"

„Nicht lange. Eine Minute vielleicht."

Jess sah auf ihre Uhr. „Schon halb zehn!" rief sie erstaunt.

„Ich hätte nicht so viel trinken sollen." Er lächelte verlegen.

„Ich kann's nicht glauben, daß ich bis halb zehn geschlafen habe. Ich muß so viel erledigen."

„Immer schön der Reihe nach! Erst wird gefrühstückt."

„Sie haben Frühstück gemacht?"

„Leicht war es nicht. Sie haben nicht gelogen, als Sie gesagt haben, daß Sie nie kochen. Ich mußte erst losgehen und einkaufen . . ."

„Wie sind Sie denn wieder reingekommen?"

„Ich habe mir Ihren Schlüssel ausgeliehen", antwortete er.

„Sie sind einfach an meine Handtasche gegangen?"

„Ich hab ihn wieder reingelegt." Er trat zu ihr ans Bett und hielt ihr die Hand hin. „Kommen Sie, ich hab den ganzen Morgen in der Küche geschuftet." Er zog sie durch den Flur in die Eßnische. Der Tisch war gedeckt, der Orangensaft schon eingeschenkt.

Jess merkte, wie sie sich entspannte. Wenn er ein Psychopath war, der sie umbringen wollte, hatte er offensichtlich beschlossen, es erst nach dem Frühstück zu tun. „Was gibt's denn?" fragte sie mit knurrendem Magen.

„Das beste Omelett in ganz Chicago", antwortete er spöttisch, ließ eines von zwei perfekt geformten Omeletts auf ihren Teller gleiten, das andere auf seinen, und garnierte jedes mit etwas Petersilie.

„Das sieht ja köstlich aus. Ich bin völlig platt, wirklich."

„Nach meinem Benehmen gestern abend war es das mindeste, was ich tun konnte."

„Sie haben gestern abend doch gar nichts gemacht."

„Eben! Endlich ist mir einmal ein Abend mit einer schönen Frau vergönnt, und was passiert? Ich schlafe auf ihrem Sofa ein."

Jess fuhr sich verlegen mit der Hand durch ihr wirres Haar.

„Nein, nicht", sagte er. „Sie sehen hinreißend aus."

Ein paar Minuten lang aßen sie schweigend.

„Ich hab die Decke vom Vogelkäfig abgenommen", sagte Adam dann, „und die Zeitung mit reingebracht. Sie liegt auf dem Sofa."

Jess blickte vom Vogelkäfig zum Sofa. „Danke." Sie sah ihn an. „Haben Sie sonst noch etwas angestellt, was ich wissen sollte?"

„Noch nicht." Er beugte sich über den Tisch und küßte sie.

Jess rührte sich nicht. Ihre Lippen zitterten, das Herz schlug ihr bis zum Hals. Sie fühlte sich wie ein Teenager. Er schlang die Arme um sie und zog sie an sich.

„Ich sollte das besser nicht tun", sagte sie, als seine Küsse leidenschaftlicher wurden und sie entsprechend zu reagieren begann. „Ich muß noch viel arbeiten, um für morgen vorbereitet zu sein."

„Das schaffst du schon noch", murmelte er und vergrub seine Lippen in ihrem Haar.

Plötzlich ertönte ein schnarrender Summton.

„Was war das?" fragte Adam zwischen den Küssen.

„Die Haussprechanlage", antwortete Jess. „Es ist jemand unten."

„Er wird schon wieder gehen."

Wer kann das nur sein? fragte sich Jess. Ausgerechnet jetzt, am Sonntag morgen um zehn! „O nein!" Mit einem Schlag fiel es ihr ein, und sie riß sich von Adam los. „Das ist mein Exmann. Den hatte ich ganz vergessen. Er wollte heute morgen vorbeikommen . . ."

Jess lief hastig zu der Sprechanlage neben der Tür. „Don?"

„Die frischen Brötchen sind da." Seine Stimme schallte aufgekratzt durch die Wohnung.

„Na, da bin ich mal gespannt", sagte Adam und machte es sich auf dem Sofa im Wohnzimmer bequem, offensichtlich amüsiert über die Situation.

„Da ist er schon", flüsterte Jess, als sie Dons Schritte auf der Treppe hörte. Sie öffnete die Tür, noch ehe er klopfen konnte. „Hallo, Don."

Er trug einen dicken Parka über einer dunkelgrünen Cordhose und hielt eine große Tüte mit Brötchen in den Armen.

„Es ist eiskalt draußen", sagte er. „Wieso hast du so lange gebraucht? Sag bloß nicht, du hast noch geschlafen!" Er machte zwei Schritte in die Wohnung und blieb wie angewurzelt stehen, als er Adam auf dem Sofa sitzen sah. „Oh, Entschuldigung", meinte er, und seine Verwirrung war ihm anzusehen, als er Adam die Hand hinstreckte. „Ich bin Don Shaw, ein alter Freund."

„Adam Stohn", erwiderte Adam, „ein neuer."

Danach war es still. Alle schienen den Atem anzuhalten.

„Einen Kaffee?" fragte Jess schließlich.

Don sah zum Eßtisch hinüber. „Du hast anscheinend schon gefrühstückt."

„Jess hat vergessen, mir zu sagen, daß Sie vorbeikommen wollten", erklärte Adam lächelnd. „Ich mache Ihnen gern noch ein Omelett."

„Komm, gib mir deinen Mantel." Jess streckte die Arme aus.

„Nein. Ich gehe gleich wieder. Ich wollte dir nur die Brötchen bringen." Er wandte sich zur Tür.

In dem Moment läutete das Telefon.

„Don, warte doch einen Moment!" drängte Jess. „Bitte!"

Don blieb stehen, während Jess in die Küche lief, um den Anruf entgegenzunehmen. Als sie zurückkam, war sie kreidebleich. Sie zitterte am ganzen Körper, und Tränen standen ihr in den Augen. Beide Männer gingen sofort auf sie zu. „Das war das gerichtsmedizinische Institut", sagte sie tonlos. „Man hat Connie DeVuono gefunden."

„Wo? Wann?" fragte Don.

„Im Michigansee. Ein Eisfischer hat die Leiche gestern am späten Nachmittag gefunden und die Polizei angerufen." Jess unterdrückte ein Schluchzen. „Sie ist mit einem Stück Draht erdrosselt worden. Der Draht war so fest zugezogen, daß sie beinahe enthauptet wurde."

„O Gott, Jess, wie schrecklich!" Don zog sie an sich.

Jess weinte leise an seiner Schulter. „Ich muß zu Connies Mutter. Ich muß es ihr sagen."

„Das kann doch die Polizei tun."

„Nein", sagte Jess hastig. Sie sah Adam mit der Jacke über dem Arm zur Tür gehen. „Das muß ich selbst tun. Don, was soll ich ihr nur sagen? Was soll ich ihrem kleinen Sohn sagen?"

„Du wirst schon die richtigen Worte finden, Jess."

Jess nickte nur, als Adam die Tür öffnete und ihr zum Abschied eine Kußhand zuwarf. Leise schloß sich die Tür hinter ihm.

„Komm, mach dich fertig", sagte Don. „Ich fahr dich rüber." Er verlor kein weiteres Wort über Adam.

„Nein, Don, das brauchst du nicht."

„Du hast doch kein Auto, und auf keinen Fall lasse ich dich das ganz allein durchstehen. Bitte, widersprich mir ausnahmsweise mal nicht!"

Jess streichelte ihrem Exmann die Wange. „Danke dir", sagte sie.

11

„WIRST du jetzt einen Haftbefehl für Rick Ferguson beantragen?" fragte Don, als sie nach dem traurigen Besuch bei Connie DeVuonos Mutter zu seinem Wagen zurückgingen.

Nichts lag Jess näher als dieses Vorhaben, aber zuerst mußte sie in Erfahrung bringen, ob es überhaupt Beweise gab, die Rick Ferguson mit Connies Tod in Verbindung brachten. „Noch nicht. Rufst du ihn an?"

„Welchen Grund hätte ich, ihn anzurufen, wenn du nicht vorhast, ihn verhaften zu lassen?" fragte er übertrieben unschuldig.

„Danke", sagte Jess und begann auf einmal wieder zu weinen.

Don wandte sich ihr zu und nahm ihre Hand. „Woran denkst du?"

„Ich habe immer gedacht, es wäre besser, Gewißheit zu haben", vertraute ihm Jess an. „Besser, die Wahrheit zu wissen, auch wenn sie noch so schrecklich ist. Jetzt bin ich mir nicht mehr so sicher. Bis heute hat es wenigstens noch Hoffnung gegeben. Auch wenn es eine trügerische Hoffnung war, vielleicht ist das besser als gar keine."

„Du sprichst von deiner Mutter", sagte Don trocken.

„All die Jahre war ich der Ansicht, wenn ich Gewißheit gehabt hätte, daß sie tot ist, dann hätte ich mein Leben weiterleben können. So bin ich emotional an dem Tag stehengeblieben, an dem sie verschwand."

„Und du glaubst, wenn du gewußt hättest, was ihr zugestoßen ist, wäre es für dich besser gewesen?"

„Ich weiß es nicht. Wenigstens hätte ich mich damit auseinandersetzen können. Ich hätte trauern können. Ich hätte mich weiterentwickeln können." Jess wischte sich die Tränen aus den Augen. Sie sah zum Wagenfenster hinaus und bemerkte zum erstenmal, daß sie auf der I-94 in östlicher Richtung unterwegs waren. „Wohin fahren wir eigentlich?"

„Nach Union Pier."

„Union Pier?" Augenblicklich tauchte vor ihr das Bild der kleinen Ortschaft am See auf, knapp hundertfünfzig Kilometer außerhalb, wo Don ein Wochenendhaus besaß. „Don, ich kann nicht. Ich muß mich auf die Verhandlung morgen vorbereiten."

„Du warst schon so lange nicht mehr dort", erinnerte er sie. „Komm, ich versprech dir, daß du um fünf wieder zurück bist. Außerdem wissen wir beide, daß du für morgen so gut vorbereitet bist, wie man es überhaupt nur sein kann."

Schweigend fuhren sie weiter. Jess sah hinaus in die Landschaft und beobachtete, wie der leichte Regen allmählich in Schnee überging. Immer weniger Häuser standen hier. An der Ausfahrt Union Pier bogen sie ab und fuhren in östlicher Richtung zum Seeufer weiter. „Elsinor Ferienranch“ verkündete ein großes Holzschild über einem hohen schmiedeeisernen Tor. „Ponytrekking und Reitunterricht.“

Das Schneetreiben wurde dichter. „Schützenverein Union Pier“ stand auf einem weiteren Schild. Jess richtete sich interessiert auf. „Seit wann gibt es hier draußen einen Schützenverein?“

„Seit Ewigkeiten“, antwortete Don. „Warum?“

„Gibt es da auch einen Schießstand für Bogenschützen?“

„Das glaube ich nicht. Wieso dieses plötzliche Interesse am Bogenschießen?“ Er hielt abrupt inne. „Ach so, der Armbrustmörder!“

„Terry Wales hat im Zeugenstand geschworen, daß er seit seiner Kindheit, als er im Ferienlager war, keinen Bogen mehr in der Hand gehabt hat. Was wäre, wenn ich beweisen könnte, daß er sehr wohl wußte, wie man mit Pfeil und Bogen umgeht?“

„Dann würde ich sagen, hättest du gute Chancen, eine Anklage auf vorsätzlichen Mord zu bekommen.“

„Darf ich mal telefonieren?“

Don nahm das Autotelefon und reichte es Jess. Rasch wählte sie Neil Strayhorns Privatnummer.

„Neil, ich möchte, daß du sämtliche Bogenschützenvereine ausfindig machst, die es im Umkreis von zweihundert Kilometern um Chicago gibt“, sagte sie, ohne sich mit einleitenden Bemerkungen aufzuhalten.

„Bist du's, Jess?“ Neils Stimme klang verzerrt aus dem Autotelefon.

„Ja. Ich möchte wissen, ob Terry Wales in einem davon Mitglied ist und ob er sich in den letzten dreißig Jahren auch nur in der Nähe von einem solchen Verein hat sehen lassen. Kommissar Mansfield kann dir wahrscheinlich helfen. Sag ihm, daß wir die Information morgen vormittag brauchen. Ich ruf dich später noch mal an.“ Sie legte auf.

„Du bist eine unerbittliche Chefin“, bemerkte Don. Soeben bog er nach links in eine holprige Schotterstraße ein.

„Ich hatte einen unerbittlichen Lehrmeister“, verbesserte ihn Jess.

Sommerhäuser standen zu beiden Seiten. Im dichten Schneetreiben holperte der Wagen auf Dons Holzhäuschen zu.

„Jetzt schneit's aber wirklich stark“, sagte Jess besorgt, als der Wagen anhielt.

Don überging die Bemerkung. „Wer zuerst an der Haustür ist“, sagte er, und schon sauste Jess los.

„ICH HATTE ganz vergessen, wie schön es hier ist." Jess stand an dem großen Fenster, das fast die ganze Rückwand des Häuschens einnahm, und sah durch das Schneegestöber in den kleinen Garten hinaus, den sie vor vielen Jahren selbst angelegt hatte. Gleich gegenüber war das Steilufer, von dem eine Treppe, die in den felsigen Grund gehauen war, zum See hinunterführte. Hohe Tannen begrenzten das Grundstück und schirmten es von den Nachbargärten zu beiden Seiten ab. Hinter ihr im großen gemauerten Kamin knisterte ein warmes Feuer.

Don saß mit den Überresten eines provisorischen Essens auf dem weißen Schafwollteppich zwischen dem Kamin und einem der beiden altmodischen Chesterfieldsofas.

„Wir vermissen dich", sagte er leise. „Der Garten und ich. Weißt du noch, wie du die Büsche gepflanzt hast?"

„Aber natürlich. Gleich nach der Hochzeit. Wir haben uns gestritten, welche Büsche am schnellsten wachsen und welche am schönsten aussehen würden."

„Wir haben nicht gestritten. Wir haben diskutiert. Und dann haben wir einen Kompromiß geschlossen."

„Wir haben es so gemacht, wie du es haben wolltest." Jess lachte. „Das war ein netter Einfall, hier rauszufahren. Danke dir." Sie setzte sich zu ihm auf den Boden.

„Wir hatten schöne Zeiten hier", bemerkte er wehmütig.

„Ja", bestätigte sie. „Ich glaube, ich war immer im Mai am liebsten hier, wenn alles gerade zu blühen anfing und ich wußte, daß ich noch den ganzen Sommer vor mir hatte."

„Und ich mochte immer die Winter am liebsten. Ganz gleich, wie kalt es war, ich brauchte nur hier herauszufahren und ein großes Feuer zu machen, und schon war mir warm und behaglich."

„Kommst du oft mit Trish hierher?" fragte sie, während sie dem stetigen Schneefall vor dem Fenster zuschaute.

„Nein, nicht oft."

„Liebst du sie?"

„Ich weiß nicht", antwortete Don. „Und du?"

„Also, ich liebe sie ganz bestimmt nicht."

Don lächelte. „Du weißt genau, was ich meine. Du hast mir heute morgen eine ganz schöne Überraschung bereitet."

„Es war nicht so, wie es ausgesehen hat", versicherte Jess hastig. „Adam hatte etwas zuviel getrunken und ist auf meiner Couch eingeschlafen."

„Reizend."

„Er ist wirklich ein netter Mann."

„Sicher, sonst würdest du dich nicht für ihn interessieren."

„Ich weiß nicht, ob ich mich für ihn interessiere." Jess fragte sich, was ihre Protestbekundungen bedeuten mochten.

„Wie lange kennst du ihn schon?"

„Noch nicht lang. Vielleicht einen Monat", antwortete sie.

„Was macht er?"

Jess hörte an Dons Stimme, wie sehr er sich anstrengte, unbeteiligt zu wirken, und es rührte sie. „Er ist Verkäufer."

„Verkäufer?" Er ließ sich seine Überraschung anmerken. „Was verkauft er denn?"

„Schuhe." Jess räusperte sich. „Sei bloß kein Snob, Don", sagte sie hastig. „Schuhe verkaufen ist schließlich nichts Schlechtes. Adam macht seine Arbeit Spaß."

„So sehr, daß er sich sinnlos betrinkt."

„Einspruch. Unerlaubte Schlußfolgerung."

Don stand auf und trat ans Fenster. „Sieht nicht so aus, als kämen wir heute nachmittag hier wieder weg. Es schneit stärker denn je. Und ich hab nicht den Eindruck, daß es besser wird. Im Gegenteil."

„Aber ich muß unbedingt zurück." Jess war aufgesprungen und hinter ihn getreten.

„Ich bring dich schon zurück. Nur wohl nicht heute nachmittag. Kann sein, daß wir bis nach dem Abendessen warten müssen." Er wandte sich um, ging in die angrenzende offene Küche und öffnete den Tiefkühlschrank. „Ich taue mal ein paar Steaks auf und mach eine Flasche Wein auf. Dann ruf ich die Verkehrspolizei an und erkundige mich, wie es auf den Straßen aussieht. Selbst wenn es ganz schlimm kommen sollte und wir heute abend nicht mehr losfahren können, bist du morgen früh rechtzeitig zu deinem Prozeß in der Stadt. Und wenn ich mir Skier anschnallen und dich huckepack nehmen muß. Beruhigt dich das?"

„Nicht so richtig", antwortete sie.

„Na also, so kenn ich dich doch", sagte er.

DEN REST des Nachmittags hing Jess am Telefon. Die Gerichtsmedizinerin hatte nichts Neues zu berichten. Die Autopsie Connie DeVuonos war noch nicht abgeschlossen; es würde einige Tage dauern, bis die Befunde ausgewertet waren.

Neil Strayhorn hatte sich mit Kommissar Mansfield in Verbindung gesetzt. Sie hatten zwei Bogenschützenvereine im Stadtgebiet von Chicago ausfindig gemacht und weitere vier innerhalb eines Umkreises von hundertfünfzig Kilometern. Polizeibeamte waren bereits unterwegs, um mit den Vereinsleitern zu sprechen. Zum Glück hatten alle Klubs auch sonntags geöffnet; zwei allerdings waren wegen des Schneesturms vorzeitig geschlossen worden, und niemand war zu erreichen. Neil versprach, sich bei Jess zu melden, sobald er etwas Neues wußte.

Im Geiste ging Jess die Fragen durch, die sie sich für Terry Wales zurechtgelegt hatte. Don hat recht, dachte sie und sah in die Küche hinüber, wo er das Abendessen richtete: Sie war so gut vorbereitet, wie es überhaupt möglich war. Jetzt war nur noch wichtig, daß sie rechtzeitig zum Prozeß erschien.

„Im Radio haben sie eben gesagt, daß man damit rechnet, daß es gegen Mitternacht zu schneien aufhört", berichtete Don. „Ich schlage vor, wir gehen hier zeitig schlafen und brechen morgen früh gegen sechs auf. Dann sind wir spätestens um halb acht in der Stadt, und du hast genug Zeit, um zum Gericht zu kommen."

„Aber was ist, wenn es bis Mitternacht doch nicht aufhört? Wenn wir morgen früh hier auch nicht wegkommen?"

„Dann wird Neil eine Vertagung beantragen", entgegnete Don gelassen.

„Und wenn wir jetzt fahren?"

„Dann werden wir die Nacht wahrscheinlich in einer Schneewehe verbringen."

Jess sah durch das hintere Fenster in den Schneesturm hinaus, der mit voller Stärke wütete. Sie mußte eingestehen, daß es Wahnsinn wäre, bei diesem Wetter die Fahrt zu wagen. „Wann gibt's Abendessen?" fragte sie schicksalsergeben.

„DAS WAR Kommissar Mansfield." Jess schob das Telefon weg. „Terry Wales ist bei keinem der vier erreichbaren Bogenschützenvereine Mitglied."

„Bleiben immer noch zwei Vereine, nicht wahr?"

„Ja. Aber die können erst morgen eine Auskunft erteilen."

„Dann kannst du jetzt nichts weiter tun als abschalten und dich ausruhen." Don, der neben Jess auf dem Teppich saß, wickelte das lange Telefonkabel um seine Hand und stellte den Apparat wieder auf den niedrigen Tisch zwischen den beiden Sofas.

Jess beobachtete wie gebannt die Bewegung seiner Hände. „Hab ich dir eigentlich erzählt", sagte sie langsam, „daß der Draht um Connie DeVuonos Hals so fest zugezogen war, daß sie beinahe enthauptet worden wäre?"

„Versuch doch mal, nicht daran zu denken, Jess", riet Don und nahm sie in die Arme.

„Es ist meine Schuld", sagte sie. „Wenn ich Connie nicht überredet hätte auszusagen, wäre sie jetzt noch am Leben."

„Jess, das ist lächerlich. Du darfst dir keine Vorwürfe machen."

Tränen rannen ihr über die Wangen. Don strich sie rasch weg, erst mit den Fingern, dann mit den Lippen. „Es ist ja gut, meine Kleine", sagte er. „Du wirst schon sehen, es wird alles wieder gut."

Seine Lippen streichelten sanft und beruhigend ihre Haut, als er den Lauf ihrer Tränen von ihren Wangen bis zu ihren Lippen verfolgte. Jess schloß die Augen und dachte an Adam, wie er sich über den Eßtisch gebeugt hatte, um sie zu küssen. Sie spürte, wie sie auf Dons Zärtlichkeiten reagierte, und wußte, daß er der falsche Mann war. Aber sie konnte nichts dagegen tun.

„Ich liebe dich, Jess", hörte sie Adam sagen, aber als sie die Augen öffnete, sah sie Don.

DER TRAUM begann im Wartezimmer einer Arztpraxis. Der Arzt reichte ihr ein Telefon mit der Bemerkung, ihre Mutter sei am Apparat. „Ich spiele die Hauptrolle in einem Film", sagte ihre Mutter. „Ich möchte, daß du kommst und ihn dir ansiehst."

Das Kino war dunkel, der Film fing gerade an. Jess fand einen freien Platz beim Notausgang, setzte sich, wartete. „Ich habe einen Knoten in meiner Brust entdeckt", sagte ihre Mutter von der Leinwand herunter.

„Es ist meine Schuld", flüsterte Jess Richter Harris zu, der neben ihr saß. „Wenn ich an dem Nachmittag mit ihr zum Arzt gegangen wäre, wie ich's versprochen hatte, wäre sie nicht verschwunden."

Mit einem Ruck fuhr Jess in die Höhe. Sie atmete in unregelmäßigen Stößen und brauchte einen Moment, um sich zu orientieren. „O nein", flüsterte sie, als sie Don friedlich neben sich auf dem Teppich schlafen sah. Sie warf die Decke zurück, die er über sie ausgebreitet hatte, und suchte ihre Kleider zusammen. Wie hatte es zu dem, was zwischen ihr und Don geschehen war, nur kommen können?

Ich liebe dich, hörte sie ihn immer noch sagen.

Ich liebe dich auch, hätte sie ihm gern gesagt, aber das konnte sie nicht, weil es nicht zutraf. Sie hatte ihn benutzt, die Liebe, die er ihr entgegengebracht hatte, schamlos ausgenutzt. Warum? Nur, um sich ein paar Minuten lang ein wenig besser zu fühlen? Weniger allein?

Mit zitternden Händen begann sie sich anzuziehen. Das Atmen fiel ihr so schwer, als hätte sich eine Riesenschlange um ihren Hals gewickelt. Taumelnd stand Jess auf, ließ sich auf das Chesterfieldsofa hinter ihr fallen und zog die Knie bis an die Brust. „Nein", stieß sie atemlos hervor, während sie gegen den Brechreiz ankämpfte.

Dann sah sie plötzlich Adams Gesicht und hörte seine Stimme. *Geben Sie der Angst nach,* sagte er zu ihr. *Lassen Sie sich einfach gehen.*

Der gleiche Rat, erkannte Jess, den der Wen-Do-Lehrer ihr gegeben hatte. „Wenn uns jemand zu sich hinzieht, sollten wir nicht Widerstand leisten und uns dagegenstemmen, sondern erst einmal der Kraft des Angreifers nachgeben und zuschlagen."

Jess hörte auf, sich zu wehren, und schloß die Augen. Sie fühlte sich sterbenselend und erwartete, daß sie jeden Augenblick das Bewußtsein verlieren würde.

Aber sie verlor das Bewußtsein nicht. Sie mußte sich nicht einmal übergeben. Statt dessen erkannte sie mit wachsendem Staunen, wie sich die Klammern um ihre Brust allmählich lockerten, die gewaltige Schlange langsam losließ und sich davonmachte. Wenige Minuten später wurde ihr Atem wieder normal. Es war alles in Ordnung. Sie war noch am Leben. Es war ihr überhaupt nichts geschehen.

„Es ist vorbei", flüsterte sie. Plötzlich war sie voller Zuversicht, eine Art Glücksgefühl durchflutete sie, und am liebsten hätte sie Don geweckt, um ihm alles zu erzählen.

Nur war es gar nicht Don, dem sie es erzählen wollte.

Sie stand auf, ging zum Fenster und blickte durch die Finsternis zur Landzunge hinaus.

„Jess?" Dons Stimme klang verschlafen.

„Es hat aufgehört zu schneien", sagte sie.

„Du bist angezogen?" Er stützte sich auf einen Ellbogen.

„Mir war kalt."

„Ich hätte dich gewärmt."

„Ich weiß." Ein melancholischer Ton schlich sich in ihre Stimme. „Don . . ."

„Du brauchst nichts zu sagen, Jess." Er schob die Uhr über sein Handgelenk, drückte den Verschluß des Metallarmbandes zu. „Ich weiß, daß du mir nicht die gleichen Gefühle entgegenbringst wie ich dir." Er versuchte zu lächeln. „Wenn du willst, können wir einfach so tun, als wäre der vergangene Abend nicht gewesen."

„Ich wollte dir nicht wieder weh tun."

„Du hast mir nicht weh getan, Jess. Ich bin ein erwachsener Mensch. Ich kann mit dem umgehen, was passiert ist, wenn du es kannst." Er schwieg einen Moment. „Soll ich dir eine Tasse Kaffee machen?"

„Wie wär's, wenn ich dir in meiner Wohnung eine mache?"

„Das heißt, daß du jetzt fahren möchtest?“
„Würde es dir etwas ausmachen?“
„Würde das eine Rolle spielen?“
Jess kniete auf dem Teppich neben ihrem ehemaligen Mann nieder und streichelte sachte seine Wange. „Ich liebe dich doch.“
„Das weiß ich“, erwiderte er und legte seine Hand auf ihre. „Ich warte nur darauf, daß du es merkst.“

ES WAR fast sieben Uhr, als sie schließlich die Stadt erreichten. Die Rückfahrt war anstrengend und tückisch gewesen. Ein paarmal geriet der Wagen auf einem vereisten Stück Straße ins Rutschen, aber Don war entschlossen weitergefahren.
In ihrer Wohnung ging Jess sofort ans Telefon. „Habt ihr was rausgefunden?“ fragte sie Neil, ohne ihm guten Morgen zu sagen.
„Jess, es ist sieben Uhr morgens“, erwiderte er entrüstet. „Diese Klubs machen nicht vor zehn auf.“
Jess legte den Hörer auf und beobachtete Don, wie er die Überreste des Frühstücks wegräumte, das Adam ihr gestern gemacht hatte. „Laß das doch“, sagte sie.
„Ich muß es aber machen. Du hast nicht einen einzigen sauberen Teller im Schrank. Und jetzt raus mit dir. Ich mach den Kaffee, und du kannst inzwischen duschen.“
Jess ging ins Wohnzimmer. „Hallo, Freddy“, sagte sie und drückte ihre Nase an die Gitterstäbe des Käfigs. „Wie geht's dir, kleiner Freund? Es tut mir leid, daß ich gestern abend nicht nach Hause gekommen bin, um dich zuzudecken. Hast du mich vermißt?“
Der Vogel hüpfte von Stange zu Stange, ohne sich um sie zu kümmern.
Jess ging durch die Diele ins Schlafzimmer. Es war so, wie sie es verlassen hatte, das Bett nicht gemacht. Jess haßte ungemachte Betten, wie sie alles haßte, was angefangen und nicht beendet wurde. Rasch ging sie daran, das Bett zu richten, schüttelte das Kissen auf, strich die Decke glatt. Dann holte sie ihr graues Kostüm und eine pastellfarbene Bluse für die Sitzung bei Gericht aus dem Schrank und legte alles säuberlich auf den weißen Korbstuhl.
Beim Herausnehmen der Unterwäsche fiel ihr auf, daß der Schlüpfer im Schritt eingerissen war. „Na, so was! Wie ist denn das passiert?“ murmelte sie und sah den Riß genauer an. Dann warf sie den Slip in den Papierkorb, holte sich einen frischen aus der Schublade und sah sofort, daß auch dieses Höschen einen zackig ausgefransten Riß hatte. Mit wachsendem Entsetzen ging Jess den Rest ihrer Unterwäsche

durch und stellte fest, daß alle Höschen auf die gleiche Weise aufgeschlitzt worden waren. „Don!" rief sie ungeduldig. „Don!"

Augenblicke später stand er neben ihr. „Was ist denn? Was ist los?"

Sie reichte ihm die Unterwäsche. „Alle meine Slips sind zerrissen!" rief sie erregt. „Schau! Es sieht so aus, als wären sie mit einem Messer aufgeschlitzt worden."

„Jess, das ist doch verrückt. Wahrscheinlich sind sie in der Waschmaschine zerrissen."

„Ich wasche sie von Hand", fuhr Jess ihn ungeduldig an. „Rick Ferguson hat das getan. Er war hier. Er hat meine Sachen durchwühlt."

„Jess, ich kann ja verstehen, daß du erregt bist, aber findest du nicht, daß du ein bißchen vorschnell mit deinen Behauptungen bist?"

„Wer sonst sollte so was tun? Es kann nur Rick Ferguson gewesen sein. Kennst du außer ihm jemanden, der sich hier so leicht Zutritt verschaffen könnte, als hätte er einen Schlüssel?" Sie brach abrupt ab.

Adam hatte sich ihren Schlüssel geliehen, während sie noch geschlafen hatte, fiel ihr ein. Hatte er sich dabei einen zweiten Schlüssel machen lassen? Hatte er diesen Schlüssel benutzt, um in ihre Wohnung einzudringen, während sie weg gewesen war?

Sie schob den Gedanken beiseite. „Es muß Rick Ferguson gewesen sein!" fuhr sie fort. „Er ist bei Connie DeVuono eingebrochen, ohne Spuren zu hinterlassen. Und jetzt bei mir."

„Jess, wir wissen nicht einmal mit Sicherheit, ob hier überhaupt ein Einbruch stattgefunden hat", erwiderte Don.

„Was soll das heißen?" Sie war so wütend, daß ihre Halsader anschwoll.

„Wer ist zum Beispiel dieser Adam Stohn, Jess?"

„Was soll das heißen?" Konnte Don ihre geheimsten Gedanken lesen? Erzähl mir keine Geheimnisse, und ich erzähl dir keine Lügen, dachte sie.

„Adam Stohn", wiederholte Don. „Der Mann, der hier bei dir seinen Rausch ausgeschlafen hat. Er kann leicht deine Sachen durchwühlt haben, während du geschlafen hast. Vielleicht hat er sich mit einem von deinen Küchenmessern vergnügt."

„Das ist ja lächerlich", widersprach Jess.

„Er ist hier der Unbekannte, Jess. Wer genau ist dieser Schuhverkäufer? Wer hat dich mit ihm bekannt gemacht?"

„Niemand", bekannte Jess. „Aber das hat mir gerade noch gefehlt, daß mein Exmann mich über meine Bekanntschaften belehrt!"

„Ich will dich nicht belehren, sondern bemühe mich, dich zu beschützen."

„Das laß mal lieber bleiben“, entgegnete sie. „Deine Aufgabe ist es, Männer wie Rick Ferguson zu verteidigen. Oder hast du das vergessen?“

Don setzte sich mit hängenden Schultern aufs Bett. „So kommen wir nicht weiter. Jetzt rufen wir die Polizei an.“

„Ich hab jetzt wirklich keine Zeit, mich mit der Polizei herumzuschlagen.“

„Du kannst ihnen doch am Telefon sagen, was passiert ist, und sie können später herkommen, um die Spuren zu sichern.“

„Das bringt bestimmt nichts.“

„Da hast du zwar recht, aber du mußt die Sache auf jeden Fall melden. Einschließlich deines Verdachts gegen Rick Ferguson.“

„Den du nicht teilst.“

„Den ich sehr wohl teile. Ich bin doch kein Vollidiot. Aber zwischen Verdacht und Behauptung besteht ein Unterschied.“ Er hielt kurz inne. „So, und jetzt packst du einen Koffer. Du ziehst zu mir, bis diese ganze Sache geklärt ist.“

„Ich kann nicht zu dir ziehen, Don.“

„Wieso nicht?“

„Weil ich hier wohne. Weil alle meine Sachen hier sind. Wegen Freddy. Weil . . ., ich kann einfach nicht.“

„Na schön, aber dann laß wenigstens das Schloß hier erneuern“, sagte er. „Laß dir ein Sicherheitsschloß und eine Kette einbauen.“

„In Ordnung.“

„Ich schicke meine Sekretärin mit einem Schlosser her. Und Rick Ferguson lass' ich von einem Privatdetektiv überwachen.“

„Was? Du willst deinen eigenen Mandanten von einem Privatdetektiv bespitzeln lassen?“

„Ich wollte schon einen anheuern, nachdem das mit deinem Wagen passiert war. Ich hätte es tun sollen. Wenn er unschuldig ist, braucht er sich ja keine Sorgen zu machen.“ Seine Stimme klang jetzt sehr ernst. „Das eine kann ich dir sagen: Wenn es tatsächlich Rick Ferguson ist, der dich belästigt, dann knalle ich ihn eigenhändig ab, ob er nun mein Mandant ist oder nicht.“

12

„WÜRDEN Sie den Geschworenen bitte Ihren vollen Namen nennen?“

„Terence Matthew Wales.“

Jess stand von ihrem Platz hinter dem Tisch der Staatsanwaltschaft auf und ging, den Angeklagten eindringlich musternd, zum Zeugenstand. Terry Wales erwiderte ihren Blick ruhig, sogar respektvoll. Er bot das Bild eines Mannes, der sich ein Leben lang um Rechtschaffenheit bemüht.

„Sie wohnen in Chicago, in der Kinzie Street Nummer 2427?"

„Ja. Das ist richtig."

„Die Polizei wurde am Abend des dritten August 1984" – Jess wußte die Daten auswendig –, „am siebten September 1984, am zweiundzwanzigsten November 1984 und am vierten Januar 1985 in Ihr Haus gerufen. Ist das richtig?"

„Ich erinnere mich nicht an die genauen Daten."

„Die sind alle den Akten zu entnehmen, Mr. Wales. Wollen Sie etwas davon bestreiten?"

Er schüttelte den Kopf. „Nein."

„Bei jedem dieser Anlässe trug Ihre Frau offenkundige Spuren von Mißhandlung. Einmal mußte sie sogar ins Krankenhaus eingeliefert werden."

„Ich habe bereits ausgesagt, daß unsere Auseinandersetzungen häufig zu weit gegangen sind und daß ich auf meine Rolle dabei nicht stolz bin."

Jess eilte kurz zum Anklagetisch hinüber und nahm den Polizeibericht zur Hand. „Aus diesem Bericht geht hervor, daß Ihre Frau, Nina Wales, als sie am Abend des vierten Januar 1985 ins Krankenhaus eingeliefert wurde, Blutergüsse am ganzen Körper hatte, innere Blutungen, eine gebrochene Nase und zwei gebrochene Rippen, außerdem zwei blau geschlagene Augen. Ist es richtig, daß Ihre Frau erst kurz zuvor ihr zweites Kind zur Welt gebracht hatte, ein Mädchen?"

„Rebecca, ja."

„Wie alt war das Kind am Abend des vierten Januar 1985?"

Terry Wales zögerte.

„Sie werden sich doch an den Geburtstag Ihrer Tochter erinnern, Mr. Wales."

„Sie wurde am zweiten Dezember geboren."

„Nur vier Wochen vor der Auseinandersetzung, die mit der Einweisung Ihrer Frau in ein Krankenhaus endete? Das würde heißen, daß all die anderen Tätlichkeiten –"

„Einspruch!" Hal Bristol hatte sich erhoben.

„All die anderen Zwischenfälle", korrigierte sich Jess, „sich abspielten, als Ihre Frau schwanger war. Ist das richtig?"

Terry Wales senkte den Kopf. „Ja", flüsterte er.

Jess nahm von Neil Strayhorn einen weiteren Polizeibericht entgegen und kehrte zum Zeugenstand zurück.

„Überspringen wir ein paar Jahre und kommen zum Abend des fünfundzwanzigsten Februar 1988. Da mußte Ihre Frau erneut ins Krankenhaus eingeliefert werden, nicht wahr?"

„Meine Frau war weggegangen und hatte die Kinder allein gelassen. Als sie nach Hause kam, hab ich ihr sofort angesehen, daß sie getrunken hatte. Da ist bei mir einfach eine Sicherung durchgebrannt."

„Natürlich, Mr. Wales, und deshalb mußten Sie Ihrer Frau den rechten Arm brechen."

„Mrs. Koster", mahnte Richter Harris, „könnten Sie bitte die sarkastischen Randbemerkungen lassen und bei der Sache bleiben?"

„Entschuldigen Sie, Euer Ehren", sagte Jess und strich ihren Rock glatt. Sie mußte unvermittelt an die neue Unterwäsche denken, die Dons Sekretärin ihr kurz vor Prozeßbeginn gebracht hatte. „Würden Sie sagen, daß Sie zu Jähzorn neigen, Mr. Wales?"

„Die letzten Jahre ging es mir geschäftlich nicht besonders gut. Das hat natürlich seine Auswirkungen gehabt. Manchmal war ich nicht fähig, mich zu beherrschen. Nina hat sich dauernd beschwert, daß ich nicht genug verdiene, auch schon vor der Rezession."

„Ich verstehe. Wie hat sich die Einkommensverminderung genau auf den Haushalt ausgewirkt, Mr. Wales?"

„Nun, genauso wie bei allen anderen Leuten auch, nehme ich an", antwortete Terry Wales vorsichtig. „Wir mußten uns einschränken mit Einladungen, mit Ausgehen, mit Kleiderkäufen und ähnlichen Dingen."

„Sie waren Alleinverdiener in Ihrer Familie, nicht wahr?"

„Nina wollte zu Hause bei den Kindern bleiben."

„Das einzige Geld, das Ihre Frau zur Verfügung hatte, war das Haushaltsgeld, das Sie ihr gaben. Wieviel Geld haben Sie ihr jede Woche gegeben, Mr. Wales?"

„Ich bin nicht sicher. So viel, daß es für Lebensmittel und andere wichtige Dinge reichte."

„Fünfzig Dollar? Hundert? Zweihundert?"

„Eher so um die hundert."

„Einhundert Dollar die Woche für eine vierköpfige Familie. Ihre Frau muß sehr sparsam gewesen sein."

„Es ging nicht anders. Wir hatten einfach kein Geld übrig."

„Sie sind Mitglied im Eden-Rock-Golfklub, ist das richtig, Mr. Wales?"

Der Angeklagte zögerte. „Ja."

„Wie hoch ist der jährliche Mitgliedsbeitrag?"

„Ich glaube, er liegt bei knapp über tausend Dollar."

„Elfhundertundfünfzig Dollar, um genau zu sein. Haben Sie die Mitgliedschaft aufgegeben?"

„Nein."

„Und beim Elmwood-Schützenverein sind Sie auch Mitglied, nicht wahr?"

„Ja. Ich weiß, daß es egoistisch war, aber ich habe auch hart gearbeitet. Ich habe irgendeinen Ausgleich gebraucht."

„Gehören Sie sonst noch irgendwelchen Vereinen an, Mr. Wales?"

Terry Wales zögerte keinen Augenblick. „Nein", sagte er deutlich.

Jess nickte, den Blick zur Saaltür gerichtet. Wo blieb Barbara Cohen? Die Polizei mußte sich doch inzwischen gemeldet haben.

„Kehren wir zum Abend des zwanzigsten Januar 1992 zurück", fuhr Jess fort, „als die Polizei zum letztenmal wegen häuslicher Streitigkeiten zu Ihnen gerufen wurde. Sie haben ausgesagt, das sei der Abend gewesen, an dem Ihre Frau Ihnen eröffnete, sie hätte einen Liebhaber."

„Ja, das stimmt."

„Sie haben sie blutig geschlagen, und die Nachbarn haben die Polizei gerufen." Jess ahnte schon, daß Hal Bristol Einspruch erheben würde, und formulierte ihre Feststellung um. „Ihre Frau kam an diesem Abend ins Krankenhaus, nicht wahr?"

„Ja."

„Sie haben uns erklärt, Ihre Frau habe Ihnen danach mitgeteilt, daß sie einen Anwalt aufgesucht habe und die Absicht habe auszuziehen."

„Das ist richtig."

„Sie haben ferner ausgesagt, daß Sie sie angefleht haben, ihre Entscheidung rückgängig zu machen." Jess sah im selben Moment, wie die Saaltür geöffnet wurde und Barbara Cohen eintrat. Selbst auf die Entfernung hin konnte Jess das siegreiche Blitzen in den Augen ihrer Mitarbeiterin sehen. „Euer Ehren, kann ich einen Moment unterbrechen?"

Richter Harris nickte, und Jess ging zum Anklagetisch. „Was haben wir?" fragte sie, während sie rasch den Bericht überflog.

„Genau das, was wir brauchen", antwortete Barbara leise.

Jess mußte sich auf die Lippen beißen, um nicht in Triumphgeheul auszubrechen. Immer mit der Ruhe, sagte sie sich. Pirsch dich langsam heran, und dann schlag zu! In sachlichem Ton stellte sie die nächste Frage: „Sie waren also völlig verzweifelt, und da beschlossen Sie, etwas zu tun, das Ihre Frau zur Vernunft bringen würde?"

„Ja."

„Sie gingen los und kauften eine Armbrust. Eine Waffe, mit der Sie seit Ihrer Kindheit, als Sie im Sommerlager waren, nicht mehr umgegangen sind. Ist das richtig?"

„Ja."

„Wie hieß das Lager, in dem Sie damals waren?"

Terry Wales sah seinen Anwalt an, der ihm mit einem kaum merklichen Nicken bedeutete, die Frage zu beantworten. „Ich glaube, das war Camp New Moon."

„Und dort hat man Ihnen beigebracht, mit Pfeil und Bogen zu schießen?"

„Es gehörte zu den angebotenen Freizeitbeschäftigungen."

„Und Sie haben mehrere Preise gewonnen, nicht wahr?"

„Ja, aber das war vor fast dreißig Jahren."

Jess lächelte. „Und bis zu dem Moment, als Sie am zweiten Juni dieses Jahres Ihre Frau mit einem Schuß ins Herz töteten, waren fast dreißig Jahre vergangen, seit Sie das letzte Mal einen Pfeil abgeschossen hatten?"

„Fünfundzwanzig oder dreißig", sagte Terry Wales.

Jess warf einen Blick in den Hefter in ihrer Hand. „Mr. Wales, haben Sie schon einmal von dem Aurora-Country-Bogenschützenverein gehört?"

„Wie bitte, wovon?" fragte er, und auf seinem Gesicht bildeten sich rote Flecken.

„Vom Aurora-Country-Bogenschützenverein", wiederholte Jess. „Das ist ein Sportverein etwa fünfundsiebzig Kilometer südwestlich von Chicago. Kennen Sie ihn?"

„Nein."

„Aus dem Prospekt geht hervor, daß es sich um einen eingetragenen Verein handelt, in dem das Bogenschießen gefördert wird. ‚Ganz gleich, auf welchem Gebiet des Bogenschießens Ihr Interesse liegt', las Jess vor, „‚ob Sie Jäger sind oder Sportschütze, ob Sie den Langbogen oder die Armbrust bevorzugen.'"

Hal Bristol war aufgesprungen. „Einspruch, Euer Ehren! Mein Mandant hat bereits erklärt, daß er diesen Verein nicht kennt."

„Das ist interessant", hakte Jess augenblicklich ein, „da aus den Unterlagen des Vereins hervorgeht, daß Terry Wales seit acht Jahren Mitglied ist." Sie hielt eine gefaxte Kopie der Beitrittserklärung in die Höhe. „Erinnern Sie sich jetzt an den Verein, Mr. Wales?" fragte sie mit deutlich hörbarem Triumph.

„Ich bin dem Verein vor einigen Jahren beigetreten, aber ich bin fast nie dort gewesen", erklärte Terry Wales. „Ich hatte ihn, ehrlich gesagt, ganz vergessen."

„Die Leute dort haben Sie aber nicht vergessen, Mr. Wales. Wir haben eine eidesstattliche Versicherung von Mr. Glen Hallam, der im Aurora-Country-Bogenschützenverein für die Wartung der Geräte zuständig ist. Die Polizei hat ihm heute morgen Ihr Foto gezeigt, und er erinnert sich sehr deutlich an Sie. Er hat ausgesagt, daß Sie regelmäßig zum Üben kommen und ein ausgezeichneter Schütze sind, Mr. Wales. Fast jedesmal mitten ins Schwarze."

Von der Geschworenenbank war entrüstetes Murmeln zu hören. Hal Bristol senkte den Kopf. Terry Wales sagte nichts.

Mitten ins Schwarze, dachte Jess.

„WIE ICH gehört habe, hast du heute einen tollen Coup gelandet!" Greg Oliver erhob sich, als Jess am Ende des Verhandlungstages an seinem Büro vorbeikam.

„Sie war genial", versicherte Neil Strayhorn, der mit Barbara Cohen einen Schritt hinter Jess folgte.

Zu dritt betraten sie ihr gemeinsames Büro. „Der beste Augenblick", sagte Barbara Cohen, „war der, als du ihn gefragt hast, ob er je von dem Aurora-Country-Bogenschützenverein gehört habe. Und er verzog keine Miene."

Jess konnte sich ein Lachen nicht verkneifen. Auch sie hatte diesen Moment am meisten genossen.

„Sieh einer an, die Schneekönigin schmilzt." Greg Oliver schlenderte lässig auf Jess' Schreibtisch zu. „Ich hab eine Überraschung für dich."

Jess blickte Greg Oliver kühl in die Augen und wartete.

„Keine Vermutungen?"

„Keine Geduld", konterte Jess. „Greg, du bist mir ja lieb und wert, aber ich möchte nach Hause. Es war ein langer Tag."

Er ließ einen Schlüsselbund auf ihren Schreibtisch fallen. „Die Schlüssel zu Madames Wohnung."

Jess nahm die neuen Schlüssel. Gregs „Aramis", das um diese Stunde schon etwas abgestanden roch, wehte ihr in die Nase. „Woher hast du die?"

„Eine junge Frau hat sie heute nachmittag vorbeigebracht. Ganz niedlich, nur ihre Schenkel waren ein bißchen aus der Fasson." Damit ging er zur Tür zurück und verschwand.

„Wo ist meine Armbrust?" fragte Barbara Cohen.

„Leider nie zur Hand, wenn man sie braucht." Jess sah die Liste der Zeugen durch, die am nächsten Tag aufgerufen werden sollten, bis sie das Gefühl hatte, vor Müdigkeit nicht mehr aus den Augen sehen zu können. „Ich bin fertig, Leute. Ich mach jetzt Schluß."

„Komm, ich fahre dich nach Hause", bot Neil ihr an.

„Sei nicht albern, Neil. Ich wohne doch in einer ganz anderen Richtung als du."

„Wann willst du dir ein neues Auto kaufen?" fragte Barbara.

„Erst, wenn ich Rick Ferguson hinter Gitter gebracht habe", antwortete Jess.

SIE HÖRTE das Telefon läuten, als sie an der Wohnungstür ankam. „Ich komme, ich komme!" rief sie, während sie mit dem neuen Schlüssel hantierte.

Drinnen läutete es weiter. Der Schlüssel ließ sich einfach nicht drehen. Hatte Greg Oliver ihr die falschen Schlüssel gegeben? Oder würde es womöglich besser gehen, wenn sie nur ruhig blieb und nicht so verbissen herumfummelte?

Der Schlüssel drehte sich endlich. Die Tür öffnete sich. Das Telefon hörte auf zu läuten.

Na, wenigstens bin ich drinnen, sagte sich Jess und winkte ihrem Kanarienvogel zu. Sie stellte ihre Aktentasche ab, zog die Stiefel aus und warf ihren Mantel auf das Sofa. „Bei Gericht war ich heute große Klasse, Freddy." Sie brach ab. „Das ist ja zum Heulen", sagte sie vor sich hin. „Jetzt red ich schon mit dem Kanarienvogel, als wäre er mein Partner."

Sie ging in die Küche und starrte das Telefon an. Ich sollte Don anrufen, dachte sie, ihm für alles danken.

Es klingelte. Jemand war unten an der Tür. Jess ging zögernd zur Sprechanlage. Wer mochte es sein? Wollte sie es überhaupt wissen? „Wer ist da?" rief sie ins Mikrofon.

„Adam", erhielt sie zur Antwort.

Sie drückte auf den Türöffner. Sekunden später stand er vor der Wohnungstür. „Ich hab versucht, dich anzurufen", sagte er. „Es hat sich niemand gemeldet. Willst du mich nicht hereinlassen?"

Er ist der große Unbekannte, hörte sie Don sagen. „Du mußt ja ganz in der Nähe gewesen sein", sagte sie.

„Ich war gleich um die Ecke. Hab auf dich gewartet."

Jess dachte zurück an den Tag, als ihr Adam Stohn zum erstenmal begegnet war. Die Geschichte mit ihrem Auto und der Einbruch in ihre Wohnung, das alles hatte nach ihrer ersten Begegnung stattgefunden.

Adam Stohn wußte, wo sie arbeitete. Er wußte, wo sie wohnte. Er hatte sogar eine Nacht auf ihrem Sofa verbracht.

Na gut, gestand sie sich ein, er hätte die Gelegenheit gehabt, diese Dinge zu tun, und sie verlor sich einen Moment im ruhigen, tiefen Blick seiner braunen Augen. Aber welchen Grund sollte er haben, mich zu terrorisieren? So ein Blödsinn, er trachtet mir nicht nach dem Leben, sagte sie sich und trat zur Seite, um Adam in die Wohnung zu lassen.

„Ich war neugierig wegen gestern." Er zog seine Jacke aus und warf sie über ihren Mantel.

Jess erzählte ihm von ihrem Besuch bei Connie DeVuonos Mutter und dann von ihrem großen Triumph bei Gericht. Daß sie die Nacht zwischen den beiden Ereignissen mit ihrem geschiedenen Mann verbracht hatte, erwähnte sie nicht.

„Er liebt dich immer noch, das weißt du wohl", sagte Adam.

„Wer?" fragte Jess, obwohl sie genau wußte, wen er meinte.

„Der Brötchenmann", antwortete Adam und kam gemächlich auf sie zu. „Wie sieht's bei dir aus?"

„Ich hab dir schon gesagt, daß wir gute Freunde geblieben sind." Jess hätte sich gern gesetzt, traute sich aber nicht.

„Ich glaube, da ist mehr als Freundschaft. Ich hab dich gestern abend angerufen, Jess." Er stand jetzt dicht bei ihr. „Ich hab's immer wieder versucht. Es war fast drei Uhr morgens, als ich schließlich aufgegeben habe."

„Seit wann bin ich dir Rechenschaft schuldig?"

Adam trat zwei Schritte zurück und hob die Hände. „Du hast recht. Wahrscheinlich möchte ich einfach wissen, wo ich stehe. Wenn du noch an deinem geschiedenen Mann hängst, dann brauchst du's nur zu sagen, und ich verschwinde."

„Ich hänge nicht mehr an ihm", erklärte Jess bestimmt.

„Und wie ist es bei ihm?"

„Er hat eine Freundin."

„Nur, bis du es dir anders überlegst."

„Aber das werde ich nicht tun."

Sie starrten sich wortlos an. In der nächsten Sekunde lagen sie sich in den Armen, seine Hände vergruben sich in ihren Haaren, ihre Lippen lagen auf seinen.

Er ist der große Unbekannte, hörte sie Don wieder sagen. Wie hatte sie die vergangene Nacht geschehen lassen können? „Ich kann nicht", sagte sie hastig und befreite sich aus seiner Umarmung.

„Was kannst du nicht?" Seine Stimme klang belegt.

„Ich bin noch nicht soweit“, wiederholte sie. Es kam ihr vor, als läge der mißbilligende Blick eines Unsichtbaren auf ihr. „Ich weiß nicht einmal, wo du wohnst.“

„Ist es das, was dich beunruhigt? Ich wohne in der Sheffield Street“, sagte er schnell. „In einer Zweizimmerwohnung. Fünf Minuten zu Fuß von Wrigley Field.“

Plötzlich fingen sie beide zu lachen an. Jess spürte, wie die Spannung der letzten Tage von ihr abfiel und verflog. Sie lachte so heftig, daß ihr die Tränen über die Wangen liefen. Adam küßte die Tränen schnell weg.

„Trotzdem“, sagte sie und entzog sich ihm, „ich brauche Zeit zum Nachdenken.“

„Wieviel?“

„Zum Beispiel während des Abendessens. Wie wär's, wenn ich uns einfach hier etwas mache?“

„Ich dachte, du kannst nicht kochen?“

„Folge mir“, meinte sie lachend und nahm die Tüte mit den Brötchen mit in die Küche.

„DU WARST also ein Einzelkind“, sagte Jess. Sie saßen auf dem Boden vor dem Sofa bei ihrem spärlichen Abendessen.

„Und zwar ein ziemlich verwöhntes“, erläuterte er.

„Meine Schwester behauptet immer, zuviel Liebe bei Kindern gebe es gar nicht.“

„Hört sich an, als wäre sie eine sehr gute Mutter.“

„Ich glaube, das ist sie auch.“

„Das scheint dich zu überraschen?“

„Ich hab's nur einfach nicht von ihr erwartet“, versuchte Jess zu erklären. Irgendwie gelang es Adam immer, das Gespräch wieder auf sie zurückzulenken. „Wolltet ihr nie Kinder, du und deine Frau?“

„Doch“, sagte er. „Aber irgendwie hat's nie geklappt.“

Sein Tonfall verriet Jess, daß dies ein Thema war, das er nicht weiterzuverfolgen wünschte. Sie hob das Glas Wasser zum Mund.

„Wie war deine Mutter?“ fragte er plötzlich.

„Meine Mutter?“ Jess' Hand begann zu zittern, und das Wasser schwappte auf den Boden. Sie sprang auf. „O Gott!“

Er griff nach ihrem Arm und zog sie sachte wieder hinunter. „Beruhige dich doch, Jess, es ist nur Wasser.“ Mit einer Serviette tupfte er die kleine Lache auf. „Warum willst du nicht über sie sprechen?“

„Warum sollte ich?“

„Weil du Angst hast, über sie zu sprechen“, stellte er ruhig fest.

„Vielleicht auch eine von meinen Phobien?" fragte Jess voll Ironie.

„Das weißt du sicher besser als ich."

„Hat dir schon mal jemand gesagt, daß du einen guten Anwalt abgeben würdest?"

„Was ist mit deiner Mutter passiert, Jess?"

Jess schloß die Augen. Sie sah ihre Mutter in der Küche ihres Elternhauses stehen und weinen. *Das habe ich nicht nötig, Jess,* sagte sie. *Das muß ich mir von dir nicht gefallen lassen.* Jess öffnete hastig die Augen. „Sie ist verschwunden", sagte sie schließlich.

„Verschwunden?"

„Sie entdeckte einen kleinen Knoten in ihrer Brust und hatte ziemlich große Angst. Der Arzt gab ihr noch für denselben Nachmittag einen Termin. Aber zu diesem Termin ist sie nie erschienen. Kein Mensch hat sie je wiedergesehen."

„Dann ist es möglich, daß sie noch lebt?"

„Nein", entgegnete Jess heftig. „Sie war nicht so eine Frau, die Mann und Kinder im Stich gelassen hätte, weil sie der Realität nicht ins Auge schauen konnte. So etwas hätte sie nie getan. Ganz gleich, wie sehr sie sich fürchtete, ganz gleich, wie wütend sie war."

„Wütend? Worüber war sie denn wütend?"

„Sie war sicher nicht wütend. Ich wollte es anders ausdrücken."

„Sie war wütend auf dich, nicht wahr?"

Jess blickte zum Fenster. Das tränenüberströmte Gesicht ihrer Mutter starrte ihr von dort entgegen. *Das habe ich nicht nötig, Jess. Das muß ich mir von dir nicht gefallen lassen.*

„Ich kam nach unten und sah, daß sie sich zum Ausgehen angezogen hatte", begann Jess. „Ich habe gefragt, wohin sie gehe, und zuerst wollte sie es mir nicht sagen. Aber nach einer Weile kam heraus, daß sie einen Knoten in ihrer Brust entdeckt hatte und am Nachmittag zum Arzt wollte. Sie hat mich gefragt, ob ich mit ihr kommen würde. Ich habe es ihr natürlich versprochen. Aber dann sind wir irgendwie in Streit geraten. Sie hat mir vorgehalten, ich sei eigensinnig. Ich habe ihr vorgeworfen, sie sei eine Glucke. Ich hab gesagt, sie solle sich nicht in mein Leben einmischen. Daraufhin sagte sie, sie könne auf meine Begleitung verzichten, und ich bin aus dem Haus gerannt. Als ich wiederkam, war sie schon weg."

„Und du gibst dir die Schuld an dem, was geschehen ist." Es war mehr eine Feststellung als eine Frage.

Jess stand auf und ging zum Vogelkäfig hinüber. „Hallo, Freddy, wie geht's dir?"

„Freddy geht es glänzend", sagte Adam, der hinter sie getreten war.

„Bei seiner Besitzerin bin ich mir da nicht so sicher. Mir scheint, du schleppst seit Jahren eine Riesenlast an Schuldgefühlen mit dir herum."

„He, was ist aus unserer Vereinbarung geworden?" fragte Jess. Sie wischte sich die Tränen aus den Augen und vermied es, ihn anzusehen. Statt dessen richtete sie ihre ganze Aufmerksamkeit auf den Kanarienvogel. „Keine Geheimnisse, keine Lügen, erinnerst du dich?" Sie drückte das Gesicht an den Käfig und machte unbeholfene Piepslaute.

„Läßt du ihn manchmal raus?" fragte Adam.

„Kanarienvögel soll man nicht aus dem Käfig lassen", antwortete Jess laut, weil sie hoffte, mit dem entschiedenen Klang in ihrer Stimme das Zittern ihres Körpers in den Griff zu bekommen.

„Du brauchst also niemals Angst zu haben, daß er dir wegfliegt", sagte Adam leise.

Diesmal war die Anspielung zu deutlich, sie konnte sie nicht übergehen. Ärgerlich drehte sie sich um. „Kannst du mir sagen, wann du die Psychologie aufgegeben hast, um in die Schuhbranche überzuwechseln?" fragte sie erbittert. „Wer, zum Teufel, bist du überhaupt, Adam Stohn?"

Sie standen einander gegenüber. Jess zitterte, Adam blieb völlig reglos. „Soll ich besser verschwinden?" fragte er.

Nein, dachte sie. „Ja", sagte sie.

Er ging langsam zur Tür.

„Adam!" rief sie, und er blieb mit der Hand auf der Türklinke stehen. „Ich glaube, es ist wahrscheinlich am besten, wenn du nicht wiederkommst."

Einen Moment lang hoffte sie, er würde sich vielleicht umdrehen, sie in die Arme nehmen, ein Geständnis ablegen. Aber er tat es nicht, und im nächsten Augenblick war er fort. Sie stand allein in einem Raum, der voll war mit Gespenstern und Schatten.

13

GEGEN Ende der Woche ging der gerichtsmedizinische Bericht über Connie DeVuono ein, und die Geschworenen im Mordprozeß Wales zogen sich zur Beratung zurück.

Connie DeVuono war vergewaltigt und dann mit einem Stück dünnem Kabeldraht erdrosselt worden. Untersuchungen hatten ergeben, daß dieser identisch war mit Draht aus der Fabrik, in der Rick

Ferguson arbeitete. Daraufhin war Haftbefehl gegen ihn erlassen worden.

„Was meinst du, wie lange die Geschworenen noch brauchen werden?“ fragte Barbara Cohen, als das Telefon auf Jess' Schreibtisch läutete. „Die beraten jetzt schon mehr als vierundzwanzig Stunden.“

Jess zuckte die Achseln. Sie wartete so ungeduldig wie ihre Mitarbeiterin, wollte es aber nicht zugeben. Ruhig nahm sie den Hörer ab. „Jess Koster.“

„Er ist verschwunden“, sagte Don ohne ein Wort der Begrüßung.

Jess fühlte, wie sich ihr Magen zusammenkrampfte. Sie brauchte nicht zu fragen, von wem Don sprach. „Wann?“

„Wahrscheinlich irgendwann in der Nacht. Mein Beschatter hat das Haus die ganze Nacht beobachtet, und als er Ferguson heute morgen nicht zur Arbeit gehen sah, wurde er argwöhnisch. Es scheint, daß Ferguson gemerkt hat, daß er überwacht wird. Er hat wohl geahnt, daß die Polizei ihn binnen kurzem verhaften würde. Daraufhin ist er getürmt.“

„Ironie des Schicksals ist, daß die Polizei ihn tatsächlich verhaften wollte“, sagte Jess. „Wir haben heute morgen Haftbefehl erlassen.“

Dons Ton wurde augenblicklich geschäftsmäßig. Er war nicht länger der besorgte Exmann. „Was habt ihr gegen ihn in der Hand?“

„Der Draht, mit dem Connie DeVuono erdrosselt wurde, wird auch in dem Lagerhaus verwendet, wo Rick Ferguson arbeitet.“

„Und sonst?“

„Was brauch ich sonst noch?“

„Auf jeden Fall mehr als ein läppisches Stück Draht!“

„Der Draht hat jedenfalls ausgereicht, um Connie DeVuono zu töten“, sagte Jess. „Und er wird deinen Mandanten hinter Gitter bringen.“

Es entstand eine kleine Pause. „Gut, Jess, ich möchte da jetzt nicht weiter einsteigen. Wir können uns über die Beweise gegen meinen Mandanten unterhalten, sobald die Polizei ihn gefaßt hat. Unterdessen hab ich meinen Beschatter beauftragt, dich ein wenig im Auge zu behalten.“

„Was? Ich will keinen Babysitter haben.“

„Aber ich will es“, insistierte Don. „Laß mich doch, Jess. Das bringt dich schon nicht um.“

„Hast du eine Ahnung, wo dein Mandant sein könnte?“

„Nein.“

„Ich muß jetzt Schluß machen“, erklärte Jess knapp und dachte dabei schon darüber nach, was sie der Polizei sagen würde. „Ich ruf dich später an." Sie legte auf.

Das Telefon fing sofort wieder an zu läuten.

„Ist wohl mal wieder einer von diesen verflixten Tagen", bemerkte Barbara.

Jess hob ab. „Jess Koster."

„Jess, ich bin's, Maureen. Hab ich einen ungünstigen Moment erwischt?"

Jess seufzte. „Der günstigste ist es nicht gerade. Aber ein paar Minuten kann ich schon abzwacken. Wie geht es dir?"

„Gut. Ich wollte dich nur anrufen, damit du nicht glaubst, ich hab dich aufgegeben." Ihre Stimme drohte in Tränen zu ersticken.

„Wie geht es Paps?" fragte Jess, der plötzlich bewußt wurde, daß sie ihren Vater seit Wochen nicht gesprochen hatte. Sogleich meldeten sich die altbekannten Schuldgefühle.

„Er ist wirklich glücklich, Jess."

„Das freut mich."

„Sherry ist ein Glücksfall für ihn. Sie bringt ihn zum Lachen und hält ihn auf Trab. Die beiden kommen nächsten Freitag zum Abendessen zu uns. Wir wollen den Christbaum aufstellen." Sie hielt einen Moment inne. „Möchtest du nicht auch kommen?"

Jess schloß die Augen. Sie konnte die Menschen, die ihr am meisten bedeuteten, wirklich nicht ständig verletzen. „Klingt großartig", sagte sie.

„Das ist ja toll. Du hast uns gefehlt. Tyler spielt ständig mit dem kleinen Flugzeug, das du ihm mitgebracht hast. Und du kannst dir nicht vorstellen, wie die Zwillinge gewachsen sind."

Jess lachte. „Also wirklich, Maureen, so lange ist es nun auch wieder nicht her."

„Fast zwei Monate", meinte Maureen.

Jess war bestürzt. Waren tatsächlich zwei Monate vergangen, seit sie ihre Familie gesehen hatte? „Ich muß jetzt Schluß machen", sagte sie.

„Natürlich, du hast bestimmt wahnsinnig viel zu tun. Also, bis nächste Woche."

„Ist was?" fragte Barbara, als Jess auflegte.

Jess schüttelte den Kopf und tat so, als wäre sie schon wieder in die Akte vertieft, die vor ihr auf dem Schreibtisch lag. Zwei Monate, dachte sie, seit ihrem letzten Besuch im Haus ihrer Schwester. Seit sie ihren kleinen Neffen an sich gedrückt und die Zwillinge im Arm gehalten hatte. Seit sie ihren Vater gesehen hatte. Wie hatte sie das geschehen lassen können? Warum drehte sich für sie immer noch alles um ihre Mutter? Dieser verflixte Adam Stohn, dachte sie. Er hatte sie dazu gebracht, sich zu öffnen, über ihre Mutter zu sprechen. Er hatte all die Traurigkeit und die Schuldgefühle freigesetzt, die sie so lange unterdrückt hatte.

Das Läuten eines Telefons riß sie aus ihrem Tagtraum. Sie sah, wie Neil Strayhorn an seinem Schreibtisch den Hörer abhob. „Neil Strayhorn", sagte er deutlich, den Blick auf Jess gerichtet. „Sie sind fertig? Jetzt?"

Jess atmete tief durch. Sie brauchte nicht zu fragen. Die Geschworenen waren zurückgekehrt.

„MEINE Damen und Herren Geschworenen, sind Sie zu einem Urteil gekommen?"

Jess hielt vor Erregung den Atem an. Sie liebte und haßte diesen Augenblick gleichermaßen. Liebte ihn wegen seiner Dramatik und seiner Spannung. Haßte ihn aus denselben Gründen. Außerdem verlor sie ungern und mochte es nicht, daß es letztlich immer nur um die Wahrheit des einen Anwalts gegen die des anderen ging. Die ganze Wahrheit gab es nicht.

Der Sprecher räusperte sich. „Wir, die Geschworenen, sprechen den Angeklagten Terry Wales des vorsätzlichen Mordes schuldig."

Im Gerichtssaal war sofort die Hölle los. Reporter rannten herbei; Freunde und Verwandte der Toten umarmten einander unter Tränen.

Jess nahm die Glückwünsche ihrer Mitarbeiter entgegen, sah die Resignation in Hal Bristols Blick, das verzerrte Lachen auf den Lippen des Angeklagten, als er abgeführt wurde.

Draußen vor dem Gerichtssaal wurde sie von Reportern umringt. „Hat das Urteil Sie überrascht? Haben Sie damit gerechnet, daß Sie siegen würden?" fragten sie, während Fernsehkameras surrten und Blitzlichter zuckten.

„Wir haben großes Vertrauen in das Geschworenensystem dieses Landes", sagte Jess zu den Reportern. „Wir haben keinen Moment am Ausgang des Prozesses gezweifelt."

„Was ist es für ein Gefühl, so einen Prozeß zu gewinnen?" rief eine Frau am äußeren Rand des Gedränges.

Jess wußte, was sie jetzt hätte sagen müssen: daß hier nicht der Sieg das Wichtige war, sondern die Wahrheit, also daß der Gerechtigkeit Genüge getan worden war. Sie lächelte strahlend. „Es ist ein herrliches Gefühl", sagte sie unumwunden.

„HE, DAS Foto, das ich heute morgen in der Zeitung gesehen habe, waren Sie das?" fragte Vasiliki.

„Ja, das war ich", bestätigte Jess zurückhaltend. Sie hatte einen Kater von der Feier in „Jeans Restaurant" am Abend zuvor.

Sobald sie wieder in ihrem Büro gewesen war, hatte sie ihren Vater angerufen, aber er war nicht zu Hause gewesen; danach hatte sie es bei ihrer Schwester versucht, aber die war mit den Kindern beschäftigt gewesen. Sie hatte Don angerufen, der entschuldigend gemurmelt hatte, er könne leider nicht mit ihr feiern. Trish natürlich, dachte Jess.

Danach tat sie etwas, was sie nie zuvor getan hatte: Sie war in die Toilette gegangen, hatte die Augen zugemacht und einfach dagestanden. „Ich habe gewonnen", hatte sie stolz gemurmelt und sich vom Schatten ihrer Mutter in die Arme nehmen lassen.

Die Feier in Jeans Restaurant war bis in die frühen Morgenstunden gegangen. Oberstaatsanwalt Tom Olinsky hatte sie nach Hause gefahren und gewartet, bis sie sicher und wohlbehalten im Haus gewesen war. Von dem Mann, den Don zu ihrem Schutz engagiert hatte, sah Jess keine Spur, aber sie wußte, daß er da war, und war wider Willen froh darüber.

Sie hatte so fest geschlafen, daß sie nicht einmal ihren Wecker gehört hatte und beinahe zum Wen-Do-Unterricht zu spät gekommen war.

Die Frauen übten sich diesmal zunächst in ihrer Kampftechnik mit Adlerklauen und Hammerfäusten, bis ihre Bewegungen geschmeidig geworden waren. Sie lernten Schleudergriffe, sie lernten, einen Angriff mit den Schultern zu führen, sie lernten, ihr Körpergewicht einzusetzen. Nach knapp zwei Stunden waren die Frauen fast am Ende ihrer Kräfte, aber nicht am Ende ihrer Kampfeslust.

„Gut, jetzt schauen wir, wie Sie das umsetzen", sagte Dominic und nickte Jess zu. „Kommen Sie doch mal zu mir."

Jess ging zaghaft ein paar Schritte auf Dominic zu. Plötzlich packte er sie und zog sie zu sich heran. „Ho!" schrie sie laut und hörte, wie ihr Schrei den Saal füllte. Sie ließ sich von ihm vorwärts ziehen, und als ihr Körper gegen seinen prallte, stieß sie ihn mit aller Wucht von sich, stellte ihm ein Bein und rammte ihm die Schulter in den Leib, um ihn zu Fall zu bringen, ehe sie mit ihm zu Boden stürzte.

Ich habe es geschafft, dachte sie triumphierend. Sie warf den Kopf in den Nacken und lachte laut heraus.

Plötzlich tippte ihr jemand an die Stirn. Sie drehte sich herum und sah den lächelnden Dominic, der ihr den Zeigefinger der rechten

Hand wie einen Pistolenlauf an die Schläfe drückte. Sein aufgestellter Daumen klappte um und richtete sich wieder auf, als drückte er auf einen unsichtbaren Abzug. „Peng", sagte er ruhig. „Sie sind tot."

JESS fluchte immer noch vor sich hin, als sie die Willow Street hinunterging. Da hatte sie gebrüllt wie ein Stier, hatte sich eingebildet, unbesiegbar zu sein, und dabei genügten zwei Finger, um ihre Illusionen wie einen Luftballon zerplatzen zu lassen.

In der nächsten Woche, hatte Dominic ihnen versprochen, würde er ihnen zeigen, wie man einen Angreifer, der mit einem Messer oder einer Pistole drohte, entwaffnen konnte. Großartig, dachte Jess, während sie die Straße überquerte. Etwas, worauf man sich freuen konnte.

Sie sah ihn, sobald sie in die Orchard Street einbog. Er kam die Treppe vor ihrem Haus herunter, den Kragen seiner Jacke gegen die Kälte aufgestellt. Sie blieb stehen, unsicher, ob sie weitergehen oder in die andere Richtung davonlaufen sollte, so schnell sie konnte.

Sie lief nicht davon. Sie blieb einfach stehen und wartete, bis er sie sah, blieb stehen, während er auf sie zukam, die Arme nach ihr ausstreckte und sie an sich zog.

„Wir müssen miteinander sprechen", sagte Adam.

„ICH BIN in Springfield aufgewachsen." Er beugte sich über den kleinen Tisch in dem italienischen Restaurant, in dem sie an ihrem ersten gemeinsamen Abend gewesen waren. „Meine Familie ist ziemlich wohlhabend; mein Vater ist Psychoanalytiker." Er lachte leise. „Du warst gar nicht so weit von der Wahrheit entfernt, als du mich gefragt hast, wann ich von der Psychologie in die Schuhbranche umgestiegen sei. Meine Mutter macht Kunstgutachten. Von klein auf lief für mich immer alles nach Wunsch. Ich hatte gelernt, immer alles zu bekommen, was ich wollte. Ich war überzeugt, ein Anrecht darauf zu haben, daß alles nach Wunsch lief."

Er hielt inne. Jess sah ihn an und wartete, während er die Hände auf dem Tisch faltete.

„Mir ist immer alles zugefallen, ob das nun die guten Noten waren oder die Mädchen. Alles, was ich haben wollte, bekam ich, mehr oder weniger wenigstens. Und lange Zeit wollte ich ein Mädchen namens Susan Cunningham haben. Sie war hübsch und beliebt und genauso verwöhnt wie ich. Ich hatte sie mir in den Kopf gesetzt, und ich heiratete sie. Ich brauche wohl nicht zu betonen, daß die Ehe nicht glücklich wurde. Wir hatten überhaupt nichts gemeinsam, außer daß wir beide mit Vorliebe in den Spiegel sahen. Das einzig Gute, was wir zustande gebracht haben, war Beth."

„Beth?"

Adam wich ihrem Blick aus. „Unsere Tochter."

„Weiter", sagte Jess leise.

„Sie war so süß, du kannst es dir nicht vorstellen. Hier", sagte er und zog mit zitternden Händen seine Brieftasche heraus. Er entnahm ihr ein kleines Farbfoto mit einem lachenden blonden kleinen Mädchen in einem weißen Kleid.

„Sie ist wirklich entzückend", stimmte Jess zu und legte ihre Hand auf seine, wie zur Beruhigung.

„Sie ist tot", sagte Adam. Er legte das Foto wieder in seine Brieftasche.

„Tot? Wie?"

Adam sah Jess über den Tisch hinweg an, aber sein Blick war leer. Als er wieder sprach, klang seine Stimme dumpf und fern.

„Sie war fünf Jahre alt. Unsere Ehe war so gut wie vorbei. Mein Vater erkannte, was los war, und schlug eine Paartherapie vor. Wir versuchten das eine Weile, aber wir waren nicht mit dem Herzen dabei. Susans Eltern entging natürlich auch nicht, was sich abspielte, und sie schenkten uns eine Kreuzfahrt zu den Bahamas. Wir sollten ein paar Wochen miteinander allein sein und unsere Differenzen klären, meinten sie. Wir waren einverstanden, warum auch nicht? Beth wollte nicht, daß wir wegfuhren. Ich vermute, sie hatte Angst, wenn wir fortgingen, würde vielleicht einer von uns nicht zurückkehren. Ich weiß es nicht." Er starrte an Jess vorbei und sagte sekundenlang gar nichts. „Sie wurde jedenfalls plötzlich sehr trotzig, bekam Bauchweh, lauter solche Dinge. An dem Morgen, an dem wir abreisten, klagte sie über einen steifen Hals. Wir achteten nicht besonders darauf. Wir glaubten, sie wolle auf diese Weise versuchen, uns zum Bleiben zu bewegen. Susans Eltern versicherten uns, sie würden gut auf sie aufpassen. Wir reisten also ab. Am Abend bekam Beth etwas Fieber. Susans Eltern riefen den Hausarzt an, der ihnen riet, ihr ein Fieberzäpfchen zu geben und am nächsten Tag mit ihr in die Praxis zu kommen, falls sich ihr Zustand nicht gebessert haben sollte. In der Nacht stieg das Fieber auf vierzig Grad, und sie war im Delirium. Mein Schwiegervater fuhr mit ihr ins Krankenhaus. Aber es war schon zu spät. Noch vor dem Morgen war sie tot. Hirnhautentzündung."

„Wie furchtbar."

„Wir wurden auf dem Schiff benachrichtigt und kehrten nach Hause zurück. Aber es gab natürlich kein Zuhause mehr. Das einzige, was uns noch verbunden hatte, existierte nicht mehr. Ich dachte daran, den Arzt zu verklagen, aber im Grunde konnten wir ihm nichts vorwerfen. Statt dessen habe ich die Scheidung eingereicht. Und dann bin ich geflohen. Habe alles aufgegeben. Ich bin in die Großstadt gekommen und habe den Job als Schuhverkäufer angenommen. Den Rest der Geschichte kennst du."

Er sah Jess an. „Ich habe eine Menge Frauen kennengelernt, aber ich bin jeder tieferen Beziehung ausgewichen. Ich habe eine Menge Schuhe verkauft. Und dann kamst du in den Laden. Du hast dir mit dem Absatz dieses Schuhs so fest in die Hand geschlagen. Ich hab dir in die Augen gesehen, und ich dachte, diese Frau ist innerlich genauso tief verletzt wie ich."

Jess spürte die aufsteigenden Tränen in den Augen, und sie wandte sich kurz ab.

„Ich wollte dich eigentlich nicht anrufen", fuhr er fort und erreichte damit, daß sie ihn wieder ansah. „Mich in die Probleme von anderen verwickeln zu lassen, wollte ich zuallerletzt. Aber als diese verdammten Stiefel hereinkamen, wußte ich, daß ich dich wiedersehen mußte. Ich hab mir dabei fest vorgenommen, es würde das erste und das letzte Mal sein. Aber immer wieder bin ich vor deiner Tür gelandet. Und die ganze letzte Woche habe ich fast ständig an dich gedacht, obwohl du mir gesagt hattest, ich solle mich nicht mehr blicken lassen. Und ich habe nicht ein einziges Paar Schuhe verkauft."

Jess lachte und weinte zugleich. „In Springfield hast du nicht in der Schuhbranche gearbeitet, nicht wahr?" fragte sie.

Er schüttelte den Kopf.

„Ich habe das schreckliche Gefühl, du bist Anwalt, habe ich recht?"

Er nickte schuldbewußt. „Ich wollte es dir sagen, aber jedesmal hab ich mir gedacht, was spielt es für eine Rolle, ich melde mich ja doch nicht wieder bei ihr."

„Worauf hast du dich spezialisiert?" Sie fing an zu lachen, noch ehe sie seine Antwort gehört hatte.

„Strafrecht", lautete die erwartete Antwort.

„Natürlich." Warum war sie nicht davongelaufen, solange noch Zeit gewesen war?

„Ich wollte dich wirklich nie belügen", sagte er noch einmal, „ich habe nur einfach nicht erwartet, daß es so weit mit uns kommen würde."

„Wie weit?" fragte Jess.

„So weit, daß mir klar wurde, daß ich dich auf keinen Fall verlieren will. So weit, daß ich glaube, ich liebe dich", sagte er leise.

„Erzähl mir von deiner Tochter", sagte Jess, der dieses Bekenntnis unheimlich war. Sie griff über den Tisch und nahm seine Hände in ihre.

„Ich erinnere mich an eine Begebenheit, als sie vier Jahre alt war", begann Adam. „Sie war völlig aufgedreht, weil sie am nächsten Tag Geburtstag hatte. Es war eine ganze Horde Kinder zu ihrem Fest eingeladen. Wir waren zu Bett gegangen und schliefen fest, da tippte mir plötzlich jemand zaghaft auf den Arm. Als ich die Augen aufschlug, sah ich Beth an meinem Bett stehen. ‚Was ist denn, meine Süße?' fragte ich, und sie sagte mit ihrem aufgeregten hellen Stimmchen: ‚Heute ist mein Geburtstag.' Ich sagte: ‚Ja, das stimmt, aber geh jetzt wieder ins Bett, Schatz, es ist erst drei Uhr morgens.' ‚Ach', sagte sie da, ‚ich dachte, es wäre schon Zeit zum Aufstehen.' Und da stand sie nun – sie hatte ganz allein ihr neues Kleid angezogen und ihre weißen Strümpfe mit Rüschen und ihre Lackschuhe. Ich weiß noch, wie ich dachte, wie wunderbar solche Vorfreude ist. Und ich habe sie ins Bett gepackt, und sie ist sofort wieder eingeschlafen."

„Das ist eine schöne Geschichte", sagte Jess.

Adam lächelte. Sie sah den feuchten Schimmer in seinen Augen.

„Ich habe das Gefühl, du warst ein sehr guter Vater."

„Ich hoffe es."

Er winkte die Wirtin Carla herbei, die in der Nähe herumschwirrte. „Eine Pizza Spezial bitte und zwei Gläser Chianti."

Carla nickte und verschwand.

„Denkst du manchmal daran, wieder in die Juristerei einzusteigen?" fragte Jess.

„Ich weiß nicht. Wenn ein aufregender Fall daherkäme, ließe ich mich vielleicht breitschlagen. Wer weiß?"

Carla brachte ihnen den Wein. Jess hob ihr Glas und stieß mit Adam an. „Auf die schönen Erinnerungen", sagte sie.

„Auf die schönen Erinnerungen", wiederholte er.

JESS wußte sofort, als sie vor ihrer Wohnung ankamen, daß etwas nicht stimmte. Wie angewurzelt blieb sie vor der Wohnungstür stehen, wartete, lauschte.

„Was ist denn?" fragte Adam.

„Hörst du das?" fragte sie.

„Ich höre dein Radio, wenn du das meinst. Läßt du es nicht immer für den Vogel laufen?"

„Ja, aber doch nicht so laut." Behutsam drehte sie den Schlüssel im Schloß und stieß die Tür auf. „Hier ist es ja eiskalt!" rief sie. Die dünnen Spitzengardinen bauschten sich im Wind.

„Hast du das Fenster offengelassen?"

„Nein!" Jess lief zum Fenster und schlug es zu.

„Komm, verschwinden wir hier, und rufen wir die Polizei an", sagte Adam. „Der Einbrecher ist vielleicht noch da."

Jess ging zwei Schritte auf ihn zu, dann blieb sie wie angewurzelt stehen. „O nein! Freddy!" Sie deutete auf den Vogelkäfig. „Er ist weg! Jemand hat ihn herausgelassen!" Sie fing an zu weinen. „Warum tut ein Mensch so etwas? Wem kann es denn Spaß machen, einen harmlosen kleinen Vogel zu quälen?" schluchzte sie in Adams Armen und sah vor sich wieder das Bild der verstümmelten Schildkröte.

Von Walter Frasers Wohnung aus riefen sie die Polizei an und blieben dort, während ein Beamter und eine Beamtin sich oben umsahen.

„Sie finden bestimmt niemanden", sagte Jess, während Walter ihr einen Becher Tee reichte und darauf bestand, daß sie ihn auch trank. „Er ist längst über alle Berge."

„Das klingt ja, als wüßtest du, wer es war", bemerkte Adam.

„Ich weiß es auch." Jess nickte und erzählte ihm und Walter kurz von Rick Ferguson. „Hast du jemand Verdächtigen hinaufgehen sehen, Walter?" fragte Jess.

„Nur deinen Freund hier." Walter zwinkerte Adam zu. „Er ist draußen auf und ab marschiert. Vermutlich hat er auf dich gewartet."

Jess sah Adam an.

„Und die Musik?" fragte Adam rasch. „Wissen Sie, wann sie plötzlich laut wurde?"

„Hm, ich war fast den ganzen Nachmittag unterwegs", sagte Walter. „Als ich nach Hause kam, lief die Musik schon in voller Lautstärke."

Die Polizei stellte die gleichen Fragen, erhielt die gleichen Antworten. Man hatte niemand in Jess' Wohnung entdeckt. In den anderen Räumen schien nichts angerührt worden zu sein.

„Wir können jemand von der Spurensicherung herüberschicken", schlug der Polizeibeamte vor.

„Sparen Sie sich die Mühe. Er hat keine Fingerabdrücke hinterlassen." Jess berichtete den beiden, daß bereits Haftbefehl gegen Rick Ferguson erlassen worden sei.

„Soll heute nacht ein Beamter Ihr Haus überwachen?" fragte die Polizistin.

„Ich bleibe bei ihr", entschied Adam in einem Ton, der keinen Widerspruch duldete.

Jess sagte nichts, und die junge Frau folgte ihrem Kollegen zur Tür hinaus.

NACHDEM die Polizeibeamten gegangen waren, hatten sie sich oben in der Wohnung auf dem Bett ausgestreckt. Keiner von beiden war in der Stimmung zu leidenschaftlichen Zärtlichkeiten. Sie lagen nur da und hielten einander in den Armen. Jess schloß ab und zu die Augen, und immer, wenn sie sie wieder aufschlug, sah sie Adam, der den Blick nicht von ihr zu wenden schien.

„Ich bin hungrig", sagte sie auf einmal, setzte sich auf und rieb die übermüdeten Augen. „Ich glaube, ich schiebe einfach ein paar gefrorene Pizzas in die Mikrowelle."

„Da sag ich nicht nein."

Sie ging in die Küche. Adam kam hinterher, als sie die Pizzas aus dem Eisfach nahm.

„Für mich nur eine", sagte er.

Jess legte drei Pizzas auf einen Teller, ging zum Mikrowellenherd und öffnete ihn.

Eine Welle des Ekels stieg beim Anblick dessen, was sie sah, in ihr hoch. Die Worte blieben ihr im Hals stecken, und sie preßte entsetzt die freie Hand auf den Mund.

Der kleine Kanarienvogel lag starr auf der Seite. Sein gelbes Gefieder war angekohlt, seine Augen im Tod erloschen.

„O mein Gott!" schluchzte Jess, krümmte sich, taumelte rückwärts. Ihr wurde schwindelig, und alles begann sich um sie zu drehen.

„Was ist denn?" rief Adam und stürzte zu ihr, um sie aufzufangen, ehe sie zu Boden fiel.

Jess öffnete den Mund, um zu sprechen, aber kein Wort kam über ihre Lippen. Dann mußte sie sich übergeben.

ALS SIE am Morgen erwachte, saß Adam am Fußende des Bettes und hielt ihr eine Tasse mit schwarzem Kaffee hin. „Wie fühlst du dich?" erkundigte er sich.

„Wie durch die Mangel gedreht."

„Kann ich mir vorstellen", sagte er.

Jess nahm ihm die Tasse aus der Hand, trank einen kräftigen Schluck. Sie erinnerte sich verschwommen, daß Adam ihr das Nachthemd angezogen und sie ins Bett gesteckt hatte.

„Ach Adam", stöhnte sie. „Der arme kleine Freddy. Und wenn ich dran denke, daß ich ihn beseitigen und die Schweinerei saubermachen muß . . ."

„Das ist schon erledigt", sagte Adam schlicht.

Jess war einen Moment sprachlos vor Dankbarkeit. Ihr Schniefen war das einzige Geräusch in der Wohnung. „Ich bin schon ein einzigartiges Wesen", sagte sie schließlich und wischte sich die Tränen mit dem Handrücken ab. „Halt dich nur an mich."

„Genau das habe ich vor", versetzte Adam und küßte sie sanft auf die Lippen.

„Ich seh mal, was ich für das Frühstück auftreiben kann. Meinst du, du kannst was essen?"

„Ich schäme mich ja, aber ich glaube schon."

Er lächelte. „Dann geh mal duschen. Du wirst dich danach gleich viel besser fühlen." Er küßte sie auf die Nasenspitze und verschwand.

Jess fiel plötzlich auf, wie still die Wohnung ohne ihren Kanarienvogel war. Eigentlich hat er ständig gezwitschert, dachte sie, als sie jetzt ihre Kleider ablegte und den Wasserhahn der Dusche aufdrehte. Ein so zarter Klang, erinnerte sie sich, während sie die Badezimmertür schloß und sich unter den heißen Strahl der Dusche stellte. So beruhigend, so zuverlässig, so lebensbejahend und jetzt verstummt für immer.

„Der Teufel soll dich holen, Rick Ferguson!" flüsterte sie.

Er kam offenbar unaufhaltsam näher. Plante seine Schritte geschickt, um sie immer mehr in Panik zu versetzen. Genauso, wie er es mit Connie DeVuono gemacht hatte. Die mühelosen, unbeobachteten Einbrüche, der sich ständig steigernde Terror, das sadistische Abschlachten unschuldiger Haustiere. Und einfach nur das Grinsen, das ihr schon beim ersten Anblick eine Gänsehaut über den Rücken gejagt hatte. Das Grinsen hatte eigentlich alles gesagt.

„Ho!" schrie Jess und holte ein paarmal tief Atem, dann griff sie zur Seife und rieb sie unsanft über ihren Körper. Sie mußte plötzlich an die Duschszene aus dem Alfred-Hitchcock-Film „Psycho" denken.

In ihrer Phantasie sah sie, wie die unglückselige Janet Leigh sich arglos zu waschen begann, sah, wie die Badezimmertür langsam aufgestoßen wurde, die fremde, schattenhafte Gestalt sich näherte, das große Fleischermesser in die Luft schwang, während gleichzeitig der Duschvorhang aufgerissen wurde.

„Was ist los mit dir?" rief Jess laut, während sie hastig den Seifenschaum abspülte. „Du willst wohl Rick Ferguson die Arbeit abnehmen?"

Und dann hörte sie, wie die Badezimmertür geöffnet wurde, und sah Rick Ferguson hereinkommen.

Jess versuchte einen Schrei auszustoßen. Ho! dachte sie verzweifelt, aber kein Laut kam ihr über die Lippen. Sie drehte den Wasserhahn zu. Plötzlich näherte sich die Gestalt mit ausgestreckten Armen der Duschkabine. Wo war Adam? Jess tastete in wilder Verzweiflung um sich, packte die Seife. Wie war er hereingekommen? Was hatte er mit Adam gemacht?

Jemand ergriff den Duschvorhang, zog ihn auf. Jess stürzte vorwärts. „Ho!" brüllte sie und schleuderte ihrem Angreifer die Seife an den Kopf. Er zuckte zusammen und taumelte mit schützend erhobenen Händen gegen das Waschbecken.

„Um Himmels willen, Jess!" hörte sie ihn ausrufen. „Bist du denn total verrückt? Willst du mich umbringen?"

Jess starrte den Mann an, der vor ihr kauerte. „Don?" Ihre Stimme klang kleinlaut. „Du hast mich zu Tode erschreckt."

„Ich hab dich erschreckt?" fragte Don. „Ich hätte selbst beinahe einen Herzinfarkt bekommen."

„Jess, ist alles in Ordnung?" fragte Adam, der an der Badezimmertür erschien.

Jess hüllte sich in ein Badetuch ein. „Alles in Ordnung", versicherte sie ihm.

Adam warf einen Blick auf Don, ein Lächeln spielte um seine Lippen. „Irgendwie albern, daß wir uns immer nur auf diese Weise begegnen", bemerkte er, ehe er in die Küche zurückkehrte.

Don wandte sich an Jess. „Adam hat gesagt, ich solle doch warten, du wärst gleich mit dem Duschen fertig. Ich hab dich ein paarmal gerufen und dachte, ich hätte dich etwas sagen hören. Ich nahm an, du hättest gesagt, ich solle hereinkommen. Also bin ich reingekommen. Und dann werde ich mit einem Stück Seife fast niedergeschlagen."

„Ich dachte, du wärst Rick Ferguson."

„Rick Ferguson?"

„Meine Phantasie arbeitet im Moment auf Hochtouren", erklärte sie. Im Schlafzimmer schlüpfte sie in ihren Bademantel und begann, sich mit dem Frottiertuch die Haare zu trocknen. „Du hast mir überhaupt noch nicht gesagt, was du hier willst."

„Ich hab mir Sorgen um dich gemacht", sagte er. „Von dem Mann, den ich engagiert habe, damit er dich im Auge behält, weiß ich, daß es gestern abend Wirbel mit der Polizei gegeben hat. Was war los?"

Jess erzählte, daß sie bei ihrer Heimkehr Adam vor dem Haus getroffen habe, berichtete von dem offenen Wohnzimmerfenster und dem leeren Vogelkäfig und daß sie später in der Nacht hungrig aufgewacht sei und im Mikrowellenherd ihren toten Kanarienvogel gefunden habe.

„Das tut mir wirklich leid, Jess", sagte Don bekümmert. „Es ist unglaublich, wie viele Geistesgestörte frei herumlaufen."

„Ich denke da besonders an einen."

„Ich wollte dir auch etwas mitteilen", sagte Don. „Etwas, das dich beruhigen müßte. Rick Ferguson hat sich heute morgen auf dem Polizeirevier gestellt."

„Nicht möglich!" Jess kramte im Schrank nach etwas zum Anziehen.

„Er behauptet, daß er keine Ahnung gehabt hat von der polizeilichen Fahndung nach ihm. Er war mit einer Frau zusammen, die er gerade kennengelernt hatte."

„Ach wirklich? Er kann sich nur leider nicht an ihren Namen erinnern."

„Ich glaube, er hat sie gar nicht danach gefragt."

Jess schlüpfte in ein Paar Jeans und einen dicken blauen Pullover. „Wie lange weißt du das schon?"

„Seit heute morgen", sagte Don unbewegt. „Ferguson rief mich an und teilte mir mit, er sei zu Hause gewesen, habe gehört, daß die Polizei ihn suche, und sei jetzt auf dem Weg zum Revier, um sich zu stellen. Ich fahre jetzt auch hin."

„Gut. Ich komme mit."

„Und was ist mit dem Küchenchef?"

„Das Frühstück muß eben warten, bis ich wieder da bin."

„Du willst den Mann allein in deiner Wohnung lassen?" Dons Stimme klang ungläubig. „Jess, das letzte Mal, als er hier war, hast du deine gesamte Unterwäsche zerschnitten aufgefunden."

„Don, mach dich nicht lächerlich."

„War es nur ein Zufall, daß er gestern abend hier war, Jess?" fragte Don ungeduldig. „Bist du überhaupt nicht auf den Gedanken gekommen, daß vielleicht Adam der Einbrecher war? Daß vielleicht Adam deinen Kanarienvogel getötet hat?"

„Das ist doch unsinnig, Don. Weshalb hätte Adam diese Dinge tun sollen? Was könnte er für ein Motiv haben?"

„Das weiß ich nicht. Ich weiß nur eines: Seit du diesen Burschen kennengelernt hast, passieren dir die merkwürdigsten und gefährlichsten Dinge."

„Aber Adam hat keinen Grund, mir etwas antun zu wollen."

Dons Blick verriet Besorgnis. „Bist du im Begriff, dich zu verlieben, Jess?" fragte er.

Jess seufzte tief auf. „Ich weiß es nicht."

„Jess, er ist Schuhverkäufer! Was willst du mit diesem Mann?"

„Er ist kein Schuhverkäufer", widersprach Jess leise, „sondern Anwalt. Es ist eine sehr lange, sehr komplizierte Geschichte."

„Nur Lügen sind kompliziert“, warnte Don. „Die Wahrheit ist im allgemeinen sehr einfach.“

Jess wich seinem Blick aus; sie wollte nicht einmal daran denken, daß er recht haben könnte. „Fahren wir zum Revier!“ sagte sie. „Ich werde deinen Mandanten wegen Mordes an Connie DeVuono verhaften lassen.“

„Moment mal! Du hast keine Beweise.“

„Hör endlich damit auf. Ferguson hatte ein Motiv. Er hatte die Gelegenheit zur Tat. Und ich habe die Mordwaffe. Was willst du noch mehr?“

„Ein paar Fingerabdrücke auf der Mordwaffe wären nicht schlecht. Ein paar Zeugen, die meinen Mandanten und die Frau etwa zu der Zeit zusammen gesehen haben, als sie verschwand. Irgendeine Verbindung zwischen der Toten und Rick Ferguson, Jess.“

„Die Verbindung werde ich schon herstellen.“

„Dann wünsche ich dir viel Glück.“

14

BIS UNMITTELBAR vor Beginn der Vorverhandlung gegen Rick Ferguson am folgenden Freitag stritt sich Jess mit dem Oberstaatsanwalt herum, der den Vorsitz hatte.

„Ich glaube immer noch, es war ein Fehler, daß wir den Fall nicht vor ein Geschworenengericht gebracht haben“, hielt sie Tom Olinsky vor. Achtlos ging sie neben ihm an der Weihnachtsdekoration vorbei, die an den Wänden der Gänge angebracht war. Die Verhandlung fand in einem der kleineren Gerichtssäle in der zweiten Etage des Gerichtsgebäudes statt.

„Aber ich habe Ihnen doch gesagt, daß unser Fall für so eine Voruntersuchung auf viel zu schwachen Füßen steht. Ihr Exmann hat uns mit seinem Antrag auf Beschränkung der Beweisvorlage ganz schön eins aufs Haupt gegeben.“

„Der Teufel soll ihn holen“, murmelte Jess. Sie war immer noch über Dons taktische Maßnahme verärgert.

„Bei einer Voruntersuchung mit Geschworenen hätten wir sofort einen Anklagebeschluß bekommen. Wir hätten jetzt schon ein Prozeßdatum.“ Und sie hätte Don nicht zu einem so frühen Zeitpunkt bei Gericht gegenübertreten müssen, da die Verteidigung bei solchen Voruntersuchungen nicht anwesend war.

Jess hatte Don die ganze Woche nicht gesehen, hatte nicht mehr mit ihm gesprochen, seit er seinen Antrag auf Beschränkung der Beweisvorlage gestellt hatte. Auch Adam hatte sie die ganze Woche nicht gesehen. Er war in Springfield, zum erstenmal seit drei Jahren besuchte er seine Eltern. Am Sonntag wollte er wieder in Chicago sein. Unterdessen rief er sie jeden Abend um zehn Uhr an, um ihr gute Nacht zu wünschen und um ihr zu sagen, daß er sie liebe.

Jess hatte von ihren Gefühlen noch nicht gesprochen. Sie hatte zu große Angst, ihre Gefühle zu zeigen, und wollte sich auch nicht festlegen.

Gib deinen Gefühlen nach, hörte sie Stimmen aus der Ferne murmeln. *Gib ihnen einfach nach. Vertrau deinem sechsten Sinn.*

Wenn es ihr gelang, Rick Ferguson unter Anklage stellen zu lassen, vielleicht konnte sie dann die nagenden Zweifel an Adam begraben, die Don in ihr geweckt hatte.

IM GERICHTSSAAL füllten sich die Zuschauerreihen, größtenteils mit Anwälten und ihren Mandanten, die auf ihren Verhandlungstermin warteten. Tom Olinsky setzte sich neben Neil an den Tisch der Anklage, Jess sah sich um. Don und Rick Ferguson waren noch nicht da.

Der Gerichtsdiener räusperte sich laut, ehe er das Gericht zur Ordnung rief und Richterin Caroline McMahon ankündigte, eine blasse Frau, Anfang Vierzig, mit kurzem dunklem Haar.

Gerade als der Gerichtsdiener Rick Fergusons Namen vorlas, stürmte Don mit angemessener Dramatik in den Saal. „Hier, Euer Ehren!" rief er laut und führte seinen Mandanten zum Tisch der Verteidigung.

„Ist die Verteidigung bereit?" erkundigte sich Caroline McMahon.

„Ja, Euer Ehren."

„Und die Anklage?"

„Die Anklage ist bereit, Euer Ehren", antwortete Jess.

„Ich werde mir das Urteil über Ihren Antrag vorbehalten, Mr. Shaw", erklärte Caroline McMahon als erstes, „bis ich sehe, welche Richtung die Argumentation der Staatsanwaltschaft nimmt. Mrs. Koster, Sie können beginnen."

„Danke, Euer Ehren", sagte Jess und trat an den Zeugenstand. „Wir rufen Kommissar George Farquharson."

Kommissar George Farquharson, ein großer hellhäutiger Mann mit schütterem Haar, begab sich in den Zeugenstand und wurde vereidigt.

„Ist es richtig, daß Sie am Nachmittag des fünften Dezember den Tod von Connie DeVuono untersuchten?" begann Jess.

„Ja."

„Können Sie uns darüber Genaueres berichten?"

„Mein Partner und ich fuhren nach dem Anruf eines gewissen Henry Sullivan nach Skokie Lagoons hinaus. Er hatte dort beim Eisfischen eine Leiche gefunden. Sobald wir die Tote sahen, wußten wir, daß sie ermordet worden war."

„Woran sahen Sie das?"

„Das Stück Draht war noch um ihren Hals gewickelt."

„Danke, Herr Kommissar."

Don stand kurz auf. „Haben Sie, abgesehen von dem Draht um Mrs. DeVuonos Hals, andere Spuren am Tatort gefunden, Herr Kommissar?"

„Nein."

„Es befand sich also nichts am Tatort, woraus sich eine Verbindung zwischen meinem Mandanten und der Toten ergeben hätte?"

„Nein, Sir."

„Ich danke Ihnen." Don kehrte an seinen Platz zurück.

„Danke, Herr Kommissar, Sie können gehen", sagte Richterin McMahon.

„Die Anklage ruft Dr. Hilary Waugh."

Hilary Waugh, die Leiterin der Gerichtsmedizin für Cook County, trug einen blauen Hosenanzug und dazu eine schlichte Perlenkette, das dunkle Haar wie immer zu einem tiefsitzenden Knoten geschlungen.

„Dr. Waugh", sagte Jess, nachdem die Zeugin sich gesetzt hatte, „wie lautet der Befund der Obduktion, die an Connie DeVuono vorgenommen wurde?"

„Der Tod ist durch Ersticken infolge von Strangulierung mit einem Stück Kabeldraht eingetreten. Der Draht durchschnitt die Halsschlagader, aber erst nach dem Eintreten des Todes. Neben einer Fraktur des linken Handgelenks hatte sie mehrere gebrochene Rippen und einen ausgerenkten Kiefer. Außerdem gab es Anzeichen dafür, daß sie vergewaltigt worden war."

„Wie lange war Mrs. DeVuono schon tot, als man sie fand?"

„Ungefähr sechs Wochen. Wir identifizierten sie aufgrund der zahnärztlichen Unterlagen."

„Ich danke Ihnen."

Don sprang auf. „Wurden Spuren von fremdem Blut oder Speichel gefunden?" fragte er.

„Nein, wir haben keine Spuren gefunden. Die Leiche befand sich im Zustand fortgeschrittener Verwesung."

„Ich danke Ihnen, Dr. Waugh."

„Die Anklage ruft Dr. Rudy Wang", sagte Jess, sobald Hilary Waugh den Zeugenstand verlassen hatte.

Dr. Wang, der kriminologische Experte, war ein kleinwüchsiger Mann mit grauem Haar und einem sorgenvollen Gesichtsausdruck. Ungeachtet seines asiatisch klingenden Namens war er polnischer Abstammung.

„Dr. Wang, hatten Sie Gelegenheit, den Draht zu untersuchen, mit dem Connie DeVuono erdrosselt wurde?" fragte Jess, während sie an den Zeugenstand herantrat.

„Ja."

„Würden Sie ihn bitte beschreiben?"

„Es war ein Kabeldraht, stahlgrau, fünfundvierzig Zentimeter lang, mit einem Umfang von etwa acht Millimetern. Ein sehr starker Draht."

„Sie haben ein ähnliches Stück Draht aus der Ace Magnetic Wire Factory untersucht, bei der der Angeklagte arbeitet, nicht wahr?"

„Ja, das stimmt. Die beiden Drähte waren identisch."

„Danke, Dr. Wang."

Don war bereits aufgesprungen und auf dem Weg zum Zeugenstand, ehe Jess an ihren Tisch zurückgekehrt war. „Dr. Wang, befanden sich Fingerabdrücke auf dem Draht, der bei Mrs. DeVuonos Leiche gefunden wurde?"

„Nein."

„Und was würden Sie sagen: Gibt es diesen Typ von Draht häufig oder selten?"

Wang zuckte die Achseln. „Ziemlich häufig, denke ich."

„Man könnte ihn in jedem Eisenwarengeschäft kaufen?"

„Ja, vermutlich schon."

„Ich danke Ihnen." Don warf Jess einen triumphierenden Blick zu, ehe er an seinen Platz zurückkehrte.

„Die Anklage ruft Mrs. Rosaria Gambala", sagte Jess laut und ballte zornig ihre Hände zu Fäusten.

Mrs. Gambala, in einem langärmeligen schwarzen Pullover über einem langen schwarzen Rock, kam langsam in den vorderen Teil des Gerichtssaals. Sie hielt sich an der Umrandung des Zeugenstands fest, als sie vereidigt wurde. Der Blick ihrer dunklen Augen schweifte nervös durch den Saal. Als er auf den Angeklagten fiel, stieß sie einen unterdrückten Schrei aus.

„Fühlen Sie sich nicht wohl, Mrs. Gambala?" fragte Jess. „Möchten Sie vielleicht ein Glas Wasser?"

„Nein, ich fühle mich durchaus wohl“, antwortete die Frau mit erstaunlich fester Stimme.

„Können Sie uns sagen, in welcher Beziehung Sie zu der Toten standen?“ fragte Jess.

„Ich bin ihre Mutter“, antwortete die alte Frau.

„Wann haben Sie Ihre Tochter als vermißt gemeldet, Mrs. Gambala?“

„Am neunundzwanzigsten Oktober 1992, als sie Stefan nach der Arbeit nicht abgeholt hatte.“

„Stefan ist der Sohn Ihrer Tochter?“

„Ja. Mein Enkel. Er ist nach der Schule zu mir gekommen, bis Connie mit der Arbeit fertig war. Sie hat immer angerufen, bevor sie aus dem Büro wegging.“

„Und am Nachmittag des neunundzwanzigsten Oktober rief Ihre Tochter zwar an, ist dann aber nicht bei Ihnen angekommen, ist das richtig?“

„Ich habe die Polizei angerufen. Dort hat man mir gesagt, ich müsse vierundzwanzig Stunden warten. Dann hab ich bei Ihnen angerufen, aber Sie waren nicht zu Hause.“

„Warum haben Sie bei mir angerufen, Mrs. Gambala?“

„Weil Sie Anwältin sind. Sie wollten ihr doch helfen. Sie haben gewußt, daß ihr Leben in Gefahr war. Sie haben von seinen Drohungen gewußt.“ Sie wies mit anklagendem Finger auf Rick Ferguson.

„Einspruch!“ rief Don. „Das weiß sie allenfalls vom Hörensagen.“

„Wir sind in der Vorverhandlung“, erinnerte Jess ihren Exmann. „Da sind solche Vermutungen zugelassen.“

„Stattgegeben“, sagte die Richterin. „Fahren Sie fort, Mrs. Koster.“

„Rick Ferguson hat Ihre Tochter bedroht?“

„Ja. Sie hatte solche Angst vor ihm. Er hat gedroht, er würde sie umbringen.“

„Einspruch!“ rief Don wieder. „Euer Ehren, können wir einen Augenblick vortreten?“

Die Richterin nickte, und die beiden Anwälte traten vor den Richtertisch.

Don ergriff die Initiative. „Euer Ehren, ich finde, jetzt wäre der geeignete Moment, über meinen Antrag auf Beschränkung der Beweisvorlage zu entscheiden. Der Antrag ist in der Tatsache begründet, daß fast das gesamte Beweismaterial gegen meinen Mandanten auf Vermutungen beruht und dazu noch in hohem Grad auf Befangenheit. Es gibt keine direkten Beweise dafür, daß mein Mandant Mrs. DeVuono je bedroht hat.“

„Die Anklage wird zwei weitere Zeuginnen aufrufen", erklärte Jess, „die aussagen werden, daß Mrs. DeVuono vor dem Angeklagten Angst hatte, daß er gedroht hatte, sie zu töten, wenn sie vor Gericht gegen ihn aussagen sollte."

„Euer Ehren, solche Aussagen, die auf Hörensagen beruhen, sind nicht nur präjudizierend, sondern auch irrelevant."

„Irrelevant?" rief Jess. „Sie belegen das Motiv, Euer Ehren. Connie DeVuono hatte Rick Ferguson beschuldigt, sie geschlagen und vergewaltigt zu haben. Ich werde mehrere Polizeibeamte aufrufen, die aussagen können, daß Mrs. DeVuono Rick Ferguson eindeutig als den Mann identifiziert hat, der sie geschlagen und vergewaltigt hat."

„Eine reine Vermutung, Euer Ehren", erklärte Don kategorisch. „Die einzige Person, die meinen Mandanten als den Angreifer identifizieren könnte, die bezeugen könnte, daß er ihr Leben bedroht hat, ist tot. Da niemals nachgewiesen wurde, daß mein Mandant etwas mit dem Überfall auf Mrs. DeVuono zu tun hatte, muß ich verlangen, daß Sie die Vorlage derart reißerischen und präjudizierenden Beweismaterials gegen meinen Mandanten untersagen."

„Euer Ehren", sagte Jess rasch, „wir behaupten, daß diese Aussagen, auch wenn sie zugegebenermaßen auf Vermutungen beruhen, beweiserheblich sind. Sie gehören zum Kern der Beweisführung der Anklage gegen Mr. Ferguson."

„Was ist denn los?" rief Mrs. Gambala vom Zeugenstand herüber.

Caroline McMahon sah die alte Frau teilnahmsvoll an. „Sie können den Zeugenstand verlassen, Mrs. Gambala", sagte die Richterin freundlich.

„Müssen Sie mich denn nichts mehr fragen?" erkundigte sich Mrs. Gambala, als Jess ihr aus dem Zeugenstand half.

„Im Augenblick nicht", sagte Jess leise.

„Ich bin jetzt bereit, über Ihren Antrag zu entscheiden, Mr. Shaw", erklärte die Richterin.

Don und Jess traten zum Richtertisch.

„Ich neige dazu, in dieser Frage der Verteidigung nachzugeben, Mrs. Koster", begann sie.

„Aber, Euer Ehren –"

„Die präjudizierende Wirkung der Aussagen überwiegt eindeutig ihren Beweiswert. Ich werde daher der Anklage untersagen, dieses Material bei der Verhandlung vorzutragen."

„Aber ohne diese Aussagen sind uns die Hände gebunden, Euer Ehren. Die Anklage kann dann kein Motiv nachweisen. Unsere Beweisführung bricht zusammen."

„Das fürchte ich auch", meinte die Richterin. „Sind Sie bereit, Antrag auf Verfahrenseinstellung zu stellen?"

Jess blickte von der Richterin zu ihrem geschiedenen Mann. Immerhin war er so anständig, keine Schadenfreude zu zeigen.

Eine Minute später wurde das Verfahren gegen Rick Ferguson eingestellt.

„WIE KONNTEST du nur?" fragte Jess ihren Exmann zornig im leeren Korridor vor dem Gerichtssaal. „Wie konntest du zulassen, daß dieser Killer ungeschoren davonkommt?"

„Du hattest nichts gegen ihn in der Hand, Jess."

„Du weißt, daß er sie getötet hat. Du weißt, daß er schuldig ist!"

„Seit wann zählt so etwas vor Gericht?" fragte Don scharf, aber gleich wurde seine Stimme wieder sanft. „Jess, ich weiß ja, wie gern du Rick Ferguson hinter Gitter befördern möchtest. Ehrlich gesagt, mir wäre auch wohler, wenn er säße, wenigstens bis wir wissen, wer diesen Terror gegen dich veranstaltet hat. Aber ich bin keineswegs davon überzeugt, daß Rick Ferguson der Mann ist, den wir suchen, und ich kann meine Pflicht als Anwalt meinem Mandanten gegenüber nicht vernachlässigen, nur weil ich dich liebe." Er suchte nach einem Zeichen des Verständnisses in ihren Augen. Aber Jess verweigerte es ihm. „Komm, schließen wir Waffenstillstand", bot er an. „Ich lade dich zum Essen ein."

„Ich halte das unter den gegebenen Umständen für keine gute Idee."

„Aber, Jess", drängte er, „du kannst doch diese Dinge nicht persönlich nehmen."

„Aber ich tu's leider nun mal." Jess fühlte, wie ihr Zorn nachließ. „Heute abend kann ich nicht, Don. Ich habe schon etwas vor."

„Adam?"

„Meine Schwester", entgegnete sie. „Und mein Schwager. Und mein Vater. Und seine neue Frau. Der krönende Abschluß eines perfekten Tages. Wir sprechen uns wieder."

Sie drehte sich auf dem Absatz um und sah sich unerwartet Rick Ferguson gegenüber.

„Ich hab gehofft, wir würden zur Feier des Tages noch ein Glas zusammen trinken", sagte er über Jess' Kopf hinweg zu Don.

„Tut mir leid, ich kann nicht", erwiderte Don kühl.

„Jammerschade", sagte Ferguson mit einem Lächeln, das ganz im Widerspruch zu seinen Worten stand. „Ich fühle mich so gut, daß ich's gern weitergeben wollte."

„Gehen Sie nach Hause!" sagte Don. Er packte ihn beim Ellbogen und führte ihn zu den Aufzügen, von denen sich einer gerade öffnete. Doch ehe sie die Kabine betreten konnten, riß Rick Ferguson sich von seinem Anwalt los und rannte zu Jess zurück.

„Wollen Sie wissen, wie gut ich mich fühle, Frau Staatsanwältin?" fragte er sie. Er starrte Jess in die Augen und sprach so leise, daß nur sie es hören konnte. „Wie die Katze, die den Kanarienvogel gefressen hat."

„Sie gemeines Schwein!" flüsterte Jess.

„Worauf Sie sich verlassen können", gab Rick Ferguson zurück, bevor Don ihn wegzerrte.

15

UM FÜNF vor sechs parkte Jess den Wagen, den sie sich gemietet hatte, in Evanston vor dem Haus ihrer Schwester. Der blaue Buick ihres Vaters stand schon in der Auffahrt. „Pech", flüsterte sie. Sie hatte gehofft, die erste zu sein, um wenigstens noch ein Glas trinken zu können, ehe sie die Bekanntschaft der fremden Frau machen mußte. „Bleib jetzt bloß ruhig", sagte sie vor sich hin. „Lächle, mach ein fröhliches Gesicht."

Die Haustür wurde geöffnet. Barry erschien und winkte sie mit einer großspurigen Geste ins Haus.

Sie stieg aus, zögerte aber, als hinter ihrem Schwager ihr Vater in der Tür erschien.

„Mensch, Jess!" rief Barry. „Mach, daß du reinkommst. Es ist eiskalt hier draußen."

Wie zur Bestätigung seiner Worte fegte vom Wasser her ein kalter Windstoß durch den Garten und rüttelte heftig an einem Papierblumenkranz, der als weihnachtlicher Schmuck an der Haustür hing.

„Tyler hat ihn im Kindergarten gemacht", sagte Barry stolz, als Jess die Treppe heraufkam. „Woher hast du den Wagen?"

„Heute nachmittag gemietet", erklärte Jess. Sie trat ins Haus und ließ sich von ihrem Vater in die Arme nehmen. „Hallo, Paps."

„Hallo, Kind. Laß dich ansehen." Er schob sie auf Armeslänge von sich, ohne sie loszulassen. „Du siehst prächtig aus."

„Es tut mir leid, daß ich in letzter Zeit so viel zu tun hatte, Paps", entschuldigte sie sich und hängte ihren Mantel in den Schrank.

„Das verstehe ich doch, Kind", erwiderte ihr Vater, und Jess las im teilnahmsvollen Blick seiner braunen Augen, daß er es ehrlich meinte.

„Seid mir nicht böse, aber ich habe völlig vergessen, etwas mitzubringen", entschuldigte sich Jess von neuem, als sie Maureen mit einem der Zwillinge auf dem Arm in die Diele kommen sah. Tyler hing an ihrem Rockzipfel.

„Ich find's so schön, daß du kommen konntest", sagte Maureen.

Art Koster legte seiner jüngeren Tochter den Arm um die Schulter und führte sie ins Wohnzimmer. Das erste, was Jess bemerkte, war die große Tanne vor dem Flügel. Als nächstes sah sie die Madonnengestalt, die auf dem rosenfarbenen Sofa saß und in den Armen das andere Zwillingskind hielt.

„Sherry", sagte Art Koster und geleitete Jess zum Sofa, „das ist meine jüngere Tochter, Jess. Jess, das ist Sherry Hasek."

„Guten Abend, Jess." Sherry reichte das Kind an Art Koster weiter und stand auf, um Jess die Hand zu geben. Sie war so schlank, wie ihr Vater sie beschrieben hatte, und noch kleiner, als Jess sie sich vorgestellt hatte. Ihr schwarzes Haar, das erstaunlich natürlich wirkte, war im Nacken mit einer glitzernden Spange zusammengesteckt. Ihr Händedruck war energisch, wenngleich sie eiskalte Hände hatte.

Sie ist genauso nervös wie ich, dachte Jess. „Es tut mir leid, daß ich so lange nicht dazu gekommen bin, Sie kennenzulernen", sagte sie aufrichtig.

„So was kommt vor", antwortete Sherry Hasek nüchtern.

„Was möchtest du trinken?" fragte Barry.

„Ach, einen Schluck Weißwein." Jess nahm ihrer Schwester das Kind ab. Maureen hatte recht gehabt – die Zwillinge waren in den letzten Monaten wirklich gewachsen.

„Sie sind schon zwei Prachtmädchen, nicht wahr?" sagte Barry stolz, während er ein Glas Wein einschenkte. „Komm, gib mir Chloe", sagte er und nahm seine Tochter entgegen.

Jess betrachtete Sherry Haseks ovales Gesicht. Sie hatte weit auseinander liegende dunkle Augen. Ganz anders als Mutter, dachte Jess, und vor ihr tauchte das Bild ihrer Mutter mit ihren blaugrünen Augen, den wohlproportionierten Linien von Mund und Nase, den hohen, hervorspringenden Wangenknochen auf. Es war das Gesicht eines Menschen gewesen, in dessen Nähe man sich wohl gefühlt hatte.

Ja, das war das Besondere an ihrer Mutter gewesen, merkte Jess auf einmal. Sie hatte völlig in sich geruht, so daß auch alle anderen sich in ihrer Umgebung wohl gefühlt hatten. Selten hatte sie die Beherrschung verloren, war fast nie laut geworden. Sie hat jeden mit Respekt behandelt, dachte Jess jetzt, das tränennasse Gesicht ihrer Mutter vor Augen, selbst diejenigen, die diesen Respekt gar nicht verdient hatten.

Das habe ich nicht nötig, Jess. Das muß ich mir von dir nicht gefallen lassen.

„Erde an Jess", hörte sie Barry sagen. „Bitte kommen, Jess! Bitte kommen!"

Jess merkte, wie das Glas Wein ihr zu entgleiten drohte, und drückte fest zu, ehe es ihr aus der Hand rutschen konnte. Sie spürte, wie das dünne Glas zersprang und ihre Hand feucht und klebrig wurde. Als sie hinunterblickte, sah sie, wie ihr Blut sich mit dem Wein vermischte. Dann hörte sie erst die Ausrufe des Schreckens und der Besorgnis, die das Zimmer füllten.

„Mami!" rief Tyler erschrocken.

„Oh, Jess, deine Hand!"

„Wie hast du das angestellt?" Barry schob ihr hastig eine Serviette unter die Hand, ehe das Blut auf den Teppich tropfen konnte.

„Es ist nichts", wehrte Jess verlegen ab.

„Da hast du ja ganz schön zugepackt", sagte ihr Vater, während er behutsam die Faust seiner Tochter öffnete, um die verletzte Hand zu untersuchen.

„Ich hol was zum Desinfizieren", sagte Maureen. Sie setzte die beiden Säuglinge in ihre Babykörbe und eilte aus dem Zimmer.

„Das tut mir wirklich leid", sagte Jess.

„Wieso?" fragte Sherry. „Haben Sie es denn mit Absicht getan?"

Jess lächelte dankbar. „Es brennt jetzt ziemlich."

Maureen kam zurück. „Komm, laß dich damit einreiben." Sie trug eine lindernde Salbe auf Jess' Hand auf. „Ich hab auch einen Verband mitgebracht."

„Ich brauch keinen Verband, so tief sind die Schnitte nicht."

Jess ließ sich von ihrem Vater zum Sofa führen, wo er sie sorgsam zwischen sich und Sherry setzte.

„Hat man eigentlich je herausgefunden, wer deinen Wagen demoliert hat?" fragte Maureen.

Jess schüttelte den Kopf. Sie spürte plötzlich Rick Fergusons unheimliche Gegenwart im Zimmer und verscheuchte sie mit dem Klang ihrer Stimme. „Ich höre, Sie malen", sagte sie zu der Frau, die neben ihr saß.

Sherry lachte. „Ach, nur so zum Zeitvertreib. Aber es stimmt schon, ich liebe die Malerei." Dabei sandte sie einen beifallheischenden Blick zu Art Koster hinüber.

„Du bist eben ‚Art-istisch'", neckte er sie, und sie lachte kokett.

„Öl oder Pastell?" fragte Jess, denn das Liebesgeplänkel war ihr peinlich.

„Pastell liegt mir mehr. Ihr Vater mag Öl lieber."

Jess stöhnte innerlich. Ihre Mutter wäre niemals so anmaßend gewesen, für ihren Mann zu sprechen. Was hätte sie wohl von dieser Familienidylle gehalten? Maureen hatte die Hände auf Tylers Schultern gelegt und stand neben Barry, der seinen Arm demonstrativ um die Taille seiner Frau gelegt hatte. Sie selbst saß eingeklemmt zwischen ihrem Vater und seiner neuen Frau. Die Zwillinge krabbelten in ihren Körben umher und hielten Ausschau nach ihrer Mutter . . .

„Erde an Jess." Barrys Stimme riß sie aus ihren Überlegungen. „Erde an Jess: Bitte kommen! Kommen!"

„Entschuldigung." Jess nahm Barrys ungehaltenen Blick wahr. „Haben Sie was gesagt?"

„Sherry hat gefragt, ob du auch gerne malst."

„Tut mir leid, ich war in Gedanken."

„Offensichtlich", sagte Barry, und Jess bemerkte, wie ein Schatten der Besorgnis über Maureens Gesicht glitt.

„Ich weiß gar nicht so genau", überlegte Jess. „Ich hab seit meiner Kindheit nicht mehr gemalt."

„Weißt du noch, wie du die ganze Wand im Wohnzimmer mit Kreide vollgekrakelt hast?" erinnerte sie Maureen. „Mutter war mit den Nerven am Ende, weil gerade frisch gestrichen worden war. So laut hatte ich sie noch nie schimpfen hören."

„Mutter hat nicht geschimpft."

„Da schon. Man konnte es kilometerweit hören."

„Sie hat nie geschimpft", sagte Jess störrisch.

„Ich kann mich aber an einige Male erinnern", widersprach Maureen.

Jess schüttelte unwillig den Kopf. „Aber nicht mit mir."

„Nur mit dir."

Jess erhob sich und trat an den Weihnachtsbaum vor dem Flügel. „Wann schmücken wir ihn?" fragte sie.

„Wir dachten, gleich nach dem Abendessen", antwortete Barry.

„Du konntest es nie gut sein lassen", fuhr Maureen fort, als hätte es keine Unterbrechung gegeben. „Du mußtest immer das letzte Wort haben." Sie lachte. „Ich weiß noch, wie Mutter sagte, es sei so angenehm, mit jemandem zusammenzuleben, der allwissend ist."

Die anderen lachten.

Lächle auch, dachte Jess. Sei nett. Streite nicht herum. Bleib ruhig. „Apropos essen . . .?" meinte sie in fragendem Ton.

„Wann immer ihr wollt", entgegnete Maureen.

Jess starrte die Frau an, die den Platz ihrer Mutter einnehmen sollte. „Ob wir wollen oder nicht", sagte sie.

„DIESER Braten ist köstlich", erklärte Sherry Hasek. „Ich esse kaum noch Rindfleisch. Ich habe ganz vergessen, wie herrlich es schmeckt."

„Ich hab versucht, Maureen ein wenig von Fleisch abzubringen", sagte Barry, „aber sie behauptet, sie sei mit Muttermilch und altmodischem Roastbeef aufgezogen worden. Was will man da tun?"

„Ganz einfach: es sich schmecken lassen", meinte Art Koster. „Ich habe neulich beim Arzt einen Artikel gelesen –"

„Hast du eben gesagt, daß du beim Arzt warst?" unterbrach ihn Jess. „Fehlt dir etwas, Paps?"

„Nein, mir geht es blendend", antwortete ihr Vater. „Es war nur die alljährliche Vorsorge."

„Wohin gehst du?" fragte Jess ihre Mutter.

„Nirgendwohin", antwortete sie.

„Seit wann machst du dich so fein, wenn du nirgendwohin gehst?"

„Erde an Jess", sagte Barry wieder. „Jess, bitte kommen!"

„Das erste Mal war's witzig, Barry", sagte Jess schärfer, als sie beabsichtigt hatte. „Jetzt ist es nur noch albern."

„Wie dein Verhalten. Ich versuche dahinterzukommen, ob du einfach mit deinen eigenen Gedanken beschäftigt bist oder ob du absichtlich unhöflich bist."

„Weshalb sollte ich absichtlich unhöflich sein?" fragte Jess aufgebracht.

„Das mußt schon du mir verraten. Ich verstehe dich in dieser Hinsicht nicht."

„Wir verstehen einander recht gut, Barry", entgegnete Jess, mit ihrer Geduld am Ende. „Schließlich hassen wir uns gegenseitig wie die Pest."

Barry sah sie völlig entgeistert an. „Ich hasse dich doch nicht, Jess."

„Ich kann einfach nicht glauben, daß du so etwas sagen kannst!" rief Maureen unter Tränen. „Du hast ihm vom Tag unserer Heirat an nicht die geringste Chance gegeben."

„Das ist nicht wahr", konterte Jess. „Ich fand ihn ganz in Ordnung, bis er dich mit allen Tricks ans Haus gefesselt hat."

„Mit allen Tricks?" Maureen schnappte nach Luft.

„Wieso hast du das zugelassen?" Nun, da ich schon so weit gegangen bin, sagte sich Jess, kann ich die Sache auch bis zum Ende durchfechten. „Wie konntest du alles aufgeben und dich von ihm zum Hausmütterchen machen lassen?"

„Wie wär's, wenn ich die Zwillinge nach oben bringe?" erbot sich Sherry, hob die Mädchen geschickt aus ihren Körben und trug sie nach oben. Tyler folgte ihnen.

„Kinder, wollen wir damit nicht aufhören, ehe wir Dinge sagen, die wir nachher bereuen?" Art Koster seufzte.

„Was habe ich eigentlich deiner Meinung nach aufgegeben?" fragte Maureen herausfordernd. „Meine Stellung? Ich kann mir immer wieder eine Stellung suchen. Meine Ausbildung? Die nimmt mir niemand weg. Kannst du denn einfach nicht kapieren, daß ich genau das tue, was ich tun möchte? Daß es meine Entscheidung war und nicht Barrys, zu Hause zu bleiben und mich meinen Kindern zu widmen, solange sie klein sind? Was ist denn so falsch daran?"

„Was daran falsch ist?" rief Jess aufgebracht. „Ist dir denn nicht klar, daß dein ganzes Leben dem hohnspricht, was unsere Mutter uns beigebracht hat?"

„Was?" Maureen war wie vom Donner gerührt.

„Lieber Himmel, Jess!" rief ihr Vater. „Was redest du denn da?"

„Mutter hat uns zu selbständigen Frauen erzogen", behauptete Jess. „Niemals hätte sie gewollt, daß Maureen in einer Ehe landet, in der ihr kein Raum zur eigenen Entwicklung gegeben wird."

Maureens Augen blitzten vor Zorn. „Wie kannst du es wagen, an mir herumzukritisieren? Wie kannst du dir anmaßen, über meine Ehe zu urteilen? Und wie kommst du dazu, unsere Mutter hineinzuziehen? Du warst doch diejenige, die sich genau über diese Fragen dauernd mit Mutter gestritten hat. Du wolltest doch unbedingt heiraten, als du noch auf dem College warst, obwohl Mutter dich gebeten hat zu warten. Du hast die ganze Zeit mit ihr gestritten und sie damit immer wieder zum Weinen gebracht. Hör endlich auf, deine eigenen Schuldgefühle zu kompensieren, indem du allen anderen sagst, wie sie ihr Leben zu führen haben."

„Was soll das heißen, meine eigenen Schuldgefühle?" fragte Jess, beinahe atemlos vor Zorn. „Wovon redest du überhaupt?"

„Ich rede von der Auseinandersetzung, die du mit Mutter an dem Tag hattest, an dem sie verschwunden ist!" entgegnete Maureen heftig. „Ich hab nämlich an dem Morgen von der Bibliothek aus zu Hause angerufen, ich nehme an, kurz nachdem du aus dem Haus gestürmt warst, und da hat sie geweint. Ich habe natürlich gefragt, was los ist, und sie hat zugegeben, daß ihr beide wieder mal aneinandergeraten wart. Ich fragte, ob ich nach Hause kommen solle, aber sie sagte, nein, sie komme schon zurecht. Und das war das letzte Mal, daß ich mit ihr gesprochen habe.“ Maureens Gesicht verzerrte sich, während ihr die Tränen in die Augen schossen.

Jess, die im Lauf von Maureens Gefühlsausbruch aufgesprungen war, sank wieder auf ihren Stuhl. Sie blickte sich um, sah aber nicht das Eßzimmer ihrer Schwester, sondern die Küche ihres Elternhauses in der Burling Street, sah nicht das verweinte Gesicht ihrer Schwester, sondern das ihrer Mutter.

„DU HAST dich feingemacht“, bemerkte Jess, als sie in die Küche kam und das weiße Leinenkostüm ihrer Mutter sah. „Wohin gehst du?“

„Nirgendwohin.“

„Seit wann machst du dich so fein, wenn du nirgendwohin gehst?“

„Ich hatte einfach Lust, etwas Hübsches anzuziehen“, antwortete ihre Mutter und fügte beiläufig hinzu: „Außerdem hab ich heute nachmittag einen Termin beim Arzt. Und was hast du vor?“

„Was für ein Arzt?“

„Ich möchte lieber nicht darüber sprechen, solange ich nicht sicher bin, daß wirklich Grund zur Sorge besteht.“

„Du sorgst dich doch jetzt schon. Das sehe ich dir an. Sag mir, was es ist.“

„Ich hab einen kleinen Knoten in meiner linken Brust entdeckt.“

„O Gott!“

„Mach dir keine Sorgen. Es ist wahrscheinlich nichts. Die meisten Knoten sind harmlos.“

„Hast du Angst?“

Laura Koster schwieg einen Moment. „Ja, ich habe Angst.“

„Soll ich mit dir zum Arzt gehen?“

„Ja“, antwortete ihre Mutter sofort. „Ja, es wäre schön, wenn du deine Pläne noch einmal ändern könntest.“

„Ich rufe eben Don an und sage ihm, daß er umdisponieren soll.“

„Ach, das wäre wirklich gut“, sagte ihre Mutter, und Jess spürte sofort, daß ihre Mutter nicht bloß die Pläne gemeint hatte, die sie für den Nachmittag gemacht hatten.

„Was hast du eigentlich gegen Don, Mutter?“ fragte sie.

„Ich habe gar nichts gegen ihn.“

„Warum bist du dann so gegen die Heirat?“

„Ich sage ja nicht, daß du ihn nicht heiraten sollst, Jess“, erklärte ihre Mutter. „Mir gefällt Don sehr gut. Das Problem ist nur, daß er elf

Jahre älter ist als du. Er hat all das, was du noch ausprobieren mußt, bereits hinter sich, und er ist sich schon im klaren darüber, was er vom Leben will. Er wird dir keinen Raum zur eigenen Entwicklung lassen."

„Wie kannst du das sagen?"

„Schatz, ich meine ja nur, du solltest noch ein paar Jahre warten. Du bist gerade erst am Beginn deines Studiums. Warte, bis du dein Examen gemacht hast. Warte, bis du herausgefunden hast, wer du bist und was du willst."

„Ich weiß, wer ich bin. Ich weiß, was ich will. Ich will Don. Und ich werde ihn heiraten, ob es dir paßt oder nicht."

Ihre Mutter seufzte. „Gut, vergessen wir es."

„Nein, vergessen wir's nicht. Du glaubst, du kannst mit diesen Geschichten anfangen und dann, wenn du keine Lust mehr hast weiterzudiskutieren, einfach sagen: ‚Vergessen wir's.'"

„Entschuldige, Kind. Ich hätte überhaupt nichts sagen sollen. Ich bin heute wahrscheinlich ein bißchen nervös." Die Augen ihrer Mutter füllten sich mit Tränen.

„Bitte, weine nicht", sagte Jess und sah zur Zimmerdecke. „Warum mußt du mir immer so ein schlechtes Gewissen machen?"

„Es ist doch gar nicht meine Absicht."

„Dann hör auf, mein Leben für mich leben zu wollen."

„Das will ich nun wirklich nicht, Jess", entgegnete ihre Mutter. Tränen liefen ihr über die Wangen. „Ich möchte gerade, daß du dein eigenes Leben lebst."

„Dann halte dich raus! Bitte!" fügte Jess hinzu, um ihren Worten die Härte zu nehmen, aber sie wußte, daß es zu spät war.

Ihre Mutter schüttelte den Kopf. „Das habe ich nicht nötig, Jess", sagte sie. „Das muß ich mir von dir nicht gefallen lassen."

Und wie war es weitergegangen? fragte sich Jess jetzt. Mehr unbedachte Worte. Mehr zornige Beteuerungen. Stolz auf beiden Seiten.

„Du brauchst nicht mit mir zum Arzt zu gehen. Das kann ich auch allein erledigen!"

„Mach, was du willst!" Sie war aus dem Haus gestürmt. Und hatte ihre Mutter nicht lebend wiedergesehen.

JESS sprang auf, rannte zur Tür, stieß gegen die Babykörbe und wäre beinahe hingefallen.

„Es tut mir leid, Jess!" rief Maureen ihr nach. „Bitte, geh jetzt nicht! Ich hab das alles nicht so gemeint."

„Wieso nicht?“ Jess blieb abrupt stehen und drehte sich nach ihrer Schwester um. „Es ist alles wahr, was du gesagt hast. Wenn ich mit ihr zum Arzt gegangen wäre, wie ich es versprochen hatte, wäre sie nicht verschwunden.“

„Woher willst du das wissen?“

Das Telefon läutete.

„Ich geh schon hin.“ Barry eilte ins Wohnzimmer.

„Gehen wir doch zurück, und setzen wir uns wieder!“ schlug Maureen vor. „Wir haben über das, was damals geschehen ist, nie richtig gesprochen, schon gar nicht über unsere Gefühle. Ich glaube, wir haben uns eine Menge zu sagen. Meinst du nicht?“

„Ich möchte schon gern.“ Jess' Stimme klang wie die eines kleinen Mädchens. „Aber nicht heute abend. Ich möchte nur noch nach Hause und in mein Bett.“

Barry kam in den Flur. „Dein Exmann, Jess. Er sagt, es sei sehr wichtig.“

„Don?“ Jess erinnerte sich vage, ihm erzählt zu haben, daß sie bei ihrer Schwester zum Essen eingeladen war.

„Wir sind im Eßzimmer“, sagte Maureen, um Jess ungestört zu lassen, die wie in Trance zum Telefon ging.

„Ist etwas passiert?“ fragte sie. „Hat Rick Ferguson gestanden?“

„Rick Ferguson ist auf dem Weg nach Los Angeles. Ich habe ihn selbst ins Flugzeug gesetzt. Wegen Ferguson mach ich mir keine Sorgen.“

„Weshalb machst du dir dann Sorgen?“ fragte Jess.

„Siehst du Adam heute abend?“

„Nein, er ist verreist. Warum?“

„Jess, ich habe diesen Mann überprüfen lassen. Wir haben bei der Anwaltskammer angerufen. Dort hat man nie von einem Anwalt namens Adam Stohn gehört. Und wenn er in diesem Punkt gelogen hat, dann kann es leicht sein, daß er dich auch mit seiner Reise angelogen hat. Tu mir den Gefallen, und bleib bei deiner Schwester. Wenigstens heute nacht.“

„Das kann ich nicht“, flüsterte Jess eingedenk all dessen, was an diesem Abend geschehen war.

„Wieso nicht?“

„Ich kann eben nicht. Bitte, Don, frag mich jetzt nicht.“

„Dann komme ich zu dir.“

„Nein! Bitte nicht. Ich bin eine erwachsene Frau. Ich kann auf mich selbst aufpassen.“ Sie fühlte sich wie betäubt. „Adam will mir nichts Böses“, murmelte sie, das Gesicht vom Hörer abgewandt.

„Hast du was gesagt?"

„Ich habe gesagt, du sollst dir keine Sorgen machen", erwiderte Jess. „Ich ruf dich morgen an." Sie legte auf und versuchte zu begreifen, was Don ihr erzählt hatte. Keine Eintragung für einen Rechtsanwalt namens Adam Stohn? Aber weshalb sollte er sie belogen haben? Und machte das auch alles andere, was er ihr gesagt hatte, zur Lüge?

Jess starrte den kahlen Weihnachtsbaum an, der auf seinen Schmuck wartete, hörte die gedämpften Stimmen aus dem Eßzimmer.

„Ich glaube, wir haben uns eine Menge zu sagen", hatte ihre Schwester gemeint. Und sie hatte recht, es war an der Zeit, die lähmenden Schuldgefühle abzuschütteln, die sie acht Jahre lang wie eine zweite Haut getragen hatte.

Jess ergriff Handtasche und Mantel. Lautlos öffnete sie die Haustür. Einen Augenblick später fuhr sie mit dem Mietwagen in raschem Tempo südwärts in Richtung City. Tränenüberströmt saß sie am Steuer. Sie wurde nur von dem Wunsch getrieben, in ihr Bett zu kriechen, sich die Decke über den Kopf zu ziehen und bis zum Morgen unterzutauchen.

16

JESS weinte immer noch, als sie zu Hause ankam. Sie steckte den Schlüssel ins Schloß, drückte die Haustür auf und schloß hinter sich wieder ab.

Diesmal wurde sie nicht von Saxophon- oder Trompetenklängen hinaufbegleitet; kein Lichtschein fiel durch den Türspalt von Walter Frasers Tür. Wahrscheinlich übers Wochenende verreist, dachte sie. Sie könnte Don anrufen, wenn sie oben war, ihm vorschlagen, ein paar Tage nach Union Pier hinauszufahren. Und Adam Stohn, oder wie er sonst heißen mochte, einfach vergessen.

Sie schloß die Tür zu ihrer Wohnung auf, trat über die Schwelle und ließ sich von der Stille und Dunkelheit hineinziehen. Keine Notwendigkeit mehr, den ganzen Tag das Radio laufen und das Licht brennen zu lassen. Kein Gezwitscher mehr, das sie willkommen hieß. Sie schloß zweimal ab.

Der Schein der Straßenbeleuchtung, der durch die Spitzengardinen hereinfiel, tauchte den leeren Vogelkäfig in geisterhaftes Licht. Sie hatte noch nicht die Kraft gehabt, ihn wegzuschaffen. Armer Freddy, dachte sie und begann von neuem zu weinen. „Arme Jess", flüsterte sie und ließ Handtasche und Mantel auf dem Weg ins Schlafzimmer zu Boden fallen.

Er kam von hinten.

Sie sah nichts und hörte nicht einmal etwas, bis er fast bei ihr war. Schon schlang sich der Draht um ihren Hals, und sie wurde brutal nach hinten gerissen. Automatisch griff sie sich an den Hals und versuchte verzweifelt, ihre Finger zwischen Draht und Haut zu zwängen. Sie hörte ihr eigenes Röcheln und schnappte krampfhaft nach Luft. Der Draht schnitt ihr ins Fleisch. Mit ihrer ganzen Kraft versuchte sie, sich von ihrem Angreifer freizumachen.

Bis es ihr mitten in der Panik einfiel: *Gib nach, laß dich mitziehen, und wenn es soweit ist, dann schlag zu.*

Sie hörte auf, sich zu wehren, obwohl es ihren Instinkten völlig widersprach. Statt dessen ließ sie sich mit der Bewegung ihres Angreifers gegen dessen Brustkorb fallen. Ihr Hals war ein einziger, wild pochender Schmerz. Einen entsetzlichen Augenblick lang glaubte sie, gleich das Bewußtsein zu verlieren. Und merkwürdigerweise war diese Vorstellung sehr verführerisch.

Doch dann begann sie plötzlich, sich zu wehren, indem sie das Gewicht ihres Angreifers gegen ihn selbst einsetzte und ihn mit ihrer ganzen Kraft zu Boden stieß. Sie stürzte mit ihm, traf dabei den Vogelkäfig, der krachend zu Boden fiel. Der Mann schrie, als sie ihn schnell mit den Füßen trat, mit den Fingernägeln kratzte, mit den Ellbogen in die Rippen stieß.

Sie merkte, wie sich der Draht um ihren Hals lockerte, und konnte sich befreien. Keuchend und nach Luft schnappend, kam sie auf die Füße.

Sie hörte das Stöhnen des Angreifers, wandte sich um, sah die muskulöse Gestalt benommen auf dem Boden liegen, sah die engen Jeans, das dunkle T-Shirt, das lange Haar, das über seinem Gesicht lag und alles verbarg außer dem schrecklichen Grinsen.

Ich bin der Tod, sagte dieses Grinsen selbst jetzt noch. *Ich bin gekommen, dich zu holen.*

Rick Ferguson! Sie schrie unwillkürlich auf. Hatte sie ernstlich geglaubt, er würde folgsam in ein Flugzeug steigen und aus ihrem Leben verschwinden?

Ein Wirrwarr von Bildern schoß ihr durch den Sinn, als sie merkte, daß er sich mühte, wieder auf die Beine zu kommen: Adlerklauen, Hammerfäuste, Schleudergriffe. Dann fiel ihr ein: *Vergiß alle Heldentaten, und lauf davon, solange es möglich ist.*

Aber Rick Ferguson war schon wieder auf den Beinen und kam

taumelnd auf sie zu. Der Weg zur Wohnungstür war versperrt. Schrei! befahl ihr ihre innere Stimme. „Ho!“ brüllte sie und sah, wie er zusammenzuckte. „Ho!“ brüllte sie wieder, noch lauter diesmal, und sie überlegte sich, wie sie an den Revolver in ihrem Nachttisch herankommen könnte, während sie den Blick auf der Suche nach irgendeiner Art Waffe schweifen ließ.

Ihr Gebrüll hatte anscheinend die falsche Wirkung gehabt. Es schien Rick Ferguson erst recht auf Trab zu bringen. Das böse Grinsen verwandelte sich in ein regelrechtes Lachen. „Es geht nichts über eine hübsche Keilerei“, sagte er.

„Bleib mir ja vom Leib!“ warnte Jess.

„Connie ist einfach zusammengeklappt und krepiert. Nicht die Bohne Spaß. Ganz anders als bei dir. Dich umzubringen wird die reine Freude.“

„Gleichfalls“, sagte Jess, packte den Vogelkäfig, schleuderte ihn Rick Ferguson an den Kopf, sah, daß sie getroffen hatte, denn aus einer Wunde an seiner Stirn rann Blut über sein Gesicht. Sie machte auf dem Absatz kehrt und rannte aus dem Zimmer.

Nie war ihr der Weg zum Schlafzimmer so weit erschienen. Sie raste durch den Flur, hörte, daß er nur wenige Schritte hinter ihr war. Sie mußte den Revolver in die Hand bekommen.

Sie stürzte zum Nachttisch, riß die obere Schublade auf, wühlte verzweifelt nach der Waffe. Nicht da!

Die Matratze! dachte sie, fiel auf die Knie und tastete nach dem Revolver. Er war nicht da. Er war nicht da!

„Suchst du vielleicht das hier?“ Rick Ferguson stand an der Tür und ließ den Revolver an einem Finger baumeln.

Ganz langsam stand Jess auf. Er richtete den Revolver direkt auf ihren Kopf. Ihr Herz raste; in ihren Ohren dröhnte es; Tränen liefen ihr übers Gesicht. Wenn sie doch nur einen klaren Gedanken fassen könnte!

„Nett von dir, mich in dein Schlafzimmer einzuladen“, sagte er und ging langsam auf sie zu. „Wo du deine Höschen aufbewahrst, weiß ich natürlich schon.“

Jess blickte zum Fenster. Wenn sie ihn lange genug ablenken konnte, um ans Fenster zu gelangen, dann konnte sie vielleicht . . ., was denn? Hinausspringen? Schreien? Was konnte sie mit einem Schrei schon gegen einen geladenen Revolver ausrichten? Beinahe hätte sie gelacht – morgen war der Tag, an dem sie lernen sollte, wie man einen Angreifer entwaffnet. Morgen, das würde sie wohl kaum noch erleben.

Auf ihrer Stirn stand Schweiß, er rann ihr in die Augen, mischte sich mit ihren Tränen. Sie glaubte, irgendwo draußen Stimmen zu hören, aber die Stimmen klangen verzerrt, wie auf einer Schallplatte, die mit der falschen Geschwindigkeit abgespielt wurde. Zu langsam. Alles viel zu langsam. So muß sich Connie gefühlt haben, dachte Jess. So war es also, wenn der Tod kam.

„Ich dachte, Don hat dich in eine Maschine nach Kalifornien gesetzt?" Ihn ablenken und hinhalten.

„Ja, großzügig von ihm, was? Aber ich finde, das kann noch ein paar Tage warten. Ich hab doch gewußt, wie dringend du mich sehen wolltest. Zieh dich aus." Er sagte das so beiläufig, daß sie die Worte gar nicht richtig aufnahm.

„Was?"

„Zieh deine Kleider aus!" wiederholte er. „Gleich fängt der Spaß an."

Jess schüttelte den Kopf. „Nein."

„Dann muß ich dich abknallen." Er zuckte die Achseln, als wäre das die einzig logische Alternative.

Jess' Herz schlug so heftig, daß sie meinte, es müßte ihre Brust sprengen. Wie konnte er nur so ruhig sein? dachte sie. „Du wirst mich sowieso erschießen", sagte sie.

„Stimmt nicht. Ich hatte vor, dich mit bloßen Händen zu erledigen. Aber ich schieße auch, wenn's sein muß." Sein Grinsen wurde breiter, seine Blicke glitten über ihren Körper. „In die Schulter. Oder vielleicht ins Knie. Vielleicht auch ins weiche Fleisch an der Innenseite deines Oberschenkels. Ja, das ist gut. Gerade genug, um dich ein bißchen gefügiger zu stimmen."

Sie konnte sich kaum noch auf den Beinen halten, so stark zitterten ihr die Knie. Wenn ich ihn nur am Reden halten kann, dachte sie. So war das doch immer in den Filmen, oder nicht? Da brachte man die Mörder zum Reden, und dann kam in letzter Minute der Retter. Sie zwang sich zu sprechen. „Wenn hier ein Schuß fällt, werden die Nachbarn sofort aufmerksam."

„Glaubst du? Als ich kam, hatte ich nicht den Eindruck, daß jemand zu Hause ist. Und jetzt zieh dich aus, sonst wird mir noch langweilig."

„Wie bist du überhaupt hereingekommen?" fragte Jess.

„Das Schloß, das ich nicht aufkriege, ist noch nicht erfunden." Er lachte wieder und spannte den Hahn des Revolvers. „Also, du hast dreißig Sekunden Zeit, dich auszuziehen und aufs Bett zu legen."

Jess sagte nichts mehr. Ihre Kehle war plötzlich zu trocken. So endet es also, dachte sie.

Wie lange würde es dauern? Würde ein weißes Licht aufflammen, würde sich ein langer Tunnel auftun, würde sie ein Gefühl des Friedens überkommen, wie das häufig von Leuten berichtet wurde, die behaupteten, praktisch schon tot gewesen zu sein? Oder würde sie einfach aufhören zu sein? Sie dachte an ihre Mutter. Würde sie sie endlich wiedersehen dürfen, endlich erfahren, was für ein Schicksal ihr widerfahren war? Hatte ihre Mutter vor ihrem Tod den gleichen Terror erlebt? Und wie würde es ihren Vater und ihre Schwester treffen?

Jess holte tief Atem, dann zog sie ihren Pullover über den Kopf und ließ ihn zu Boden fallen.

„Hübsch, hübsch", sagte er. „Jetzt den Rest."

Jess beobachtete den Fortgang der Szene wie von weit her. Vielleicht war sie längst tot. Oder hatte sie vielleicht doch noch Zeit, sich zu retten? Plötzlich schien ihr ein Adrenalinstoß neue Kräfte zu verleihen.

Nutzt alles als Waffe, was ihr zur Hand habt, hörte sie Dominic sagen. Was hatte sie zur Hand?

Wie wär's mit den Schuhen? überlegte sie. Rick Ferguson stocherte mit dem Revolver in der Luft herum. „Ich muß erst meine Schuhe ausziehen", stammelte sie. „Ich kann die Hose nicht ausziehen, solange ich die Schuhe anhabe."

„Gut", sagte er und hörte mit dem Gefuchtel auf. „Aber beeil dich damit."

Sie beugte sich hinunter, zog langsam den linken Schuh vom Fuß und warf ihn zur Seite. Ich bin ja verrückt, dachte sie. Bestimmt bringt er mich sofort um. Sie griff zum rechten Schuh, wußte, daß ihr nur noch Sekunden blieben, zog den schwarzen Slipper von ihrem Fuß, packte ihn fest und schleuderte ihn mit aller Kraft nach dem Revolver in seiner Hand.

Sie verfehlte ihr Ziel völlig und stieß einen verzweifelten Schrei aus.

Doch die unerwartete Aktion überraschte ihn, und er wich unwillkürlich zurück. Was jetzt? Aus dem Fenster springen? Ihn irgendwie entwaffnen?

Zu spät. Er hatte sich wieder gefangen und richtete die Waffe auf ihr Herz. „He, ich glaub, dich umzubringen macht noch mehr Spaß, als den Kanarienvogel zu grillen", sagte er.

Ihr blieb also keine Zeit mehr. Er würde sie anschießen und wehrlos machen, um sie zu vergewaltigen. Dann würde er ihr mit den bloßen Händen den Rest geben. Ohne sich bewußt zu sein, was sie tat, sprang Jess über ihr Bett zum Fenster und brüllte wie am Spieß.

Der Schuß krachte mitten in ihr Gebrüll hinein, und sie wußte, daß sie so gut wie tot war. Wie laut das klingt, dachte sie. Wie ein Donnerschlag. Gleichzeitig hatte ein gespenstisches Leuchten das Zimmer erhellt, als wäre ein Blitz hindurchgefahren. Sie fühlte sich plötzlich so leicht, als schwebe sie.

Doch dann fuhr sie herum. Rick Ferguson kam auf sie zu. Sein Gesicht war weiß vor Wut, sein Grinsen erlosch. Da plötzlich strauchelte er, fiel ihr entgegen, und nun wußte sie, daß ihr nichts geschehen war. Statt ihrer stürzte Rick Ferguson zu Boden.

Dunkelheit umfing sie wieder, während sie gerade noch das klaffende Loch in seinem Rücken erkennen konnte. Blut durchtränkte sein T-Shirt und rann auf den Teppich.

Und jetzt erst sah sie ihn an der Tür stehen, die Waffe in der herabhängenden Hand. „Don!" rief sie ungläubig.

„Ich habe dir gesagt, wenn dieses Schwein je versuchen sollte, dir etwas anzutun, würde ich ihn eigenhändig umbringen", sagte er. Die Waffe entglitt ihm und fiel zu Boden.

Jess stürzte sich in seine Arme. Er hielt sie fest und zog sie an sich. Welche Kraft er ausstrahlte! Sie fühlte sich so behütet.

„Jetzt kann dir nichts mehr passieren", sagte er und küßte sie.

„Don, ich hatte solche Angst! Ich habe gedacht, er würde mich umbringen."

„Ich bin so froh, daß ich rechtzeitig gekommen bin", sagte Don und drückte sie fester an sich.

„Weißt du, ich kann es immer noch nicht fassen." Jess' Blick wanderte zu der Gestalt auf dem Boden. „Bist du sicher, daß er tot ist?"

„Er ist tot, Jess." Don lächelte nachsichtig. „Ich kann ja noch mal auf ihn schießen, wenn dich das beruhigt."

Jess lachte und war gleichzeitig erstaunt über diese Reaktion. Sie war auf brutalste Weise überfallen, sie war beinahe vergewaltigt und erdrosselt worden – und sie lachte. Ihr Blick glitt über Rick Ferguson hinweg, und sie wußte, wie leicht sie an seiner Stelle dort hätte liegen können.

Es ist beinahe unheimlich, wie gut Don mich kennt, dachte Jess. Wie er immer genau spürt, wann ich ihn brauche, auch wenn ich das Gegenteil beteuere. Sie hatte ihm am Telefon versichert, daß alles in Ordnung sei. Und dennoch war er gekommen und hatte sie vor einem grausamen Tod gerettet.

Wie in einem Film, den sie schon mal gesehen hatte, sah sich Jess die Haustür absperren, die Treppen heraufkommen, ihre Wohnung betreten. Sie sah, wie sie wiederum sorgsam hinter sich abschloß und plötzlich die Drahtschlinge um den Hals gelegt bekam.

Wie mit einem Teleskop holte sie sich die Szene mit dem Abschließen der Wohnungstür näher heran. Etwas stimmt an diesem Bild nicht, flüsterte ihr eine Stimme zu. Und da wußte sie es mit einem Schlag. Die Tür zu ihrer Wohnung war abgeschlossen gewesen, ebenso die Haustür. Wie war Don hereingekommen?

Jess rückte etwas von ihm ab. „Wie bist du ins Haus gekommen?"

„Die Tür war nicht abgeschlossen", antwortete er.

„Sie war abgeschlossen", widersprach Jess. „Ich hab sie selbst hinter mir abgeschlossen."

„Also, als ich ankam, war sie offen", versicherte er.

„Und meine Wohnung? Ich hab den Schlüssel zweimal umgedreht."

„Jess, was soll das?"

„Eine ganz simple Frage. Wie bist du in meine Wohnung gekommen?"

Einen Moment sagte er nichts. Dann bekannte er: „Mit meinem Schlüssel."

„Mit deinem Schlüssel? Was soll das heißen? Was für ein Schlüssel?"

Er schluckte. „Ich hab mir einen machen lassen, als deine Schlösser ausgewechselt wurden. Weil ich befürchtet habe, daß so etwas wie heute abend passieren könnte."

Jess blickte zu Boden. Rick Ferguson lag tot zu ihren Füßen, mit ihrer Waffe in seiner geöffneten Hand. Don hatte ihr das Leben gerettet! Wieso war sie plötzlich so aufgebracht?

Sie spürte ein unangenehmes Prickeln im Hals, das allmählich weiter um sich griff und überall ein taubes Gefühl hervorrief. Bekam sie etwa wieder einen ihrer Panikanfälle? Jetzt, wo alles vorbei war?

Plötzlich schien sie Adams Stimme zu hören. *Gib der Angst nach,* sagte er. Adam, dachte sie, Adam, dem Don mißtraut. Was hat Adam mit der ganzen Geschichte zu tun? „Ich verstehe überhaupt nichts", sagte sie laut.

„Mach dir keine Gedanken, Jess. Die Hauptsache ist, daß dir nichts passiert ist. Rick Ferguson ist tot. Er kann dir nichts mehr anhaben."

„Aber du hast dir doch gar nicht wegen Rick Ferguson Sorgen gemacht." Jess rief sich das Telefongespräch bei ihrer Schwester in Erinnerung und versuchte zu begreifen, was eigentlich geschehen war. „Du hast behauptet, Adam sei gefährlich. Du hast gesagt, du habest ihn überprüfen lassen. Du hast gesagt, bei der Anwaltskammer habe man nie von ihm gehört."

„Was hat das jetzt hiermit zu tun, Jess?"

„Aber Adam war nie eine Gefahr für mich. Die Gefahr war immer Rick Ferguson. Weshalb hätte Adam lügen sollen?" Die Teleskoplinse rückte ein anderes Bild heran. „Aber vielleicht hat er gar nicht gelogen. Vielleicht hast du mich belogen", fuhr sie ungläubig fort. „Sag die Wahrheit: Du hast gar nicht bei der Anwaltskammer angerufen. Und wenn doch, dann hast du erfahren, daß Adam Stohn genau der ist, für den er sich ausgibt. Ist das nicht richtig?"

Schweigen. „Er ist nicht der Richtige für dich, Jess", sagte Don schließlich.

„Findest du nicht, daß ich darüber selbst entscheiden muß?"

„Nicht, wenn du die falsche Entscheidung triffst. Nicht, wenn diese Entscheidung mich betrifft", erklärte er, „uns beide. Du brauchst mich, ich muß doch auf dich aufpassen, Jess. Das war schon immer so. Was heute abend passiert ist, bestätigt es doch."

Jess betrachtete den Toten auf dem Boden, dann glitt ihr Blick zu ihrem geschiedenen Mann hinüber. „Warum bist du heute abend hierhergekommen? Woher wußtest du, daß du eine Waffe mitbringen mußtest, wenn du nicht selbst diese ganze Sache eingefädelt hast?" Die Bedeutung ihrer Worte, die sie mit einem Schlag erkannte, schnitt ihr so schmerzhaft ins Fleisch wie die Drahtschlinge. „Das stimmt doch, nicht wahr? Du hast die ganze Sache eingefädelt!"

„Jess . . ."

„Du hast ihn abgerichtet, ihm eingetrichtert, was er sagen soll, auf welche Knöpfe er drücken muß. Von Anfang an."

„Ich habe ihn benutzt, um uns beide wieder zusammenzubringen. Ist das so schlimm?"

„Er hätte mich beinahe umgebracht!"

„Das hätte ich niemals zugelassen."

Jess schüttelte ungläubig den Kopf. „Du hast alles inszeniert. Wie er an dem Morgen damals auf mich gewartet hat, vor dem Büro, als wäre er meinen Alpträumen entstiegen! Alpträumen, die du genau kanntest. Es war kein Zufall, daß er das Wort *verschwinden* gebraucht hat. Du hast ihm erzählt, was mit meiner Mutter passiert ist, stimmt's? Du hast genau gewußt, was für eine Wirkung das auf mich haben würde!"

„Ich liebe dich, Jess. Das einzige, was ich wollte, war, daß wir zusammen sind."

„Sag mir alles!" forderte Jess ihn auf. „Rede!"

„Was willst du wissen?"

„Hast du gewußt, daß er Connie DeVuono getötet hat?"

„Ich habe es vermutet."

„Und du hast ihm angeboten, ihn rauszupauken, wenn er dir dafür einen Gefallen tut."

„Ich habe ihm gesagt, wir könnten einander vielleicht behilflich sein."

„Aber warum?"

„Ich habe schon lang nach einer Gelegenheit gesucht, dir zu beweisen, wie dringend du mich brauchst. Und da bot sie sich plötzlich durch den Fall Ferguson. Der Plan ergab sich wie von selbst. Schließlich tauchte dieser Adam Stohn auf, und ich wußte, ich konnte es mir nicht leisten, länger zu warten."

„Und was genau hast du zu Rick Ferguson gesagt? Was sollte er tun?"

„Dir angst machen. Die Details habe ich ihm überlassen."

„Er hat Freddy getötet."

„Einen Kanarienvogel! Ich kauf dir hundert Kanarienvögel!"

Das Kribbeln breitete sich immer mehr aus, aber Jess bohrte weiter. „Und heute abend?" fragte sie. „Was war mit heute abend?"

„Ich habe ihm gesagt, daß ich dich kenne und du keine Ruhe geben würdest, bis er wegen Mordes verurteilt sei. Ich wußte genau, daß er dir auflauern würde. Und da ich bestimmen wollte, wann und wo er es tat, gab ich ihm ganz einfach den Tip, die Sache so bald wie möglich zu erledigen."

„Du hast ihn hergeschickt, damit er mich umbringt?"

„Ich habe ihn hergeschickt, um ihn umzubringen", sagte Don und lachte. „Ich habe ihm sogar einen Schlüssel gegeben. Ich habe ihn benutzt, um das zu erreichen, was wir beide wollten."

„Was wir beide wollten?"

„Sei ehrlich, Jess! Wolltest du nicht die Todesstrafe für ihn beantragen? Der Staat hat dir den Wunsch nicht erfüllt. Also habe ich ihn dir erfüllt. Für uns beide."

„Aber du hast mich doch bei meiner Schwester angerufen und gedrängt, über Nacht bei ihr zu bleiben."

Wieder lachte Don. „Weil ich wußte, daß du genau das Gegenteil tun würdest, bei deinem Dickkopf."

Jess legte die Hände auf die Ohren. Das alles konnte doch nicht wahr sein! Dies war doch Don, der Mann, der stets für sie dagewesen war – ihr Lehrer, ihr Ehemann, ihr Freund. Der Mann, der ihr über Jahre hinweg geholfen hatte, mit den lähmenden Angstanfällen fertig zu werden. Und jetzt stellte sich nicht nur heraus, daß er Rick Ferguson zu seiner Terrorkampagne angestiftet hatte, sondern auch, daß er an diesem Abend mit der Absicht hierhergekommen war, kaltblütig einen Mord zu verüben. Und alles im Namen der Liebe! Wozu war dieser Mann noch fähig?

Jess überdachte in rasendem Tempo die vergangenen acht Jahre. Ihre Panikanfälle hatten unmittelbar nach dem Verschwinden ihrer Mutter begonnen, hatten während ihrer ganzen Ehe angehalten und erst nach der Scheidung aufgehört. *Er wird dir keinen Raum zur eigenen Entwicklung lassen,* hörte sie ihre Mutter sagen.

Meine schöne Mutter, dachte sie. Langsam näherte sie sich dem toten Rick Ferguson und kniete bei ihm nieder.

„Ich liebe dich, Jess", sagte Don. „Niemand kann dich je so lieben, wie ich dich all die Jahre geliebt habe. Ich konnte nicht zulassen, daß sich jemand zwischen uns drängt."

Das Teleskop holte die letzte Szene heran, und plötzlich ergab der Film einen Sinn. Einen erschreckenden Sinn. Jess wußte plötzlich, wozu dieser Mann noch fähig war.

Sie sah zu Don auf. „Du warst es", sagte sie. „Du hast meine Mutter getötet." Langsam stand sie auf. „Erzähl es mir", sagte sie mit fast unhörbarer Stimme.

„Du verstehst es ja doch nicht", entgegnete er.

„Dann versuch es so zu formulieren, daß ich es verstehe." Jess zwang sich, ihrer Stimme einen einschmeichelnden Klang zu verleihen. „Bitte, Don, ich möchte es so gern verstehen."

„Sie wollte uns auseinanderbringen", sagte Don. „Und es wäre ihr gelungen. Du hast das nicht erkannt. Aber ich. Dieses Risiko konnte ich nicht eingehen."

„Weil du mich so sehr geliebt hast", sagte Jess.

„Weil ich dich mehr geliebt habe als alles andere auf der Welt", erklärte er. „Es wäre mir lieber gewesen, wenn ich sie nicht hätte töten müssen, Jess. Immerzu habe ich gehofft, sie würde Vernunft annehmen. Aber allmählich begriff ich, daß es nie dazu kommen würde."

„Und da hast du beschlossen, sie zu töten."

„Ich wußte, daß es sein mußte." Er redete jetzt wie in Trance. „Aber ich mußte auf den richtigen Moment warten, die geeignete Gelegenheit." Er zuckte unbeteiligt die Achseln. „Eines Morgens hast du mich dann angerufen und mir von eurer Auseinandersetzung erzählt. Ich hörte an deiner Stimme, daß der Krach dir schon leid tat, und wußte, daß du die Heirat verschieben würdest, wenn sich der Knoten in der Brust als bösartig entpuppen sollte. Ich erkannte, daß ich schnellstens handeln mußte, bevor es zu spät war. Ich fuhr also rasch zu euch und sagte deiner Mutter, du hättest mir erzählt, was geschehen sei. Ich erklärte ihr, daß ich nicht länger zwischen euch stehen wolle und daß ich dich dazu überreden würde, die Hochzeit zu verschieben.“ Er lächelte. „Sie war unglaublich erleichtert.“

„Und dann hast du ihr angeboten, sie zum Arzt zu fahren.“

„Ich bestand darauf“, erläuterte Don. „Ich sagte, es sei ein so schöner Tag, wir könnten vorher noch eine kleine Spazierfahrt machen. Sie fand den Einfall reizend.“ Sein Lächeln wurde böse. „Wir sind nach Union Pier gefahren. Ich hatte mir alles schon genau überlegt. Als ich sie erst einmal im Wagen hatte, war es ganz einfach. Ich sagte, ich würde gern ihre Meinung zu einigen Umbauten hören, die ich mit dem Häuschen vorhatte. Sie freute sich, daß ich sie um Rat fragte, war richtig geschmeichelt, glaube ich. Wir sahen das Haus an, und sie sagte mir, was ihrer Ansicht nach hübsch aussehen würde. Dann gingen wir hinaus zu den Felsen. Sie hat es überhaupt nicht kommen sehen, Jess. Ein sauberer Schuß in den Hinterkopf, und es war vorbei.“

Nur mit Mühe konnte Jess gegen die Übelkeit ankämpfen.

„Sie wäre sowieso gestorben, Jess. Aller Wahrscheinlichkeit nach wäre sie innerhalb der nächsten fünf Jahre an Krebs gestorben. Statt dessen starb sie an einem wunderschönen, sonnigen Tag und in einem Augenblick, da sie sich zum erstenmal seit Monaten keine Sorgen um ihre Tochter machte. Ich weiß, es wird dir schwerfallen, das zu verstehen, Jess, aber sie war glücklich. Sie ist glücklich gestorben.“

Jess öffnete den Mund, um etwas zu sagen, aber es dauerte etliche Sekunden, ehe sie einen Laut hervorbringen konnte. „Was hast du . . . danach getan?“

„Ich habe sie beerdigt, wie es sich gehört“, antwortete er. „Draußen bei den Felsen. Du hast vor ein paar Wochen zu ihrem Grab hingeschaut, ohne es zu wissen.“

Das Bild trat Jess vor Augen, wie sie in Dons Wochenendhaus am hinteren Fenster gestanden und durch das Schneegestöber zu den Felsen des Steilufers hinausgeblickt hatte.

„Am liebsten hätte ich dir da schon die Wahrheit gesagt“, fuhr er fort. „Um dir deine Seelenruhe wiederzugeben und dir klarzumachen, daß eure Auseinandersetzung mit ihrem Tod nichts zu tun hatte. Der stand schon in dem Moment fest, als sie das erstemal versuchte, sich in unsere Pläne einzumischen. Aber ich spürte, daß es noch nicht der richtige Zeitpunkt war, dir das zu sagen.“

Jess erinnerte sich, wie Don sie in den Armen gehalten hatte. Sie erinnerte sich, wie er all die Jahre immer wieder versucht hatte, sie zu trösten. „Und die Waffe?“ fragte sie. „Was hast du mit der Waffe gemacht?“

Wieder lächelte Don, und sein Lächeln war beängstigender, als das Grinsen von Rick Ferguson je gewesen war. „Mein Abschiedsgeschenk, als du mich verlassen hast.“

Jess starrte auf den kleinen Revolver in Rick Fergusons ausgestreckter Hand hinunter. Diese Waffe hatte ihr Don zu ihrem eigenen Schutz praktisch aufgedrängt, dieselbe Waffe, mit der er ihre Mutter getötet hatte.

„Mir gefiel die bittere Ironie bei der Geschichte“, hörte sie ihn sagen. Es klang, als kommentierte er eine rechtliche Spitzfindigkeit, und nicht, als ob er eben den Mord an ihrer Mutter gestanden hätte. Wann hatte er die Grenze zum Wahnsinn überschritten? Wie hatte sie so lange blind sein können?

„Und jetzt?“ fragte sie.

„Jetzt rufen wir die Polizei und melden, was geschehen ist. Daß Ferguson dir in deiner Wohnung aufgelauert hat und dich töten wollte, daß ich gerade noch rechtzeitig gekommen bin. Und dann kommst du mit mir nach Hause. Wo du doch hingehörst.“

Erneut überkam Jess eine riesige Welle von Übelkeit. Instinktiv suchte sie nach einem Halt, nach irgend etwas, das sie vor dem völligen Zusammenbruch bewahren konnte.

Ihre Finger stießen auf etwas Hartes, umklammerten es, hielten es fest. Der Revolver! Rasch umschloß sie den Kolben wie einen rettenden Ast, der sie aus der tödlichen Strömung herauszog. Mit einer einzigen schnellen Bewegung riß Jess die Waffe in die Höhe, richtete sie auf das Herz ihres geschiedenen Mannes und drückte ab.

Don starrte sie überrascht an, als die Kugel sich in seine Brust bohrte. Dann stürzte er vornüber und fiel zu Boden.

Jess stand langsam auf und trat zu ihm. „Mitten ins Schwarze“, flüsterte sie.

Sie hätte nicht sagen können, wie lange sie dastand und auf Don hinunterblickte. Sie hätte nicht sagen können, wann wieder Geräusche an ihr Bewußtsein drangen, Verkehrslärm von der Straße, das Läuten des Telefons.

Sie sah auf den Wecker am Bett. Zehn Uhr abends. Das mußte Adam sein, der anrief, um sich nach ihr zu erkundigen, um zu fragen, was für einen Tag sie gehabt habe, um ihr eine gute Nacht zu wünschen.

Sie hätte beinahe gelacht. Heute nacht würde sie keinen Schlaf bekommen, soviel war sicher. Sie würde die Polizei im Haus haben, ihre Familie benachrichtigen müssen. Ihnen von Rick Ferguson erzählen und von Don, die Wahrheit über das, was an diesem Abend und was vor acht Jahren geschehen war. Die ganze Wahrheit. Würden sie ihr Glauben schenken?

Konnte sie es denn selbst glauben?

Sie ging zum Telefon und hob ab. „Adam?" fragte sie.

„Ich liebe dich", antwortete er.

„Könntest du nach Hause kommen?" Ihre Stimme war leise, aber beherrscht und überraschend angstfrei. „Ich glaube, ich brauche einen guten Anwalt."

Joy Fielding

Hätte Joy Fielding gewußt, auf was sie sich einläßt, als ihr die Idee kam, ihren nächsten Roman ausgerechnet in Chicago anzusiedeln, hätte sie vermutlich einen anderen Schauplatz für ihren Thriller gewählt. Immerhin ist die Schriftstellerin in Toronto in Kanada zu Hause, und um den siebenhundert Kilometer entfernten Ort der Handlung kennenzulernen, mußte sie umfangreiche Recherchen anstellen. Außerdem war ihr als Kanadierin das amerikanische Rechtswesen fremd, weshalb sie sich das notwendige Wissen „im Schnellverfahren" aneignen mußte. Sie hatte das Glück, in Chicago einen Anwalt ausfindig zu machen, der bereit war, in vielen Telefonaten seitenlange Fragelisten zu beantworten. „Bevor ich aber nach jeder Lektion auflegen durfte", berichtet Joy Fielding lachend, „stellte der tüchtige Jurist *mir* Fragen, um sicherzugehen, daß ich auch alles verstanden hatte. Ich kam mir vor wie in der Schule!"

Nach diesem juristischen Einführungslehrgang flog die Autorin nach Chicago, um sich mit Richtern und Staatsanwälten zu treffen, und schließlich setzte sie sich sogar bei einem Mordprozeß auf die Zuschauergalerie. Woher dieser Hang zur genauen Überprüfung sämtlicher Fakten? „Ganz einfach", antwortet Joy Fielding, „mein Mann ist selbst Anwalt, und wenn er eines meiner Bücher liest, möchte ich natürlich vermeiden, daß er gleich auf der ersten Seite vor Entsetzen die Hände über dem Kopf zusammenschlägt."

Daß sich neben ihrem Mann auch ihre zwei Töchter, beide im Teenageralter, für ihre Arbeit interessieren, erfüllt die Schriftstellerin mit Stolz. „Ich ermuntere sie, eines Tages eine berufliche Laufbahn einzuschlagen, bei der ihre kreativen Neigungen nicht zu kurz kommen." Aber wenn bei den Fieldings die Töchter ganz nach der Mutter schlagen, braucht sie sich darüber ja keine Sorgen zu machen.

WOLFS-TAGE

Eine Kurzfassung des Buches von

RON D. LAWRENCE

Ins Deutsche übertragen von Gisela Geisler

Tundra, der große Eskimohund, ist schon gewohnt, daß sein Herr allerhand Jungtiere auf der Farm inmitten der Wildnis aufpäppelt. Aber selbst Tundra gerät aus dem Gleichgewicht, als Ron D. Lawrence eines Tages zwei Wolfswelpen anschleppt. Schnell wachsen die Neuankömmlinge zu übermütigen Jungwölfen heran, und für das Trio aus Hund und Wölfen beginnt eine Zeit aufregender Entdeckungen. Auf ausgedehnten Streifzügen durch die Wälder gilt es, gefahrvolle Begegnungen mit Baumstachelschweinen und Bären zu bestehen, und eines Tages erwacht in den Wölfen unwiderstehlich der Jagdtrieb.

I

DAS ALTERSSCHWACHE Kanu kam mit unheilvoll stotterndem Außenbordmotor um die Biegung des Mattawa River. Der Mann im Heck des Bootes schaute rückwärts. Er war mit dem immer wieder aussetzenden Motor beschäftigt und übersah die gefährliche Stromschnelle, von deren Sog das Kanu bereits mitgerissen wurde.

Ich stand am Ufer und schrie aus Leibeskräften. Noch ein paar Sekunden, und das alte Boot würde sich quer legen und kentern. Der Mann hörte mich nicht. Der Motor heulte noch einmal auf und verstummte dann endgültig.

Mein eigenes, gut fünf Meter langes Kanu hatte ich unweit von meinem Angelplatz auf die Uferböschung gezogen. In seinem Bug lag ein dreißig Meter langes, aufgerolltes Zugseil. Während ich zum Boot rannte, um das Seil zu holen, wandte sich der Mann von seinem Motor ab und griff nach einem Paddel, dessen Ruderblatt abgebrochen war. Damit hatte er doch nicht die geringste Chance!

Wieder schrie ich, so laut ich konnte, und schwenkte dabei das Seil über meinem Kopf. Diesmal schaute der Mann auf und winkte. Er hatte meine Absicht begriffen und steuerte mit verdoppelter Anstrengung das Ufer an.

Zweimal war das Kanu nahe daran zu kentern. Als es endlich so weit herangekommen war, daß ich das Seil werfen konnte, trieb es schon mit dem Bug voran flußabwärts. Ich schleuderte das Seil. Es war ein guter Wurf: Das Seilende schlug auf dem Dollbord des Kanus auf, der Mann bekam es zu fassen und klammerte sich daran, während ich am anderen Ende mit aller Kraft zog. Doch bis ich das Seil vollends eingeholt hatte und das Kanu sicher auf dem Ufer lag, schwappte noch so mancher Schwall des eiskalten Flußwassers über die Bordwand.

Ich kippte den Motor hoch, um ihn vor dem Ufersand zu schützen, und musterte den Mann. Er war Indianer und, nach seiner Alkoholfahne zu urteilen, ziemlich betrunken. Als wollte er meinen Verdacht bestätigen, fiel er beim Herausklettern aus dem Kanu gleich in den Sand und kicherte nur kindisch, als ihm das zerbrochene Paddel aus den Händen glitt und vom Fluß mitgerissen wurde.

Ich zog das Kanu noch etwas höher auf die Uferböschung und sah dabei, womit es beladen war: mit allerlei Kram und einem halbvollen blutgetränkten Sack, der überdies vom Flußwasser klatschnaß geworden war. Und in diesem Sack bewegte sich etwas! Während der Indianer sich mühsam aufrappelte, hörte ich, daß aus dem Sack ein jämmerliches Mauzen kam.

„Was steckt denn da drin?" fragte ich.

„Mahegan-schisch. Nescho."

Ich verstand genug Creek, um mir darauf einen Reim zu machen. *Mahegan* bedeutete „Wolf", *schisch* „jung" und *nescho* „zwei". Zwei Wolfswelpen steckten in dem Sack!

„Und woher kommt das Blut?"

„Keisses skwao mahegan." Das hieß wörtlich übersetzt „alte Frau Wolf". „Ich Wolf totschießen", fuhr der Mann nun auf englisch fort, das er offenbar ganz leidlich beherrschte. „Totschießen und Fell abziehen." Die Regierung von Ontario zahlte für jeden toten Wolf eine 25-Dollar-Prämie. „Und *schisch* mit nach Hause nehmen. Tierhändler verkaufen."

Der Mann kam auf mich zugewankt und schlug mir auf die Schulter. „Du verdammt gut mit Seil. Ah . . ., muß jetzt was trinken." Er torkelte zu seinem Kanu und fischte eine halbvolle Whiskeyflasche heraus. Währenddessen hob ich den Sack aus dem Boot, schnitt die Schnur auf, mit der er zugebunden war, und schaute hinein.

Im ersten Augenblick konnte ich die beiden Welpen nicht von dem blutgetränkten Fell unterscheiden, das einmal Teil ihrer Mutter gewesen war. Dann überwand ich meinen Ekel, steckte die Hand in die feuchte Masse und ertastete die zitternden Winzlinge. Ich zog sie aus dem Sack und preßte sie an meine Brust, um sie ein wenig zu wärmen und zu beruhigen. Selbst durch mein dickes Hemd hindurch spürte ich ihre krampfartigen Zuckungen, eine Folge von Angst, Schock und Kälte. Die Kleinen sahen erbarmungswürdig aus: naß bis auf die Haut, das Fell verklebt vom Blut ihrer Mutter. Beide waren etwa dreißig Zentimeter lang und noch vollkommen blind.

Ich zog ein Handtuch aus meinem Rucksack, wickelte die Welpen darin ein und legte das Bündel auf ein sonnenbeschienenes Fleckchen in meinem Kanu. Dann wandte ich mich wieder an den Indianer: „Du bringst die beiden nicht lebendig bis in die Stadt; schon gar nicht bis zu einem Tierhändler."

„Du mit mir trinken. He! Warum du nicht *schisch* kaufen?"

Ich hatte schon insgeheim beschlossen, die Welpen zu behalten und sie aufzuziehen, bis sie selbst für sich sorgen könnten. Doch zunächst heuchelte ich Gleichgültigkeit und nahm bloß die Einladung zu einem Schluck Whiskey an.

Eine halbe Stunde später war unser Handel perfekt. Der Indianer bekam von mir fünfundzwanzig Dollar und das älteste meiner drei Paddel – weniger als drei führte ich nie bei einer Kanufahrt mit –, und die Welpen gehörten mir. Das Geld in der Tasche, das Paddel in der einen Hand und das Wolfsfell in der anderen, so wankte der Mann zu seinem Kanu und kletterte hinein. Um die Lage seines Bootes zu verbessern, verstaute er den nutzlosen Motor im Bug. Dann gab ich dem Kanu einen kräftigen Stoß. Es glitt zurück in die Fluten des Mattawa River, und mein Handelspartner begann ziemlich hektisch zu paddeln.

Als er hinter der nächsten Flußbiegung verschwunden war, hatte ich die laut winselnden Welpen schon aus dem Handtuch gewickelt und war dabei, sie gründlich trockenzureiben. Das mußte schnell gehen, wenn sie nicht eine Lungenentzündung bekommen sollten. Danach wickelte ich sie wieder ein, diesmal aber in meine daunengefütterte Jacke, die ich als Schutz gegen die kalten Nächte hier draußen in den Wäldern mitgebracht hatte. Die kleinen Wölfe kuschelten sich in die warme Hülle und hörten auf, winselnde Klagelaute auszustoßen, mauzten aber weiter leise vor sich hin, fast wie junge Katzen.

Wann ihre Mutter sie zum letztenmal gesäugt hatte, konnte ich natürlich nicht wissen, aber auf jeden Fall erschien mir ein bißchen warme Milch nützlich, um ihre Körpertemperatur zu erhöhen. Unter meinen Vorräten gab es eine Tüte Milchpulver, und mein Lagerfeuer brannte auch noch. Doch während ich in meinem Kochtopf Flußwasser erhitzte, wurde mir klar, daß zwar die Milch im Handumdrehen zubereitet wäre, daß die Fütterung der beiden aber erhebliche Schwierigkeiten machen könnte. Zu Hause, auf der hundertvierzig Hektar großen North-Star-Farm, die ich mit meiner Frau Joan bewirtschaftete, gab es ein ganzes Sortiment von Gegenständen, die zur Aufzucht verwaister Jungtiere aus der Wildnis geeignet waren. Dazu gehörten auch Milchflaschen und alle möglichen Sauger, die ich aus flüssigem Latex in selbstgefertigten Tonformen hergestellt hatte. Mit dieser Ausrüstung konnten wir winzige Tiere von der Größe einer neugeborenen Maus, aber auch ein Elchkalb oder ein Bärenjunges aufziehen. Doch auf meinen Angelausflug hatte ich natürlich keine Milchfläschchen mitgenommen.

Joan war für zwei Wochen zu ihren Eltern in die Provinz Manitoba gereist, und ich wollte währenddessen mit dem Kanu den Mattawa River, einen kurzen Nebenfluß des Ottawa, dreihundertzwanzig

Kilometer nördlich von Toronto, befahren und nach Herzenslust fischen. Solch einen Urlaub konnte ich mir damals wegen meiner vielen Verpflichtungen nur selten genehmigen. Ich schrieb Bücher, und ich war auch sehr von den vielen Arbeiten auf unserem nur teilweise kultivierten Farmland in Anspruch genommen. So mußten unter anderem unsere zahlreichen Süßahornbüsche beschnitten und fachgerecht angezapft werden. Außerdem verlegte ich damals eine Zeitung, aber zwischen dem Redaktionsbüro und der Farm lagen nicht weniger als hundertdreißig Kilometer. Nicht, daß ich täglich hinfahren mußte – meine Leute kamen auch gut allein zurecht –, aber in der Regel versuchte ich doch, dreimal wöchentlich dort zu sein. Und das war immer noch nicht alles. Unsere Nachbarn hatten schon vor Jahren erfahren, daß wir uns für den Schutz wildlebender Tiere einsetzten, und seither hatte man uns ständig verletzte Säugetiere und Vögel zur Pflege gebracht, so daß unsere Farm eine Art Krankenstation für die unterschiedlichsten Tierarten geworden war. Wir verdankten es nur einer Atempause in diesem Krankenpflegebetrieb, daß Joan endlich einmal ihre Eltern besuchen konnte, und ich wollte das Juniwetter nutzen und am Mattawa auf Barschfang gehen.

Ich ließ das Wasser sieden, bereitete die Milch und stellte den Topf zum Abkühlen in das seichte Wasser am Flußufer. Dann machte ich mich gleich daran, mein Lager aufzulösen. Mit dem Fischfang war es nun vorbei; die Welpen mußten so schnell wie möglich auf die Farm gebracht werden.

Während ich meine Ausrüstung im Kanu verstaute, überlegte ich angestrengt, wie ich den kleinen Wölfen die Milch einflößen könnte. Endlich kam mir eine Idee: Ich würde meine Mundhöhle als Gefäß für die Milch benutzen, und die Welpen müßten die Flüssigkeit Tropfen um Tropfen von meiner Zungenspitze saugen – keine angenehme Aussicht, doch mein Umgang mit zahlreichen Jungtieren hatte mich gelehrt, solchen Situationen ohne Ekel zu begegnen.

Wenn man ein sehr junges Tier zum erstenmal füttern will, ist es wichtig, ungefähr sein Alter zu kennen. Im Falle dieser beiden Welpen genügten mir ein kurzer Blick auf die Tiere und meine allgemeinen Kenntnisse über Wölfe. Sie mußten älter als fünf und jünger als elf Tage sein. Vor dem fünften Tag hätten sie noch weniger gewogen und nicht so gut ausgebildete Hinterläufe gehabt, und nach dem elften Tag wären ihre Augen schon geöffnet gewesen. Entsprechend ihrem Alter durften sie also nur eine stark verdünnte Milch bekommen.

Ich füllte meine Mundhöhle mit einem ziemlich großen Schluck der mit Wasser vermischten Milch und sah vermutlich wie ein Streifenhörnchen aus, das sich zuviel Futter in die Backentaschen gestopft hat. Dann steckte ich die Hand in meine Daunenjacke und zog den ersten Welpen, den ich zu fassen bekam, ganz vorsichtig heraus. Ich umschloß das zappelnde kleine Tier mit den Händen, hob es an meinen Mund und zwängte meine Zungenspitze zwischen seine fest zusammengepreßten Lefzen.

Blitzschnell wurde meine Zunge gepackt und viel weiter herausgezogen, als es die Natur vorgesehen hat. Ehe ich die Situation in den Griff bekommen konnte, verschwand meine Zungenspitze samt einem kräftigen Schwall Milch im Rachen des kleinen Wolfs, der sofort heftig zu würgen und zu spucken begann. Ich nutzte diesen Augenblick, um meine Zunge zu befreien, und als ich sie zum zweitenmal an die gierig suchenden Lefzen des Kleinen führte, war ich schon besser auf der Hut. Von nun an verlief die Fütterungsprozedur einigermaßen entspannt, und als die erste Milchportion im Magen des kleinen Welpen verschwunden war, wußte ich genau, wie ein junger Wolf aus nächster Nähe riecht: wie ein sehr nasses Hundefell oder ein nicht ausgemisteter Ziegenstall!

Schließlich waren beide Welpen gefüttert, wobei sich der zweite wesentlich gesitteter als der erste aufgeführt hatte, dafür aber erst nach der zweiten Milchportion bereit gewesen war, sich ohne Protestgeschrei in sein Handtuchnest zurücklegen zu lassen. Danach begann ich, die beiden zu säubern und ihre kleinen Bäuche zu massieren, um die Verdauung anzuregen. Dabei konnte ich feststellen, daß das kleinere Tier ein Weibchen und das andere, das sich beim Füttern als weniger hastig, aber hungriger erwiesen hatte, ein Männchen war. Ich legte beide ins Gras, und während ich darauf wartete, daß sie ihren Kot absetzten, dachte ich über Namen für sie nach. Ich beschloß, das Weibchen „Matta" und das Männchen „Wa" zu nennen – nach dem Fluß Mattawa, an dessen Ufer ich ihr Pflegevater geworden war.

Die Welpen erledigten ihr Geschäft mit mustergültiger Pünktlichkeit. Danach verpackte ich sie in mehrere Lagen schützender Hüllen: zuerst in ein Handtuch, dann in ein Stück Plastikfolie und zuletzt in meine Daunenjacke. Mit diesem Paket im Kanu paddelte ich zurück in das Städtchen Mattawa, in dem ich mein Auto abgestellt hatte.

Die Heimfahrt zu meiner Farm dauerte diesmal fünf Stunden. Normalerweise brauche ich dafür nur drei Stunden, aber ich mußte vier Pausen einlegen, weil die Welpen lauthals eine Zwischenmahlzeit verlangten.

Fünf Minuten vor der Ankunft auf der Farm fiel mir Tundra ein, unser fast vierzig Kilo schwerer reinrassiger Eskimohund, der in den letzten Tagen ganz allein über das Haus und einen zweihundertfünfzig Quadratmeter großen Auslauf verfügt hatte. Durch ein offenes Fenster im Kellergeschoß konnte er das Haus nach Belieben betreten und verlassen.

Wenn dieses heißgeliebte Ungeheuer allein zu Hause geblieben war – wobei Nachbarn für Futter und Wasser sorgten –, verlief unser Wiedersehen immer nach demselben Muster. Sobald Tundra das Motorgeräusch des ankommenden Autos hörte, begann er zu heulen wie seine wölfischen Vorfahren. Dann sprang er durch das offene Fenster ins Kellergeschoß, stürmte die Treppe zum Erdgeschoß hinauf, raste durch die Diele, so daß sämtliche Teppiche verrutschten, und postierte sich neben der Haustür wie ein Tiger, der sich gleich auf seine Beute stürzen wird. Aber es war nicht allein Tundras Begrüßungszeremoniell, das mir Sorgen machte. Noch mehr fürchtete ich seine Lust am Fressen, denn Eskimohunde haben einen unausrottbaren Jagdinstinkt, und in dieser Hinsicht bildete Tundra keine Ausnahme. Nur widerstrebend respektierte er die vielen vierbeinigen Patienten, die wir in Pflege genommen hatten, und auch das nur, wenn sie nicht allzuleicht für ihn erreichbar waren. Jedenfalls mußten wir ihn jedesmal anketten, bis so ein neuer Pensionsgast in der Scheune oder an einem anderen geeigneten Ort untergebracht war. Aber diese beiden Wolfswelpen waren noch so klein und hilflos, daß sie während der nächsten Wochen ständige Pflege brauchten. Und dazu mußte ich sie in unserem Haus behalten, das Tundra weitgehend als sein eigenes Revier betrachtete. Wie würde er wohl auf die neuen Hausgenossen reagieren?

Auch diesmal hörte ich, sobald mein Wagen hielt, den üblichen Lärm in der Diele und die darauffolgende Stille. Ich wußte, daß Tundra jetzt sprungbereit auf mich wartete. Und so schloß ich die Haustür auf, gab ihr einen kräftigen Stoß und preßte mich blitzschnell draußen mit dem Rücken gegen die Hauswand. Fast im gleichen Augenblick kam Tundra schon aus der offenen Tür geschossen, machte mitten im Sprung eine Drehung, stellte sich vor mir auf die Hinterbeine und legte mir die schweren Vorderpfoten auf die Schultern. Allerdings leckte er mir nicht wie üblich das Gesicht ab. Offenbar hatte er sofort die Wolfswitterung aufgenommen, die in meiner Kleidung hing, und während er mich noch neugierig beschnüffelte, hatte ich ihn schon bei seinem Lederhalsband gepackt.

Zunächst versuchte Tundra sich loszureißen, doch dann folgte er mir widerstrebend hinüber in den Schuppen, wo ich ihn an seine fast zehn Meter lange Kette legte. Seiner Freiheit war er nun beraubt, aber nicht seiner Stimme, und von der machte er Gebrauch: laut, pausenlos, in jammervollen Tönen. Sein aus Urzeiten stammendes Wolfsgeheul erfüllte den ganzen Hof und sicher noch viele Quadratkilometer der angrenzenden Wildnis.

Obwohl das Gehör der Welpen noch nicht gut entwickelt sein konnte, schienen die Kleinen auf das Geheul zu reagieren, als ich sie aus dem Auto holte und ins Haus trug. Sie zappelten aufgeregt in ihren Hüllen und stimmten wieder ihr leises Gewinsel an. In der Küche säuberte ich sie nochmals, legte sie auf eine zusammengefaltete Decke und holte Waage und Maßband. Matta, das Weibchen, wog knapp achthundert Gramm und maß von der Nasen- bis zur Schwanzspitze dreißig Zentimeter. Ihr Bruder Wa war schon glatte neunhundert Gramm schwer und fünfunddreißig Zentimeter lang. Diese Angaben bildeten die erste Eintragung in meinem neuen „Wolfstagebuch", in dem ich während der nächsten Monate alles Bemerkenswerte über die körperliche und charakterliche Entwicklung der Welpen festhalten wollte. Auf einem Extrablatt würde ich über ihre Nahrungsaufnahme Buch führen, zumindest bis zum Ende des kritischen Säuglingsalters, das bei Wölfen etwa bis zum zweiundzwanzigsten Lebenstag dauert. Danach können sie hören, sehen, riechen und laufen, und ihre Milchzähne sind für die Aufnahme fester Nahrung weit genug entwickelt.

Nach der Reinigungs- und Wiegeprozedur rollten sich die Kleinen Rücken an Rücken auf ihrer Decke zusammen. Offenbar wollten sie schlafen. Ich nutzte die Zeit, um eine größere Menge Milch aus Wasser und einem Pulver herzustellen, das eigentlich für Menschenbabys gedacht ist und wichtige Vitamine und zusätzliche Mineralstoffe enthält. Auf einem Tablett stellte ich alle Gegenstände zusammen, die ich für die Fütterung der Welpen brauchte: einen Meßbecher, zweihundertfünfundzwanzig Gramm fassende Milchfläschchen mit kleinen Nuckeln, die wir sonst für Hundewelpen benutzten, und einen elektrischen Teekessel, der längst als Milchwärmer Dienst tat. Zu guter Letzt fügte ich noch eine Packung Reisflocken hinzu. Eine kleine Beigabe davon in der Milch würde den Nährwert der Flüssigkeit erhöhen und die Kleinen zugleich vor Durchfall bewahren. Später sollte dann Reisbrei den Hauptbestandteil ihrer Nahrung bilden, bis sie eines Tages vertragen konnten, was ihnen die Natur zugedacht hatte.

Während ich vollauf beschäftigt war, begann mir Tundras Geheul auf die Nerven zu gehen. Irgendwann mußte es ja doch geschehen;

also wollte ich lieber gleich den Versuch machen, dem Hund die kleinen Wölfe zu zeigen und klarzustellen, daß Matta und Wa jetzt Mitglieder der Familie waren und keinesfalls aufgefressen werden durften.

Und so führte ich Tundra an der Leine in die Küche – was nicht ganz der Wahrheit entspricht. Tatsächlich zerrte der Hund mich in die Richtung, aus der die Wolfswitterung kam, und gebärdete sich dabei wie toll. Aus Freude? Oder wollte er die Kleinen mit Haut und Haar verspeisen? Ich hielt die Leine jedenfalls sehr kurz, um Tundra notfalls von der Decke fortziehen oder ihn zwingen zu können, seine Beute fallen zu lassen, falls er sich eines der Jungen schnappte. Schon begann ich meinen Entschluß zu bereuen.

Doch nun geschah ein Wunder. Tundras hechelnde Schnauze war nur noch wenige Zentimeter von den Welpen entfernt, als der Hund zu meiner Verblüffung die Zunge herausstreckte und die Kleinen zu lecken versuchte. Ich gab ein wenig mehr Leine; Tundra senkte den Kopf, stieß jeden der Welpen ganz sanft mit der Nase an und machte sich daran, Matta und Wa hingebungsvoll abzulecken. Immer wieder fing er von neuem an, rollte sie mit der Schnauze von der einen auf die andere Seite und wedelte dabei freudig mit dem Schwanz. Und die Welpen? Die lagen einfach da und genossen sichtlich Tundras Fürsorge. Nun konnte ich dem Hund die Leine abnehmen, mich hinsetzen und alles Weitere gelassen abwarten.

Tundra legte sich auf den Boden und behielt die Welpen unverwandt im Auge. Sobald eines der Kleinen auch nur zuckte, begann er sofort wieder mit dem Lecken, wobei zwar das feine Deckhaar des Wolfsfells feucht wurde, das Unterhaar aber erstaunlich trocken blieb. Als Tundra endlich mit der Behandlung der Welpen fertig zu sein meinte, sahen seine Pfleglinge schon merklich besser aus als zuvor.

Matta lag auf dem Rücken, und ihr pralles rosafarbenes Bäuchlein zeigte zur Küchendecke. Sie schnarchte ruhig vor sich hin, wobei ihre winzige Schnauze offenstand. Wa kroch währenddessen träge auf Tundra zu, stieß auf das rechte Vorderbein seines Hüters und brauchte nach meiner Uhr genau drei Minuten, um das fünf Zentimeter hohe Hindernis zu überwinden. Auf der anderen Seite blieb er, die Hinterläufe weit ausgestreckt, vor Erschöpfung flach auf dem Bauch liegen. Sein stumpfnasiger kleiner Kopf hob und senkte sich dabei ruckartig, ein Vorgang, den man auch bei sehr jungen Hundewelpen beobachten kann. Tundra beugte sich über Wa, und seine Zunge fuhr ganz leicht über den kleinen Körper. Dann drehte er sich zu der schlafenden Matta um und ließ ihr ein ebenso flüchtiges Lecken zuteil werden. Der Hund schien darauf bedacht zu sein, seine Fürsorge ganz gleichmäßig auf die beiden Welpen zu verteilen. Eines stand nun fest: Er hatte sich zum Wächter über die kleinen Wölfe ernannt und gehorchte damit einem uralten Rudelinstinkt, einem übriggebliebenen Wesenszug, den er von seinen Wolfsvorfahren ererbt hatte. Ich war unendlich erleichtert.

Schließlich war es Zeit, zu Bett zu gehen. Ich legte die Welpen in ihr vorbereitetes „Nest", eine flache Kiste, die ich in mein Schlafzimmer hinauftragen wollte. Ungefähr eine Woche lang würde ich das Zimmer mit Matta und Wa teilen müssen, um mir die häufigen nächtlichen Fütterungen zu erleichtern. Als Tundra sah, daß ich ihm seine Schützlinge wegnehmen wollte, begann er aus Protest zu bellen, und er gab erst Ruhe, als er mitkommen durfte.

Oben im Schlafzimmer setzte ich das Kistchen zunächst auf meinem Nachttisch ab, denn so konnte ich die Welpen am ehesten vom Bett aus erreichen. Ursprünglich hatte ich das Tablett mit der Milch und den Fläschchen auf den Fußboden stellen wollen, aber Tundra hätte bestimmt alles umgestoßen. Und so zog ich die Schublade des Nachttischs halb auf, brachte das Kistchen mit Matta und Wa darin unter und stellte das Tablett auf der Tischplatte ab. Ich gab den Welpen noch eine leichte Mahlzeit, säuberte sie und legte mich ins Bett. Sowie ich das Licht ausgemacht hatte, begannen Matta und Wa zu jammern. Sofort stand Tundra auf den Hinterbeinen, versuchte, die Nase in die Schublade zu zwängen, und stieß, wie hätte es auch anders sein können, mit den Vorderpfoten das Tablett vom Nachttisch. Ich schrie zwar: „Sitz!", aber ein Befehl aus Menschenmund galt für den Hund in diesem Augenblick gar nichts. Er gehorchte nur noch seinem angeborenen Beschützerinstinkt. Schließlich sah ich mich gezwungen, Matta und Wa aus ihrer provisorischen Kinderstube zu nehmen und sie so dicht neben mich ins Bett zu legen, daß sie meinen Herzschlag spüren konnten. Tatsächlich stellten sie das Jammern ein; Tundra schlich hinunter zu seinem Lieblingsplatz im Kellergeschoß; der häusliche Friede war wiederhergestellt.

Es wurde gerade hell, als ich aufwachte. Ich hatte geträumt, wie ein Regenschauer auf mich niederging und sich gleichzeitig ein harter Gegenstand in meine rechte Achselhöhle bohrte. Dann fielen mir die Welpen ein, und ich wußte, daß der Traum Wirklichkeit war. Die kleinen Wölfe hatten mich vollkommen naß gemacht, und Matta versuchte offenbar, Milch aus meiner Achselhöhle zu saugen. Sie bemühte sich mit so viel Nachdruck, daß sich auf meiner Haut schon ein roter Fleck abzeichnete.

Ich war noch zu schlaftrunken, um mir die Mühe mit dem elektrischen Teekessel und den Fläschchen zu machen. Und so nahm ich einfach einen großen Schluck von dem Milchgemisch in den Mund, wärmte ihn an und hob Matta an meine Lippen. Wa lag währenddessen neben meinem Oberschenkel auf dem Rücken und öffnete und schloß die feuchte kleine Schnauze, als schmeckte er schon im Traum sein Frühstück. In diesem Augenblick kam eine Kavallerieschwadron in vollem Galopp die Treppe heraufgedonnert: Tundra hatte mein Herumwirtschaften im Schlafzimmer gehört und war mit gewohnter Energie zur Stelle. Er schlitterte quer durch das Zimmer, sprang auf mein Bett, wobei seine rechte Vorderpfote den schlafenden Wa um Haaresbreite verfehlte, trampelte mir in die Magengrube und drückte mir die Schnauze ins Gesicht, um auch ganz genau sehen zu können, was da geschah. Dann versuchte er, Matta abzulecken. Ich wehrte ihn mit der Hand ab – sprechen konnte ich ja nicht –, und er begann sofort, Wa mit der Zunge zu säubern. Dagegen war nichts einzuwenden, denn der Kleine hatte sich genau wie seine Schwester gründlich naß gemacht. Erst als Matta endlich satt war, sagte ich zu Tundra: „So, und nun kümmere dich um die junge Dame hier."

Wa hatte erst seine halbe Portion Milch getrunken, als er eine Ladung Kot absetzte. Hastig legte ich ihn in die halboffene Nachttischschublade, und im selben Augenblick ahmte Matta das Beispiel des Bruders nach und entleerte sich mitten auf mein Bettlaken. Ich gab meinem Ärger lautstark Ausdruck, und Tundra, der diesen Tonfall kannte, sprang von meinem Bett und preschte die Treppe hinunter ins Kellergeschoß und durchs Fenster hinaus in den Auslauf.

Es kostete mich eineinhalb Stunden, um alles wieder in Ordnung zu bringen und mich gründlich zu duschen. Danach war ich nicht mehr so gereizt, richtig wach und vor allem sauber. Ich kochte mir Kaffee, briet Eier mit Speck, machte Toast und trug mein Frühstück ins Freie. Das Wetter, dem ich vor lauter Arbeit noch gar keine Beachtung geschenkt hatte, erwies sich als schön und warm. Es versprach ein angenehmer Junitag zu werden: nicht zu kühl, aber doch kühl genug, um uns die Stechmücken vom Hals zu halten. Nach dem Frühstück setzte ich mein Wolfstagebuch fort, eine Beschäftigung, die mich in den nächsten Wochen noch viel Zeit kosten sollte, denn die Entwicklung von Matta und Wa verlief geradezu stürmisch.

Ich vermerkte, daß Wa sich bislang als der ruhigere Welpe erwies; er wirkte entspannter und zutraulicher. Matta war viel nervöser und leicht zu erschrecken. Aber vorerst wurden beide auf natürliche Weise vor den Härten des Lebens geschützt, denn zwei ihrer fünf Sinne waren noch gar nicht und ein dritter erst schwach entwickelt: Sie konnten fühlen und schmecken, aber weder sehen noch hören und auch nicht sonderlich gut riechen.

SECHS Tage später stand Joans Rückkehr aus Manitoba bevor, und ich sollte sie vom Flughafen in Toronto abholen, was hin und zurück eine Strecke von über dreihundert Kilometern bedeutete. Auf dieser langen Autofahrt mußten mich die Welpen – und natürlich auch ihr Beschützer Tundra – begleiten. Vor dem Aufbruch bekamen Matta und Wa nochmals die Flasche. Dann legte ich sie in ihre Schlafkiste und stellte diese auf den Beifahrersitz.

Wir erreichten den Flughafen rechtzeitig, so daß ich den Welpen noch eine Extraflasche geben konnte. Das würde sie während der Wartezeit ruhigstellen. Dann stieg ich aus dem Auto, und Tundra kletterte auf den Fahrersitz. „Paß gut auf die Kleinen auf!" befahl ich ihm, ehe ich auf das Ankunftsgebäude zustrebte. Um die Welpen machte ich mir keine Sorgen. Die Hundezunge würde sofort in Aktion treten, wenn sie auch nur winselten.

Als ich mit Joan zum Auto zurückkehrte, entdeckte sie das Kistchen auf dem Beifahrersitz schon von weitem. „Und was hast du dir diesmal zugelegt?" fragte sie mit gequälter Miene, die aber nur gespielt war.

Tundra stand auf dem Fahrersitz und wedelte heftig mit dem Schwanz. Ich entriegelte die Beifahrertür, machte sie aber noch nicht auf, sondern ging um den Wagen herum und öffnete die Fahrertür. Ich wollte den Hund lieber erst an die kurze Leine nehmen, ehe er meine Frau auf die gewohnt stürmische Art begrüßen würde. Doch Joan hatte vor Ungeduld, die jüngsten Bewohner der North-Star-Farm in Augenschein nehmen zu können, schon die Beifahrertür aufgerissen. Tundra sprang über das Kistchen mit den Welpen hinweg, und im nächsten Augenblick lagen Hund und Frau ineinander verknäult auf dem Asphalt. Es kostete mich einige Mühe, das wilde Durcheinander zu entwirren und die Ordnung wiederherzustellen. Dann endlich konnte Joan ihre Neugier befriedigen und sich über das Kistchen mit den Welpen beugen. Wa lag auf dem Rücken und gähnte herzerweichend, während Matta an einer der Hinterpfoten des Bruders nuckelte. Joans Herz schmolz dahin. Sie streichelte die Welpen und verwandelte sich auf der Stelle in eine hingebungsvolle Wolfsmutter – soweit dies einem Menschen eben irgend möglich ist.

II

MATTA und Wa mußten nun etwa elf Tage alt sein. Daß meine Berechnungen stimmten, bewies mir Wa nach der Heimkehr vom Flughafen am frühen Abend: Seine Augen öffneten sich! Das heißt, vorläufig zeigte sich zwischen den Augenlidern nur ein schmaler Schlitz, durch den graublaue Augen ziemlich erschrocken in die Welt schauten. Bis zum völligen Aufgehen der Lider vergingen noch zehn Stunden. Während der ersten halben Stunde war der Welpe durch die neuerworbene Sehfähigkeit sichtlich verwirrt; er gewöhnte sich aber schnell an den neuen Zustand. Da seine Hinterbeine nun kräftig genug waren, um den Körper zu tragen, begann er sofort, seine Umgebung zu erforschen. Erst die Erschöpfung zwang ihn, eine halbstündige Pause einzulegen, die er schlafend zwischen Tundras schützenden Vorderpfoten verbrachte.

Auf so viel ungewohnte Bewegung reagierte Wa mit gesteigertem Hunger, von dem er am nächsten Morgen schon vor sieben Uhr durch schrilles Gefiepe Mitteilung machte. Der Lärm weckte zuerst Tundra und mich und schließlich Matta und Joan. Die Kiefer des Wolfsjungen schlossen sich gieriger als üblich um den Nuckel seiner Flasche, und zum erstenmal verhielt sich Wa während des Trinkens so aufgeregt wie seine Schwester.

Mattas Augen öffneten sich am nächsten Abend, genau drei Minuten nach neun Uhr. Während sie ihre letzte Flasche trank, lag sie mit weit gespreizten Gliedern in meinem Schoß und begleitete das Saugen wie üblich durch rhythmische Tretbewegungen der Pfoten gegen meine Hand. Als ich mich ein wenig tiefer über Matta beugte, verschluckte sie sich ein bißchen. Sie nieste heftig, und ihre Augenlider gingen auf – vollständig, einfach so. Ein, zwei Sekunden lang starrte sie mich aus feuchtschimmernden blauen Augen verständnislos an. Dann ließ sie den Nuckel fahren und versuchte, den kleinen Kopf in meinem Schoß zu verstecken.

Ich legte rasch die Hand über ihre Augen, und sie beruhigte sich, doch sowie ich die Hand leicht anhob, geriet sie wieder in Panik. Nun probierte ich eine andere Methode aus: Ich hob bald diesen, bald jenen Finger ein wenig an, so daß nur ein schwacher Lichtschein in die dunkle Höhle dringen konnte, die von meiner gewölbten Hand gebildet wurde. Es nützte nichts; Matta fürchtete sich immer noch, und so bat ich Joan, das Licht auszumachen. Die kleine Wölfin würde mehr Zeit als ihr Bruder brauchen, um sich an das Sehen zu gewöhnen. Doch darin lag nichts Ungewöhnliches. Draußen in der Wildnis öffnen sich die Augen der jungen Wölfe fast ausnahmslos in der dunklen Höhle ihrer Mutter, und sie gewöhnen sich zunächst an das Dämmerlicht, das vom Höhleneingang hereinsickert. Langsam, mit zunehmender Fähigkeit, sich fortzubewegen, nähern sich die Jungtiere dann der Lichtquelle. Bei unseren Welpen dagegen hatten sich die Augen im hellen Licht der elektrischen Lampen geöffnet, und zumindest bei Matta hatte dies Angstzustände ausgelöst.

Gleichzeitig mit dem Erwerb des Sehvermögens schien sich auch das Gehör der Welpen geschärft zu haben. Außerdem schoben sich bei ihnen die ersten Zähne durch das Zahnfleisch – Zähne, so scharf wie Nadelspitzen.

Je besser sich der Geruchssinn, das Gehör, das Sehvermögen, die Zähne und nicht zuletzt die Hinterläufe unserer Pfleglinge entwickelten, desto mehr wuchs auch das Selbstvertrauen der Welpen und desto deutlicher zeichnete sich bei jedem der beiden die eigene Persönlichkeit ab. Wa war von Anfang an ein mutiges, unternehmungslustiges Männchen, und Matta blieb der nervöse, ängstliche Typ, der auch später keinen Schritt machte, ohne sich vorher in alle Richtungen abzusichern.

In der zweiten Junihälfte begannen die Welpen herumzutollen, zu spielen – und zu knurren! Wir wurden nicht müde, ihnen zuzuschauen, wenn sie immer wieder gemeinsam im Scheinangriff auf den unendlich langmütigen Tundra losstürmten und sich mit ihren noch sehr kindlichen Kräften auf den großen Hund warfen. Am vierten oder fünften Tag dieses neuen Stadiums hatte Tundra aber die Nase voll, und zum erstenmal, seit er sich zum Beschützer der beiden gemacht hatte, zog er sich in seine Kellerbehausung zurück. Von nun an suchte er dort immer wieder für ein, zwei Stunden Zuflucht, ehe er den Welpen von neuem erlaubte, spielerisch an ihm zu knabbern, ihn „anzugreifen" oder sonstwie zu belästigen. Doch niemals wurde er aggressiv gegen die Plagegeister. In dieser Hinsicht verhielt er sich wie der erwachsene Wolf, der sich im Umgang mit den Jungen durch ungewöhnliche Geduld auszeichnet.

Matta und Wa konnten nun schon Fleisch fressen und Knochen zerkauen. Nach den ersten Kostproben genügte ein ganz schwacher Fleischgeruch aus der Ferne, um sie losrasen zu lassen, als hätten sie ein Beutetier ausgemacht, das sie gleich reißen wollten. Wenn es um Fleisch ging, war sogar die schüchterne Matta nicht gewillt, hinter ihrem Bruder zurückzustehen; eine Tatsache, die Joan zufällig entdeckte und für die sie Lehrgeld zahlte. Eines Tages verfütterte sie ein Stück rohes Rindfleisch an Wa, ohne gleichzeitig ein zweites Stück für Matta in der anderen Hand bereitzuhalten. Das Weibchen schnappte daraufhin mit seinen scharfen Zähnen nach dem Bruder, verfehlte ihn und erwischte statt dessen Joans Finger, der sofort blutete.

Dies war der Auftakt zu den vielen Kämpfen der Folgezeit, in denen die Welpen schließlich ihre Rangordnung festlegten. Fürs erste aber übernahm noch Tundra die Rolle des Friedensstifters. Während Joan das Blut von ihrem Finger leckte, nagelte er Wa mit einer seiner breiten Pfoten auf dem Fußboden fest, und Matta bekam einen so kräftigen Nasenstüber, daß sie ein paar Meter weit über die Küchenfliesen kugelte. Doch sowie die Welpen in Protestgeheul ausbrachen, war der Hund schon wieder die Milde in Person. Er ließ Wa laufen, half Matta mit einem zweiten Schubs wieder auf die Beine und leckte beide hingebungsvoll ab. Schwester und Bruder waren augenblicklich versöhnt und rückten wieder gemeinsam Tundra zu Leibe.

MATTA und Wa waren natürlich Ontariowölfe und damit kanadischer Nationalität – sofern Tiere eine Nationalität haben –, aber irgendwo in ihrem Stammbaum mußte es einen amerikanischen Vorfahren gegeben haben. Warum? Weil sie uns ausgerechnet am vierten Juli, dem amerikanischen Unabhängigkeitstag, ihre eigene Unabhängigkeit demonstrierten. An jenem Tag war wieder die wöchentliche Wiegeprozedur fällig, und bei dieser Gelegenheit wurden zum erstenmal merkliche Veränderungen im Verhalten der beiden deutlich.

Es fing damit an, daß sich Wa nicht greifen lassen wollte, als die Waage in die Küche gebracht wurde. Es dauerte eine Weile, bis ich ihn auf die Waagschale setzen und notieren konnte, daß er genau viertausendachthundert Gramm wog, in nur vier Wochen also fast vier Kilogramm zugenommen hatte. Matta ließ sich dagegen problemlos einfangen, versuchte aber, mich zu beißen, als ich sie auf die Waage setzte, und mußte erst mit einem Fleischbrocken bestochen werden. (Wa bekam natürlich auch einen Happen!) Die kleine Wölfin wog nun viertausendsechshundert Gramm und hatte rund dreitausendachthundert Gramm zugenommen.

Ich ließ die beiden noch eine Weile in der Küche spielen, griff dann nach meinem Hut und sprach das magische Wort: „Spazierengehen!"

Tundra sprang augenblicklich auf und trottete in die Diele, wo seine Leine an einem Haken hing. Wa flitzte zur Haustür, um neben Tundra Stellung zu beziehen, und Matta folgte dem Bruder mit vorwärts gerichteten Ohren. Da ich noch beschäftigt war, begannen beide Welpen an der Tür zu kratzen. Tundra war entsetzt über dieses ungebührliche Verhalten. Er senkte den Schwanz und schaute mich an, als wollte er sagen, daß er für diese Ungehörigkeit nicht verantwortlich sei. Tatsächlich hätte er selbst nie gewagt, seine mächtigen Pfoten auf diese Art zu gebrauchen. Da ich überhaupt nicht reagierte, langte er mit einer gekrümmten Vorderpfote nach Matta und zog die Kleine von der Tür weg. Als er dann aber versuchte, auch Wa beiseite zu schieben, feierte das Männchen vollends seinen persönlichen Unabhängigkeitstag: Es fauchte und schnappte nach Tundras Schnauze!

Tundras Schwanz schoß in eine steil himmelwärts gerichtete Position, als hätte eine verborgene Feder ihn hochgeschnellt. Der Eskimohund packte Wa beim Genick und schüttelte unseren kleinen Helden, daß ihm Hören und Sehen verging. Der Wolfsflegel schrie natürlich wie am Spieß, so daß Joan entsetzt die Treppe heruntergelaufen kam. „So tu doch was!" rief sie mir zu.

Ich schüttelte den Kopf. Tundra verhielt sich instinktiv richtig. Einen Übeltäter beim Genick zu packen und ihn kräftig zu schütteln ist in der Welt der Wölfe das übliche Bestrafungsritual, das vom dominanten Tier gegenüber dem rangniederen angewendet wird. Wa bekam also nur, was ihm gebührte. Gleichzeitig war der harmlose Vorgang eine Warnung für Matta. Obwohl Joan sich immer noch über Tundras Grobheit aufregte, sah sie ein, daß die Welpen auf diese Weise auf ihr künftiges Leben in der Wildnis vorbereitet wurden.

Und Wa hatte verstanden! Sobald er wieder auf den eigenen Pfoten stand, klemmte er seinen kurzen Schwanz zwischen die Hinterbeine, und dann hob er einen Hinterlauf als Zeichen der Ergebung. In der Wolfssprache hieß das: „Es tut mir leid." Daraufhin leckte ihn Tundra, und schon herrschte wieder Friede.

Doch dies war nur der Anfang einer langen Lehrzeit. Die Welpen hatten noch sehr viel zu lernen, ehe sie richtige Wölfe wurden. Dazu gehörte auch das Aufnehmen fester Nahrung, die die von der Jagd heimkehrenden Eltern herauswürgen. Und dieses Herauswürgen mußte ich den Welpen irgendwie vorspiegeln.

Also stopfte ich mir mit Milch angefeuchtete Hamburger in die Backen, ließ mich auf Knie und Hände nieder, versuchte, mit übervollem Mund das „Wuff!" oder „Kommt her!" der erwachsenen Wölfe zu imitieren und wappnete mich innerlich gegen den Ansturm der Welpen. Matta und Wa kamen auch prompt angesaust und zwickten mich in Wangen und Hals, was ihren Pflegevater zum Hervorwürgen der Nahrung anregen sollte.

Ich hatte gerade die zwei Bissen Hamburger auf den Boden fallen lassen, als Joan zufällig aus dem Garten hereinkam. „Was ist passiert?" rief sie entsetzt. „Du blutest ja überall!"

Ein Blick in den Spiegel verriet mir, daß sie nicht übertrieben hatte. Ich sah aus, als hätte ich mich mit einer alten, schartigen Klinge rasiert.

Ich erklärte Joan, wie es zu meinem abenteuerlichen Aussehen gekommen war, und sie schüttelte mißbilligend den Kopf. Aber nach dem Abendessen merkte ich, wie sie mit den beiden Murmeltierfellen hantierte, die ich gegerbt hatte, nachdem ihre Träger unvorsichtigerweise Tundra in die Fänge geraten waren. Joan fertigte aus den Fellen eine Art Schutzhelm an, den ich von nun an bei der Fütterung der Welpen tragen sollte. Nach einer knappen Stunde rief sie mich zur Anprobe. Als Innenfutter hatte sie eine meiner alten Mützen benutzt. Daran waren seitlich zwei breite Fellohrenklappen befestigt, die ein Fellstreifen unter meinem Kinn miteinander verband. Diesen Kinnschutz konnte ich seitlich mit einem Druckknopf öffnen. So gerüstet, sah ich einfach lächerlich aus, aber die nächste Fütterung zeigte, daß dieser dicht behaarte „Wolfskopf" den Welpen offensichtlich gefiel. Von nun an konnten mir die spitzen Zähne der Kleinen nichts mehr anhaben.

In der darauffolgenden Woche nahm die Unruhe der jungen Wölfe sichtlich zu; sie wollten nicht mehr ständig in unserem Haus eingesperrt sein. Das veranlaßte mich zu zwei Neuerungen: Zum einen sollten Matta und Wa in Zukunft den Tag in dem Schuppen verbringen, in dem wir Ahornsirup kochten. Und zweitens beschloß ich, ein Freigehege anzulegen, in dem sich die Jungwölfe an die Jagd auf Kleintiere, an die Geräusche aus dem nahen Wald und an ein gelegentliches Übernachten im Freien gewöhnen konnten.

Das Gehege errichtete ich zweihundert Meter vom Haus entfernt mitten im Ahornwald. Mit Maschendraht, den ich an die Baumstämme nagelte, zäunte ich ein Rechteck von ungefähr zwanzig mal fünfundzwanzig Metern ein. Die ersten vier, fünf Nächte im Wald wollte ich gemeinsam mit Matta und Wa verbringen, um sicherzugehen, daß sie sich in ihrer neuen Umgebung nicht allzusehr ängstigten.

Eines Abends Mitte Juli war es soweit: Ich führte meine Schützlinge in das fertige Gehege, in dem für mich schon ein Zelt stand, das mit Schlafsack, Kopfkissen und Taschenlampe ausgestattet war. Tundra durfte uns hinausbegleiten. Vor Einbruch der Dunkelheit brachte mir Joan zwei Thermosflaschen mit Suppe und Kaffee, und für die Welpen und Tundra gab es drei Extraknochen. Dann kehrte Joan mit dem Hund ins Haus zurück.

Ich blieb eine Weile im Freien, doch schließlich entdeckten mich die Stechmücken, und ich verkroch mich in mein Zelt. Die Türklappe ließ ich offen, zündete aber das vorsorglich mitgebrachte Pyrethrumpulver an, dessen Qualm mich ein wenig vor den Insekten schützte.

Es war eine schwüle Nacht. Der Mond stand wie eine riesige gelbe Kugel am Himmel, und kein Windhauch bewegte die Blätter. Aber an Geräuschen war kein Mangel. Myriaden von Mücken sirrten aufdringlich, Frösche quakten, vom See jenseits des lärchenbestandenen Sumpfes her kreischten Seetaucher, und durchdringender als alles andere erscholl aus der Ferne das monotone „Örr, Örr" eines Ziegenmelkers.

Nach einiger Zeit schlief ich ein, wurde aber von Wa geweckt, der ins Zelt gekommen war und seine kalte Schnauze gegen meine Wange stupste. Noch halb im Schlaf, erkannte ich die Umrisse seiner stämmigen kleinen Schwester, die ebenfalls bei mir Schutz suchte. Die Welpen wirkten aufgeregt und preßten sich dicht an mich.

Ich setzte mich auf und sprach leise auf sie ein. Schließlich war dies ihre erste Nacht im Freien. Ich wollte sie gerade durch Streicheln beruhigen, als ich das unverkennbare Knacken und Knistern hörte, das ein großes Tier im Unterholz verursacht. Auf die verräterischen Geräusche folgte ein leises, rauhes Prusten. Ich griff nach meiner Stablampe und trat ins Freie. Matta und Wa folgten mir auf den Fersen, aber ich drehte mich zu ihnen um und brachte ein tiefes Knurren hervor – meine beste Nachahmung dessen, was ich für das Knurren eines ärgerlichen Hundes oder Wolfs hielt und das für Hund und Wolf „dageblieben" bedeutete. Matta und Wa waren inzwischen schon auf diesen Laut trainiert und gehorchten sofort.

Ich ahnte, welcher Räuber sich draußen vor dem Zaun herumtrieb und auf was er es abgesehen hatte: Bären schätzen das Fleisch junger Wölfe. Es ist für sie so verlockend, daß sie gelegentlich sogar in das Sommerlager einer Wölfin eindringen, die Welpen führt. Nicht einmal die Anwesenheit des gesamten Rudels kann die Bären davon abhalten. So ein Schauspiel habe ich einmal im Yukon-Territorium miterlebt. Damals kämpften im Morgengrauen fünf erwachsene Wölfe mit einem mächtigen Schwarzbären, den sie erst nach einer halben Stunde in die Flucht schlagen konnten. Jedenfalls schwor ich mir, daß der Räuber auch diesmal hungrig abziehen müsse.

Es dauerte nicht lange, bis selbst ich mit meiner Nase die Bärenwitterung aufnahm, einen Geruch, den ich bloß mit dem Gestank von

Schweinen vergleichen kann. Bei meinem Auftauchen war das Tier offenbar stehengeblieben. Ich ließ den Lichtkegel meiner sehr starken Taschenlampe zwischen den Baumstämmen kreisen und brüllte dazu aus vollem Hals.

Der Bär machte fast augenblicklich kehrt und rannte davon. Mein Lichtstrahl erfaßte gerade noch sein dickes Hinterteil, als er schon zwischen den Ahornbäumen verschwand. Erleichtert machte ich noch einen Kontrollgang am Zaun entlang und stellte fest, daß unser Besucher den starken Maschendraht nirgendwo beschädigt hatte. Dann prüfte ich den Boden jenseits vom Zaun und schloß aus der Spur, daß der Bär gerade erst angekommen sein konnte, als Wa mich weckte. Darüber war ich froh. Es bewies, daß die Welpen höchst wachsam waren und wenigstens schon eine der vielen Gefahren erkannten, die die Wildnis für sie barg.

Ich kehrte ins Zelt zurück und rief Matta und Wa mit einem leisen „Wuff!“ zu mir, was in der Wolfssprache „Herkommen!“ bedeutet. Die Welpen gehorchten und kamen angesprungen, doch sobald sie sich vollends beruhigt hatten, trollten sie sich. Sie nahmen ihre wilden Spiele wieder auf, während ich erneut in meinen Schlafsack kroch.

III

KNAPP einen Monat nach ihrer ersten Nacht im Gehege machte ich mit den Welpen einen Ausflug, um sie weiter an das Leben in freier Wildbahn zu gewöhnen. Tundra durfte natürlich mitkommen.

Eine halbe Stunde vor Anbruch der Morgendämmerung verließen wir das Haus. Vorher hatte mir Joan noch einen Brotbeutel mit Proviant für mich und ein paar Rinderknochen für die vierbeinigen Teilnehmer der Exkursion ausgehändigt. Am fahlen Nachthimmel funkelten nur noch wenige Sterne, und vom Mond war gar nichts zu sehen.

Die Welpen waren nun zweieinhalb Monate alt und während der letzten vier Wochen beträchtlich gewachsen. Der kräftige Wa brachte schon fünfzehneinhalb Kilogramm auf die Waage, seine Schwester zehneinhalb Kilogramm. Beide waren gesund und ganz versessen darauf, alles kennenzulernen, was ein Wolfsleben ausmacht. Auch ich freute mich auf den großen „Schulausflug“, verspürte aber gleichzeitig ein leises Unbehagen. Wie konnte ich denn wissen, ob sich die Welpen nicht zu weit fortwagten und in Schwierigkeiten gerieten?

Doch sobald wir die Farm und die dazugehörende ausgedehnte Lichtung hinter uns gelassen hatten und einen flachen, nach Nordosten verlaufenden Bergrücken erklommen, waren meine Sorgen vergessen. Mich interessierte nur noch, wie sich meine beiden Schützlinge auf so ungewohntem Terrain verhielten.

Die North-Star-Farm lag in einem weiten, grasbewachsenen Tal mit spärlichem Baumbestand, das in eine prähistorische Granitformation eingebettet war, die sich kilometerweit in alle vier Himmelsrichtungen erstreckte. Unser hundertvierzig Hektar großer Besitz war von zahlreichen Sümpfen umgeben, die in den frostfreien Monaten unpassierbar waren. Diese Flachmoortundra bildete ein Paradies für Biber und Wasservögel, war aber auch von zahlreichen Wildwechseln durchzogen, die von Wölfen, Füchsen und Rotwild benutzt wurden. Im Süden führte eine schmale Schotterstraße zu unserer Farm. Nach Westen hin erstreckte sich extrem sumpfiges Gelände, während im Norden Waldstücke, nackter Fels und vereinzelte Sümpfe miteinander abwechselten. Jenseits dieses Riegels lagen Tausende von Hektar offenen Landes, deren Pflanzen- und Tierwelt ich auf ausgedehnten Wanderungen am Wochenende erkundete. Vielleicht würden Matta und Wa dort eines Tages zu Hause sein.

Für unseren ersten Ausflug hatte ich das Gebiet östlich der Farm gewählt. Dort erhob sich aus dem vollkommen ebenen Grasland ein flacher Bergrücken, auf dessen Kamm ein natürlicher Pfad von etwa einem Meter Breite entlanglief. Beide Hügelflanken bedeckte ein Mischwald aus nicht weniger als vierzehn Baumarten, wobei die Weißfichte vorherrschte. Hier wimmelte es von Eichhörnchen, die eifersüchtig ihr jeweiliges Territorium verteidigten, so daß der Wald oft von ihrem schrillen Keckern erfüllt war. Aber der Bergrücken war auch das bevorzugte Revier der Baumstachelschweine, denen ich bei unserem ersten Ausflug lieber nicht begegnen wollte. Tundra kannte sich mit diesen großen Nagetieren aus und machte seit einer schmerzhaften Begegnung mit so einem gefährlichen Gesellen einen großen Bogen um die ganze Spezies. Ich hatte einen Baumstachler erschießen müssen, der sein Winterquartier unbedingt in dem Schuppen aufschlagen wollte, in dem sich unsere Sirupkocherei befand. Als Tundra unvorsichtigerweise den Kadaver beschnüffelte, blieben zwei Stacheln in seiner empfindlichen Schnauze hängen, und von diesem Augenblick an erlosch in ihm jegliches Interesse an dieser Tierart.

Wölfe töten und fressen zwar Baumstachler, aber erst, nachdem sie als Jungtiere genau beobachtet haben, wie die erwachsenen Rudelmitglieder mit der gefährlichen Beute umgehen. Falls der Baumstachler einem zubeißenden Wolf mit seinem kräftigen Schwanz einen frontalen Hieb versetzen kann, bleiben immer etliche Stacheln tief im Maul, in der Zunge und im Gaumen des Angreifers stecken. Sie verursachen äußerst schmerzhafte Infektionen. Meist kann der Wolf nicht mehr fressen und stirbt einen langsamen, qualvollen Hungertod. Der erfahrene Wolf dagegen weiß, daß er den langsamen Baumstachler erst einmal ermüden muß, ehe er zum Angriff übergehen kann. Dann packt er sein Opfer bei der unbehaarten Schnauze, schüttelt es so lange, bis das Genick bricht, und schleudert das sterbende Tier hoch in die Luft – in der Hoffnung, es werde auf dem Rücken landen und die stachellose Bauchseite nach oben kehren.

Sobald wir den Hügel erklommen hatten, übernahm Tundra die Führung. Matta und Wa hielten sich anfangs an meiner Seite, vergrößerten aber allmählich den Abstand zu mir und genossen es offensichtlich, das neue Territorium auf eigene Faust erforschen zu können.

Wir waren ungefähr eine Stunde unterwegs, als die Entfernung zwischen den Welpen und mir gut zehn Meter betrug, und auf diese Situation hatte ich gewartet. Jetzt konnte ich die Disziplin der beiden auf die Probe stellen!

Ich blieb unvermittelt stehen, machte eine Kehrtwendung und stieß so laut wie möglich den warnenden Wuff-Laut aus. Matta, die Ängstliche, steuerte sofort mich und damit den rettenden Hafen an, und ihr Bruder folgte ihr auf dem Fuße. Tundra schaute diesem Manöver verständnislos zu, zumal ich die Übung noch fortsetzte. Sowie die jungen Wölfe mit gesenktem Schwanz, also in wachsamer Pose, neben mir standen, lief ich hügelabwärts davon. Die Welpen machten Anstalten, mir zu folgen, aber ich drehte mich rasch zu ihnen um und knurrte sie an. Verunsichert machten sie noch ein paar zögernde Schritte, bis ich zum zweitenmal und noch grimmiger knurrte. Da knickten sie mit den Beinen ein, legten sich flach auf den Boden, preßten die Schnauze auf die Vorderpfoten und beobachteten jede meiner Bewegungen mit Argusaugen. Ich lief bis zum Fuß des Hügels hinunter und schaute prüfend zu den beiden hinauf. Sie hatten sich nicht vom Fleck gerührt. Nun setzte ich eine weniger strenge Miene auf, machte leise „wuff", und die Welpen waren blitzschnell auf den Beinen und kamen zu mir heruntergestürmt. Ich ging vor ihnen in die Hocke, streichelte sie und lobte sie lauthals. Dann stiegen wir gemeinsam wieder zum Hügelrücken hinauf, wo uns Tundra mit nach wie vor verständnislosem Blick erwartete.

Wir setzten unsere Wanderung fort, aber immer wieder rief ich die herumtollenden Welpen zu mir und befahl ihnen durch mein imitiertes Wolfsknurren, sich nicht von der Stelle zu rühren. So machte ich sie an diesem Morgen mit einer wichtigen Lektion aus der Wolfsschule bekannt.

Endlich fiel der Bergrücken immer mehr ab und mündete in einer weiten Fläche, auf der der Granitboden offen zutage trat. Mitten in dieser Ebene lag ein kleiner, runder See. Tundra erstarrte plötzlich und schoß im nächsten Augenblick davon, mit Matta und Wa dicht auf den Fersen. Diesmal verhallte mein Wuff-Gebell ungehört, und ich konnte nur hoffen, daß die drei nicht etwa die Witterung eines Baumstachelschweins oder gar eines Bären aufgenommen hatten.

Tundra, den ich nur noch als blaugrauen Blitz wahrnahm, verschwand im dichten Erlengebüsch des Seeufers. Matta und Wa hatten erst die halbe Distanz zwischen mir und dem Hund zurückgelegt, als Tundra schon wieder aus dem Gestrüpp auftauchte. In seinen Fängen zuckte und zappelte eine Bisamratte. Sobald er freies Gelände erreicht hatte, brach er der Beute durch wildes Kopfschlenkern das Genick.

Die Welpen stürzten auf den Hund zu und postierten sich rechts und links von seiner Schnauze mit der schlaff herabbaumelnden Bisamratte. Im nächsten Augenblick schnappten sie mit ihren kleinen harten Kiefern schon nach dem unglücklichen Opfer. Tundra ließ die Beute fallen, zog sich ein wenig zurück und schaute dem Tauziehen zu, das die Welpen mit dem Kadaver veranstalteten.

Wa, der größere und stärkere der beiden, bewegte sich rückwärts und zerrte die Beute und die darin verbissene Schwester mit sich. Da ließ Matta jedoch plötzlich los, und Wa überschlug sich. Ehe er wieder auf den Füßen stand, hatte sich seine Schwester schon auf ihn gestürzt und ihm die Bisamratte aus den Zähnen gerissen. Wa knurrte – kindlich zwar, aber doch schon drohend. Dann preschte er vorwärts, rammte Matta mit dem Brustkorb und schnappte gleichzeitig nach dem Kopf der Bisamratte. Matta mußte die Beute fallen lassen und überschlug sich nun ihrerseits. Sie jaulte auf, stürzte sich aber im nächsten Moment von neuem auf den Kadaver.

Nun warf sich auch Tundra ins Getümmel. Da ihm Wa gerade am nächsten war, packte er das Männchen am Genick und schüttelte es heftig. Der kleine Wolf gab die Bisamratte frei und begann angstvoll zu kreischen.

Das genügte Tundra. Er ließ Wa so plötzlich los, daß der Kleine einen Abhang hinunterrollte und sich ein paarmal überschlug. Matta, die wohl befürchtete, Tundra werde sich nun mit ihr befassen, kniff vorsichtshalber den Schwanz ein und suchte laut jammernd bei mir Schutz. Wa hatte sich inzwischen wieder aufgerappelt und folgte dem Beispiel seiner Schwester. So blieb mir nichts anderes übrig, als in die Knie zu gehen und die beiden in meinen ausgebreiteten Armen zu bergen.

Während sich Matta und Wa noch von meinen beruhigenden Lauten und meinem Streicheln trösten ließen, trat Tundra erneut auf den Plan. Er hatte seine erzieherische Aufgabe an den Welpen erfüllt; nun konnte er sich wieder mit der Beute befassen, was einzig und allein ihm zustand. Er schlenkerte die Bisamratte noch ein paarmal hin und her und tötete sie gewissermaßen ein zweites Mal. Dann verlor er das Interesse an ihr und ließ sie liegen. Daraufhin führte ich die Welpen zurück zum Kadaver, und sie begannen sofort wieder mit dem Tauziehen um die Beute. Längst waren sie wieder miteinander ausgesöhnt, und so wurde es diesmal eher ein Spiel als ein Kampf.

Gegen fünf Uhr nachmittags kehrten wir auf die Farm zurück. Das Wohnhaus war noch nicht zu sehen, als Tundra plötzlich stehenblieb und die Welpen sich erschrocken an mich drängten.

Das Verhalten der Tiere konnte nur bedeuten, daß bei uns zu Hause etwas Ungewöhnliches vorging; vermutlich war Besuch gekommen. Da Joan und ich ängstlich darauf bedacht waren, die Anwesenheit der beiden Wölfe auf unserer Farm geheimzuhalten, griff ich mir die Welpen und näherte mich dem Wohnhaus auf dem Umweg über den Sirupschuppen. Dort sperrte ich Matta und Wa ein.

Wir hatten gute Gründe, die Wölfe zu verstecken, denn die Nachbarn waren ebenfalls Farmer und gegen diese Raubtierart besonders voreingenommen. Wenn wir uns großen Ärger ersparen wollten, durfte niemals durchsickern, daß die North-Star-Farm zwei Jungwölfe beherbergte.

Meine Vermutung bestätigte sich: Vor unserem Haus stand der Transporter des Nachbarn, und wieder einmal bewunderte ich die Wachsamkeit Tundras und der Welpen.

WIE DIE meisten jungen Wölfe waren Matta und Wa hoch intelligent und lernten sehr rasch, wobei ihnen ein hervorragendes Gedächtnis gute Dienste leistete. Mit knapp sieben Wochen hörten sie auf ihre Namen. Sie konnten unsere Stimmen unterscheiden und uns sogar am Geräusch unserer Schritte erkennen. Sie wußten, an welcher Stelle der Küche ihr Futter aufbewahrt wurde, und hatten sich daran gewöhnt, die Sandkiste in einer der Küchenecken als Toilette zu benutzen. Ihre unterschiedlichen Charaktere waren sogar schon früher deutlich erkennbar gewesen. Wa hatte sich von Anfang an als ein umgängliches, unbekümmertes und unternehmungslustiges Männchen erwiesen, während Matta eher nervös und übervorsichtig war.

Seine Sorglosigkeit trug Wa auf einem unserer Spaziergänge Schwierigkeiten mit einem betagten, ein wenig reizbaren Waschbären ein. Der alte Herr hatte sich einen am Boden liegenden, an beiden Enden offenen Ahornstamm zum Wohnsitz erkoren und schon drei Jahre in diesem Quartier gelebt, als er plötzlich an den Futternäpfen auftauchte, die wir jeden Abend für unsere kleinen Freunde aus den Wäldern bereitstellten. Wie ein behaarter Miniaturbuddha saß er da und naschte von den guten Sachen. Von nun an erschien er regelmäßig, sobald der Napf gefüllt war, und bald nahm er Marshmallows und mit Erdnußbutter und Honig bestrichene Brote mit königlicher Herablassung aus unserer Hand entgegen.

Der Einohrige, wie wir ihn wegen eines Körperschadens nannten, war alles andere als erfreut, als eines Morgens ein übermütiger männlicher Jungwolf in seine Behausung eindrang. Ich wurde auf Was Vergehen aufmerksam, als ich sein entsetztes Gejaule und das wütende Knurren des Einohrigen hörte. Als ich am Ort des Geschehens erschien, bot sich mir ein ungewöhnliches Schauspiel. Was Kopf ragte aus dem Baumstamm, seine Vorderbeine bewegten sich rasend schnell, aber sein übriger Körper kam nur ganz langsam aus dem hohlen Baumstamm zum Vorschein, denn der Einohrige hatte ihn beim Schwanz gepackt. Von Panik getrieben, gelang es dem laut kreischenden Welpen, seinen Kontrahenten zentimeterweise ins Freie zu ziehen.

Ich wollte schon eingreifen, als Matta etwas gänzlich Unerwartetes tat. Aus ihrer Kehle drang ein gefährlich klingendes Knurren, sie preschte an den Waschbären heran und schnappte wieder und wieder nach seinem prallen Hinterteil. Der Einohrige ließ Was Schwanzende los, fuhr herum und starrte den neuen Angreifer ungläubig an. Dann machte er einen Buckel, entblößte sein nicht zu unterschätzendes Gebiß und ging in Kampfstellung. Während Wa, immer noch jaulend, auf das Gehege zu flüchtete, behauptete die kleine Matta ihre Stellung. Doch ehe es zu weiteren Gefechten kam, bereitete ich der Sache ein Ende. Der Einohrige bekam einen unsanften Tritt in die Flanke, woraufhin er rachsüchtig nach meinem Stiefel schnappte, bevor er sich in seinen Baumstamm zurückzog. Matta wollte sofort zur Verfolgung des Feindes ansetzen, aber ich packte sie beim Genick und schleppte sie aus der Gefahrenzone.

Zum erstenmal in ihrem jungen Leben war die kleine Wölfin die Heldin des Tages. Die Lobreden und Streicheleinheiten, die ihr von Joan zuteil wurden, und die leckeren Happen, die ich ihr heimlich von meinem Steak zuschob, belohnten sie überreichlich für eine Tat, die vermutlich nur eine Instinkthandlung gewesen war. Doch solch einen niedrigen Gedanken behielt ich lieber für mich.

Eine Woche darauf brachte Wa sich selbst und seine Schwester erneut in Verlegenheit. Diesmal endete die Eskapade mit noch größerem Wehgeschrei der Welpen, aber sie hatte heilsame Folgen.

Ich war schon frühmorgens mit Matta und Wa zu einem Spaziergang aufgebrochen und ließ sie die Route selbst bestimmen. Ein wenig spielte dabei meine Neugier mit. Ich wollte sehen, wo ihre Vorlieben lagen. Anfangs schlenderten wir ziellos am Nordrand des Ahornwaldes umher, aber dann bog Wa plötzlich nach Osten ab. Nach der Art zu urteilen, in der er selbstsicher Fuß vor Fuß setzte und dabei die Läufe auffallend hoch anhob, steuerte er nun ein festes Ziel an. Matta folgte dem Bruder, und ich bildete die Nachhut des kleinen Trupps.

Schließlich erreichten wir die Stelle, an der ich meist den Aufstieg auf den östlichen Bergrücken begann. Wa erhöhte das Tempo, erklomm den Hang, entschied sich aber oben auf dem Kamm ganz gegen unsere Gewohnheit nicht für die Nord-, sondern für die Südrichtung. Dort lag eine längst aufgegebene Farm. In der Mitte einer von Buschwerk überwucherten Lichtung standen noch die Reste eines Blockhauses, umrahmt von einstmals gepflegten Fliederbüschen.

Für Wa mußte das Terrain eigentlich unbekannt sein, er lief aber mit Matta im Schlepptau schnurstracks auf das Fliedergebüsch zu. Ich war noch gut zwanzig Meter davon entfernt, als mich die Schmerzensschreie der Welpen in gestreckten Galopp versetzten. Mein Magen krampfte sich vor Schreck zusammen. Mit einem letzten großen Satz war ich zur Stelle und sah, wie sich Matta und Wa vor dem Gebüsch um die eigene Achse drehten, als wären sie von Sinnen. Gleichzeitig schlugen sie mit den Pfoten nach ihrer Schnauze.

Ein Baumstachelschwein zog sich soeben gemächlich in das Fliederdickicht zurück. Sein keulenartiger Schwanz schlenkerte ruckartig hin und her, und sein Grunzen, das wie das Geschimpfe aus dem Mund eines zahnlosen alten Mannes klang, übertönte noch das Wehgeschrei der Welpen. Ich griff nach Matta, aber als ich sah, daß nur ein einziger gelber Stachel fest in ihrer Schnauze steckte, setzte ich sie nieder, um mich Wa zu widmen. Er ließ sich zunächst nicht einfangen. Kopflos vor Schmerz, begriff er nicht, wie nahe die Rettung war. Matta dagegen wich mir nicht von der Seite und heulte erbarmungswürdig. Also packte ich sie von neuem und befreite sie mit einem einzigen kräftigen Ruck von dem Stachel, der fast einen Zentimeter tief in ihre Schnauze eingedrungen war. Matta wimmerte.

Nun wandte ich mich wieder Wa zu. Erleichtert stellte ich fest, daß von den drei Stacheln, die er sich eingehandelt hatte, nur einer tief im Fleisch steckte. Die beiden anderen baumelten von seiner Schnauzenspitze wie schlecht plazierte Banderillas im Nacken eines Kampfstiers. Der wirklich gefährliche Stachel war nicht einmal eine Handbreit

unterhalb des rechten Auges tief in Was Backe eingedrungen. Zuerst befreite ich ihn von den beiden locker sitzenden Stacheln. Vom dritten rutschten meine Finger immer wieder ab, wobei sich Was Backe bei jedem Versuch wie ein Ballon nach außen wölbte. Verständlicherweise schrie der so Gepeinigte immer lauter. Zu guter Letzt beugte ich mich über ihn, umklammerte seinen Kopf mit beiden Händen, packte den Stachel mit den Schneidezähnen und riß ihn mit aller Kraft aus der Backe. Sowie der Schmerz nachließ, ging das Geschrei des Kleinen in leises Gewimmer über.

Ich setzte mich zu den beiden, streichelte sie und redete tröstend auf sie ein. Sie hörten auch bald auf zu zittern, aber ich wollte den Vorfall nutzen: Er sollte zu einer Lektion werden, die sich unauslöschlich in ihr Gedächtnis eingrub. Ich stand also auf und versuchte, sie wieder in die Richtung des Fliedergebüschs zu führen. Kurz davor wollte ich stehenbleiben und warnend knurren. Doch diese Mühe konnte ich mir sparen. Beide Welpen sträubten sich heftig, auch nur das Vorfeld der Baumstachlerbehausung zu betreten. Die Lektion war ihnen schmerzhaft genug eingebleut worden. In Zukunft ließ sie schon der bloße Geruch von altem, vertrocknetem Baumstachlerkot einen großen Bogen schlagen.

IV

DER SOMMER ging zu Ende. Im Mischwald zeigte das Eichenlaub erste Spuren einer Kupfertönung, und die Rotahornbäume trugen schon hier und da feurig rote Blätter, die wie Fähnchen im Septemberwind flatterten – eine Ankündigung des großen herbstlichen Farbenrausches.

An einem Spätnachmittag war ich, mit Feldstecher und tragbarem Kassettenrecorder ausgerüstet, im Wald unterwegs. Immer wieder blieb ich stehen, um die Farbenpracht der Bäume zu bewundern, aber der Zweck meiner Wanderung war weitaus prosaischer: Ich wollte das Wolfsgeheul, das wir in letzter Zeit rings um unsere Farm immer wieder gehört hatten, auf Band aufnehmen. Falls mir das glückte, würde ich das Band Matta und Wa vorspielen, denn zu unserer Verwunderung hatten beide Welpen noch nie das typische Heulen ihrer Artgenossen angestimmt. Vielleicht ließ sich bei ihnen ein instinktiver Drang, dem Rudelgeheul zu antworten, mit der Tonbandaufnahme stimulieren.

In der Freiheit aufwachsende Welpen beginnen sehr früh zu heulen, spätestens mit drei Monaten, aber sie haben auch ein Vorbild: das Rudel. Für Matta und Wa gab es dagegen bloß Tundra, und aus unerfindlichen Gründen heulte dieser nur selten, was für einen echten Eskimoschlittenhund ungewöhnlich ist.

Im ganzen waren es drei Grauwolfrudel, die immer wieder einmal in unserer Gegend erschienen. Eines davon tauchte regelmäßiger als die beiden anderen auf und streifte dann häufig durch den westlichen Teil unseres Besitzes, in dem ein großer, mit Schwarzlärchen bestandener Sumpf lag. Und das Geheul dieser Wölfe, die ich das Westrudel nannte, hoffte ich aufnehmen zu können.

Zunächst wartete ich jedoch vergeblich. Um die Mittagsstunde hatte ich die Wölfe noch deutlich gehört, doch jetzt schwiegen sie. Endlich, spätabends, hörte ich in der Ferne einen einzelnen Wolf heulen, und andere fielen in das Geheul ein, aber insgesamt war das Geräusch wegen der großen Entfernung sehr schwach. Ich schaltete das Tonbandgerät ein und drehte den Aufnahmepegel voll auf, doch die rasch einsetzende Dunkelheit zwang mich, die Sache aufzugeben. Was ich schließlich auf dem Tonband heimtrug, war ein mageres Ergebnis: vereinzeltes, weit entferntes und entsprechend schwaches Geheul.

Vom Farmhaus trennte mich noch gut ein Kilometer, als mehrere Wölfe gleichzeitig ihr Geheul anstimmten. Es schien vom östlichen Bergrücken zu kommen. Für eine Aufnahme war die Distanz immer noch zu groß, und ich ärgerte mich. Wäre ich doch nur ostwärts losgegangen! Ich hätte bestimmt ein paar gute Aufnahmen nach Hause bringen können.

Zehn Minuten später betrat ich unser Haus und wurde stürmisch von Tundra und den Wölfen begrüßt. Meine Frau dagegen empfing mich mit strenger Miene. „Du bist unmöglich!“ schimpfte sie. „Welches Datum haben wir heute?“

„Keine Ahnung“, sagte ich und zuckte die Achseln.

„Das nenne ich wahrhaftig einen Ahnungslosen! Weiß nicht, daß er heute Geburtstag hat! Jetzt ist mein Festessen für dich ruiniert. Zur Strafe bekommst du dein Geschenk nicht mehr . . . und auch keinen Kuchen.“

Selbstverständlich gab es doch noch ein wunderbares Essen und danach den Kuchen, auf dem mehr Kerzen brannten, als mir lieb war. Dann übergab mir Joan ihr Geschenk, ein Paar neue Schneeschuhe, und im Namen von Matta und Wa wurde mir noch etwas zuteil: Joan berichtete mir, daß die beiden in meiner Abwesenheit zum erstenmal geheult hatten, vermutlich als Antwort auf das Geheul des Rudels draußen in der Wildnis. Ihre Stimmen hatten auch Tundra zum Heulen angeregt, und wahrscheinlich war es dieses gemeinsame Konzert unseres Trios, das ich einem Rudel auf dem östlichen Bergrücken zugeschrieben hatte. Ehe es Nacht wurde, erscholl aus den Kehlen unserer drei „Sänger“ noch einmal ihre ganz besondere Version von „Happy Birthday to You“.

Vor der Nachtruhe mußten Matta und Wa noch auf die Waage steigen. Matta wog nun knapp fünfzehn Kilogramm und Wa schon zwanzigeinhalb. Ich beschloß, in Zukunft auf die umständliche Wiegeprozedur zu verzichten, zumal die beiden eine tiefe Abneigung dagegen entwickelt hatten.

Sie waren nun dreieinhalb Monate alt, gesund, lebhaft und – sofern das möglich war – noch wißbegieriger als in den ersten Lebenswochen.

Bisher fütterten wir sie regelmäßig morgens und abends, doch bald würde ich die Morgenmahlzeit streichen. Mit Einbruch des Winters wäre es dann an der Zeit, ihnen nur noch jeden zweiten oder dritten Tag eine große Mahlzeit zu verabreichen und auch die nur in unregelmäßigen Zeitabständen. Der leere Magen sollte ihre Jagdinstinkte schärfen und sie an den Wechsel von Hungerperioden und Völlerei gewöhnen, einen natürlichen Zustand, der sie später in der Wildnis erwartete.

Übernachten mußten sie inzwischen ausschließlich im Sirupschuppen, noch dazu gemeinsam mit Tundra. Seine Anwesenheit war nötig, weil die Wölfe ihre Rangordnung noch nicht richtig festgelegt hatten und aus den nichtigsten Anlässen übereinander herfielen. Ohne Tundra hätten sie sich vielleicht ernsthafte Verletzungen zugefügt, doch mit dem Hund als Oberaufseher hatten wir keine Bedenken, die beiden nachts sich selbst zu überlassen.

Zehn Tage nachdem Matta und Wa zum erstenmal geheult hatten, ging ich kurz vor Sonnenaufgang mit der Futterschüssel zum Sirupschuppen. Das Wetter versprach herrlich zu werden. Während der Nacht war es schon eiskalt gewesen, und jetzt überzog glitzernder Rauhreif Büsche und Grashalme.

Das Trio begrüßte mich wie immer stürmisch. Die Welpen schlabberten ihre Breinahrung hastiger als üblich, was ich als Zeichen ihrer zunehmenden inneren Unruhe deutete. Und so beschloß ich, mit ihnen einen besonders langen Marsch zu machen. Tundra sollte ausnahmsweise bei Joan zu Hause bleiben.

Als wir den Wald erreichten, blinkten die Sonnenstrahlen schon zwischen den Baumspitzen hindurch. Es dauerte nicht lange, bis Wa mit einem großen Satz im Unterholz verschwand und gleich darauf mit einer Wühlmaus in der Schnauze wiederauftauchte. Das kleine Tier war tot, zuckte aber noch schwach, als Wa es unzerkaut hinunterwürgte. Dann kam ein Eichhörnchen aus einem Haufen dürrer Zweige herausgeschossen und versuchte sich vor der nachsetzenden Matta auf den nächstbesten Baum zu retten. Sekundenlang sah die Sache unentschieden aus, aber das Eichhörnchen war letztlich doch schneller und flitzte den Baumstamm hinauf bis in die Krone. Dort oben hockte es dann und beschimpfte uns.

Die Welpen lernten wirklich erstaunlich schnell! Eine Wühlmaus zu fangen und ein Eichhörnchen nur knapp zu verfehlen war für ihr Alter keine schlechte Leistung. Wie schon oft, überließ ich ihnen auch diesmal die Führung. Wa schlug wieder den Pfad oben auf dem östlichen Bergrücken ein, und Matta folgte ihm wie üblich im Abstand von fünf Metern.

Am Ende des Bergrückens traten wir auf die kleine Lichtung hinaus, und da geschah es: Ohne Vorwarnung tauchte nur wenige Schritt vor Wa ein großer Schwarzbär auf. Ich schrie. Matta machte wie ein gut dressiertes Pferd eine glatte Hundertachtziggradwende und kam auf mich zugerannt, aber der zu Tode erschrockene Wa schlug die

Gegenrichtung ein, auf den Waldrand zu. Der Bär zögerte keine Sekunde. Er schwenkte herum und machte sich an die Verfolgung. Sein Lauftempo war furchterregend.

Ich reagierte fast automatisch. Schnell packte ich Matta und rannte, das schwere Bündel unter dem Arm, schreiend hinter dem kleinen Wolf und dem großen Bären her, wohl in der Hoffnung, den Verfolger abzulenken und den Welpen dazu zu bringen, in einem großen Bogen zu mir zurückzukommen. Doch Wa rannte immer weiter geradeaus. Als ich den Waldrand erreichte, waren nicht einmal mehr die Geräusche der wilden Jagd zu hören.

Ich wußte, daß ich Wa und den Bären nicht einholen konnte, auch nicht, wenn ich Matta absetzte. Dennoch rannte ich, aus vollem Hals schreiend, immer weiter. Mit furchtbarer Deutlichkeit sah ich schon im Geist, wie das große Raubtier den Wolfswelpen in Stücke riß.

Endlich mußte ich doch eine Atempause einlegen, aber kaum war ich stehengeblieben, als mich das Geräusch eines schweren, heranpreschenden Tieres herumfahren ließ. Das konnte nur der Bär sein!

Es war nicht der Bär, sondern Tundra. Er rannte so schnell, wie ich ihn noch nie hatte rennen sehen. Ich begriff nicht, wieso er gerade in diesem Augenblick hier auftauchte, aber letztlich war es mir auch egal. Ich schrie ihm nur hinterher: „Faß ihn, Tundra! Faß ihn!“

Augenblicke später knisterte und knackte es im Unterholz zu meiner Linken. Wa tauchte zwischen den Fichtenstämmen auf und kam mit Volldampf auf mich zugerast. Sobald er mich erreicht hatte, nahm ich ihn auf den Arm. Ob der Bär hinter ihm herkam?

Unter jedem Arm einen Welpen, trat ich vorsichtig den Rückzug an, jeden Augenblick gewärtig, dem Bären gegenüberzustehen. Doch alles blieb still. Erst auf der Lichtung vor der Farm setzte ich Matta und Wa auf den Boden, so daß sie neben mir her nach Hause laufen konnten. Um Tundra machte ich mir kaum Sorgen. Seit der Hund bei uns lebte, hatte er schon viele Male Bären gejagt und bestimmt ein halbes Dutzend vor meinen Augen auf einen Baum gescheucht. Er beherrschte inzwischen exzellent die Technik, auf Meister Petz zuzurasen, nach ihm zu schnappen und sich dann blitzschnell zurückzuziehen, ehe ihm der Gepeinigte einen Tatzenhieb versetzen konnte.

Allmählich beruhigte ich mich, und während die Welpen brav neben mir herliefen, begann ich wieder zu überlegen, wieso der Hund so urplötzlich bei uns aufgetaucht war. Das Rätsel löste sich erst nach unserer Heimkehr.

Joan erzählte mir, daß sie Tundra für die ausgefallene Wanderung mit mir durch einen kleinen Spaziergang hatte entschädigen wollen. Doch sie hatte die Haustür kaum aufgemacht, als der Hund davongesaust war. Er mußte sofort unsere Spur aufgenommen und uns in Windeseile erreicht haben.

Anderthalb Stunden nach uns fand sich auch Tundra zu Hause ein. Er war triefnaß, über und über mit Schlamm bedeckt, und er stank wie ein Misthaufen. Aber deswegen schimpfte ihn diesmal niemand aus.

EINES Nachts Anfang Oktober kam Tundra die Treppe herauf und weckte mich, indem er mir mit einer seiner dicken Pfoten auf die Brust schlug und seine Schnauze an meinem Hals rieb. Es war erst vier Uhr morgens, aber da mich der Hund nie grundlos aus dem Schlaf holte, stand ich sofort auf.

Während der letzten Wochen hatten die Welpen allein im Schuppen schlafen dürfen, und Tundra übernachtete wieder wie früher im Haus oder, durch eine lange Kette gesichert, vor der Haustür. Draußen zerrte er mich sofort auf den Schuppen zu. Schon auf halbem Weg hörte ich das wütende Fauchen und Knurren der Welpen; Wa und Matta waren offenbar in einen ernsthaften Kampf verwickelt. Ich machte Tundra von der Leine los, rannte, so schnell ich konnte, zum Schuppen, schaltete meine Taschenlampe ein und stieß die Tür auf. Tundra ließ ich draußen. Im Lichtkegel entdeckte ich die ineinander verknäulten Welpen sofort. Wa, der pausenlos fauchte, stand breitbeinig über seiner Schwester, die, nicht weniger fauchend, auf der Seite lag. Blut rann von Was Backen, Schnauze und Brust, und auch auf Mattas Fell zeichneten sich überall rote Flecken ab, vor allem am rechten Hinterlauf. Mattas Kopf lag auf dem Boden, und sie wich Was Blicken aus.

Einerseits war ich erschrocken, andererseits erleichtert. Offensichtlich hatte Wa seine Schwester kräftig verdroschen, und Matta hatte erstmals eine Niederlage akzeptiert. Alles an ihrer Körperhaltung signalisierte Unterwerfung.

Ein paar Sekunden lang blieb Wa noch böse fauchend und mit gefletschten Zähnen über seiner niedergestreckten Gegnerin stehen. Dann stieg er plötzlich über sie hinweg und rannte auf mich zu, obwohl ich noch keinen Laut von mir gegeben hatte. Matta rappelte sich auf, schüttelte sich ein paarmal und kam ebenfalls, wenn auch hinkend, angelaufen.

Ich ging in die Hocke, und Wa tat etwas Überraschendes. Er beugte sich um meinen Oberschenkel und leckte Mattas Kopf, als hätte der wilde, erst vor Sekunden beendete Kampf nie stattgefunden. Im gleichen Augenblick bellte Tundra draußen vor dem Schuppen; er wollte eingelassen werden. Ich machte die Tür auf, und der Hund schoß herein, den Schwanz hochgestellt, die Nackenhaare gesträubt, die Ohren nach vorn gerichtet. Wäre die Schlacht noch im Gange gewesen, hätte er sich sofort ins Kampfgetümmel geworfen. Doch inzwischen war Friede eingekehrt, und ich konnte die Welpen untersuchen. Matta hatte ein paar oberflächliche Wunden an der linken Flanke und zwei ziemlich tiefe Bißwunden am rechten Hinterlauf davongetragen.

Sie hatte sich mit einem Biß in Was rechte Vorderpfote revanchiert und ihm ein kleines Loch im linken Ohr beigebracht. Alle diese Verletzungen waren nicht gefährlich, mußten aber desinfiziert werden. Und so führte ich, das Leittier, mein Dreierrudel drei Stunden vor Sonnenaufgang zum Wohnhaus hinüber, setzte Kaffeewasser auf und versorgte die verwundeten Kämpen.

Wa war aus diesem Zwischenfall eindeutig als der dominante Jungwolf hervorgegangen. Er wußte es selbst, und Matta akzeptierte das Ergebnis. Von nun an hielt sie sich peinlich genau an ihre untergeordnete Rolle, während Wa seine übergeordnete Position niemals mißbrauchte. Zu diesem Zeitpunkt ergab sich für das „North-Star-Rudel" folgende Ordnung: Ich selbst war das männliche Alpha- oder Leittier, Tundra das männliche Beta-Tier, Wa stand auf dem dritten und Matta auf dem vierten Platz. Joan hatte einen Sonderstatus – den wir alle anerkannten!

ICH HATTE das Wiegen der Welpen längst eingestellt, mußte aber Mitte November die Waage noch einmal herausholen. Die Wölfe und mit ihnen auch Tundra waren mit Spulwürmern infiziert, wahrscheinlich durch irgendwelche kleineren Beutetiere, die die Welpen gefressen hatten. Manche dieser Wurmarten sind harmlos, andere aber sehr gefährlich.

Die Menge des Gegenmittels richtete sich nach dem Körpergewicht des jeweiligen Patienten: „soundso viele Kapseln bei soundsoviel Kilogramm Körpergewicht des Hundes" (beziehungsweise, in unserem Fall, des Wolfs). Während Joan mit Tundra und Wa draußen spielte, packte ich Matta beim Genick und stieg zusammen mit ihr auf die Waage. Nun brauchte ich vom angezeigten Gewicht nur noch mein eigenes Körpergewicht abzuziehen, um festzustellen, daß die kleine Wölfin knapp sechsundzwanzig Kilogramm wog. Ich wiederholte die Prozedur mit Wa, der schon fast dreißig Kilogramm schwer war. Zufällig sah ich während des Wiegens, daß sein zweites Gebiß bereits voll entwickelt war und sicher abscheuliche Bißwunden verursachen konnte. Als er meinen Ellenbogen nur spielerisch mit den Zähnen packte, war mir, als hätte ich den Arm in einer schweren Tür eingeklemmt.

Mir stand nun eine schwierige Aufgabe bevor: Ich mußte mit der Hand eine große Menge Medikamentenkapseln in den Schlund der Welpen stopfen. Vielleicht konnte ich die Patienten vorher, bei leerem Magen, durch einen langen Spaziergang müde machen, ihnen dann die Kapseln verabreichen und sie anschließend füttern.

Ich zog mich also für den Marsch durch die Wildnis an und versprach Joan, mit den Welpen bis zum Abendessen zurück zu sein. Tundra, der zu Hause bleiben sollte, protestierte lauthals. Schon vor zwei Wochen war Schnee gefallen, der im ebenen Gelände eine nur acht Zentimeter dicke Decke bildete, in Schneeverwehungen aber schon zwanzig Zentimeter tief war. Der Himmel war teilweise bedeckt; das Thermometer zeigte minus zehn Grad an.

Im Ahornwald sah man noch viele ältere Spuren von Wa und Matta. Wa führte uns, eine dieser Spuren witternd, nordwärts in die angrenzende Mischwaldregion. Nach einer halben Stunde überschritten wir die Grenze des Farmgeländes und betraten staatliches Gebiet; eine Wildnis, die sich kilometerweit nach Norden, Osten und Westen erstreckte. Hierher kamen Menschen fast nur in der Jagdsaison, deren Eröffnung allerdings kurz bevorstand.

Gegen drei Uhr nachmittags hatten die Wölfe schon alle möglichen Ziele angesteuert, darunter auch drei zugefrorene Biberteiche, aber wir befanden uns immer noch kaum fünf Kilometer nördlich der Farmgrenze. Ich hatte mich gerade mit einem Butterbrot gestärkt, als Matta eine heiße Rotwildfährte aufnahm. Nach ihrer Aufregung zu urteilen, mußte das Wild erst vor kurzem hier vorbeigekommen sein. Auch in Wa erwachte das Jagdfieber.

Ich verlor bald den Anschluß an die beiden, denn sie waren wie der Blitz in einem dichten Fichtengehölz verschwunden, das an einen Sumpf grenzte. Aber die Situation machte mir keine Sorgen. Matta und Wa waren meiner Meinung nach noch zu jung und zu unerfahren, um es mit einem ausgewachsenen Hirsch aufzunehmen. Immerhin wäre die Jagd eine gute Übung.

Sobald ich wieder freie Sicht hatte, erkannte ich, daß Wa seiner Schwester die Führung abgenommen hatte und daß sich das gejagte Tier auf einem ziemlich geradlinigen Kurs befand. Wa lief rechts von der Fährte und Matta direkt darauf, aber ein Stück hinter dem Bruder. Allmählich beschlich mich Unbehagen: Die Wölfe schienen mit der Jagd Ernst zu machen! Ich fühlte mich hin- und hergerissen zwischen meinem Interesse an ihren Jagdfähigkeiten und meiner Befürchtung, Zeuge sein zu müssen, wenn meine Pfleglinge tatsächlich ein großes Tier töteten.

Etwa fünf Kilometer hinter dem Ausgangspunkt der Jagd verrieten mir die Spuren der Welpen, daß sie den Abstand zur Beute verkürzt hatten. Das gejagte Tier schien erschöpft oder krank zu sein, denn seine Fährte wurde immer unregelmäßiger. Es versuchte häufig, sich durch lange Sprünge zu retten, war aber schon mehrmals gestrauchelt und in die Knie gesunken. Traurigkeit überfiel mich, ein tiefes Mitleid mit dem unglücklichen Geschöpf. Welch ein Widersinn! Da hatte ich mich nun bemüht, Matta und Wa so aufzuziehen, daß sie sich in der Wildnis behaupten konnten, und beim ersten Beweis meiner erfolgreichen Arbeit ergriff ich Partei für ihr Opfer.

Das Töten des Wildes brauchte ich an diesem Tag weder mit anzusehen noch anzuhören. Als ich die Wölfe zwanzig Minuten später eingeholt hatte, hörte ich schon von weitem die typischen Geräusche, die eine Raubtiermahlzeit begleiten: das Zerfetzen der Beute, unterbrochen von gelegentlichem Knurren, das den Jagdpartner in seine Schranken weist. Kurz darauf erreichte ich die Kuppe einer kleinen Erhebung. Da sah ich sie: Matta, die vor einem getöteten Weißwedelhirsch lag und Fleischbrocken von einem der Vorderläufe riß, während sich Wa mit einer der Hinterkeulen beschäftigte. Ich blieb zunächst stehen, denn so genau wollte ich das alles gar nicht sehen. Doch dann überwand ich meine innere Abneigung. Schließlich wollte ich ja wissen, wie sie den Hirsch gerissen hatten. Außerdem wollte ich mir die Beute genau ansehen, denn ich wunderte mich immer noch, daß die Welpen mit einem so großen Tier fertig geworden waren.

Ich näherte mich vorsichtig, sorgsam darauf bedacht, keinen der Wölfe anzublicken. Dann trat ich vor den Hirsch und damit neben Matta. Sie blickte auf und knurrte. Nun war für mich die Gelegenheit gekommen, meinen Alpha-Status zu testen. Ich heftete den Blick fest auf Mattas gelbe Augen, erwiderte das Knurren und rückte noch einen Schritt näher. Die junge Wölfin senkte augenblicklich den Kopf. Sie knurrte zwar immer noch, aber nicht mehr so drohend.

In Hockstellung und unter gelegentlichem Knurren streckte ich den Arm aus und faßte nach einem Ohr der Beute. Jetzt begann Wa zu knurren. Ich brachte den tiefsten und längsten Warnlaut hervor, dessen ich fähig war, starrte den Welpen böse und unverwandt an, und siehe da, auch er senkte den Kopf. Ich war tatsächlich das Alpha-Tier.

Ein kurzer Blick genügte mir, um festzustellen, daß die Kehle des Hirschs weit aufgerissen war. Aus der klaffenden Wunde floß reichlich Blut. Und es war auch leicht zu erraten, wer das Töten besorgt hatte. Der Kopf, der Nacken und die Brust von Wa waren über und über mit geronnenem Blut beschmiert.

Ich gab nun vor, an der Mahlzeit teilzunehmen, indem ich den Kopf senkte, knurrte und ab und zu Schmatzgeräusche machte. Wa brachte es inzwischen fertig, die Sehnen zu zertrennen, die die Hinterkeule der Hirschkuh mit dem Becken verbanden. Dann packte er das losgelöste Bein und zog sich damit ein paar Meter zurück. Kurz darauf gelang es auch Matta, den Vorderlauf des Hirschs loszureißen und in Sicherheit zu bringen. Plötzlich war ich mit den Resten des Kadavers allein. Ich wendete den Rumpf des Hirsches mehrmals hin und her. Das Tier hatte ein schön glänzendes Fell und war wohlgenährt, also in gutem, der Herbstzeit entsprechendem Zustand. Jetzt sah ich auch die tiefe Bißwunde in dem verbliebenen Hinterlauf. Vermutlich hatte Matta ihre Zähne dort hineingeschlagen und so die Beute zu Fall gebracht, während Wa der tödliche Biß in die Kehle überlassen blieb.

Dann fiel mir eine kleine, nicht mehr ganz frische Verletzung hinter dem Schulterblatt auf: ein Loch von der Größe eines Hemdknopfes. Ich hatte schon genug Löcher dieser Art gesehen, um zu wissen, woher es rührte. Eine 6-mm-Bleikugel war hier ins Fleisch eingedrungen, abgefeuert wahrscheinlich aus großer Entfernung. Mit meinem Taschenmesser vertiefte ich das Loch und stieß bald auf Metall. Die verformte Kugel saß zwei Zentimeter tief im Fleisch, eingebettet in eine gebrochene Rippe. Und damit war das Jagdglück meiner Wölfe erklärt! Der bedauernswerte junge Hirsch war schwer behindert gewesen, nachdem ein ungeübter, skrupelloser Jäger versucht hatte, der amtlichen Jagdsaison zuvorzukommen.

Die Wunde war ungefähr vierundzwanzig Stunden alt. Das arme Tier mußte furchtbare Qualen gelitten haben, ehe Matta und Wa es endgültig zur Strecke brachten. Im Grunde war ich froh, daß sie sein Leiden beendet hatten. Nebenbei hatten sie ohne mein Zutun eine unschätzbare Erfahrung gemacht, die ihnen in Zukunft helfen würde, aus eigener Kraft zu überleben.

Ich schaute zum Himmel auf und sah, daß die Sonne schon auf den westlichen Horizont zuwanderte. Mir fiel ein, daß nun die Gelegenheit verpaßt war, den Welpen die Wurmkapseln bei leerem Magen zu verabreichen. Aber dafür war auch am nächsten Tag noch Zeit.

Ich ließ mich auf einem moosbewachsenen Stein nieder und schaute zu, wie sich Matta und Wa den Bauch vollschlugen. Als sie sich endlich aufbruchsbereit zeigten, war es fast dunkel. Die Zeit war im steten Wechsel von Fressen, Ausruhen, Fressen und wieder Ausruhen vergangen. Zum Schluß hatten die Welpen sogar eine Dreiviertelstunde geschlafen. Nun richteten sie sich auf, umkreisten noch einmal steifbeinig den Kadaver, beschnüffelten ihn flüchtig, gähnten, kratzten sich, markierten ihre Futterplätze und kamen herbei, um mich abzuholen.

Auch auf dem Rückweg durch den dunklen Wald überließ ich

ihnen die Führung. Es war fast zehn Uhr, als uns Joan endlich in Empfang nehmen konnte. In dieser Nacht schlief ich nur wenig. Die Frage, wie ich Matta und Wa die verdammten Kapseln verabreichen könnte, ließ mich keine Ruhe finden.

Den ganzen nächsten Tag sperrten wir die Wölfe im Sirupschuppen ein, und nach der Riesenmahlzeit am Tag zuvor nahmen sie diese Gefangenschaft ohne Protestgeheul hin. Erst nachdem Joan und ich das Abendessen beendet hatten, holte ich sie in die Küche, um mit dem Verabreichen der Arznei zu beginnen.

Das äußerst bittere Wurmmittel steckte in eiförmigen grellroten Gelatinekapseln von Olivengröße. Ich wählte Wa für den ersten Versuch aus. Für ihn waren nicht weniger als neun dieser Kapseln bestimmt; für Matta wegen des geringeren Körpergewichts acht. Tundra und Matta schauten interessiert zu, wie ich Wa niedersitzen ließ, ihn zwischen meinen gespreizten Beinen festhielt, beruhigend auf ihn einredete und mir von Joan die erste der roten „Bomben" reichen ließ. Ich hielt den Kopf des Patienten mit der einen Hand fest, klemmte die Kapsel zwischen Daumen und Mittelfinger der anderen Hand und führte den freien Zeigefinger so tief in Was Maul ein, daß er den Gaumen hinter den letzten Backenzähnen erreichte (das hoffte ich wenigstens). Nun schnellte ich mit Mittelfinger und Daumen die Kapsel in Was Rachen und schob sie mit dem Zeigefinger noch tiefer in den Schlund. Der Wolf schluckte. Ihm blieb auch gar nichts anderes übrig; das rote Ding war ja schon jenseits der „Wendemarke". Und erstaunlicherweise schien ihn der Vorgang nur zu befremden, aber nicht aufzuregen. Offenbar behagte ihm der Druck meiner Knie gegen seinen Körper und die Massage seiner Kehle, mit der ich das Schlucken förderte. Der zweite Versuch – wieder geglückt. Und der dritte und vierte ebenfalls. Wa blieb noch immer friedlich. Jetzt die fünfte Kapsel. Diesmal war ich wohl ungeschickt. Mein Zeigefinger geriet zwischen Was beide hintere Backenzähne, und er biß zu – verständlicherweise. Ich bin jetzt noch stolz auf mein Heldentum, denn ohne die geringste Unterbrechung „schoß" ich auch diese fünfte Kapsel ab und stopfte sie wie ihre Vorgängerinnen mit dem Zeigefinger tief in Was Schlund. Als ich den lädierten Finger wieder herausgezogen hatte, leckte sich der Wolf genüßlich die Lefzen, als hätte ihm diese Kapsel besonders gut geschmeckt. Ein Blick auf meinen Finger erklärte sein Wohlbehagen. Blut quoll aus einer anderthalb Zentimeter langen Wunde an der fleischigen Fingerkuppe.

Das Unglück war nun einmal geschehen, und so wollte ich wenigstens das Beste daraus machen und den verlockenden Blutgeschmack ausnützen. Von jetzt an riß Wa schon von allein die Schnauze auf, um die nächste Kapsel zu schlucken, und als alle neun verschwunden waren, sah er richtig enttäuscht drein.

Dann war Matta an der Reihe. Auch sie beschnüffelte und beleckte gierig meinen blutenden Finger, und sie setzte sich sogar bereitwillig hin. Doch als ich ihr die erste Kapsel in den Rachen schnellen wollte, schoß sie wie ein geölter Blitz zwischen meinen Beinen hervor, und ich ließ das rote Ding vor Schreck fallen. Es rollte auf Matta zu, die mich böse anstarrte. Plötzlich senkte sie den Kopf, schnüffelte an der Kapsel, streckte die Zunge heraus, um das Ding zu belecken, und – plopp! – hatte sie es schon verschluckt. Aus eigenem Antrieb!

So wurde ich zum Erfinder einer praktischen Methode, Wölfen große Medikamentenkapseln zu verabreichen. Der Doktor braucht sich nur in den Finger zu schneiden und die Kapsel mit dem frischen, warmen Blut zu benetzen. Der Wolf erledigt dann das übrige.

V

EIN NATURPHÄNOMEN unserer Gegend, das wir das „Januar-Tauwetter" nennen, begann diesmal genau mit dem Neujahrstag. Der Dezember hatte mit Vollmond und prächtigen Nordlichtern an einem wunderbar klaren Himmel geendet. Um Mitternacht zeigte das Thermometer noch minus 37,5 Grad Celsius an.

Beim Kaffee am nächsten Morgen hatte ich zunächst gar nicht darauf geachtet, daß von Süden her dicke Wolken aufzogen. In Gedanken war ich mit einer dringenden Aufgabe beschäftigt, die ich, wenn nicht an diesem Tag, so doch am nächsten oder übernächsten ausführen mußte. Es war höchste Zeit, die Wölfe wieder in die Wildnis hinauszuführen, sie auf eine Wildfährte zu setzen und sie zu ihrem nächsten Beutezug zu ermutigen. Ihr erster Hirsch war ja ein Glücksfall für die beiden Anfänger gewesen. Jetzt galt es, sich an einer Beute zu erproben, die nicht schon durch Menschenhand geschwächt war. Erst wenn sie mir bewiesen hatten, daß sie auch unter winterlichen Bedingungen ein Stück Großwild reißen konnten, gab es keinen Grund mehr, sie noch länger bei uns leben zu lassen.

Dies alles ging mir durch den Kopf, als ich vom Kaffeetisch aufstand und einen Blick auf das Thermometer warf. Die Quecksilbersäule stand auf sieben Grad unter dem Gefrierpunkt, hatte also seit Mitternacht einen Sprung um gut dreißig Grad gemacht. Gegen Mittag hatten wir null Grad, und drei Stunden später regnete es. Ich ging zu unserem uralten Telefon, ließ mich mit meiner Zeitungsredaktion verbinden und meldete mich bei meinem Assistenten für die nächsten Tage ab. Aus Erfahrung wußten wir, daß Regen im Verein mit Temperaturen um den Gefrierpunkt die Straßen in Eisbahnen verwandelte.

Am nächsten Morgen hatte der Regen aufgehört, und phantastische Eisskulpturen glitzerten im Sonnenlicht. Der blaugraue Himmel war nur hier und da bedeckt, und die Sonne sah wie eine riesige, glühende Orange aus.

Ich öffnete die Haustür, um hinauszugehen, aber Tundra, der wohl ein dringendes Bedürfnis verspürte, schoß rücksichtslos an mir vorbei. Im nächsten Augenblick schlitterte der Hund pfeilschnell durch die Landschaft, Brust und Kinn hilflos auf den spiegelglatten Boden gepreßt. Vergebens versuchte er mit zappelnden Beinen die rasende Fahrt zu stoppen. Irgendwann fand die Rutschpartie ein Ende, aber die Art, in der sich Tundra aufrichtete, erinnerte an die Bewegungen eines Clowns in einer Eisrevue.

Was den Hund zum Halten gebracht hatte, war ein immergrüner Busch in unserem sogenannten Vorgarten. Tundra lehnte sich daran und hob vorsichtig, ganz vorsichtig, ein Hinterbein – und schon lag er wieder auf dem Bauch. Mein lautes Lachen lockte Joan an die Haustür. Sie fand es gar nicht lustig, daß Tundra so verzweifelt versuchte, sein Wasser abzuschlagen.

„Wie kannst du bloß dastehen und dich amüsieren!" schimpfte sie. „Hilf ihm lieber!"

Um Joan zu besänftigen, setzte ich einen Fuß auf die Eisfläche, und schon strafte mich der Himmel für meine Spottlust. Ein paar hilflos rudernde Bewegungen, ein Wegrutschen der Beine, eine letzte Drehung um die eigene Achse, dann landete ich derb auf dem Hinterteil. Diesmal lachte Joan, und ich rief in ihrem Tonfall: „Komm lieber her, und hilf mir!"

Sie eilte ins Haus und holte einen Läufer mit rutschfester Unterseite, auf dem ich erst einmal Halt fand. Dann verschwand sie wieder im Haus und schleppte diesmal drei kleinere Vorleger herbei. Nach ihren Anweisungen sollte ich nun immer zwei vor mir auf den Boden legen, den dritten, auf dem ich gestanden hatte, vorn ansetzen, den letzten aufnehmen, wieder vorn ansetzen und so fort, bis ich bei Tundra angekommen wäre und ihn aus seiner mißlichen Lage befreien könnte. Angesichts einer so überwältigenden Erfindungsgabe konnte ich nur noch gehorchen.

Sowie Tundra und ich wieder im Haus waren, ging ich in meine

Werkstatt und schlug jeweils fünf Nägel mit dicken Köpfen in zwei Holzbrettchen, an denen ich Lederriemen befestigte. Diese „Gletschereisen" schnallte ich unter meine Sohlen und wagte gleich einen Probegang zum Nachtquartier der Wölfe.

Wa erging es zunächst nicht besser als Tundra. Auch sein Kinn machte erst einmal mit dem spiegelglatten Boden Bekanntschaft. Im nächsten Augenblick landete auch Matta auf dem Bauch, und ihre vier Beine vollführten sozusagen einen doppelten Spagat. Aber Wa hatte sich inzwischen mit erstaunlicher Leichtigkeit wieder aufgerichtet, und auch Matta stand nach zwei, drei Ausrutschern wieder auf den Beinen. Beide Wölfe machten kehrt und gingen mit bedachtsamen Schritten in ihr Schlafquartier zurück. Entweder wurden sie dank einer angeborenen Geschicklichkeit so gut mit dem schwierigen Untergrund fertig, oder ihre Pfoten waren einfach besser fürs Laufen auf Eis geeignet.

Während der nächsten Tage schneite es wieder. Schicht um Schicht deckte der Schnee das Eis zu, und Tundra und die Welpen wußten sich vor Vergnügen nicht zu lassen. Sie jagten umher, stopften sich die Schnauzen voll Schnee und schluckten das weiße Zeug hinunter. Nach einer Woche war die Schneedecke gut dreißig Zentimeter stark. Dann endlich verschwanden über Nacht die Wolken, und am Morgen strahlte die Sonne über einer Landschaft aus lauter Weiß-, Blau- und Grüntönen.

Ich trank meine erste Tasse Kaffee, während Joan am Herd hantierte und ihre Buchweizenpfannkuchen und der warme, selbstgemachte Ahornsirup herrliche Düfte verbreiteten. Ich nahm diese appetitanregenden Gerüche aber nur unbewußt wahr, denn meine Gedanken galten wieder einmal unserem Hauptproblem: Die Wölfe mußten das Jagen lernen und so auf ihre Unabhängigkeit – und den Abschied von uns – vorbereitet werden. Ein weiteres Warten bedeutete doch nur, unseren Abschiedsschmerz zu verlängern.

Ich erklärte Joan, was ich vorhatte. Ich würde Matta und Wa in den Wald führen und bei ihnen bleiben, bis sie eine heiße Fährte entdeckt hätten. Dann wollte ich nach Hause gehen und alles übrige den Wölfen überlassen.

Joan packte Verpflegung in den kleinen Rucksack, den ich immer bei meinen Tagesausflügen mitnahm. Tundra sollte so lange im Keller eingeschlossen werden, bis ich mit den Wölfen das Haus verlassen hatte. Als wir zur Tür hinausgingen, sah ich, daß Joan Tränen über die Wangen liefen. Dies konnte ja mein letzter gemeinsamer Ausflug mit Matta und Wa sein, und ihr war, als sagte sie unseren Schützlingen endgültig Lebewohl. Sollten seit jenem Frühsommertag, als ich dem Indianer die winzigen blinden Welpen abkaufte, wirklich erst sieben Monate vergangen sein? Es schien, als hätten Matta und Wa schon immer zu uns und der Farm gehört.

Wie üblich überließ ich auch diesmal Wa die Führung. Matta folgte seiner Spur, und ich stapfte auf meinen Schneeschuhen hinter den beiden her. Unser Anführer hatte eine gemächliche Gangart angeschlagen, einerseits wegen des losen, tiefen Schnees, unter dem sich hier und da noch gefährlich glatte Eispartien verbargen, andererseits, weil es nirgendwo eine Wildfährte gab.

Erst drei Kilometer jenseits des östlichen Bergrückens, als die Sonne schon über den Baumkronen zu sehen war, zeigte mir das Verhalten der Wölfe, daß sie endlich etwas Interessantes entdeckt hatten. Wieder war es eine Hirschfährte, auf die sie sich setzten, aber vorläufig blieben beide gelassen und beschleunigten das Lauftempo nur wenig. Ich erkannte bald, daß der Hirsch in Schwierigkeiten steckte, weil er mit seinen langen Beinen immer wieder auf dem Eis unter der Schneedecke wegrutschte, was ihm die Flucht erschwerte. Seine Fährte führte uns zunächst in einen Zedernwald, hinter dem flaches Gelände mit nur wenigen Bäumen und vereinzelten Biberteichen lag. Ich nahm an, der Hirsch werde irgendwo im dichten Wald Schutz suchen, doch plötzlich schien er die offene Landschaft anzusteuern, und Wa spitzte die Ohren. Mit gesträubtem Nackenhaar und aufgestelltem Schwanz beschleunigte er das Tempo. Matta, auf die die Hirschwitterung ebenso verführerisch wirkte wie auf den Bruder, versuchte Wa zu überholen. Doch Wa warf ihr nur von der Seite her einen zornigen Blick zu und knurrte tief und drohend, und schon fiel die kleine Wölfin gehorsam in die zweite Position zurück.

Ein paar Minuten später steckten wir immer noch im Zedernwald, aber ich hatte den Anschluß an die beiden verloren. Und so blieb ich einen Augenblick stehen, um Luft zu holen und über die Lage nachzudenken. Entweder folgte ich einfach der Spur der Wölfe, oder ich nahm eine Abkürzung und erklomm einen Hügel am Rand der offenen Ebene, der gute Sicht über das freie Gelände bot. Vielleicht konnte ich von dort den Verlauf der Jagd verfolgen, zumal der Hügel von einer hohen Weißfichte gekrönt wurde, die mir als Aussichtsbaum dienen würde.

Ich entschied mich für die zweite Möglichkeit. Die Fichte, deren unteres Geäst nur anderthalb Meter über dem Boden begann, war leider schon besetzt. Ein großer, dunkler Baumstachler sonnte sich in ungefähr zehn Meter Höhe. Als ich mit dem Aufstieg begann, bedachte er mich zwar mit einem Blick aus seinen kurzsichtigen Knopfaugen, rührte aber sozusagen keinen Stachel. Ich kletterte so ruhig wie möglich an ihm vorbei, und als ich drei Meter über ihm angekommen war, hatte er sich schon wieder bequem zusammengerollt und setzte sein Sonnenbad fort. In gut zwanzig Meter Höhe fand auch ich einen mehr oder weniger bequemen Sitz. Ich hängte den Rucksack an einen Ast und hatte endlich die Hände für meinen Feldstecher frei.

Nördlich von meinem Ausguck lag die ungefähr zwei Kilometer breite, baumlose Ebene. Dahinter begann gleich wieder dichter Nadelwald, der bis zum Horizont reichte. Nach Osten hin war der Boden von schneebedeckten Felsbrocken übersät, und im Süden entdeckte ich einen Biberteich, an den sich Mischwald anschloß. Im Westen aber lag der Zedernwald, in dem meine Wölfe sicher immer noch der Hirschfährte folgten. Falls meine Vermutungen zutrafen, würde das gejagte Wild nun bald aus dem Wald hervorbrechen, aber nicht allzu weit auf die ungeschützte Ebene hinauslaufen, sondern in einem Bogen den Mischwald zu erreichen versuchen. Und in diesem Augenblick ging nach meiner Erfahrung die richtige Hatz erst los.

Während ich meine Brote aß, genoß ich die herrliche Aussicht. Doch es war schon halb vier Uhr, und die Temperatur sank spürbar. Zu dieser Jahreszeit beginnt der Sonnenuntergang in unseren Breiten bereits am frühen Nachmittag. Noch einmal richtete ich meinen Feldstecher westwärts auf den Zedernwald. Da nichts Auffallendes zu sehen war, wollte ich mich schon nach Norden wenden, doch im selben Augenblick nahm ich am Waldsaum eine Bewegung wahr.

Ich stellte das Glas auf diesen Punkt ein. Im nächsten Moment erschien ein Weißwedelhirsch zwischen den letzten Bäumen und jagte sofort mit hohen, aber ungleichmäßigen Sprüngen auf den Biberteich zu. Es war ein weibliches Tier, das schon ziemlich erschöpft wirkte. Und dann kamen die Wölfe – zuerst Wa, gleich darauf Matta. Sie waren der Beute jetzt bis auf vierzig Meter nahe gekommen. Als ich die Hirschkuh wieder anvisierte, sprang sie gerade auf das schneebedeckte Eis des Teichs.

Nun konzentrierte ich mich von neuem auf Wa. Der Wolf jagte in langen Sprüngen dahin, und Matta folgte ihm dichtauf. Und dann geschah etwas Überraschendes. Die Hirschkuh stürzte, blieb auf der Seite liegen und hob zwar noch einmal den Kopf, machte aber keinen Versuch mehr, wieder auf die Beine zu kommen. Eine breite Schlitterspur führte vom Teichrand bis zu dem Tier, das mit offenem Maul dalag und um Atem rang. Sein Kopf war nun zur Seite gesunken und schon halb vom lockeren Schnee bedeckt.

Wa kam die Uferböschung zum Teich hinuntergestürmt, sprang aufs Eis und fiel die Hirschkuh an. Dies alles spielte sich nur einige hundert Meter vor meinem Aussichtspunkt ab, so daß ich mit dem Feldstecher das Geschehen genau verfolgen konnte.

Wa, der liebenswerte, verspielte Welpe, existierte nicht mehr! An seiner Stelle sah ich ein stattliches Raubtier, das nur eines im Sinn hatte: die Beute zu töten. Seine Nackenhaare standen senkrecht, und den Schwanz hatte er so hoch aufgerichtet, daß sich dessen Spitze über das Rückgrat neigte. Die zurückgezogenen Lefzen gaben den Blick auf das schimmernde weiße Raubtiergebiß im weit aufgerissenen Rachen frei. Ich weiß nicht, ob Wa knurrte, als sich seine Kiefer in die Kehle des Opfers verbissen. Jedenfalls stemmte er die Vorderpfoten gegen den Boden, warf seinen Körper rückwärts und schlenkerte seinen Schädel heftig hin und her, um so noch die Wirkung der Reißzähne zu verstärken. Die ganze Szene kam mir unwirklich vor. Schon begann dickes Blut aus der Hirschkehle zu quellen und Wa zu besudeln. Mit seinen Zähnen hatte der Wolf binnen kurzem Fell, Muskel und Kehlkopfknorpel der Beute durchtrennt, und als sich plötzlich ein großer Fleischklumpen vom Hals der Hirschkuh löste, taumelte er rückwärts. Noch während er Halt suchte, war Matta zur Stelle und schlug die Zähne ins Hinterteil des Opfers. Mit seinen wild auskeilenden Hinterläufen konnte das sterbende Tier der Angreiferin noch einen Schlag versetzen, aber die Wölfin hatte sich blitzschnell wieder gefangen und ging zur zweiten Attacke über, während sich Wa erneut in die Kehle der Beute verbiß. Die Hirschkuh hauchte ihr Leben aus. Ihre Läufe schlugen noch ein paarmal schwach aus, die Muskeln unter der grauen Felldecke der Flanke zuckten krampfartig, dann war es vorbei.

Als ich den Feldstecher sinken ließ, merkte ich, daß ich schweißgebadet war und mein Herz wild hämmerte. Sekundenlang hatten in mir barbarische Urtriebe die Oberhand gewonnen und mich innerlich zum Teilnehmer des Jagdgeschehens werden lassen. Gleich darauf schämte ich mich dieser seltsamen Erregung, und zurück blieb nur ein Gefühl leichter Übelkeit. Ich begann zu zittern und wagte noch nicht einmal, meinen Hochsitz zu verlassen. Den Wölfen und ihrer Beute den Rücken zugewandt, tastete ich in meiner Tasche nach der Tabakspfeife. Ich zündete sie an und paffte minutenlang still vor mich hin. Dann endlich begann ich den Abstieg, aber es kostete mich große Überwindung, näher an die Wölfe und ihr Opfer heranzugehen.

Andererseits wollte ich mir unbedingt von der Beschaffenheit der Beute ein Bild machen.

Ich war noch ein gutes Stück vom Teich entfernt, als Matta und Wa mich kommen sahen. Sie starrten nur einen Augenblick in meine Richtung und beschäftigten sich gleich wieder mit ihrer Mahlzeit. Beide waren blutbesudelt, und vor allem Wa sah furchterregend aus – kein Wunder nach der Arbeit, die er geleistet hatte.

Matta widmete sich einem der Hinterläufe ihres Opfers. Unermüdlich riß sie Fleischbrocken vom Knochen los, während Wa bereits die ganze Nackenpartie der Hirschkuh verschlungen hatte, so daß der Kopf schon fast vom Körper getrennt war. Seine Zähne arbeiteten sich nun immer tiefer in den Brustkorb der Beute hinein. Beide Wölfe knurrten dabei fast ununterbrochen, aber ich konnte nicht entscheiden, ob diese Drohung nun mir oder dem Jagdpartner galt. Tatsächlich war mir nicht wohl in meiner Haut. Ich hatte plötzlich Angst vor Wa, aber dieser Angst mußte ich unbedingt Herr werden, wenn ich mich, wie es dem Alpha-Tier zusteht, der Beute nähern wollte. Ich verlangsamte meinen Schritt und versuchte, mir selbst Mut zu machen. Als mich nur noch drei Schritte von Wa trennten, reckte er mir die blutige Schnauze entgegen und knurrte mich an. Aber ich brachte es fertig, ihn ebenso grimmig anzuknurren – jedenfalls hoffte ich, daß mein imitiertes Knurren recht drohend klang – und ihn auch ebenso unverwandt anzustarren, wie er mich anstarrte. Mein Verhalten zeigte Wirkung: Wa senkte den Blick, knurrte ein bißchen weniger bösartig und fuhr fort, sich in den Brustkorb des Kadavers vorzuarbeiten. Ich nutzte diese Situation und hockte mich neben den Kopf der Hirschkuh. Wieder fixierte mich Wa mit funkelnden Augen. Ich nahm davon keine Notiz, aber meine Hand tastete doch unwillkürlich nach dem Jagdmesser, das an meinem Gürtel hing. Wahrscheinlich machte ich einen recht selbstsicheren Eindruck, als ich nun nach einem der großen Hirschohren griff, mich darüber beugte und zu fressen vorgab. Trotzdem hatte ich das Gefühl, mich mit bleiernen Gliedern zu bewegen. Ich fürchtete, daß Was scharfen Sinnen ein solches Schwächezeichen nicht entgehen würde und er zum Angriff auf mich überginge. Doch ich kam ungeschoren davon, aus welchen Gründen auch immer. Wa und Matta setzten ihre Mahlzeit fort, und auch ich machte wieder meine üblichen Kaugeräusche, während mein Jagdmesser mit einem raschen Schnitt den Kopf der Hirschkuh vollends vom Rumpf trennte. Mit dem Schädel zog ich mich hinter ein paar Felsbrocken zurück und suchte mir einen großen Stein mit glatter Oberfläche, den ich als Seziertisch benutzen konnte. Noch ehe ich das Messer ansetzte, wußte ich, was mich erwartete. Im hinteren Kehlkopf, dort, wo Was Zähne ein schartiges Loch gerissen hatten, sah ich zwei jeweils zweieinhalb Zentimeter lange, fette, schwarzgestreifte madenartige Gebilde, flach auf der einen Seite und gewölbt auf der anderen: die Larven einer Bremsenart, die häufig Hochwild befällt. Die Bremse ist relativ ungefährlich, wenn sie nur wenige ihrer bereits geschlüpften Larven in die Nasenlöcher des Wirtstieres einbringen kann. Bei starkem Befall verursachen die recht großen Larven aber Atemnot, Gewichtsverlust, Schwäche und sogar den Tod des Opfers.

Ich legte den Schädel auf die Steinplatte und spaltete ihn in zwei Hälften. Mit einem Schlag wurde die Schwere des Larvenbefalls offenbar. Die Stirnhöhle und sämtliche Nebenhöhlen waren betroffen, und alle Larven lebten noch.

Als ich das Messer wieder einsteckte, stand die Sonne im Westen nur noch knapp über den Baumwipfeln. Ich ließ den zerteilten Schädel auf dem Stein liegen und kehrte zu den Wölfen zurück.

Wa döste nicht weit vom Kadaver im Schnee. Matta hatte sich ein bißchen zurückgezogen und leckte sich eifrig sauber. Als ich mich über die Reste ihrer Beute beugte, hoben beide den Kopf, machten aber keine Anstalten, näher zu kommen. Ich notierte einige Stichworte zum Verlauf der Jagd, zum Reißen des Beutetiers und zu seinem Zustand. Zum Schluß fügte ich die Zahl der in seinem Kopf gefundenen Larven hinzu: siebenundfünfzig! Die arme Hirschkuh mußte schon lange, ehe sie Beute der Wölfe geworden war, unter großer Atemnot gelitten haben.

Mit Einbruch der Dunkelheit war ich wieder zu Hause. Joan empfing mich mit der ängstlichen Frage: „Wo sind Matta und Wa?“ Ich erzählte mit wenigen Worten, was sich ereignet hatte. „Sie sind bei ihrer Beute geblieben“, fügte ich hinzu. „Heute nacht kommen sie bestimmt nicht nach Hause . . . und morgen vielleicht auch nicht mehr.“

Als ich die beiden verlassen hatte, war ich nach ein paar Metern stehengeblieben und hatte mich nach ihnen umgedreht. Matta und Wa hatten nicht einmal den Kopf gehoben, um in meine Richtung zu schauen. Beide lagen eng zusammengerollt im Schnee und schienen zu schlafen. In dieser Haltung erinnerten sie mich an Tundra, der sich genauso zusammenrollen und dann schadlos Temperaturen von dreißig bis vierzig Grad Kälte überstehen konnte.

Natürlich hätte ich die Wölfe am liebsten zu mir gelockt und sie überredet, mit mir nach Hause zu laufen, aber ich widerstand der

Versuchung. Matta und Wa sollten selbst entscheiden, was für sie das beste wäre. Wenn sie jetzt, nach ihrer zweiten erfolgreichen Jagd, freiwillig zu uns zurückkehrten, wäre das in Ordnung. Aber es wäre ebenso in Ordnung, wenn sie draußen in der Wildnis blieben.

Joan warf mir einen Blick zu. „Ob sie vielleicht doch wiederkommen?"

Sie verdiente eine ehrliche Antwort. „Nein, höchstwahrscheinlich nicht", erwiderte ich. Ich schenkte uns beiden einen Whisky ein. Joan begann leise zu weinen. Auch meine Augen brannten verräterisch. Aus Angst, doch noch in Tränen auszubrechen, verließ ich das Haus und holte einen Armvoll Holzscheite für den Kamin. Tundra lag draußen im Schnee und schaute erwartungsvoll in die Finsternis.

Joan und ich stocherten an diesem Abend lustlos im Essen herum, hörten noch die 22-Uhr-Nachrichten und gingen dann zu Bett. Aber einschlafen konnten wir lange nicht.

Ich weiß nicht genau, wieviel Uhr es war, als mich Tundras Kratzen an der Haustür weckte. Ich registrierte nur schlaftrunken, daß es vor dem Fenster schon ein bißchen hell wurde, warf mir den Morgenmantel über, angelte nach meinen Pantoffeln und stieg die Treppe hinunter. Als ich die Tür aufstieß, schauten mich drei zufriedene, erwartungsvolle Gesichter an, und in der nächsten Sekunde wälzte sich ein wildes Knäuel von Vierbeinern in der Diele. Dann stürmte Tundra die Treppe hinauf, und die Wölfe setzten ihm nach. Als ich oben im Schlafzimmer ankam, war Joan unter den Liebkosungen ihrer Freunde schon fast erstickt. Sie lachte und weinte gleichzeitig und fühlte sich auch vom schmuddeligen Erscheinungsbild ihrer Lieblinge kein bißchen abgestoßen.

Ich heuchelte Ungerührtheit, ja, ich gab sogar vor, in der Rückkehr der Wölfe ein Ärgernis zu sehen, denn nun würde das schmerzliche Abschiednehmen noch einmal von vorn beginnen. Doch zu guter Letzt mußte auch ich eingestehen, wie sehr ich mich über die Heimkehr von Matta und Wa freute.

VI

ES WAR Anfang März. Ich saß am Küchentisch und wartete auf das Abendessen, das Joan am Herd bereitete. Die Wölfe – denn Welpen waren sie nun wahrhaftig nicht mehr – lagen ausgestreckt an ihrem alten Platz in der Küchenecke. Ich war, wie ich meine, berechtigterweise stolz auf ihre Entwicklung. Sie kamen und gingen, wie es ihnen gefiel, blieben manchmal tagelang fort und erschienen dann wieder, um sich im Sirupschuppen oder, öfter noch, in einem Hohlraum unter dem Schuppen auszuschlafen. Dann und wann kamen sie auch noch zum Haus herüber und spielten eine Weile mit Tundra vor dem Eingang. Gelegentlich ließen wir sie sogar noch in die Küche herein, was aber eher die Ausnahme war. Wir wollten ja verhüten, daß sie zu zahm wurden. Seltsamerweise schienen sie in diesem Punkt mit uns einer Meinung zu sein. Sie versuchten kaum, aus eigenem Antrieb hereinzukommen, und folgten selbst unserer Einladung nur zögernd. Auch an jenem Märzabend war es nicht anders gewesen.

Wie üblich hatten wir die Wölfe und Tundra bereits vor unserem Abendessen gefüttert. Der Hund schlief wohl schon unten im Kellergeschoß, in das ihm Matta und Wa niemals folgten, vielleicht weil sie Treppen haßten. Alle drei hatten eine kräftige Mahlzeit zu sich genommen.

Joan und ich widmeten uns still und friedlich unserem Abendessen. Die Teller mit den wenigen Resten standen noch auf dem Tisch, als meine Frau zum Herd ging, um uns einen Kaffee zu bereiten. In diesem Augenblick richtete sich Wa auf, reckte und streckte sich voller Wohlbehagen, buckelte den Rücken wie ein Kater und kam auf mich zugetappt.

Eigentlich wollte ich die Teller auf den Boden stellen, damit Wa sie ablecken könnte, falls ihm der Sinn danach stand. Doch der Wolf war schneller. Er legte den Kopf auf den Tisch und angelte mit der Zunge nach dem, was ich vom Essen übriggelassen hatte. Und das war unerhört! Ein rangniederes Rudelmitglied versuchte Futter an sich zu bringen, das ihm vom Alpha-Tier nicht angeboten worden war! Ich packte Wa bei seiner zottigen Halskrause und schüttelte ihn kräftig.

Er reagierte unglaublich schnell. Mit einem tiefen Knurren riß er sich los, machte blitzschnell eine Kehrtwendung und grub seine Zähne in meinen rechten Unterarm. In einer reinen Reflexbewegung hob ich die linke Faust und gab ihm einen Schlag gegen den Kopf – einen so harten Schlag, daß ich ihn im ganzen Arm spürte. Wa ließ meinen Unterarm los und wich zurück, aber mit gefletschten Zähnen, von denen mein Blut troff. Da stand er nun, den Schwanz hoch aufgerichtet, die Nackenhaare gesträubt, die Ohren nach vorn gerichtet, von einer Sekunde zur anderen ein wildes Raubtier und vom Kopf bis zur Schwanzspitze auf Kampf eingestellt. Der männliche Jungwolf zeigte, daß er jetzt erwachsen war und dem älteren Alpha-Tier des Rudels den Rang streitig machte.

Die Zeit schien stillzustehen. Welche Gedanken mir durch den Kopf schossen, weiß ich nicht mehr, aber ein paar Einzelheiten der Szene haben sich unauslöschlich in mein Gedächtnis gegraben. Da war zum Beispiel Joan, die sich aschfahl, die Kaffeetasse mit den Händen umklammernd, an den Küchentresen preßte. Matta hatte sich aufgesetzt und beobachtete gespannt den Bruder. In meinem rechten Unterarm pochte und hämmerte es, und das Blut zog eine warme, feuchte Spur bis zum Handgelenk. Wa, der kampfbereite Wolf, suchte mit seinen beunruhigend gelben Augen meinen Blick, während aus seiner Kehle ununterbrochen ein tiefes Knurren drang. Die obere Lefze hatte er so weit zurückgezogen, daß sein roter Oberkiefer frei lag.

Instinktiv griff ich nach einem Stuhl; ich empfand den Drang, Wa damit zu schlagen, ihn notfalls sogar totzuschlagen, denn jetzt hatte ich einfach Angst vor ihm. Doch selbst in diesem Augenblick wußte ich noch, daß er gar nicht darauf aus war, mich zu töten. Seine drohende Haltung war teilweise Bluff und teilweise Folge des angeborenen Triebs, den eigenen Status im Rudel zu erhöhen.

Ich stand noch mit dem blutenden Arm am Tisch, während Wa mich in Schach hielt, als Tundra aus dem Keller heraufgedonnert kam. Eine Sekunde lang war ich erleichtert, denn ich glaubte, der Hund werde sich zwischen mich und den Wolf werfen. Im nächsten Augenblick überwog meine Besorgnis. Ich wollte keinesfalls, daß die beiden übereinander herfielen. Doch Erleichterung und Besorgnis waren gleichermaßen unangebracht. Tundra hatte sofort die Ursache des Aufruhrs erkannt. Er blieb einfach stehen, stellte Schwanz und Nackenhaare auf und starrte zuerst Wa, dann mich an.

In der nächsten Sekunde faßte ich einen Entschluß und Wa offenbar auch: Wir bewegten uns aufeinander zu! Der Wolf duckte sich und würde gleich, so dachte ich, meine Beine anspringen.

Wieder handelte ich instinktiv. Ich holte mit dem rechten Bein aus und gab Was Vorderläufen einen so kräftigen Tritt, daß sie einknickten. Der Wolf fiel auf die Flanke und konnte sich wegen des glatten Fußbodens nicht gleich wieder aufrichten. Diese Situation nutzte ich aus. Ich warf mich auf ihn, wobei ich darauf bedacht war, meinen Kopf aus der Reichweite seiner Reißzähne zu bringen, verlagerte mein ganzes Gewicht auf seinen Schulterbereich und drückte ihm beide Knie in die Flanken. Dabei konnte ich spüren, wie ihm die Luft knapp wurde.

An alles, was danach geschah, habe ich nur sehr verschwommene Erinnerungen. Joan beschrieb mir später, wie Wa mich schließlich abgeschüttelt und sich dann seinerseits auf mich geworfen hatte. Ich lag auf dem Rücken unter dem Wolf, und meine Beine umklammerten seine Hüften; bei Ringkämpfern hätte man von einer Beinschere gesprochen. Joan sah auch, daß Wa zweimal zubiß, einmal in meine rechte Hand und noch einmal in meine rechte Augenbraue, die gleich stark blutete, aber in der Hitze des Gefechts spürte ich von diesen Verletzungen gar nichts.

Irgendwann gelang es mir schließlich doch noch, Wa umzuwerfen und mich rücklings auf ihn zu hocken. Gleichzeitig griff ich mit beiden Händen nach seiner Kehle. Ich muß wohl ziemlich fest zugedrückt haben, denn Joan sagte, der Wolf habe zu würgen begonnen und nur noch rasselnd geatmet.

Danach setzt meine Erinnerung wieder ein. Ich weiß, daß ich das Fell und die lose Haut in Was Genick mit einem so harten Griff packte, wie ich ihn noch nie angewendet hatte. Mir wurde auf einmal bewußt, daß ich bisher stumm gekämpft hatte. Nun begann ich zu knurren und Wa so heftig zu schütteln, daß sein Kopf immer wieder auf dem Fußboden aufschlug.

Der Wolf stellte sein Knurren durchaus nicht ein, und er wehrte sich auch noch aus Leibeskräften, aber meine Knie hielten ihn jetzt wie ein Schraubstock umklammert, und ich fing an, ihn auszuschelten, nicht laut, aber so streng, wie es in dieser Situation möglich war.

Als Was Knurren schließlich in Gewinsel überging, wußte ich, daß ich die Situation unter Kontrolle hatte. Und als der Wolf den Kopf zurückwarf und mir seine Kehle zeigte, war der Kampf für mich gewonnen. Ich ließ sein Genick los, hielt seinen Körper aber immer noch mit den Knien umklammert. Doch Wa benahm sich schon ganz gefügig und zeigte mir weiterhin als Zeichen der Unterwerfung die Kehle.

Matta starrte uns an, senkte vor meinem Blick aber sofort den Kopf und ließ den Schwanz sinken. Auch sie signalisierte ihre untergeordnete Position. Selbst Tundra vermied es, mich anzusehen. Joan stand so da, wie ich sie zuletzt bewußt wahrgenommen hatte: den Rücken gegen den Küchentresen gepreßt, die Hände um die Kaffeetasse geklammert, das Gesicht kreideweiß und die Augen weit aufgerissen. Ohne auch nur einen Blick an Wa zu verschwenden, richtete ich mich auf, kehrte ihm vorsätzlich den Rücken und versicherte meiner Frau, daß nun alles wieder in Ordnung sei.

Trotz ihrer Proteste mußte ich mich aber doch noch einmal mit Wa befassen. Der Wolf, der inzwischen wieder auf den Füßen stand, starrte nun Tundra an und wich keinen Zentimeter vor dem Blick des großen Hundes zurück. War das etwa die Herausforderung zum nächsten Kampf?

„Reicht es dir noch nicht?“ sagte ich laut, in strengem Tonfall, und ging wieder drohend auf Wa zu. Mit halbem Ohr hörte ich Joan entsetzt „O nein, nicht noch einmal!“ flüstern. Sie dachte, Wa werde mich gleich wieder anfallen, aber ich teilte diese Befürchtung nicht, und ich behielt recht. Ehe ich den zweiten Schritt in Was Richtung gemacht hatte, zog sich der Wolf schon mit gesenktem Schwanz und abgewandtem Blick im Rückwärtsgang in seine Küchenecke zurück. Jetzt endlich konnte ich mich um meine Verletzungen kümmern.

Ich fühlte mich etwas wacklig auf den Beinen. Langsam ging ich hinüber ins Wohnzimmer und bat Joan, mir aus dem Badezimmer den Verbandskasten zu bringen. Aus einem Wandspiegel schaute mir mein Gesicht entgegen, und ich erschrak. Es war vollkommen blutverschmiert – ein schauderhafter Anblick.

Was die Augenbraue abbekommen hatte, war eher ein Riß als eine Bißwunde. Die Verletzung blutete zwar stark, war aber nicht gefährlich. Und gefährlich war auch nicht die Verletzung an der Hand. Schlimmer stand es um meinen rechten Unterarm. Einer von Was Reißzähnen hatte zwischen Ellbogen und Handgelenk ein tiefes Loch ins Fleisch gestanzt. Die Narbe ist inzwischen längst verblaßt, aber eine Vertiefung in der Haut erinnert mich heute noch an die Keilerei mit dem jungen Wolf.

Bei der Versorgung der Wunden arbeiteten Joan und ich Hand in Hand. Wir betupften sie mit Alkohol und hochkonzentriertem Jod, was höllisch brannte und mir wilde Flüche entlockte. Danach bestreuten wir alles mit reichlich Puder und deckten die sichtbaren Beweise des vorangegangenen Kampfes mit Verbandszeug und Pflastern zu.

Diese ganze Prozedur wurde aufmerksam von Wa, Matta und Tundra beobachtet. Sie wedelten mit dem Schwanz, als wären sie voller Mitleid mit dem Patienten. Aber das waren sie natürlich nicht. Sie interessierte einzig und allein der Blutgeruch, und alle drei hatten wohl den heimlichen Wunsch, von dem köstlichen Saft eine Portion abzubekommen.

Einmal unterbrach Joan ihre Samaritertätigkeit und wandte sich an meinen unterlegenen Gegner. Sie erklärte ihm, daß sie und er nun ein für allemal „geschiedene Leute“ seien. Was Erwiderung bestand darin, daß er mit dem Schwanz wedelte und mit einer seiner untertassengroßen Vorderpfoten liebevoll über Joans Schienbein fuhr.

In Handbüchern über Erste Hilfe wird stets davor gewarnt, einem unter Schock stehenden Patienten Alkohol zu verabreichen. Unsinn!

Nach einem steifen Scotch, einer Pfeife voll würzigem Tabak und einem gemütlichen Stündchen in meinem bequemen Sessel ging es mir wieder ausgezeichnet, zumal mir zwei Wölfe und ein Hund Gesellschaft leisteten. Ich behauptete sogar schon, daß mir der Kampf mit Wa Spaß gemacht hätte.

Zu guter Letzt tätschelte ich meinem „Feind" den dicken Schädel, ließ, was unvermeidlich war, Matta und Tundra die gleichen Streicheleinheiten zukommen und holte trotz Joans Protesten Stiefel und Jacke für einen Spaziergang herbei. Mein Vierbeinertrio sollte seine überschüssigen Kräfte vor der Nachtruhe noch einmal auf einem flotten Marsch durch den Schnee abreagieren. Und so tobten die drei durch meterhohe Schneewehen, während ich ihnen gemächlich auf Schneeschuhen folgte. Wir hatten Vollmond, und die Nacht war wunderbar still. Alles in allem war es doch kein schlechter Tag gewesen!

Joan dachte darüber anders. Bei meiner Rückkehr war sie immer noch aufgeregt über den Vorfall, und ich erklärte mich damit einverstanden, die Wölfe in Zukunft vom Haus fernzuhalten. In der Menschenbehausung gab es einfach zu viele Versuchungen für sie: Lebensmittel, Kleidungsstücke, Möbel, Teppiche, lauter Sachen, die sie vielleicht gern fressen oder zerfetzen wollten. Und wenn sie eine weitere Untat begingen, müßte ich sie wieder bestrafen, woraus neue Auseinandersetzungen erwachsen könnten.

Sobald in dieser Frage Einigkeit herrschte, ging Joan schlafen. Ich blieb noch am Feuer sitzen und dachte nach. Einen Punkt hatten wir bei unserer Diskussion wieder einmal nicht erwähnt: die Notwendigkeit, Matta und Wa endgültig ihrer eigenen Welt zuzuführen. Sie durften nicht länger menschlichen Einflüssen und Bindungen ausgesetzt sein, und ich wollte mein Bestes tun, um sie zur Loslösung von uns und dem Schritt in die volle Freiheit zu ermutigen.

Man wird verstehen, daß solche Überlegungen nicht geeignet waren, mir einen ruhigen Schlaf zu verschaffen.

AUCH nach unserem Kampf blieb die Beziehung zwischen Wa und mir unverändert – bis auf einen Punkt: Im Umgang mit den Wölfen war ich fortan vorsichtiger, nicht so sehr aus Furcht als aus einem tieferen Verständnis für das gut ausbalancierte Rangordnungssystem im Rudel. Außerdem lockerten sich unsere Kontakte. Matta und Wa verbrachten immer längere Zeiträume abseits der Farm. Sie hatten sich zu geschickten Jägern entwickelt, und wenn sie von einem Beutezug zurückkamen, waren sie an unserem Futterangebot kaum noch interessiert. Daher beschloß ich eines Tages, gar nichts mehr für sie bereitzustellen. Bestimmt würden sie sich auf diese Weise leichter und endgültig von uns trennen. Und das wollten wir doch. Oder nicht . . .?

Der November neigte sich dem Ende zu. Matta und Wa waren jetzt achtzehn Monate alt, und noch immer war unsere vollständige Trennung nicht vollzogen. Wir hatten sogar schon den Eindruck, die beiden wollten die Wildnis in der näheren Umgebung der Farm zu ihrem Territorium machen und die Farm selbst zu ihrem Hauptquartier. Joan und ich beobachteten diese Entwicklung mit gemischten Gefühlen. Einerseits freuten wir uns, die Wölfe regelmäßig wiedersehen und ihren Gesundheitszustand beobachten zu können. Andererseits machten wir uns große Sorgen um sie, denn die Wälder im unmittelbaren Umkreis boten ihnen keine Sicherheit. Allein drei benachbarte Farmer stellten Fallen auf, und jeden Herbst erschien hier ein ganzes Heer von Jägern.

Eines möchte ich klarstellen: Die Wölfe waren zu diesem Zeitpunkt längst keine Haustiere mehr. Sie verschwanden, wann und wohin es ihnen paßte, und bei der Rückkehr begrüßten sie uns zwar immer noch mit dem üblichen „Grinsen" und Schwanzwedeln, aber sie ließen sich nicht mehr streicheln. Sie waren unabhängig von uns und sehr gut in der Lage, sich draußen in der Wildnis zu ernähren. Und doch gab es unterschwellig eine gefühlsmäßige Bindung an uns, die sie immer wieder zurückkommen ließ, sei es für einen Tag, eine ganze Woche oder noch länger.

Während des zurückliegenden Sommers waren Joan und ich sehr mit der Renovierung unseres Hauses beschäftigt gewesen. Das Gebäude bestand aus handbehauenen Balken und war schon 1865 errichtet worden. Außerdem hatte ich mich in verstärktem Maß um die Zeitung gekümmert, deren Herausgeber ich immerhin war, und ein neues Buch war auch fast vollendet worden. Doch wenn meine Zeit es erlaubte und sich die Gelegenheit dazu bot, hatte ich noch dann und wann mit Matta und Wa einen Ausflug in die Wildnis unternommen. Diese gemeinsamen Wanderungen bereiteten mir nach wie vor Freude, und den Wölfen schienen sie gleichermaßen zu gefallen.

Schließlich kündeten erste Schneeschauer jedoch an, daß der Winter unmittelbar vor der Tür stand. Die Frage nach der Zukunft von Matta und Wa stellte sich nun immer dringlicher. Im Grunde wußte ich, was zu tun war. Ich verfiel aber auf alle möglichen Ausflüchte, um das Unvermeidliche noch aufzuschieben. Eines Tages dann traf ein Brief meiner Schwiegereltern ein. Joan und ich sollten Weihnachten bei ihnen in Manitoba verbringen, eine Einladung, die wir nicht ausschlagen wollten. Und Matta und Wa konnten wir weder dorthin mitnehmen noch allein auf der Farm zurücklassen.

Ich beschloß zu handeln. Anfang Dezember fanden sich die Wölfe wieder einmal bei uns ein, um im Sirupschuppen zu übernachten. Ich schloß sie kurzerhand ein, damit sie mir am Morgen zur Verfügung stünden.

Der Wecker holte mich um halb sechs Uhr aus dem Schlaf. In der Nacht hatte es geschneit, aber der Tag versprach schön zu werden. Während ich meine Ausrüstung zusammensuchte, machte Joan Frühstück und bereitete meinen Proviant für mindestens drei Tage vor.

Mein Plan war einfach. Ich würde Matta und Wa gut dreißig Kilometer nordwärts in eine Region führen, die menschenleer und praktisch unzugänglich war, weil es weit und breit keine Autostraßen gab. Und dort wollte ich sie zurücklassen. Für das ganze Unternehmen bis zu meiner Rückkehr auf die Farm veranschlagte ich ungefähr drei Tage.

Für Wölfe ist es ein Kinderspiel, dreißig Kilometer in der Wildnis zurückzulegen, und mir war klar, daß Matta und Wa auch aus dieser Entfernung leicht wieder zur Farm zurückfinden konnten. Aber ich vertraute darauf, daß sie die fremde Region verlockend genug fänden, um immer tiefer in sie einzudringen und sie schließlich zu ihrem neuen eigenen Territorium zu machen. Vielleicht würden sie sogar auf ein anderes, dort heimisches Wolfsrudel stoßen und darin aufgenommen werden.

Joan wog und verpackte immer noch meinen Proviant, als ich zur Scheune ging und eine Blechkiste herausholte, in der ich gewisse Sachen aufbewahrte, die „Hausverbot" hatten. Eine davon war eine Plastikbüchse mit stark riechendem Bibergeil und eine andere ein Fläschchen Anissamenöl.

Anissamen wirken auf Hunde und Wölfe außerordentlich anziehend, und Bibergeil, ebenfalls ein Öl, ist in frischem oder altem Zustand in fast allen flüssigen Lockmitteln enthalten.

An diesem so überaus wichtigen Tag mußte ich es darauf anlegen, daß mir die Wölfe unbedingt folgen wollten, und so goß ich mir eine kräftige Portion Anisöl über das linke Hosenbein und schmierte eine kleinere, aber um so mehr duftende Portion Bibergeil auf das andere Hosenbein. Ich war noch in der Scheune, als Tundra schon meine Witterung aufgenommen hatte. Der Hund war im Zwinger und versuchte, seine Kette durchzubeißen, um nur ja mein Hosenbein beschnüffeln zu können. Tundras Reaktion und meine eigene Nase sagten mir, daß Joan wohl nicht begeistert wäre, wenn ich ins Haus zurückkäme. So klopfte ich bloß ans Küchenfenster, ließ mir den Rucksack herausreichen und schlug meiner Frau vor, zum Schuppen hinüberzugehen und Matta und Wa Lebewohl zu sagen.

Sowie die Wölfe die Duftwolke witterten, die mich umgab, interessierten sie sich weit mehr für meine Hosenbeine als für die arme Joan, aber ihre schlaue Ziehmutter hatte ebenfalls vorgesorgt: In ihrer Tasche steckten zwei in Folie gewickelte Lendensteaks, und damit war für sie diese Partie gewonnen.

Doch irgendwann waren auch die Steaks verschlungen, der Rucksack hing auf meinem Rücken, und Joan kniete weinend im Schnee und umarmte Matta und Wa. Plötzlich stand sie auf, sagte bloß noch „Lebt wohl, Kinderchen!“ und rannte hinüber ins Haus.

Den ganzen Tag marschierten wir in nördlicher Richtung durch eine Region, in der es Niederwild in Hülle und Fülle gab. Matta und Wa töteten mehrere Hasen und eine Menge Mäuse, doch die Verlockung, die von meinen Hosenbeinen ausging, ließ sie immer wieder hinter mir herlaufen.

Gegen Abend hatten wir nach meiner Meinung rund dreißig Kilometer zurückgelegt, und ich begann mich nach einem überhängenden Felsblock umzusehen, unter dem ich übernachten könnte. Den idealen Lagerplatz fand ich tief im Innern eines Mischwaldes, der mir auch gleich reichlich trockenes Astholz für mein Lagerfeuer bot. Matta und Wa hatten sich wohl schon im Lauf des Tages satt gefressen, denn sie machten Anstalten, sich in meiner Nähe niederzulegen, allerdings jenseits vom Lichtkreis des Feuers. Nach dem Abendessen legte auch ich mich gleich zur Ruhe und fiel sofort in einen tiefen Schlaf.

Gegen drei Uhr morgens wachte ich durchgefroren auf. Mein Feuer glomm nur noch schwach. Als ich es mit frischem Brennmaterial wieder in Gang gebracht hatte, hielt ich nach den Wölfen Ausschau. Sie waren fort. Ihre Nachtlager, die sich als zwei Vertiefungen im Schnee abzeichneten, waren hart gefroren. Daraus schloß ich zweierlei: Sie mußten schon mehr als eine Stunde unterwegs sein, und sie hatten mich wohl endgültig verlassen.

Ich versuchte, gleich wieder einzuschlafen, aber mir ging viel zuviel im Kopf herum. Ich stellte mir vor, wie Joan traurig zu Hause auf meine Rückkehr wartete, und ich dachte natürlich auch an Matta und Wa, die uns beiden so sehr fehlen würden. Aber zu guter Letzt gewann die Erschöpfung nach dem langen Marsch am Vortag die Oberhand: Ich schlief wieder ein.

Es war schon ein bißchen hell, als mir etwas Feuchtes, Kaltes und schrecklich Stinkendes im Gesicht herumfuhr. Wa wollte mich begrüßen! Und Matta stand hinter ihrem Bruder und wartete, bis sie an der Reihe wäre. Am liebsten hätte ich diesmal auf die Liebkosungen der beiden verzichtet, denn sie stanken fürchterlich nach Fuchssekret. Offensichtlich hatten die Wölfe einen Fuchs getötet und gefressen.

Der zweite Tag draußen in der Wildnis ähnelte dem ersten bis auf einen Punkt: Matta und Wa schienen nicht sonderlich hungrig zu sein. Sie jagten wenig, erforschten aber um so intensiver das neue Terrain. Es war kälter geworden. Die Sonne schien zwar, aber die Härchen in meinen Nasenlöchern erstarrten bei jedem Einatmen und tauten beim Ausatmen wieder auf, ein sicheres Zeichen für Temperaturen unter dem Gefrierpunkt. Zum Frühstück machte ich mir nur einen Tee. Dann steckte ich mir eine Tüte mit Weizenflocken, Rosinen und Nüssen in die Parkatasche, und los ging es, wiederum in Richtung Norden. Im Gehen kaute ich meine Trockennahrung.

Am späten Nachmittag, als ich mich gerade nach einem geeigneten Lagerplatz umschauen wollte, stießen Matta und Wa auf die frische Fährte eines Weißwedelhirschs; die Jagd begann. Da der Gejagte aber sehr schnell zu sein schien, stand das Jagdglück der Wölfe diesmal in Frage. Auf jeden Fall würden sie die Verfolgung des Hirschs eine ganze Weile fortsetzen und nicht so bald wiederauftauchen. Ich fing an, ein paar dünne Baumstämme als Zeltstangen zu schlagen.

Als ich zu Abend aß, waren Matta und Wa immer noch fort. Ich saß unter meinem Zeltdach und genehmigte mir für meinen Kaffee einen kräftigen Schuß Brandy. Während ich das Gebräu schlürfte, trug ich die Ereignisse der letzten zwölf Stunden in mein Wolfstagebuch ein. Danach häufte ich noch einen Armvoll Äste auf mein Feuer und kroch in den Schlafsack. Aber ich fand keine Ruhe. Wieder wurde ich von meinen Gefühlen hin- und hergerissen, wenn ich an Matta und Wa dachte; wieder mußte ich an meine traurige Frau daheim auf der Farm denken. So verging wohl eine Stunde, als ich plötzlich hochfuhr. Irgendwo heulten Wölfe, zwar weit entfernt, aber deutlich genug, daß ich zwei Tiere als Urheber unterscheiden konnte. Zwei? Vielleicht Matta und Wa? Ich angelte nach dem Brandy und nahm einen Schluck aus der Flasche. Dann zündete ich meine Pfeife an, lehnte mich gegen einen der Stützpfosten meines Zelts und starrte, immer noch angestrengt horchend, ins Feuer. In Gedanken war ich

dort draußen, lief neben meinen Wölfen her, sah, wie sie, einem Urtrieb gehorchend, die Sterne anheulten. Und gleichzeitig lief in meinem Kopf ein anderer Film ab. Er begann am Mattawa River, als ich den blutgetränkten Sack aus dem Kanu des Indianers hob. Und nun erfaßte die Kamera zwei winzige, blutverschmierte, zitternde Wolfswelpen ...

Ich nahm noch einen Schluck aus der Flasche und stellte mir zum soundsovielten Mal in meinem Leben die immer gleichen Fragen: Warum kümmerte ich mich um all diese Geschöpfe der Wildnis? Warum setzte ich mich freiwillig Seelenqualen aus, die sich unweigerlich immer dann einstellten, wenn ich einen Schützling wieder in seinen natürlichen Lebensraum entließ? Doch insgeheim kannte ich längst die Antworten, und ebensogut wußte ich, daß ich mich bei der nächsten Gelegenheit wieder genauso verhalten würde. Zu guter Letzt schlief ich, die leere Brandyflasche in den Händen, doch noch ein.

Diesmal wachte ich schon vor der Morgendämmerung auf, und eine innere Stimme sagte mir, daß Matta und Wa nicht da waren. Nein, sie waren wirklich nicht da. Ich brachte das Feuer in Gang, bereitete mir das Frühstück und packte den Rucksack. Hunger hatte ich nicht, aber ich zwang mich, ein paar Bissen zu essen. Versuchte ich unbewußt, meinen Aufbruch hinauszuzögern?

Eine Stunde später war ich dann doch auf dem Heimweg. Während der Morgenstunden zogen Wolken auf, und gegen Mittag setzte leichter Schneefall ein. Ab und zu legte ich eine Pause ein, setzte mich hin und horchte. Dann wanderte ich wieder weiter, immer weiter durch eine Wildnis, die mir auf einmal seltsam feindselig vorkam. Es wurde Abend. Ich war müde, wollte aber keine Rast mehr einlegen. Alles in mir sehnte sich danach, die Sache zu Ende zu bringen, mich von meiner Frau trösten zu lassen und auch sie zu trösten.

Nach fast siebzehnstündigem Marsch kam ich auf der Farm an. Es war zwischen zehn und elf Uhr abends, aber die Lampen brannten noch. Joan erwartete mich. Noch ehe ich das Haus erreicht hatte, ging die Tür auf. Tundra kam herausgesprungen und empfing mich auf die gewohnt liebevoll-stürmische Art. Nicht weniger stürmisch und liebevoll fiel Joans Begrüßung aus. Zu dritt betraten wir das Haus. Ich sollte mich unbedingt erst hinsetzen, ausruhen und einen Whisky trinken, während die Steaks noch in der Pfanne brieten. Wir redeten nicht viel. Auch ohne Worte wußten wir, was im andern vorging.

Später, als ich rundum satt war, setzte ich mich zu Joan an den Kamin, trank Kaffee und dazu einen warmen Brandy. Wir schwiegen.

Tundra, der vor meinen Füßen gelegen hatte, stand plötzlich auf, ging zu Joan und legte seinen mächtigen Schädel in ihren Schoß. Sie streichelte ihn unter Tränen. Diesmal waren wir beide so gut wie sicher, daß es mit Matta und Wa kein Wiedersehen gäbe, und in der Folgezeit bestätigte sich unsere Vermutung.

„Sieh es doch so, Liebling", sagte ich schließlich, „wir wissen nicht, woher die beiden gekommen sind, und nun sind sie fort, und wir wissen nicht, wohin sie gezogen sind. Es wird ihr Geheimnis bleiben. Aber sie sind gesund und kräftig und frei. Und das verdanken sie dir und mir und Tundra."

Joan kam zu mir und setzte sich neben meinem Sessel auf den Boden, während sich Tundra zu meinen Füßen ausstreckte. Das Feuer war angenehm warm, und der Brandy war gut. Es war eine Nacht, die ich nie vergessen werde. Niemals.

Ron D. Lawrence

Nicht nur die Erlebnisse in der kanadischen Wildnis verlangten von Ron D. Lawrence Durchhaltevermögen und Mut zum Wagnis, auch schon seine Kindheit und Jugendzeit hielten harte Bewährungsproben für ihn bereit. 1921 auf See geboren, wuchs der Sohn britischer Eltern im spanischen Vigo auf und geriet schon als Halbwüchsiger in die Wirren des Spanischen Bürgerkriegs. Als Vierzehnjähriger meldete er sich 1936 zum bewaffneten Kampf gegen Francos Truppen (er gab sich für sechzehn aus). Zwei Jahre später, noch während er von einer Kopfverletzung genas, mußte er im Kugelhagel über die Pyrenäen fliehen. Nach weiteren Kampfeinsätzen auf britischer Seite im Zweiten Weltkrieg fand Ron D. Lawrence erst in seiner neuen Heimat Kanada zu Seßhaftigkeit und der leidenschaftlichen Liebe zur Natur, die sein weiteres Leben prägte.

Kurz nach den in *Wolfstage* geschilderten Erlebnissen verstarb Lawrence' Frau Joan. Den schweren Schlag verarbeitete der Autor auf seine Weise: Auf ausgedehnten Streifzügen durch die Wildnis des Nordens suchte er Trost und Vergessen.

Heute lebt Ron D. Lawrence mit seiner zweiten Frau Sharon in Ontario und kann mit Stolz auf ein schriftstellerisches Werk von fünfundzwanzig Büchern zurückblicken, von denen *Ich nannte ihn Yukon* und *Der weiße Puma* mit großem Erfolg in den Reader's Digest Auswahlbüchern erschienen sind.

Virusjagd

Eine Kurzfassung
des Buches von

KEN McCLURE

Nach der Übersetzung von Werner Peterich

Dr. Bannerman vermutet schon bald, daß der Tod der drei Landarbeiter damit zusammenhängen könnte, daß sie mit Schafen in Berührung gekommen sind, die an einem Virus starben. Das würde bedeuten, daß das Virus auf den Menschen übertragbar und damit der Verzehr von Fleisch tödlich ist. Davon wollen natürlich weder die Landwirte etwas wissen noch Regierungsbeamte, die vor Auswirkungen auf den Export Angst haben. Um einen ungeheuren Skandal zu verhindern, versuchen sie, Dr. Bannerman zum Schweigen zu bringen.

Erstes Kapitel

Dr. Ian Bannerman ordnete seine Notizen, die vor ihm auf dem Katheder lagen, und wartete darauf, daß der Krach sich legte. Die Medizinstudenten im Auditorium kamen ihm so vertraut vor. Und dieser Gedanke deprimierte ihn ein wenig. Er hatte schon länger festgestellt, daß sich die Menschen in bestimmte Kategorien einteilen ließen. Es gab einen Typ Mensch, der Theologie studierte, einen, der Soldat, einen, der Polizist wurde, und so weiter. Nachdem er seit nunmehr fünf Jahren Medizinstudenten am St.-Luke's-Krankenhaus in London unterrichtete, war er zu der Überzeugung gekommen, daß es auch einen bestimmten Typ Mensch gab, der Medizin studierte.

Da der Beruf des Arztes in der Gesellschaft ein hohes Prestige genießt und die Universitäten bei ihren Aufnahmeprüfungen höchste Anforderungen an die Studienbewerber stellen, fangen oftmals die Schüler mit den besten Zeugnissen an, Medizin zu studieren, nur weil sie gute Noten haben. Bannerman richtete den Blick auf die diffuse Menge von Gesichtern vor sich und versuchte, ein paar darunter auszumachen, aus denen einmal „richtige" Ärzte werden könnten. Das war zwar praktisch unmöglich, aber er versuchte es trotzdem immer wieder. Da war es schon leichter, diejenigen zu entdecken, die genau das nicht werden würden: die Angeber, die sich irgendwie durchs Studium schlugen und sich bei den Zwischenprüfungen aufs Pauken und ihr gutes Gedächtnis verließen. Doch wenn es Bannerman auch nicht gelang, die „echten" Ärzte unter seinen Hörern mit einem Blick zu erkennen – er wußte, daß es sie gab, und sah es als seine Pflicht an, um ihretwillen als Dozent so gut wie nur irgend möglich zu sein.

„Wir wollen heute mit unserem Studium der Erkrankungen des Zentralnervensystems fortfahren", verkündete er. „Ein Thema, von dem ich weiß, daß es Ihnen sehr am Herzen liegt; denn aus Ihren Seminararbeiten geht hervor, daß viele von Ihnen selbst an der einen oder anderen dieser Krankheiten leiden . . ."

Es erhob sich allgemeines Gelächter. Obwohl Bannerman eine spitze Zunge hatte, war er bei den Studenten doch überaus beliebt.

Er wußte stets, wovon er sprach, und er machte keine Ausflüchte, wenn ihm eine Frage gestellt wurde, auf die er keine Antwort wußte. Das gab er vielmehr sofort zu und forderte den betreffenden Studenten dann auf, sich in der Literatur über das Problem zu informieren und ihn wissen zu lassen, was er herausgefunden hatte.

„Bei den Krankheiten, mit denen wir uns heute beschäftigen wollen, handelt es sich um das Creutzfeldt-Jakob-Syndrom und die Kuru-Krankheit, die beide einen Abbau der Nerven, den Koordinationsverlust beim Gebrauch der Gliedmaßen und geistigen Verfall zur Folge haben. Außerdem führen beide Krankheiten unweigerlich zum Tod." Bannerman dimmte das Licht, knipste den Projektor an und ließ per Knopfdruck das erste Dia erscheinen. „Links sehen wir den Abschnitt eines Gehirns von einem Patienten, der an Creutzfeldt-Jakob gestorben ist, und auf dem rechten Bildteil die Aufnahme eines normalen Gehirns. Bitte beachten Sie das schwammige Aussehen des erkrankten Hirngewebes sowie die typischen SAF-Fasern." Bannerman drückte auf den Knopf der Fernbedienung. „Was Sie hier vor sich haben, ist das Foto eines Patienten, der sich das Creutzfeldt-Jakob-Syndrom nach einer Hornhauttransplantation zugezogen hat. Bitte beachten Sie den leeren Augenausdruck sowie das Fehlen jeglichen Gesichtsmuskeltonus'."

Aus dem Dunkel ließ sich eine Stimme vernehmen: „Wollen Sie damit andeuten, daß der Patient sich die Krankheit durch die Hornhautverpflanzung geholt hat?"

„Mit an Sicherheit grenzender Wahrscheinlichkeit, ja."

„Dann handelt es sich also um eine Infektionskrankheit?"

„Richtig. Aber nicht im üblichen Sinne. Offiziell wird behauptet, daß die Krankheiten durch nicht der Norm entsprechende, sogenannte *Slow-virus*-Infektionen hervorgerufen werden."

„Inwiefern nicht der Norm entsprechend?" fragte der Student weiter.

„Bisher ist es nicht gelungen, ein Virus von einem infizierten Gehirn zu isolieren – doch in jeder anderen Hinsicht sieht es so aus, als ob ein Infektionserreger vorhanden ist."

„Dann ist die Krankheit also übertragbar?"

„Ja."

„Gibt es noch andere Krankheiten wie diese?"

„Eine ganze Reihe. Bei Tieren etwa. Bei den Schafen *Scrapie* und bei den Rindern die *bovine spongiforme Enzephalopathie*, den Rinderwahnsinn."

„Gibt es keine Speziesbarriere?" fragte eine Studentin.

„In der Tat eine gute Frage. Das hatten wir alle gedacht, bis wir dann beim Rinderwahnsinn eines Besseren belehrt wurden. Jüngste Untersuchungen lassen vermuten, daß die Rinder sich infizierten, weil sie Kraftfutter bekamen, in dem die Gehirnmasse scrapiebefallener Schafe enthalten war."

„Steckt sich auch der Mensch an, wenn er das Fleisch infizierter Tiere ißt?"

„Bis jetzt gibt es keinerlei Beweise, auf die sich eine solche Annahme stützen ließe."

„Könnte es sein, daß das Creutzfeldt-Jakob-Syndrom beim Menschen auf den Verzehr von befallenem Fleisch zurückzuführen ist?"

„Ich wiederhole: Es gibt keine Beweise dafür."

„Wie ist es mit der Alzheimer-Krankheit? Hat auch die etwas mit einer *Slow-virus*-Erkrankung zu tun?"

„Dazu sind die pathologischen Unterschiede zu stark ausgeprägt. Es gibt eine genetisch bedingte Form der Krankheit, doch haben wir keine eindeutigen Beweise hinsichtlich des allgemeineren Typs – höchstens, daß eine chemische Reaktion eine Rolle dabei spielt."

„Könnte man zu Recht behaupten, daß die Erforschung der *Dementia* beklagenswert unzureichend ist, Doktor?" fragte jemand.

„Ja, dem würde ich zustimmen", meinte Bannerman gelassen.

„Warum?"

„Jeder Staat, jedes Unternehmen, jede Forschungseinrichtung verfügt nur über ein beschränktes Budget, das auf die Forschung verwendet werden kann", sagte Bannerman. „Bei der Dementia oder dem Schwachsinn handelt es sich vornehmlich um eine Alterskrankheit, und es gibt genug Krankheiten bei jungen Menschen, mit denen wir uns beschäftigen müssen. In der Medizin arbeitet man mit vorhandenen Mitteln und trifft seine Entscheidungen entsprechend. Wenn man zwei Patienten mit Nierenversagen behandeln muß, und man hat nur eine künstliche Niere, ist es sinnlos zu sagen, wie schrecklich das ist. Sie müssen entscheiden, wer weiterleben soll und wer nicht." Er machte eine kurze Pause. „Vielleicht interessiert Sie ein Vergleich der Pathologie der bekannteren Formen des Schwachsinns; wir werden nächstes Mal darüber reden."

BANNERMAN ging in sein Arbeitszimmer in der Klinik und zündete sich eine Zigarette an. Seine Sekretärin, Olive Meldrum, brachte ihm wenige Augenblicke später eine Tasse starken Kaffee.

„Irgendwelche Neuigkeiten?" fragte Bannerman.

„Stella hat angerufen. Sie operiert heute nachmittag zwar, erwartet

Sie aber um acht zum Essen. Ob Sie wohl den Wein besorgen würden? Es gibt Hühnchen. Das ist alles."

„Danke, Miß Meldrum."

Olive Meldrum verließ das Büro, um essen zu gehen. Bannerman setzte sich an den Schreibtisch und trank seinen Kaffee. Das Mittagessen würde er heute sausenlassen. Die Waage im Badezimmer hatte ihm heute morgen angezeigt, daß er fast achtzig Kilo wog. Der Rettungsring, der um seinen Bauch immer dicker wurde, war das Ergebnis von zuviel gutem Essen in der Weihnachtszeit. Er mußte etwas dagegen unternehmen.

Bannerman warf einen Blick auf seinen Terminkalender und wurde dabei daran erinnert, daß in einer Woche sein achtunddreißigster Geburtstag war. Er hörte schon seine Mutter sagen: „Achtunddreißig und immer noch Junggeselle!" Er war über Weihnachten zu Besuch bei seinen Eltern im Norden Englands gewesen. „Wann tust du dich endlich mit Stella zusammen, wie es sich gehört?" hatte seine Mutter da wissen wollen.

Diesen Vorwurf hatte Bannerman dadurch gekontert, daß er, wie schon oft, erklärte, er und Stella seien nur gute Freunde. Das stimmte zwar, allerdings war Stella auch die einzige Frau, die er namentlich in seinem Elternhaus erwähnt hatte. Seine gelegentlichen Beziehungen zu Krankenschwestern waren für gewöhnlich nur kurzlebig, und er hütete sich, sie daheim zu erwähnen.

Bannerman sann darüber nach, warum er noch nicht geheiratet hatte. Er mochte Frauen, doch er war in seinen Beziehungen noch jedesmal an einen Punkt gelangt, wo er einen Rückzieher gemacht hatte, weil er sich außerstande gesehen hatte, sich endgültig zu binden. Frauen benötigten das Gefühl, gebraucht zu werden. Ob es das wohl war? War er so selbstgenügsam, daß er keinen anderen Menschen brauchte?

Bannerman drückte seine Zigarette aus und fand, es reiche jetzt mit der Selbstanalyse. Er wandte seine Aufmerksamkeit wieder dem Terminplan zu und sah, daß er nachmittags eine Autopsie an einem Patienten durchführen mußte, der an einem Gehirntumor gestorben war. Er klemmte seinen Piepser an der oberen Brusttasche fest, erhob sich und machte sich auf den Weg zum Obduktionsraum.

Der Gehilfe im Obduktionsraum saß mit der Zeitung vor sich an einem kleinen Tisch, auf dem ein Sandwich lag und eine Thermoskanne mit abgeschraubtem Deckel stand. „Ich bin noch nicht zum Essen gekommen", entschuldigte sich der Mann.

„Lassen Sie sich ruhig Zeit", antwortete Bannerman.

„Wen wollen Sie sich denn vornehmen, Doktor?“ fragte der Mann und stand vom Tisch auf.

„Thomas George Baines von Station acht; er ist Sonntag nacht gestorben.“

Der Gehilfe sah auf einer Liste an der Wand nach, auf der die Schubladen des riesigen Kühlschranks schematisch dargestellt und die Namen der darin befindlichen Leichen darauf geschrieben waren. „Baines, Nummer fünf“, stellte er fest.

Bannerman folgte dem Gehilfen zu den Kühlfächern. Diese befanden sich in einem langgestreckten, weiß gestrichenen Raum, dessen eine Seite vollständig von einer Reihe hoher, mit schweren Metallriegeln gesicherter Türen eingenommen wurde. Die Fächer waren von eins bis acht numeriert. Der Mann machte die Tür mit der Fünf darauf auf und gab den Blick auf drei übereinanderliegende Schubladen frei. Er vergewisserte sich am Etikett der mittleren, sagte: „Da haben wir ihn: Thomas Baines“ und zog die Schublade auf.

Danach rollte er eine verstellbare Trage heran und stellte sie auf die gleiche Höhe wie die Schublade ein. Mit geübter Hand zog er die Leiche von Thomas Baines auf die Trage, rollte sie schwungvoll ein Stück weg und schlug dann die Tür des Fachs wieder zu. Anschließend bugsierte er die Leiche auf den Sektionstisch und nahm das Leichentuch herunter.

„Soll ich den Schädel öffnen?“ fragte der Gehilfe.

„Das mach ich schon selbst. Essen Sie mal ruhig weiter.“

Bannerman zog sich ein Paar Gummistiefel an und nahm eine der grünen Plastikschürzen vom Kleiderhaken herunter. Dann streifte er sich Gummihandschuhe über und machte sich mit einer elektrischen Säge daran, den Schädel der Leiche zu öffnen. Nachdem er einmal rundherum geschnitten hatte, hob er Thomas Baines' Schädeldecke ab. Mit chirurgischen Instrumenten nahm er das Gehirn heraus.

Bannerman wog das Gehirn und betrachtete es eingehend. „Das ist ja nicht schwer festzustellen, was dich das Leben gekostet hat, mein Freund“, murmelte er. Auf der linken Seite des entnommenen Gehirns befand sich ein großer roter Tumor, der sich vom Grau des übrigen Hirngewebes deutlich abhob. Bannerman entfernte den Tumor und legte ihn in einen Glasbehälter für Gewebeproben, die ins Labor gebracht werden sollten. Dann legte er das Gehirn zurück in die Schädelhöhlung und sagte dem Gehilfen, er sei fertig.

Bannerman streifte die Handschuhe ab und warf sie in einen Abfalleimer. Er trat an den großen Waschtisch und ließ sich die flüssige Seife und das warme Wasser über Hände und Unterarme laufen. Beim Abtrocknen sah er dem Gehilfen dabei zu, wie dieser die Schädeldecke wieder aufsetzte. Als der Piepser in seiner Brusttasche ertönte, begab sich Bannerman umgehend zum Telefon.

„Ich bin gleich oben", sagte er auf die Nachricht, daß der OP dringend jemanden für eine Biopsie brauche. Er eilte durch den gefliesten Korridor zur Treppe, die ins Labor hinaufführte. Als er dort eintraf, hatten die medizinisch-technischen Assistenten das Gewebe bereits präpariert, und einer von ihnen betrachtete einen Schnitt davon unter dem Mikroskop.

„Was sehen Sie, Mr. Simmons?" fragte Bannerman.

„Schwer zu sagen", antwortete der Assistent. Er erhob sich, um Bannerman am Mikroskop Platz zu machen. Bannerman stellte den Feinfokus ein und drehte an den Reglern für die Tiefenschärfe. „Verdammt!" fluchte er dann leise.

„Haben Sie was gefunden?" wollte der Assistent wissen.

„Sieht schlecht aus. Werfen Sie auch mal einen Blick drauf."

Der Assistent nahm wieder Platz und sagte zögernd: „Ja, jetzt sehe ich auch, was Sie meinen, aber es ist nicht genauso klar wie . . ."

Eine junge Frau kam herein. „Die im OP wollen das Ergebnis wissen", sagte sie zu dem Assistenten.

„Ich sehe nach, ob das zweite Präparat schon soweit ist", antwortete er, stand auf und ging hinaus. Ein wenig belämmert kam er nach wenigen Augenblicken zurück. „Es wird leider noch etwa zehn Minuten dauern. Irgendwas ist schiefgegangen."

Bannerman wandte sich der Frau zu. „Ich spreche mit dem OP-Arzt." Er stand auf, ging zum Telefon und nahm den Hörer ab. „Hier spricht Bannerman. Könnt ihr noch zehn Minuten warten?"

„Leider nicht", ließ sich die Stimme des Chirurgen vernehmen. „Ich muß es jetzt sofort wissen."

Für einen Moment schloß Bannerman die Augen; dann sagte er: „Es ist bösartig."

„Verstanden", sagte der Chirurg und legte auf.

Alle machten betroffene Gesichter. Bannerman durchbrach die Stille. „Ich bin in meinem Büro", sagte er. „Lassen Sie es mich wissen, wenn das zweite Präparat fertig ist."

IN SEINEM Büro trat Bannerman ans Fenster und zündete sich mit leicht zitternden Händen eine Zigarette an. An der Tür wurde leise geklopft, und Bannerman rief: „Herein!"

„Das Präparat ist fertig."

Bannerman nickte und trat durch die Tür, die Simmons ihm aufhielt, auf den Korridor hinaus. Während sie den Flur entlanggingen, sagte der Assistent leise: „Sie hatten recht. Ich hab's mir schon angesehen. Es ist bösartig."

Bannerman spürte, wie sich die Anspannung in ihm legte. Er sagte: „Ich habe keinen Moment daran gezweifelt, Mr. Simmons."

„Selbstverständlich nicht", erwiderte Simmons und gestattete sich die Andeutung eines Lächelns. „Beim zweiten Präparat ist es eindeutig . . ., die arme Frau!"

UM HALB sieben verließ Ian Bannerman die Klinik im Regen. Als er auf dem für medizinisches Personal reservierten Parkplatz in seinen Rover einstieg, stellte er fest, daß Stellas Golf noch dastand.

Er hatte gehofft, daß der schlimmste Feierabendverkehr vorbei wäre, mußte aber an der Parkplatzausfahrt immer noch fast eine Minute warten, ehe er sich in die Autokolonne einreihen konnte. Fluchend verschaffte er sich mit dem Handschuh klare Sicht durch die Windschutzscheibe, die wegen des Regens immer wieder beschlug. Es dauerte fünfunddreißig Minuten, bis er zu dem Apartmentblock, in dem er wohnte, abbiegen konnte. Nach einigen Ausweichmanövern in ruhige Seitenstraßen passierte er wohlbehalten die Einfahrt zum Redholm Court.

Nachdem er ausgestiegen war und den Wagen schon abgeschlossen hatte, fiel ihm plötzlich ein, daß er ja noch den Wein kaufen mußte, den er zu Stella mitbringen sollte. Ein paar Straßen weiter gab es einen Spirituosenladen, und so stellte er den Mantelkragen hoch und machte sich auf den Weg. Eine Viertelstunde später war er zu Hause.

Nachdem Bannerman den Wein in den Kühlschrank gestellt hatte, zog er die Jacke aus und schenkte sich einen großen Gin ein. Bei zugezogenen Vorhängen stellte er den Fernseher an, um sich die Abendnachrichten anzuschauen.

Bannerman bewohnte im dritten Stock ein schönes Apartment mit drei Zimmern. Er lebte hier seit nunmehr zwei Jahren und hatte nicht die Absicht auszuziehen. Das Haus war von Gärten umgeben, in denen mehrere große Buchen wuchsen und in denen es eine Menge gepflegte Blumenbeete gab. An Möbeln hatte er nur das absolut Notwendige. Bannerman interessierte sich nur mäßig für den Haushalt.

Er trank seinen Gin aus, zog die Schuhe aus und ging ins Bad. Er blieb lange unter der Dusche und ließ sich das warme Wasser über Nacken und Rücken rinnen. Dabei ließ er die Ereignisse des Tages noch einmal Revue passieren. Was ihn besonders beschäftigte, war die Entscheidung, die er bei der Biopsie hatte treffen müssen. Letzten Endes hatte sie sich als richtig erwiesen, doch sie hatte ihm erhebliches Bauchgrimmen bereitet. Was ihn jedoch am meisten beunruhigte, war die Tatsache, daß ihm beim Warten auf das zweite Präparat unübersehbar die Hände gezittert hatten.

Nachdem er aus der Dusche gestiegen war, rubbelte er sich vor dem großen Spiegel am Waschtisch ab und unterzog sein Äußeres einer kritischen Betrachtung. Sein glattrasiertes Gesicht sah für sein Alter tadellos aus. Er hatte nur einen Anflug von Doppelkinn, der aber leicht zu übersehen war. Seine braunen Augen verliehen ihm einen aufmerksamen Gesichtsausdruck. Seine Muskeln waren gut ausgebildet, wenn natürlich auch nicht mehr ganz so gut wie vor zehn Jahren; daß er um die Hüften herum zugelegt hatte, schob er auf Weihnachten. Damit beruhigte er sich vorerst, schlang sich das Handtuch um die Hüften und ging ins Schlafzimmer hinüber, um sich anzuziehen.

STELLA LANSINGS Stimme ertönte aus der Gegensprechanlage: „Komm rauf, Ian", und der Türöffner summte.

Mit der Flasche in der Hand stieg er die Treppe zu Stellas Wohnung hinauf und fand die Tür angelehnt. Er trat ein und machte sie laut genug zu, um Stella zu verstehen zu geben, daß er da war. „Da bin ich!" rief er.

„Ich komme gleich!" rief sie aus der Küche zurück.

Bannerman begab sich zur Küche. „Hallo!"

Stella wandte sich halb um und sagte: „Ich glaube, mein Kartoffelgratin ist nichts geworden."

„Macht nichts", erwiderte er. „Ich bin sowieso auf Diät."

„Das sieht dir gar nicht ähnlich", meinte sie und schlug dann vor: „Schenk uns doch schon mal einen Drink ein!"

Bannerman tat wie ihm geheißen und ging ins Wohnzimmer. Kurz darauf gesellte sich Stella zu ihm, band sich die Schürze ab und warf sie achtlos beiseite. Bannerman mußte über diese Geste lächeln. Alles, was Stella tat, tat sie auf zugleich anmutige und übertriebene Weise.

Sie glättete ihr Kleid und nahm neben ihm auf dem Sofa Platz. Sie prosteten sich mit einem Sherry zu.

„Wie ist dein Tag gewesen?" fragte Stella. Sie hatte ein eher rundliches Gesicht, was ihre schlanke Figur noch unterstrich.

„Es geht so", sagte er. „Und deiner?"

„Gut. Was ist aus John Thorns Patientin geworden?"

„Die Biopsie hat leider Bösartigkeit ergeben. Um was ging es denn eigentlich?"

„Die Patientin wies multiple Knoten in der Brust auf, und aufgrund der Röntgenaufnahmen fürchtete John, daß da noch ein tiefer sitzender Tumor vorhanden sein könnte, den sie vorher durch Nadelbiopsie nicht erreichen konnten. Deshalb wollte er, daß du das Gewebe gleich untersuchst, damit sie während der Operation auf das Ergebnis reagieren können. Sie vertrauen alle deinem Urteil."

Bannerman rieb sich die Schläfen.

„Stimmt was nicht?" fragte Stella.

„Nein, alles in Ordnung. Ich bin bloß ein wenig abgespannt, mehr nicht."

„Armer Ian. Ich seh schnell mal nach dem Essen. Du könntest ja den Wein schon mal aufmachen." Stella erhob sich und verschwand in der Küche.

Kaum hatte Bannerman die Flasche geöffnet, kam Stella mit einer dampfenden Platte ins Zimmer und stellte sie auf den Tisch.

„Ich habe nachgedacht", sagte Bannerman, als er Platz nahm.

„Worüber denn?"

„Über das Leben."

Stella lachte. „Und darüber, warum du nicht geheiratet hast? Und warum ich nicht? Was mich betrifft, so bin ich ganz glücklich, so wie es ist. Wir üben beide einen anspruchsvollen Beruf aus und können uns über Langeweile nicht beklagen", sagte sie, während sie ihm von dem Gratin auftat.

„Ja, aber . . ."

„Aber was? Wer hat dir denn so zugesetzt? Oder hast du gerade einen Anfall von Midlife-crisis?"

Bei der Anspielung auf sein Alter zuckte Bannerman leicht zusammen, was Stella nicht entging.

„Du bist ganz offensichtlich in der Midlife-crisis."

„Manchmal hasse ich dich", erklärte Bannerman und lächelte Stella dabei an.

„Jetzt iß erst mal. Ich glaube, es ist doch nicht so schlecht geworden", sagte Stella. „Auf dem Heimweg kannst du es dir ja in der Disco wieder abtanzen . . ."

ALS SIE nach dem Essen zum Kaffeetrinken auf der Couch saßen, sagte Bannerman: „Heute hätte ich ganz schön reinfallen können."

„Wieso?"

„Ich mußte einen Tumorschnitt begutachten, der aber nicht so aufschlußreich war, wie ich ihn gern gehabt hätte, und im OP bestanden sie auf einer Antwort, bevor das neue Präparat fertig war." Er erzählte ihr die Einzelheiten dessen, was geschehen war, woraufhin Stella ihn ungläubig ansah.

„Das muß ja eine furchtbare Situation für dich gewesen sein! Aber du hast mit deiner Diagnose wenigstens genau richtig gelegen."

„Sie hätte aber auch falsch sein können, und dann hätte die Frau ihre Brust völlig unnötig verloren."

„Unsinn!" rief Stella. „Schließlich hat der beste Histopathologe im Land ihr Gewebe untersucht."

„Danke", sagte Bannerman nur.

„Weißt du was? Du brauchst mal einen Tapetenwechsel. Nimm dir doch ein paar Tage frei und mach Urlaub, um deine Batterien wieder aufzuladen."

„Das kann ich nicht. Ich habe zuviel zu tun."

„Kein Mensch ist unersetzbar, Ian, nicht mal du. Mit den einfachen Laborarbeiten kommt Leeman zurecht. Und hast du in Charlie Simmons nicht einen erstklassigen Assistenten?"

„Richtig."

„Dann mach's doch einfach! Bis wann gehen deine Vorlesungen?"

„Die letzte ist Freitag in einer Woche."

„Bring deine Vorlesungen hinter dich, und nimm dir dann frei!"

Bannerman dachte kurz nach. „Vielleicht sollte ich etwas machen, was ich schon lange tun wollte, wozu ich aber nie gekommen bin."

„Und das wäre?"

„Im Winter in Schottland bergsteigen gehen."

„Ist das dein Ernst?"

„Jawohl. Während meiner Studienzeit in Glasgow habe ich das ein paarmal getan – und mir damals fest vorgenommen, es eines Tages noch mal zu machen."

Er versuchte damit, das Thema zu beenden, doch nahm Stella ihm erst das Versprechen ab, ernsthaft darüber nachzudenken.

„Versprochen", sagte er. „Kann ich dir beim Geschirrspülen helfen?"

Stella lehnte das Angebot mit der Bemerkung ab, sie werde das am Morgen erledigen; sie müsse erst um elf im Krankenhaus sein. „Und wie steht es mit dir?"

„Ich habe versprochen, die Autopsie bei dem kleinen Paul Bryant zu machen, der am Wochenende gestorben ist; und um halb elf habe ich eine Besprechung. Ich täte also gut daran, früh anzufangen."

„Das mit Paul ist sehr traurig. Es war ein Gehirntumor, nicht wahr?"

„Mit größter Wahrscheinlichkeit. Morgen früh werde ich es wohl genau wissen. Und wenn das stimmt, braucht die Medizinische Forschungsgesellschaft einen umfassenden Bericht für ihre Untersuchung."

„Was für eine Untersuchung?"

„Die MFG erfaßt sämtliche Einzelfälle von Gehirnerkrankungen in Großbritannien; sie wollen sich endlich einen umfassenden Überblick über die Situation verschaffen."

„Geht es bei Paul um ein Routinegutachten, oder gibt es einen bestimmten Grund dafür?"

„Sie behaupten, es wäre Routine, aber in Wirklichkeit hat das Ganze viel mit der Angst vorm Rinderwahnsinn zu tun, der unsere Rinderherden letztes Jahr befallen hat. Die Leute begreifen plötzlich, daß kein Mensch eine klare Vorstellung davon hat, was da vorgeht; schließlich sind Hirnerkrankungen schwer zu diagnostizieren und einzuordnen. Die Untersuchung soll uns etwas mehr Klarheit verschaffen." Er erhob sich, dankte Stella fürs Abendessen, ergriff ihre Hände und sagte: „Ich danke dir für deine Freundschaft."

„Jetzt verschwinde aber! Und", Stella lächelte, „bleib nicht zu lange in der Disco!"

AM NÄCHSTEN Morgen kehrte Bannerman um Viertel nach zehn mit dem auf Band gesprochenen Bericht über die Autopsie des neunjährigen Paul Bryant aus dem Obduktionsraum in sein Arbeitszimmer zurück. „Ich brauche ein Formblatt für die MFG-Erhebung, Miß Meldrum", sagte er im Vorbeigehen zu seiner Sekretärin. „Der Gehirntumor war bösartig."

Miß Meldrum hatte ihm ein Paket auf den Schreibtisch gelegt, das per Boten von der Medizinischen Forschungsgesellschaft gekommen war. Er machte es auf und holte drei Objektträger mit histologischen Präparaten samt dem dazugehörigen Anschreiben heraus. Der beigelegte Brief stammte vom Koordinator für die MFG-Untersuchungen degenerativer Hirnerkrankungen, Dr. Hugh Milne, der ihn bat, sich die Proben anzusehen und so schnell wie möglich über das Ergebnis seiner Untersuchungen zu berichten.

Bannerman nahm die Objektträger, legte sie unter sein Mikroskop und nahm den Staubschutz ab. Dann klemmte er das erste Glasplättchen fest und regulierte das Licht der Wolframfadenleuchte, ehe er sich auf das winzige Stück Gehirn konzentrierte. In Milnes Päckchen befand sich keinerlei Hinweis auf den Ursprung des Materials; im Begleitschreiben hieß es nur, daß es sich um Gehirnschnitte handelte.

Als er das Präparat mit dem Scanner abtastete, um die klarsten Stellen zu finden, dauerte es nicht lange, bis er fand, wonach er suchte – unmißverständliche Beweise für eine degenerative Hirnerkrankung. Selten hatte er schwammartige Bereiche in so ausgeprägter Form zu Gesicht bekommen. Das zweite und das dritte Präparat waren mit dem ersten nahezu identisch. „Was wollen die eigentlich beweisen?" brummelte er, als er den letzten Objektträger herauszog, die Lampe ausknipste und danach Miß Meldrum bat, ihn mit dem Koordinator der Medizinischen Forschungsgesellschaft zu verbinden.

Kurz darauf sagte Hugh Milne am Telefon zu ihm: „Dr. Bannerman? Wie schön, daß Sie anrufen. Haben Sie die Präparate bekommen?"

„Ich habe sie mir gerade angesehen."

„Und was haben Sie festgestellt?"

„Es sind drei fabelhaft präparierte Hirnsektionen von ein und demselben Patienten. Er oder sie dürfte Mitte bis Ende Siebzig und vor kurzem am Creutzfeldt-Jakob-Syndrom gestorben sein."

„Sie irren", sagte Milne. „Jeder dieser Schnitte stammt von einem anderen Patienten, die alle unter dreißig Jahre alt waren und von denen keiner länger als drei Wochen krank war."

„Da muß es zu einer Verwechslung der Objektträger gekommen sein."

„Man hat uns versichert, daß eine Verwechslung ausgeschlossen ist. Und – alle drei Patienten haben mit infizierten Schafen gearbeitet."

„Sie wollen mir doch nicht weismachen, sie wären an *Scrapie* gestorben?"

„Ich wünschte, ich könnte etwas anderes behaupten. Können wir uns treffen, um eingehender darüber zu sprechen? Hätten Sie morgen um elf Zeit?"

Bannerman sah auf seinem Terminkalender nach; es ging.

BANNERMAN traf sich etwas später mit Stella. Er erzählte ihr von dem Telefonat mit Dr. Milne. „Ich habe die Präparate gesehen, Stella! Klassisches Creutzfeldt-Jakob, doch Milne behauptet, sie kämen von drei Leuten, die mit Scrapie-infizierten Schafen zu tun gehabt hätten."

„Soll das etwa heißen, sie sind an Scrapie gestorben?"

„Wenn ich Milne recht verstanden habe, ist das so."

„Aber Scrapie ist eine Schafskrankheit, die nicht auf Menschen übertragen werden kann. Da gibt es so etwas wie – wie nennt man das noch?"

„Eine Speziesbarriere", sagte Bannerman. „Voriges Jahr hat man nachgewiesen, daß Scrapie über die Nahrungskette von Schafen an Rinder weitergegeben wurde."

„Du willst doch nicht ernsthaft andeuten, beim Menschen könnte das genauso gehen?"

„Bis heute hätte ich gesagt, daß die Chance dafür gleich Null ist. Meine Reaktion war, daß irgendwo ein Fehler passiert sein muß, eine Verwechslung im Pathologielabor. Aber Milne streitet das ab. Morgen treffe ich mich mit ihm. Danach weiß ich vermutlich mehr."

Zweites Kapitel

DAS TAXI hielt vor der Hauptverwaltung der MFG am Park Crescent. Es regnete in Strömen, und in dem Moment, als Bannerman zum Eingang hinübersprintete, ging der Regen auch noch in Hagel über.

„Scheußliches Wetter!" sagte die Dame an der Rezeption lächelnd.

„Ja", sagte Bannerman, klopfte sich die Körner vom Jackett und nannte seinen Namen. „Dr. Milne erwartet mich."

„Nehmen Sie bitte Platz, Dr. Bannerman", antwortete die Frau und griff nach dem Telefon.

Wenige Minuten später tauchte ein junger Mann in der Halle auf und sagte: „Dr. Milne läßt fragen, ob Sie was dagegen hätten, in der Bibliothek zu warten, bis alle da sind?"

„Selbstverständlich nicht", erwiderte Bannerman, überlegte aber, wer mit „alle" wohl gemeint sein könnte. Er hatte den Eindruck gehabt, daß er für ein Gespräch unter vier Augen mit Milne verabredet war. Er folgte dem jungen Mann in die Bibliothek, wo er aufgefordert wurde, an einem kleinen Tisch Platz zu nehmen, auf dem Hochglanzbroschüren lagen. Er setzte sich, griff nach einer und blätterte die Seiten um, ohne viel von ihrem Inhalt mitzubekommen.

Schon nach wenigen Minuten tauchte der junge Mann wieder auf. „Wenn Sie mir bitte folgen würden, Dr. Bannerman."

Bannerman folgte dem jungen Mann in einen großen Raum mit einem langen Konferenztisch. Am einen Ende des Tisches saßen vier Männer; einer von ihnen erhob sich und kam auf ihn zu.

„Dr. Bannerman? Ich bin Hugh Milne. Wir sind Ihnen alle äußerst verbunden, daß Sie so kurzfristig herkommen konnten. Darf ich vorstellen: Sir John Flowers, Sekretär der MFG, Dr. Hector Munro, Leiter des Neurobiologischen Instituts in Edinburgh, und der Regierungsbeamte Mr. Cecil Allison."

Bannerman nickte jedem der Herren grüßend zu und nahm Platz.

„Soviel ich von Dr. Milne erfahren habe, waren Sie so zuvorkommend, ein paar Hirnschnitte zu untersuchen, die wir Ihnen geschickt haben", sagte Flowers.

„Was mir da vorlag, war eindeutig", erklärte Bannerman. „Typisches Creutzfeldt-Jakob-Syndrom."

„Hat Hugh Milne Ihnen auch verraten, wo die Präparate herkommen?"

„Soviel ich weiß, stammen die Schnitte aus dem Gehirn von drei jungen Männern, die nach kurzer Erkrankung starben und alle drei beruflich mit Schafen zu tun hatten. Zuerst dachte ich, es müsse sich um eine Vertauschung von Objektträgern handeln."

„Man hat uns versichert, daß es keine Vertauschung gegeben hat. Damit befinden wir uns in einer äußerst schwierigen Lage." Flowers wandte sich dem Regierungsbeamten zu und sagte: „Vielleicht ist Mr. Allison so freundlich, uns weitere Informationen zu geben?"

Allison räusperte sich. „Der Regierung Ihrer Majestät ist außerordentlich daran gelegen, unseren Kollegen auf dem Kontinent klarzumachen, daß es mit britischen Fleischprodukten keine Probleme gibt. Am liebsten wäre es uns, wir könnten kategorisch erklären, daß *Slow-virus*-Erkrankungen von Tieren nicht über die Nahrungskette auf Menschen übertragen werden können. Doch wenn wir das nicht mit voller Rückendeckung der Medizinischen Forschungsgesellschaft tun können, könnte das katastrophale Auswirkungen für die Landwirte haben."

„Bisher haben alle bekannten Fakten darauf hingewiesen, daß es zwischen Mensch und Tier eine Speziesbarriere gibt – und dann plötzlich dieser Bericht aus Schottland", ergänzte Flowers.

„Ich verstehe das Problem", erklärte Bannerman.

„Natürlich hoffen wir, daß die Gutachter irren", sagte Allison.

„Aber selbst wenn dem so wäre, müßte man dann nicht davon ausgehen, daß es in der Bevölkerung durchgängig eine Zunahme der degenerativen Hirnerkrankungen gegeben hat?" fragte Bannerman.

„Unsere Statistiker sind zu dem Schluß gekommen, daß das nicht unbedingt so ist", meinte Allison sichtlich gequält. „Daten aus der Vergangenheit liegen kaum vor; es ist daher äußerst schwierig festzustellen, in welchem Maße Erkrankungen dieser Art zugenommen haben."

Nun ergriff Flowers das Wort. „Wenn aber diese Gutachten stimmen und eine Erkrankung des Hirns vom Schaf auf den Menschen übertragen worden ist, stünden wir vor einer prekären Situation. Dürfte ich fragen, wie es Ihrer Meinung nach dann aussieht, Dr. Bannerman?"

„Falls das Scrapie-Virus für den Tod dieser Männer verantwortlich ist, dann, glaube ich, muß es aus irgendeinem Grund so mutiert sein, daß es die Speziesbarriere überspringen konnte", erklärte Bannerman.

„Diese Schlußfolgerung haben auch meine Kollegen und ich gezogen. Natürlich wäre es außerordentlich bedenklich, wenn diese Veränderung auf eine spontane Mutation in den Tieren zurückzuführen wäre; denn das würde bedeuten, daß so etwas jederzeit und überall passieren kann. Handelt es sich jedoch um eine von außen hervorgerufene Mutation, müßte es möglich sein, den auslösenden Faktor herauszufinden. Wir sollten dann imstande sein zu verhindern, daß so etwas noch einmal vorkommt."

„Mir scheint es so, als ob Sie einen solchen Auslöser bereits im Visier haben", sagte Bannerman.

„Wir halten das zumindest für möglich", erklärte Flowers. „Das Gebiet, in dem die drei Toten auf dem Bauernhof mit den Schafen arbeiteten, liegt unmittelbar neben dem Kernkraftwerk Invermaddoch."

Bannerman überlegte, was das denn bedeuten könnte. Radioaktive Strahlungen gehörten zu den häufigsten Mutationsauslösern bei Lebewesen. „Eine bessere Erklärung könnten Sie sich ja gar nicht wünschen", meinte er. „Vorausgesetzt, das Kraftwerk hat ein Leck. Ist das der Fall?"

„Vor etwa sechs Monaten hat es dort ein kleines Problem gegeben", gab Allison widerstrebend zu.

„Das unter den Teppich gekehrt wurde?" fragte Bannerman.

„Man hat uns versichert, daß das Problem so geringfügig war, daß wir die Bevölkerung nicht unnötig in Angst und Schrecken versetzen sollten."

„Aber es hat einen Zwischenfall gegeben", ließ Bannerman nicht locker.

„Wir sollten allmählich zur Sache kommen", warf Flowers ein. „Wir hoffen, in dieser Angelegenheit auf Ihre professionelle Hilfe zurückgreifen zu können, und wir hätten gern, daß Sie die ganze Angelegenheit untersuchen."

Einen Moment lang war Bannerman sprachlos.

„Wir brauchen einen erstklassigen Pathologen, der nach Schottland hochfährt und uns dann Bericht erstattet", fuhr Flowers fort.

„Folgendes müssen wir wissen. Erstens: ob der Tod der Männer tatsächlich auf Scrapie zurückzuführen ist. Zweitens: was das Virus dazu gebracht hat, die Speziesbarriere zu überspringen. Und drittens: ob wir die Angelegenheit als einmaliges, isoliertes Phänomen betrachten können oder nicht."

„Und außerdem müßte das Ganze mit größter Diskretion vor sich gehen", fügte Allison noch hinzu.

„Von Scrapie steht natürlich nichts im Totenschein der Männer?" fragte Bannerman.

„Offiziell wurde als Todesursache Meningitis angegeben."

„Und was ist mit den Schafen in dem Gebiet?"

„Die mit Scrapie befallenen Schafe sind natürlich vernichtet worden, aber es wurde keine allgemeine Warnung ausgesprochen. Sie müssen sich im klaren darüber sein, wie heikel die Situation ist, Doktor", sagte Allison.

„Aber es muß doch schon ein Pathologe an der Sache arbeiten. Der Mann, der den Fall gemeldet hat."

„Das ist eine zusätzliche Schwierigkeit", erklärte Flowers. „Dr. Gill ist verschwunden. Er ist vor neun Tagen von zu Hause fort, und seither fehlt jede Spur von ihm. Ein Ehestreit, hat man uns gesagt."

Verwirrt schüttelte Bannerman den Kopf. „Und wo werden die Laboruntersuchungen durchgeführt?"

„In der Universitätsklinik Edinburgh, in der Abteilung von George Stoddart."

„In Edinburgh gibt es doch jede Menge Experten für Scrapie und *Slow-virus*-Infektionen", sagte Bannerman und sah Munro an.

„In Edinburgh gibt es zwar Naturwissenschaftler, Doktor", entgegnete Munro, „aber diese Untersuchung kann nur ein Mediziner durchführen."

„Und zwar mit Nachdruck, aber diskret", fügte Allison hinzu. „Uns ist klar, daß Sie etwas Zeit brauchen, um sich alles durch den Kopf gehen zu lassen; aber Zeit ist der ausschlaggebende Faktor. Dürften wir Sie daher bitten, uns Ihre Entscheidung bis morgen, sagen wir zehn Uhr, wissen zu lassen?"

„Ja. Bis dahin werde ich mich entschieden haben."

„Wir werden der Klinik übrigens für die Zeit Ihrer Abwesenheit einen Vertreter zur Verfügung stellen", sagte Flowers.

NACH dem überheizten Konferenzraum im MFG-Gebäude war die feuchtkalte Luft draußen besonders unangenehm. Bannerman schlug den Kragen hoch und ging den Park Crescent in Richtung Marylebone Road hinunter, um Richtung Regent's Park weiterzugehen. Was sollte er tun? Ein Sonntagsausflug würde es zwar nicht gerade werden, aber die Untersuchung in Schottland würde ihn für eine Weile von dem großen Druck im Krankenhaus befreien. Vielleicht kam er auf diese Weise auch noch zu seiner Bergsteigerei in Schottland. So beschloß er, der Bitte der Medizinischen Forschungsgesellschaft zu entsprechen.

AM FREITAG abend händigte Olive Meldrum Bannerman einen Umschlag aus, der seine Fahrkarte mit Schlafwagenreservierung für den Nachtzug nach Schottland enthielt. „Viel Glück", sagte sie. „Bringen Sie mir etwas Haggis mit oder wie man diese im Hammelmagen gekochten Innereien mit Hafergrütze nennt."

„Versprochen", sagte Bannerman, warf einen Blick auf die Uhr und stellte fest, daß es Zeit war zu gehen. Er mußte noch packen, bevor Stella ihn abholte. Sie hatten sich zum Abendessen in einem Restaurant verabredet, hinterher sollte sie ihn mit dem Auto zum Bahnhof bringen. Er fügte den Unterlagen für Nigel Leeman, der ihn in seiner Abwesenheit vertreten sollte, noch ein paar Zettel hinzu, die er in letzter Minute geschrieben hatte. Am Vormittag hatte er sich mit ihm zusammengesetzt, um alles durchzusprechen. Er klappte die Unterlagenmappe zu, befestigte einen Zettel mit Leemans Namen darauf und legte sie seiner Sekretärin auf den Schreibtisch. Dann knipste er das Licht aus und schloß die Tür.

BANNERMAN und Stella waren zehn Minuten zu früh am Bahnhof, und er bestand darauf, daß sie gleich im Wagen Abschied nahmen; schließlich war es kein Vergnügen, auf dem zugigen Bahnsteig herumzustehen, um dem abfahrenden Zug nachzuwinken. Er stieg aus und sah Stella nach, wie sie davonfuhr.

UM SECHS Uhr morgens wachte Bannerman in dem Schlafabteil auf. Er schob das Rollo hoch und schaute in den nebligen grauen Morgenhimmel hinaus; selbst die Bäume und Zäune neben den Gleisen sahen so aus, als ob sie frören.

Anderthalb Stunden später stieg er in Edinburgh aus. In der Universitätsklinik wurde er erst nach neun erwartet. Deshalb spazierte er nach dem Verlassen des Bahnhofs einen Hügel hinauf, bewunderte den Anblick des aus dem Morgendunst auftauchenden Edinburgh Castle und beschloß, in einem großen Hotel zu frühstücken.

Das tat er dann auch, und nachdem er die dritte Tasse Kaffee getrunken hatte, war genug Zeit vergangen, um ein Taxi kommen und sich zur Universität fahren zu lassen.

Als Bannerman dort angekommen war, wurde er in Stoddarts Arbeitszimmer geführt. „Freut mich, Sie kennenzulernen", sagte der ältere Herr, der sich vom Schreibtisch erhob und als George Stoddart vorstellte.

Stoddart war ein kleiner Mann in den Sechzigern mit silberweißem Haar und akkurat geschnittenem Schnurrbart. Er trug einen dunklen Anzug, ein gestreiftes Hemd und eine Universitätskrawatte. „Ganz meinerseits, Professor", sagte Bannerman und überlegte, ob er sich den Hauch von Kälte, den er im Gebaren des Mannes zu spüren meinte, nur einbildete. Immerhin war es denkbar, daß man einen unerwünschten Eindringling aus dem Süden in ihm sah.

„Wir haben ein kleines Apartment in der Altstadt für Sie gemietet", erklärte Stoddart. „Möchten Sie erst mal dorthin, oder wollen Sie sich gleich hier umsehen?"

„Ich möchte mich zuerst hier umschauen."

„Ich lasse jemand kommen, der Ihnen Ihr Labor zeigt, und dann können wir uns miteinander unterhalten." Stoddart griff zum Telefonhörer und bat darum, daß Dr. Napier heraufkomme.

Kurz darauf wurde Bannerman einer Frau Mitte Dreißig vorgestellt, deren ganze Erscheinung sich am besten mit „unauffällig und solide" beschreiben ließ. Ihm fiel auf, daß sie einen Verlobungsring trug, was nicht zu dem Eindruck paßte, den sie auf ihn machte. Er fand, sie wirkte wie jemand, der mit der Universität verheiratet ist.

„Morag Napier", stellte die Frau sich vor.

„Ian Bannerman."

„Willkommen in Edinburgh. Ich zeige Ihnen Ihr Labor."

Bannerman folgte Dr. Napier den Flur und ein paar Treppen hinunter, bis sie eine verglaste Tür aufmachte und ihn eintreten ließ. „Ich denke, Sie werden hier alles finden, was Sie brauchen. Falls nicht – ich habe das Labor gleich nebenan."

Bannerman bedankte sich. Doch als er sich umschaute, wurde ihm etwas mulmig. Das Gebäude gehörte zu dem älteren Teil der Universität und zeichnete sich durch hohe Decken und viele Fliesen aus. Auf einer Arbeitsplatte aus der Jahrhundertwende stand ein modernes Mikroskop, auf einem Holzregal eine Reihe von Glasbehältern; die Etiketten waren uralt und lösten sich ab.

„Schön", brachte er dennoch hervor.

„Dann werde ich Sie für eine Weile allein lassen. Wenn Sie soweit sind, bringe ich Sie zurück zu Professor Stoddart."

„Das ist nicht nötig. Ich finde den Weg selbst."

Neben der Wandtafel stand ein alter Eichenschreibtisch. Bannerman nahm daran Platz, nachdem Dr. Napier sich verabschiedet hatte, und zog die Schubladen auf, um nachzusehen, ob sie geleert worden waren. Lediglich ein halber Radiergummi, zwei Kugelschreiber und ein zerbrochenes Lineal aus Plastik befanden sich darin. Er machte die Aktentasche auf und brachte ein paar von seinen eigenen Sachen in den Schubladen unter. Da klopfte es, und Dr. Napier trat wieder ein.

„Die habe ich vergessen, Ihnen zu geben", sagte sie und reichte ihm einen Stoß brauner Hefter. „Da drin befinden sich die Notizen, die Dr. Gill und ich uns über die Patienten mit der infektiösen Hirnerkrankung gemacht haben."

„Soviel ich weiß, ist er im Moment nicht hier."

„Nein. Sein Verschwinden hat offenbar etwas mit Eheproblemen zu tun."

„Soll das heißen, er ist mit jemandem durchgebrannt?"

„So was Ähnliches", antwortete Dr. Napier kühl.

„Haben Sie auch an dem Bericht für die MFG mitgearbeitet?"

„Ja, das habe ich."

„Dann wissen Sie alles über die drei Männer, die gestorben sind?"

„Als wir davon erfuhren, bin ich mit Dr. Gill nach Achnagelloch raufgefahren und habe die vorläufigen Laboruntersuchungen durchgeführt. Die Leichen liegen unten in der Leichenhalle. Möchten Sie sie untersuchen?"

„Ja", sagte Bannerman. „Morgen."

BANNERMAN ging zurück zum Büro von Stoddart. Dieser unterrichtete ihn ganz allgemein über die Untersuchung der Gehirnerkrankungen, die unter Lawrence Gills Leitung durchgeführt worden war. Stoddart breitete eine Landkarte auf dem Schreibtisch aus, umrandete ein Gebiet im Nordwesten mit dem Bleistift und sagte: „Das hier ist das Gebiet, mit dem Lawrence Gill sich befaßt hat. Die wichtigsten Gemeinden sind Achnagelloch und Stobmor."

Bannerman stellte fest, daß Stoddart auf der Karte ein Gebiet westlich des Kraftwerks in Invermaddoch umgrenzt hatte, und fragte: „Und was ist mit den Gebieten östlich davon?"

„Östlich vom Kraftwerk lebt im Umkreis von achtzig Kilometern kein Mensch. Das ist unfruchtbares Moorland, auf dem nicht einmal Schafe weiden."

„Haben Sie Zugang zu den Unterlagen der Gesundheitsbehörde für dieses Gebiet?"

„Hier haben Sie sie." Stoddart reichte Bannerman einen durchsichtigen Plastikhefter.

„Ich denke, inzwischen habe ich genug Unterlagen zusammen, um mich eine Zeitlang damit zu beschäftigen. Ob mir wohl jemand erklären könnte, wie ich zu meiner Wohnung komme?"

„Selbstverständlich. Ich lasse Sie hinfahren."

DER FAHRER, der vom Fuhrpark heraufgeschickt wurde, war ein untersetzter Mann mit kugelrundem Gesicht, roten Backen und einem schiefen Grinsen. „Lassen Sie mich das nehmen", sagte er, nahm Bannerman den Koffer ab und machte eine der beiden hinteren Türen des langgestreckten schwarzen Kombis mit dunkelgetönten Heckscheiben auf. Es bedurfte keiner großen intellektuellen Fähigkeiten, um sich ausrechnen zu können, wozu das Gefährt für gewöhnlich diente. Der Chauffeur bestätigte Bannermans Vermutung: „Nett, zur Abwechslung auch mal einen lebendigen Fahrgast zu haben." Als er mit seinem Gast in Richtung Castle davonfuhr, fragte er: „Kennen Sie Edinburgh?"

„Nein, überhaupt nicht", erklärte Bannerman.

Der Fahrer, der sich mittlerweile als Willie MacDonald vorgestellt hatte, sagte: „Sie werden in der Royal Mile logieren. Das ist die Hauptstraße der Edinburgher Altstadt." Kurz darauf bogen sie auch schon in einen Hof ein. „Da sind wir. Darnley Court."

Bannerman stieg aus und ließ den Blick an dem Apartmenthaus in die Höhe gleiten.

„Sie wohnen ganz oben", sagte Willie MacDonald. Er nahm Bannermans Gepäck und begleitete ihn bis zur Wohnungstür hinauf. Er schloß auf und reichte Bannerman dann die Schlüssel.

„Was für ein herrlicher Blick!" rief Bannerman aus, trat ans Fenster und bewunderte die Aussicht.

„Es ist eine wunderschöne Stadt, Doktor."

Bannerman bedankte sich bei MacDonald und versuchte, ihm ein Trinkgeld zu geben, das der Fahrer jedoch ablehnte.

Nach einem raschen Rundgang durch das Apartment packte Bannerman aus und kochte sich einen Kaffee – jemand hatte fürsorglich ein paar Grundnahrungsmittel in der Küche bereitgestellt. Dann schob er einen Sessel ans Fenster und machte es sich mit einer Tasse in der Hand darin bequem. Er wollte die Unterlagen durchgehen, die man ihm zur Verfügung gestellt hatte. Kaum hatte er damit angefangen, klingelte das Telefon.

Es war George Stoddart. „Ich habe ganz vergessen, Sie zu fragen, ob Sie meiner Frau und mir die Freude machen würden, heute mit uns zu Abend zu essen?"

„Vielen Dank für die Einladung. Ich nehme sie gerne an", erwiderte Bannerman, der eigentlich das Gegenteil empfand. Er notierte sich die Adresse und erklärte sich einverstanden, um acht da zu sein. Dann nahm er sich wieder die Unterlagen vor.

NACH einer Stunde machte er eine kleine Pause, weil er noch einen Kaffee trinken wollte. Bis das Wasser kochte, ließ er sich durch den Kopf gehen, was er bis jetzt erfahren hatte.

Die statistischen und medizinischen Unterlagen für das Gebiet hatten ihm keinen Aufschluß über das gegeben, was er suchte. Zwar war um Achnagelloch und Stobmor eine Zunahme an Leukämie- und Krebserkrankungen zu beobachten gewesen, doch war diese nicht außergewöhnlich hoch. Er hatte gehofft, in den Zahlen etwas zu finden, was den Schluß zuließ, daß die aus dem Kraftwerk ausgetretene Strahlung stark genug gewesen wäre, um sich auf die Gesundheit der dortigen Bevölkerung auszuwirken. Das wiederum hätte darauf hingewiesen, daß das Strahlungsniveau in der Nähe des Kraftwerks hoch genug war, um eine Mutation im Scrapie-Virus herbeizuführen.

Mit der Tasse Kaffee in der Hand nahm er wieder in dem Sessel Platz und setzte sich mit den Einzelheiten der Todesumstände der drei Männer auseinander. Was er da las, ließ ihm den Schrecken in die Glieder fahren. Die Toten waren als Landarbeiter auf dem nördlich von Achnagelloch gelegenen Inverladdie-Hof beschäftigt gewesen. Nur einer von ihnen, Gordon Buchan, war verheiratet gewesen und hatte mit seiner Frau auf dem Hof gelebt. Die beiden anderen hatten in Achnagelloch zur Miete gewohnt. Es war zu einem der Behörde gemeldeten Scrapie-Ausbruch unter den Schafen von Inverladdie gekommen, und alle drei Arbeiter waren zur Kadaverbeseitigung herangezogen worden.

Die drei waren innerhalb von drei Wochen nach Beginn der Schafstötung gestorben, nachdem sie erst Kopfschmerzen gehabt, sich dann erbrochen und schließlich den Verstand verloren hatten. Einer der beiden Junggesellen war auf den Straßen von Achnagelloch Amok gelaufen, hatte Schaufenster eingeworfen und gotteslästerlich geflucht, bevor man ihn überwältigt und in das Cottage-Krankenhaus gebracht hatte, wo er tags darauf gestorben war.

Gordon Buchan war von seiner Frau gepflegt worden, bis er ins Koma gefallen war. Kurz bevor sie zum letztenmal den Hausarzt rief, schien der Mann von einem unerträglichen Juckreiz befallen gewesen zu sein und hatte sich überall blutig gekratzt.

Darüber, wie sich die Krankheit bei dem dritten Patienten entwickelt hatte, waren keine Einzelheiten bekannt. Seine Vermieterin hatte ihn tot im Bett aufgefunden. Allerdings war ihr aufgefallen, daß er sich die Arme blutig gekratzt hatte.

Daß hier von Kratzen die Rede war, alarmierte Bannerman aufs höchste, denn die Schafskrankheit trug den Namen Scrapie (vom englischen *to scrape*) wegen des übersteigerten Bedürfnisses der befallenen Tiere, sich an Zäunen zu kratzen oder zu scheuern.

In den Pathologieberichten von Lawrence Gill und Morag Napier war von ausgeprägter *spongiformer Enzephalopathie* bei allen drei Patienten die Rede – also genau dem Befund, den Bannerman selbst in den Präparaten erkannt hatte, die er von der Medizinischen Forschungsgesellschaft zugeschickt bekommen hatte. Alles wies darauf hin, daß die Männer sich beim Umgang mit infizierten Schafskadavern auf dem Inverladdie-Hof mit Scrapie angesteckt hatten.

Lawrence Gill hatte ein paar Anmerkungen zur Scrapie-Forschung beigefügt. Es galt als gesichert, daß die Krankheit durch infiziertes Gewebe von einem Tier auf das andere übertragen werden konnte. Auf diese Weise mußten sich auch die Verstorbenen infiziert haben. Der Wirkstoff war offenbar beim Hantieren mit den getöteten Schafen durch Schnittwunden oder Hautabschürfungen an den Händen in ihren Körper gelangt. Das vermeintlich durch Mutation entstandene Scrapie-Virus hatte eine normalerweise unüberwindliche Barriere durchbrochen und sich auf die Gehirnzellen der Verstorbenen gestürzt.

Ein alptraumhafter Gedanke ging Bannerman durch den Kopf. Vielleicht gab es gar keine Speziesbarriere. Vielleicht konnte das Virus auch unter normalen Umständen den Menschen befallen, nur daß die Inkubationszeit so lange dauerte, daß die Krankheit erst im hohen Alter ausbrach. Unter solchen Umständen konnte die Krankheit als *Dementia senilis* bezeichnet werden. Möglich, daß es sich bei der Achnagelloch-Mutation um eine Variante handelte, die die Krankheit beschleunigte.

Obwohl Gill in seinen Notizen auf die Möglichkeit hingewiesen hatte, daß das Scrapie-Virus durch Mutation entstanden sein könnte, hatte er keine Überlegungen darüber angestellt, was diese Mutation verursacht haben könnte. Es fehlte jeder Hinweis auf radioaktive Strahlung. Aber wenn Strahlung nicht die Ursache war, was konnte es dann sein? fragte sich Bannerman.

Chemische oder spontane Mutation waren die beiden anderen Möglichkeiten. Viren waren berüchtigt dafür, daß sie ihre Struktur veränderten. Ultraviolette Strahlung? UV-Strahlen waren ein äußerst wirksames Mutagen. Und chemische Mutagene? In der modernen Gesellschaft wurde eine Unmenge von Chemikalien produziert, die imstande waren, Mutationen in Gang zu setzen.

Als erstes wollte Bannerman ein paar Fakten klären. Wie bald nach der Scrapie-Diagnose bei den Schafen von Inverladdie hatte man angefangen, die infizierten Tiere zu töten? Und waren die Kadaver rasch vergraben worden? Tote Schafe, die auf den Weideflächen herumlagen, mußten Aasfressern zum Opfer fallen, die das Virus verbreiten konnten.

Aus Gills Notizen ging hervor, daß der hiesige Tierarzt, Finlay, umgehend von den Bauern gerufen worden war. Finlays Bericht zufolge waren die infizierten Schafe unverzüglich getötet und die Kadaver sofort in den hinter dem Hof gelegenen Kalkgruben vergraben worden. Alles schien zufriedenstellend. An die Bauernhöfe in Inverladdie waren Ausgleichszahlungen geleistet worden, und das Veterinärsamt hielt ein wachsames Auge auf die anderen Höfe.

Allerdings konnte Bannerman in den Untersuchungsberichten nicht herausfinden, was für Maßnahmen ergriffen worden waren, um die genaue Todesursache der verstorbenen Männer festzustellen. Er hielt es für selbstverständlich, daß man Hirnmasse an die Neurobiologie geschickt hatte, um sie an Mäusen zu testen. Dem mußte er nachgehen. Er rief Hector Munro an.

„Dr. Munro, hier spricht Ian Bannerman. Wir haben uns neulich bei der Sitzung der MFG in London kennengelernt."

„Ah, ja. Sie haben den Auftrag demnach angenommen?"

„Ja. Heute ist mein erster Tag hier oben. Ich hätte gern ein paar Informationen. Ich nehme an, Lawrence Gill hat Ihre Leute gebeten, die Gehirne der Toten auf *Slow-virus*-Infektionen zu untersuchen und die Inkubationszeit bei Mäusen festzustellen. Haben Sie bereits Resultate?"

„Gill hat kein bei den Autopsien gewonnenes Material an uns geschickt."

„Aber Ihre Leute sind doch anerkannte Experten auf diesem Gebiet! Die kurze Inkubationszeit ist eines der besorgniserregendsten Auffälligkeiten bei diesen drei Fällen."

„Dem kann ich nur zustimmen", sagte Munro, „aber wir haben nichts geschickt bekommen. Ich dachte, daß Stoddarts Leute ihre eigenen Untersuchungen anstellen."

„Hätten Sie denn etwas dagegen, wenn ich Ihnen etwas bioptisches Material schicke, damit Sie es Mäusen injizieren? Die Leichen der Männer liegen hier in der Leichenhalle der Uniklinik in Edinburgh. Ich werde die Proben selbst entnehmen."

„Es wird uns eine Freude sein, Ihnen in jeder Hinsicht behilflich zu sein."

„Vielen Dank. Ich schicke sie Ihnen so schnell wie möglich."

Bannerman legte den Hörer auf. Was hatte dieser Gill sich eigentlich gedacht? Er mußte doch gesehen haben, welche furchtbaren Gefahren der Tod dieser Männer heraufbeschwören konnte. Trotzdem hatte er es versäumt, Munros Institut Proben zu schicken, und dann mußte er auch noch ausgerechnet zu diesem Zeitpunkt mit irgendeinem Weib verschwinden!

DIE STODDARTS lebten in einer weiträumigen Wohnung in der Edinburgher Neustadt. Bannerman war der einzige Gast, da Dr. Napier und ihr Verlobter, die auch eingeladen gewesen waren, im letzten Augenblick hatten absagen müssen. Als Bannerman Stoddarts Frau vorgestellt wurde, ging er davon aus, daß sie von Medizin keine Ahnung hatte, weshalb er sich Mühe gab, während des Essens mit ihr anderweitig Konversation zu machen.

Als Mrs. Stoddart sich dann später entschuldigte, um abzuräumen, packte Bannerman die Gelegenheit beim Schopf, um die Frage zu stellen, die ihm den ganzen Abend schon auf den Nägeln brannte. „Professor, ich wollte Sie fragen, was für Tierversuche mit den Gehirnen der drei Männer aus Achnagelloch in die Wege geleitet wurden."

„Danach sollten Sie Lawrence Gill fragen."

„Aber das ist doch nicht möglich, oder?"

„Stimmt, da haben Sie wohl recht. Dann kommt als nächste Dr. Napier in Frage."

„Sie selbst haben sich für die Untersuchungen nicht interessiert?"

„Ich kollationiere natürlich die Zahlen für die Untersuchung der MFG", erklärte Stoddart aufgeblasen.

„Ich verstehe", sagte Bannerman, der innerlich kochte. Himmelherrgott noch mal, dachte er. Da wird dieser Mann mit so etwas konfrontiert und vergleicht Zahlen miteinander!

AM NÄCHSTEN Morgen fuhr Bannerman schon um halb neun in die Universitätsklinik, obwohl Samstag war. Er hatte vor, die Leichen der drei Männer zu untersuchen, um Munro vom Neurobiologischen Institut Gewebeproben der Gehirne schicken zu können. Er fragte sich zur Leichenhalle durch und erklärte dem diensthabenden Assistenten, was er wollte.

Dann zog er die Schuhe aus und langschäftige Gummistiefel an. Während der Assistent die erste Leiche auf den Obduktionstisch rutschen ließ, zog Bannerman Kittel und Schürze an. Flackernd ging das Licht über dem Tisch an und verbreitete ein leises Hintergrundsummen. Bannerman trat an den Obduktionstisch und zog das Leichentuch zurück. Eine unregelmäßig gezackte dunkle Linie am Schädel des Toten wies darauf hin, daß die Schädeldecke bei der vorherigen Obduktion von Gill abgehoben worden war.

„Ich brauche ein paar Reagenzgläser für die Proben", sagte Bannerman zu dem Assistenten. „Standardgläser, dreißig Gramm."

Der Assistent brachte ihm vier Reagenzgläser und stellte sie ans Kopfende des Tisches, während Bannerman die Schädeldecke abhob. Er nahm sich von dem Instrumententablett Skalpell und Pinzette, warf dann einen Blick in die Gehirnhöhlung und machte ein verdattertes Gesicht. Es war nichts da!

„Wo ist das Gehirn der Leiche?"

„Wenn es nicht im Kopf ist, keine Ahnung, Sir", erwiderte der Assistent.

„Haben Sie Dr. Gill nicht assistiert, als er die erste Autopsie vornahm?"

„Nein, Sir. Ich bin immer nur am Wochenende hier."

„Werden hier unten Kopien von den Berichten aufgehoben?"

„Nein, Sir."

„Bringen Sie ihn zurück. Ich werde bei den beiden anderen nachsehen."

Doch bei den beiden anderen Leichen war es das gleiche – das Gehirn fehlte.

Bannerman wusch sich die Hände, zog sich um und ging wieder nach oben. Vielleicht fand er dort jemanden, der ihm Dr. Napiers Telefonnummer geben konnte. Er sah in einem der anderen Labors Licht und klopfte an die Tür. Jemand forderte ihn mit einem ausländisch klingenden Akzent auf einzutreten. So lernte er Dr. Klaus Lehmann, einen Austauschwissenschaftler von einem Max-Planck-Institut in Deutschland kennen, der an einem Forschungsprojekt über Allergien arbeitete.

Bannerman fragte, ob Dr. Lehmann wisse, wo die Telefonliste der Mitarbeiter liege. Lehmann erwiderte, er habe eine Kopie, und reichte sie Bannerman.

Er fand die Nummer schnell und rief Dr. Napier an. Es klingelte achtmal, bevor sie abnahm. „Ich war gerade im Badezimmer", beschwerte sie sich, nachdem er seinen Namen genannt hatte.

„Tut mir leid, aber es ist wichtig. Ich kann keinerlei Einzelheiten über die Tierversuche finden, die Sie und Dr. Gill mit dem Hirnmaterial von den drei Toten aus Achnagelloch angesetzt haben. Sie müssen die Notizen darüber aus den Unterlagen herausgenommen haben."

„Ich habe Ihnen alles gegeben, was ich in Dr. Gills Schreibtisch gefunden habe. Ich selbst war mit den Tierversuchen nicht befaßt."

„Wo ist die Tierversuchsstation? Und wissen Sie, ob dort heute jemand ist?"

Dr. Napier erklärte ihm, wo sich das Labor befand. „Gegen Mittag kommt immer einer von den Assistenten."

„Gut", sagte Bannerman. „Können Sie mir dann sagen, wo die Gehirne der Leichen sind?"

„Die Leichen liegen in der Leichenhalle."

„Aber ihre Gehirne nicht."

„Dann muß Dr. Gill sie wohl herausgenommen haben."

„Und wo würde er sie dann aufheben?"

„Lawrence hat einen Kühlschrank in seinem Labor. Dort bewahrt er manchmal Proben auf, bis sie nicht mehr gebraucht werden."

„Kann ich da ran?"

„Der Kühlschrank ist abgeschlossen. Und das Labor auch. Ich komme vorbei. Ich weiß, wo die Schlüssel liegen. In zwanzig Minuten bin ich da."

Bannerman beschloß, in seinem eigenen Büro zu warten.

Dr. Napier trug, als sie eine halbe Stunde später erschien, einen marineblauen Trainingsanzug mit Uniwappen auf der Brust. Das Haar hatte sie zu einem Knoten zusammengedreht. In der Hand hielt sie einen Schlüsselbund. „Ich habe Dr. Gills Labor schon aufgeschlossen", sagte sie. „Wir können loslegen."

Bannerman folgte ihr in Gills Labor. Dort schloß Dr. Napier einen großen Tiefkühlschrank auf. Der Schrank war vollgepackt mit vielen Plastikbeuteln und -kästen, die ausnahmslos menschliche Körperteile enthielten. Er suchte das Ganze nach grauem Material ab, doch von Gehirnen war keine Spur zu sehen.

„Er führt über den Inhalt Buch", sagte Dr. Napier, holte ein Notizbuch herbei und blätterte darin. „Komisch", sagte sie, „sie scheinen nicht hier zu sein."

„Ich muß unbedingt mit Lawrence Gill sprechen", sagte Bannerman. „Weiß denn wirklich niemand, wo er steckt?"

„Ich fürchte, nein.“

„Zu welchen Schlüssen sind Sie und Gill gekommen, was die Todesursache betrifft?“ fragte Bannerman.

„Daß die Männer an einer infektiösen Hirnerkrankung gestorben sind, und Gill meinte, es könnte eine Verbindung mit Scrapie bestehen.“

„Der pathologische Befund deutet darauf hin, daß die Männer an Scrapie gestorben sind! Wenn sich rausstellt, daß Scrapie die Speziesbarriere durchbrechen und Menschen befallen kann, dürften wir vor einer Krise gewaltigen Ausmaßes stehen.“

„Sie meinen, wenn das einmal passiert, kann es wieder geschehen?“

„Genau. Hoffentlich handelt es sich nur um einen Zufall. Bloß, wir müssen wissen, warum es in diesem Fall dazu kam. Möglich, daß das neue Virus, wenn es sich denn um ein solches handelt, sich über Vogelkot oder durch die Nahrungskette, sprich Viehfutter, bereits im ganzen Land ausgebreitet hat.“

„Was für ein entsetzlicher Gedanke!“ murmelte Dr. Napier.

„Falls Gill keine Tierversuche in die Wege geleitet hat, sind die Gehirne der drei Männer unsere einzige Quelle für infiziertes Material – und ausgerechnet diese Gehirne fehlen. Wir müssen sie finden. Das ist der Grund, warum ich Gill unbedingt sprechen muß. Wie komme ich ins Tierlabor?“

„Ich bringe Sie hin.“

Bannerman folgte ihr durch ein Labyrinth von Kellerkorridoren, bis sie sich dem Tierlabor näherten. Dr. Napier klopfte an eine Tür.

„Wer ist da?“ ließ sich eine Stimme von drinnen vernehmen.

„Morag Napier.“

Die Tür wurde von einer jungen Frau geöffnet, und Dr. Napier und Bannerman betraten das Tierlabor. Es war ein weiß getünchter, neonbeleuchteter Kellerraum, dessen eine Wand von einem Metallgestell eingenommen wurde, auf dem sich ein Mäusekäfig neben dem anderen befand. In einem anderen Teil des Labors waren Ratten, Meerschweinchen und Kaninchen untergebracht. In der Mitte des Raumes stand ein Tisch mit einer großen Arbeitsplatte und dahinter eine Reihe von Ausgüssen. Vom Hauptraum gingen zwei kleinere Räume ab; in einem stand ein Seziertisch für Tiere, daneben ein Tablett mit Instrumenten.

Die junge Frau, die ihnen aufgemacht hatte, machte sich wieder daran, die Tiere zu füttern.

„Ich brauche eine Information“, sagte Dr. Napier zu ihr. „Wir müssen unbedingt wissen, ob Dr. Gill nach seiner Rückkehr aus dem

Norden darum gebeten hat, daß bestimmte Tests mit Mäusen durchgeführt werden."

„Wenn, dann müßte es in dem Buch stehen, dem roten im Büro."

Dr. Napier und Bannerman gingen ins Büro hinüber und blätterten die letzten Seiten des Buches durch.

„Hier steht was", sagte Dr. Napier und las die Eintragung vor: „Sechs Mäuse, Dr. Lawrence Gill, drei Proben, zwei Mäuse pro Probe. Ref. W 17-22. Querverweis: MFG 3."

„Medizinische Forschungsgesellschaft drei", wiederholte Bannerman. „Das müssen sie sein."

„Und wie finden wir W siebzehn bis zweiundzwanzig?" wandte Dr. Napier sich wieder an die Assistentin.

Die junge Frau ging an der Reihe der Käfige entlang und klopfte mit der Handfläche gegen einen. „Von hier nach links", sagte sie.

Dr. Napier nahm den Käfig herunter, auf den die Frau gezeigt hatte, und schaute hinein. „Putzmunter und quicklebendig", sagte sie, reichte Bannerman den Käfig und holte den nächsten herunter. „Die hier genauso." Sämtliche sechs Mäuse waren am Leben und offensichtlich gesund.

„Mir fällt ein Stein vom Herzen, daß die Tests wenigstens angesetzt sind", meinte Bannerman. „Ich nehme an, es ist noch ein bißchen früh, um festzustellen, ob sich eine Gehirnerkrankung entwickelt hat. Wir müssen diese Burschen im Auge behalten."

Dr. Napier nickte. „Ich werde dafür sorgen."

„Ich muß aber trotzdem mit Gill reden", insistierte Bannerman. „Lebt seine Frau in Edinburgh?"

„Ja, aber Sie wollen doch nicht etwa . . ."

„Ich muß sie unbedingt sprechen. Wenn sie weiß, daß ihr Mann mit jemand durchgebrannt ist, weiß sie vermutlich auch, mit wem, und vielleicht sogar, wohin."

„Ich besorge Ihnen ihre Adresse."

Bannerman lud Dr. Napier zum Mittagessen ein, doch sie lehnte dankend ab und sagte, sie hätte anderes zu tun. Seine Enttäuschung hielt sich in Grenzen; er hatte sie ohnehin mehr aus Höflichkeit eingeladen. Er aß allein in einer Kneipe in der High Street zu Mittag und rief dann Lawrence Gills Frau an.

„Vera Gill", meldete sie sich.

„Mrs. Gill, mein Name ist Bannerman. Ich bin Pathologe und arbeite für die Medizinische Forschungsgesellschaft. Ich würde gern mit Ihnen über Ihren Mann sprechen. Ich weiß, daß es unter den gegebenen Umständen vielleicht taktlos wirkt, aber es ist äußerst wichtig. Ich möchte am Telefon nicht darüber reden. Könnten wir uns sehen?"

Mrs. Gill zögerte, woraufhin Bannerman wiederholte, wie wichtig es sei.

„Na gut. Kommen Sie heute nachmittag vorbei."

Bannerman schrieb sich die Adresse auf, und sie verabredeten sich für halb vier.

VERA GILL lebte mit ihren beiden Töchtern in einem hübschen, ein wenig abseits gelegenen Haus im Stadtviertel Colinton. Die Kinder spielten im Garten.

Mrs. Gill kam an die Tür, als Bannerman klingelte, und bat ihn herein. „Was möchten Sie wissen?" fragte sie.

„Ich muß unbedingt Ihren Mann finden. Ich brauche ein paar Informationen von ihm, die für uns von größter Wichtigkeit sind."

„Ich habe seit seinem Verschwinden am sechzehnten Januar nichts mehr von ihm gehört", antwortete Mrs. Gill mit finsterer Miene.

„Dann wissen Sie also nicht, wo er sich aufhält?"

„Nein. Er ist mit einer anderen Frau auf und davon. Aber ich weiß nicht, wo sie sind."

„Kennen Sie diese andere Frau?" fragte Bannerman.

„Sie heißt Shona MacLean", sagte Vera Gill. „Lawrence und sie hatten vor ein paar Jahren, als wir oben im Norden lebten, eine Affäre. Er hat mir versichert, es sei alles aus, aber gelegentlich hat sie ihm geschrieben."

„Hat Ihr Mann Ihnen gesagt, daß er zu dieser Frau wollte?"

„Nein, aber so ist Lawrence nun mal."

„Was genau hat er Ihnen gesagt?" fragte Bannerman.

„So gut wie nichts. Lawrence haßte es, unangenehme Entscheidungen zu treffen. Er wurde immer aufgeregter und bekam es immer mehr mit der Angst zu tun, und dann erklärte er plötzlich, er müsse für eine Zeitlang fort, und seither habe ich ihn nicht mehr gesehen."

„Wo lebt diese Shona MacLean?" fragte Bannerman.

„In Ralsay. Das ist ein kleines Dorf auf der Insel North Uist."

AUF DEM Rückweg zu seinem Apartment erstand Bannerman an einer Tankstelle ein paar Straßenkarten von Nordwestschottland und den Hebriden. Ohne das Hirngewebe konnte er, was die pathologische Untersuchung betraf, in der Uniklinik kaum etwas ausrichten. Die Gehirne der infizierten Mäuse im Labor würden ihm zwar weiteres Material liefern, doch selbst wenn seine schlimmsten Befürchtungen hinsichtlich der kurzen Inkubationszeit wahr wurden, würde das noch ein paar Wochen dauern. Deshalb überlegte er, wie es wäre, wenn er in den Norden führe und sich die Gegend um Achnagelloch herum selbst ansähe. Er konnte das mit einer Fahrt nach North Uist verbinden, um Lawrence Gill zu suchen.

Drittes Kapitel

URSPRÜNGLICH hatte Bannerman vorgehabt, an diesem Abend in einem der Restaurants an der Royal Mile zu essen, doch nun beschloß er, mit dem vorliebzunehmen, was er in der Wohnung fand. Er machte sich ein Fertiggericht warm. Nach acht rief er Stella an.

„Wie läuft's?" fragte sie.

„Nicht gut", gestand Bannerman. „Der Pathologe, der Alarm geschlagen hat, ist verschwunden. Und das gleiche gilt für die Gehirne der Opfer."

„Das hört sich ja wie ein Krimi an. Und was hast du jetzt vor?" fragte Stella.

„Ich muß mit diesem Gill reden. Er ist wegen Eheschwierigkeiten weggerannt. Seine Frau meint, daß er sich auf der Insel North Uist aufhält."

„Sieht so aus, als könnte doch noch ein Urlaub für dich draus werden."

„Ich muß mir auch die Schafe auf dem Bauernhof ansehen und mich mit dem dortigen Allgemeinmediziner und dem Tierarzt unterhalten. Außerdem möchte ich mir das Kernkraftwerk ansehen. Allmählich habe ich das Gefühl, es wäre besser gewesen, ich hätte mich niemals auf diese Sache eingelassen."

BANNERMAN spielte mit dem Gedanken, Sonntag abend mit der Eisenbahn nach Inverness zu fahren und Montag morgen den Anschlußzug nach Kyle of Lochalsh zu nehmen, doch dann fiel ihm etwas Besseres ein. Wenn er sich einen Mietwagen nahm, konnte er die Fahrt am Sonntag morgen beginnen und unterwegs irgendwo haltmachen, um eine kleine Bergtour einzuschieben. Frische Luft konnte er gut gebrauchen. Übernachten konnte er irgendwo in einem kleinen Hotel und dann am Montag morgen nach North Uist weiterfahren.

Er suchte im Telefonbuch nach der Nummer für die Wetteransage für das Gebiet, durch das er auf dem Weg nach Norden zu fahren gedachte. Zwanzig Minuten später hatte er sich entschlossen, den Tarmachan Ridge nördlich von Loch Tay zu überqueren. Die Meteorologen hatten versichert, daß es in dem Gebiet nördlich von Loch Tay zwar kalt sein würde, dafür aber sei der Himmel blau, und die Sonne würde scheinen.

Bannerman rief bei einem Autoverleih an und ließ sich einen Ford Sierra bereitstellen. Er wählte Dr. Napiers Telefonnummer, um sie von seinen Plänen zu unterrichten, doch ging dort niemand an den Apparat, und so nahm er sich vor, sie am nächsten Morgen vor dem Losfahren anzurufen.

SONNTAG mittag näherte sich Bannerman dem Loch Tay von Osten. Er machte in einem Dorf namens Lawers halt und nahm im Ben-Lawers-Hotel ein Zimmer für die Nacht. Das Wetter war so gut wie vorhergesagt, und er genoß es, kurz darauf den Ford die schmale, dem Verlauf des Nordufers von Loch Tay folgende Straße entlangzufahren und schließlich am Eingang einer alten Steinbruchstraße zu parken, welche die Güter Tarmachan und Morenish durchquerte.

Als er sich auf den Rand des Kofferraums setzte, um die Socken zu wechseln und Wanderstiefel anzuziehen, schien die Sonne ihm warm ins Gesicht. Er prüfte, ob er im Rucksack alles Nötige dabeihatte, und schritt dann auf dem Steinbruchpfad in Richtung Norden. Er machte sich an den Aufstieg zum Grat und blieb nur gelegentlich stehen, um den Blick über die Weite des unten in der Sonne blitzenden Loch Tay zu genießen.

Als er sich dem Rand des Grates näherte, wo die Felsen kurz vor dem letzten steilen Aufstieg zum Gipfel des Tarmachan jäh abfielen, legte er eine Verschnaufpause ein, nahm den Rucksack ab, um sich hinzusetzen, und aß in Ruhe eine Tafel Schokolade. Er entdeckte, daß hinter seinem Ford ein anderes Auto geparkt hatte, doch von dem Fahrer war nichts zu sehen. Die Sonne verschwand hinter ein paar Wolken, und Bannerman merkte, daß ihm kalt wurde. Die Temperatur war unter den Gefrierpunkt gefallen.

Er stand auf, zog eine Goretex-Jacke und ein paar Wollfäustlinge an und lud sich den Rucksack wieder auf. Bald würde er über die Schneegrenze hinaus sein.

Die Wolken über ihm verdichteten sich, sie zogen immer rascher vorbei. Das ließ ihn ahnen, was ihn erwartete, wenn er aus der windabgewandten Seite der Südwand herauskam und sich auf den Grat begab. Als er schließlich dort angekommen war, traf ihn der Wind mit voller Wucht. Sein Stolz wollte nicht zulassen, daß er umkehrte, ohne die höchste Spitze erreicht zu haben. Doch Vorsicht und gesunder Menschenverstand brachten ihn immerhin dazu, die letzte Strecke auf Händen und Knien zurückzulegen. Er schaute kurz über den Rand der Felsspitze auf den jetzt neunhundert Meter unter ihm liegenden Loch Tay hinab. Sollte er weitermachen oder doch umkehren und an der windabgewandten Seite des Tarmachan absteigen? Nach einigem Überlegen schob er die endgültige Entscheidung darüber auf, bis er den zweiten Gipfel erreicht hatte.

Als er in die kleine Senke zwischen den Gipfeln des Tarmachan und des Garbh hinabstieg, wo er für ein paar Minuten vom Wind geschützt war, beschloß er, eine Weile im Schutz der Senke zu bleiben und etwas zu essen und zu trinken. Vielleicht würde sich auch der Wind in der Zwischenzeit legen.

Bannerman warf einen Blick auf die Uhr und stellte fest, daß vierzig Minuten vergangen waren, seit er mit seiner Rast begonnen hatte. Er wußte, daß er wirklich nicht mehr länger warten sollte. Im Januar waren die Tage unangenehm kurz. Er zog seine wasserdichte Überhose aus der Seitentasche seines Rucksacks und machte die Reißverschlüsse auf, damit er die Hose über die Stiefel bekam, zog die Kapuze seiner Jacke hoch und band sie zu. Dann zog er die Fäustlinge wieder über.

Der Wind war immer noch recht stark, aber es gab keine plötzlichen Windstöße mehr. Deshalb entschied er sich dafür, doch auf dem Grat weiterzugehen. Er nutzte einen Felsen als Windschutz und warf einen Blick auf den vor ihm liegenden schmalen Gratabschnitt. Zwar war die Strecke höchstens fünfzehn Meter lang, aber zu beiden Seiten ging es steil nach unten. Er wagte sich hinter dem Felsen hervor. Überrascht stellte er fest, daß sich hinter ihm eine Gestalt dem Gipfel auf demselben Weg näherte.

Zuerst ging Bannerman äußerst vorsichtig auf dem Grat, doch dann merkte er, daß es gar nicht so gefährlich war, wie er gedacht hatte. Nach ein paar Metern kam er an einen kleinen Felsbrocken, auf den er hinaufklettern mußte, um den Weg fortsetzen zu können. Ausgerechnet in diesem Moment öffneten sich die Himmelsschleusen, und eisiger Regen prasselte ihm ins Gesicht. Er stützte sich mit den Händen auf die Felsoberkante und trat mit dem rechten Fuß in eine kleine Spalte, um sich auf den Felsbrocken emporzuschwingen.

Durch den Regen war die Felsspalte jedoch so schlüpfrig geworden, daß Bannerman mit dem Fuß abrutschte und mit dem Oberkörper auf der harten Felskante aufschlug. Angst und Schmerz durchfuhren ihn, während er mit den Händen verzweifelt versuchte, Halt an dem Felsen zu finden. Als er dabei den Kopf nach links drehte, sah er, daß der Wanderer, der hinter ihm gewesen war, inzwischen den Grat erreicht hatte und sich ihm vorsichtig näherte.

Bannerman gelang es, sich ganz auf den Felsbrocken hochzuziehen. Der andere Mann blieb wenige Meter vor dem Felsbrocken stehen, und Bannerman schrie ihm gegen den Wind zu, es sei alles in Ordnung. Als der Fremde keine Anstalten machte zu warten, wurde Bannerman plötzlich klar, daß er vorhatte, ihn zu überholen. Dafür war aber eindeutig zuwenig Platz.

„Himmel noch mal!“ rief Bannerman gellend. „Hier ist zuwenig Platz!“

Doch der Fremde erklomm den Felsbrocken ohne Schwierigkeiten, kam direkt auf Bannerman zu und stieß ihn einfach beiseite. Bannerman verlor das Gleichgewicht. Es kam ihm so vor, als fiele er in Zeitlupe hintenüber. Er stieß einen Schrei aus, bevor er mit dem Kopf auf einen Felsvorsprung prallte und das Bewußtsein verlor.

ALS BANNERMAN die Augen wieder aufmachte, wunderte er sich, daß er noch am Leben war. Sein Kopf schmerzte, als hätte eine Explosion darin stattgefunden, und sein rechter Arm tat furchtbar weh. Er war naß bis auf die Haut und fror erbärmlich. Vorsichtig hob er den Kopf und stellte fest, daß er wie durch ein Wunder am Rand eines Abgrundes liegengeblieben war. Ganz langsam richtete er sich auf und krabbelte auf allen vieren ein Stück weiter vom Rand weg.

Doch damit war er noch nicht außer Gefahr. Er befand sich rund dreißig Meter unterhalb des Grates, und um von dem Berg herunterzukommen, mußte er erst wieder dort hinauf. Er rieb sich den rechten Arm, bewegte die Finger und versuchte die in ihm aufsteigende Panik niederzukämpfen. Falls er es überhaupt nach oben schaffte, dann nur, wenn er sich jeden einzelnen Schritt genau überlegte. Wenigstens hatte es mittlerweile aufgehört zu regnen.

FÜR DIE Kraxelei hinauf zum Pfad brauchte Bannerman über zwanzig Minuten. Er kehrte zum Tarmachan zurück und begann von dort aus mit dem Abstieg. Er hatte Schmerzen und kam nur quälend langsam voran. Ihm war hundeelend zumute, und er wußte, daß es nicht mehr lange hell sein würde. An eine Pause war überhaupt nicht zu denken.

Seine Angst vor dem Einbruch der Dunkelheit wurde von Wut verdrängt, als er an den Mann dachte, der ihn vom Grat hinuntergestoßen hatte. Es wollte ihm einfach nicht in den Kopf, daß jemand so dumm und so rücksichtslos sein konnte.

Als er endlich wieder bei seinem Auto war, warf er seinen Rucksack auf den Rücksitz, stieg ein, knallte die Tür zu und war unendlich froh, daß er es geschafft hatte und in Sicherheit war. Er ließ den Motor an und fuhr langsam zum Ben-Lawers-Hotel zurück. Auf dem Parkplatz des Hotels fiel er vor Erschöpfung fast aus dem Auto.

„Um Gottes willen, was ist denn mit Ihnen passiert?“ wollte die Besitzerin wissen, als sie sah, in welchem Zustand Bannerman sich befand.

„Ach, ich hatte auf dem Berg einen kleinen Unfall“, antwortete Bannerman schwach.

Die Frau rief ihren Sohn Euan, der Bannerman in die Bar führte, wo ein prasselndes Feuer brannte. Sie selbst lief hinauf, um ein heißes Bad einlaufen zu lassen. Euan reichte dem Gast ein großes Glas Whisky.

ALS BANNERMAN sich eine Dreiviertelstunde später aus der Badewanne hinaushievte, um sich trockenzurubbeln, tastete er seinen Hinterkopf ab. Erstaunlicherweise schien er, abgesehen von ein paar Hautabschürfungen und blauen Flecken, am Körper keine Verletzung davongetragen zu haben. Er zog sich an und ging wieder nach unten.

„Ich meine, wir sollten den Arzt aus Killin rufen“, sagte die Hotelbesitzerin, doch Bannerman erklärte, das sei unnötig.

„Die einzige Medizin, die ich im Moment brauche, gibt es dort“, meinte er lächelnd und zeigte auf die Bar. Er trank noch einen Whisky und vertilgte hinterher eine gewaltige Grillplatte. Es wohnten noch zwei weitere Gäste im Hotel, ein englisches Ehepaar aus Carlisle. Bannerman hatte keine Lust auf ein Gespräch, verließ daher das Restaurant und kehrte in die Bar zurück, wo er sich vor dem Kamin niederließ. Von innen und außen gewärmt und von Wohlbehagen durchdrungen, wurde er bald müde. Nach einem weiteren Glas Whisky dankte er der Besitzerin und ihrem Sohn für ihre Freundlichkeit und ging hinauf in sein Zimmer, um sich schlafen zu legen. Als er die Bettdecke unters Kinn zog, mußte er an die Wettervorhersage vom Vormittag denken. „Völlig falsch!“ murmelte er noch, ehe er in den Schlaf sank.

Am nächsten Morgen goß es wieder in Strömen, als Bannerman in Richtung Kyle of Lochalsh zur Fähre fuhr. Als er dort angekommen war, ließ er sein Auto stehen und setzte nach Skye über. Um sechs Uhr abends erreichte er schließlich das Dorf Ralsay auf North Uist, in einer uralten Limousine, die als Taxi benutzt wurde.

„Können Sie mich an einem Hotel absetzen?“ fragte Bannerman den Fahrer.

„Es gibt hier kein Hotel.“

„Und wo steigen Fremde in Ralsay ab?“

„Es kommen so gut wie keine her. Sie können's ja mal bei Mrs. Ferguson in dem Haus da drüben mit den Löwen an der Tür versuchen“, sagte der Fahrer und hielt die Hand auf. Bannerman gab ihm den Fahrpreis und ein Pfund extra und ging zu dem Haus hinüber. Im Fenster stand ein Pappschild mit der Aufschrift Zimmer frei.

Bannerman klingelte und fragte, ob er ein Zimmer haben könne.

„Ja, für elf Pfund und fünfzig, Frühstück inbegriffen“, sagte die streng aussehende Frau, die ihm geöffnet hatte. „Und ein Pfund extra, wenn Sie zum Schlafengehen Tee und Zwieback möchten.“

„Hört sich himmlisch an!“ sagte Bannerman und lächelte.

„Soll das heißen, Sie möchten Tee und Zwieback?“

„Ja, bitte“, antwortete Bannerman und folgte der Frau eine enge Treppe hinauf in ein Zimmer, in dem er wegen der schrägen Decke nicht aufrecht stehen konnte, außer auf einem ein Meter breiten, mit einem roten Läufer belegten Streifen vor einem alten Messingbett. Das Zimmer war kalt und roch muffig, doch etwas anderes gab es im Dorf offensichtlich nicht.

„Sie müssen im voraus zahlen“, sagte die Frau und streckte die Hand aus. Bannerman zückte die Brieftasche und reichte ihr das Geld.

„Übrigens bin ich ziemlich hungrig“, sagte er versuchsweise. „Sie könnten mir wohl nicht . . .?“

„Ich könnte Ihnen Eier mit Speck machen“, unterbrach sie ihn.

„Das wäre wunderbar.“

Sämtliche Versuche Bannermans, beim Essen mit Mrs. Ferguson ins Gespräch zu kommen, schlugen fehl. Sie war äußerst einsilbig. Deshalb versuchte er nicht länger Konversation zu machen, sondern kam auf den Grund seines Besuches auf der Insel zu sprechen. „Ich suche nach einer Frau namens Shona MacLean“, sagte er. „Wissen Sie vielleicht, wo ich sie finden könnte?“

„Folgen Sie nur der Spur der vielen anderen“, lautete die Antwort.

„Diese Frau hat dauernd Besuch. Sie wohnt in dem weißen Haus mit der roten Tür."

„Aha. Vielen Dank", sagte Bannerman, bedankte sich für das Essen und ging nach oben.

EINER kalten, unbehaglichen Nacht folgte der Versuch, sich mit lauwarmem Wasser zu rasieren; daran schloß sich ein wiederum aus fettigem Speck mit Eiern bestehendes Frühstück an. Bannerman packte seine Sachen und verabschiedete sich von Mrs. Ferguson.

Er ging die Straße entlang bis zu dem weißen Haus mit der roten Tür. Auf sein Klopfen wurde ihm von einer gutaussehenden blonden Frau Ende Zwanzig geöffnet; sie trug Jeans und ein graues Sweatshirt, auf das ein Delphin gestickt war.

„Hallo", sagte sie und lächelte. „Sie habe ich hier noch nie gesehen."

„Ich suche Shona MacLean", erklärte Bannerman.

„Dann haben Sie sie gefunden", erwiderte die Frau. „Was kann ich für Sie tun?"

„Ich hoffe, Sie können mir helfen, Lawrence Gill zu finden."

Ihr Lächeln verschwand. „Ich habe Lawrence seit Jahren nicht gesehen. Wer sind Sie?"

„Mein Name ist Ian Bannerman. Ich bin Pathologe und gehe einer Sache nach, an der Lawrence Gill gerade arbeitete, als er durchbrannte."

„Durchbrannte?"

„Ach, Miß MacLean, Gills Frau hat mir gesagt, daß er mit Ihnen durchgebrannt sei."

Die junge Frau machte ein erschrockenes Gesicht. „Kommen Sie doch bitte rein", sagte sie.

Bannerman folgte der jungen Frau in einen hübsch eingerichteten Raum. Die Möbel waren überwiegend aus hellem Fichtenholz. Er nahm auf einem langen, mit Chintz bezogenen Sofa an der Fensterwand Platz, während Shona es sich in einem Sessel bequem machte.

„Können Sie sich ausweisen?" fragte sie.

Bannerman zog seine Brieftasche heraus und zeigte ihr Kreditkarten und die Kennkarte vom Krankenhaus mit einem Foto von ihm. Shona MacLean sah sich alles genau an, reichte es ihm dann zurück und fragte: „Haben Sie irgend etwas mit der Medizinischen Forschungsgesellschaft zu tun?"

„Ja. Der Auftrag, diese Untersuchung durchzuführen, kommt von der MFG", erklärte er. „Wieso fragen Sie? Sie haben Lawrence Gill also doch erst vor kurzem gesehen, nicht wahr?"

Shona MacLean nickte. „Ja. Lawrence und ich hatten vor Jahren ein Verhältnis, aber das ist längst vorbei. Er ist hergekommen, weil er einen Ort brauchte, wo er sich verstecken konnte. Er hatte Todesangst. Er sagte, irgendwelche Leute seien hinter ihm her und sie würden ihn umbringen, wenn sie ihn erwischten."

„Aber warum?"

„Das wollte er mir nicht sagen."

„Ist er noch auf der Insel?"

„Nein. Er versteckt sich auf einer unbewohnten Nachbarinsel."

„Aber da kann er doch nicht ewig bleiben!" rief Bannerman. „Er ist doch wieder in Gefahr, sobald er die Insel verläßt."

„Lawrence hat mir ein Paket gegeben, das ich an die Medizinische Forschungsgesellschaft in London schicken sollte, und behauptet, wenn sie das erst hätten, bestünde kein Grund mehr, hinter ihm herzusein."

„Hat er gesagt, was drin ist?"

Shona schüttelte den Kopf.

„Beschreiben Sie es mir bitte!"

„Es war etwa dreißig Zentimeter lang. Ich habe es im Postamt von Cairnish aufgegeben."

„Wann?"

„Am neunzehnten."

„Dürfte ich mal telefonieren?"

„Selbstverständlich!"

Bannerman rief die MFG in London an, ließ sich mit Milne verbinden und fragte ihn nach dem Paket.

„Das ist nicht angekommen", sagte Milne. „Was war denn drin?"

„Das weiß ich auch nicht", erwiderte Bannerman, verabschiedete sich und legte den Hörer auf.

„Es hätte doch längst ankommen müssen", sagte er zu Miß MacLean, die daraufhin beim Postamt in Cairnish anrief. Zunächst tauschte sie Höflichkeiten mit jemand namens Kirstie aus. Dann sagte sie: „Es geht um das Paket, das ich am neunzehnten aufgegeben habe, nach London."

Bannerman verfolgte, wie ihr Gesichtsausdruck immer besorgter wurde.

„Dr. Gill hat es wieder abgeholt?" rief sie aus. „Aber das ist unmöglich . . . Nein, nein, vielen Dank, Kirstie. Mach dir keine Sorgen. Bis bald." Sie legte auf und berichtete Bannerman: „Im Postamt haben sie gesagt, Lawrence sei später an diesem Tag erschienen, um sich das Paket wieder aushändigen zu lassen. Er wies sich mit seinen Papieren aus, und da hat Kirstie es ihm gegeben."

„Halten Sie das für möglich?" fragte Bannerman.

Miß MacLean schüttelte den Kopf. „Lawrence ist an diesem Tag zur Insel rübergefahren, und er muß noch dort sein, denn das Boot ist nicht wieder zurückgekommen. Folglich kann nicht er es gewesen sein, der . . ., aber wer immer das Paket abgeholt hat, muß Lawrence' Personalausweis gehabt haben . . ."

Was das bedeutete, wagten Miß MacLean und Bannerman sich kaum auszumalen. Wer immer hinter Gill her gewesen war, er hatte ihn gefunden.

„Sie wissen, was in dem Paket war, nicht?" fragte Miß MacLean.

„Nein", erklärte Bannerman wahrheitsgemäß, dachte dabei aber an die fehlenden Gehirne. Hatte Gill vielleicht versucht, sie an die MFG in London zu schicken? Und wer hatte dafür gesorgt, daß das Paket nicht weiterbefördert worden war? Bei diesen Überlegungen beschlich ihn Angst.

BANNERMAN folgte Shona MacLean die Steintreppe hinunter, die von der Hafenmauer zum Wasser führte. Er hielt das kleine weiße Boot fest, während sie zum Heck kletterte, um den Außenbordmotor anzuwerfen. Stotternd sprang der Motor an. Miß MacLean ließ ihn warmlaufen. Dann machte sie die Haltetaue los. Bannerman stieg ein, und sie fuhren los. Als sie die Hafeneinfahrt hinter sich gelassen hatten, legte das Boot an Tempo zu und verursachte beachtliche Wellen.

„Ich habe Sie gar nicht gefragt, was Sie beruflich machen." Bannerman sprach mit lauter Stimme, um trotz des Motorenlärms gehört zu werden.

„Ich bin Malerin", antwortete Miß MacLean.

„Künstlerin?"

„Warum erstaunt Sie das?"

„Weil ich angenommen habe, daß Sie auch irgendwas mit Medizin oder Naturwissenschaften zu tun hätten."

„Wegen Lawrence? Ich bin eigentlich Krankengymnastin, aber dann hat mir der Beruf keinen Spaß mehr gemacht, und ich bin zum Studium an die Kunstakademie in Dundee gegangen. Um das Studium zu finanzieren, habe ich im Krankenhaus gearbeitet, und da habe ich Lawrence kennengelernt."

„Und eine Affäre mit ihm gehabt."

„Wir haben uns geliebt, aber er war verheiratet."

„Und warum hat er dann seine Frau nicht verlassen?"

„Lawrence hatte zwei kleine Kinder und eine Frau, die ganz von ihm abhängig waren. Er hat einfach die falsche Frau geheiratet. Das kommt sehr häufig vor, aber deshalb laufen nicht alle gleich zum Scheidungsrichter. Lawrence würde keiner Fliege etwas zuleide tun, geschweige denn einem Menschen."

„Und wie hat die Geschichte geendet?"

„Ich habe die Beziehung abgebrochen, aber wir sind Freunde geblieben."

Bannerman nickte und wechselte das Thema. „Können Sie von Ihrer Kunst denn leben?"

Miß MacLean lächelte. „Ich illustriere Kinderbücher, und ab und zu bekomme ich auch noch andere Aufträge. Ich habe zwar kein regelmäßiges Einkommen, aber ich kann tun und lassen, was ich will, auf der Insel leben, malen, mit dem Boot rausfahren, mir den Wind ins Gesicht wehen lassen und in den Himmel schauen."

„Klingt nicht schlecht", sagte Bannerman.

„Und Sie? Tun Sie das, was Sie möchten?"

„Ich denke schon", antwortete er. „Aber ich habe nie richtig darüber nachgedacht."

„Das sollten Sie aber." Miß MacLean steuerte das Boot geradewegs auf einen Kiesstrand zu. Als das Boot auf Grund aufgelaufen war, sprang sie ins seichte Wasser und zog das Boot an der Bugleine hinter sich her an Land. Bannerman stieg aus und half ihr dabei.

„Das Cottage liegt ganz oben am Westrand", sagte Miß MacLean und zeigte in Richtung Klippen.

JE WEITER sie auf dem schmalen Pfad die Klippen hinaufstiegen, desto stärker wurde der Wind. Als sie oben angekommen waren, mußten sie sich nur noch ein paar Meter zu dem Cottage vorkämpfen.

Die Hintertür des Hauses stand offen und schlug gegen die Mauer. Bannerman und Miß MacLean gingen hinein; Gills Proviant lag auf dem Boden. Offenbar hatte niemand die Sachen angerührt. Eine Durchsuchung des Cottage brachte keine Spur von Gill zutage.

Auf dem schmutzigen Küchenboden fand Bannerman ein paar Fußabdrücke und kam zu dem Schluß, daß in jüngster Zeit mehr als eine Person hier herumgelaufen war. „Ich vermute, hier hat schon jemand auf ihn gewartet, als er ankam", sagte er.

„Vielleicht haben sie ihn aufs Festland zurückgebracht."

„Vielleicht“, stimmte Bannerman zu, doch verriet seine Stimme, daß er nicht daran glaubte. Wenn Gill oben an der Klippe von seinen Verfolgern erwischt worden war ... Bannerman sagte, er wolle sich draußen mal umsehen.

BANNERMAN kroch den äußeren Rand der Klippe hoch und entdeckte, was er fast zu sehen erwartet hatte: Unten an den Felsen lag der zerschmetterte Leichnam eines Mannes. Immer wieder schäumte Gischt über ihn hinweg. Bannerman hatte ein flaues Gefühl im Magen.

Er begab sich zum Cottage zurück und berichtete Miß MacLean von seiner schrecklichen Entdeckung. Mit feuchten Augen stand sie vor ihm. „Ich habe es geahnt“, flüsterte sie. „Als Kirstie mir von dem Mann mit Lawrence' Personalausweis und der Sache mit dem Paket erzählt hat ...“

„Es tut mir leid“, sagte Bannerman unbeholfen.

„Was sollen wir jetzt machen?“ fragte Miß MacLean und tupfte sich die Augen trocken.

„Wenn wir wieder auf North Uist sind, müssen wir es den Behörden melden. Sie werden dann den Leichnam bergen und alle weiteren Untersuchungen einleiten.“

AUF DER Fahrt zurück nach North Uist sprach keiner von ihnen viel, doch kurz bevor sie in den Hafen von Ralsay einliefen, sagte Miß MacLean: „Sorgen Sie bitte dafür, daß seine Frau erfährt, daß er nicht mit mir durchgebrannt ist, ja?“

Bannerman versprach, das zu tun.

Miß MacLean machte das Boot fest; dann gingen sie beide die Stufen zur Hafenmauer hinauf. Miß MacLean warf einen Blick auf die Uhr und sagte: „Es ist zu spät für Sie, noch aufs Festland zurückzukehren.“

„Dann muß ich eben noch eine Nacht bei Mrs. Ferguson wohnen.“

„Bleiben Sie doch bei mir“, schlug Miß MacLean vor.

„Werden dann nicht Ihre Nachbarn schlecht über Sie reden?“ fragte Bannerman.

„Aber mit Sicherheit.“

„ICH GLAUBE, wir können beide einen Drink gebrauchen“, meinte Miß MacLean, nachdem sie die Haustür zugemacht hatte. „Whisky?“

„Ja, gern.“

„Und dann rufen wir die Polizei an?“

„Es wäre mir lieber, Sie würden die Polizei erst morgen anrufen, wenn ich weg bin“, sagte Bannerman. „Ich muß so schnell wie möglich weitermachen.“

„Wissen Sie, warum Lawrence umgebracht wurde?“

„Nein, das weiß ich nicht“, erklärte Bannerman. „Aber es hat etwas mit dem Tod von drei Männern in Achnagelloch zu tun. Gill hat sich genauer mit deren Todesursache beschäftigt und ist meiner Meinung nach auf etwas gestoßen, wovon gewisse Leute nicht wollten, daß er darüber redete.“

„Woran sind diese Männer denn gestorben?“ fragte Miß MacLean.

„Sie sind an einer infektiösen Hirnerkrankung gestorben. Haben Sie jemals von einer Krankheit namens Scrapie gehört?“

Miß MacLean schüttelte den Kopf.

„Man glaubte bisher, daß nur Schafe davon befallen werden können, und so hat sich kein Mensch besonders darum gekümmert. Bis vor kurzem. Die Krankheit hat eine Barriere durchbrochen, von der man annahm, daß sie zwischen den verschiedenen Spezies bestehe. Sie hat unter Rindern den Rinderwahnsinn ausgelöst. Wir glauben, daß die drei Männer an Scrapie gestorben sind.“

„Bedeutet das, daß die Krankheit nun auch die Menschen befällt?“

„Ja, und wir müssen rausfinden, warum.“

„Ich verstehe. Danke, daß Sie mich eingeweiht haben.“

„Ich wäre Ihnen sehr dankbar, wenn Sie es nicht rumerzählten.“

Sie nickte. „Werden Sie nach Edinburgh zurückkehren?“

„Nein, ich werde nach Achnagelloch fahren.“

„Aber geraten Sie da nicht auch in Gefahr? Bitte sehen Sie sich vor!“

Bannerman nickte.

„Ich werde die Polizei erst anrufen, wenn Sie fort sind“, versprach Miß MacLean.

„Melden Sie nichts weiter, als daß Sie den Leichnam gefunden haben. Erzählen Sie ihnen nichts von dem Paket oder von dem Mann im Postamt.“

„Aber würden sie es dann nicht für einen Unfall halten?“

„Ich werde dafür sorgen, daß die Behörden erfahren, was wirklich passiert ist. Und die werden sich um die Sache kümmern, ohne daß die Zeitungen davon erfahren.“

Miss MacLean kochte ein Essen, das Bannermans Meinung nach den besten Londoner Restaurants würdig war, und sagte ihr dies auch.

„Freut mich, daß es Ihnen geschmeckt hat“, antwortete sie. „Ich koche gern. Deshalb freue ich mich auch immer über Besuch von Autoren und Verlagsleuten."

Bannerman erinnerte sich daran, was Mrs. Ferguson über sie gesagt hatte, und dachte: Boshafte alte Kuh! „Kann ich beim Abwaschen helfen?" fragte er dann Miß MacLean.

NACHDEM sie mit Geschirrspülen fertig waren, legte Miß MacLean noch einen riesigen Scheit Holz aufs Kaminfeuer, und sie setzten sich aufs Sofa und genossen die Wärme. Miß MacLean fragte Bannerman, was er tat, wenn er nicht gerade Detektiv spielte. Er gestand ihr, daß er dies zum erstenmal mache, eigentlich als Pathologe in einem Londoner Krankenhaus arbeite und Spezialist für Gehirnerkrankungen sei.

„Und tun Sie das gern?" fragte Miß MacLean.

„Ich denke schon", erwiderte Bannerman, nicht gerade im Brustton der Überzeugung,

Miß MacLean erhob sich, um etwas Musik aufzulegen. „Mir ist vorhin aufgefallen, daß mit Ihrer rechten Schulter etwas nicht stimmt", erklärte sie. „Sie haben den ganzen Tag über versucht, den rechten Arm zu schonen." Sie griff nach der Schulter und fing an, sie zu massieren.

Bannerman stöhnte vor Schmerz. „Ich habe sie mir gestern verletzt." Aber dann sagte er nichts mehr, denn die Massage tat ihm sehr gut.

Als Miß MacLean damit fertig war, machte sie ihm in ihrem Atelier im Obergeschoß ein Bett zurecht. Das Zimmer hatte ein großes Dachfenster, durch das man zu den Sternen gucken konnte. Zwar roch es in dem Zimmer nach Ölfarben, doch der Geruch erinnerte ihn an seine Schulzeit, so wie das Rauschen der Wellen Bilder von den Ferien mit der ganzen Familie und dem damit verbundenen Glücksgefühl heraufbeschwor.

Trotzdem half ihm das nicht, den Gedanken an Gills Leichnam auf den Felsen loszuwerden. Nach einigem Grübeln kam Bannerman zu dem Schluß, daß die Untersuchungsergebnisse der Präparate, die Gill nach London geschickt hatte, sich erheblich von denen der Gehirne unterscheiden mußten. Das Fixieren beim Präparieren der Proben mußte jedes Virus abgetötet haben. Die Gehirne dagegen konnten immer noch lebendige Viren enthalten. War das der Grund, warum Gill versucht hatte, sie an die MFG in London zu schicken? Weil es lebendes Virusmaterial enthielt? Bannerman sagte sich, daß seine Phantasie mit ihm durchging. Das neue Virus war immer noch etwas, das nur auf Mutmaßungen beruhte. Wer außerhalb der Medizinischen Forschungsgesellschaft wußte von einer solchen Möglichkeit? Über diesen Gedanken schlief er doch noch ein.

NACH dem Aufwachen duschte Bannerman ausgiebig und freute sich beim Abtrocknen über den frühmorgendlichen Sonnenschein. Der Duft von frischem Kaffee weckte beim Anziehen seinen Appetit aufs Frühstück, und als er hinunterging, hantierte Miß MacLean eifrig in der Küche.

„Haben Sie gut geschlafen?“ fragte sie.

„Nach einer Weile schon“, sagte Bannerman. „Und Sie?“

„Auch erst nach einer Weile. Ich konnte nicht aufhören, über Lawrence nachzudenken. Er war ein so sanfter Mann . . . Ihnen ist nichts Neues eingefallen, oder?“

Bannerman schüttelte den Kopf. „Nein, aber ich bin mehr denn je davon überzeugt, daß die Antwort in Achnagelloch zu finden ist.“

Nach dem Frühstück bestellte Miß MacLean ein Taxi für Bannerman, während er seine Sachen zusammenpackte. Bannerman war nicht sehr begeistert, als ihn derselbe Fahrer, der ihn schon ins Dorf gebracht hatte, abholte.

„Machen Sie's gut“, verabschiedete Miß MacLean Bannerman lächelnd.

„Vielen Dank für alles. Nicht zuletzt dafür, daß Sie mich vor einer weiteren Nacht bei Mrs. Ferguson bewahrt haben.“

„Ich würde sehr gerne mit Ihnen in Verbindung bleiben“, sagte Miß MacLean.

„Daran wäre auch mir sehr gelegen.“ Bannerman machte die Wagentür auf.

„Ach, Sie sind es“, sagte der Fahrer. „Ich dachte, Sie wohnten bei Mrs. Ferguson?“

„So, dachten Sie das?“ entgegnete Bannerman und stieg ein.

Die ersten Kilometer legten sie schweigend zurück. Doch der Fahrer konnte seine Neugierde nicht bezähmen. „War es denn ein Geschäftsbesuch oder Vergnügen?“ fragte er.

„Ein Geschäftsbesuch“, erklärte Bannerman wortkarg.

„Und in welcher Branche arbeiten Sie?“

Bannerman wartete mit seiner Antwort, bis das Taxi hielt, dann zog er sein Portemonnaie heraus und sagte: „Ich bin Steuerprüfer und arbeite fürs Finanzamt.“ Er zahlte den geforderten Fahrpreis plus ein Pfund extra und sagte: „Vergessen Sie nicht, das Trinkgeld zu versteuern!“

Die Überfahrt aufs Festland verlief ereignislos. Als Bannerman dort angekommen war, schickte er einen wehmütigen Blick übers Wasser und sagte Shona MacLean im Geiste noch einmal Lebewohl. Dann stieg er in den Ford und fuhr los in Richtung Achnagelloch.

Während der ersten drei Stunden Fahrt war das Wetter freundlich gewesen. Bannerman hatte in einer kleinen Dorfkneipe eine Pause eingelegt und zu Mittag gegessen.

Als er dann weitergefahren war, hatte etwas südlich von Loch Shin der Regen eingesetzt und war immer stärker geworden, bis die Scheibenwischer nicht mehr nachkamen. Bannerman mußte seine Geschwindigkeit auf Schrittempo verlangsamen und stellte fest, daß die an der Westseite von Loch Shin entlangführende Straße praktisch unter Wasser stand. Manchmal war es schwierig zu entscheiden, wo der Loch endete und die Landstraße begann. Er atmete auf, als die Straße wieder anstieg. Bald darauf bedeutete ihm ein Straßenschild, daß er abbiegen mußte. Die Straße nach Achnagelloch war äußerst kurvenreich und ähnelte einem Feldweg. Es war sieben Uhr, als er endlich in Achnagelloch eintraf.

Auf der Hauptstraße war keine Menschenseele zu sehen. Deshalb wendete er und fuhr zurück bis zu einer Stelle, wo ihm ein Hotelschild aufgefallen war. Er hielt an und ging in das Hotel hinein, aber auch an der Rezeption war niemand in Sicht.

Er wartete und las derweil ein paar von den Aushängen, die neben der Tür festgepinnt waren. Einer erregte Bannermans Aufmerksamkeit besonders; darauf hieß es, auf dem Konto, das man für Mrs. May Buchan eingerichtet hätte, wären Spenden in Höhe von dreiundachtzig Pfund eingegangen. Einer der gestorbenen Landarbeiter hatte Buchan geheißen. Bei der Frau mußte es sich wohl um seine Witwe handeln.

„Guten Tag, was kann ich für Sie tun?" fragte jemand leise hinter ihm, und als Bannerman sich umdrehte, stand er einem Mann in den Fünfzigern gegenüber, der zu Kordhosen eine grobe Wolljacke trug und ihn durch eine dickrandige Brille musterte.

„Ich hätte gern ein Zimmer und würde es auch gern gleich beziehen, wenn das möglich ist."

„Ich fürchte, nein. Ich muß erst Agnes rufen, daß sie ein Zimmer herrichtet. Wir haben um diese Jahreszeit kaum Übernachtungsgäste. Vielleicht warten Sie solange an der Bar?"

Bannerman öffnete die Tür, auf die der Mann zeigte, und stand in einem kleinen, verräucherten Schankraum mit brennendem Kamin. Am Tresen saßen drei Männer, hinter dem Tresen stand ein junger

Mann, der bestimmt noch keine zwanzig Jahre alt war. Bei Bannermans Eintreten schauten sie auf. „Scheußliches Wetter", meinte einer der Männer.

„Das kann man wohl sagen", stimmte Bannerman zu. Die Männer sahen aus, als stammten sie von hier; zwei von ihnen trugen Mützen, einer von ihnen hatte einen Hirtenstab bei sich, dessen Griff aus Horn geschnitzt war. Einer sah wesentlich jünger aus als die beiden anderen. Er trug grobe Arbeitskleidung und einen Wollhut.

„Sind Sie Engländer?" wollte er wissen.

„Ich kann's wohl nicht leugnen", antwortete Bannerman lächelnd.

Das Lächeln wurde erwidert. „Das nehmen wir Ihnen schon nicht krumm", sagte der Mann.

„Vielleicht erlauben Sie mir, Sie zu einem Drink einzuladen?"

Alle drei entschieden sich für Whisky. Bannerman wollte auch dem Barmann einen spendieren, doch der wollte lieber ein Bier. Das Eis war gebrochen, alle lächelten.

„Was führt Sie denn nach Achnagelloch?" fragte der Mann mit dem Hirtenstab.

„Ich bin Arzt", erklärte Bannerman. „Und ich bin heraufgekommen, um mit den Ärzten hier zu sprechen . . ., über die drei Männer, die vor kurzem hier gestorben sind."

Eine besondere Reaktion löste das bei den Männern nicht aus.

„Hirnhautentzündung ist schon eine schlimme Sache", bemerkte einer nur.

„Haben Sie die Männer gekannt?" wollte Bannerman wissen.

„Achnagelloch ist ein kleines Nest; hier kennt fast jeder jeden."

„Sie sehen so aus, als ob Sie viel im Freien arbeiten", sagte Bannerman.

Der gesprochen hatte, nickte.

„Sie auch?" wandte Bannerman sich an den anderen Mann mit der Mütze.

„Ja."

„Und wie steht es mit Ihnen?" fragte Bannerman den Jüngeren.

„Ich arbeite im Steinbruch."

„Ich wußte nicht, daß es hier in der Nähe einen Steinbruch gibt", entgegnete Bannerman.

„Den gab es auch nicht, bevor dieser Holländer das Gut Invergelloch gekauft hat. Alle dachten, der Mann hätte ein ödes Stück Land gekauft, und dann besorgt der sich im Handumdrehen eine Lizenz zum Betreiben eines Steinbruchs und verdient sich eine goldene Nase. Aber ich beklag mich nicht", sagte der Steinbrucharbeiter. „Ich hab 'n guten

Job, bei dem ich zum Glück nichts mit diesen verdammten Schafen zu tun habe.“ Als er Bannerman lächeln sah, erwärmte der Mann sich für sein Thema: „Ich will Ihnen was sagen: Wenn Schafe als Gesprächsthema nicht existierten, würde hier das große Schweigen herrschen.“

„Sind durch den Steinbruch denn viele Arbeitsplätze entstanden?“ erkundigte sich Bannerman.

„Ja, für die Leute von hier und aus Stobmor.“

„Aber nur als Kulis“, sagte einer der Landarbeiter. „Die Schreibtischjobs, die was einbringen, behalten die Holländer für sich.“

„Und gibt es hier viele Holländer?“

„Fast ein Dutzend.“

Das Thema Steinbruch versiegte, und so erkundigte Bannerman sich bei den Landarbeitern, ob sie den Hof kannten, auf dem die drei verstorbenen Männer gearbeitet hatten. Oder ob sie selbst dort arbeiteten.

Beide schüttelten den Kopf.

„Wir arbeiten auf dem Liddel-Hof“, sagte einer. „Ziemlich weit südlich von Inverladdie.“

„Ich habe gehört, auf dem Inverladdie-Hof gäb’s Probleme mit Scrapie“, meinte Bannerman. „Bei Ihnen auch?“

„Bis jetzt gottlob nicht“, antwortete der Mann mit dem Hirtenstab.

Bannerman gab acht, ob die beiden Landarbeiter verräterische Blicke tauschten, bemerkte jedoch nichts.

Der Hotelbesitzer kam in den Schankraum und meldete Bannerman, sein Zimmer sei nun fertig. „Hätten Sie gern etwas zu essen?“

„Was haben Sie denn?“ fragte Bannerman.

„Wie wär’s mit Eiern mit Speck?“

Bannerman atmete erleichtert auf, als der Mann noch anderes aufzählte. Er bestellte ein Steak, wünschte seinen Trinkkumpanen eine gute Nacht und trug seine Tasche nach oben.

Sein Zimmer war dank eines elektrischen Heizkörpers, den man voll aufgedreht hatte, einigermaßen warm. Er setzte sich aufs Bett und stellte fest, daß es nicht zu weich war. Das Telefon klingelte, und der Hotelbesitzer meldete ihm, sein Steak sei fertig.

Viertes Kapitel

Am Morgen rief Bannerman als erstes bei der Medizinischen Forschungsgesellschaft an.

„Ich habe schon versucht, Sie in Edinburgh anzurufen, aber dort hat man mir gesagt, Sie seien in den Norden gefahren“, sagte Milne.

„Es ist etwas Furchtbares geschehen", erklärte Bannerman. „Lawrence Gill ist ermordet worden. Ich weiß weder, wer es gewesen ist, noch was der Grund war. Aber soviel weiß ich: Es hat etwas mit diesen infizierten Gehirnen zu tun."

„Das ist ja unglaublich! Wieso sollte jemand einen Pathologen umbringen wollen, der nur versucht, einer Todesursache auf den Grund zu kommen?"

„Ich bin überzeugt, daß irgend jemand oder irgendeine . . . Interessengruppe nicht will, daß die wahre Todesursache entdeckt wird." Er erzählte Milne, daß den Leichen in Edinburgh die Gehirne entnommen worden waren.

„Wo sind Sie gerade?" fragte Milne.

„Ich bin nach Achnagelloch raufgefahren. Was hatte es schon für einen Sinn, ohne pathologisches Material in Edinburgh rumzusitzen? Durch Gills Frau habe ich erfahren, auf welche Insel er sich abgesetzt hatte, und so versuchte ich, ihn aufzustöbern. Schließlich fand ich ihn auch, tot, am Fuß einer Steilklippe", sagte Bannerman. „Gill hat sich auf der Insel versteckt, weil er wußte, daß jemand hinter ihm her war. Er hat auch versucht, Ihnen ein Paket zu schicken, in dem sich meiner Meinung nach die fehlenden Gehirne befanden."

„Aber wozu sollte er uns die schicken, wo wir doch schon die histologischen Präparate von ihm hatten?"

„Wenn ich das wüßte!"

„Vielleicht sollten Sie sofort nach London zurückkommen", meinte Milne. „Es könnte gefährlich für Sie werden, wenn Sie die Untersuchung weiterführen."

„Darüber habe ich auch nachgedacht", entgegnete Bannerman, „aber da ich schon mal hier bin, kann ich mich gleich ein bißchen umhören. Ich möchte verhindern, daß die Zeitungen eine Verbindung zwischen Gills Ermordung und den Problemen hier oben herstellen. Ich dachte, Mr. Allison könnte in dieser Angelegenheit seine Beziehungen spielen lassen."

„Ich werde ihn anrufen."

ALS ERSTES wollte Bannerman die Praxis des Tierarztes in Achnagelloch aufsuchen. Im Hotel hatte er gar nicht erst gefragt, wo sie war, weil er meinte, der Ort sei so klein, daß er sie auf eigene Faust finden würde.

Nach zwanzig Minuten vergeblicher Suche mußte er sich dann doch bei einer Frau erkundigen, die aus einem Laden kam. „Ich suche

Dr. Finlay, den Tierarzt", sagte er. „Könnten Sie mir bitte sagen, wo er seine Praxis hat?"

„Finlay wohnt im alten Meierhof."

„Und wo finde ich den alten Meierhof?"

„Er liegt gleich vor der Ortsgrenze", sagte die Frau.

„In dieser Richtung?" fragte Bannerman und zeigte nach Osten.

Die Frau nickte.

„Vielen Dank. Sie haben mir sehr geholfen", verabschiedete sich Bannerman und machte sich auf den Weg.

Der alte Meierhof befand sich rund hundert Meter von der Hauptstraße entfernt hinter einer mit Efeu bewachsenen Steinmauer. Bannerman folgte der Zufahrt zu dem düsteren Gebäude. Es war ein schlichter zweistöckiger Steinkasten mit regelmäßig angebrachten gleich großen Fenstern. Die Tür befand sich genau in der Mitte. Davor stand auf einem halbkreisförmigen Kiesplatz ein Landrover sowie ein funkelnagelneuer dunkelgrüner Jaguar.

Bannerman klingelte. Die Frau, die ihm die Tür öffnete, hatte einen Toast in der Hand. Sie schluckte, ehe sie sagte: „Entschuldigung, aber ich war gerade beim Frühstück."

Bannerman fragte, ob er Dr. Finlay sprechen könne, und wurde in ein gleich neben dem Eingang gelegenes Zimmer gebeten. Dort betrachtete er die Bilder an der Wand, bis Dr. Finlay eintrat.

„Sie sind nicht von hier", begrüßte der kleine Mann seinen Besucher. Bannerman schätzte, daß Finlay noch nicht älter als dreißig war, obwohl er bereits zum Dickwerden neigte und sein Haar schütter wurde. Finlay trug ausgebeulte Kordhosen und einen marineblauen Sweater.

„Da haben Sie recht", bestätigte Bannerman. Er stellte sich vor und erklärte: „Ich untersuche die Todesursache der drei Landarbeiter in Inverladdie."

„Äußerst tragisch", sagte Finlay. „Hirnhautentzündung, soviel ich weiß."

Bannerman nickte. „In einer besonders virulenten Form, daher unser Interesse."

„Und wie kann ich Ihnen behilflich sein?" fragte Finlay.

„Wenn ich richtig informiert bin, hat es auf dem Hof, auf dem die Männer arbeiteten, Scrapie gegeben?"

„Ja, das ist richtig", antwortete Finlay in ruhigem Ton.

„Haben Sie bei den Tieren die Diagnose gestellt?"

„Ja, schon . . ., aber ich verstehe nicht ganz, was das eine mit dem anderen . . ."

„Im Moment trage ich nur sämtliche Fakten zusammen, die ich über die verstorbenen Männer in Erfahrung bringen kann."

„Noch einmal?" Finlays Stimme verriet leichte Verstimmung. „Ein Pathologe namens Gill hat mich bereits aufgesucht und mir die gleichen Fragen gestellt. Ich begreife einfach nicht, was Scrapie mit dem Tod dieser Männer zu tun haben soll."

Bannerman wunderte sich, daß der Tierarzt nicht selbst darauf kam. „Haben Sie die Hirnproben von den Schafen an das Veterinärlabor geschickt?"

„Nein, das habe ich nicht."

„Warum nicht?" fragte Bannerman.

„Weil das nicht nötig war. Es lag doch auf der Hand, was mit den Schafen los war. Abgesehen davon, gehört Scrapie nicht zu den meldepflichtigen Krankheiten, und es kostet Geld, Proben im Labor untersuchen zu lassen."

„Was genau ist mit den Kadavern geschehen?"

„Sie wurden auf dem Hof in eine Kalkgrube geworfen."

„Sofort?"

„Soviel ich weiß, ja."

„Ist es nicht allgemein üblich, die Kadaver von einer Tierkörperbeseitigungsanstalt abholen zu lassen?"

„Nein, das war früher so", antwortete der Tierarzt. „Früher haben die Tierkörperbeseitigungsanstalten den Landwirten für eingegangene Tiere etwas bezahlt und dann Rinderfutter daraus hergestellt, aber seit nachgewiesen ist, daß Rinder davon BSE bekommen haben, hat die Regierung verboten, daß Futter aus den Kadavern hergestellt wird. Deshalb verlangen die Anstalten für das Beseitigen jetzt Geld von den Landwirten, und so ist es für diese billiger, tote Tiere selbst zu beseitigen."

„Hat es weitere Fälle von Scrapie auf hiesigen Höfen gegeben?"

„Nein, keine. Wenn dem so wäre, wüßte ich davon."

„Und was ist mit dem Kernkraftwerk? Hat es da irgendwelche Vorfälle gegeben?"

Finlay lächelte. „Jedesmal, wenn ein Schaf eine Fehlgeburt hat oder ein Kind hustet, ist das Kernkraftwerk daran schuld. Die Menschen brauchen etwas, das sie für Unglücksfälle verantwortlich machen können. Man kann die Strahlen nicht sehen, nicht riechen, und bis sich die Wirkung zeigt, vergeht einige Zeit. Und dann kann man gewöhnlich nichts mehr beweisen."

„Wie komme ich auf den Inverladdie-Hof?"

„Warum wollen Sie denn da hin?" fragte Finlay.

„Ich habe Ihnen doch gesagt, ich möchte alles über die Verstorbenen wissen."

Finlay erklärte ihm den Weg und begleitete ihn nach draußen.

„Ein schöner Wagen", sagte Bannerman und zeigte auf den Jaguar.

Finlay nickte, verabschiedete sich kurz und machte die Tür zu. Im Vorübergehen strich Bannerman mit einem Finger über die elegante Karosserie des Jaguar und dachte, daß es Tierärzten auf dem Land doch wesentlich bessergehen müsse, als er vermutet hatte.

BANNERMAN ging zum Hotel zurück, wo er sein Auto auf dem kleinen Hof hinter dem Haus abgestellt hatte. Die Hofeinfahrt war von einem Lieferwagen versperrt. Zwei Männer luden Bierfässer von ihm ab. „Wollen Sie wegfahren?" rief der Hotelbesitzer vom Eingang aus Bannerman zu.

„Ja."

„Das dauert nicht lange", erklärte der Hotelbesitzer. „Möchten Sie etwas zu trinken, solange Sie warten müssen?"

„Einen Kaffee, bitte", erwiderte Bannerman und ging hinein in die Bar. Kurz darauf brachte der Hotelbesitzer den Kaffee und erkundigte sich nach seinen Plänen.

„Ich will zum Inverladdie-Hof hinausfahren, und hinterher möchte ich mich mit dem hiesigen Arzt unterhalten."

„Mit Angus MacLeod? Das ist ein guter Arzt", sagte der Hotelier.

Bannerman trank seinen Kaffee und machte sich dann nach Inverladdie auf.

VOR DEM weiß getünchten Hof in Inverladdie stand ein Lieferwagen einer Heizungsbaufirma aus Inverness, wie der Schriftzug auf der Tür verriet. Hinter dem Lieferwagen lagen mehrere Heizkörper und Kupferrohre.

Bannerman ging zur Eingangstür und klopfte. Eine Frau, Anfang Fünfzig, machte auf; ihr fülliges Haar war grau meliert.

„Guten Morgen, mein Name ist Bannerman. Ich arbeite für die Medizinische Forschungsgesellschaft und wollte fragen, ob ich Sie und Ihren Mann wohl mal sprechen könnte."

„Von der Medizinischen Forschungsgesellschaft? Wir haben schon mal Leute von der Universität hier gehabt, die Fragen gestellt haben. John ist in der Stadt, und hier wird gerade eine neue Heizung eingebaut . . ."

„Ist John Ihr Mann?"

„Ja, John Sproat, und ich bin Mrs. Sproat."

„Dauert es lange, bis er wiederkommt?“

„Er ist in die Stadt gefahren, um zu sehen, ob er nicht jemand findet, den er einstellen kann. Wir brauchen einen Mann mehr auf dem Hof. Kommen Sie doch rein auf eine Tasse Tee. Vielleicht kommt er in der Zwischenzeit zurück.“

Bannerman folgte der Einladung und trat ein. Mrs. Sproat setzte einen Kessel Wasser auf und bat Bannerman, an dem großen Fichtenholztisch in der Mitte des Raumes Platz zu nehmen. Es war eine gemütliche Bauernküche, hell und geräumig und warm.

„Kommen Sie aus London?“

„Ja.“

„Ich war mal dort, aber das ist schon über zehn Jahre her“, erzählte Mrs. Sproat. Als draußen ein Auto hielt, sah sie durchs Fenster hinaus. „Sie haben Glück. Das ist John“, erklärte sie.

Bannerman erhob sich und schaute aus dem Fenster. Ein großer hagerer Mann stieg aus einem weißen Mercedes aus und tauchte wenig später in der Küchentür auf.

John Sproat hatte ein kantiges Gesicht mit strengen Zügen und eine ungesunde Hautfarbe; seine grauen Haare standen in alle Richtungen ab. Er trug eine Tweedjacke und eine dunkle Hose und hielt einen Jägerhut in der Hand.

„John, das hier ist Dr. Bannerman von der Medizinischen Forschungsgesellschaft“, sagte Mrs. Sproat.

„Ich komme wegen der drei Männer, die gestorben sind“, erklärte Bannerman.

Gereizt schüttelte Sproat den Kopf. „Noch einer“, sagte er. „Es war schon jemand von der Universität da und jemand von der Polizei und ein Beamter von der Gesundheitsbehörde. Was wollen Sie jetzt noch hier?“

„Ich wäre Ihnen sehr dankbar, wenn Sie mir Ihren Hof und Ihr Land zeigen würden, damit ich eine Vorstellung von der Größe und dem Grenzverlauf bekomme.“

„Und danach lassen Sie uns in Frieden?“

„Wahrscheinlich, ja“, antwortete Bannerman.

„Meinetwegen. Kommen Sie mit!“

Bannerman folgte Sproat hinaus auf den Hof, wo sie in einen Landrover kletterten. Sproat ließ den Motor an. Dann fuhren sie einen ausgefahrenen Feldweg die Hügel hinauf.

„Ich bewirtschafte beide Seiten des Tals“, erklärte Sproat.

Bannerman erblickte überall auf den Hängen Schafe. Nachdem sie eine Weile gefahren waren, hielten sie auf der Kuppe eines Hügels.

Von dort aus zog sich das Gelände sanft abfallend bis ans Meer hinunter. Im Osten sah Bannerman die bedrohlich wirkenden Umrisse des Kernkraftwerks Invermaddoch. „Zieht sich Ihr Besitz bis zum Kraftwerk hin?“ fragte er.

„Bis an den Zaun“, erwiderte Sproat, der den Motor ausgemacht hatte. „Ein Sicherheitsstreifen von zweihundert Metern wird durch einen Doppelzaun geschützt.“

„Die Schafe können also nur westlich des Kraftwerks grasen?“

„Ja.“

„Und es gibt keine Möglichkeit, daß die Tiere sich dorthin verlaufen?“

„Nein. Wir halten die Zäune an der Ostseite des Geländes in Ordnung, weil es südlich und östlich vom Kraftwerk stark zerklüftet ist. Täten wir das nicht, würden ständig Tiere in den Felsspalten umkommen.“

„Haben Sie Kontakt zu den Leuten, die im Kraftwerk arbeiten?“ fragte Bannerman.

„Nein.“

„Gibt es Evakuierungspläne für den Notfall?“

„Wenn es solche Pläne gibt, hat mir jedenfalls keiner was davon gesagt. Man wird uns trotzdem rechtzeitig warnen. Vor acht oder neun Monaten müssen sie da drüben mal Schwierigkeiten gehabt haben. Da war ein Heidenlärm: heulende Sirenen, hupende Autos.“

„Und haben Sie herausgefunden, was da los war?“

Sproat schüttelte den Kopf. „Nein.“

„Hätten Sie was dagegen, wenn ich mich mal auf eigene Faust an dem Zaun umsehe, morgen vielleicht?“

„Wie Sie möchten“, sagte Sproat. „Nur unterschätzen Sie die Gefährlichkeit des Geländes nicht, und einen Wagen kann ich Ihnen leider auch nicht geben.“

„Das macht nichts.“ Bannerman blickte zum Meer hinunter und sah, daß parallel zur Küste eine Bahnstrecke verlief. Er deutete auf sie und fragte: „Was ist das?“

„Das sind die Gleise, die zum Steinbruch führen. Die Straßen hier sind so schmal, daß Laster von der Größe, wie sie für den Steinbruch gebraucht werden, nicht darauf fahren können. Deshalb hat der Holländer, dem der Steinbruch gehört, eine Eisenbahnstrecke bauen lassen, auf der die Steine zum Hafen von Inchmad geschafft werden.“

„Liegt der Steinbruch in der Nähe?“

Sproat zeigte nach Nordwesten. „Einen knappen Kilometer von hier.“

„Vielleicht könnten Sie mir noch die Stellen zeigen, wo Sie die infizierten Schafe vergraben haben und wo Sie auf dem Hof Chemikalien aufbewahren?"

Sproat gab keine Antwort, sondern ließ den Motor wieder an. Sie fuhren den Hügel hinunter und um einen anderen Hügel herum in das nächste Tal hinein. Dort hielten sie.

„Die Gruben haben wir da drüben gegraben", sagte Sproat und deutete mit dem Kopf nach rechts.

Bannerman stieg aus und ging zu dem Hügel hinüber. Sproat gesellte sich zu ihm.

„Vom Tierarzt habe ich erfahren, daß von den Schafen keinerlei Hirnproben genommen wurden", sagte Bannerman.

„Ja. Stimmt. Es konnte ja ein Blinder sehen, was mit ihnen los war. Wir haben deshalb auch nicht an Kalk gespart."

Sie gingen zum Wagen zurück und stiegen wieder ein. Auf der Rückfahrt kamen sie an einem kleinen Cottage vorbei. Bannerman erkundigte sich, wer darin wohne.

„Darin hat Gordon Buchan mit seiner Frau gewohnt", antwortete Sproat.

„Vielleicht sollte ich mich mal mit Mrs. Buchan unterhalten", meinte Bannerman.

„Sie ist im Moment nicht da", entgegnete Sproat rasch. „Sie macht Ferien. Sie mußte erst mal von hier weg. Vermutlich wird sie ganz zu ihrer Familie nach Stobmor ziehen wollen."

Als sie in Sproats Hof einbogen, fielen die ersten Regentropfen. Bevor Bannerman den Hof verließ, sah er sich noch in der Scheune um, aber er entdeckte unter den Chemikalien nichts Ungewöhnliches.

SPÄTER am Nachmittag rief Bannerman vom Hotel aus in der Praxis von Dr. MacLeod an. Eine Haushälterin meldete sich und sagte, MacLeod mache gerade ein Nickerchen.

Bannerman erklärte ihr, daß er den Doktor gern sprechen würde. „Ich komme von der Medizinischen Forschungsgesellschaft. Ich wohne im Hotel hier. Würden Sie ihn bitten, mich anzurufen, wenn er aufwacht?"

„Wird gemacht, Doktor . . .?"

„Bannerman." Er bedankte sich und legte auf.

Danach rief er seine Sekretärin an und sprach anschließend mit Charlie Simmons, dem Assistenten, der ihm versicherte, im Labor laufe alles einwandfrei. Bannerman wollte auch noch mit Leeman sprechen, doch der führte gerade eine Autopsie durch. Bannerman bat Simmons, ihm auszurichten, daß er angerufen habe. Dann wollte er sich zu Stella durchstellen lassen, doch sie war im OP. Kaum hatte er aufgelegt, klingelte das Telefon.

Es war Dr. MacLeod. „Was kann ich für Sie tun, Dr. Bannerman?" fragte er.

„Ich beschäftige mich mit den Todesfällen der drei Männer von Inverladdie, Doktor", antwortete Bannerman. „Wenn ich recht unterrichtet bin, haben Sie die Männer behandelt."

„Ja, das stimmt", erklärte MacLeod. „Außer mir gibt es in Achnagelloch keinen praktischen Arzt."

„Ob wir uns wohl mal unterhalten könnten?"

„Aber gern, Sie können gleich vorbeikommen", sagte MacLeod. „Wenn Sie aus dem Hotel treten, gehen Sie nach links, dann biegen Sie in die erste Straße rechts nach dem Postamt. Meine Praxis liegt auf der linken Seite auf halber Höhe des Hügels."

MACLEOD hatte einen dunklen Anzug mit Weste an und trug eine goldene Uhrkette. Sein weißes Oberhemd war gestärkt und die Krawatte von einem unaufdringlichen Dunkelblau. Das Ganze paßte gut zu seinem silbergrauen Haar. Bannerman meinte, daß der Arzt nicht weit von den Siebzig entfernt sein konnte, doch obwohl er auffallend hager war, wirkte er kerngesund und machte einen aufgeschlossenen Eindruck.

„Vielen Dank, daß Sie mich empfangen, Doktor", sagte Bannerman und reichte ihm die Hand.

MacLeod bat Bannerman in einen Raum, bei dem es sich offensichtlich um das Sprechzimmer der Praxis handelte, und forderte ihn auf, Platz zu nehmen.

„Ich kann Ihnen nicht viel erzählen", begann MacLeod. „Die Krankheit brach so unvermutet aus und nahm einen so stürmischen Verlauf, daß ich kaum etwas tun konnte, höchstens die Schmerzen etwas lindern. Für den einen konnte ich gar nichts tun, er wurde tot aufgefunden. Der zweite führte sich auf der Straße wie ein Irrer auf. Der einzige, um den ich mich richtig kümmern konnte, war Gordon Buchan, weil er eine Frau hatte, die mich rief."

„Was haben Sie vermutet, als Sie ihn das erstemal sahen?"

„In Nordafrika habe ich mal einen Mann an Tollwut sterben sehen. Das war das einzige, womit ich seinen Zustand vergleichen konnte. Fortschreiten der Krankheit bis in totale Dementia hinein, wobei der Patient unter den grauenhaftesten Wahnvorstellungen litt."

„Würden Sie mir gestatten, Ihre Aufzeichnungen über die Männer zu lesen?“ fragte Bannerman.

„Selbstverständlich“, sagte MacLeod, erhob sich, zog eine Schublade mit Hängeregistraturen auf, entnahm dieser drei Hefter und legte sie vor Bannerman auf den Tisch. „Wußten Sie, daß die Männer vor dem Ausbruch der Krankheit damit beschäftigt waren, verendete Schafe zu begraben?“

„Das habe ich gehört“, erwiderte Bannerman und schaute in die Hefter.

„Diese Schafe sind an Scrapie gestorben . . . Wußten Sie das auch schon?“

Bannerman hob den Kopf. „Ja, Doktor.“ Er klappte die Hefter zu und legte sie auf den Schreibtisch. „Sie liegen mit Ihrem Verdacht völlig richtig. Ich bin eigentlich hier, um den Zusammenhang zwischen dem Tod der Männer und Scrapie zu untersuchen. Ich bitte um Verzeihung, daß ich nicht gleich die Karten offen auf den Tisch gelegt habe.“

„Dann halten Sie diese Möglichkeit also für durchaus gegeben?“ fragte MacLeod.

„Ich fürchte, ja“, erwiderte Bannerman. „Ich versuche, diesen Zusammenhang zu beweisen und herauszufinden, wie es geschehen konnte.“

„Wenn die Speziesbarriere tatsächlich durchbrochen worden sein sollte, wäre das wahrhaftig kein Spaß“, sagte MacLeod.

Bannerman nickte. MacLeod wurde ihm immer sympathischer. „Was ist denn passiert, als die Männer tot waren?“

„Ich habe darum gebeten, daß die Obduktion von der MFG durchgeführt wurde und nicht vom hiesigen Pathologen. Ich rief daher Stoddart in Edinburgh an, und er schickte mir einen Dr. Gill und dessen Forschungsassistentin, Dr. Napier.“ MacLeod machte seine Schreibtischtür auf und brachte eine Flasche und zwei Gläser zum Vorschein. „Darf ich Sie zu einem Drink einladen, Doktor?“

„Gern.“

MacLeod schenkte Whisky ein, und Bannerman fragte: „Wie ist es mit der Untersuchung der Leichen denn gelaufen?“

„Sie wurden in das kleine Krankenhaus in Stobmor gebracht. Dort führte Dr. Gill ein paar grundlegende Untersuchungen durch, und dann übernahm Dr. Napier den Hauptteil der Laborarbeit, während Dr. Gill herumfuhr und allen möglichen Leuten Fragen stellte. Nach ein paar Tagen entschieden sie sich, die Leichen nach Edinburgh zu überführen, damit dort eine vollständige Autopsie durchgeführt werden konnte. Und jetzt werden Sie mich vermutlich nach dem Kernkraftwerk fragen."

„Woher wissen Sie das?" fragte Bannerman, dem MacLeods Gesellschaft immer besser gefiel.

„Wenn Sie nach einer möglichen Mutationsursache bei einem Virus suchen, können Sie ja wohl kaum darüber hinwegsehen, daß wir gleich nebenan ein Kernkraftwerk haben, oder?"

„Hat denn das Kraftwerk irgendwelche Gesundheitsprobleme in der Gegend ausgelöst?"

„Es fällt schwer, da objektiv zu sein", erwiderte MacLeod. „Es leben so wenige Menschen hier oben, daß es schwierig ist, verläßliche Statistiken zu erstellen. Es könnte genausogut Zufall sein."

„Haben Sie hier Geräte zur Strahlenmessung?"

„Ja, ich habe einen batteriebetriebenen Geigerzähler. Den hat man mir gegeben, als das Kraftwerk in Betrieb genommen wurde."

„Den würde ich mir gern einmal ausleihen", sagte Bannerman. „Ich möchte mir morgen den Streifen genauer ansehen, der das Kraftwerk vom Gelände des Inverladdie-Hofs trennt."

„Ja, das sollten Sie unbedingt tun", stimmte MacLeod zu. Er erhob sich und holte eine mit Messingscharnieren ausgestattete Holzkiste aus einem Schrank hervor. „Da haben wir den Burschen", sagte er und holte das zylindrische Meßgerät hervor.

Fünftes Kapitel

BANNERMAN fand, daß es an der Zeit war, sich Achnagellochs Nachbargemeinde Stobmor anzuschauen. Er vergewisserte sich, daß es dort ein Hotel gab, und ließ sich darin für acht Uhr einen Tisch fürs Abendessen reservieren. Das Hotel in Achnagelloch verließ er um sechs, fuhr die rund zehn Kilometer nach Stobmor hinüber und hatte damit reichlich Zeit, sich umzusehen.

Stobmor besaß ein kleines Gewerbegebiet. In einem der phantasielosen Bürogebäude befand sich die Hauptverwaltung der niederländischen Steinbruchgesellschaft Joop van Gelder. Weiter unten in der Straße entdeckte Bannerman das von MacLeod erwähnte Krankenhaus, das im Moment nicht beleuchtet war. Am Eingang stand eine Anschlagtafel, auf der Notruftelefonnummern angegeben waren. In der Hauptstraße fand er eine Arbeitsvermittlung mit einem erleuchteten Schaufenster; er stieg aus und studierte dort eine Zeitlang die Anschläge.

Gesucht wurden für den Steinbruch ein Elektriker und drei einfache Arbeiter; für das Kernkraftwerk zwei Sicherheitsbeamte und für dessen Überwachungsabteilung ein Labortechniker; für den örtlichen Supermarkt eine Verkäuferin und für den Inverladdie-Hof ein Landarbeiter. Außerdem suchte jemand privat eine Putzfrau.

Beim Spaziergang durch die Straßen fiel Bannerman auf, daß viele neue Wagen auf den Straßen geparkt waren, was er als Barometer für den Wohlstand der kleinen Stadt betrachtete. Steinbruch und Kraftwerk hatten der Gegend Vollbeschäftigung beschert. Die Häuser in der Arbeitersiedlung waren offenbar gut in Schuß und die Gärten gepflegt. Viele Häuser schienen erst in letzter Zeit renoviert und Fenster und Türen ausgewechselt worden zu sein.

Bannerman ging Richtung Hauptstraße, wo das Highland-Lodge-Hotel lag, in dem er den Tisch reserviert hatte.

DAS RESTAURANT des Hotels war leer, doch bemerkte Bannerman, daß noch ein Tisch für rund ein halbes Dutzend Gäste gedeckt war. Er setzte sich an seinen Platz und nahm von dem Mädchen, das ihn zu seinem Tisch geführt hatte, die Speisekarte entgegen.

„Sie stammen nicht von hier, nicht wahr?“ fragte das Mädchen, als es sich kurz darauf wieder mit gezücktem Notizblock und Bleistift an seinen Tisch stellte.

„Soll das heißen, daß Einheimische hier nicht essen?“

„O doch!“ rief sie aus. „Ich habe bloß gemeint, daß es in dieser Jahreszeit ungewöhnlich ist, Touristen zu sehen. Mr. van Gelder gibt nachher hier ein großes Abendessen.“ Sie deutete auf den gedeckten Tisch. „Möchten Sie einen Aperitif?“

„O ja, ich hätte gern einen Gin Tonic.“

DAS ESSEN war weit besser, als Bannerman je zu hoffen gewagt hätte. Er nahm das Angebot wahr, sich von dem Kaffee, zu dem er eine Zigarette rauchte, ein zweites Mal nachschenken zu lassen.

Dann trafen die ausschließlich männlichen Gäste von Mr. van Gelder ein. Einen kannte er: John Sproat, den Besitzer des Inverladdie-Hofs.

Die Neuankömmlinge lachten über irgend etwas, doch schien Sproat das Lachen zu vergehen, als er Bannerman sah. Er kam zu ihm herüber. „Sie hätte ich hier nicht erwartet, Doktor“, sagte er.

„Ich dachte, es täte mir gut, mal was anderes zu sehen“, entgegnete Bannerman leichthin.

„Wie kommen Sie mit Ihrer Untersuchung voran?“

„Ach, ich überprüfe ja nur, ob damals nichts übersehen wurde."

„Wer ist denn dein Freund, John?" fragte ein Mann mit ausgeprägtem ausländischem Akzent, der bereits Platz genommen hatte.

„Das ist Dr. Bannerman, Joop", antwortete Sproat. „Er kommt von der Medizinischen Forschungsgesellschaft und untersucht den Tod meiner Arbeiter."

„Wollen Sie sich nicht zu uns setzen, Doktor?" forderte van Gelder ihn auf.

„Vielen Dank, aber ich habe gerade gegessen", erwiderte Bannerman und sah zu dem lächelnden Mann mit dem kurzgeschnittenen blonden Haar hinüber. Bannerman vermutete, daß er Anfang Fünfzig war, obwohl er auf den ersten Blick, der faltenlosen, gebräunten Haut wegen, jünger wirkte.

„Dann trinken Sie doch wenigstens etwas mit uns!"

„Na schön, vielen Dank." Bannerman stand auf und ging zu den anderen hinüber.

„Ich heiße Joop van Gelder", sagte der Mann lächelnd und erhob sich, um Bannerman die Hand zu schütteln und ihm einen Stuhl heranzuziehen. Dann wurde Bannerman den anderen vorgestellt. Zwei von den Männern waren Holländer, die anderen drei Landwirte aus der Gegend. Anschließend bestellten sie etwas zu trinken.

„Das war eine schreckliche Geschichte in Inverladdie", sagte van Gelder. „Hirnhautentzündung scheint neuerdings auf dem Vormarsch zu sein –"

„Ich glaube, Dr. Bannerman geht davon aus, daß meine Schafe den Männern den Tod brachten", unterbrach Sproat ihn, und es entstand eine peinliche Pause, in der alle in ihre Drinks starrten.

„Das ist doch wohl nicht Ihr Ernst, oder?" fragte van Gelder ungläubig.

„Wir wissen nicht, woher das Virus gekommen ist, Mr. van Gelder. Trotzdem werden wir letzten Endes wohl von einer Virusinfektion sprechen; das tun wir in solchen Fällen immer."

„Erfrischend, einen Arzt kennenzulernen, der sich nicht allzu ernst nimmt", meinte van Gelder. „Lassen Sie uns noch etwas trinken."

Bannerman lehnte dankend ab, stand auf und sagte, er müsse nun wirklich gehen. Van Gelder erhob sich ebenfalls und schüttelte Bannerman die Hand. „Nett, Sie kennengelernt zu haben, Doktor."

Bannerman wandte sich an Sproat und fragte: „Ist es Ihnen recht, wenn ich Sie morgen noch mal in Inverladdie belästige?"

„Sie sind jederzeit willkommen", entgegnete Sproat.

In der Bar seines Hotels in Achnagelloch trank Bannerman noch einen letzten Whisky. Der Steinbrucharbeiter vom Abend zuvor saß an der Theke, und so plauderte Bannerman eine Weile mit ihm, ehe er nach oben ging. Nach einem Blick auf die Uhr entschloß er sich dazu, noch bei Shona MacLean anzurufen. Sie meldete sich nach dem dritten Klingeln und hörte sich verschlafen an.

„Entschuldigung. Habe ich Sie geweckt?"

„Ach, Sie sind es!" rief Miß MacLean.

„Ich möchte mich vergewissern, daß Sie keine Probleme mit der Polizei hatten."

„Nicht im geringsten. Sie haben dafür gesorgt, daß Lawrence' Leiche aufs Festland zurückgebracht wurde."

„Die haben es wie einen Unfall behandelt?"

„Ich glaube schon."

„Den Leuten in London habe ich gesagt, daß es sicher keiner war."

„Gut so", meinte Miß MacLean. „Und wie laufen Ihre Ermittlungen?"

„Ich hatte eine Unterhaltung mit dem hiesigen Veterinär, der mir ..., na ja, nicht besonders helle vorkam. Ich bin der zweite Ermittler von der MFG, der ihm Fragen über den Ausbruch von Scrapie in Inverladdie gestellt hat, und er hat immer noch nicht kapiert, worauf wir hinauswollen. Der praktische Arzt am Ort hat hingegen nicht lange gebraucht, um zwei und zwei zusammenzuzählen."

„Und wie geht es jetzt bei Ihnen weiter?"

„Morgen sehe ich mir mal den Grenzstreifen zwischen dem Inverladdie-Hof und dem Kernkraftwerksgelände an. Vielleicht stoße ich dort auf etwas, das auf den Austritt von Radioaktivität schließen läßt."

„Das klingt aber gefährlich."

„Es klingt nur so", sagte Bannerman. „Es ist nichts weiter als ein kleiner Spaziergang mit einem zylinderförmigen Meßgerät, das man in der Hand hält."

„Trotzdem, ich finde, Sie sollten sich vorsehen."

„Mach ich", versprach Bannerman.

„Lassen Sie mich wissen, wie Sie weiterkommen?"

„Wenn Sie möchten?"

„Ja, das möchte ich!"

Dann verabschiedeten sie sich und legten auf. Bannerman sann darüber nach, wie nett es gewesen war, wieder mit Miß MacLean zu reden, und wie gut es ihm tat, daß sie mit ihm in Verbindung bleiben wollte. Er dachte auch an ihre Bitte, sich vorzusehen, und seine Stimmung verdüsterte sich, als er sich den zerschmetterten Leichnam Lawrence Gills auf den Felsen ins Gedächtnis rief.

BANNERMAN fuhr mit dem Ford so weit wie möglich den zum Inverladdie-Hof führenden Wirtschaftsweg hinauf und stellte den Wagen dann seitlich vom Weg ab. Es wehte ein kräftiger Westwind, der baldigen Regen versprach. Bannerman wechselte seine Straßenschuhe gegen Bergstiefel und zog die Wetterjacke und die wasserdichte Hose über, bevor er den Kopf mit einer Wollmütze schützte, die er tief ins Gesicht zog und die Kapuze darüberschob. Dann holte er den Rucksack mit MacLeods Geigerzähler aus dem Kofferraum, schloß den Wagen ab und stieg den Osthang des Tals hinauf. Als er oben angekommen war, konnte er vor sich das Kraftwerk sehen.

Der von Spalten und Wasserrinnen zerklüftete Abhang führte steil in die Tiefe. Hier sollte man sich besser nicht den Knöchel brechen, sagte er sich, als er vorsichtig hinabzusteigen begann.

Obwohl das Kraftwerk in der Luftlinie wahrscheinlich nicht mehr als anderthalb Kilometer entfernt war, hatte Bannerman, bis er endlich beim Schutzzaun ankam, fast das Dreifache der Strecke zurückgelegt. Er rauchte im Windschatten eines großen Felsens eine Zigarette, bevor er sich aufmachte, dem Zaun bis zur Bahnstrecke und weiter zum Meer hinunter zu folgen, wo er mit seiner Meßaktion beginnen wollte.

Er holte den Geigerzähler aus dem Rucksack und schaltete das Gerät ein. Die Nadel stieg ein ganzes Stück über die durch einen roten Strich gekennzeichnete Minimalmarke. Bannerman überquerte die eingleisige, zum Steinbruch führende Bahnstrecke und lief am Zaun entlang. Dabei schwenkte er das Meßgerät langsam hin und her.

Der Zeiger schlug nicht ein einziges Mal besorgniserregend aus, sondern verharrte die meiste Zeit still an der Grundmarkierung.

Dann vernahm Bannerman plötzlich ein Geräusch hinter sich. Als er sich umdrehte, sah er ein Schlauchboot geradewegs aufs Ufer zuhalten.

Er stellte erschrocken fest, daß es die drei Männer darin auf ihn abgesehen zu haben schienen. Sobald das Boot im seichten Wasser war, sprangen sie hinaus, wateten eilends an Land und kamen auf ihn zugelaufen. Jeder von ihnen hatte ein Schnellfeuergewehr in der Hand. Gleich darauf wurde er auch schon von beiden Seiten an den Armen gepackt.

„Was haben Sie hier zu suchen?“ wollte der dritte Mann wissen.

„Ich befinde mich auf dem Grund und Boden, der zum Inverladdie-Hof gehört, und ich habe die Erlaubnis des Eigentümers, hier zu sein.“

„Wir nehmen ihn gleich mit!“ rief der Mann den anderen beiden zu.

Bannerman wurde trotz seines lauten Protestes mehr zum Strand geschleift als geführt und dann dort gezwungen, ins Boot zu steigen. Er sah sich die drei Männer an. Sie trugen alle grüne Anoraks mit einem Schild, das sie als Sicherheitsdienst auswies, und hatten bis hoch über die Knöchel geschnürte, schwere Springerstiefel an.

Das Boot fuhr los, um das Kraftwerk herum, und begab sich dann langsam wieder in Richtung Land, auf eine kleine Bucht zu. Der Mann, der das Boot steuerte, wartete bis zum letzten Moment, ehe er den Motor abstellte, so daß das Boot durch den eigenen Schwung ans Ufer getrieben wurde.

„Aussteigen!“ herrschte einer der Männer Bannerman an.

Bannerman tat, wie ihm geheißen wurde. Die drei Männer führten ihn das Ufer hinauf und gingen mit ihm durch das Tor des Kraftwerks in ein langgestrecktes, niedriges Gebäude. Sie schoben ihn in einen Raum, der bis auf einen Tisch und zwei Stühle leer war. Einer der Bewaffneten blieb bei ihm, bis ein weiterer Mann auftauchte. Er trug einen dunklen Anzug mit Krawatte und war etwa dreißig Jahre alt.

Der Mann setzte sich Bannerman gegenüber an den Tisch und fragte barsch: „Name?“

„Und wer sind Sie?“

Der Mann holte eine Dienstmarkenhülle heraus, klappte sie auf und schob sie Bannerman über den Tisch zu. Auf diese Weise erfuhr Bannerman, daß es sich bei seinem Gegenüber um C. J. Mitchell, Leiter des Sicherheitsdienstes, handelte.

„Ian Bannerman“, stellte er sich daraufhin vor.

„Nun, Ian Bannerman“, sagte Mitchell. „Sie sitzen ganz schön in der Tinte. Was haben Sie da am Zaun gemacht?“

„Ich befand mich auf dem Gelände des Inverladdie-Hofs, und zwar mit Erlaubnis des Besitzers. Und was ich dort getan habe, geht Sie gar nichts an.“

Einer der drei Männer vom Sicherheitsdienst trat ein und legte Bannermans Geigerzähler auf den Tisch. „Den hatte er bei sich, Sir“, erklärte der Mann, ehe er sich wieder zurückzog.

„Sieh da, sieh da!“ rief Mitchell aus. „Wer hätte das gedacht? Was hatten Sie denn zu finden gehofft?“

„Ich habe gar nichts zu finden gehofft“, erwiderte Bannerman.

„Ich wollte wissen, ob westlich des Kraftwerks erhöhte radioaktive Strahlung festzustellen ist."

„Warum?"

„Das ist meine Sache."

„Sind Sie einer von diesen Journalisten, die rumschnüffeln und glauben, einen Kreuzzug führen zu müssen?"

„Ich glaube, Sie haben ein Problem", erklärte Bannerman ruhig. „Haben Sie jemals daran gedacht, in einen Beruf überzuwechseln, der besser zu Ihnen paßt – zum Beispiel Leuchtturmwärter?"

Mitchell holte aus und versetzte ihm mit der Faust einen Schlag ins Gesicht. Die Wucht des Schlages ließ Bannerman vom Stuhl kippen.

Langsam setzte er sich auf dem Fußboden auf und hielt sich die Hand an die Wange.

„Warten Sie draußen!" herrschte Mitchell den Wachmann an der Tür an. Der Mann gehorchte sofort.

„Stehen Sie auf!" fauchte Mitchell danach Bannerman an.

Bannerman rappelte sich hoch. „Ich möchte mit dem Direktor des Kraftwerks sprechen", sagte er.

„Der ist ein vielbeschäftigter Mann."

„Das bin ich auch. Ich bin Dr. Bannerman, Gutachter und Pathologe am St.-Luke's-Krankenhaus in London, im Moment damit beschäftigt, im Auftrag der Medizinischen Forschungsgesellschaft und der Regierung Ihrer Majestät, den Tod von drei Männern hier zu untersuchen."

Mitchell machte ein verdattertes Gesicht. „Ihren Ausweis, bitte!"

Bannerman zeigte ihn vor.

„Warum haben Sie das nicht gleich gesagt?"

„Weil ich keine Lust dazu hatte", antwortete Bannerman bissig. „Als Ihre Leute mich entführten, hielt ich mich auf privatem Grund und Boden auf. Darauf habe ich die Männer schon dort und Sie hier deutlich hingewiesen, doch Sie haben keine Notiz davon genommen. Sie wissen doch, was Nötigung ist und was darüber im Strafgesetzbuch steht? Und jetzt holen Sie den Leiter des Kraftwerks!"

Mitchell verließ den Raum. Nach etwa zehn Minuten ging die Tür auf, und Bannerman wurde höflich aufgefordert, einem der Sicherheitsleute zu folgen. Plötzlich wurde er mit „Sir" angeredet und ins Hauptgebäude des Kraftwerks hinüberbegleitet. Dort fuhren sie mit dem Aufzug bis ins oberste Stockwerk hinauf, wo er in das Büro des Kraftwerksleiters gebeten wurde. Mitchell stand neben dem Direktor.

„Lassen Sie uns allein, Mitchell!" sagte der Direktor barsch, woraufhin Mitchell mit einem verlegenen Lächeln an Bannerman vorüberging. „Mein lieber Doktor, ich weiß nicht recht, was ich sagen soll", erklärte der Kraftwerksleiter und geleitete Bannerman zu einem Sessel. „Mein Name ist John Rossman, und ich kann mich nur in aller Form bei Ihnen entschuldigen und Sie bitten, Verständnis für meine Leute aufzubringen, die unter großem Druck stehen. Wachsamkeit ist ein absolutes Muß für uns."

„Jeden, der auch nur ein paar Meter an Ihren Zaun herankommt, zusammenzuschlagen, ist aber ein bißchen mehr, als nur wachsam zu sein."

„Richtig, aber . . ., wenn ich recht unterrichtet bin, haben Sie den Boden vor dem Westzaun untersucht."

„Das stimmt. Ich wollte feststellen, ob dort in letzter Zeit Radioaktivität freigesetzt wurde."

„Aber wenn das der Fall gewesen wäre, hätten wir . . ."

„. . . es doch genauso vertuscht wie beim letztenmal", fiel ihm Bannerman ins Wort. „Meine Informationen stammen von der Regierung."

„Ich verstehe", sagte der Kraftwerksdirektor. Er trat an eine große, an die hintere Wand seines Büros montierte Karte der Kernkraftanlage. „Dürfte ich Sie mal zu mir herüberbitten, Doktor?"

Bannerman ging zu der Karte hinüber, und Rossman deutete auf ein Gebiet östlich des Kraftwerks. „Wir hatten Probleme mit einem Rohr, durch das Kühlwasser vom Reaktorraum floß. Es wies einen Riß auf, und bevor der entdeckt wurde, ist eine geringfügige Menge an Flüssigkeit ausgetreten."

„Was nennen Sie geringfügig?"

„Zwischen drei- und vierhundert Liter."

„Und wie groß war der betroffene Bereich?"

„Wir glauben, nicht größer als zweihundert Quadratmeter. Sie haben doch die Bodenverhältnisse gesehen. Es ist schwierig, das genau zu sagen. Wir haben ein doppelt so großes Areal abgesperrt und Gräben drum herum ausgehoben. Der verseuchte Boden ist abgetragen worden, und nach dem Vorfall wurde das Gelände noch über mehrere Monate hinweg überwacht. Doch abgesehen davon, Doktor, östlich vom Kraftwerk wohnt kein Mensch."

„Warum es dann vertuschen?" fragte Bannerman.

„Es ging nicht darum, irgend etwas zu vertuschen. Wir haben die Sache nur nicht an die große Glocke gehängt. Diejenigen, die darauf aus sind, der Atomwirtschaft Schwierigkeiten zu bereiten, hätten uns an den Pranger gestellt."

„Hat es schon mehrere Zwischenfälle gegeben, von denen Sie nichts an die Öffentlichkeit haben dringen lassen?"

„Nein. Keinen einzigen. Wir stellen in dieser Gegend eine Menge Arbeitsplätze. Sie sollten es sich gut überlegen, bevor Sie die mit Gerede gefährden. Es war ein einmaliger Zwischenfall."

„Aber es ist dazu gekommen! Sie können nicht einfach so tun, als hätte es ihn nie gegeben."

„Ich glaube, Sie verstehen nicht ganz, was für Vorteile die Kernkraft unserem Land bringt, Doktor!" sagte Rossman.

„O doch, das tue ich! Ich bin mir der Vorteile voll und ganz bewußt. Was mir wirklich stinkt, ist, mit welcher Hartnäckigkeit Ihr Industriezweig sich weigert, den Problemen offen ins Auge zu sehen. Sie behaupten einfach, daß solche Unfälle nicht passieren. Sie erzeugen immer weiter nukleare Abfälle, von denen Sie nicht wissen, was Sie damit machen sollen. Und das einzige, was Ihnen dazu einfällt, ist, es in Löchern in der Erde zu vergraben und nach weiteren Löchern zu suchen."

„Tja, da sind wir wohl unterschiedlicher Meinung", entgegnete Rossman lediglich.

Bannerman blickte auf die Uhr. „Es wird Zeit, daß ich gehe."

„Ich lasse Sie von jemand nach Hause fahren", erbot sich der Kraftwerksleiter.

„Nein, das werden Sie nicht tun." Bannerman platzte der Kragen. „Es hat mich von Inverladdie aus geraume Zeit gekostet, an Ihren Sicherheitszaun heranzukommen, und dieser Strapaze unterziehe ich mich nicht ein zweites Mal. Ich will mit der Bodenuntersuchung fortfahren, mit der ich beschäftigt war, als Ihre Leute ‚wachsam' wurden!"

Der Direktor holte tief Atem und sagte dann: „Nun gut. Ich werde Sie von Mitchells Leuten zurückbringen lassen. Ich habe Mitchell außerdem angewiesen, sich persönlich bei Ihnen zu entschuldigen."

„Danke", antwortete Bannerman.

Der Sicherheitsbeamte, der draußen vor Rossmans Büro gewartet hatte, begleitete Bannerman wieder zurück. Als sie den Korridor halb hinter sich hatten, blieb Bannerman stehen und warf einen Blick hinunter in die riesige Generatorenhalle und auf das in weiße Schutzanzüge gekleidete Wartungspersonal. Der Betrieb hatte etwas von geradezu klinischer Sauberkeit.

Als Bannerman in Mitchells Büro eintraf, erhob sich dieser. „Unser kleines Mißverständnis tut mir leid, Doktor", sagte er. Er streckte die Hand aus: „Wollen wir Vergangenes vergangen sein lassen?"

Die Selbstzufriedenheit in Mitchells Gesicht war zuviel für Bannerman. Blitzschnell verpaßte er Mitchell einen Kinnhaken; Mitchell ging zu Boden wie ein Sack Kartoffeln. „Jedenfalls", meinte Bannerman, „sind wir jetzt quitt!"

IM LAUF der nächsten drei Stunden bewegte sich Bannerman den Hang zwischen dem Kraftwerk und dem Inverladdie-Hof hinauf und hinunter und prüfte mit seinem Geigerzähler gewissenhaft jeweils einen etwa zwei Meter breiten Streifen Land. Er war sich bewußt, daß er vom Kraftwerk aus beobachtet wurde, doch wurde kein Versuch unternommen, ihn noch einmal bei der Arbeit zu behindern. Als er endlich beschloß, Schluß zu machen, waren seine klammen Finger fast gefühllos. Er verstaute den Geigerzähler wieder in seinem Rucksack und machte sich auf den langen Rückweg. Er hatte nicht den geringsten Anhaltspunkt für eine Verseuchung des Bodens mit Radioaktivität gefunden.

Im Hotel ließ er sich ein heißes Bad ein und genoß bald darauf die wohlige Wärme. Völlig entspannt war er allerdings nicht, weil er ständig daran denken mußte, daß er bei seiner Meßaktion nichts entdeckt hatte. Doch die Aussicht auf eine warme Mahlzeit und einen Whisky machten das Gefühl der Frustration etwas erträglicher.

ALS BANNERMAN vor dem Kamin in der Bar ein Glas Whisky genoß, überlegte er, ob es sich überhaupt lohnte, den Boden zwischen dem Kraftwerk und dem Inverladdie-Hof weiter zu untersuchen. Immerhin hatte er ein großes Stück überprüft. Er durfte auch nicht nur diese eine Möglichkeit ins Auge fassen, es gab ja noch andere.

So hätte zum Beispiel eine Verseuchung des Wassers stattfinden können. Bestimmt gab es im Kraftwerk Abwasserrohre, die ins Meer hinausgingen. Was war, wenn durch Zufall hochradioaktives Abfallmaterial ins Meer gelangt war? Eine andere Möglichkeit war eine Luftverschmutzung durch das Entweichen von radioaktivem Gas.

Bannerman kam zu dem Schluß, daß es die Mühe lohnen könnte, die dreihundert Meter Strandabschnitt von Inverladdie mit dem Geigerzähler abzugehen, da dabei eine durch das Wasser hervorgerufene Verseuchung zutage kommen müßte. Eine aus der Luft stammende Verseuchung festzustellen war schon schwieriger. Eine Gaswolke konnte überall niedergegangen sein.

Den Strandabschnitt von Inverladdie abzusuchen bedeutete einen weiteren Tag Schwerstarbeit. Bannerman beschloß, sich noch einen Whisky zu genehmigen und dann früh schlafen zu gehen. Als er gerade zur Theke gehen wollte, betrat der Steinbrucharbeiter, den er bei seiner Ankunft im Hotel kennengelernt hatte, den Schankraum, und Bannerman lud ihn zu einem Glas Whisky ein.

Sie setzten sich in die Nähe des Kamins. Der Arbeiter stellte sich als Colin Turnbull vor und sagte: „Man erzählt sich, daß Sie glauben, das Kernkraftwerk könnte etwas mit dem Tod der drei Männer, die angeblich an Hirnhautentzündung gestorben sind, zu tun haben."

„Das ist dummes Geschwätz", erwiderte Bannerman und wechselte sofort das Thema. „Ich habe gestern abend Ihren Boß kennengelernt. Offenbar ein netter Kerl."

„Mr. van Gelder? Der ist in Ordnung, und die Arbeit wird gut bezahlt. Der einzige Nachteil ist, daß man keinerlei Aufstiegschancen hat. Die Posten der leitenden Angestellten sind ausschließlich Holländern vorbehalten."

„Merkwürdig", sagte Bannerman. „Welcher Posten würde Sie denn interessieren?"

„Ich studiere Geologie im Fernstudium und hoffe, noch diesen Sommer meinen Abschluß zu machen. Natürlich habe ich auf einen Job gehofft, bei dem ich diese Kenntnisse verwerten kann, aber da ist nichts zu machen."

„Ein Jammer", sagte Bannerman und erklärte, er wolle heute früh schlafen gehen, morgen warte ein harter Tag auf ihn.

Als er kurz darauf aufstand, sagte Turnbull: „Nehmen Sie's mir nicht krumm, Doktor, aber ich glaube, Sie sollten ein bißchen vorsichtig sein." Bannerman sah Turnbull fragend an, der etwas verlegen wirkte. „Das Kraftwerk bietet eine Menge Arbeitsplätze, und deshalb wird Kritik hier nicht gern gehört. Sie verstehen, was ich meine?"

„Mit Sicherheit", erwiderte Bannerman. „Vielen Dank für die Warnung."

Sechstes Kapitel

BANNERMAN verbrachte eine unruhige Nacht. Ihn plagten die warnenden Worte Turnbulls sowie Gedanken über sein Verhalten im Kraftwerk, das er jetzt als töricht empfand. Ob er am nächsten Tag Beweise für eine Verseuchung fand oder nicht – er war entschlossen, danach sofort nach Edinburgh zurückzufahren, denn er war sicher, daß der einzige Beweis für das Vorhandensein des bösartigen Virus bei den Versuchsmäusen in der Uniklinik zu finden war. Schließlich fiel er aber doch in Schlaf.

Am Morgen waren die Regenwolken des vorangegangenen Tages einem strahlendblauen Himmel gewichen. Aber es war bitter kalt, und der Wind blies so kräftig, daß man an den exponierten Hängen ernsthaft Gefahr laufen konnte, sich zu unterkühlen. Im Hotel hatte man sich erboten, ihm zwei Thermosflaschen mitzugeben – eine mit Suppe, die andere mit gesüßtem Kaffee. Er hatte das Angebot dankend angenommen.

Aus reiner Höflichkeit hatte Bannerman John Sproat angerufen und um Erlaubnis gebeten, noch einmal einen Tag auf seinem Grund und Boden verbringen zu dürfen. Ohne jeden Kommentar hatte Sproat der Bitte stattgegeben.

Bannerman kam leichter voran als tags zuvor, denn der Temperatursturz hatte den Boden über Nacht gefrieren lassen, so daß man besser darauf gehen konnte als auf dem vom Regen schlammigen Boden. Beim Abstieg über das zerklüftete Gelände hinunter zum Ufer bildeten allerdings eisgefüllte Felsspalten und überfrorene Felsen eine zusätzliche Gefahr.

Als Bannerman schließlich die Bahngleise erreicht hatte, war er erleichtert, daß er es bis hierher geschafft hatte, ohne sich größere Verletzungen zuzuziehen als eine Abschürfung am linken Knie. Er fand eine windgeschützte Mulde, in der er sich die Suppe aus der Thermosflasche einverleibte. Anschließend aß er einen Schokoriegel und rauchte eine Zigarette.

Danach holte er den Geigerzähler aus dem Rucksack hervor. MacLeod hatte ihm auch ein paar kleine Schraubgläser mitgegeben, in denen er, falls nötig, Bodenproben mit zurücknehmen konnte. Diese holte er jetzt heraus und stopfte sie sich in die Jackentaschen, damit sie gleich griffbereit waren. Dann schulterte er den Rucksack. Er hatte beschlossen, in westlicher Richtung am Strand so weit zu gehen, wie er vorhatte, den Boden zu überprüfen und dann die Messung erst auf dem Rückweg vorzunehmen, wenn er den Wind im Rücken hatte. Er ging los.

Nach etwa fünf Minuten fand er, daß er nun umdrehen könnte. Falls das Inverladdie-Gelände von See aus kontaminiert worden war, mußte er auf den rund vierhundert Metern dieses Uferabschnitts irgendwelche Spuren finden. Er kniete sich hin, um die Plastikkappe des Sensors vom Geigerzähler abzunehmen. Weil sie klemmte, legte er das Gerät neben sich, um beide Hände freizuhaben, und versuchte erneut, sie herunterzubekommen.

Plötzlich zersprang das Glas des Geigerzählers, und der Zylinder wurde ein Stück in die Luft geschleudert.

Verdattert schaute Bannerman das Meßgerät an. „Was zum Teufel ist . . .!“ rief er, bevor er in panischem Schrecken erkannte, was wirklich geschehen war: Jemand hatte auf ihn geschossen!

Er rannte vom Strand weg, flüchtete über die Bahngleise und ließ sich in die erstbeste Felsmulde fallen, die er sah. Zu seinem Pech landete er in einer Wasserlache. Die gefrorene Oberfläche hatte unter seinem Gewicht nachgegeben, und so lag er in eisigem Wasser.

Er war mit Wucht auf seinem abgeschürften Knie gelandet, das nun höllisch schmerzte. Nach kurzer Zeit waren beide Beine von den Knien an abwärts gefühllos vor Kälte, und der Rücken tat ihm weh. So konnte er unmöglich lange verharren.

Vielleicht ist der Schütze gar nicht mehr da, dachte Bannerman, nachdem, wie es ihm schien, eine Ewigkeit vergangen war, ohne daß weitere Schüsse gefallen waren. Er richtete sich langsam auf und spähte über den Rand der Mulde. Sofort bekam er eine Ladung Kieselsteine ins Gesicht. Keinen Meter vor ihm war eine Kugel aufgetroffen. Taumelnd ließ er sich in die eisige Wasserlache zurückfallen.

Bannerman bemühte sich, seine Lage logisch zu durchdenken. Als die erste Kugel den Geigerzähler getroffen hatte, hatte er keine Ahnung gehabt, woher sie gekommen war. Der zweite Schuß hatte jedoch die Stellung des Schützen verraten. Der Mann, der es auf ihn abgesehen hatte, mußte sich westlich von ihm befinden.

Bannerman sah auf die Uhr. Sie war stehengeblieben. Er fluchte, sah zum Himmel hinauf und versuchte, die Zeit zu erraten. Es mußte gegen zwei Uhr nachmittags sein. In ein paar Stunden würde es dunkel werden. Das war seine einzige Hoffnung auf ein Entkommen. Aber zuvor mußte er unbedingt aus dem eisigen Wasser hinaus. Sollte er erfrieren, würde es nach einem Unfall aussehen, und es brauchten keine lästigen Schußwunden erklärt zu werden. Vielleicht war das der Grund, warum der Schütze anscheinend nicht daran interessiert war, näher an ihn heranzukommen.

Bannerman beschloß, diese These auf die Probe zu stellen, indem er sich noch einmal vorsichtig bis an den Rand der Mulde hochschob. Das Ergebnis war eine nur wenige Meter von ihm entfernt einschlagende Kugel. Der Knall klang nicht so, als sei der Schütze näher gekommen; er hatte seinen Standort offensichtlich nicht verändert.

Also blieb Bannerman nichts anderes übrig, als auf die Dunkelheit zu warten und sich erst dann auf den Rückweg zu machen. Er kroch auf dem Boden der schlamm- und wassergefüllten Mulde entlang, zog sich allmählich heraus und schwang sich auf einen schmalen Sims hinauf, wo er – wenn er sich duckte – von seinem Angreifer nicht gesehen werden und sich ein bißchen ausruhen konnte. Trotz der klammen Finger gelang es ihm, die Gurte seines Rucksacks zu lockern und die Thermosflasche mit dem Kaffee herauszuholen. Langsam schraubte er den Becherverschluß ab und goß etwas dampfenden Kaffee hinein. Jeder Schluck war wie eine lebenspendende Transfusion.

Dann zog Bannerman die Stiefel aus, rollte sich die nassen Socken von den Füßen und zog das Paar Socken an, das er zum Wechseln im Rucksack dabeihatte. Er goß das Wasser aus den Stiefeln und zog sie wieder an. Er trank den Rest des Kaffees und rauchte eine Zigarette. Die nassen Socken band er sich um das verletzte Knie.

Das nächste Problem bestand darin, zu entscheiden, wann es dunkel genug war, um sich aus dem Versteck hervorwagen zu können. Er wünschte, er könnte noch bei etwas Licht den schlimmsten Teil des Wegs – die Strecke zwischen dem Ufer und dem Taleinstieg – einigermaßen schnell schaffen; aber dieser Teil der Strecke kam nun einmal zuerst, und wenn er einfach loslief, war er seinem Verfolger hoffnungslos ausgeliefert. Mit banger Erwartung schaute er zum Himmel hinauf. Es wurde zwar dunkler, aber eine schützende Wolkendecke war nicht auszumachen. Es versprach eine klare und bitterkalte Nacht zu werden.

Bannerman erinnerte sich, daß er beim Herüberlaufen vom Ufer rund zwanzig Meter weiter links einen zweiten Felseinschnitt gesehen hatte. Er beschloß, sich aus seinem augenblicklichen Versteck hinauszuwagen und auf das andere zuzulaufen.

Dreimal holte er tief Atem, dann zog er sich kraftvoll am Rand der Mulde hoch und rollte sich ab. Geduckt und im Zickzackkurs hetzte er auf die nächste Senke zu. Hinter ihm knallte ein Schuß, doch er konnte sich rechtzeitig in Sicherheit bringen.

Er kroch bis ans Ende des Einschnitts und verließ ihn dann in einem kurzen, geduckten Lauf, bis er erneut Deckung fand. Diesmal war kein Schuß zu hören. Mittlerweile war das Zwielicht der Dunkelheit gewichen. Bannerman rannte ein Stück weiter. Als er wieder sicher in Deckung war, holte er einen Kompaß aus der Jackentasche und merkte sich, in welcher Richtung das Tal und damit der Weg zurück nach Inverladdie lag.

DIE TEMPERATUR sackte rapide ab; der Boden war hart wie Beton. Bannerman fiel mehrmals hin oder stieß gegen einen Felsen, weil er so wenig sehen konnte. Je höher er kam und je mehr alles von Frost überzogen war, desto weniger fanden seine Füße Halt.

Als er endlich das Talende erreicht hatte, konnte er nur noch auf allen vieren kriechen. Die Anstrengungen beim Bewältigen der ersten Etappe des Rückwegs hatten Bannerman bis an den Rand der Erschöpfung getrieben, und so sah er sich gezwungen, das Tempo zu reduzieren, was wiederum zur Folge hatte, daß seine Körpertemperatur weiter sank.

Wenigstens verminderte die Kälte sein Schmerzempfinden. Er fühlte sich sogar ein bißchen besser. Der bohrende Schmerz ließ nach und wurde von einem Gefühl der Schwerelosigkeit und Müdigkeit ersetzt ... Bannerman wollte eine kleine Pause einlegen und eine Zigarette rauchen. In seinem Unterbewußtsein meldete sich ein Warnsignal, doch er war nicht mehr in der Verfassung, darauf achtzugeben. Er holte seine Zigaretten und die Streichhölzer hervor und schaffte es, die Packung mit den Lippen zu öffnen; danach erst zog er einen der Handschuhe aus, um ein Zündholz anzureißen. Bannerman gelang es zwar, das Streichholz anzuzünden, doch dann fiel es ihm aus den steifgefrorenen Fingern in die halb geöffnete Schachtel, woraufhin diese grell aufflammte. Wie betäubt fuhr Bannerman vor der Stichflamme zurück, dann war alles wieder dunkel, und er war müde, unendlich müde ...

Bannerman schlug die Augen auf und blickte in das Gesicht eines alten Mannes, der lächelnd auf ihn herabsah. „Wie fühlen Sie sich?“ fragte der.

„Wo ...?“

„Sie sind im Hotel von Achnagelloch. Sie sind in Sicherheit“, sagte der Mann.

Bannerman erkannte die Stimme. Es war der Arzt Angus MacLeod.

„Wie bin ich hierhergekommen?“ fragte Bannerman.

„Der Suchtrupp hat Sie gefunden“, antwortete MacLeod, „und zwar dank Ihrer brillanten Idee, mit den Streichhölzern eine Stichflamme auflodern zu lassen. Noch ein paar Stunden länger, und die Geschichte wäre vielleicht nicht so glimpflich ausgegangen. Sie sind der jungen Dame sehr zu Dank verpflichtet, daß sie auf einem Suchtrupp bestand.“

„Welcher jungen Dame?“ fragte Bannerman verwirrt.

„Mir“, ließ sich eine weibliche Stimme vernehmen. Bannerman wandte den Blick in die Richtung, aus der die Stimme gekommen war, und sah dort Shona MacLean lächelnd stehen. Sie trat neben das Bett und sagte: „Ich mußte nach Inverness, um über Illustrationen zu verhandeln, und da habe ich gedacht, ich besuche Sie mal. Der

Hotelbesitzer erzählte mir, daß Sie heute morgen zum Inverladdie-Hof gefahren seien, und da beschloß ich, auf Sie zu warten. Als Sie nach Einbruch der Dunkelheit immer noch nicht wieder zurück waren, fing ich an, mir Sorgen zu machen. Und der Hotelbesitzer gab mir recht – wenn Sie bis sieben nicht da wären, sagte er, werde er die Polizei benachrichtigen. Und das hat er dann auch getan."

„Und woher haben die gewußt, wo sie suchen sollten?" fragte Bannerman.

„Das habe ich ihnen verraten", erklärte MacLeod. „Ich erhielt einen Anruf von der Polizei, die mir mitteilen wollte, daß ich mich für einen Notfall bereithalten solle, und als sie sagten, daß Sie vermißt wurden, konnte ich ihnen ziemlich genau sagen, wohin Sie wahrscheinlich gegangen seien. Gefunden haben sie Sie am Ende des Inverladdie-Tals."

Schweigend verdaute Bannerman diese Information. Er bewegte Finger und Zehen gleichzeitig und stellte fest, daß alles in Ordnung war.

MacLeod sah, was er machte, und sagte: „Alles bestens. Abgesehen von Ihrem Knie, werden Sie morgen früh wieder ganz auf der Höhe sein."

„Ja, ich bin gestürzt und hab es mir verletzt. Deshalb bin ich auch nicht schnell genug vorangekommen und wurde von der Dunkelheit überrascht. Vermutlich hab ich mich im Kreis bewegt."

„Das kann leicht passieren", meinte MacLeod. „Aber wenn Sie mich jetzt entschuldigen wollen. Ich muß schlafen gehen."

„Vielen Dank, Doktor", sagte Bannerman.

Als der Arzt gegangen war, strich Shona MacLean Bannerman das Haar aus der Stirn. „Was ist wirklich passiert?" fragte sie.

„Jemand hat auf mich geschossen."

„Wissen Sie, warum?"

„Es hat jemandem nicht gefallen, daß ich in einer bestimmten Ecke des Geländes vom Inverladdie-Hof rumgeschnüffelt habe."

„Weil das Erdreich dort radioaktiv verseucht ist?"

„Das hatte ich angenommen", bestätigte Bannerman. „Aber ich habe keinen Beweis dafür gefunden."

„Aber wenn Sie Radioaktivität festgestellt hätten, wäre damit noch nicht das Geheimnis um den Tod der Männer gelöst, oder?"

„Nein, dafür brauche ich die Ergebnisse der Laboruntersuchungen in Edinburgh. Nur wenn ich irgendwelche Strahlung festgestellt hätte, wäre damit die Ursache für die Mutation des Virus wohl klar gewesen."

„Da scheint jemand zu extremen Mitteln zu greifen, um zu verhindern, daß die Atomindustrie dafür verantwortlich gemacht wird. Was werden Sie jetzt tun?"

„Ich fahre zurück nach Edinburgh. Lawrence Gill hat einigen Mäusen Hirnmasse von den Gehirnen der Verstorbenen injiziert, um das Virus wachsen zu lassen, damit wir es untersuchen und bestimmen können. Wir wären dann in der Lage, alles darüber in Erfahrung zu bringen: wer die Wirtstiere sind, wie lange die Inkubationszeit und wie groß die Ansteckungsgefahr ist."

„Sind Sie wirklich fit genug, um nach Edinburgh zurückzufahren?"

Über diese Frage hatte Bannerman schon selbst nachgedacht. Die Vorstellung, ein paar hundertmal mit dem verletzten linken Bein die Kupplung durchzutreten, war nicht gerade verlockend. „Ich schaffe das schon", erklärte er dennoch.

„Ich mache Ihnen einen Vorschlag", sagte Shona MacLean. „Wir machen zuerst einen Umweg über Inverness. Ich fahre und bringe Sie dann zurück nach Edinburgh."

„Aber warum?"

„Weil ich es gern möchte", antwortete Shona MacLean. „Es ist eine Ewigkeit her, daß ich in Edinburgh war. Na, was halten Sie davon?"

Bannerman ergriff ihre Hand und sagte: „Ich fände das phantastisch, und ich danke Ihnen. Und abgesehen davon bin ich mir darüber im klaren, daß ich Ihnen mein Leben verdanke."

„Der Hotelbesitzer hätte bestimmt auch ohne mich Alarm geschlagen."

„Vielleicht, aber den Anstoß dazu haben nun mal Sie gegeben. Vielen Dank!"

„Dann also bis morgen früh", sagte Shona MacLean lächelnd und verließ das Zimmer.

Bannerman merkte, daß ihm die Lider schwer wurden. MacLeod hatte ihm ein Analgetikum gegen die Schmerzen verabreicht; zu seinem Wohlbehagen gesellte sich noch ein anderer Gedanke: Shona MacLean war gleich nebenan.

„GUTEN MORGEN", begrüßte Shona MacLean Bannerman, als er zum Frühstück in den Speisesaal herunterkam. Sie hatte hellblaue Hosen und einen eng sitzenden marineblauen Pullover an. Dazu trug sie ein weißes Tuch um den Hals. Sie waren die einzigen Gäste. Deshalb war wohl auch der große Raum so früh am Morgen kaum geheizt. Doch draußen herrschte schönes Wetter, und die Sonnenstrahlen fielen durch die bis zum Boden reichenden Fenster herein. „Ich dachte, daß Sie noch lange nicht auf sein würden."

„Guten Morgen." Bannerman erwiderte ihr Lächeln. „Ich konnte es im Bett nicht mehr aushalten."

„Tut es so weh?"

„Das kann man wohl sagen. Verdammt weh." Bannerman ließ sich unter Schmerzen auf einen Stuhl sinken.

„Wollen Sie wirklich heute schon los? Vielleicht sollten Sie es langsam angehen lassen. Ich könnte auch mit dem Bus nach Inverness fahren."

Doch davon wollte Bannerman nichts hören, und das sagte er ihr auch. „Ein Problem gibt es allerdings", erklärte er dann. „Ich habe mein Auto gestern auf dem Inverladdie-Hof stehenlassen."

„Ich kann es gern dort abholen."

In der Halle klingelte das Telefon, und sie hörten, wie der Hotelbesitzer dranging. Kurz darauf kam er herein und sagte: „Das war die Polizei, Dr. Bannerman. Ich soll Ihnen ausrichten, daß sie Ihr Auto von Inverladdie herunterbringen."

„Wie nett von ihnen."

„Ja, aber ich glaube, es gibt da auch ein Problem, Sir." Ohne weiteren Kommentar verließ er den Raum.

„Was mag denn das nun wieder zu bedeuten haben?" fragte Bannerman.

Shona MacLean zuckte mit den Schultern.

BANNERMANS Auto wurde mit einem Abschleppwagen der Polizei gebracht. Die Autoreifen waren aufgeschlitzt, und die Karosserie war mit roter und schwarzer Sprühfarbe verschandelt worden. Dem Ganzen ließ sich eine Botschaft entnehmen, die Bannerman mühsam entzifferte: HAU AB, SCHNÜFFLER! FINGER WEG VON UNSEREN JOBS!

Die beiden Polizisten, die das Abschleppfahrzeug in ihrem Dienstwagen begleitet hatten, traten auf Bannerman zu. „Tut uns leid, Doktor", sagte einer von ihnen. „Aber wenn es Sie tröstet: wir haben die beiden, die das verbrochen haben. Achnagelloch ist ein kleines Nest. Da hat es nicht lange gebraucht, um herauszufinden, wer vor kurzem Sprühlack gekauft hat. Das Zeug klebte noch an ihren Händen."

„Wer war es denn?" fragte Bannerman.

„Zwei junge Leute aus dem Ort, Turner und Ferguson. Sie arbeiten im Kraftwerk. Die Leute erzählen sich, Sie würden versuchen, das Kraftwerk schließen zu lassen."

„Möchte mal wissen, wer das aufgebracht hat", sagte Bannerman und dachte an Mitchell.

„Ich gehe davon aus, daß Sie Anzeige erstatten."

„Es ist nicht mein Wagen. Fragen Sie bei der Autovermietung nach."

„Verstehe, Sir, dann wollen Sie es vermutlich auch nicht hierlassen."

Bannerman schüttelte den Kopf. „Ich rufe die Autovermietung an und bitte sie, sich mit dem Fall zu befassen."

Die Polizisten verabschiedeten sich, und Bannerman ging ins Hotel zurück und rief bei der Autovermietung an. Er war froh, daß die Geschichte sie keineswegs aus der Fassung brachte. Sie fragten ihn, ob er wolle, daß sie ihm von Inverness aus einen anderen Wagen zur Verfügung stellten.

Miß MacLean und er beschlossen aber, mit dem Bus nach Inverness zu fahren und dort den neuen Wagen abzuholen.

„Der Bus kommt um halb elf", erklärte der Hotelbesitzer. „Und wenn Sie den verpassen, müssen Sie einen ganzen Tag warten."

Kurz vor halb elf standen die beiden gestiefelt und gespornt an der Haltestelle, als der Bus pünktlich um die Ecke bog. Nach einer eintönigen Fahrt erreichten sie Inverness, wo Bannerman seinen neuen Wagen von der Autovermietung abholte, während Shona MacLean die Büros der Leute abklapperte, die die Kunsthandwerksmesse organisierten, an der sie teilnehmen wollte.

Eine Stunde später holte Bannerman sie an einer verabredeten Stelle ab. „Wie ist es bei dir gelaufen?" fragte er. Sie waren inzwischen zum Du übergegangen.

„Ich habe ein gutes Gefühl", antwortete Shona. „Sie wollen mir bis Ende der Woche Bescheid geben."

Durch die Busfahrt waren sie ums Mittagessen gekommen und hatten in Inverness nur eine Kleinigkeit zu sich genommen. Bannerman fragte Shona, ob sie großen Hunger habe oder ob sie gleich nach Edinburgh losfahren und unterwegs essen wollten.

„Fahren wir doch gleich los", entschied Shona.

IN AVIEMORE hielten sie zum Essen an und fanden ein nettes Lokal, in dem sie sich eine gute Stunde aufhielten, bevor sie weiterfuhren.

Trotz der Tatsache, daß es den größten Teil der Reise über regnete, bedauerte Bannerman, daß die Fahrt sich ihrem Ende näherte. Sie hatten sich die ganze Fahrt über so angeregt unterhalten, daß die Zeit wie im Flug vergangen war. Shonas Lebensphilosophie faszinierte ihn. Ihre Vorstellungen wirkten zunächst geradlinig und unkompliziert. Die Menschen sollten mit mehr Nachdruck versuchen, ihre Träume zu verwirklichen. Shona waren die Probleme bewußt, die beim Umsetzen eines Lebenstraums unweigerlich auftauchen, und deshalb hatte sie vor jeder Form der Verwirklichung größte Hochachtung.

Bannerman wandte den Kopf, um Shona anzusehen. Sie konzentrierte sich zwar auf die Straße, doch bemerkte er auf ihrem Gesicht keinerlei Anzeichen von Anstrengung. Sie schien diese Fahrt durch den Regen zu genießen. Bannerman fand, daß sie schön aussah.

„Woran denkst du?“ fragte sie ihn.

„Ich habe gerade daran gedacht, daß ich morgen früh als erstes bei der MFG anrufen muß“, log Bannerman.

Als sie über die Kuppe eines Hügels fuhren, wurden in der wolkenverhangenen Ferne plötzlich Lichter sichtbar, die das Tal wie einen Teppich überzogen: die Außenbezirke von Edinburgh.

„Wo übernachtest du hier eigentlich?“ fragte Shona.

„An der Royal Mile, aber du mußt mich nicht hinfahren. Du kannst mich irgendwo absetzen; von dort aus schaffe ich es dann schon allein. Wie lange wirst du eigentlich in Edinburgh bleiben?“

„Morgen werde ich ein paar alte Freunde besuchen; zurückfahren werde ich wahrscheinlich übermorgen.“

„Heißt das, daß du auch bei diesen Freunden wohnst?“

„Nein.“

Was er nun sagen wollte, versetzte Bannerman in Verlegenheit. „Ich möchte nicht, daß du etwas Falsches denkst, aber in der Wohnung, die man mir zur Verfügung gestellt hat, gibt es zwei Schlafzimmer, und wenn du willst, kannst du gerne bei mir übernachten.“

Shona lächelte darüber, daß es Bannerman offenbar peinlich gewesen war, diesen Vorschlag zu machen. „Würden die Leute von der Universität denn darüber nicht außer sich sein vor Empörung?“

„Doch, wahrscheinlich schon “, antwortete Bannerman.

„Dann nehme ich die Einladung an.“

„NA, WIEDER zurück, Doktor?“ begrüßte George Stoddart Bannerman, als er ihn in die Cafeteria der Uniklinik kommen sah. Bannerman holte sich einen Kaffee und setzte sich zu ihm. „Sie hinken ja“, sagte Stoddart.

„Ich habe mir das Knie verletzt.“

„Wenn ich es recht verstanden habe, geht die Entdeckung der Leiche des armen Gill auf Ihren persönlichen Einsatz zurück.“

Bannerman fiel ein Stein vom Herzen, als er feststellte, daß Stoddart glaubte, Gills Tod sei auf einen Unfall zurückzuführen. Um das Thema nicht noch weiter auszuschlachten, sagte er rasch: „Ich sehe Dr. Napier gar nicht."

„Die Nachricht von Gills Tod ist ihr sehr nahegegangen, und da habe ich ihr vorgeschlagen, doch ein paar Tage freizunehmen."

Bannerman hatte gehofft, von Dr. Napier Neues über die Tierversuche zu erfahren. Jetzt mußte er also versuchen, es selbst herauszubekommen.

Nachdem er seinen Kaffee getrunken hatte, ging er zum Tierlabor und stellte erstaunt fest, daß die Tür gar nicht verschlossen war. Er machte sie auf und klopfte dabei leise an das Glas der halb offenstehenden Tür; da er keine Antwort hörte, ging er hinein und folgte dem Klang der Musik, die aus einem der hinteren Räume kam. Bei der diensthabenden Assistentin handelte es sich nicht um diejenige, die er bei seinem letzten Besuch zusammen mit Morag Napier gesehen hatte. Diese hier war älter. Sie sezierte gerade ein Kaninchen. Die Musik kam aus einem kleinen Radio, das auf dem Tisch stand.

Bannerman hüstelte, um auf sich aufmerksam zu machen.

Die Frau ließ das Skalpell fallen, das sie gerade in der Hand hielt. Das Instrument landete klirrend auf dem Boden. „Mein Gott, haben Sie mich erschreckt!" rief sie aus. „Wer sind Sie?"

„Mein Name ist Bannerman. Wir kennen uns noch nicht. Ich komme von der MFG und arbeite an Dr. Gills Projekt. Tut mir leid, daß ich Sie erschreckt habe."

Die Frau faßte sich. „Ich bin selbst dran schuld", sagte sie. „Ich hätte die Tür abschließen müssen; ich hab's wieder mal vergessen. Wenn der Professor das erfährt, gibt's bestimmt Ärger. Sie sagen ihm doch bitte nichts, oder?"

„Aber nein. Warum denn diese Vorsicht mit den abgeschlossenen Türen?"

„Wegen der Tierschützer", erwiderte die Frau. „Die sind in letzter Zeit um Edinburgh herum sehr aktiv gewesen. Ich heiße übrigens Lorna Cullen. Wie kann ich Ihnen helfen?"

„Lawrence Gill hat vor seinem Verschwinden ein paar Mäuse geimpft, und ich wollte mal nachsehen, wie es ihnen geht. Sie haben hier oben gestanden", sagte Bannerman und stellte sich vor die Käfige, in denen sich die Mäuse bei seinem letzten Besuch befunden hatten. Er holte den ersten herunter und schaute hinein. Anders als beim erstenmal machten die beiden Mäuse darin einen kränklichen Eindruck und schienen nicht mehr viel Gleichgewichtssinn zu haben.

Bei den Mäusen in den beiden anderen Käfigen war es genauso.

„Und was wollen Sie mit ihnen machen?"

„Nichts. Ich werde mich zuerst an die Neurobiologie wenden und dafür sorgen, daß dort alles Nötige zur Probeentnahme vorbereitet wird. Dann werde entweder ich oder Dr. Napier die Tiere einschläfern und ihnen das Gehirn entnehmen."

„Handelt es sich um etwas Schlimmes?" fragte Lorna Cullen.

„Um etwas sehr Schlimmes", erwiderte Bannerman.

VON SEINEM Büro aus rief Bannerman Morag Napier an. Es klang sehr bedrückt, als sie sagte: „Ich war mir nicht darüber im klaren, daß Sie schon wieder zurück sind."

„Seit gestern abend. Das mit Gill tut mir leid."

„Er war so ein netter Mann", erklärte Dr. Napier.

„Ich bin eben im Tierlabor gewesen. Die Mäuse, die Gill geimpft hat, sehen sehr krank aus. Meiner Meinung nach sollten sie eingeschläfert und Proben von ihrem Gehirn an Hector Munros Labor geschickt werden."

„Haben Sie im Norden etwas über die Todesursache in Erfahrung bringen können?" fragte Dr. Napier.

„Sehr wenig, aber ich glaube, die Untersuchung der Mäuse wird uns letzte Gewißheit verschaffen. Ich werde die Tiere morgen einschläfern."

„Möchten Sie, daß ich das für Sie erledige? Ich bin morgen wieder da."

„Warum machen wir es nicht gemeinsam? Dann können wir die Proben bis zum Mittag in Munros Labor schaffen. Außerdem könnten wir auch ein paar Präparate für uns selbst anfertigen."

„Gut", sagte Dr. Napier. „Dann bis morgen."

Anschließend rief Bannerman Milne in der Medizinischen Forschungsgesellschaft an, um ihn über die letzten Fortschritte zu unterrichten. Milne fragte Bannerman, wie er mit der Untersuchung vorankomme.

„Gill hat vor seinem Tod noch ein paar Versuchsmäuse mit Hirnmaterial von den drei Verstorbenen geimpft. Die werde ich morgen einschläfern und die Gehirne dann an Munro übergeben. Damit kann zweifelsfrei bewiesen werden, ob die Männer an Scrapie gestorben sind oder nicht."

„Können wir noch etwas für Sie tun?"

„Sie könnten dafür sorgen, daß der Strand am Rand des Inverladdie-Geländes auf Radioaktivität überprüft wird. Ich habe versucht, das selbst zu machen, aber man hat in mir einen Schnüffler vermutet, der Arbeitsplätze vernichtet . . ."

„Es ist hoffentlich nicht zu gewalttätigen Auseinandersetzungen gekommen?"

„Man hat mir das Auto zertrümmert und mich am Strand als Zielscheibe benutzt. Trotzdem habe ich es geschafft, den Boden in dem Grenzstreifen zwischen Inverladdie und dem Kernkraftwerk zu untersuchen; da war nichts kontaminiert. Aber gut möglich, daß es weiter unten am Strand von See aus dazu gekommen ist."

„Sind sonst in dem Gebiet keine weiteren Gehirnerkrankungen aufgetreten?"

„Nein, keine."

„Dann besteht also die Möglichkeit, daß es sich um einen einzelnen Zwischenfall handelt, zu dem es nie wieder zu kommen braucht?" fragte Milne.

„Möglich ist das", meinte Bannerman, doch im Geiste sah er das Bild einer fliegenden Krähe vor sich, deren Schnabel vom Blut eines Schafkadavers triefte, an dem sie sich gerade gesättigt hatte.

„Ich werde Allison bitten, die zuständige Behörde zu informieren."

„Und was ist mit Gills Tod?" fragte Bannerman.

„Soweit ich von Allison weiß, beruht die einzige heiße Spur auf der Beschreibung des Mannes, der das Postamt von Cairnish aufsuchte und vorgab, Gill zu sein; aber damit kommen wir nicht weiter. Ziemlich groß, mittelkräftig, blond und gut aussehend; außerdem, meinte die Dame am Schalter, habe er mit einem Akzent gesprochen."

„Sie haben recht. Das gibt nicht viel her."

„Wie sehen Ihre Pläne für übermorgen aus?"

„Sobald ich mir die Hirnpräparate selbst unterm Mikroskop angesehen habe, kehre ich zu meiner Arbeit im Krankenhaus in London zurück, und wir warten die Laborergebnisse ab."

„Wir sind Ihnen sehr dankbar, Doktor", sagte Milne.

„Was meint denn Mr. Allison zu der ganzen Sache?"

„Die offizielle Sprachregelung ist, die Sache als einen einzelnen, isolierten Zwischenfall zu betrachten."

„Sollte sich herausstellen, daß die Männer tatsächlich an Scrapie gestorben sind, müssen wir uns allerdings damit vertraut machen, daß die Krankheit auf den Menschen überspringen kann."

„Mr. Allison und seine Kollegen haben sich die Ansicht zu eigen gemacht, daß es, wenn es sich um ein mutiertes Scrapie-Virus handelt, kein Scrapie-Virus mehr ist."

„Das ist ja ungeheuerlich!"

„Wir müssen positiv denken, Doktor, und nicht gleich Alarm schlagen. Hätte Scrapie bisher zu irgendwelchen Schwierigkeiten geführt, hätten wir das doch gemerkt."

„Nicht unbedingt. Wenn hier und da mal ein paar Leute sterben, fällt das nicht weiter auf. Erst wenn man weiß, wonach man Ausschau halten muß, werden die Dinge klar. Ich finde nicht, daß wir die Sache einfach vertuschen sollten", entgegnete Bannerman.

„Mr. Allison hat mir versichert, daß die Regierung sofort beträchtliche Mittel bereitstellen wird, um das Auftreten von Gehirnerkrankungen in der Bevölkerung zu untersuchen. Vielleicht bewerben Sie sich bei der MFG und übernehmen selbst einen Teil der Arbeit?"

Bannerman hielt seine Zunge im Zaum. „Vielleicht", sagte er, verabschiedete sich und legte den Hörer auf.

ALS SHONA MACLEAN am frühen Abend in das Apartment zurückkam, war Bannerman immer noch schlecht gelaunt.

„Du hast wohl heute Ärger gehabt?" fragte sie.

„Das kann man sagen. Und wie war's bei dir?"

„Ach, so lala. Ich hab mir den größten Teil des Tages angehört, wie ehemalige Freundinnen von nichts anderem erzählen als von Babys und Hypotheken. Dabei waren das früher ganz interessierte Menschen . . . Aber was hat dir die Laune verdorben?"

„Der Umgang mit dem Establishment, den Leuten, die hier in diesem Land das Sagen haben. Manchmal legen die ein Verhalten an den Tag, das man wirklich nur als verlogen bezeichnen kann."

„Solche Enttäuschungen verlangen nach etwas Alkohol", meinte Shona. „Es ist mein letzter Abend. Darf ich dich zu einem Drink einladen?"

„Nein, nein", protestierte Bannerman. „Ich stehe schon jetzt in deiner Schuld. Ich lasse es mir nicht nehmen, dich zum Essen auszuführen; oder bist du anderweitig verabredet?"

Shona lächelte. „Nein."

Als sie kurz darauf gerade im Begriff waren, das Apartment zu verlassen, klingelte es. Bannerman machte die Tür auf und sah Lawrence Gills Frau vor sich stehen. „Die Klinik hat mir Ihre Adresse gegeben. Wenn ich recht informiert bin, waren Sie es, der Lawrence' Leichnam gefunden hat?"

„Das stimmt, Mrs. Gill. Ich möchte Sie meines tiefempfundenen Mitgefühls versichern."

„Ich wollte bloß etwas über den Ort erfahren, an dem er starb", erklärte Vera Gill.

„Hallo, Vera“, sagte Shona ruhig und trat hinter Bannerman hervor.

„Du!“ rief Mrs. Gill entsetzt und empört zugleich aus. Mißtrauen zeigte sich in ihren Augen. „Ach, ich verstehe, du hast Lawrence verloren, und jetzt bist du hinter ihm her!“

„Nichts dergleichen“, entgegnete Shona. „Es stimmt, ich habe deinen Mann einmal geliebt, aber das ist viele Jahre her. Lawrence ist nicht mit mir durchgebrannt. Er hat dich nicht verlassen, Vera; geliebt hat er nur dich, deshalb hat er ja mit mir gebrochen.“

„Lügnerin, gemeine! Es hat doch jemand gehört, wie er sich telefonisch mit dir verabredet hat!“

„Richtig, er hat mich angerufen“, erwiderte Shona, „und auf die Insel gekommen ist er auch, aber nur, weil er einen Ort suchte, wo er sich verstecken konnte. Lawrence ist weggelaufen, weil er Angst hatte. Er befand sich in großer Gefahr.“

„Angst? Gefahr? Was erzählst du da für einen Unsinn!“

„Es stimmt“, mischte Bannerman sich ein. „Ihr Mann hat geglaubt, daß jemand versuchte, ihn umzubringen.“

„Das verstehe ich nicht“, sagte Vera Gill, „wieso sollte ihm jemand nach dem Leben trachten?“

„Kommen Sie doch rein, Mrs. Gill“, sagte Bannerman, legte Vera Gill einen Arm um die Schulter und führte sie ins Wohnzimmer.

Shona ging in die Küche, um Tee zu machen.

„Als Ihr Mann verschwand, Mrs. Gill, war er damit beschäftigt, den plötzlichen Tod von drei Landarbeitern zu untersuchen“, erklärte Bannerman. „Wir glauben, daß er dabei auf irgendeine schmutzige Sache gestoßen ist und daß jemand bereit war, ihn zu töten, um das Geheimnis nicht ans Licht kommen zu lassen. Ihr Mann wußte offenbar, daß er in Lebensgefahr schwebte. Deshalb hat er Shona gebeten, ihm eine Unterkunft zu verschaffen, wo er sich für eine Weile verstecken konnte.“

Vera Gill brauchte eine Weile, um das Gehörte zu verdauen, dann fragte sie: „Wollen Sie damit andeuten, der Tod meines Mannes sei kein Unglücksfall gewesen?“

„Lawrence ist von den Klippen in den Tod gestürzt, Mrs. Gill. Wir haben Grund zu der Annahme, daß man ihn hinuntergestoßen hat. Das können wir zwar nicht beweisen, aber die Behörden untersuchen den Fall.“

Mit einem Tablett in der Hand trat Shona in das Zimmer. Mrs. Gill nahm eine Tasse mit einem Blick entgegen, der Frieden zwischen den beiden Frauen signalisierte.

„Dann hat Lawrence mich also doch nicht verlassen“, sagte sie.

„So ist es“, erwiderte Shona.

„Wer hat Ihnen eigentlich vom Anruf Ihres Mannes bei Shona erzählt?“ fragte Bannerman.

„Dr. Napier.“

ALS MRS. GILL ihren Tee ausgetrunken hatte, hatte sie sich wieder gefaßt und war bereit zu gehen. Sie bedankte sich bei Bannerman und Shona und schüttelte ihnen sogar die Hand.

Nachdem Bannerman Mrs. Gill an die Tür gebracht hatte, stieß Shona einen langen Seufzer aus. „Damit hatte ich nicht gerechnet“, sagte sie.

„Ich auch nicht. Hattest du mir nicht erzählt, daß du es warst, die die Beziehung zu Gill abgebrochen hat?“

„Ja, das habe ich ja auch“, antwortete Shona.

„Du bist ein guter Mensch.“

„Danke. Können wir jetzt essen gehen?“

DIE BEGEGNUNG mit Mrs. Gill setzte dem Abend einen Dämpfer auf. Bis zu Mrs. Gills Eintreffen hatte es für Bannerman und Shona so ausgesehen, als könnten sie sich entspannen und einer die Gesellschaft des anderen genießen. Doch jetzt stand der Tod von Gill und der drei Landarbeiter von Inverladdie wieder im Mittelpunkt ihrer Gespräche.

„Gill hat alles darangesetzt, das Paket abzuschicken, von dem wir annehmen, daß es die infizierten Gehirne enthielt. Nach dem, was du mir erzählt hast, glaubte er sicher zu sein, sobald er das Paket los war. Das kann nichts anderes bedeuten, als daß derjenige, der das Paket erhielt, alles erfuhr, was es über die Todesfälle zu wissen gibt. Adressiert war es an die MFG. Dabei hatte er der MFG bereits Gehirnpräparate geschickt, die analysiert worden sind! Wir wußten also, daß das Ganze was mit Scrapie zu tun hat. Folglich müssen die Gehirne noch etwas anderes enthalten haben, etwas, das auf den Präparaten nicht zu erkennen war.“

„Wenn die Virusmutation je auf radioaktiver Strahlung beruhte, würde man das an den Hirnpräparaten erkennen können?“

„Nein“, erwiderte Bannerman kopfschüttelnd. Bedeutete das, daß eine Verbindung zwischen der Atomindustrie und Gills Tod auszuschließen war? fragte er sich daraufhin.

„Die Kraftwerksbetreiber hätten durch die Verhinderung einer weiteren Analyse der Gehirne nichts zu gewinnen, oder? Ich glaube, du legst dich da mit etwas viel Größerem an als ein paar Arbeitern, die um ihre Arbeitsplätze fürchten."

Bannerman beschlich ein Gefühl der Angst. „Ich vermute, damit hast du recht."

Shona legte ihre Hand auf seine. „Von übermorgen an hast du nichts mehr damit zu tun. Dann kannst du zurück in dein Krankenhaus, und all dies wird dir vorkommen wie ein böser Traum."

Bannerman sah sie an und nickte. „Es ist nicht alles nur ein böser Traum gewesen", erklärte er. „Manches daran war sehr erfreulich." Er führte Shonas Hand an seine Lippen.

„Komm!" sagte Shona leise. „Trink aus! Und dann laß uns nach Hause gehen."

AM MORGEN brachte Bannerman Shona mit dem Auto zum Bahnhof, von wo sie den Zug nach Inverness nehmen wollte. Er merkte, wie schwer es ihm fiel, auf Wiedersehen zu sagen, und er begleitete sie noch auf den Bahnsteig. „Ich kann dir gar nicht sagen, wie dankbar ich dir bin, daß du mich hergefahren hast!"

„Das hab ich doch gern gemacht. Ich bin eine Ewigkeit nicht in Edinburgh gewesen; es hat mir Spaß gemacht zu sehen, was meine Freunde so machen."

„Ich habe das Zusammensein mit dir sehr genossen", erklärte Bannerman, wobei sein Blick viel mehr verriet als die unbeholfenen Worte.

„Mir hat es auch sehr gut gefallen. Ich wünsche dir viel Glück!"

„Ich dir auch! Gute Reise!"

Als der Bahnbeamte die Trillerpfeife ertönen ließ, stieg Shona ein. „Laß mich wissen, wie es weitergeht!"

„Das werde ich tun", sagte Bannerman und winkte dann dem davonfahrenden Zug nach. Merkwürdig verletzlich gestimmt, wandte er sich ab. Als er den Bahnhof verließ, war er von ohnmächtiger Wut erfüllt – einer Wut gegen sich selbst. Warum hatte er Shona nicht gesagt, was er für sie empfand, statt sich mit übervorsichtigen Andeutungen herumzuwinden? War es die Angst, abgewiesen zu werden? Eigentlich hatte er Shona sagen wollen, daß er sich unwiderstehlich von ihr angezogen fühlte und sie gern wiedersehen wollte. Aber das ließ sich doch weder mit seinem Beruf noch mit seinem Alter und seinen Lebensumständen vereinbaren!

Bannerman stieg ins Auto und fuhr los. Als er sich der Universitätsklinik näherte, kam der Verkehr zum Erliegen; es hatte sich ein langer Stau gebildet. Die Polizei regelte jedoch das Weiterfahren so erfolgreich, daß sich die Autokolonne nach wenigen Minuten langsam vorwärts bewegte. Bannerman sah, daß eine Reihe von Feuerwehrautos und Polizeiwagen im Hof der Uniklinik standen. Schläuche ringelten sich über den Boden und wurden von Feuerwehrmännern in wasserdichten gelben Hosen aufgerollt. Als Bannerman mit dem Blinker anzeigte, daß er auf den Parkplatz abbiegen wollte, winkte ihn ein Polizist weiter. Er mußte ein Stück weiter weg parken und zu Fuß zum Krankenhaus zurückgehen.

Bannerman zeigte dem Polizisten am Tor seinen Dienstausweis und fragte: „Was ist passiert?"

„Hier wurde ein schlimmes Feuer gelegt", gab der Beamte Auskunft. „Von irgendwelchen Irren!"

Bannerman bahnte sich einen Weg durch das Chaos im Hof und stieß auf Stoddart, der mit zwei Männern in Zivil redete. Die beiden machten sich Notizen. Als er Dr. Napier sah, ging er zu ihr und fragte sie, was geschehen sei.

„Die Tierschützer haben heute nacht zugeschlagen", antwortete sie. „Das Tierlabor ist völlig ausgebrannt, und im Souterrain steht alles unter Wasser."

„Das Tierlabor? Und Gills Mäuse?"

„Verbrannt."

„Ich dachte, diese Leute wollen Tiere schützen!" rief Bannerman empört aus.

„Offenbar haben sie sich durch das Tierhaus Zutritt verschafft; die Tür war nicht abgeschlossen", erklärte Dr. Napier. „Der Zugang zum Hauptgebäude dagegen war abgeschlossen, und da haben sie versucht, das Haus abzubrennen, indem sie ausgerechnet das Tierlabor in Brand setzten."

Die letzten Feuerwehrmänner verließen das Gebäude, und der Hof leerte sich allmählich. Bannerman war entsetzlich niedergeschlagen. Damit war seine letzte Chance endgültig flötengegangen, die Verbindung zwischen Scrapie und dem Tod der Männer in Achnagelloch zu beweisen. Langsam ging er zum Eingang des Tierlabors. Unter seinen Fußsohlen knirschten Glasscherben; etliche an die Wand gesprühte Slogans beschworen die Unschuld der Tiere und verteufelten die Wissenschaft.

Obwohl drinnen alles tropfnaß war und das Wasser mindestens eine Handbreit hoch auf dem Boden stand, roch es stark nach verbranntem Fleisch. Der Mittelteil des Labors war abgesperrt, weil die Decke heruntergekommen war.

Siebtes Kapitel

IN DEM ausgebrannten Gebäude wurde mit den Aufräumarbeiten begonnen. Bannerman ging in sein Arbeitszimmer hinauf, das vom Feuer nicht in Mitleidenschaft gezogen worden war. Er rief Milne in der MFG an und berichtete ihm, was vorgefallen war.

„Jetzt rennen da auch noch ein paar Wahnsinnige mit Brandsätzen rum! Als ob wir nicht schon genug am Hals hätten!“ fluchte Milne.

„Falls nicht die verschwundenen Gehirne doch noch auftauchen, waren die Mäuse unsere letzte Chance, dem Infektionsauslöser auf die Spur zu kommen“, sagte Bannerman.

„Und wie hoch schätzen Sie die Möglichkeit ein, doch noch an das Material heranzukommen?“

„Die ist gleich Null. Ich gehe davon aus, daß alles vernichtet wurde.“

Milne stieß einen Seufzer aus und meinte: „Wir müssen uns wohl damit abfinden, daß wir nie genau erfahren werden, was die Todesfälle von Achnagelloch verursacht hat.“

Bannerman konnte sich des Gedankens nicht erwehren, daß eine ganze Reihe Leute mit dem augenblicklichen Zustand gar nicht unzufrieden wäre: die Regierung, die Atomlobby und vielleicht sogar Milne selbst. Die Medizinische Forschungsgesellschaft war zwar nach außen hin eine selbständige Organisation, das Geld kam aber von der Regierung.

„Kommen Sie schon heute nach London zurück?“ fragte Milne.

„Morgen“, erwiderte Bannerman.

BANNERMAN beteiligte sich an den Aufräumarbeiten. In vielen Labors wurden gefährliche Chemikalien sowie Bakterien- und Virusstämme gelagert. Im Umgang damit mußte man sich auskennen. Er zog daher Schutzkleidung an und fragte Dr. Napier, wo er sich am besten nützlich machen könnte.

„Im Raum mit den Gewebekulturen sieht es katastrophal aus. Vielleicht versuchen Sie dort zu retten, was zu retten ist?“

Das tat er. Nachdem er das größte Durcheinander auf dem Fußboden des Raums mit den Gewebekulturen beseitigt und alles gründlich desinfiziert hatte, machten Bannerman und eine Assistentin sich daran, so viele Glasbehälter wie möglich zu retten, um sie für die erneute Sterilisation bereitzustellen.

Als sie den letzten Behälter gefüllt hatten, meinte Bannerman: „Warum gönnen Sie sich nicht erst einmal eine Tasse Tee?“ Die junge Frau war froh, sich zurückziehen zu können.

Als sie gegangen war, schloß Bannerman die Tür und ging den Korridor hinunter. Plötzlich blieb er stehen, weil er glaubte, eine Frau weinen zu hören. Er warf einen Blick in den Raum hinein, aus dem die Laute kamen, und entdeckte Lorna Cullen, die Assistentin aus dem Tierlabor.

Bannerman setzte sich neben sie. „So schlimm kann es doch gar nicht sein“, sagte er leise.

Die Frau sah ihn an. „Erklären Sie mir, wie man damit fertig werden soll! Ich bin gerade eben gefeuert worden. Der Professor macht mich für all dies verantwortlich. Er sagte, ich hätte die Tür zum Tierlabor nicht abgeschlossen und deshalb hätten die Brandstifter reinkommen können!“

Bannerman mußte daran denken, daß die Tür auch gestern unverschlossen gewesen war.

„Aber das stimmt nicht!“ stieß sie hervor.

„Sind Sie ganz sicher?“ fragte Bannerman.

„Ja! Sie haben mir gestern eine solche Angst eingejagt, als Sie hier einfach reinspaziert kamen, daß ich mich, als ich ging, extra versicherte, daß die Tür wirklich abgeschlossen war.“

„Aber wie sind die Typen dann reingekommen?“

„Sie müssen einen Schlüssel benutzt haben.“

Bannermans Miene verriet, daß er das für unwahrscheinlich hielt. „Wohnen Sie weit von hier?“

„In Leith.“

„Haben Sie ein Auto?“

Sie schüttelte den Kopf.

„Dann holen Sie Ihren Mantel. Ich fahre Sie nach Hause.“

Lorna Cullen ging ihren Mantel holen, währenddessen suchte Bannerman Dr. Napier auf und erzählte ihr, was er vorhatte. „Stoddart hat sie rausgeschmissen“ erklärte er.

Als Bannerman ging, starrte Dr. Napier ihm mit großen Augen nach.

UM SIEBEN Uhr abends hatte Bannerman seine Sachen gepackt, das Auto wieder bei der Autovermietung abgeliefert, seinen Schreibtisch aufgeräumt und Stoddart für seine Gastfreundlichkeit gedankt. Dr. Napier konnte er nicht finden, und so bat er Stoddart, ihr in seinem Namen für ihre Hilfe zu danken. Auch hatte er versucht, ein gutes Wort für Lorna Cullen einzulegen, doch in dieser Sache blieb Stoddart eisern. „Diese Schusseltante hat die Tür immer offengelassen“, sagte er, und von dieser Meinung brachte ihn nichts ab.

Still stand Bannerman am Fenster und ließ den Blick über die Stadt schweifen. Wenn er ehrlich mit sich war, mußte er zugeben, daß er das Gefühl hatte, bei seinen Untersuchungen auf ganzer Linie nur behindert und entmutigt worden zu sein. Schon wollte er die Wohnung verlassen, da klingelte das Telefon.

„Hallo, Ian. Ich bin wieder auf meiner Insel.“

„O Gott, wie schön, deine Stimme zu hören!“ entfuhr es ihm.

„Wie nett, daß du das sagst, denn eigentlich habe ich keinen triftigen Grund, dich anzurufen. Ich wollte auch nur deine Stimme hören.“

„Das reicht als Grund allemal“, erklärte Bannerman hastig. „Ich wollte heute morgen so viel sagen, was ich dann doch nicht gesagt habe. Ich muß dich wiedersehen!“

„Aber wann?“

„Wann, weiß ich auch noch nicht“, sagte Bannerman. „Sag mir nur, daß du mich auch sehen möchtest.“

„Ja, das möchte ich!“

„Dann werden wir auch einen Termin finden.“

„Bin ich froh, daß ich dich angerufen habe! Hast du denn deine Versuche heute abschließen können?“

Bannerman berichtete ihr von dem Brand.

„Aber das ist ja furchtbar!“ rief Shona aus. „Dann kannst du also nicht beweisen, daß Scrapie an allem schuld gewesen ist?“

„Nein. Ich habe nur meine Zeit verschwendet.“

„Rufst du mich morgen an?“

„Worauf du dich verlassen kannst!“

NACHDEM Bannerman sich auf diese Freude hin einen Drink genehmigt hatte, flaute seine Hochstimmung über Shonas Anruf ab. Wie konnte er hoffen, eine Beziehung zu ihr aufzubauen und lebendig zu halten, wenn er in London arbeitete und sie auf einer abgelegenen Insel lebte? Einer von ihnen würde den Wohnsitz wechseln müssen. Eine ganze Reihe von Fragen ging Bannerman durch den Kopf, aber er wollte sich jetzt nicht damit befassen. Er beschloß, essen zu gehen.

Nicht weit weg von der Wohnung gab es ein griechisches Restaurant. Dort ging er hin, bestellte ein traditionelles Gericht und bat um eine Karaffe Rotwein. Langsam nippte Bannerman beim Warten auf das Essen an dem Wein. Als neue Gäste ins Lokal kamen, schaute er zu ihnen hinüber und stellte überrascht fest, daß es Morag Napier und ein Begleiter waren, von dem Bannerman annahm, daß es sich um ihren Verlobten handelte. Er hatte kaum Zeit, sich den gutaussehenden jungen Mann anzusehen, da trat Dr. Napier schon an seinen Tisch und rief: „Dr. Bannerman, was für eine Überraschung! Professor Stoddart hat behauptet, Sie seien bereits abgereist."

„Ich fahre morgen früh zurück nach London", erwiderte Bannerman. „Hätten Sie und Ihr Begleiter vielleicht Lust, sich zu mir zu setzen?"

„Vielen Dank für das Angebot, aber wir wollen nur einen Tisch für morgen reservieren lassen", entgegnete Dr. Napier.

„Nun, dann bedanke ich mich hier noch einmal persönlich für Ihre Hilfe, Dr. Napier."

„Keine Ursache und gute Reise", sagte sie und verließ den Tisch.

Bannerman sah ihr nach, wie sie zu ihrem Begleiter hinüberging, ihn beim Arm nahm und zur Tür hinausbugsierte.

Bannerman war klar, daß die Geschichte mit dem Tisch, den sie reservieren wollte, gelogen war. Als Dr. Napier entdeckt hatte, daß er hier war, hatte sie nicht im Restaurant bleiben wollen.

Bannerman aß das Gericht, das ihm nun serviert wurde, und verließ kurz darauf das Lokal. Da der Himmel klar war, war die Temperatur stark gefallen; ein Hauch von Frost lag in der Luft. Er stellte den Kragen seines Mantels hoch und ging zurück in sein Apartment.

Drinnen klingelte das Telefon, doch bis er die Tür aufgeschlossen und das Licht angemacht hatte, war es wieder verstummt. Noch etwas, worüber er sich den Kopf zerbrechen konnte, aber das mußte zunächst warten. Im Moment stand das ganz unten auf der Liste der Fragen, die ihn quälten. Die erste Stelle nahm die Tatsache ein, daß es den Tierschützern gelungen war, bei ihrem Anschlag auf die Uniklinik sämtliche Tiere umzubringen. Die ganze Sache hatte einen Haken: Die Tiere waren nicht zufällig zu Opfern geworden. Die Täter waren durch das Tierhaus eingedrungen; folglich hätten sie die Möglichkeit gehabt, die Tiere freizulassen, ehe sie das Gebäude in Brand steckten . . ., doch gerade das hatten sie eben nicht getan.

Es war natürlich möglich, daß die Tierschützer sich darüber im klaren waren, daß es größte Gefahren bergen konnte, Versuchstiere in die Freiheit zu entlassen. Andererseits hatten die Tierschützer darauf in der Vergangenheit trotz häufiger Warnungen so gut wie keine Rücksicht genommen. Aber konnten tierliebe Menschen, wie die Tierschützer es doch schließlich zu sein behaupteten, einen Raum voller Tiere in Brand setzen und diese bei lebendigem Leibe verbrennen lassen?

Etwas in seinem Inneren flüsterte immer wieder: Der Anschlag auf das Tierlabor ist gar nicht von Tierschützern verübt worden! Es war ein gezielter Anschlag auf Gills Versuchstiere, um damit jeden Beweis für eine neue Krankheit aus dem Weg zu räumen. So gesehen war Gill nicht nur ermordet worden, um ihn davon abzuhalten, etwas auszuplaudern, sondern um die Behörden davon abzubringen, infiziertes Hirnmaterial in die Hände zu bekommen.

Wer hatte am meisten zu verlieren, wenn der Grund für die Hirninfektionen in Achnagelloch nachgewiesen wurde? Wenn die Arbeiter des Kernkraftwerks es nicht waren, wer dann?

NACHDEM er den Vormittag in Edinburgh damit verbracht hatte, noch ein paar Einkäufe zu tätigen, war Bannerman am Abend nach London zurückgekehrt. Er rief niemanden an, nicht einmal Stella. Seine Wohnung kam ihm fremd und abweisend vor. Er ging früh zu Bett, was sich jedoch als Fehler erwies. Er wälzte sich ewig herum, knipste das Licht an und aus, nahm mehrmals ein Buch zur Hand und legte es dann wieder hin und schlief erst in den Morgenstunden erschöpft ein.

MISS MELDRUM lächelte erfreut, als sie Bannerman mit der Aktentasche unter dem Arm durch die Tür kommen sah. „Schön, daß Sie wieder da sind", begrüßte sie ihn.

„Darüber freue ich mich auch", entgegnete Bannerman zwar, doch aus ganzem Herzen kam das nicht. Er begrüßte jeden einzelnen im Labor und ging dann in sein Arbeitszimmer. Miß Meldrum brachte ihm einen Kaffee und ließ ihn dann allein, damit er sich durch einen Berg von Post kämpfen konnte. Kein einziger Brief erwies sich als interessant. Bannerman knüllte drei Seiten zu einer Kugel zusammen und pfefferte sie just in dem Augenblick durch den Raum, als Miß Meldrum eintrat.

„Ihre Ferien scheinen nicht besonders erholsam gewesen zu sein."

„Es waren keine Ferien", sagte Bannerman. „Bitte verbinden Sie mich mit der MFG."

„MILNE", meldete dieser sich.

„Ian Bannerman. Ich bin wieder am St.-Luke's-Krankenhaus."

„Freut mich, daß Sie heil zurück sind, Doktor. Was kann ich für Sie tun?"

„Ich wollte mal hören, was die Untersuchung des Küstenstreifens von Inverladdie auf Radioaktivität ergeben hat."

„Wir haben das Gesundheitsministerium darum gebeten, aber sie haben nichts gefunden. Allerdings haben sie festgestellt, daß das Gebiet gesäubert worden ist. Es wurde vor kurzem mit einem Detergens besprüht."

„Verflucht und zugenäht! Als ich da war, war von Detergenzien keine Spur zu finden. Sie müssen das Gebiet nach meiner Abreise gesäubert haben."

„Leider verstößt das gegen kein Gesetz", sagte Milne ruhig.

„Dann kommen sie also damit durch!"

„Ich fürchte, ja. Es gibt keinerlei Beweis, daß das Gebiet jemals verseucht war."

Bannerman verabschiedete sich und legte auf. Fast unmittelbar darauf klingelte es. Bannerman griff hastig nach dem Hörer. „Ja, bitte?"

„Ich wollte mich bloß mal melden", erklärte Stella, „und fragen, ob wir vielleicht zusammen zu Mittag essen könnten. Ich bin heute nachmittag nicht im OP."

„Treffen wir uns um eins auf dem Parkplatz?"

„Gern. Ich freu mich schon drauf", antwortete Stella.

Bannerman legte den Hörer auf und bemühte sich, nicht an Achnagelloch zu denken. Was Stella wohl sagen würde, wenn er ihr das mit Shona erzählte? Ob sie sich für ihn freuen würde? Er steckte sich eine Zigarette an und zog die Schreibtischschublade auf, um nachzusehen, ob die Reinemachefrau den Aschenbecher dort versteckt hatte. Dabei fiel sein Blick auf drei Objektträger, die in einem Gestell in der Ecke lagen. Das waren die Präparate, die Lawrence Gill an die MFG und diese an Bannerman geschickt hatte, um zu hören, was er davon hielt. Die Objektträger mit den Proben, die den ganzen Aufruhr hervorgerufen hatten. Er hatte sie nicht an die MFG zurückgeschickt und beschloß, sie sich noch einmal genau anzusehen. Er ging hinüber zu seinem Mikroskop.

Er fokussierte das erste Präparat mit einem Objektiv mit geringer Auflösung und schwenkte dann das höher auflösende Immersionsobjektiv davor. Die Probe war ein Musterbeispiel für die Verheerungen, die das Creutzfeldt-Jakob-Syndrom im menschlichen Gehirn anrichten konnte. Bannerman las das kleine Etikett am Rand des Objektträgers. Die Beschriftung war mit einem Bleistift vorgenommen worden: G. BUCHAN.

Beim erstenmal war diese Information nicht von Belang gewesen, doch jetzt bedeutete sie etwas – genauso wie die Initialen „MN“ auf jedem Objektträger. Sie bedeuteten, daß Morag Napier die Präparate hergestellt hatte – und das Präparat, das er gerade unter dem Mikroskop hatte, stammte aus dem Gehirn von Gordon Buchan. Buchan war der verheiratete Landarbeiter gewesen. Ob seine Frau inzwischen von ihrem Urlaub zurück war, oder ob sie wieder bei ihrer Familie in Stobmor lebte? Noch einmal betrachtete er genau jeden Quadratmillimeter des Präparats unter dem Mikroskop.

BANNERMAN legte Messer und Gabel hin; es schmeckte alles wie Pappe, außerdem war das Restaurant unangenehm voll.

„Hast du keinen Hunger?“ fragte Stella.

Bannerman stellte fest, daß weder mit dem Restaurant noch mit dem Essen etwas nicht stimmte, sondern eher mit seiner Gefühlslage. „Nicht so richtig“, antwortete er.

„Du solltest es dir nicht so zu Herzen nehmen“, sagte Stella. „Du hast dein Bestes getan, den Nachweis zu erbringen. Hauptsache ist doch, daß dieses mutierte Virus jetzt tot und aus der Welt geschafft ist. Du weißt doch nicht sicher, daß Gill ermordet wurde. Und die drei Landarbeiter waren zur falschen Zeit am falschen Ort.“

„Und was ist mit den fehlenden Gehirnproben und dem Brand in dem Tierlabor in Edinburgh? Ist das alles nur Zufall?“

„Das mit dem Feuer könnte doch tatsächlich auch nur Zufall sein.“

„Das glaube ich nicht. Schließlich bilde ich mir den Überfall auf mich nicht nur ein. Und daß auf mich geschossen wurde, auch nicht. Und die Arbeiter, die Angst um ihre Jobs haben, hätten allein keine solche Säuberungsaktion am Strand auf die Beine stellen können. Das muß schon eine Management-Entscheidung gewesen sein.“

„Warum läßt du nicht einfach alles auf sich beruhen?“ fragte Stella und machte eine kleine Pause. „Gibt's eigentlich sonst noch was Neues?“ erkundigte sie sich dann.

Bannerman lächelte. „Ich habe dort eine Frau kennengelernt.“

„Wie schön für dich! Jemand Besonderes?“

„Ich denke schon“, erwiderte Bannerman.

„Dann freue ich mich für dich. Ist sie jung?“

„Weder jung noch alt. Sie heißt Shona MacLean, und sie ist eine Malerin. Sie flößt mir ein Gefühl ein, wie ich es noch nie erlebt habe. Lebensmut, Zuversicht . . .“

„Wann wirst du sie mir vorstellen?“

„Ich hoffe bald“, antwortete Bannerman.

BANNERMAN kehrte nach dem Mittagessen in sein Büro zurück und versuchte, nicht mehr an Achnagelloch und die Probleme dort zu denken. Er versuchte sich auf seine Arbeit zu konzentrieren und befand, daß es an der Zeit sei, den Vertreter kennenzulernen, den die MFG dem Labor für die Zeit seiner Abwesenheit zur Verfügung gestellt hatte. Er fragte Miß Meldrum, wo der wohl stecken könne, und erfuhr, daß Dr. Sherbourne unten in der Autopsie sei.

Bannerman begab sich dorthin und fand Dr. Sherbourne. Er war jung, groß, sah gut aus und wirkte überaus freundlich und nett. Bannerman kam sich in seiner Gegenwart vor, als wäre er hundert.

„Hallo", sagte Sherbourne. „Wer sind Sie?"

„Ich bin Ian Bannerman."

„Oh, ich bitte um Verzeihung." Sherbourne lief vor Verlegenheit rot an. „Bitte entschuldigen Sie. Ich hatte zwar gehört, daß Sie wieder hier seien, doch dachte ich, ich könnte weitermachen, bis Sie mir sagten, ich solle aufhören."

„Das ist völlig in Ordnung", meinte Bannerman. „Ich bin bloß hergekommen, um mich bei Ihnen für meine Vertretung zu bedanken."

„Es war mir ein Vergnügen", erwiderte Sherbourne. „Es war hochinteressant und eine wichtige Erfahrung für mich."

„Dann haben Sie also vor, sich auf Pathologie zu spezialisieren?"

„Ja, das kann man wohl sagen", antwortete Sherbourne, der gerade Anstalten machte, den ersten Schnitt bei der Leiche auszuführen, die er auf dem Tisch vor sich liegen hatte. „Ich finde das ungeheuer faszinierend. Aber das dürfte Ihnen ja wohl ähnlich gehen."

Bannerman nickte, enthielt sich jedoch jeden Kommentars. „Ich werde Sie jetzt wieder Ihrer Arbeit überlassen", sagte er.

Er kehrte in sein Büro zurück, wunderte sich über die junge Generation und fragte sich, warum er eigentlich Pathologe geworden war – und er war sich nicht sicher, das heute noch genau zu wissen.

BANNERMAN spielte gerade mit dem Gedanken, zu Bett zu gehen, als das Telefon klingelte. Wenn dieser Tage spätabends das Telefon klingelte, war es gewöhnlich Shona, doch mit ihr hatte er heute abend bereits gesprochen.

„Dr. Bannerman? Hier spricht Angus MacLeod aus Achnagelloch."

Bannerman war bestürzt, ließ es sich aber nicht anmerken. „Womit kann ich Ihnen dienen, Doktor?"

„Es geht mehr darum, wie ich Ihnen dienen kann", antwortete MacLeod. „Es ist heute in Stobmor, wie soll ich sagen, zu einem

Unglück gekommen, das Sie meiner Meinung nach interessieren müßte. In Stobmor hat ein Mann völlig durchgedreht und sich wie ein Berserker aufgeführt."

„Wie ein Berserker?" Bannerman lief es eiskalt über den Rücken.

„Ein Kfz-Mechaniker namens Andrew Bell ist völlig außer Kontrolle geraten. Er hat seine Frau und seinen Arbeitgeber umgebracht, ehe er sich selbst das Leben nahm."

Bannerman erkannte die furchtbare Bedeutung der Nachricht sofort. Wenn dieser Tod auf dieselbe Ursache zurückging wie der der drei Landarbeiter, bedeutete das, daß die Krankheit keineswegs besiegt war. „Was passiert mit der Leiche des Mannes?" fragte er.

„Es ist nur wenig davon übriggeblieben", erwiderte MacLeod. „Er war mit Benzin besprüht und ließ sich auf den Schweißbrenner fallen."

„Wie stehen die Chancen, Material für die Pathologie zu bekommen?"

„Ich fürchte, die sind gleich Null", lautete MacLeods Antwort. „Ich spreche hier nicht von Verbrennungen, Doktor, sondern von einer regelrechten Einäscherung."

„Verdammt!" fluchte Bannerman. „Er hat als Kfz-Mechaniker gearbeitet, sagten Sie?"

„Jawohl. In einer Werkstatt in Stobmor."

„Das paßt aber nicht ins Bild. Wie lange arbeitete er da schon?"

„An die fünfzehn Jahre."

„Aber es muß doch ein Verbindungsglied mit den anderen geben."

„Es besteht eine verwandtschaftliche Beziehung", sagte MacLeod. „Seine Tochter, May Bell, war mit Gordon Buchan verheiratet. Hilft Ihnen das weiter?"

„Ich weiß nicht", gestand Bannerman. „Ich lasse es Sie wissen, wenn mir was einfällt. Und, Doktor . . ., ich weiß Ihren Anruf sehr zu schätzen. Falls es noch zu irgendwelchen anderen Zwischenfällen kommen sollte . . ."

„Lass' ich's Sie wissen."

Nachdem Bannerman aufgelegt hatte, überlegte er, wie Gordon Buchans Schwiegervater sich die Krankheit hatte zuziehen können. Mit Schafen hatte er nichts zu tun gehabt. Und doch konnte es nicht nur ein Zufall sein. Für den Augenblick war nichts so wichtig wie die Erkenntnis, daß das Killervirus nicht ausgerottet war. Es existierte weiterhin in Stobmor. Bannerman nahm sich vor, am nächsten Morgen als erstes Milne zu informieren.

BANNERMAN war kurz nach halb neun im Krankenhaus und erfuhr, daß Milne ihn gerade angerufen hatte. Bannerman rief gleich zurück.

„Ich fürchte, ich habe schlechte Nachrichten", erklärte Milne.

„Sie wollen mir erzählen, daß es einen weiteren Fall gegeben hat", antwortete Bannerman.

„Woher wissen Sie das?"

„MacLeod, der praktische Arzt in dem Kaff da oben, hat mich gestern abend angerufen."

„Ich verstehe das einfach nicht", sagte Milne. „Der Mann war Automechaniker. Ich rufe für halb elf eine Sondersitzung zusammen. Können Sie herkommen?"

Bannerman erklärte sich dazu bereit.

CECIL ALLISON, der Regierungsbeamte, war der letzte, der sich zur Sitzung einfand. Bannerman schaute durchs Fenster in den Regen hinaus, während sich Hugh Milne und der Sekretär der Medizinischen Forschungsgesellschaft, Sir John Flowers, über interne Angelegenheiten unterhielten.

„Tut mir leid, daß ich Sie habe warten lassen", entschuldigte sich Allison.

„Dr. Bannerman ist der Ansicht, wir sollten eine umfassende Untersuchung der Todesfälle in Stobmor und Achnagelloch vornehmen lassen", eröffnete Flowers die Besprechung. „Ich schließe mich seiner Ansicht an."

Höflich und gewandt wie immer, machte Allison eine beruhigende Geste. „Wenn ich recht unterrichtet bin", sagte er, „hat es noch einen weiteren Todesfall gegeben."

„Drei Todesfälle, wenn wir die Frau des Mannes und seinen Arbeitgeber dazuzählen", erklärte Milne, „und grauenhafte Todesursachen noch dazu."

„Gewiß, gewiß", entgegnete Allison. „Aber das Problem mit der Hirninfektion bestand nur in einem Fall. Und dieser Mann hatte doch auch nichts mit Schafen oder Rindern zu tun, oder?"

„Nein", antwortete Flowers.

„Somit besteht die Verbindung . . . ausschließlich in seinem irrationalen Verhalten?"

„Die Symptome waren dieselben", erklärte Bannerman. „Und er war mit einem der Männer verwandt, die gestorben sind."

„Die Symptome, so hat man mir mitgeteilt, lassen auf geistesgestörtes Verhalten schließen", sagte Allison und lehnte sich vor. „Worauf ich hinauswill, Gentlemen, ist folgendes: So etwas passiert doch dauernd und überall im Lande. Ein Mann schnappt sich ein Gewehr und schießt sich in die Schlagzeilen der Tageszeitungen. So was haben wir doch schon x-mal gelesen!"

Bannerman hatte erwartet, daß Allison alles herunterspielen würde, und entgegnete ihm: „Meiner Ansicht nach kann dieser Zwischenfall nicht als zufällig abgetan werden. Ich glaube fest daran, daß dieser neue Todesfall im Zusammenhang mit den anderen steht, und daß es zu weiteren solchen Fällen kommen kann, wenn wir die Ursache dieses Vorfalls nicht ermitteln."

Allison wandte sich an Flowers: „Bis gestern waren Sie bereit, der Regierung als Gutachter zu bestätigen, daß es keine direkte Verbindung zwischen der Gehirnerkrankung bei Tieren und ähnlichen Infektionen beim Menschen gibt. Nur weil jetzt ein Mann Amok läuft, behaupten Sie, daß Sie dazu außerstande sind?"

„Meiner Meinung nach müssen wir noch etwas abwarten, bevor wir Ihnen die Bestätigung geben können, die Sie haben wollen", antwortete Flowers ruhig.

„Wie lange noch?"

„Bis wir ganz sicher sind, Mr. Allison", erklärte Flowers.

„Wenn wir jetzt eine größere Untersuchung in die Wege leiten, liefern wir der Presse die Schlagzeilen frei Haus: ‚Killervirus im Gehirn versetzt schottische Kleinstadt in Angst und Schrecken' – so in der Art. Unter diesen Balkenüberschriften bleibt die Wahrheit auf der Strecke, und der Schaden für die Landwirte ist unabsehbar."

„Was schlagen Sie vor?" fragte Milne.

„Ich schlage vor, daß wir nichts unternehmen", erwiderte Allison. „Und zwar für einen Zeitraum, auf den wir uns einigen müßten. Kommt es in dieser Zeit nicht zu weiteren Amokläufen, betrachten wir die *Scrapie*-Affäre in Achnagelloch als abgeschlossenen, einzelnen und isolierten Zwischenfall. Sie geben einen Zwischenbericht über das Auftreten von Hirninfektionen in unserem Land heraus, in dem Sie feststellen, daß es zwar einen Anstieg in den Statistiken gegeben hat, aus den einzelnen Fällen jedoch keine Verbindung mit Nutztieren zu erkennen ist. Kommt es jedoch zu einem weiteren Fall, soll nichts Sie daran hindern, die Sache zu untersuchen."

„Wie lange soll dieser Zeitraum sein?" fragte Bannerman.

„Drei Wochen", entgegnete Allison.

„Vier", sagte Bannerman.

„Also vier. Einverstanden?" Allison sah Flowers und Milne an. Beide nickten.

Allison warf einen Blick auf die Uhr und erklärte, er habe es eilig.

Nachdem Allison den Raum verlassen hatte, war Bannerman gleich wohler zumute.

„Sie sind nicht davon überzeugt, daß Bells Tod ein Zufall war, nicht wahr?" wandte Flowers sich an ihn.

„Nein. Aber ich hoffe es aus tiefstem Herzen."

DIE TAGE vergingen, und Bannerman befand sich wieder im Alltagstrott. Nur in seinem Verhältnis zu Stella hatte sich etwas geändert. Sie trafen sich nicht mehr so häufig wie früher.

Höhepunkt eines jeden Tages war das abendliche Telefongespräch mit Shona. Zum erstenmal in seinem Leben drängte es ihn, einem anderen Menschen alles zu erzählen. Dinge, die ihm zuvor trivial erschienen wären, mußte er Shona jetzt in allen Einzelheiten mitteilen. Bisher hatte er keinen Menschen richtig an sich herankommen lassen.

Nachdem fast drei Wochen verstrichen waren, ohne daß er von der Medizinischen Forschungsgesellschaft gehört hatte, gewöhnte Bannerman sich an den Gedanken, daß seine schlimmsten Befürchtungen vielleicht doch nicht eintrafen. Noch eine Woche, und die Regierung würde von der MFG das Gutachten bekommen, das sie haben wollte; und damit würde die Angelegenheit dann abgeschlossen sein. Die Regierung wäre glücklich, die Landwirte wären glücklich, alle würden glücklich sein . . ., bis auf Bannerman.

Die Nachrichtensendung im Fernsehen war gerade vorüber, da klingelte das Telefon. Es war Angus MacLeod aus Achnagelloch.

„Gibt es etwa einen neuen Fall?" fragte Bannerman gleich.

„Ja", antwortete MacLeod. „Ich bin heute am Spätnachmittag zu einem jungen Arbeiter gerufen worden, und zwar von seiner Frau, weil die fand, daß er sich merkwürdig aufführte. Ich habe dieselben Symptome wie bei Gordon Buchan festgestellt."

„Aber er ist noch am Leben?"

„Das schon", antwortete MacLeod, „aber wie lange noch, weiß ich natürlich nicht. Ich habe ihn sediert und ins Cottage-Krankenhaus in Stobmor eingewiesen."

„Was halten Sie von einer Verlegung in die Neurochirurgische Abteilung des Allgemeinen Krankenhauses in Edinburgh?"

„Mir geht das schrecklich gegen den Strich."

„Wieso?" fragte Bannerman.

„Es gibt keine Möglichkeit, sein Leben zu retten. Wenn wir ihn verlegen, dann nur, um neurobiologische Erkenntnisse über den Krankheitsverlauf zu bekommen. Die Neurochirurgie im Krankenhaus in

Edinburgh verfügt über die erforderliche Ausrüstung. Aber ob das seiner Frau gegenüber fair wäre, ist eine andere Frage."

„Ich verstehe", sagte Bannerman. „Ich glaube, die einzigen Daten, die uns wirklich Aufschluß über die Krankheit geben können, werden sich aus dem Autopsiematerial ergeben. Die Ausdrucke vom EEG bringen uns auch nicht viel weiter."

„Wenn das so ist, behalte ich ihn lieber hier."

„Einverstanden. Ich komme zu Ihnen. Ich würde mir den Patienten gern selbst ansehen. Sie sagten, er ist Arbeiter – Landarbeiter?"

„Nein, er arbeitet im Steinbruch."

„Bestehen irgendwelche Verbindungen zu bereits verstorbenen Patienten?"

„Keine verwandtschaftlichen Beziehungen. Allerdings ..., der Steinbruch liegt westlich vom Inverladdie-Hof. Es ist nicht auszuschließen, daß sich infizierte Schafe dorthin verirrt haben."

„Eine naheliegende Überlegung", sagte Bannerman. „Nur müßte er in engen Kontakt mit den infizierten Tieren gekommen sein, damit das Virus über Wunden oder Abschürfungen in seinen Körper gelangen konnte."

„Und davon haben Steinbrucharbeiter mehr als genug", entgegnete MacLeod.

„Machen Sie mir doch bitte noch ein paar Angaben zu dem Patienten."

MacLeod zählte auf: „Männlich, achtundzwanzig Jahre alt, hatte vorher keine nennenswerten Krankheiten. Abgesehen von Kopfschmerzen in der letzten Woche nichts, was bis gestern auf eine Infektion hingewiesen hätte. Doch dann fielen seiner Frau Konzentrationsmängel auf. Sie sagte mir, manchmal hätte sie das Gefühl, als fiele er in Trance. Heute wurde sein Verhalten dann völlig irrational und alarmierte sie dermaßen, daß sie zu mir kam."

„In welcher Weise irrational?"

„Sie erwischte ihn dabei, wie er das Futter aus dem Hundenapf aß; und dann wollte er ohne Stiefel barfuß zur Arbeit. Als sie versuchte, mit ihm zu reden, hätte er sie angesehen, als ob er sie nicht kenne, manchmal sogar, als ob er sie hasse. Sie sind immer ein eher verliebtes Paar gewesen, deshalb trifft es sie besonders. In Anbetracht dessen, was mit Andrew Bell passiert ist, glaube ich, nicht riskieren zu können, Turnbull zu Hause zu lassen. Deshalb habe ich ihn ins Cottage-Krankenhaus bringen lassen."

„Sagten Sie ‚Turnbull'?" fragte Bannerman.

„Colin Turnbull."

„Das darf doch nicht wahr sein! Er gehörte zu den Stammgästen in der Hotelbar, als ich da war. Ich mochte ihn."

„Ein helles Bürschchen", meinte MacLeod. „Seine Frau Julie ist Grundschullehrerin in Stobmor."

„Wer ist alles über Turnbulls Zustand im Bilde?"

„So was kann man in einem Nest wie unserem nicht geheimhalten", erklärte MacLeod. „Mittlerweile weiß bestimmt schon jeder von einem neuen Fall von Hirnhautentzündung."

„Verdammt! Ich hielte es für keine schlechte Idee, wenn man Colin Turnbull eine Wache vor die Tür stellen würde."

„Er steht schwer unter Sedativa. Ich glaube nicht, daß er eine Gefahr für irgend jemand darstellt."

„Ich dachte eher an die Gefahr, die ihm droht", entgegnete Bannerman. „Nicht alle sind daran interessiert, dem Ausbruch dieser Krankheit auf den Grund zu kommen, Doktor."

„Dann werde ich selbst die Nacht im Krankenhaus verbringen", versprach MacLeod. „Seine Frau wird ebenfalls da sein, er ist also nicht allein. Colin Turnbull wird bald sterben, folglich werde ich dabeisein, um es ihm so leicht wie möglich zu machen. Und auch, um zu sehen, was ich für Julie tun kann."

Bannerman kam sich vor, als höre er jemandem von einem anderen Stern zu. Im St.-Luke's-Krankenhaus war die persönliche Betreuung von piepsenden Monitoren und EKG-Aufzeichnern ersetzt worden. Er fühlte sich leicht beschämt. „Ich nehme morgen früh die erste Maschine nach Aberdeen. Am Flughafen leihe ich mir dann einen Wagen, und wenn ich Glück habe, schaffe ich es vielleicht bis zum frühen Nachmittag", sagte er.

„Soll ich Ihnen im Hotel ein Zimmer reservieren lassen?"

„Das wäre sehr freundlich. Am besten in Stobmor, dann hab ich's nicht so weit ins Krankenhaus. Doktor . . ., es ist mir peinlich, daß ich Sie das fragen muß, aber ist es möglich, daß ich bei Ihnen eine Autopsie durchführe?"

„Im Krankenhaus gibt es einen kleinen Operationssaal. Den könnten Sie benutzen."

Achtes Kapitel

Um halb drei in der Frühe wußte Bannerman, daß er nicht mehr einschlafen würde, und stand auf. Er beschloß, ins Krankenhaus zu fahren. Er wollte seinen engsten Mitarbeitern wie Miß Meldrum,

Charlie Simmons und Nigel Leeman Zettel mit handschriftlichen Anweisungen hinterlassen. Die Krankenhausverwaltung würde von seinem plötzlichen Verschwinden bestimmt nicht erbaut sein, doch die Bewältigung der ganzen Bürokratie würde viel Zeit kosten, und die hatte er nicht.

Miß Meldrum legte er eine Notiz auf den Schreibtisch mit der Bitte, falls die MFG anrufe, solle sie sagen, er sei auf dem Weg nach Schottland und werde sich im Laufe des Tages melden. Im Labor suchte er ein paar Sezierbestecke zusammen. Er schaute sich noch einmal kurz um, knipste die Neonbeleuchtung aus und verschloß die Tür. Es konnte losgehen.

Am Flughafen Heathrow nahm Bannerman ein leichtes Frühstück zu sich. Hinterher rief er Shona an, um ihr zu sagen, daß er unterwegs nach Norden sei. „Ist das Wetter bei euch gut?" erkundigte er sich.

„Im Augenblick ja, aber von Westen zieht ein Sturm heran. Möglich, daß deshalb die Fährverbindung mit dem Festland unterbrochen wird. Wenn nicht, komme ich rüber, und wir treffen uns in Stobmor."

„Ich habe gehofft, daß du das vorschlagen würdest!"

DER VON Shona angekündigte Sturm tobte gerade über Schottland hinweg, als das Flugzeug, in dem Bannerman saß, zur Landung in Aberdeen ansetzte.

Dementsprechend unsanft setzte das Flugzeug nach einer Zitterpartie für die Fluggäste auf der Landebahn auf.

Nachdem Bannerman ausgestiegen war, begab er sich gleich zur Autovermietung. Doch der vorbestellte Leihwagen stand nicht für ihn bereit. Während die junge Frau am Schalter hektisch herumtelefonierte, verlor Bannerman zwanzig Minuten.

Schließlich bekam er dann doch noch einen Wagen und fuhr damit auf die nach Norden führende Straße. Der Regen ging bald in Hagel über, und als er an den Randbezirken von Inverness vorbeifuhr, wurde aus dem Hagel Schnee. Bannerman brauchte über eine Stunde, um die letzten dreißig Kilometer zurückzulegen. Erst um sechs Uhr abends kam er in Stobmor an. Er stellte seine Reisetasche in dem für ihn reservierten Hotelzimmer ab und suchte sofort das Cottage-Krankenhaus auf.

Das Schluchzen, das Bannerman vernahm, als er den Hauptflur des kleinen Krankenhauses entlangging, verriet ihm, daß er zu spät kam. Durch eine halbverglaste Tür sah er Dr. MacLeod eine Frau trösten, die Colin Turnbulls Frau sein mußte. MacLeod hielt die Hand hoch, um Bannerman zu bedeuten, daß er draußen bleiben sollte. Bannerman nickte und ging den Flur weiter hinunter bis zur nächsten Tür, wo er auf eine Krankenschwester stieß, die gerade dabei war, Tee aufzubrühen. Bannerman nannte ihr seinen Namen.

„Ich bin Schwester Mary", antwortete sie. „Dr. MacLeod hat Sie schon früher erwartet."

„Das Wetter ist schuld", erklärte Bannerman. „Ich fürchte, Colin Turnbull ist gestorben?"

„Ja, vor einer Viertelstunde."

Obwohl die Krankenschwester versuchte, gefaßt zu wirken, bemerkte Bannerman, daß sie völlig durcheinander war. „Ich habe noch nie ...", begann sie stockend, „ich habe noch nie jemand so sterben sehen ... Es war furchtbar ..., ganz entsetzlich; er war wie besessen!"

Die Tür ging auf, und Dr. MacLeod trat zu ihnen. „Wie sieht's mit dem Tee aus?" fragte er.

„Er ist fertig", antwortete die Schwester.

„Vielleicht leisten Sie Mrs. Turnbull für eine Weile Gesellschaft, Schwester."

Die Schwester verließ daraufhin den Raum, und MacLeod meinte: „Es war für Hilfe einfach schon zu spät, fürchte ich."

Bannerman nickte. „Wie ich hörte, war es kein schönes Ende."

„Er war völlig von Sinnen. Das Sedativum hat nicht ausgereicht, um ihn ruhig zu halten. Ich wünschte nur, Julie wäre das erspart geblieben."

„Wo ist die Leiche?"

„Unten im Keller. Den benutzen wir als provisorische Leichenhalle. Wollen Sie ihn sehen?"

„Ja."

„Folgen Sie mir", sagte MacLeod und ging auf eine schwere Holztür zu, die auf eine Steintreppe hinausführte, über die sie in den ungeheizten Keller gelangten.

MacLeod knipste unten das Licht an – es kam von einer einzigen Stallaterne mit Drahtschutz, der dicht von Spinnweben überzogen war. Turnbulls Leichnam lag in der Mitte des Raumes auf einer aus Holzlatten bestehenden Bank und war mit einem Laken zugedeckt, das rund um ihn herum festgestopft war.

Bannerman trat an die Leiche heran, zupfte das Laken um den Kopf herum los und zog es zurück. Der Anblick ließ ihn zurückschrecken. Turnbulls Augen standen offen, und die Zähne hatte er gebleckt, so als wolle er Bannerman an die Gurgel. Es war die Totenmaske eines Mannes, der nach einem furchtbaren Todeskampf das Leben ausgehaucht hatte. Bannerman versuchte, Turnbull die

Augen zu schließen, mußte jedoch feststellen, daß die Lider schon steif geworden waren. „Merkwürdig", sagte er, „irgendeine Art verfrühter Leichenstarre." Die Backenmuskeln hatten sich dermaßen verkrampft, daß die Haut links und rechts von Turnbulls Mund straff gespannt war. „Würden Sie Mrs. Turnbull bitten, ihr Einverständnis für eine Obduktion zu geben?" wandte er sich an MacLeod.

„Sie hat doch gerade erst ein grauenhaftes Erlebnis hinter sich. Könnte das nicht bis morgen warten?" fragte MacLeod.

Bannerman warf einen Blick auf den Leichnam, verhüllte ihn wieder und sagte: „Mir wäre es lieber, Sie würden sie jetzt fragen."

„Wir können ja mal schauen, in was für einem Zustand sie ist", sagte MacLeod und ging vor Bannerman die Treppe hinauf. „Was um alles in der Welt . . .!" rief er aus, als er oben an der Kellertreppe die Tür aufmachte und auf dem Flur Stimmen hörte. Als Bannerman ebenfalls in den Flur hinaustrat, sah er drei Männer mit Schwester Mary sprechen. Einer war der holländische Steinbruchbesitzer van Gelder; die beiden anderen kannte er nicht.

Die Krankenschwester kam zu MacLeod herüber und sagte: „Doktor, Mr. Turnbulls Arbeitgeber und zwei von seinen Freunden sind gekommen, um sich nach seinem Befinden zu erkundigen."

„Haben Sie es ihnen gesagt?" fragte MacLeod leise.

„Ja, Doktor. Sie möchten gern mit Mrs. Turnbull sprechen."

„Bitten Sie sie, im Nebenzimmer zu warten, ja?" wies MacLeod sie an. Zu Bannerman sagte er: „Ich werde dafür sorgen, daß Mrs. Turnbull die Einverständniserklärung unterschreibt." Mit diesen Worten ließ er Bannerman auf dem Flur stehen.

Van Gelder erkannte Bannerman, kam lächelnd auf ihn zu, schüttelte ihm die Hand und sagte: „Schön, Sie wiederzusehen, Doktor. Ich dachte, Sie wären längst abgereist."

„War ich auch", bestätigte Bannerman.

„Es erübrigt sich wohl zu fragen, warum Sie wieder da sind, was? Ein weiterer tragischer Todesfall. Wann kommt ihr Mediziner der Sache bloß auf den Grund?"

„Ich hoffe, bald", entgegnete Bannerman.

Die anderen beiden Männer sahen zu ihnen herüber. Die Krankenschwester machte eine Tür zum Nebenzimmer auf und bedeutete ihnen, daß sie eintreten konnten.

Bannerman fand, daß die Mienen der Arbeiter etwas Feindseliges hatten. „Sind das Turnbulls Arbeitskollegen?" fragte er van Gelder leise.

„Ich habe sie draußen vor der Tür getroffen", antwortete dieser.

„Soweit ich weiß, sind es alte Freunde von ihm. Sie sind beim Kraftwerk angestellt."

Plötzlich war eine zornbebende Stimme zu hören – die Stimme von Julie Turnbull: „Nein! Nein! Kommt überhaupt nicht in Frage. Lassen Sie die Finger von Colin!"

Julie Turnbull kam erregt aus dem Raum heraus, in dem MacLeod mit ihr gesprochen hatte. Als sie die beiden Kraftwerksarbeiter sah, warf sie sich einem von ihnen in die Arme. „Sie wollen Colin den Kopf abschneiden!" rief sie schluchzend. „Sie wollen an sein Gehirn!"

„Um Gottes willen!" entfuhr es dem Mann mit unverhohlenem Abscheu.

„Mrs. Turnbull", begann Bannerman. „Glauben Sie mir, niemand wird Ihrem Mann den Kopf . . . "

Der Mann, der Mrs. Turnbull in die Arme geschlossen hatte, fiel ihm mit einem Schwall von Verwünschungen ins Wort und fragte dann: „Warum ziehen Sie nicht einfach Leine, Mann, und lassen uns in Ruhe?"

Bannerman spürte, daß er im Moment an der Situation nichts ändern konnte.

Van Gelder sagte diplomatisch: „Meine liebe Mrs. Turnbull, vielleicht gestatten Sie mir, Sie nach Hause zu fahren? Mein Wagen steht draußen. Oder vielleicht möchten Sie zu jemand anderem. Zu Verwandten oder Freunden . . .?"

„Vielen Dank", erwiderte Julie Turnbull und faßte sich wieder. „Tut mir leid, Doktor . . ., aber es war mir ernst mit dem, was ich gesagt habe."

MacLeod nickte und lächelte ihr aufmunternd zu. Julie Turnbull verließ das Krankenhaus, auf den Arm von van Gelder gestützt. Die beiden Arbeiter aus dem Kraftwerk schlossen sich ihnen an. „Niemand rührt Colins Leichnam an! Verstanden?" zischte der eine noch.

Bannerman starrte den Mann nur düster an.

„Es tut mir leid", sagte MacLeod. „Ich habe es vermasselt."

„Es war meine Schuld, da ich Sie so bedrängt habe. Es wäre besser gewesen, bis morgen zu warten. Die Frage ist nur: Was machen wir jetzt?"

„Sie können es legal erzwingen", antwortete MacLeod.

„Ich weiß", entgegnete Bannerman. „Aber ich bin mir darüber im klaren, was das für Sie bedeutet." Wenn MacLeod den Totenschein für Turnbull nicht unterschrieb, wurde der Tod als ungeklärt eingestuft. Dem schottischen Gesetz entsprechend mußte er dann obduziert werden, ob seine Frau ihr Einverständnis gab oder nicht. Die

Einheimischen würden darin einen Verrat ihres Arztes sehen, da dieser ja von Julie Turnbulls Wünschen wußte.

„Danke“, sagte MacLeod.

„Was halten Sie denn von einem Kompromiß?“ fragte Bannerman. „Mir würde schon eine Feinnadelbiopsie genügen. Ich könnte eine weitkanülige Sonde in Turnbulls Gehirn einführen und die Proben herausholen, die ich brauche. Ich könnte es so machen, daß es ein Laie nicht merkt. Mrs. Turnbulls Wünsche werden trotzdem respektiert, und Sie können den Totenschein unterschreiben.“

„Aber die Leute von der MFG werden doch sowieso darauf bestehen, daß eine vollständige Autopsie durchgeführt wird, oder?“

„Der MFG wäre nichts lieber, als wenn die ganze Geschichte möglichst wenig Aufsehen erregte.“

„Ich verstehe“, erklärte MacLeod nachdenklich. „Was brauchen Sie?“

Bannerman nannte ihm die paar Dinge, die er für die Nadelbiopsie benötigte.

„Und wann wollen Sie es machen?“ erkundigte sich MacLeod.

Bannerman trat ans Fenster und sah die beiden Kraftwerksarbeiter auf der anderen Straßenseite stehen und das Gebäude beobachten.

„Jetzt nicht“, antwortete er MacLeod. „Es wäre gut, wenn die beiden da drüben mich bald fortgehen sähen. Wenn es Ihnen recht ist, komme ich später zurück und nehme die Biopsie vor, sobald die ‚Wache‘ abgezogen ist.“

MacLeod trat zu ihm ans Fenster, verstand, was er meinte, und sagte: „Ich gebe Ihnen einen Schlüssel. Warum gehen Sie nicht zurück ins Hotel? Ich bleibe hier, und sobald die Typen fort sind, rufe ich Sie an.“

BANNERMAN kehrte ins Hotel zurück und nahm ein Bad. Anschließend bestellte er sich etwas zu essen aufs Zimmer. Er war gerade mit dem Essen fertig, da rief MacLeod an. „Tut mir leid“, sagte er, „sie sind immer noch da. Ich muß jetzt selbst gehen.“

Bannerman dankte ihm und erklärte, er würde noch ein paar Stunden warten. Er rief Shona an, die, wie er vermutet hatte, wegen der nicht verkehrenden Fähre auf der Insel festsaß.

„Der Sturm hat weitgehend nachgelassen“, sagte Shona. „Es besteht also gute Aussicht, daß ich das Festland morgen erreiche.“

„So was Schönes habe ich den ganzen Tag noch nicht gehört.“

„Wie geht es dem Patienten?“

„Er ist kurz vor meiner Ankunft gestorben.“

„Tut mir leid. Das wirft ja alle deine Pläne um, oder?"

Bannerman hütete sich, am Telefon etwas von einer Autopsie zu erwähnen. „Zunächst fahre ich mal nach Edinburgh, um die Leute in der Neurobiologie aufzusuchen. Kommst du mit?"

„Gern", antwortete Shona, ohne lange zu überlegen. „So etwas Schönes habe ich den ganzen Tag noch nicht gehört."

„Gut", erwiderte Bannerman lachend. „Dann sehen wir uns also morgen." Er legte auf und ging hinunter in die Hotelbar. Es überlief ihn eiskalt, als er die Tür aufmachte und dort Mitchell, den Leiter der Sicherheitsabteilung im Kraftwerk, zusammen mit einem anderen Mann sitzen sah. Mitchell sah auf und lächelte. „Nun, Doktor – immer noch auf der Suche nach Atomleichen im Keller?"

„Im Keller stinkt es nach Reinigungsmitteln", entgegnete Bannerman.

Mitchell lächelte blasiert. „Nur eine Vorsichtsmaßnahme, Doktor. Reine Routine."

Bannerman trat an die Theke, wo er sich ein Tonic bestellte. Dabei kehrte er Mitchell den Rücken zu, beobachtete ihn und seinen Begleiter aber in dem Spiegel an der Wand hinter der Theke und entnahm den wiederholten Kopfbewegungen in seine Richtung, daß er der Gegenstand des Gesprächs war.

Sollte es möglich sein, daß nicht nur das Cottage-Krankenhaus, sondern auch er selbst beobachtet wurde, um zu gewährleisten, daß niemand sich an Turnbulls Leiche zu schaffen machte? Bannerman setzte sich auf einen Barhocker und unterhielt sich mit dem Barmann, um einen unbefangenen Eindruck zu erwecken. Doch jedesmal, wenn er in den Spiegel schaute, sah er, daß Mitchell ihn beobachtete.

Die Tür ging auf, und die beiden Kraftwerksarbeiter, die das Krankenhaus bewacht hatten, traten ein. Mitchell nickte ihnen zu, einer blieb stehen, um mit ihm zu sprechen, während der andere an die Theke trat. Er stellte sich neben Bannerman.

„Ich dachte, Sie wären inzwischen weg", sagte der Mann. „Es gibt hier nichts für Sie zu tun."

„Das zu entscheiden, müssen Sie immer noch mir überlassen!"

„Darüber entscheidet Julie. Vergessen Sie das ja nicht, sonst bekommt diesmal nicht nur Ihr Auto was ab." Der Mann verließ die Theke, um sich zu seinem Kollegen und Mitchell zu setzen.

Daher weht also der Wind, dachte Bannerman. Das waren die beiden Rowdys, die seinen Mietwagen demoliert hatten, und Mitchell war derjenige, der die Fäden zog.

Bannerman ging zur Toilette. Niemand folgte ihm. Als er sich die

Hände wusch, überlegte er, wie lange er wohl warten müßte, ehe er ins Krankenhaus gehen konnte. Er trocknete sich die Hände ab und machte die Tür auf. Einer der Kraftwerksarbeiter stand davor und versperrte ihm den Weg.

Das war der Mann, der bei Mitchell stehengeblieben war, während sein Kumpel an den Tresen gekommen war. Er war zwar kleiner als der andere, hatte aber breite Schultern und machte einen ziemlich bulligen Eindruck.

„Entschuldigen Sie", sagte Bannerman und versuchte, an dem Mann vorbeizukommen.

Doch der versperrte ihm weiterhin den Weg.

„Treten Sie beiseite!"

„Sie sind hier unerwünscht!" zischte der Mann.

„Ich kann Ihnen versichern, ich hab das durchaus verstanden", erwiderte Bannerman. „Aber ich bin hier im Auftrag der Regierung, um eine Aufgabe zu erledigen, und das werde ich auch tun. Wenn Sie also nicht im Gefängnis landen wollen, würde ich vorschlagen, Sie lassen mich durch."

Der Mann zauderte einen Moment und trat dann widerstrebend beiseite, um Bannerman vorbeizulassen.

Bannerman ging nach oben in sein Zimmer und schloß hinter sich zu. Einen Moment lang dachte er darüber nach, daß vielleicht alles leichter gewesen wäre, wenn er sich nicht mit Mitchell angelegt hätte. Er nahm sich vor, hinter seinem Fenster Wache zu halten.

Eine Stunde später verließ Mitchell das Hotel und stieg allein in sein Auto. Nach weiteren vierzig Minuten traten auch die beiden Kraftwerksarbeiter auf die Straße hinaus. Derjenige, der Bannerman vor der Toilettentür aufgelauert hatte, war offenbar sehr betrunken und mußte von seinem Kollegen gestützt werden.

Als Bannerman kurz darauf nach unten kam, stellte er fest, daß die Eingangstür bereits abgeschlossen war. Da es ein kleines Hotel war, gab es keinen Nachtportier.

„Ist noch was?" fragte der Hotelbesitzer, der gerade zugeschlossen hatte und ins Bett gehen wollte.

„Ich wollte noch etwas frische Luft schnappen", behauptete Bannerman. „Ich leide ganz fürchterlich an Schlaflosigkeit."

Der Mann gab Bannerman einen Schlüssel und verlangte, daß er nach seiner Rückkehr wieder zuschließe.

Als Bannerman zum Cottage-Krankenhaus eilte, war es zwar kalt, aber windstill. Bannerman versuchte sich möglichst im Dunkeln zu halten. Erst als er den Eingangsbereich zum Krankenhaus erreicht hatte, atmete er auf. Er holte den Schlüssel hervor, den MacLeod ihm gegeben hatte, und steckte ihn ins Schloß. Aber der Schlüssel wollte sich nicht drehen lassen.

Bannerman zog ihn heraus und steckte ihn wieder hinein, doch es war nichts zu machen. Verzweifelt drückte er auf die Klinke. Die Tür ging auf. MacLeod mußte vorhin vergessen haben abzuschließen.

Auf Zehenspitzen schlich sich Bannerman in den Raum, in dem MacLeod die Instrumente hatte bereitlegen wollen, die Bannerman für die Schädelpunktur brauchte. Von der Straße fiel so viel Licht herein, daß er alles ohne Schwierigkeiten finden konnte. Handschuhe, 50-Milliliter-Einwegspritzen, Nadeln, alkoholgetränkte Tupfer und eine Reihe von Reagenzgläsern.

Bannerman klopfte das Herz bis zum Hals hinauf, als er die Instrumente auf einem Tablett zusammenlegte, um sie in den Keller hinunterzutragen. Als er losging, hörte er plötzlich irgendwo im Gebäude einen dumpfen Laut.

In Bannerman wuchs das Unbehagen. Reiß dich zusammen! ermahnte er sich. Er machte die Tür zur Kellertreppe auf und stieg vorsichtig hinunter. Da – ein leises, schlurfendes Geräusch!

Auf der vorletzten Treppenstufe blieb er stehen und sah sich im Keller um. Der vom Leichentuch bedeckte Leichnam lag anscheinend unberührt in der Mitte des Raumes auf der Bank. Doch an der rechten Kopfseite hing ein Stück des Tuchs lose herunter. Bannerman hätte schwören können, das Tuch um den Kopf herum wieder festgestopft zu haben.

Er stellte das Tablett ab und zog seine Jacke aus. Dann krempelte er die Ärmel hoch und zog die Handschuhe über. Er setzte eine der Nadeln auf die Spritze auf und stülpte den sterilen Nadelschutz aus Plastik wieder darüber.

Als er das Leichentuch vom Kopf des Toten nehmen wollte, richtete sich der Leichnam unvermittelt auf. Der Kopf der Leiche, immer noch vom Tuch bedeckt, drehte sich ihm langsam zu; gleich darauf schnellte er vor und traf Bannerman mitten ins Gesicht. Bannerman verlor das Bewußtsein und sank zu Boden.

ALS BANNERMAN wieder zu sich kam, hatte er rasende Kopfschmerzen. Langsam setzte er sich auf, tastete sich vorsichtig das Gesicht ab und stellte fest, daß die Nase gebrochen war. Zwar hatte er reichlich Blut im Gesicht, doch so weit er das beurteilen konnte, war ihm sonst nichts Ernstliches passiert. Er sah sich um – er war allein im Raum. Die „Leiche“ war verschwunden.

Unter Schmerzen rappelte er sich hoch. So steif, wie seine Glieder waren, mußte er geraume Zeit dagelegen haben. Den Weg die Treppe hinauf mußte er unterbrechen und sich eine Weile hinknien, denn er hatte das Gefühl, wieder ohnmächtig zu werden. Nachdem er es schließlich bis oben geschafft hatte, rief er MacLeod an.

„Wer hat das getan?" fragte MacLeod entsetzt.

„Jemand, der sich unter dem Leichentuch verborgen hatte. Mein Gott, kommen Sie doch einfach her!" bat er eindringlich und legte dann auf.

Er ging zur Toilette und besah sich im Spiegel den Schaden in seinem Gesicht. Das viele Blut ließ die Sache zwar schlimmer aussehen, als sie war, aber trotzdem zuckte er bei dem Anblick entsetzt zusammen.

Schon bald darauf kam MacLeod und rief seinen Namen.

„Ich bin hier", krächzte Bannerman aus dem Waschraum.

MacLeod kam herein. „Lassen Sie mich mal sehen." Er führte Bannerman in einen der Behandlungsräume und machte sich dort daran, das Gesicht zu säubern und die gebrochene Nase zu richten. „Morgen früh werden Sie zwei herrliche Veilchen haben."

„Die Tür war bei meinem Eintreffen nicht abgeschlossen. Haben Sie vergessen abzuschließen?"

„Ganz bestimmt nicht."

Bannerman nickte. „Das hätte ich mir denken können. Wer immer heute nacht hier eingebrochen ist, war schon drin, als ich hierherkam."

„Soll ich die Polizei rufen?"

„Besser nicht", sagte Bannerman. „Aber Turnbulls Leiche ist weg. Ich glaube nicht, daß sie wieder auftauchen wird. Diejenigen, die sie weggeschafft haben, vermuteten offensichtlich, daß ich versuchen würde, ihr Gewebeproben zu entnehmen. Womit sie recht hatten. Sie haben mich sogar mit der Absicht kommen sehen, eine strafbare Handlung zu begehen. Man wird behaupten, nur dafür gesorgt zu haben, daß die Wünsche der Witwe respektiert wurden."

„Was wollen Sie jetzt tun?"

„Schlafen", antwortete Bannerman. „Ich muß unbedingt ein bißchen schlafen."

BANNERMAN wachte früh auf, und zwar durch Windgeräusche. Vom Atlantik zog wieder ein Sturm herüber.

Es gab einen elektrischen Wasserkocher im Zimmer. Bannerman stand auf, füllte ihn mit Wasser und stellte ihn an. Dann sah er die kleinen Beutel durch, die neben dem Kessel aufgereiht waren: Tee, Kaffee und heiße Schokolade. Er riß einen Beutel mit Pulverkaffee auf. Der „Kaffee" schmeckte wie Salzwasser mit Mehl und Zigarettenasche darin.

Nach ein paar Schlucken hatte er genug, schüttete den Rest ins Waschbecken und bekam dabei wieder sein Spiegelbild zu sehen. „Großer Gott!" murmelte er. „Wenn die im Londoner Zoo einen neuen Panda suchen, hätt' ich da gar nicht mal so schlechte Chancen."

Er überlegte, was er als nächstes tun sollte. Er war frustriert und wütend darüber, wieder einmal von jenen besiegt worden zu sein, die um jeden Preis verhindern wollten, daß nach dem Auslöser der Krankheit gesucht wurde. Doch wußte er, daß er sich durch solche Gefühle nicht von seinem Vorhaben abbringen lassen durfte. Für ihn stand fest, daß man Turnbulls Leichnam bis zur Einäscherung versteckt halten würde.

Ihm stand zwar immer noch die Möglichkeit offen, durch Gerichtsbeschluß und mit MacLeods Hilfe eine Herausgabe der Leiche zu erzwingen, doch hatte er diese Möglichkeit wegen ihrer Auswirkungen auf die Beziehungen zwischen dem Arzt und den Bürgern von Stobmor bereits verworfen. Deshalb entschied er sich für ein anderes Vorgehen. Trotz des Stillhalteabkommens mit Allison, das ihm erlaubte, eine gründliche Untersuchung zu verlangen, falls innerhalb von vier Wochen ein neuer Fall auftauchte, konnte er nichts tun, solange nichts da war, was man untersuchen konnte. Er beschloß, Gordon Buchans Witwe aufzusuchen. Als erstes mußte er allerdings herausfinden, wo sie sich im Moment aufhielt.

Nach dem gräßlichen Vorfall waren ihre Eltern tot und das Haus der Familie in Stobmor bis auf die Grundmauern niedergebrannt. Ob sie wohl immer noch in dem Häuschen auf dem Inverladdie-Hof lebte? fragte er sich. Das Mädchen, das ihm das Frühstück aufs Zimmer brachte, bestätigte diese Vermutung und machte große Augen, als sie bemerkte, wie sein Gesicht zugerichtet war.

„Fragen Sie mich bitte nicht, wie das passiert ist", sagte Bannerman.

MIT EINER dunklen Sonnenbrille, die Bannerman sich in einem Laden in der Nähe des Hotels besorgt hatte, stieg er in sein Auto, um zum Inverladdie-Hof hinauszufahren. Regen setzte ein, als er den Wagen vorsichtig den Wirtschaftsweg zum Inverladdie-Hof hinauflenkte.

Als er das Häuschen auf dem Hof schließlich erreichte, stellte er erfreut fest, daß jemand daheim sein mußte, denn in der Küche brannte Licht. Mit wenigen Sätzen suchte er unter dem Vordach Schutz, dann klopfte er. Aufgemacht wurde ihm von einer auffallend braun gebrannten Frau Anfang Dreißig. Sie trug enge Jeans und einen weißen Pullover und war barfuß.

„Mrs. Buchan? Ich bin Ian Bannerman.“ Er erklärte ihr, wer er war und warum er sie besuchte.

„Kommen Sie doch erst mal herein“, forderte sie ihn daraufhin auf. Nachdem er eingetreten war und sie sich in die Küche gesetzt hatten, drückte Bannerman ihr sein Beileid zum Tod ihres Mannes und ihrer Eltern aus.

Mrs. Buchan dankte ihm tonlos und starrte seine Brille an. „Man kann nicht gerade behaupten, daß die Sonne scheint.“

Bannerman berührte verlegen seine Brillengläser und antwortete: „Ich habe ein kleines Problem mit meinen Augen.“ Er bemühte sich zunächst, sie ein wenig für sich einzunehmen. „Sie sind ja phantastisch braun gebrannt. Das haben Sie doch bestimmt nicht in Schottland geschafft, oder?“

„Ich war in Nassau“, antwortete May Buchan.

„Auf den Bahamas?“ staunte Bannerman.

„Die Sproats haben mir die Reise bezahlt. Sie dachten, das würde es mir erleichtern, über Gordons Tod wegzukommen.“

„Das war aber nett von ihnen“, sagte Bannerman.

„Es war eine Überraschung“, erklärte Mrs. Buchan. „Leider sind nun auch mein Vater und meine Mutter während meiner Abwesenheit . . ., aber das wissen Sie ja.“

„Ja, es tut mir sehr leid“, sagte Bannerman. „Lassen Sie mich einfach zur Sache kommen. Ich versuche, eine Verbindung zwischen dem Tod Ihres Mannes und dem Ihres Vaters herzustellen, und ich wäre Ihnen sehr dankbar, wenn Sie mir dabei helfen würden.“

Mrs. Buchan zögerte. „Aber Gordon ist doch an einer Hirnhautentzündung gestorben“, sagte sie schließlich. „Und mein Vater war nicht krank. Bei ihm hat es nur irgendwie ausgesetzt. Er hat durchgedreht. Was für eine Verbindung sollte da bestehen?“

„Ich glaube, daß beide dieselbe Krankheit hatten. Ihr Mann hat, bevor er krank wurde, mit den infizierten Schafen zu tun gehabt, nicht wahr?“

„Ja, er und die anderen beiden haben sie in der Grube im Kalkbruch vergraben.“

„War Ihr Vater auch daran beteiligt?“

„Mein Vater? Nein, selbstverständlich nicht. Der hat keinen Fuß auf den Hof gesetzt. Er und Gordon konnten nicht gerade gut miteinander."

„Dann sind sie also nicht oft zusammengewesen?"

Mrs. Buchan schüttelte den Kopf. „Höchstens einmal im Jahr."

„Aber Sie haben Ihre Eltern besucht?"

„Ja, ich bin einmal die Woche nach Stobmor gefahren."

„Können Sie sich irgendeine Möglichkeit vorstellen, wie Ihr Vater mit den infizierten Schafen in Kontakt gekommen sein könnte?"

„Nein", antwortete Mrs. Buchan. „Warum interessieren Sie die Schafe so sehr?"

„Ehrlich gesagt ist es so, daß wir uns nicht ganz sicher sind, woran Ihr Mann und die anderen gestorben sind. Es besteht ganz einfach die Möglichkeit, daß die infizierten Schafe damit zu tun hatten", erklärte ihr Bannerman.

Sie wurde blaß. „Was meinen Sie mit ‚zu tun hatten'?" fragte sie. „Die Schafe sind an Scrapie eingegangen."

„Es ist möglich, daß es sich nicht um einen gewöhnlichen Scrapie-Stamm handelte, sondern um einen, der auf Menschen übertragen werden kann."

„O mein Gott!" rief Mrs. Buchan aus. Sie barg den Kopf in den Händen. „Ich kann Ihnen die Verbindung nennen, nach der Sie suchen", brachte sie unter Schluchzen hervor. „Gordon und die beiden anderen . . . und mein Vater . . ., sie haben von einem der Schafe gegessen. Wenn es früher mal zu einem Ausbruch von Scrapie gekommen ist, hat der alte Sproat die Tiere schnellstmöglich auf den Markt gebracht."

„Aber das ist doch bestimmt illegal?"

„Jeder weiß doch, daß Scrapie für Menschen ungefährlich ist – warum also nicht? Wenn die Landwirte die Krankheit melden, ist die Entschädigung von der Regierung nicht annähernd so hoch wie der Marktwert der Tiere."

„Aber diesmal hat Sproat sie nicht auf den Markt gebracht."

„Dazu ist alles viel zu schnell gegangen. Die Schafe gingen ein wie die Fliegen. Er ließ den Tierarzt kommen, und der alte Sproat und der Tierarzt haben dann Gordon und den anderen gesagt, daß es sich um Scrapie handelte. Und daß sie die Kadaver in der Kalkgrube vergraben sollten. Gordon fand, das sei eine Riesenverschwendung, und so hat er zusammen mit den anderen eines der Schafe behalten. Sie haben es geschlachtet, und ich habe das Fleisch eingefroren."

„Und alle haben davon gegessen?"

„Gordon hat seine beiden Kumpel zum Sonntagsbraten eingeladen, um ihnen für ihre Hilfe zu danken."

„Und Sie?"

„Ich bin Vegetarierin", erwiderte Mrs. Buchan. „Meine Mutter auch."

„Und die Verbindung zu Ihrem Vater?"

Mrs. Buchan betupfte sich mit einem Taschentuch die Augen. „Kurz bevor ich in den Urlaub flog, habe ich meine Mutter besucht und ihr ein paar Hammelkoteletts aus der Tiefkühltruhe mitgebracht. Ich dachte, das gäbe ein feines Essen für meinen Vater."

„Ich verstehe", sagte Bannerman. Nun hatte er zweifelsfrei den Beweis dafür, daß die Schafskrankheit Scrapie etwas mit dem Tod der Männer zu tun hatte. „Mrs. Buchan, haben Sie einen Mann namens Colin Turnbull gekannt?" fragte er.

„Wer soll das sein?"

„Ein Steinbrucharbeiter. Seine Frau ist die Grundschullehrerin von Stobmor."

„Tut mir leid, aber die kenne ich nicht."

„Besteht die Möglichkeit, daß Ihr Mann Colin Turnbull gekannt hat?"

„Möglich ist das schon, aber ich glaube es nicht. Wenn Gordon ihn gekannt hätte, wüßte ich das."

Enttäuscht nickte Bannerman. Dann kam ihm plötzlich ein Gedanke. „Mrs. Buchan", sagte er, „haben Sie noch Fleisch von diesem Schaf in der Tiefkühltruhe?"

„Ja."

„Ich brauche etwas davon, um es zu untersuchen."

Mrs. Buchan stand auf und ging durch die Küche, hob den Deckel der Tiefkühltruhe hoch, nahm ein paar Plastikbeutel heraus und hielt sie Bannerman hin. „Reicht das?" fragte sie.

„Durchaus", meinte Bannerman. „Und was ist mit den Kadaverresten geschehen?"

„Die hat Gordon hinterm Haus vergraben."

„In Kalk?"

„Nein."

„Könnten Sie mir zeigen, wo?"

Mrs. Buchan machte die Küchentür auf und zeigte zu der Mauer am Ende des Gartens hinüber. „Da drüben", sagte sie.

„Kann ich eine Schaufel haben?"

„Im Schuppen an der Ecke ist eine."

Bannerman knöpfte den Kragen zu und bat Mrs. Buchan um ein

paar Plastikbeutel. Sie zog eine Schublade auf und reichte ihm einige Müllbeutel. „Brauchen Sie noch was?“ fragte sie.

„Küchenmesser, bitte. Scharfe!“

Mrs. Buchan zeigte auf einen Holzblock neben dem Spülbecken, in dem ein halbes Dutzend Messer steckte. Er wählte zwei davon aus und begab sich dann in den Garten. Im Nu war er bis auf die Haut naß, doch das machte ihm nichts aus. Seine Erregung darüber, pathologisches Beweismaterial gefunden zu haben, war wichtiger als alles andere. Die Überreste des Schafes waren nicht sehr tief vergraben. Als er darauf stieß, kniete er sich hin, um die Erde mit den Händen beiseite zu schieben. Er fand den Schafskopf, holte ihn aus dem Schlamm heraus und trug ihn hinüber zum Werkzeugschuppen.

Der Scrapie-Verursacher gehört zu den widerstandsfähigsten Viren, von denen man weiß. Daß die Überreste des Schafes für kurze Zeit im Boden vergraben gewesen waren, konnte ihm nichts angehabt haben. Bannerman gelang es, etwa fünfzig Gramm Hirnmasse zu entnehmen, was für eine Analyse völlig ausreichte. Er verpackte sämtliche Proben sicher in den Plastiksäcken und ließ sie erst mal im Schuppen, um den Rest des Kadavers wieder zu vergraben.

„Haben Sie denn gefunden, wonach Sie gesucht haben?“ fragte Mrs. Buchan, als Bannerman wieder ins Haus zurückkehrte.

Bannerman nickte.

„Und wann werden Sie genau Bescheid wissen?“

„Das dauert vermutlich drei bis sechs Wochen“, erklärte er.

„Ich habe es ihnen vorgesetzt. Ich habe sie umgebracht!“ jammerte Mrs. Buchan.

„Das konnten Sie doch nicht wissen! Wie Sie selbst sagten, hat Scrapie immer für den Menschen als harmlos gegolten.“

„Und wieso sollte es dann diesmal anders sein?“

„Das weiß ich nicht, ich werde es aber herausfinden.“ An der Tür drehte er sich noch einmal um und sagte: „Mrs. Buchan, ich wäre Ihnen dankbar, wenn Sie niemandem etwas davon erzählen würden.“

„Das verspreche ich Ihnen.“

„Und noch etwas. Sie müssen alles, was Sie in Ihrer Tiefkühltruhe haben, verbrennen.“

„Es ist sowieso nicht mehr viel drin“, sagte Mrs. Buchan. „Und außerdem muß ich bald raus aus diesem Häuschen.“

BANNERMANS Euphorie darüber, endlich vorangekommen zu sein, legte sich auf der Rückfahrt nach Stobmor. Schließlich mußte er noch herausfinden, wie Colin Turnbull in dieses Erklärungsmuster paßte. War es denkbar, daß auch Turnbull von dem infizierten Fleisch gegessen hatte? Noch wichtiger war die Frage, ob es noch Reste davon gab. Vielleicht hatte mehr als eines der Schafe seinen Weg in die Tiefkühltruhen von Achnagelloch gefunden. Er mußte unbedingt mit MacLeod darüber sprechen. Allerdings schien es ihm unwahrscheinlich, daß Turnbull allein von unterderhand beschafftem Schaffleisch gegessen haben könnte und daß seine Frau auch Vegetarierin war, wäre doch zuviel der Zufälle.

Er mußte unbedingt mit Turnbulls Frau sprechen, aber nach dem, was gestern vorgefallen war, hatte er nicht gerade gute Karten.

Als er in Stobmor seinen Wagen auf den Parkplatz hinter dem Hotel fuhr, sah er, daß auf der anderen Straßenseite ein Bus hielt, aus dem Shona ausstieg.

Bannerman lief mit einem strahlenden Lächeln auf sie zu und rief laut: „Hallo, Shona!"

„Bist du plötzlich zum Filmstar geworden, oder hast du gar nicht gemerkt, daß es regnet?" fragte Shona angesichts seiner Sonnenbrille lachend.

Bannerman schob die Sonnenbrille hoch, und Shona schaute ihn entsetzt an. „Um Gottes willen, was hast du denn angestellt?"

„Das ist eine lange Geschichte. Komm erst mal mit rein!"

Sie betraten das Hotel, und Shona trug sich ein.

„Sind Sie mit dem Zimmer neben dem von Dr. Bannerman einverstanden?" fragte der Mann an der Rezeption.

„Ja, durchaus", antwortete Bannerman für Shona. „Ich hätte gern ein paar Eiswürfel. Bitte lassen Sie welche auf mein Zimmer bringen."

„Gern, Sir."

Sie gingen hinauf. Bannerman brachte Shona auf den neuesten Stand der Dinge.

„Aber tauen die Gehirnproben denn nicht trotz der Eiswürfel auf?"

„Ich kann unmöglich darum bitten, daß man sie hier im Hotel in die Gefriertruhe tut. Man kann infiziertes Material doch nicht neben Nahrungsmittel legen. Ich muß eben immer wieder Eiswürfel nachkippen, bis wir morgen früh nach Edinburgh abfahren. Eine Kühlbox aus Styropor wäre natürlich nicht schlecht."

„Heutzutage wird doch alles mögliche in Styropor verpackt. Warum fragst du nicht mal an der Rezeption? Vielleicht können die was auftreiben."

Bannerman rief unten an und fragte unter einem Vorwand, ob sie Styroporpackungen für ihn hätten.

„Ich will sehen, was ich tun kann." Ein paar Minuten darauf stand ein Mann mit Styroporteilen und einem vollen Eiskübel an der Tür. „Das hier war die Verpackung von einem Mikrowellenherd", sagte er, „können Sie etwas damit anfangen?"

„Schön dick", erklärte Bannerman. „Genau das richtige!"

Als der Hotelangestellte gegangen war, bastelte Bannerman aus den Styroporplatten gleich einen Behälter für die Gewebeproben und packte sie dann zusammen mit dem Eis hinein, ehe er den Kasten mit Hansaplast verklebte. „Steht mir also nur noch Mrs. Turnbull bevor. Dann können wir in aller Ruhe zu Abend essen, ausschlafen und morgen früh nach Edinburgh fahren", sagte er anschließend zu Shona.

„Nach dem, was du erzählt hast, wird sie nicht gerade erfreut sein, dich zu sehen."

Bannerman nickte. „Ich frage MacLeod, ob er noch mal mit ihr redet. Gestern war sie furchtbar aufgeregt, aber ich bin sicher, heute ist sie ansprechbarer." Er rief MacLeod an und bat um dessen Hilfe.

„Wollen Sie noch mal versuchen, sie dazu zu bewegen, den Leichnam ihres Mannes für eine Autopsie herauszugeben?" fragte MacLeod.

„Nein. Abgesehen von allem anderen, würde man sie der Beihilfe zum unerlaubten Entfernen einer Leiche bezichtigen. Ich möchte ihr bloß ein paar Fragen stellen. Von einer Autopsie wird keine Rede sein."

„Dann will ich mein Bestes versuchen."

„Da ist noch was", sagte Bannerman. Er erzählte dem Arzt von dem Schaf, das nicht in der Kalkgrube gelandet war. „Halten Sie es für möglich, diskret Erkundigungen anzustellen, ob womöglich noch mehr Schafe von Inverladdie nicht ordnungsgemäß entsorgt worden sind, und könnten Sie die Leute dann ohne Aufhebens warnen, kein solches Fleisch anzurühren?"

MacLeod versicherte ihm, es zu versuchen. Zehn Minuten später rief er zurück und sagte: „Mrs. Turnbull hat sich bereit erklärt, mit Ihnen zu sprechen."

„Wann kann ich sie treffen?"

„Heute abend um halb acht." MacLeod las die Adresse vor, und Bannerman notierte sie.

BANNERMAN verließ am Abend das Hotel und versicherte Shona, nicht länger als eine halbe Stunde wegzubleiben. Er folgte MacLeods Wegbeschreibung und fand das Haus in einer stillen Straße nahe der Grundschule, in der Mrs. Turnbull arbeitete. Die Jalousien waren halb heruntergelassen.

Mrs. Turnbull trug Trauer. Ihr Gesicht war bleich, ihre Augen verweint. Sie trat einen Schritt zurück, um anzudeuten, daß Bannerman eintreten solle, aber sie sagte nichts, bis sie im Wohnzimmer waren. „Ich wollte Sie eigentlich gar nicht empfangen, Dr. Bannerman, doch Dr. MacLeod hat mich dazu überredet."

„Ich bin Ihnen sehr dankbar, Mrs. Turnbull. Bitte glauben Sie mir, wenn ich sage, daß Sie mein ganzes Mitgefühl haben. Ich habe Ihren Mann bei meinem letzten Aufenthalt hier mehrere Male getroffen, und ich mochte ihn auf Anhieb."

„Was wollen Sie wissen?" fragte Mrs. Turnbull.

„Ich möchte wissen, ob Ihr Mann einige von den Männern gekannt hat, die in letzter Zeit in Achnagelloch und Stobmor gestorben sind."

„Er kannte den Mann, der in der Kfz-Werkstatt gearbeitet hat. Colin hat seinen Wagen dort immer richten lassen."

„Und was ist mit den Männern vom Inverladdie-Hof?"

„Die hat er nicht gekannt. Möglich, daß er sie auf der Straße grüßte, aber mehr bestimmt nicht. Er wollte mit Landarbeitern möglichst nichts zu tun haben."

„Warum?"

„Colin war ein kluger Mann, Dr. Bannerman. Er hatte Grips im Kopf. Das ständige Reden über Schafe hat ihn angeödet. Es störte ihn sowieso, daß sich in Stobmor so viel um Schafe und Schafzucht drehte. Ich glaube, das war auch der Grund, warum er sich entschloß, eine Abendschule zu besuchen und einen Abschluß zu machen. Er hat solche Anregungen gebraucht."

„Haben Sie und Ihr Mann in letzter Zeit getrennt gegessen?"

„Nicht, daß ich wüßte. Bis aufs Mittagessen natürlich. Colin hat belegte Brote mit in den Steinbruch genommen."

„Haben Sie ihm die gemacht?"

„Ja. Was wollen Sie damit andeuten, Doktor? Daß Colin an etwas gestorben ist, das er gegessen hat?"

„Mrs. Turnbull, es ist wichtig, daß ich herausfinde, was Ihr Mann während der, sagen wir, letzten vierzehn Tage gegessen hat. Bitte halten Sie mich nicht für aufdringlich. Mir geht es um Schafsfleisch, Hammel oder Lamm."

„So was hat er nicht gegessen. Colin mochte Hammel nicht. Hammelfleisch hat er nicht angerührt."

„Soll das heißen, Colin war Vegetarier?"

„Nein. Er hat nichts lieber gegessen als ein saftiges Steak."

Bannerman zerbrach sich verzweifelt den Kopf darüber, auf welche

Weise Colin Turnbull sich die Krankheit zugezogen haben könnte. „Hat sich in den vergangenen zwei, drei Wochen an seiner Lebensweise etwas verändert?" fragte er nach einer Pause. „Hat er etwas Ungewöhnliches gemacht?"

Mrs. Turnbull überlegte. „Nein. Höchstens die geologische Untersuchung."

„Erzählen Sie mir davon."

„Er hat sein Examen ja in Geologie gemacht und meinte, er könnte Mr. van Gelder beeindrucken, wenn er das Land um den Steinbruch untersuchte."

„Wann hat er die Untersuchung durchgeführt, Mrs. Turnbull?"

„Immer am Wochenende."

„War er auch letztes Wochenende draußen?"

„Ja."

„Und wissen Sie auch, wo?"

Mrs. Turnbull stand auf, ging zu einem Schreibtisch und zog eine Schublade auf. Sie holte ein paar Blätter heraus und sagte: „Das hier sind Colins Aufzeichnungen von seiner Arbeit."

„Dürfte ich mir die ausleihen?"

Wortlos reichte Mrs. Turnbull sie ihm.

Bannerman bedankte sich bei ihr, versicherte sie nochmals seines Mitgefühls und sagte: „Ich werde dafür sorgen, daß Sie die Unterlagen so bald wie möglich zurückbekommen."

„NA, WIE ist es gelaufen?" fragte Shona, als Bannerman wieder im Hotel war.

„Nicht gut. Turnbull mochte weder Hammel noch Lamm."

„Vielleicht hat er es gegessen, ohne es zu wissen? In einem Eintopf oder Currygericht?"

„Turnbull hat nur gegessen, was seine Frau ihm gekocht hat, bis aufs Mittagessen, da hat er belegte Brote verzehrt, die sie ihm aber auch machte. Sie hätte ihm nie etwas mitgegeben, was er nicht mochte."

„Wie hat er sich die Krankheit dann zugezogen?"

Neuntes Kapitel

BANNERMAN und Shona saßen am Abend in der Hotelbar, als kurz nach zehn der Barmann zu ihnen kam und ihnen mitteilte, daß ein Gast beim Zurücksetzen auf dem Parkplatz Bannermans Wagen gerammt habe. Er meinte, der Schaden sei nicht groß, aber ob Dr. Bannerman nicht sicherheitshalber doch nachsehen wolle? Der Fahrer des anderen Wagens warte draußen auf dem Parkplatz.

„Nicht zu fassen!“ rief Bannerman aus und stand auf, um hinauszugehen. „Wenn das so weitergeht, wird die Autovermietung mich bald auf die schwarze Liste setzen.“

Er ging um das Haus herum auf den Parkplatz und zu seinem Wagen hinüber. Zwar war der Parkplatz nicht gut beleuchtet, aber er hätte jemanden sehen müssen, der dort wartete. Es war niemand da. Er ging um sein Auto herum und suchte nach Dellen oder Schrammen, fand jedoch nichts. Er richtete sich auf und ließ den Blick noch einmal über den Parkplatz schweifen. Kein Mensch da.

Achselzuckend sagte sich Bannerman, daß der Mann wohl weggefahren sein müsse, nachdem er festgestellt hatte, daß gar kein Schaden angerichtet worden war. Er wollte gerade wieder zur Vorderseite des Hotels gehen, als er plötzlich von hinten gepackt und gegen die Mauer gestoßen wurde.

„Wo ist Colin Turnbulls Leiche?“ krächzte jemand hinter ihm.

„Keine Ahnung“, antwortete Bannerman atemlos und versuchte dagegen anzukämpfen, daß ihm die Arme auf den Rücken gedreht wurden.

„Man hat Ihnen doch gesagt, daß Mrs. Turnbull nicht will, daß am Leichnam ihres Mannes herumgeschnippelt wird, oder?“ fragte der Mann hinter ihm. „Aber das hat wohl nicht gereicht, was?“

Bannerman ächzte vor Schmerzen. Ein Knie wurde ihm in den Rücken gerammt. Er schrie auf, der Griff wurde gelockert, und er rutschte zu Boden.

„Wo ist die Leiche?“ wiederholte der Mann.

Bannerman meinte, dessen Stimme zu kennen. Er drehte sich um und sah seine Angreifer. Sie waren zu zweit. Mitchell, der Leiter des Sicherheitsdienstes im Kraftwerk, und einer von den beiden Arbeitern, die ihm schon mal das Leben schwergemacht hatten. „Das sollten Sie doch am besten wissen!“ keuchte Bannerman.

„Was soll das heißen?“ fragte Mitchell.

„Was soll das ganze Theater eigentlich, Mitchell? Ihr habt ihn doch letzte Nacht selbst weggeholt. Was glauben Sie, wie ich zu diesem Gesichtsschmuck gekommen bin?“

Mitchell sah sich Bannermans Gesicht genauer an und entdeckte die Veilchen und die gebrochene Nase. „Wollen Sie mir etwa weismachen, Sie hätten Turnbulls Leiche nicht entfernt, um sie zu obduzieren?“ fragte Mitchell.

„Natürlich nicht!“ stöhnte Bannerman. „Und ihr seid die einzigen, die ein Interesse daran haben, mich daran zu hindern. Ihr habt mir bei meiner Arbeit immer wieder Knüppel zwischen die Beine geworfen, weil ihr meint, ich wollte dafür sorgen, daß euer Laden dichtgemacht wird.“

„Wir haben die Leiche nicht!“ erklärte Mitchell. „Wer sollte sie außer Ihnen noch haben wollen?“

„Sie!“ wiederholte Bannerman.

„Wir gehen!“ sagte Mitchell zu dem Arbeiter.

Dieser versetzte Bannerman zum Abschied noch einen Tritt in die Magengrube. Dann ließen die Männer Bannerman auf dem Boden liegen und gingen.

Bannerman rappelte sich auf die Knie hoch und verharrte einen Moment in dieser Haltung. Plötzlich hörte er ein Auto näher kommen. Es bog zum Parkplatz ein. Als der Fahrer Bannerman im Scheinwerferlicht sah, hielt er an und stieg aus.

„Aber mein lieber Doktor! Was ist denn passiert?“ fragte der Fahrer mitfühlend – es war Joop van Gelder.

„Ich bin überfallen worden“, antwortete Bannerman.

„Das ist ja schrecklich! Sind Sie verletzt? Kommen Sie, ich bringe Sie rein, und dann rufe ich die Polizei.“

„Nein, nicht die Polizei. Das war nur eine persönliche Auseinandersetzung. Belassen Sie's dabei.“

„Soll das heißen, Sie wissen, wer Sie zusammengeschlagen hat?“

„Helfen Sie mir doch bitte auf!“ wich Bannerman der Frage aus.

Van Gelder half Bannerman aufzustehen und stützte ihn. Als sie am Auto des Holländers vorbeigingen, stellte Bannerman fest, daß auf dem Beifahrersitz noch jemand saß. In seinem Kopf schrillten Alarmglocken. Er war sicher, den Mann zu kennen.

Kaum war er durch die Eingangstür des Hotels getreten, kam Shona auf ihn zugelaufen. „Ich wollte gerade rausgehen und nachsehen. Was ist geschehen?“

„Sagen wir, es hat ein Mißverständnis über den Verbleib von Colin Turnbulls Leiche gegeben“, antwortete Bannerman.

„Komm mit nach oben.“ Shona löste van Gelder ab und half Bannerman die Treppe hinauf. Van Gelder rief hinter ihnen her: „Ich bin trotzdem der Meinung, Sie sollten mich die Polizei rufen lassen!“

„Nein“, sagte Bannerman. „Vielen Dank für Ihre Hilfe.“

Als sie im Zimmer waren, fragte Shona aufgeregt: „Was war los?“

„Es war Mitchell vom Kraftwerk und einer seiner Lieblingsgorillas. Die glaubten, ich hätte Turnbulls Leiche weggeschafft.“

„Wenn sie's nicht waren, wer hat die Leiche dann geholt? Und warum?"

„Ich habe nicht die geringste Ahnung!"

Bannerman zog die verschmutzte Kleidung aus und wusch sich. Shona half, die Abschürfungen mit einem angefeuchteten Wattebausch abzutupfen. „Meinst du, du bist morgen in der Lage, die Fahrt zu unternehmen?" fragte sie ihn.

„Ja. Wenn du fährst."

„Soll ich dir einen Drink holen?"

„Einen Brandy, bitte."

„Einen großen?"

„Einen riesengroßen . . ., und, Shona, wenn du kannst, versuche doch herauszufinden, mit wem van Gelder heute abend zusammen war. Ich bin sicher, daß ich den Mann kenne, der in seinem Auto saß. Ich kann ihn nur nicht einordnen."

„Ich schau mal, was ich tun kann."

Shona ging nach unten, und Bannerman stand auf und ging langsam im Zimmer umher. Was ihn im Moment beschäftigte, war die Frage, wer denn nun die Leiche gestohlen hatte. Vielleicht hatte auch Mrs. Turnbull dafür gesorgt, daß der Leichnam ihres Mannes aus dem Krankenhaus fortgeschafft wurde. Vielleicht sollte er keine schlafenden Hunde wecken. Das allerwichtigste war ohnehin, das infizierte Schafsgehirn zu Munro nach Edinburgh zu bringen.

Shona kam mit dem Brandy und der Information zurück, daß es sich bei dem Mann, der bei van Gelder gewesen war, um seinen Sohn Peter handelte.

„Seinen Sohn?" rief Bannerman. „Dann muß ich mich geirrt haben. Seinen Sohn habe ich noch nie gesehen."

„Gutaussehender Bursche. Wie fühlst du dich?"

„Wesentlich besser."

„Du solltest zusehen, daß du bald schläfst. Du siehst ziemlich mitgenommen aus." Shona trat zu ihm, hauchte ihm einen Kuß auf die Wange und sagte: „Bis morgen früh dann."

ENDLICH einmal war das Wetter ihnen gnädig. Die Sonne schien von einem strahlendblauen Himmel auf Stobmor herunter. Bannerman verstaute den Styroporbehälter mit den Gehirnproben, den er vorher noch einmal mit neuem Eis gefüllt hatte, im Kofferraum.

Auf der Fahrt nach Edinburgh kamen Bannerman und Shona ganz flott voran und machten unterwegs nur zweimal halt. Einmal, um zu tanken und etwas zu Mittag zu essen, und das zweitemal, um einen

Kaffee zu trinken und sich die Füße zu vertreten. Beidemal rief Bannerman bei der MFG in London an, um mitzuteilen, wo sie sich gerade aufhielten.

In Edinburgh nahmen sie Zimmer in einem kleinen Hotel im Süden der Stadt; dann telefonierte Bannerman mit Hector Munro in der Neurobiologie. „Kann ich Ihnen die Proben jetzt rüberbringen?"

„Wir stehen Gewehr bei Fuß", antwortete Munro und erklärte Bannerman, wie er die Neurobiologie in dem Gebäude in der West Main Road fand.

Ehe sie losfuhren, rief Bannerman Dr. Napier in der Universitätsklinik an und teilte ihr mit, daß es ihm gelungen war, Proben von infiziertem Schafsgehirn zu bekommen.

„Das ist eine gute Nachricht", sagte Dr. Napier. „Wie haben Sie das fertiggebracht?"

Bannerman berichtete ihr von dem Schafskadaver, der nicht in der Kalkgrube gelandet war.

„Das nenne ich Glück! Wollen Sie die Tests selbst vornehmen?"

Bannerman erklärte, er werde die Proben Munro von der Neurobiologie übergeben, doch wenn sie etwas abhaben wolle, um die Versuche mit den Mäusen wiederaufzunehmen, werde er dafür sorgen, daß ihr später etwas Gewebe rübergeschickt würde.

„Vielen Dank, Doktor", erwiderte Dr. Napier. „Vielleicht sagen Sie mir, welche Tests Sie von Dr. Munro durchführen lassen wollen, damit wir nicht das gleiche machen."

Bannerman antwortete, man müsse zunächst einmal die Hirnpräparate untersuchen, bevor man sagen könne, welche weiteren Untersuchungen durchgeführt werden sollten.

„Rufen Sie mich an, sobald Sie Bescheid wissen", sagte Morag Napier.

BANNERMAN sprach in die Sprechanlage am Pförtnerhaus und erklärte, wer er war. Der elektrische Türöffner summte, und er durfte das Gebäude betreten. Oben an der Treppe wurde er von Munro erwartet, der ihn herzlich begrüßte.

„Was ist denn mit Ihnen geschehen?" rief Munro, als er Bannermans Gesicht sah.

„Das ist eine lange Geschichte." Er übergab ihm den Styroporkasten mit den Gewebeproben des Schafes. „Hier ist, worauf Sie gewartet haben."

„Wollen Sie auf das Gutachten warten?"

„Auf jeden Fall!" antwortete Bannerman und lächelte. Die Proben wurden von zwei Assistenten fortgebracht, die bereits unterrichtet worden waren, was sie damit zu tun hatten.

Als die beiden Männer in Munros Büro beim Kaffee saßen, kam Bannerman auf das Gutachten der MFG über die Gehirninfektion zu sprechen und erzählte seinem Kollegen von Milnes Vorschlag, die Achnagelloch-Agenzien als neues Virus zu klassifizieren. Munro lächelte und sagte: „Na ja, in gewisser Weise hat er schon recht. Schließlich können wir das Ding bei einer Inkubationszeit von zwei bis drei Wochen kaum als *slow virus* klassifizieren."

„Aber es geht doch in erster Linie darum, daß es sich um eine Form von Scrapie handelt!"

„Was erst zu beweisen gilt", entgegnete Munro.

„Aber falls Ihre Untersuchungen ergeben, daß das der Fall ist, kann ich mich dann auf Ihre Unterstützung verlassen, wenn ich das der Regierung klarmache?"

Nachdenklich sah Munro ihn über den Tassenrand hinweg an. „Sich mit der Regierung anlegen?" fragte er. „Und mit den Landarbeitern? Ist das nicht ein bißchen viel verlangt?"

„Ich verlange nichts weiter, als die Wahrheit zu sagen."

„Ach, die Wahrheit. Wenn das so einfach wäre! In diesem Fall müssen wir das, was sinnvoll ist, genauso berücksichtigen wie die Wahrheit. Wir haben es hier mit einem halben Dutzend Todesfällen zu tun, die aller Wahrscheinlichkeit nach die Folge einer Laune der Natur sind. Und dagegen steht die Zukunft eines großen Teils der fleischverarbeitenden Industrie in unserem Land."

„Aber wenn es einmal passiert ist, kann es wieder passieren."

„Vielleicht", sagte Munro.

„Dann kann ich also auf Ihre Unterstützung zählen?"

„Doktor, dieses Institut existiert nur, weil wir Regierungsgelder bekommen ... Warten wir doch erst mal ab, welche Ergebnisse die Tests uns bringen."

Der Summer von Munros Gegensprechanlage ertönte. Er meldete sich und führte ein kurzes Gespräch, ehe er zu Bannerman sagte: „Bitte entschuldigen Sie mich, es gibt ein Problem", und das Zimmer verließ. Zehn Minuten später kehrte er zurück. „Ich weiß gar nicht, wie ich es Ihnen sagen soll. Meine Leute haben eine Reihe der Gehirnpräparate untersucht ..."

„Und?" fragte Bannerman.

„Nicht das geringste Anzeichen einer Scrapie-Infektion."

„Aber das ist unmöglich!"

„Kommen Sie mit, und schauen Sie sich's an!"

Munro führte ihn zum Labor, wo eines der Präparate unter dem Mikroskop lag. Bannerman nahm Platz und untersuchte das Präparat selbst. Es schien von einem vollkommen gesunden Gehirn zu stammen. „Ich kann es nicht glauben", murmelte er.

„Wir haben auch noch einen immunologischen Test für scrapieverwandte Fibrillen durchgeführt. Negativ."

„ICH GLAUBE es einfach nicht!" brüllte Bannerman.

„Aber es bleibt dir gar nichts anderes übrig, als es zu glauben", beschwichtigte Shona ihn. „Es sei denn, Dr. Munro steckt mit den anderen unter einer Decke."

„Die anderen Proben . . .", sagte er daraufhin.

„Was für andere Proben?" fragte Shona.

„Ich habe ja einige zurückbehalten, um sie Dr. Napier von der Universitätsklinik zu geben. Ich könnte selbst ein paar Präparate herstellen."

„Tu, was du für richtig hältst", meinte Shona.

KURZ nach acht Uhr abends fuhr Bannerman auf den Hof der Uniklinik. Er verließ sich darauf, daß die meisten Wissenschaftler und Angestellten um diese Zeit heimgegangen und nur ein paar diensthabende Assistenten und möglicherweise ein Nachtwächter da waren. Er wollte nicht erklären, warum er Tests wiederholen wollte, die Munros Leute bereits durchgeführt hatten.

Da er vor kurzem hiergewesen war, erkannte ihn die Assistentin, die auf sein Klingeln hin aufmachte, und ließ ihn eintreten. „Wollen Sie so spät noch arbeiten, Doktor?" fragte die junge Frau.

„Nur ein paar Stunden", erklärte Bannerman lächelnd. Als er am Ende des Korridors im Erdgeschoß um die Ecke bog, stand er plötzlich Morag Napier gegenüber.

„Dr. Bannerman?" rief sie aus. „Ist das eine Überraschung!"

„Ich hatte gehofft, Sie noch anzutreffen", behauptete Bannerman.

„Was kann ich für Sie tun, Doktor?" fragte sie.

Bannerman machte keinen Hehl daraus, was er wollte.

„Ich helfe Ihnen", sagte sie.

„Das ist wirklich nicht nötig", erwiderte Bannerman. „Ich komme schon allein zurecht. Darf ich Ihr Labor benutzen?"

„Aber es macht mir wirklich nichts aus, Ihnen zu helfen", antwortete sie. „Dann geht es schneller. Mein Verlobter ist ohnehin im Moment nicht da."

„Das ist sehr freundlich von Ihnen", bedankte sich Bannerman.

Er holte das Reagenzglas mit dem Hirngewebe aus der Tasche und reichte es ihr. Sie betraten ihr Labor, und sie legte die Probe auf den Arbeitstisch, während sie den Laborkittel und Gummihandschuhe überzog. Bannerman spürte, wie die Erwartung in ihm wuchs, als er zusah, wie Dr. Napier den Schnitt präparierte. Nervös wartete er darauf, daß der letzte Färbungsvorgang abgeschlossen wurde. Nach ein paar Minuten summte der elektrische Wecker, und Dr. Napier spülte mit frischem destilliertem Wasser das Färbemittel ab.

„Nun denn", murmelte Dr. Napier, als sie den Objektträger unters Mikroskop legte und den Fokus einstellte. „Mal sehen, was wir da haben . . ."

Es dauerte nicht einmal dreißig Sekunden, bis in Bannerman jede Aufregung erstarb. Er las das Ergebnis von Dr. Napiers Gesicht ab, als sie aufstand, um ihn selbst einen Blick ins Mikroskop werfen zu lassen. Was Munro gesagt hatte, bestätigte sich hier. Was er da betrachtete, war normales, gesundes Hirngewebe.

Bannerman hatte es gründlich satt. In einem kühnem Bogen warf er den Objektträger in einen Abfallbehälter für verseuchtes Material und dachte nach.

„Wenn Sie noch eine Probe dabeihaben, könnte ich Tierversuche damit machen", schlug Dr. Napier vor. „Vielleicht befand sich die Infektion bei diesem Tier in einem sehr frühen Stadium und war noch kaum ausgeprägt."

„Ich habe keine weiteren Proben bei mir", sagte Bannerman. „Aber morgen bringe ich noch eine, wenn es Ihnen recht ist."

„Natürlich. Hat denn Dr. Munro Versuchstiere damit geimpft?"

Bannerman schüttelte den Kopf. „Ich war von dem Ergebnis der Sektionen so enttäuscht, daß ich vergaß, ihm eine Probe dazulassen."

„Macht nichts. Ich werde gleich eine ganze Reihe Versuchstiere damit impfen."

Bannerman dankte Dr. Napier für ihre Hilfe und wünschte ihr eine gute Nacht. Als er über den Hof zu seinem Wagen hinüberging, fing es an zu regnen.

BANNERMAN saß mit Shona frühabends in der Bar des Hotels bei seinem zweiten Glas Gin Tonic, als ihm aufging, wie unmöglich er sich Shona gegenüber benahm, zu der er seit seiner Rückkehr kaum ein Wort gesagt hatte. „Es tut mir leid", sagte er. „Die Enttäuschung ist zu groß, und ich kann nicht aufhören, darüber nachzudenken."

„Du wirst dich damit abfinden müssen. Dieses Schaf jedenfalls hat die Männer nicht vergiftet."

Bannerman starrte in das Glas, das auf dem Tisch vor ihm stand, und fragte langsam: „Was hast du gerade gesagt?“

„Ich habe gesagt, daß das Schaf die Männer nicht vergiftet hat.“

„Du hast ‚vergiftet‘ gesagt! Und an die Möglichkeit einer Mutagenese des Virus auf biochemischer Grundlage habe ich noch gar nicht gedacht!“ Bannerman sprang auf, verließ die Bar und lief nach oben. Als er wieder herunterkam, hatte er einen Mantel an und suchte in den Taschen nach den Autoschlüsseln. „Ich habe ziemlich viel getrunken“, sagte er. „Würdest du fahren?“

Shona streckte die Hand nach den inzwischen gefundenen Schlüsseln aus. „Wohin denn?“

„Ins Krankenhaus.“

SHONA hielt vor einem Laden, der noch offen hatte. Sie stieg aus und kam mit Kaugummi und einer Schachtel Pfefferminzbonbons wieder heraus. „Da, lutsch!“ befahl sie und reichte ihm beides. „Wenn du beim Betreten des Krankenhauses drei Kilometer gegen den Wind wie eine Schnapsbrennerei riechst, rufen sie die Polizei!“

Bannerman gehorchte. Als sie das Krankenhaus erreichten, sagte er: „Es wird nicht lange dauern“, stieg aus und verschwand im Inneren des Gebäudes. Nach einer Viertelstunde war er wieder da.

„Haben sie versprochen zu tun, was du wolltest?“ wollte Shona wissen.

„Jawohl, das haben sie. Morgen weiß ich Bescheid. Vielen Dank, Shona!“ Er lehnte sich hinüber und küßte sie sanft auf die Lippen.

AM NÄCHSTEN Morgen gingen sie nach dem Frühstück im Holyrood Park spazieren. Shona fragte, wann Bannerman im Krankenhaus anzurufen gedenke.

„Nach dem Mittagessen“, antwortete er.

„Um was genau hast du sie eigentlich gebeten?“

„Das Krankenhaus hat eine Toxikologieabteilung. Und als du gestern abend von ‚vergiftet‘ sprachst, ging mir auf, daß ich an so etwas wie chemische Einwirkungen überhaupt noch nicht gedacht hatte. Die Nähe des Kraftwerks hat mich dazu verleitet, an nichts anderes zu denken als an radioaktive Strahlung. Ich hab mich auf dem Hof und dem dazugehörigen Gelände ein bißchen umgesehen, aber das war auch alles.“

„Du meinst also, das Scrapie-Virus könnte durch irgendeinen chemischen Wirkstoff verändert worden sein?“ fragte Shona.

„Es ist zumindest möglich“, erwiderte Bannerman. „Doch im

Gegensatz zu Strahlungsschäden müßten sich Chemikalienspuren im Gewebe nachweisen lassen."

„Aber die Hirnproben gestern haben doch keine Anzeichen von Scrapie enthalten."

„Mir ist der Gedanke gekommen, daß das mutierte Virus so schnell wirkt, daß die Hirninfektion gar keine Zeit hat, die Anzeichen zu entwickeln, die wir normalerweise mit Scrapie assoziieren. Deshalb sind uns die Präparate gestern so normal vorgekommen. Impft man jedoch Mäuse mit dem Material, könnte ich wetten, daß die innerhalb weniger Tage eingehen."

„Aber die Präparate, die nach London geschickt wurden, haben doch die scrapie-typischen Schäden aufgewiesen."

„Richtig", entgegnete Bannerman. „Die Präparate, die Gill uns geschickt hat. Ich glaube, dafür werde ich auch bald eine Erklärung haben."

„Du hast mir noch nicht verraten, worin sich die ersten Präparate von den neuen unterschieden", sagte Shona.

„Irgendwas muß mit ihnen nicht gestimmt haben. Das ist meiner Meinung nach der Grund, warum Gill bei seiner Flucht versucht hat, die Gehirne an die MFG zu schicken."

„Was hat damit denn nicht gestimmt?"

„Das möchte ich noch nicht sagen. Ich muß noch überlegen."

„Wir haben noch nicht über uns geredet", meinte Shona ganz unvermittelt.

„Ich weiß."

„Und warum nicht?"

„Ich weiß nicht, wo ich anfangen soll", gestand Bannerman. „Ich weiß nicht, wie es von hier an weitergehen soll. Du etwa?"

Shona lächelte. „Der Weg des geringsten Widerstandes ist offenbar nichts für dich."

„Was ist denn der Weg des geringsten Widerstandes, Shona?"

„Wenn man seinem Herzen folgt."

„Ich liebe dich, das weißt du – sehr sogar."

„Ja, ich weiß", sagte Shona.

ALS SIE wieder ins Hotel zurückkehrten, traten in der Halle zwei in dunkle Anzüge gekleidete Herren auf sie zu. „Dr. Bannerman?"

Bannerman nickte.

Einer der Männer klappte eine Ausweishülle auf und hielt sie Bannerman hin. „Ich bin Inspektor Morris. Und das hier ist Sergeant West. Wir sind vom Sonderdezernat."

„Was kann ich für Sie tun?“ Bannerman wußte nicht, was er davon halten sollte.

„Wir möchten Sie bitten mitzukommen, Sir“, sagte Morris.

„Wollen Sie mich festnehmen?“ empörte sich Bannerman.

„Nein, Sir“, erklärte Morris. „Wir hätten Ihnen nur gern ein paar Fragen gestellt.“

Bannerman sah Shona an und zuckte mit den Achseln.

„Keine Angst“, sagte Shona. „Ich warte auf dich.“

Bannerman wurde zu einem unauffälligen dunkelgrünen Austin Montego geführt und gebeten, auf dem Rücksitz Platz zu nehmen. Morris setzte sich neben ihn. West saß vorn auf dem Beifahrersitz und sagte etwas zu dem Fahrer, der gleichfalls Zivil trug. Sie fuhren los. Bannerman war sehr erstaunt, als das Auto auf den Parkplatz des Krankenhauses einbog. Seine Theorie, daß die ganze Aktion etwas mit dem Verschwinden von Colin Turnbulls Leiche zu tun hatte, war damit zunichte gemacht. Der Austin hielt, und er wurde gebeten auszusteigen.

Zehntes Kapitel

IHRE Schritte hallten unheimlich, als sie den Korridor entlanggingen.

„Hier herein, Sir“, sagte West, machte die Tür eines Besprechungszimmers auf und trat beiseite, um Bannerman hineingehen zu lassen. Drinnen saßen an einem schlichten Holztisch drei Herren, die sich bei Bannermans Eintritt erhoben.

„Schön, daß Sie da sind, Doktor. Bitte nehmen Sie Platz!“

Bannerman blieb stehen und sagte: „Sie wissen zwar, wer ich bin, aber da sind Sie mir gegenüber im Vorteil.“

Die beiden Männer in Zivil sahen einander an und erklärten dann nacheinander: „Mein Name ist Jackman.“

„Und ich heiße Mildrew.“

Mildrew deutete auf den Mann im weißen Kittel zu seiner Linken. „Und das hier ist Dr. Mellon vom Institut für Toxikologie.“

„Und wer sind Sie?“

„Wir sind vom Verteidigungsministerium“, antwortete Jackman.

„Sonderdezernat und Verteidigungsministerium“, sagte Bannerman langsam.

„Und Sie sind Dr. Ian Bannerman, Pathologe und Gutachter vom St.-Luke's-Krankenhaus in London?“ fragte Mildrew.

„Richtig.“

„Sie haben gestern abend eine Probe von Schafshirn ins Institut gebracht und um eine toxische Analyse gebeten?“

„Ja.“

„Woher haben Sie die Probe?“

„Warum wollen Sie das wissen?“

„Doktor, ich muß Sie warnen. Wenn Sie nicht kooperativ sind, könnte Sie das in große Schwierigkeiten bringen.“

„Was haben Sie in dem Schafshirn gefunden?“ fragte Bannerman. „Sie haben doch was gefunden, nicht wahr?“

„Woher haben Sie es?“ fragte Mildrew erneut.

„Ich möchte gern telefonieren.“

„Meinen Sie, Sie brauchen einen Anwalt, Doktor?“

„Ich will keinen Rechtsanwalt anrufen, sondern den Regierungsbeamten Allison.“

„Was haben Sie mit der Regierung zu tun?“

„Ich habe für die Medizinische Forschungsgesellschaft eine Untersuchung durchgeführt.“

Mildrew und Jackson tauschten einen Blick aus und sahen dann Morris an, der mit den Schultern zuckte. „Das haben wir nicht gewußt“, erklärte Jackman. „Da hat irgend jemand wichtige Informationen nicht weitergegeben. Vielleicht stellt Inspektor Morris die Verbindung für Sie her.“

Morris ging in den Nebenraum, kehrte wenige Augenblicke später zurück und wandte sich an Bannerman: „Mr. Allison ist am Apparat, Sir.“

Bannerman begab sich nach nebenan, machte die Tür hinter sich zu und griff nach dem Hörer.

„Wenn ich den Polizeibeamten recht verstanden habe, stecken Sie in der Klemme, Doktor“, sagte Allison.

Bannerman hätte sich nicht vorstellen können, jemals froh zu sein, Allisons Stimme zu hören, doch jetzt war es so. Er berichtete ihm von dem Schafshirn und darüber, daß er um eine chemotoxische Analyse gebeten hatte.

„Und was wurde festgestellt?“ fragte Allison. „Wozu überhaupt der ganze Heckmeck?“

„Das will man mir nicht sagen, deshalb sage ich denen auch nicht, woher ich die Probe habe. Und so sitzen wir uns jetzt gegenüber und starren uns feindselig an.“

„Vielleicht sollte ich mal mit den Herren reden“, erbot sich Allison.

„Ich wäre Ihnen sehr dankbar dafür.“

Bannerman ging zu den anderen und bat Mildrew, an den Apparat zu kommen.

Mildrew sprach allein mit Allison, kehrte dann ins Zimmer zurück und gab Bannerman zu verstehen, daß Allison wieder mit ihm reden wollte.

„Bannerman, ich schlage vor, daß Sie mit Mr. Mildrew und seinen Kollegen zusammenarbeiten", meinte Allison.

„Nichts zu machen", erklärte Bannerman rundheraus. „Ich habe dies nicht alles auf mich genommen und etwas dabei erreicht, um mich so abspeisen zu lassen. Ich will wissen, was die Probe enthält."

„Ich habe gewußt, daß Sie das sagen würden", erwiderte Allison. „Das habe ich Mildrew schon gesagt. Mr. Mildrew ist auch bereit, Ihnen mehr mitzuteilen, doch erst mal müssen Sie eine Geheimhaltungsverpflichtung unterschreiben."

„Großer Gott! Was denn noch?" rief Bannerman empört.

„Wenn ihr Laborfritzen diese Sache auf Anhieb richtig gemacht hättet, wäre all dies nicht nötig gewesen", entgegnete Allison in scharfem Ton und legte unvermittelt auf.

„Na, vielen Dank!" sagte Bannerman zu dem Summton, der dem Auflegen folgte, und ging in das Besprechungszimmer zurück.

„Unterschreiben Sie dort, wo ich das Kreuzchen gemacht habe", forderte Jackman Bannerman auf und reichte ihm eine Geheimhaltungsverpflichtung.

Bannerman unterschrieb, ohne ein Wort zu sagen.

„Die Gehirnprobe, die Sie uns gestern abend gebracht haben, enthält eine chemische Substanz namens Nylit", sagte Mildrew.

„Nylit?" wiederholte Bannerman. „Noch nie gehört. Und woher kommt dieses Nylit?"

„Das ist es ja, warum wir uns dafür interessieren, Doktor", sagte Mildrew. „Nylit ist nämlich kein Nebenprodukt, das bei irgendwelchen chemischen Prozessen abfällt. Nylit war spezifischer Bestandteil einer biologischen Waffe, die vor einiger Zeit entwickelt wurde."

„Einer Waffe?" entfuhr es Bannerman.

„Sie wurde von unserer Rüstungsindustrie für Verteidigungszwecke entwickelt."

„Und das Zeug ist vermutlich ein hochwirksames Mutagen?"

„Unter anderem auch das."

„Dann verraten Sie mir bitte mal, wie das Zeug in den Körper von Schafen im Norden Schottlands kommt."

„Genau das wollen wir ja herausfinden, Doktor. Mit Ihrer Hilfe!"

„Ich sage Ihnen alles, was ich weiß", versicherte ihm Bannerman.

Bannerman kam erst nach zehn Uhr abends ins Hotel zurück. Er hatte Mildrew und Jackman jede Einzelheit über die Untersuchung in Achnagelloch und Stobmor berichtet.

„Ich habe mir solche Sorgen um dich gemacht“, sagte Shona. „Was wollten die denn von dir?“

„Die Schafe sind einem äußerst wirksamen Mutagen ausgesetzt gewesen“, antwortete Bannerman.

„Und wie kam das?“

„Das wissen wir nicht. Die glaubwürdigste Erklärung ist im Moment, daß in Inverladdie Kanister an Land gespült wurden, die dann leckschlugen und den Boden verseuchten. Weidende Schafe, die zu dem Zeitpunkt gerade *Scrapie* bekamen, sind davon betroffen worden.“

„Das erklärt aber noch nicht, wieso Colin Turnbull sich infizierte“, folgerte Shona.

„Das stimmt“, mußte Bannerman einräumen. Wieder zerbrach er sich den Kopf darüber, warum die Hirnpräparate von den Toten von Inverladdie so eindeutig die Anzeichen des klassischen Creutzfeldt-Jakob-Syndroms aufgewiesen hatten, wohingegen die Präparate von den vergifteten Schafen keinerlei Anzeichen für eine degenerative Gehirnerkrankung erkennen ließen. Er fürchtete, die Antwort auf diese Frage müßten die Leute kennen, die für die Pathologie der toten Männer verantwortlich waren: Gill, der nicht mehr lebte, und Dr. Napier . . ., die sehr wohl noch lebte.

Es war schon spät, und Bannerman wollte Shona gegenüber nicht seinen Verdacht äußern. Gleich am Morgen wollte er die Uniklinik aufsuchen und selbst einen kleinen Test durchführen. Schließlich hatte er immer noch die Gehirnproben von dem Schaf. Dr. Napier sollte die Tierversuche machen, die sie versprochen hatte durchzuführen.

Bannerman hatte sich morgens gerade auf den Weg zur Universitätsklinik gemacht, da klingelte das Telefon. Shona meldete sich.

„Könnte ich bitte Dr. Bannerman sprechen?“ fragte eine weibliche Stimme.

„Tut mir leid, er ist gerade fortgegangen. Kann ich ihm etwas ausrichten?“

„Hier spricht Morag Napier von der Universitätsklinik. Ich wollte ihn an die Probe erinnern, die er mir bringen wollte, damit ich die Versuchstiere damit impfe.“

„Soweit ich weiß, ist er mit den neuesten Nachrichten auf dem Weg zu Ihnen, Dr. Napier.“

„Was für Nachrichten?“

„Die Schafe sind offenbar mit irgendeinem Gift im Boden in Berührung gekommen, doch das wird Ian Ihnen selbst erzählen.“

„GUTEN Morgen“, grüßte Bannerman, als er Dr. Napiers Labor betrat.

„Guten Morgen.“ Morag Napier lächelte. „Bringen Sie mir die Proben?“

Bannerman holte ein Reagenzglas mit Gewebeproben von dem Schaf heraus. „Da haben Sie sie. Darf ich zusehen, wie Sie sie impfen?“

„Wenn Sie möchten.“ Dr. Napier stellte die Reagenzgläser unter eine Dunstabzugshaube und schaltete den Ventilator an.

Sie hatte sich Handschuhe und Kittel übergestreift und füllte den Inhalt des ersten Gläschens in einen dickwandigen Glaskolben mit einem Emulsionsmittel darin. Sie fügte sterile Kochsalzlösung hinzu und steckte einen Stopfen darauf, durch den ein bis auf den Boden des Kolbens reichender Schaft mit einem scharfen Metallplättchen daran hindurchführte. Sie klemmte den Kolben in eine Halterung und verband den Motor mit dem oberen Ende des Schaftes, schaltete den Strom ein, und das Plättchen im Kolben drehte sich und verwandelte das Hirngewebe in eine glatte Emulsion, die sich mittels Spritze injizieren ließ.

Dr. Napier zog den Inhalt des Kolbens auf zwei sterile Spritzen aus Plastik, setzte die Nadeln auf und erklärte: „Jetzt können wir ins Tierlabor hinübergehen.“

Im Tierlabor roch es, obwohl es wiederhergerichtet war, immer noch nach dem Brand. Bannerman beobachtete, daß Dr. Napier mit einem eigenen Schlüssel aufschloß und ihn steckenließ. Sonst war kein Mensch in dem Labor.

„Ich dachte, ich impfe sechs Mäuse damit“, sagte sie.

„Gut“, entgegnete Bannerman.

„Wären Sie wohl so nett, mir das Laborbuch aus dem Büro zu holen?“ bat Dr. Napier.

Bannerman schickte sich an hinüberzugehen, doch kaum war er um die Ecke, drehte er sich um und beobachtete, was sie machte. Er sah, wie Dr. Napier einer Schublade unter der Arbeitsplatte zwei bereits gefüllte Spritzen entnahm und damit die beiden ersetzte, die sie von oben mit heruntergebracht hatte.

„Haben Sie das beim letztenmal auch so gemacht?“ fragte er.

Dr. Napier zuckte zusammen. „Ich weiß nicht, was Sie meinen.“

„Sie müssen es gewesen sein! Sie haben die Hirnpräparate und die Tierversuche verfälscht, damit es aussah, als wären die Männer in Achnagelloch an Scrapie gestorben. Lawrence Gill ist dahintergekommen und hat versucht, echte Proben von den Gehirnen der Männer an die MFG zu senden, damit sie dort korrekt analysiert würden. Er wurde jedoch ermordet, bevor er etwas dazu sagen konnte."

„Er ist nicht ermordet worden!" behauptete Dr. Napier. „Er ist von der Klippe gestürzt. Das Ganze war ein unglücklicher Zufall! Wären die Landarbeiter nicht so habgierig gewesen, hätten sie die Schafe sicher vergraben, und es wäre nichts passiert!"

„Und was ist mit Colin Turnbull, Dr. Napier?"

„Vielleicht kann ich Ihnen diese Frage beantworten, Doktor", ließ sich die Stimme eines Mannes vernehmen, der unverkennbar Ausländer war. Gleichzeitig wurde ein Schlüssel umgedreht.

Bannerman drehte sich um und sah einen Mann, der eine Pistole in der Hand hielt. Als er dem Mann in die Augen sah, überlief es Bannerman eiskalt. Diese Augen hatte er schon einmal gesehen – und zwar oben auf dem Tarmachan Ridge.

Außerdem hatte er diesen großgewachsenen, blonden, gutaussehenden Mann noch bei zwei weiteren Gelegenheiten gesehen. Beim erstenmal war er mit Dr. Napier in das Restaurant an der Royal Mile gekommen, in dem er, Bannerman, gerade beim Essen war, und das zweitemal in Joop van Gelders Auto oben in Stobmor an dem Abend, an dem er auf dem Parkplatz überfallen worden war. „Sie sind van Gelders Sohn."

„Mein Verlobter, Peter", erklärte Morag Napier. „Wir haben uns kennengelernt, als ich das erstemal mit Lawrence Gill in Schottland war."

Bannerman schätzte, daß Peter van Gelder mindestens zehn Jahre jünger war als Dr. Napier, und sagte: „Wie reizend."

„Wir haben nicht gewollt, daß irgend etwas von diesen Dingen passierte." Dr. Napier schluchzte. „Es war ein Unfall. Eine Chemikalie, mit der man Steine im Steinbruch behandelte, war ausgelaufen; daran sind ein paar Schafe eingegangen. Das war die Ursache von allem, ein tragischer Unglücksfall. Weiter war gar nichts. Aber wäre dieser Zwischenfall publik gemacht worden, hätte die Firma dichtmachen müssen. Peters Vater wäre ruiniert gewesen, und wir hätten nicht wie geplant heiraten können."

„Dumm geboren und nichts dazugelernt", meinte Bannerman kopfschüttelnd.

„Was wollen Sie damit sagen?" empörte sie sich.

„Wollen Sie es ihr beibringen, van Gelder, oder soll ich es tun?" fragte Bannerman.

„Ich weiß nicht, wovon Sie reden", erwiderte van Gelder.

Bannerman wandte sich Dr. Napier zu. „Man hat Sie benutzt. Daß man Steine mit der Chemikalie behandelt hätte, ist Quatsch. Der Steinbruch diente als Deponie für gefährliche, verbotene Chemikalien. Bei derjenigen, die die Landarbeiter und Colin Turnbull umgebracht hat, handelt es sich um ein starkes Mutagen, das für die biologische Kriegsführung entwickelt wurde."

„Sag ihm, daß das nicht stimmt!" verlangte Morag Napier von van Gelder.

„Und Lawrence Gill hat er auch umgebracht", fuhr Bannerman fort. „Er war der blonde Mann, der sich im Postamt von Cairnish als Gill ausgegeben hat. Sogar mich hat er versucht über den Tarmachan Ridge zu stoßen, und der einzige Mensch, der davon wußte, wohin ich wollte, waren Sie." An ihrem Mienenspiel konnte Bannerman erkennen, daß er recht hatte. „Sie waren auch diejenige, die ihm sagte, wo Gill hin wollte, denn Sie haben Gills Telefonat mit Shona MacLean mitgehört."

„Aber Peter wollte Lawrence doch nur zur Vernunft bringen!" protestierte Dr. Napier. „Er wollte bloß eine Möglichkeit haben, ihm zu erklären, warum ich die Präparate ausgetauscht hatte."

„Die stammen von Creutzfeldt-Jakob-Patienten?"

Dr. Napier nickte.

„Warum?"

„Ich war mir darüber im klaren, daß Lawrence das mit dem offiziellen Scrapie-Gutachten in Verbindung bringen würde. Aber da sämtliche befallenen Schafe vernichtet worden waren, dachte ich, alle würden größten Wert darauf legen, das Ganze für einen Zufall zu halten; damit wäre dann alles aus der Welt geschaffen gewesen. Leider ist Lawrence mir, was den Austausch der Präparate betrifft, auf die Schliche gekommen. Er hatte mitbekommen, wie ich mit Peter telefonierte."

Schweigend starrte Bannerman Dr. Napier an. „Und jetzt bringt Ihr Peter uns um", erklärte er.

„Sag ihm, daß das Unsinn ist", wandte sie sich an van Gelder.

„Ich fürchte, der Mann hat weit mehr auf dem Kasten als du, du dumme Gans", antwortete van Gelder sachlich.

Morag Napier schien wie vom Donner gerührt. „Aber wir lieben uns doch . . .", sagte sie fassungslos.

„Uns lieben? Was, meinst du, hätte ich wohl an dir finden können, du alte Kuh? Du warst mir nützlich, und jetzt bist du es nicht mehr. So einfach ist das!"

„Giftabfälle. Das ist ein Riesengeschäft, Dr. Napier", erklärte ihr Bannerman. „Die Regierungen sind bereit, Unsummen dafür zu bezahlen, um sie loszuwerden. Das Ganze ist politisch äußerst brisant."

Mit weit aufgerissenen Augen sah Morag Napier Peter van Gelder an, den Mann, der gerade alle ihre Träume zerstört hatte. Van Gelder hielt ihrem Blick mit einem spöttisch-überheblichen Grinsen stand. Bannerman nutzte die Gelegenheit, mit den Händen langsam die Werkbank hinter sich entlangzufahren, bis er das dünne Drahtgeflecht eines Rattenkäfigs zu fassen bekam.

„Ich habe alles für dich getan", flüsterte Morag Napier. „Ich habe gelogen und betrogen."

Als van Gelder glaubte, daß sie sich gleich auf ihn stürzen würde, hob er die Pistole höher, und sie blieb stehen.

„Und wie wollen Sie unsere Leichen loswerden?" fragte Bannerman.

„Ich werde euch beide zurückschaffen nach Achnagelloch. Ihr werdet bei der nächsten Sprengung zusammen mit Turnbull unter tausend Tonnen Felsgestein begraben werden."

„Warum ist Turnbull denn gestorben?"

„Der Mann hat eine kleine geologische Untersuchung durchgeführt, weil er Eindruck auf uns machen wollte. Leider stolperte er über eine Höhle, in der dieser habgierige Sproat einen Haufen toter Schafe versteckt hatte, weil er zu geizig war, sie zu verbrennen. Er muß sich angesteckt haben, als er die Schafe untersuchte."

Morag Napier griff nach einem Skalpell, das auf der Werkbank lag, und ging auf van Gelder zu.

„Leg das Ding hin!" befahl van Gelder.

Doch Morag Napier stürzte sich mit dem Skalpell auf ihn. Der Holländer drückte ab, und sie brach zusammen. Ein roter Fleck breitete sich vorn auf ihrem weißen Laborkittel aus.

„Und jetzt Sie, Doktor!" zischte van Gelder.

Bannerman riß in weitem Bogen den Rattenkäfig hinter sich hervor und schleuderte ihn dem Holländer an den Kopf, so daß dieser hintenüber stürzte, mit dem Kopf an die Wand schlug und zu Boden rutschte. Die Käfigtür hatte sich geöffnet, und die Ratte hockte schnüffelnd auf ihm.

Van Gelder stöhnte und fuchtelte mit der Hand herum, um die Ratte zu verscheuchen. Bannerman stürzte sich auf die Waffe, doch van Gelder hatte sich wieder im Griff und zielte mit der Pistole auf ihn.

Auf der Werkbank, neben der van Gelder lag, standen noch vier weitere Rattenkäfige. Bannerman schob den ihm am nächsten stehenden Käfig mit der Hand so weiter, daß die anderen von der Werkbank herunterfielen – van Gelder auf die Brust und auf den Bauch. Der Holländer fluchte und versuchte, seinen Arm darunter hervorzuziehen, während Bannerman zur Tür sprintete. Doch sie war abgeschlossen. Er fuhr herum und sah, wie van Gelder schwankend aufstand. Eine Ratte attackierte seinen Knöchel. Mit einem Fußtritt beförderte er sie ans andere Ende des Raumes.

Auf dem Tisch neben der Tür stand ein halbes Dutzend Gefäße, die als Tiertränken dienten. Bannerman warf damit nach dem Holländer, doch dieser wich ihnen geschickt aus. Van Gelder hob die Pistole, und Bannerman machte die Augen zu. Erst als er van Gelder einen lauten Schrei ausstoßen hörte, machte er sie wieder auf.

Hinter van Gelder stand Morag Napier. Sie hatte ihm gerade eine der mit Schafshirnemulsion gefüllten Spritzen in den Rücken gerammt. Nie hatte Bannerman einen solchen Haß in den Augen eines Menschen gesehen! Dieser Haß hatte ihr die Kraft verliehen, sich noch einmal zu erheben. Van Gelder fiel zu Boden.

Morag Napier sank neben ihn.

Vorsichtig näherte sich Bannerman dem wie leblos daliegenden Mann. Die Pistole lag nur einen halben Meter von seiner rechten Hand entfernt. Bannerman bückte sich, um sie aufzuheben. Er hatte den Griff schon fast erreicht, als van Gelders Hand vorschnellte und sich wie ein eiserner Ring um Bannermans Handgelenk schloß. Ein Blick auf van Gelder verriet Bannerman, daß er den Verstand verloren hatte. Morag Napier mußte ihm den Spritzeninhalt direkt ins Rückenmark gejagt haben, so daß der Wirkstoff sich sofort im Gehirn ausgebreitet hatte. Van Gelders Augenausdruck jagte ihm Angst ein. In so einem Zustand entwickelten Menschen bisweilen übermächtige Kräfte. Bannerman trat mit dem Fuß auf van Gelders Brust und riß sich von dessen Griff los. Als er den Arm endlich frei hatte, wankte er rückwärts.

Van Gelder versuchte aufzustehen, sein Körper krümmte sich in einem Muskelkrampf zusammen. Er wand und kratzte sich. Bannerman stellte aufatmend fest, daß van Gelder die Pistole nicht mehr beachtete; trotzdem wich er zurück, als van Gelders Blick sich auf ihn konzentrierte. Der eben noch gutaussehende Mann hatte sich in ein entfesseltes Ungeheuer verwandelt.

Bannerman plante, die Werkbank zu umkreisen und van Gelder hinter sich herkommen zu lassen. Bewegte er sich im Uhrzeigersinn weiter, mußte er an die Stelle kommen, wo die Pistole auf dem Boden lag.

Der vom Irrsinn getriebene van Gelder machte einen Satz auf Bannerman zu. Bannerman schaffte es, sich außer Reichweite zu bringen, stolperte jedoch über einen der Tierkäfige. Er fiel und konnte nicht schnell genug wieder aufstehen. Van Gelder wankte auf ihn zu.

Bannerman fühlte unter seiner Hand etwas Metallenes auf dem Boden. Es war das Skalpell, mit dem Morag Napier van Gelder attackiert hatte. Er griff danach und richtete es auf van Gelder, der direkt in das Messer fiel.

Bannerman hatte Mühe, sich von dem Toten, der auf ihm lastete, zu befreien. Als es ihm schließlich gelungen war, begab er sich als erstes zum Waschbecken hinüber und sprengte sich kaltes Wasser ins Gesicht. Sobald er wieder ruhiger atmen konnte, ging er zum Telefon und rief um Hilfe.

DREI Tage lang genoß Bannerman zusammen mit Shona in Edinburgh Ruhe und Entspannung, ehe Inspektor Morris vom Sonderdezernat ihm abermals einen Besuch abstattete.

„Das Ausmaß des ganzen Unternehmens hat uns schlichtweg den Atem geraubt", gab Morris zu. „Sie haben das Zeug per Schiff an den Kai von Inchmad gebracht und dort so getan, als würden sie Pflastersteine für den Straßenbau verladen. In Wirklichkeit entluden sie Giftmüll von den Schiffen und brachten ihn in Containern, die sie als Tankwagen getarnt hatten, per Bahn in den Steinbruch. Der Himmel mag wissen, was wir mit dem Zeug machen sollen! Wir sind uns noch nicht einmal sicher, ob wir sämtliche unterirdischen Deponien gefunden haben."

„Ich glaube, da kann ich Ihnen helfen", sagte Bannerman und holte Colin Turnbulls Aufzeichnungen aus seiner Reisetasche. „Diese geologischen Karten der Gegend stammen von einem jungen Mann namens Colin Turnbull. Die helfen Ihnen vermutlich weiter."

„Davon bin ich überzeugt", meinte Morris, nachdem er einen Blick darauf geworfen hatte. „Ich werde sie weitergeben."

„Wenn Sie sie nicht mehr brauchen, sorgen Sie bitte dafür, daß sie an Mrs. Turnbull zurückgegeben werden; sie ist Grundschullehrerin in Stobmor."

„Ich kümmere mich darum", versprach Morris.

„Was ist mit Sproat und dem Tierarzt Finlay?“

„Es ist so, wie Sie vermutet haben. Die beiden wußten von dem Sickergift im Steinbruch, das vor etwa einem Jahr austrat. Damals kam van Gelder noch mit einem blauen Auge davon, denn er brauchte sich ihr Schweigen nur zu erkaufen. Es blieb ihm gar nichts anderes übrig, weil die Schafe, die in unmittelbarer Nähe der Stelle grasten, wo das Gift austrat, sofort tot waren. Als die anderen Schafe etwa ein Jahr später eine Art Scrapie bekamen und wie die Fliegen starben, gingen Sproat und Finlay davon aus, daß wieder die Chemikalien daran schuld waren. Wieder erkaufte van Gelder sich ihr Schweigen. Die neuen Autos haben sie verraten.“

„Diese Halunken!“ rief Bannerman aus. „Deshalb wurde also auch Mrs. Buchan auf Erholungsurlaub geschickt.“

„Ja, jetzt ist alles klar. Und Sie sollten bald ins normale Leben zurückkehren“, sagte Morris.

„Heißt das, ich kann Edinburgh verlassen?“

„Ja. Ich soll Ihnen Grüße von Mr. Allison ausrichten. Er möchte Sie so bald wie möglich in London sprechen. Und noch etwas, Sir. Ich soll Sie daran erinnern, daß Sie eine Geheimhaltungsverpflichtung unterschrieben haben; und die gilt für alles, was mit der Affäre zu tun hat. Darüber reden Sie am besten mit Mr. Allison, Sir.“

„STIMMT was nicht?“ fragte Shona, als Bannerman von seinem Gespräch mit Morris zurückkehrte.

„Ich muß nach London. Die Regierung wünscht mich zu sprechen. Begleitest du mich?“ Er nahm sie in die Arme und schmiegte die Wange an ihr Haar.

Schweigend verharrte Shona eine Weile in seinen Armen, löste sich dann aus ihnen, lächelte und schüttelte den Kopf. „Nein“, sagte sie leise. „Allmählich fehlt mir die Insel. Ich fahre nach Hause.“

Bannerman nickte. „Ich werde dich anrufen.“

DAS TAXI, das Bannerman quer durch London brachte, blieb zum x-ten Male im dichten Verkehr stecken.

„Ziemlich viel los heute“, meinte der Fahrer. „Park Crescent, haben Sie gesagt?“

„Zur Medizinischen Forschungsgesellschaft.“

„Dann sind Sie also Arzt?“

„Ja, Pathologe.“

„Und das macht Ihnen Spaß, ja?“

Es war eine einfache Frage, doch für Bannerman gab es darauf keine einfache Antwort. „Es ist halt mein Beruf, und ich lebe davon."

„Genauso wie bei mir", sagte der Fahrer. „Das Leben beginnt erst nach Feierabend."

Das Taxi hielt schließlich vor dem Gebäude, in dem die MFG untergebracht war. Bannerman gab dem Fahrer ein Trinkgeld und stieg aus. Mit einem Seufzer betrachtete er den Dienstwagen, der in der Nähe des Eingangs geparkt war – Allisons Rover.

„MEIN lieber Dr. Bannerman, wie schön, Sie zu sehen", begrüßte Allison ihn lebhaft bei seinem Eintreten. Er schüttelte seinem Gast herzlich die Hand. John Flowers und Hugh Milne erhoben sich gleichfalls und taten es ihm nach.

„Ich kann Ihnen gar nicht sagen, wie dankbar wir Ihnen sind, Licht in diese furchtbare Sache gebracht zu haben", erklärte Allison. „Nehmen Sie doch Platz."

Flowers und Milne saßen stumm da, während Allison das Gespräch führte. Bannerman beobachtete den hohen Regierungsbeamten ganz genau. Allison versuchte, überaus herzlich zu wirken, aber die Augen blieben kalt und berechnend. „Ich weiß, angesichts der schrecklichen Umstände oben im Norden klingt es merkwürdig, aber die Regierung ist unsäglich erleichtert darüber, daß die Todesfälle nichts mit ‚natürlicher' Scrapie zu tun haben. Diese armen Männer sind an diesem monströsen mutierten Virus gestorben, das durch die Chemikalien entstanden ist."

„Aber immerhin ist es entstanden, Mr. Allison. Es gibt jetzt eine Form von Scrapie, mit der sich Menschen infizieren können."

„Aber die Regierung hat dafür gesorgt, daß jedes Schaf auf dem Inverladdie-Hof getötet und verbrannt wurde. Es gibt keine Quelle mehr für dieses Virus."

Die Selbstgefälligkeit dieses Mannes war Bannerman unbegreiflich. „Aber es geht doch um das, was passiert ist, bevor wir hinter die Wahrheit kamen!" rief er aus. „Überall auf dem Gelände lagen Kadaver herum, weil Sproat zu knausrig war, sie zu vernichten. Und das für weiß Gott wie lange!"

„Ist das nicht ein bißchen übertrieben?" fragte Allison.

„Ein einziger Vogel, der vor ein paar Wochen etwas von einem infizierten Kadaver gefressen hat, kann das Virus inzwischen in einen anderen Landesteil getragen haben. Früher oder später wird eine neue Herde infiziert werden. Vielleicht geraten ein paar Lämmer in die Metzgereien, bevor die Schutzmaßnahmen greifen. Und was passiert dann?"

„Ich denke, jetzt bewegen wir uns im Reich der Spekulationen, Doktor", meinte Allison. „Sie können doch nicht im Ernst vorschlagen, daß wir jedes Schaf im Land unter Quarantäne stellen!"

„Ich schlage nur vor, daß Sie die Vorschriften sofort verschärfen. Erklären Sie Scrapie zu einer meldepflichtigen Krankheit, und bieten Sie den Landwirten Ausgleichszahlungen für infizierte Schafe. Zahlungen, die über dem Marktwert der Schafe liegen!"

„Aber wenn wir das tun, dann sieht es so aus, als ob irgendwas nicht stimmte", erklärte Allison.

„Es stimmt ja auch etwas nicht."

„Nein!" rief Allison ärgerlich aus. „Das geht zu weit! Demnächst verlangen Sie noch, daß wir den Leuten verbieten, die Straße zu überqueren, nur damit die Unfallzahlen sinken!"

„Das ist nicht dasselbe, und das wissen Sie auch sehr genau", erwiderte Bannerman

Allison versuchte es mit einer anderen Taktik und gab sich plötzlich einsichtig. „Schauen Sie, Doktor, wir wissen beide, daß über die Ausbreitung einer *Slow-virus*-Infektion nur wenig bekannt ist. Das muß erst noch gründlich erforscht werden. Die Regierung hat sich entschlossen, ein großzügiges Forschungsprogramm mit den nötigen Mitteln auszustatten. Verwaltet wird das Programm von der Medizinischen Forschungsgesellschaft, die ausschließlich zu diesem Zweck ein neues Institut gründen wird. Wir würden uns sehr freuen, wenn Sie die Leitung übernähmen."

Bannerman hatte das Gefühl, als würde er im Meer von einer plötzlich auftauchenden Welle davongerissen. Schweigend starrte er auf die Tischplatte.

„Zumindest sollten Sie es sich überlegen", sagte Allison und erhob sich.

„Nicht so schnell!" erwiderte Bannerman. „Bis jetzt haben Sie noch kein Wort zu der Sache im Steinbruch gesagt. Wie steht es denn mit der Anklageerhebung, Mr. Allison? Eine ausländische Firma hat unser Land als Müllkippe für die gefährlichsten Substanzen mißbraucht, die es auf der Erde gibt; davon steht kein Wort in den Zeitungen, und im Radio oder im Fernsehen habe ich auch noch nichts darüber gehört. Warum nicht?"

Zum erstenmal ließ Allison erkennen, daß er betroffen war. Er nahm wieder Platz, und Bannerman bemerkte, daß ein Hauch von einem Lächeln Flowers Lippen umspielte.

„Offen gestanden, ist die Regierung der Meinung, daß es im Interesse der Bevölkerung unseres Landes liegt, wenn vom ganzen Ausmaß dieser Ungeheuerlichkeit nichts an die Öffentlichkeit gelangt. Meinen Sie nicht auch?"

„Nein, das meine ich nicht", erklärte Bannerman.

„Doktor, Sie zwingen mich, Sie daran zu erinnern . . ."

„. . . daß ich die Geheimhaltungsverpflichtung unterschrieben habe. Ja, ich bin im Bilde, und an Dementis wird es nicht mangeln, während Sie wieder einmal unter den Teppich kehren, was in unserem Land wirklich los ist."

„Wir müssen tun, was wir für das Beste halten", entgegnete Allison.

„Aber warum, Allison? Da muß es doch um mehr gehen als um das, was Sie fürs Volk für ‚das Beste' halten."

Allison holte tief Luft. „Der Abfall . . ., der Giftmüll . . . ist britischen Ursprungs."

„Britischen Ursprungs?" rief Bannerman ungläubig. Daß Milne und Flowers bereits vorher eingeweiht gewesen waren, wurde ihm klar, als er ihre Mienen sah.

„Die Regierung hat mit einer in unseren Augen als zuverlässig geltenden niederländischen Firma einen Vertrag über die Entsorgung geschlossen. Jetzt hat sich herausgestellt, daß es Gauner waren."

„Soll das heißen, Sie haben das Gift an einem Ende des Landes auf Schiffe verladen und am anderen wieder entladen? Gott, was für eine Farce! Und um nicht in aller Öffentlichkeit schamrot werden zu müssen, vertuschen Sie alles?"

„Es geht um mehr", erklärte Allison. „Die Chemikalien wurden zu einer Zeit in unserem Land hergestellt, da die Produktion solcher Substanzen als Verstoß gegen ein internationales Abkommen galt."

„Großer Gott!" rief Bannerman kopfschüttelnd.

„Die Russen haben gegen das Abkommen verstoßen, die Amerikaner desgleichen, das weiß jeder."

„Obwohl es nie bewiesen wurde", ergänzte Bannerman. „Wenn Sie also die Holländer verfolgen, dann schlagen die Sie vor den Augen der ganzen Welt ans Kreuz?"

„Mehr oder weniger."

„Ich brauche jetzt dringend frische Luft", meinte Bannerman und erhob sich.

„Bitte denken Sie noch einmal über das Angebot nach, das ich Ihnen vorhin gemacht habe", sagte Allison. „Sie sind genau der richtige Mann für diese Aufgabe."

Bannerman blieb ihm jedoch die Antwort schuldig und verließ den Raum. Er kehrte ins St.-Luke's-Krankenhaus zurück und rief

Shona von seinem Arbeitszimmer aus an. „Kann ich zu dir kommen?"

„Ich warte schon darauf", antwortete Shona und lachte.

„Meinst du, die Insel könnte einen praktischen Arzt gebrauchen?"

„Da bin ich mir ganz sicher", sagte Shona. „Aber darüber reden wir später. Wann fährst du ab?"

„Sofort."

„Ich liebe dich!"

„Ich bin froh, daß du das tust", entgegnete Bannerman leise. Er legte den Hörer auf, räumte seinen Schreibtisch auf und verließ die Klinik.

ALS DER Zug anfuhr und zu seiner langen Fahrt in den Norden aus dem Bahnhof hinausrollte, holte Bannerman die Zeitung hervor und fing an zu lesen. Im Hauptartikel ging es um einen Mann aus einem Dorf in Norfolk, der seine ganze Familie mit der Axt erschlagen hatte, bevor er Hand an sich selbst legte. Es war ein Familienschnappschuß von seiner Frau und den drei kleinen Kindern am Strand abgebildet. „In glücklichen Zeiten" stand darunter. Jeder im Dorf sei wie vor den Kopf geschlagen.

„Tragisch", sagte der Mann, der Bannerman gegenübersaß und denselben Artikel gelesen hatte. „So was scheint heutzutage ziemlich oft vorzukommen."

Bannerman nickte, steckte die Zeitung weg und sah aus dem Fenster. Wenn du wüßtest, was es heutzutage alles gibt, dachte er.

Foto: Agentur Thomas Schlück

Ken McClure

Vielen Auswahlbuchlesern dürfte Ken McClure bereits von dem Roman *Der Schwarze Tod* bekannt sein. Der Autor ist Doktor der Zellbiologie und nimmt gern wahre Begebenheiten aus dem Bereich der Medizin zum Anlaß, um ein spannendes Buch darüber zu schreiben. So greift McClure auch in seinem dritten Roman *Virusjagd* ein brisantes Thema auf, das ausgiebig in den Medien erörtert wurde: Was ist, wenn durch infiziertes Tierfleisch ein todbringendes Virus auf den Menschen übertragen wird?

Er kam jedoch nicht durch die Medien auf dieses Thema. Ein enger Freund McClures erforscht seit Jahren die Schafskrankheit Scrapie. Schon vor langer Zeit weckte er bei dem Autor das Interesse an dieser Krankheit, und er hält ihn stets über die neuesten Entwicklungen auf diesem Gebiet auf dem laufenden. Von ihm weiß McClure, daß die Regierung versucht, alle Informationen vertraulich zu behandeln und geheimzuhalten. „Deshalb würde ich auch nie den Namen dieses Freundes ohne sein ausdrückliches Einverständnis preisgeben", erklärt der Autor. „Das wäre viel zu gefährlich."

Ken McClure arbeitet an der Universität von Edinburgh über die Genetik der Bakterien. Er hat schon mehr als dreißig wissenschaftliche Artikel verfaßt, von denen einige in *Nature,* einer der angesehensten wissenschaftlichen Zeitschriften, erschienen sind. Das Romanschreiben ist für McClure nach wie vor „nur" ein Hobby. Nicht ohne Stolz erzählt er, daß seine Romane bereits in sechs Sprachen übersetzt worden sind, und verrät, daß er vorhat, dieser anstrengenden Freizeitbeschäftigung weiter nachzugehen. So darf man sich schon auf neue spannende Medizingeschichten von ihm freuen.

Illustrationen
„Die Pfeiler der Macht“: George Sharp
„Schau dich nicht um“: Kazuhiko Sano
„Wolfstage“: Carol Binch
„Virusjagd“: Linsay Graham

Die ungekürzten Ausgaben von „Die Pfeiler der Macht“, „Schau dich nicht um“ und „Virusjagd“ sind im Buchhandel erhältlich.